KB131384

블랙케이크

Black Cake

블랙케이크

사메인 윌커슨 장편소설
서제인 옮김

내 부모님께. 그분들 네 분 모두에게.

차례

프롤로그

그때

1965년

그는 이렇게 되리라는 걸 알았어야 했다. Hak gwai (흑귀)[1]
같은 마누라가 집에서 도망치던 날 알았어야 했다. 폭풍이
다가오는데 만에서 헤엄치고 있던 딸을 보았던 날 알았어야
했다. 부모님이 그를 이 섬으로 끌고 와 가족의 이름을 바꿔
버렸을 때 알았어야 했다. 지금 그는 물가에 서서 바위에 부
딪쳐 하얗게 부서지는 파도를 보며 딸의 시신이 해변으로
밀려오기를 기다리고 있다.

경찰이 그에게 손짓을 했다. 경찰은 젊은 여자였다. 그는
전에는 여경을 본 적이 없었다. 경찰은 딸의 웨딩드레스였
던, 블랙케이크와 연보랏빛 아이싱이 묻은 하얀 천 자락을
들고 있었다. 딸은 테이블에서 급히 일어나다가 자기 몸에

---

1 黑鬼. 〈검은 귀신〉이라는 뜻으로, 흑인을 가리키는 중국어 속어. 이하 중국인
디아스포라를 포함해 카리브해 지역 사람들이 주로 쓰는 표현들과 기타 외국어
들은 원문 그대로 쓰고 뜻을 함께 적었다. 이하 모든 주는 옮긴이 주이다.

케이크를 떨어뜨린 게 틀림없었다. 접시들이 달그락거리던 소리가, 유리잔이 타일이 깔린 바닥에 부딪쳐 박살 나던 소리가, 누군가가 지르던 비명이 기억났다. 그가 딸 쪽을 보았을 때, 딸은 사라지고 없었고 새틴을 댄 그 애의 구두만 건물 밖 잔디 위에 조그만 배 두 척처럼 뒤집힌 채 흩어져 있었다.

1부

지금

2018년

베니가 왔다.

엘리베이터 문이 스르르 열리는 소리가 들린다. 바이런에게 맨 처음 본능적으로 드는 생각은 동생에게 달려가 그 애를 안고 싶다는 것이다. 하지만 베니가 포옹하려고 몸을 기울이자 바이런은 베니를 밀어내고는 몸을 돌려 변호사 사무실 문을 두드린다. 팔을 붙잡는 베니의 손이 느껴진다. 바이런은 그 손을 뿌리친다. 베니는 입을 벌린 채 거기 서 있지만 아무 말도 하지 않는다. 저 애한테 **무슨 말이 됐든** 말할 권리가 있기는 한가? 바이런이 베니를 안 보고 지낸 지도 8년이었다. 그리고 이제 엄마는 영영 떠나 버렸다.

베니는 뭘 기대하는 걸까? 저 애는 가족 간에 일어나는 말다툼을 냉전으로 바꿔 버렸다. 사회적으로 거부를 당하네 차별이네 **뭐네** 하는 것들은 신경 쓰지 말자. 바이런이 보기에는 우리가 이 세상에서 어떤 종류의 문제를 지니고 있든

15

이해해 주는 누군가는 반드시 있다. 그리고 시대가 변하고 있다. 심지어 최근에는 뉴스에 베니 같은 사람들에 대한 연구도 나왔다.

베니 같은 사람들.

그 연구 결과에 따르면 베니 같은 사람들이 걷는 길은 외로울 수 있다고 한다. 하지만 바이런은 베니에게 절대 연민을 느끼지 않을 생각이다. 절대로. 여러 해 전 가족들에게 등을 돌리면서 베네데타 베넷은 그런 호사를 포기했다. 비록 저 애는 가족들이 자기에게 등을 돌린 거라고 주장하고 있지만 말이다. 저 애는 적어도 이번에는 걸음을 했다. 6년 전 L. A. 카운티의 교회에서 바이런과 어머니가 아버지의 관 맞은편에 앉아 베니가 오기를 기다렸을 때는 오지 않았지만 말이다. 나중에, 바이런은 차 뒷좌석에 타고 묘지를 빙 둘러 지나가는 동생을 본 것 같다고 생각했다. 베니는 금방 올 거야, 그는 생각했다. 하지만 그 애는 오지 않았다. 한참 뒤에 **미안해**라는 문자 메시지가 한 통 왔을 뿐이다. 그다음엔 침묵이었다. 몇 달씩. 그다음엔 몇 년씩.

한 해 두 해 지나갈수록 바이런은 베니가 그날 거기 왔었다는 것도, 애초에 자신에게 여동생이 있었다는 것도 점점 더 확신할 수 없게 되었다.

자신을 따라 집 구석구석을 돌아다니던 통통하고 머리칼이 곱슬곱슬한 꼬마 여자애가 있기는 했다는 것도.

그 애가 전국 대회에 나간 자신을 응원해 준 적이 있다는 것도.

자신이 박사 학위 증서를 감싸 쥐었을 때 강당 저쪽에서 그 애의 목소리가 들려온 적이 있다는 것도.

바로 지금 느껴지는 이 감정, 고아가 된 데다 죽도록 화가 치미는 이 감정이 느껴지지 **않았던** 적이 있다는 것도.

베니

어머니의 변호사가 문을 열자, 베니는 반쯤은 어머니가 방 안에 앉아 있을 거라 기대하며 변호사를 지나쳐 시선을 옮긴다. 하지만 이제는 오직 베니와 바이런뿐이고, 바이런은 베니를 쳐다보지도 않으려 한다.

어머니가 남긴 메시지에 대해 변호사가 뭐라고 말하고 있지만 베니는 집중할 수가 없고, 여전히 바이런을, 전에는 없었지만 이제는 그의 머리에 희끗희끗 내려앉은 알갱이들을 보고 있다. 그건 그렇고, 날 밀어? 이 남자는 이제 열 살이 아니라 마흔다섯 살이다. 이만큼 세월이 지나는 동안 오빠는 단 한 번도 베니를 밀치거나 때린 적이 없었다. 베니가 아주 어렸을 때, 강아지처럼 그에게 덤벼들어 입으로 무는 게 버릇이었을 때조차 그랬다.

바이런에 대한 베니의 첫 번째 기억. 그들은 소파에 앉아 있고, 베니는 오빠의 팔 아래 자리 잡고 있고, 바이런은 책에서 모험 이야기들을 읽어 주고 있다. 바이런은 벌써 두 발이 바닥에 닿을 정도로 키가 크다. 바이런은 책 읽기를 멈추고

베니의 머리를 손가락으로 부스스 부풀리고, 두 귓불을 잡
아당기고, 코를 꼭 잡아 쥐고, 베니가 웃느라 숨을 못 쉴 때
까지, 행복해서 죽을 지경이 될 때까지 간지럽힌다.

메시지

·

어머니가 메시지를 남겼다고 변호사는 말한다. 변호사의 이름은 미치 씨다. 그는 바이런과 베니를 아기 때부터 알아 온 사람처럼 그들과 이야기를 하고 있지만, 바이런이 기억 하기로 그를 전에 만난 건 딱 한 번이다. 지난겨울, 사고가 난 뒤에 엄마가 시내에 나오는 데 도움이 필요했을 때다. 바 이런의 친구 케이블은 그건 사고가 아니었다고 했지만 말이 다. 그때 바이런은 어머니를 미치 씨의 사무실까지 함께 걸 어서 데려다준 다음 밖으로 나와 차에서 기다렸다. 차 안에 앉아 아이들 몇 명이 두 군데의 고급 체인점 사이에 담황색 톤으로 넓게 펼쳐진 인도를 스케이트보드를 타고 달려 내려 가는 걸 지켜보는데, 경찰 한 명이 옆 유리창을 두드렸다.

어른이 된 뒤로 이런 종류의 일이 너무도 자주 일어났던 까닭에 바이런은 때로는 불안해하는 것조차 잊었다. 하지만 경찰이 다가오거나 차를 세울 때면 대부분 그는 쿵쿵거리는 심장 박동 사이의 공간으로, 자신의 피가 수백 년의 역사를 실은 폭포수처럼 몸속을 뚫고 흘러가며 그가 서 있는 땅을 완전히 부숴 버리겠다고 위협하는 소리가 들리는 그 공간으로 미끄러져 들어갔다. 그가 하는 연구, 그의 책들과 소셜 미디어의 팔로워들, 강연 약속들, 그가 자금을 대고 싶었던 장학금, 그 모두가 눈 깜짝할 사이에 벌어진 오해로 사라져 버릴 수 있었다.

나중이 되어서야, 경찰이 순찰차 트렁크를 열더니 바이런이 최근에 낸 책 한 권을 들고(**사인 좀 부탁드려도 될까요?**) 돌아온 뒤에야 바이런의 머리에는 이런 생각이 떠올랐다. 스케이트보드를 타고 인도를 오르내리는 사춘기도 안 된 아이들을 차 안에 혼자 앉아 지켜보는 성인 남자는 피부색이 어떻든 간에 어느 정도의 의심은 유발할 수 있다는 생각이. 그래, 그건 알 수 있었다. 언제나 그가 흑인 남자여서 그런 것만은 아니었다. 대부분은 그것 때문이었지만 말이다.

「한 가지 알려 드릴 게 있습니다.」 지금 미치 씨는 말하고 있다. 「어머니에 대해서인데요. 준비를 해두셔야 할 것 같아서요.」

준비?

무엇에 대한 준비라는 걸까? 어머니는 이미 돌아가셨는데.

바이런의 엄마는.

그 뒤로 뭐가 달라진들 얼마나 달라질지, 바이런은 알 수 없었다.

B하고 B

  엘리너 베넷의 상속 재산이라는 딱지가 붙은 파일 박스 하나가 통째로 있다. 어머니의 손 글씨가 적힌 갈색 종이봉투 하나를 끄집어낸 미치 씨가 책상 위 바이런 앞에 그것을 올려놓는다. 바이런 가까이로 옮겨 앉은 베니가 봉투를 보려고 몸을 기울인다. 바이런은 손을 치우지만 그 작은 꾸러미는 베니에게 보이도록 그대로 둔다. 엄마는 봉투에 받는 사람 이름을 B하고 B라고 썼는데, 그건 엄마가 그들 둘이 같이 보라고 편지를 쓰거나 들으라고 말을 할 때마다 즐겨 사용했던 호칭이었다.

  B하고 B에게 보내는 쪽지들은 보통 냉장고 문에 자석으로 고정돼 있었다. B하고 B야, 레인지 위에 강낭콩밥이 조금 있단다. B하고 B야, 모래 묻은 신발은 문가에 벗어 뒀기를 바란다. B하고 B야, 새 귀걸이가 아주 마음에 드는구나, 고맙다!

  엄마는 그들 둘 중 한 명에게 따로 이야기할 때만 바이런이나 베니라고 이름을 불렀고, 베니에게는 화가 났을 때만 베네데타라고 불렀다.

22

베네데타, 성적표가 이게 뭐니? 베네데타, 아버지한테 그런 식으로 말하지 마라. 베네데타, 너랑 얘기 좀 해야겠다.

베네데타, 부탁이니 집에 와주렴.

어머니가 편지 한 통을 남기긴 했지만 마지막 메시지 대부분은 음성 파일에 들어 있다고, 어머니가 4일에 걸쳐 여덟 시간 넘게 녹음해 둔 파일이라고 미치 씨는 말한다.

「풀어 보세요.」 미치 씨가 꾸러미 쪽으로 고갯짓을 하며 말한다.

바이런은 봉투를 뜯어 열고 흔들어 내용물을 꺼낸다. USB 드라이브 하나와 손으로 쓴 쪽지 한 장이다. 그는 쪽지를 소리 내 읽는다. 너무나 **엄마**다운 쪽지다.

B하고 B야, 냉동실에 너희 몫으로 작은 블랙케이크가 하나 있다. 버리지 마라.

블랙케이크. 바이런은 문득 미소가 지어지는 걸 깨닫는다. 엄마와 아빠는 해마다 결혼기념일을 축하하기 위해 케이크 한 조각을 나눠 먹곤 했다. 결혼식 날에 나왔던 그 결혼 케이크를 아직도 먹고 있는 건 아니라고 부모님은 말했다. 엄마는 5년이나 그쯤에 한 번씩 한 단으로만 된 케이크를 새로 만들어 냉동실에 넣어 두곤 했다. 그러나 엄마는 블랙케이크라면 뭐든 럼주와 포트와인에 푹 절인 것이니 당신들이 결혼 생활을 하는 내내 두고두고 먹어도 괜찮다고 주장했다.

적당한 때가 되면 함께 앉아서 그 케이크를 나눠 먹어라. 그게 언젠지는 너희가 알 거야.

베니가 한 손으로 입을 가린다.

사랑한다, 엄마가.

베니가 울기 시작한다.

베니

몇 년 동안 베니는 울어 본 적이 없었다. 적어도 지난주까지는, 뉴욕에서 오후에 임시로 하던 일에서 잘릴 때까지는 그랬다. 처음에 베니는 고객 상담 전화를 받으면서 엄지손가락으로 스마트폰을 두드리고 있던 자신을 본 상사가 성질을 내는 거라고 생각했다. 그런 종류의 일은 규정상 금지돼 있었지만, 어머니에게서 메시지가 와 있었다. 그냥, 베니는 네 마디로 된 그 문장을 머릿속에서 떨쳐 낼 수가 없었다.

사실 그 메시지는 베니의 음성 사서함에 이미 한 달간 저장되어 있던 것이었지만, 베니는 마침 그때 휴대폰을 쳐다보며 어떻게 해야 할지 생각하고 있었다. 베니는 사실 어머니와 이야기를 하지 않은 지 수년째였다. 다름 아닌 자기 엄마에게 그렇게 오랫동안 말을 하지 않는 데에는 일종의 뻔뻔스러움이 필요하다는 걸 베니는 알았다. 하지만 다름 아닌 자기 딸이 자신을 가장 필요로 할 때 곁에 있어 주지 않는 엄마도 뻔뻔스럽기는 마찬가지였다.

몇 년 동안, 베니로서는 그저 거리를 두고, 집에서 드문드

문 오는 메시지에 응답하지 않고, 생일과 휴일마다 마음을 독하게 먹고 가족과 떨어져서 보내고, 이런 것도 일종의 자기 돌봄이라고 되뇌는 편이 더 쉬웠다. 그럴 만한 힘이 없을 때는 책상 서랍 속 스케치북 몇 권 밑에 보관해 둔 낡은 디지털 사진 액자를 꺼내 전원을 연결하고, 언제나 자기 삶의 일부일 거라고 생각했던 미소 띤 얼굴들이 연달아 하나씩 화면에 떠올랐다가 사라지는 걸 지켜보곤 했다.

베니가 가장 좋아하는 사진 중 한 장은 베니와 바이런, 아빠가 함께 찍은 사진이었는데, 그 속에서 그들은 어떤 행사를 위해 정장 차림을 하고 서로 팔짱을 끼고 있다. 자금 마련이나 추모를 위한 행사, 변호사 모임처럼 아버지가 종종 연단에 서곤 했던 그런 종류의 행사였다. 그들 세 사람의 외모가 닮았다는 건 그 사실을 내내 인식하며 자라난 베니에게조차 두드러져 보였다. 그리고 그들의 한결같은 눈빛을 보면 사진을 찍은 사람이 누구였는지 알 수 있었다. 베니의 엄마였다.

지금, 상사는 베니에게 목소리를 높이고 있었다.

「일을 제대로 안 하고 있잖아.」 그가 말했다.

베니는 휴대폰을 카디건 주머니 속으로 미끄러뜨려 넣었다.

「네가 할 일은 빌어먹을 응대 매뉴얼을 읽는 거야. 가전제품의 내구성에 대해 사회적 논평을 하는 게 아니라!」

아, 그거였구나. 전화 때문이 아니었다.

팀장의 말이 무슨 얘기인지 파악했을 때, 베니는 이미 잘린 뒤였다.

공용으로 쓰는 칸막이 자리에 보관해 둔 딱 두 개뿐인 개인 소지품을 챙겨 콜센터를 걸어 나왔을 때도 베니는 여전히 울지 않고 있었다. 안쪽에 얼룩이 지고 금이 간 커피 머그잔 하나와 술 장식처럼 생긴 식물 하나였다. 무슨 종인지는 기억나지 않았지만 그 식물은 베니를 실망시킨 적이 없었다. 무슨 일이 있든 살아가기를 멈출 생각 또한 없어 보였다. 물이 부족해도, 조명이 형광등이어도, 사무실 공기에서 인공적인 냄새가 나도, 베니의 팀장이 독을 품은 말들을 내뱉어도. 베니는 이따금씩 식물의 조그만 줄기를 손끝으로 들어올리고 길게 갈라진 잎에 쌓인 먼지를 물에 적신 천으로 세심하게 닦아 주곤 했다.

베니는 15분이 지나서야 버스를 잘못 탄 걸 알았다. 다음 정류장에서 내렸는데, 정신을 차려 보니 가짜 소나무 장식과 가짜 벨벳으로 만든 나비 모양 리본이 문에 걸린 낡은 커피숍 앞에 서 있었다. 이 도시에 이런 종류의 장소가 아직도 존재할 줄은 몰랐다. 판유리 창문을 가로질러 인공 서리 위에 스프레이로 쓴 **행복한 연말연시 되세요**라는 글자들을 보다가, (이보다는 키치스러움이 덜하겠지만) 자신이 운영하는 커피숍을 갖지 못한 채 또 한 해가 지났다는 생각을 하다가, 카페 안에 무릎을 꿇고 앉은 한 젊은 아버지가 자기 아이의 불룩한 연보랏빛 점퍼 단추를 채워 주고 아이의 검은 머리칼을 안에 털가죽을 댄 연보랏빛 모자 속으로 집어넣어 주는 모습을 보다가, 베니는 눈물을 터뜨렸다. 베니는 연보랏빛을 좋아해 본 적이 한 번도 없었다.

녹음 파일

엘리너 베넷의 목소리가 녹음된 메모리 스틱을 집어 든 미치 씨가 자신의 데스크톱 컴퓨터에 그것을 꽂는다. 엘리너의 목소리가 들리자 그의 자녀들이 자리에 앉은 채 몸을 앞으로 기울인다. 미치 씨는 차분한 얼굴을 하려고 애쓰며 천천히 심호흡을 한다. 이건 사적인 일이 아니라 직업적인 일이다. 가족들에게는 냉정을 잃지 않는 변호사가 필요하다.

B하고 B야, 미치 씨가 나를 위해 이 녹음을 해주고 계셔. 내 손이 더 이상 말을 잘 듣지 않는데 나는 할 말이 많아서 말이야. 너희 둘 모두한테 직접 얘기하고 싶었지만, 지금 같아선 너희 둘을 같이 만날 일이 다시 있을지 잘 모르겠구나.

베니와 바이런 둘 다 자세를 고쳐 앉는다.

너희 둘 다 고집이 세지만 좋은 아이들이잖니.

미치 씨는 책상 위의 메모지에 시선을 고정하고 있지만 그럼에도 방 안의 공기에 이는 움직임은 느낄 수 있다. 두 사람의 등이 뻣뻣해지고, 어깨가 펴진다.

B하고 B야, 사이좋게 지내려고 노력하겠다는 약속을 해주렴. 너

희가 서로를 잃어버리면 안 되잖니.

베니가 자리에서 일어선다. **시작됐군.** 미치 씨가 녹음 파일을 일시 정지한다.

「전 이거 안 들어도 될 것 같거든요.」 베니가 말한다.

미치 씨가 고개를 끄덕인다. 잠시 사이를 두었다가 말한다. 「어머님께서 원하신 일이라서요.」

「파일을 복사해 주시면 안 될까요?」 베니가 묻는다. 「복사좀 부탁드려요. 저는 뉴욕에 가지고 가서 들을게요.」

「어머님께서는 두 분이 이 파일을 처음부터 끝까지 같이, 제가 동석한 상태에서 들어 달라고 분명히 요구하셨어요. 하지만 아시다시피 사무실에 계속 계실 필요는 없습니다. 원하신다면 여기서 중단하고 제가 나중에 어머님 댁으로 녹음 파일을 가져다드릴 수도 있고요. 그렇게 하시겠어요?」

「아뇨.」 바이런이 말한다. 「저는 지금 듣고 싶은데요.」 베니가 도끼눈을 뜨고 바이런을 쳐다보지만 바이런은 그쪽으로 눈길을 주지 않는다.

「어머님께서 아주 구체적으로 지시를 해두셨어요.」 미치 씨가 말한다. 「우린 이걸 같이 들어야 하니, 두 분 모두 시간이 되실 때 계속했으면 좋겠습니다.」 그는 책상 위에 놓인 다이어리를 펼친다. 「저는 오늘 오후 늦게나 내일 아침에 어머님 댁에 들를 수 있습니다.」

「어차피 지금 이런다고 엄마한테 뭐가 달라지는지 모르겠거든요.」 베니가 말한다. 그 자리에 그대로 선 채 흔들림 없는 시선으로 미치 씨를 내려다보고 있지만, **엄마**라는 말을 할 때 베니의 목소리는 조금 떨린다.

「여기 계신 두 분한테는 달라질 게 있을 것 같은데요.」미치 씨가 말한다. 「어머님께서 여러분들이 곧바로 들어 주었으면 하신 이야기들이 있습니다. 여러분이 아셔야 하는 내용들이에요.」

베니는 고개를 숙이고 잠시 그대로 있다가 하, 하고 한숨을 내쉰다. 「오늘 오후가 낫겠네요.」베니가 말한다. 「저는 장례식 끝나자마자 돌아갈 거라서요.」베니는 한 번 더 바이런을 쳐다보지만 바이런의 시선은 책상 위에 고정되어 있다. 베니는 간다는 말도 없이 방을 걸어 나간다. 금발기가 있는 베니의 풍성한 아프로 머리가 흔들린다. 쿵쿵거리며 대기실을 가로질러 간 베니는 문을 잡아당겨 열고는 어두워진 복도로 걸어 나간다.

미치 씨의 귀에 복도 저쪽에서 희미하게 울리는 엘리베이터 신호음이 들린다. 바이런이 일어선다.

「그럼 이따가 뵙겠습니다.」바이런이 말한다. 「감사합니다.」

미치 씨는 일어서서 악수를 한다. 바이런의 휴대폰이 울리더니, 그가 문 앞에 도착할 때쯤엔 이미 그의 귀에 착 붙어 있다. 바이런은 전화기 따위보다 소라 껍데기를 귀에 대는 걸 더 재미있어하며 해변을 살살이 훑는 어린애였을 때도 있었을 거라고 미치 씨는 생각한다.

「우리 아들은 바닷소리를 듣는 일을 해서 먹고산답니다. 상상이 가세요?」어느 날 엘리너는 미치 씨에게 그렇게 말했었다. 오래전 엘리너의 남편 버트가 아직 살아 있을 때, 그들이 어떤 변호사 모임에 함께 참석했을 때였다.

「진짜로 그런 직업이 있거든요!」 버트가 우스갯소리를 보탰다. 그들은 그 말에 함께 크게 웃었다. 엘리너와 버트는 그런 식으로 함께 익살을 부리곤 했다.

어쩌면, 이 모든 일이 끝나고 나면, 미치 씨는 바이런에게 최근의 프로젝트에 대해, 그가 일하는 연구소가 해저 지도를 만드는 일에 어떻게 도움을 주고 있는지 물어볼 수도 있을 것이다. 광활한 바다는 하나의 도전이겠지, 미치 씨는 생각한다. 그렇다면 한 사람의 삶은 어떨까? 그 지도는 어떻게 만들 수 있을까? 사람들이 자기 주위에 그어 놓는 경계들은. 한 사람의 심장이라는 지형을 따라 남겨진 흉터들은. 바이런과 여동생이 자신들의 어머니가 남긴 메시지를 듣고 나면 바이런은 그것에 대해 무슨 말을 하게 될까?

홈커밍

뒷문을 통해 어머니 집에 들어간 베니는 부엌에 서서 귀를 기울인다. 어머니의 목소리가 들리고, 자신의 웃음소리도 들리고, 공기 중에는 정향 냄새도 감도는 것 같지만, 보이는 거라고는 개켜서 의자에 걸쳐 놓은 행주와 조리대 위에 놓인 처방받은 알약병 두 개뿐이다. 바이런의 흔적은 없다. 베니는 거실로 걸어 나간다. 거실에는 이 시간에도 부드러운 빛이 감돌고 있다. 베니의 아빠, 버트 베넷의 안락의자가 아직 거기 있다. 한때 그가 앉던 그 의자의 푸른색 천은 여기저기가 우툴두툴하게 일어나 있다. 베니가 마지막으로 봤을 때 아빠는 그 의자에서 일어서더니 베니에게 등을 돌렸고, 거실에서 걸어 나갔다.

그게 8년 전 일이라니 믿기지 않는다.

그때 베니는 자신을 설명하려고 애쓰고 있었다. 엄청나게 어색했지만 그래도 아버지 곁에 앉아 있었다. 어쨌든 자기 부모님과 섹스에 관한 이야기를 하고 싶은 사람이 누가 있겠는가? 오로지 섹스 이야기만 한 건 아니었지만 그게 가장 중요한 이야기였다. 베니는 그 대화를 할 수 있게 되기까지 너무도 오래 걸렸고, 그 대화의 대가로 너무도 큰 것을 잃었다.

그날 크러시트 벨벳[2]으로 된 소파에 손을 얹고 앞뒤로 훑으며 감촉이 좋다고 중얼거린 일이 기억난다. 어머니는 베니와 바이런이 자라는 내내, 그리고 그 뒤로도 오랫동안 그 소파 시트를 비닐 커버로 감싸 두고 있었다. 비닐을 벗겨 낸 소파를 베니가 본 건 그날이 처음이었다. 베니는 그 감촉을, 부드러운 동시에 우툴두툴하던 그 감각을 잊을 수 없었다.

「어느 날 아침 잠에서 깼는데 우리가 영원히 살지는 못할 거라는 생각이 들더라고.」 어머니는 소파를 만지며 말했다. 「이젠 좀 즐기면서 살아야겠어.」 베니는 미소 지으며 시트의 자기 쪽 가장자리를 봉제완구처럼 쓰다듬었다. 그 소파는 여전히 보기에는 좋지 않았고 싸 보이는 누런색 천은 조명을 받아 번뜩이고 있었지만, 손가락 밑으로 느껴지는 그 감촉만은 아버지가 목소리를 높이기 시작했을 때 베니가 마음을 진정시키는 데 도움이 되었다.

베니가 어렸을 때 엄마와 아빠는 베니에게 너는 되고 싶은 것은 무엇이든 될 수 있다고 말하곤 했다. 하지만 베니가 젊은 여자로 자라나자, 부모님은 **우리는 네가 가장 좋은 걸 가질 수 있도록 희생을 했단다** 같은 말들을 하기 시작했다. 그 말은, 가장 좋은 것이란 부모님이 베니를 위해 마음속으로 그려 본 것이지 베니 자신이 원하는 것은 아니라는 뜻이었다. 그 말은, 가장 좋은 것이란 베니의 현 상태와는 거리와 멀다

2 표면의 융털이 각기 다른 방향을 향하도록 짠 벨벳.

는 뜻인 듯했다. 명문 대학의 장학금을 포기하는 것은 가장 좋은 것이 아니었다. 그 대신 요리와 미술 수업을 듣는 것도 아니었다. 카페를 열겠다는 희망을 품고 불안정한 일자리를 전전하는 것도 아니었다. 그리고 베니의 연애 생활은? 그건 가장 좋은 것에서 가장 확실하게 거리가 멀었다.

지금 베니는 소파로 걸어가 아버지의 빈 의자 옆에 앉은 다음 한 손을 팔걸이에 올려놓는다. 몸을 기울이고 의자를 덮고 있는 트위드 천을 쿵쿵거리며 아버지가 쓰곤 했던 머릿기름의 흔적을, 픽업트럭에 연료 삼아 넣을 수도 있었던 초록빛을 한 그 옛날식 제품의 흔적을 찾아 헤맨다. 지금 여기, 당신들이 좋아하던 의자에 앉아 계신 부모님을 볼 수만 있다면 베니는 무엇이든 내놓을 수 있을 것만 같다. 설령 그분들이 여전히 베니를 이해하는 걸 어려워한다고 해도 말이다.

이제 베니는 이 공간에서 보낸 다른 시간을 떠올리며 미소 짓는 자신을 깨닫는다. 이 소파 팔걸이에 궁둥이를 걸치고 앉은 어머니가 10대였던 베니와 베니의 친구들과 함께 MTV를 보는 동안, 베니는 엄마가 어른의 할 일들을 기억해내고 얼른 자리를 비켜 주길 바랐다. 엄마는 언제나 다른 아이들의 엄마들과는 달라 보였다. 과하게 에너지가 넘쳤고, 수학에는 약간 천재 같았고, 그리고, 그래, 뮤직비디오 팬이었다. 음악과 관련된 그 모든 것은 열세 살이던 베니에게는 다소 당혹스럽게 느껴졌다. 엄마는 언제나 자기 하고 싶은 대로 하고 사는 사람처럼 보였다. 베니의 아빠와 관련된 문제만 제외하면 말이다.

베니의 휴대폰에서 신호음이 울린다. 스티브다. 그가 음성 메시지를 남겼다. 소식을 들은 것이다. 그는 베니의 엄마를 전혀 몰랐지만 너무도 유감이라고 말한다. 그는 베니가 동부로 돌아오면 한번 봐야겠다고 말하고 있다. 스티브의 목소리는 낮고 부드럽고, 베니는 그가 마지막으로 전화했던 때 그랬듯 양 정강이를 따라 피부가 찌릿해지는 익숙한 감각을 느낀다.

베니와 스티브. 이제 그들이 이런 식으로 이랬다저랬다 하며 지내 온 지도 몇 년이나 됐다. 매번, 베니는 이번이 마지막이라고 다짐한다. 다시는 그와 전화하지 않을 거야. 하지만 매번 어떤 순간이 찾아오면 베니는 결국 스티브의 전화를 받았고, 그러면 스티브는 베니를 웃게 만들었고, 베니는 만나자는 그의 말에 동의하곤 했다.

스티브의 웃음, 스티브의 목소리, 스티브의 손길. 이것들은 오래전에 베니가 조애니와의 결별이라는 수렁에서 빠져 나오는 일을 도와주었다. 베니는 뉴욕에서 애리조나까지 조애니를 쭉 따라갔지만, 나중에는 어쩔 수 없이 인정해야 했다. 그들이 다시 예전 같은 사이가 될 거라고 생각할 만한 근거를 조애니는 한 번도 제공한 적이 없었다. 그렇게 해서 몇달 뒤 베니는 미드타운에 있는 어느 서점의 음반 코너에서 자기 부츠를 빤히 내려다보고 있게 되었는데, 그때 스티브가 베니에게 다가왔다.

스티브는 베니의 얼굴 앞에 손가락을 흔들어 보였고, 고개를 든 베니의 눈에는 근사한 얼굴을 한 남자가 활짝 미소 지으며 자신의 헤드폰을 가리켜 보이고, 눈썹을 치켜올리고는, 베니의 헤드폰이 연결된 콘솔을 가리키는 것이 보였다. 베니는 미소를 지으며 고개를 끄덕였다. 스티브는 자기 헤드폰을 베니의 헤드폰이 꽂힌 잭 근처에 꽂았고, 음악 소리에 맞춰 고개를 까딱거리면서 조용히 웃었다.

눈이 녹아 질척해진 거리로 그와 함께 걸어 나왔을 무렵, 베니는 어쩌면 한때 조애니가 자신에게서 보았던 것들이 여전히 자기 안에 그대로 있는지도 모른다고, 그래서 다른 누군가에게도 그것들이 보이는 건지도 모른다고 느끼기 시작한 뒤였다. 음악을 사랑하고 요트 타기를 즐기는 새 연인 스티브는 베니에게 갈망의 대상이 되었다는 느낌만큼이나 위협받고 있다는 느낌도 줄 수 있었다. 하지만 그 사실을 베니가 깨달으려면 조금 더 있어야 했다.

바이런

   해야 할 일도 논의해야 할 일도 있다는 걸 알지만 바이런은 지금 당장 동생을 상대하고 싶지는 않다. 장례 절차 준비는 마쳤다. 바이런은 베니가 비행기를 타고 캘리포니아로 오기를 기다리는 동안 그 일들을 처리했고, 나머지는 전부 나중에 생각해도 된다. 바이런은 집 뒤쪽 마루의 자기 자리에 나와 앉아 목도리를 턱까지 두르고 파도를 바라본다. 어머니의 집으로 돌아가기 전에 가능한 한 오랫동안 여기 있을 것이다.

   베니의 부재가 느껴지던 그 모든 시간이 지나고 마침내 그 애가 돌아왔지만, 바이런에게 안도감 대신 가장 많이 느껴지는 건 원망이다. 그들 사이의 일이 좀 다르게 풀려 나갔더라면 베니는 지금 그와 함께 앉아 있었을 것이다. 아마 스케치북에 무언가를 그리고 있었을지도 모른다. 바이런이 서핑을 하다 다리를 제멋대로 뻗은 채 대차게 나자빠지는 모습을 베니가 그린 그 바보 같은 스케치를 그는 아직도 가지고 있다. 하지만 베니에게 너무도 오랫동안 적대감을 품고 있었던 까닭에 어머니의 병에 대해서조차 너무 늦은 뒤에야 전화해서 알리게 됐다. 이렇게 되기 전에 베니에게 전화하려고 했다. 정말 그러려고 했고, 시간이 별로 없다는 것도 알고 있었다. 그저 시간이 얼마나 빨리 지나갈지 깨닫지 못했을 뿐이다.

지난 금요일, 집 안으로 걸어 들어간 바이런은 부엌 맞은편에 이르기도 전에 곧바로 알아챘다. 어머니가 돌아가셨다. 어머니는 부엌을 나가면 바로 있는 복도 바닥에 쓰러져 있었다. 그런 식으로 증상이 갑작스레 나타나 예고 없이 목숨을 앗아 가기도 한다고 의사는 나중에 말해 주었다. 사람의 몸이 지독한 무언가에 맞서 싸우고 있을 때는 그럴 수도 있다는 것이었다. 엄마는 아직 대부분의 날들에 혼자 힘으로 자리에서 일어나 세수를 하고, 손이 떨리기는 해도 물 한 잔을 따라 마시고, 음악을 틀거나 텔레비전을 켤 수 있는 상태였다. 그러고 나면 너무 힘들어 곧바로 다시 소파에 앉아야 했지만 말이다.

어머니의 머리와 두 어깨를 품에 안고 차갑게 식은 그 얼굴을 가슴에 대면서 바이런은 베니를 떠올렸고, 베니에게 어떻게 말해야 할지 생각했고, 새로운 상실의 슬픔을, 베니 역시 곧 느끼게 될 슬픔을 느꼈다. 처음에는, 말이 나오지 않았다.

「베니, 베니.」 베니가 전화를 받았을 때 바이런이 할 수 있었던 말은 그게 전부였다. 바이런은 목이 메어 말을 멈췄다. 소음이 배경음처럼 들려왔다. 음악과 잡담과 접시 부딪치는 소리. 식당에서 나는 소리들이었다. 그다음엔 〈바이런? 바이런?〉하는 베니의 목소리.

「베니, 내가…….」

하지만 베니는 이미 알아차린 뒤였다.

「아, 안 돼, 바이런!」

바이런은 그 소식을 베니에게 알린 다음 전화를 끊었고, 걸어야 할 다른 모든 전화들을, 장례 준비를, 어머니가 돌아가셨다는 감각을, 아버지가 돌아가셨을 때의 기억들을 떠올렸고, 베니와 나머지 가족 사이에 생겨난 그 모든 시간적, 공간적 거리를 자각하다가, 다시금 동생에 대한 원망이 물밀듯 밀려오는 걸 느꼈다.

빌어먹을, 베니.

지금, 어머니의 집으로 차를 모는 바이런의 눈에 진입로에 세워진 렌터카 한 대가 들어온다.

베니다.

바이런은 부엌 문으로 걸어 들어가 신발을 벗어 던지고 양말 바람으로 가만히 서서 귀를 기울인다. 아무 소리도 나지 않는다. 복도를 걸어 내려가 창문으로 뒤뜰을 내다보고, 베니가 전에 쓰던 방을 들여다보지만, 베니는 없다.

그럼 그렇지.

바이런은 이제 부모님 방으로 걸어간다. 거기, 침대 한복판에 거대한 에그롤처럼 깃털 이불에 감싸인 베니가 가볍게 코를 골고 있다. 베니가 어렸을 때 종종 했던 짓인데, 침대 위 엄마와 아빠 사이로 불쑥 올라가서는 아빠에게서 벗겨낸 이불로 자기 몸을 돌돌 마는 것이었다. **베니 롤이구나!** 아빠는 마치 베니가 일요일 아침마다 똑같은 행동을 하는 게 아닌 것처럼 매번 그렇게 외치곤 했다. 베니에겐 이렇게 모두를 킥킥 웃게 만들고, 사람의 마음을 가벼워지게 하는 재주가 있었다. 하지만 그것도 오래전 얘기였다.

그 느낌이 다시 돌아왔다. 못된 감정이. 바이런은 침대로 달려가 베니를 흔들어 깨우고 싶다. 하지만 다음 순간, 그는 그저 슬플 뿐이다. 그의 휴대폰이 울린다. 그는 아래를 내려다본다. 알림이 떠 있다. 미치 씨가 오는 중이다.

미치 씨

미치 씨가 그 집에 도착하자 베네데타가 그와 악수를 하고 재킷을 받아 든다. 바이런은 부엌에서 비스킷과 함께 커피를 잔에 담아 내오고 어머니가 쓰던 전화선을 뽑는다. 엘리너의 두 자녀는 여전히 서로 말을 하지 않지만 이제 딸 쪽은 아까만큼 날이 서 있는 것 같지는 않다. 미치 씨는 여전히 놀란다. 엘리너의 두 자녀는 아버지를 정말 많이 닮았다. 한 명은 마호가니색 피부, 다른 한 명은 젖은 밀짚색 피부인데, 지금 잘생긴 머리를 높이 들고 입꼬리는 아래로 처진 그들은 둘 다 약간 고집이 센 아이들처럼, 아장아장 걷는 어린아이들처럼 보인다.

베네데타는 180센티미터쯤 되는 몸을 접어 넣듯이 소파에 앉더니 커다란 쿠션을 배에 끌어안는다. 또다시 어린애처럼. 이렇게 위풍당당한 외모를 한 여성이 할 거라고는 생각 못 했던 행동이다. 바이런은 양 팔꿈치를 무릎에 얹은 채 앉은 자리에서 앞으로 몸을 기울이고 있다. 미치 씨는 노트북 컴퓨터를 열고 음성 파일을 불러온다. 이 아이들은 정말

아무것도 모른다, 그렇지 않은가? 여기 담긴 게 모두 자기들 이야기일 거라고 생각하고 있다. 그는 재생 버튼을 누른다.

바이런

어머니의 목소리가 그의 몸을 반으로 쪼개 놓는다.

B하고 B, 내 아이들아.

어머니의 목소리.

이 이야기를 전에 하지 못한 엄마를 부디 용서해 주렴. 엄마가 너희 나이일 때는 상황이 달랐단다. 여자들한테는, 특히 제도 출신인 여자들한테는 상황이 달랐어.

바이런의 부모님은 언제나 **제도 the islands**라고 했다. 마치 지구상에 섬이라고는 그 섬들밖에 없기라도 한 것처럼. 지구의 바다에는 대략 2천 개의 섬들이 있고, 그건 바다와 그 밖의 수역들로 둘러싸인 수백만 개의 다른 땅덩어리들은 제외한 수치다.

어머니가 잠시 멈춰 숨을 고르는 소리가 들리자 바이런은 두 주먹을 꽉 쥔다. B하고 B야, 너희랑 같이 앉아서 몇 가지를 설명하고 싶지만 나는 시간이 별로 없고, 이 모든 게 어떻게 일어난 일인지 알려 주지 않고는 떠날 수가 없구나.

「이 모든 **뭐가** 어떻게 일어났다는 거예요?」 베니가 말한다. 미치 씨가 노트북 컴퓨터의 키보드를 눌러 음성 녹음 파일을 일시 정지한다.

바이런이 고개를 젓는다. 그들에게 무슨 일이 일어난 적은 없다. 어떤 일도, 전혀. 그 사실은 미국에 사는 흑인 가족으로서 그들에 대해 많은 것을 말해 준다. 부모님이 돌아가시기 전 그들 가족에게 유일하게 극적이었던 사건은 베니였는데, 저 애는 자기 연애사를 시시콜콜 알려야겠다고 고집을 피워서 엄마와 아빠를 기겁하게 만들었다. 그냥 그해에 자기 여자 친구를 집에 데려와서 부모님 머릿속에 슬쩍 자리 잡게 만들 수도 있지 않았을까? 그러고 나서 또 어느 해에 결국 다시 남자를 사귀게 되면, 그렇게 바뀌었다고 설명하면 됐을 텐데. 그렇게 천천히 드러냈더라면. 그랬더라면 부모님도 받아들일 수 있었을 것이다. 결국에는 적응했을 것이다.

하지만, 아니, 베니는 베니였다. 대학에 들어간 뒤로 언제나 관심이 필요했고 언제나 인정이 필요했던 아이. 그 애는 더 이상 그 옛날의 태평스러운 꼬마 여동생이 아니었다. 이제 베니는 대화의 여지를 남겨 놓지 않는 사람이 되어 있었다. 누구든 자기에게 찬성하거나 반대하거나 둘 중 하나라고만 생각했다. 만약 바이런이 그렇게 행동했다면, 누군가가 자신에게 동의하지 않을 때마다, 곧바로 자신을 받아들이지 않고 공정하게 대하지 않을 때마다 떠나 버렸다면, 그는 지금 어디에 있을까?

바이런이 정말로 불평할 수 있는 처지라는 건 아니다. 자신의 일을 사랑하는 그는 해양 과학자가 되기 위해 태어난 사람이다. 그 일을 끝내주게 잘하기도 한다. 비록 연구소장 자리로 승진하는 데에서는 제외됐지만 말이다. 어쨌거나 대중 앞에 모습을 드러내고 책들을 내고 영화 자문도 해준 덕분에 그는 연구소장이 되었더라면 벌었을 것보다 훨씬 더 많이 벌고 있다. 실은 세 배도 넘게 벌고 있지만, 그건 세무 당국과 자신만 아는 비밀로 해두고 싶다.

소셜 미디어에서 사랑받는 아프리카계 미국인 해양 과학자. 바이런은 그런 게 되겠다고 마음먹은 적은 없다. 하지만 이왕 된 이상, 그는 거기서 가능한 한 많은 이득을 취할 생각이다. 동료인 마크 역시 연구소장 자리를 원한다는 걸 알지만 바이런은 다시 그 자리로 승진 신청을 했다.

아마 연구소 창립자들은 또다시 똑같은 논거를 댈 거라고 바이런은 생각한다. 바이런이 **바깥에서** 홍보 대사 역할을 해주는 일이 연구소에는 필요하다고, 그가 연구소의 작업에 전례 없이 커다란 관심을 불러일으켰으며, 연구소가 더 많은 자금을 모으고 국제회의에서 더 큰 발언권을 얻어 내는 데도 도움이 됐다고 말이다.

지난번에 바이런은 최고의 팀플레이를 보여 주는 사람이 지을 법한 미소를 걸치고 자기가 운영을 맡으면 더 잘해 낼 수 있고 동시에 연구소의 일 처리 방식도 향상시킬 수 있다고 말하는 것으로 그런 논법에 맞섰다. 그는 그저 그들의 결정에 전혀 동요하지 않는다는 걸 보여 주기 위해 살짝 으스대는 걸음걸이로 그 불편한 대화의 현장에서 성큼성큼 걸어 나갔다.

그러니 한 번 더 해볼 것이다. 연구소 측이 여전히 조직 문제에서 발언권을 더 주지 않으려 들면 바이런은 자신의 영향력을 구축할 다른 방법들을 계속 찾을 것이다. TV에 나와 인도네시아의 해저 화산에 대해 이야기해 달라는 요청을 받은 사람은 바이런이었다. 스톡홀름 회의에서 논문을 발표해 달라는 요청을 받은 사람도, 해저 매핑 프로젝트와 관련해 일본에서 호출을 받은 사람도 바이런이었다. 그는 두 명의 대통령과 함께 사진을 찍은 적이 있었고 최근에는 현 대통령이 아메리칸드림이 탁월하게 실현된 예로 그를 들기도 했다. 바이런이 온통 자신밖에 모른다고 말하며 여자 친구가 관계를 끝내 버린 것은 그즈음이었다.

「그런 건 내 아이들이 본받았으면 하는 모습이 못 돼.」그 마지막 날 밤, 리넷은 바이런에게 그렇게 소리쳤다. 정말이지 한 여자가 한 남자에게 할 수 있는 가장 심한 말이었다. 그는 리넷이 아이들을 갖는 일에 관해 생각해 본 적이 있다는 사실조차 알지 못했다.

리넷은 이해하지 못했다. 집무실에 누가 앉아 있든, 백악관에 와달라는 초청을 받으면 가는 게 당연했다. 중요한 문제들에 대해 주장할 또 한 번의 기회였다. 연구 자금 삭감에 반대해 목소리를 내고 더 많은 이들이 양질의 과학 교육에 접근하게 해달라고 요구할 기회. 흑인이 괴롭힘을 당해 몸을 움츠리는 게 아니라 결정권자들과 한 테이블에 앉을 또 한 번의 기회였다. 또 한 번 닫힌 문 바깥에 서 있는 게 아니라.

하지만 리넷의 생각은 달랐다. 리넷은 바이런이 이 세상에서 보이고 들리는 존재가 되기 위해 무엇을 겪어야 했는지 이해하지 못하는 것 같아 보였다. 바이런의 어머니는 이해했지만 말이다.

「네가 기꺼이 하려는 일이 뭐니?」 한번은 고등학생이던 바이런이 몇몇 아이들로부터 심하게 욕을 먹고 있다는 이야기를 하자 어머니가 그렇게 물었다. 「네가 무슨 나쁜 짓이라도 하고 있니, 바이런? 그 시험에서 완벽한 점수를 받았다고 해서 네가 나쁜 사람이라고 생각해? 네가 한 일로 인정받은 것뿐인데? 네가 어떤 사람이 되어야 한다는 둥, 뭘 해야 한다는 둥, 다른 누군가의 그런 생각이 네 발목을 잡게 놔둘 거니? 걔들이 정말로 네 친구들이라고 생각해?」 어머니의 두 눈에는 바닷가에 서 있을 때마다 떠오르곤 하던 그 반짝이는 빛이 어려 있었다.

「그래서, 네가 기꺼이 하려는 일이 뭐니?」 어머니가 말했다. 「누구를 기꺼이 놔줄 생각이니?」

어쨌거나 바이런은 리넷을 놔버릴 생각은 없었다. 리넷이 그를 놔버렸다. 결정권이 그에게 있었더라면, 그는 지금 이 순간에도 여전히 리넷을 꼭 붙들고 있었을 것이다. 하지만 리넷은 자신만의 결정을 내렸고, 바이런은 비굴하게 구는 성격이 아니었다. 그게 리넷이 이해하지 못하는 또 한 가지였다. 바이런이 차마 자신에게 용납하지 못하는 것이 무엇인가 하는 문제 말이다.

리넷을 둘러싸고 일이 어떻게 흘러갔는지 생각해 보면 묘했다. 바이런은 같이 일하는 동료를 사귀는 스타일이 아니었다. 그는 수년간 이 규칙을 그럭저럭 지키는 데 성공했다. 그런 일들에 관해 걱정하지 않는 남자들도 그가 알기로는 많았지만, 직장이라는 곳의 역학과 괴롭힘 문제는 차치하더라도 바이런은 그냥 그러고 싶지 않았다. 그리고, 그래, 그러다 보니 외로워질 수도 있었다.

계산을 하고 회의를 하고 논문을 쓰며 보낸, 그리고 초기에는 한 번에 몇 주씩 배로 탐험을 하며 심해 매핑 작업을 하면서 보낸 그 모든 시간이 있었다. 그리고 그런 다음에는 책을 쓰고, 대중 앞에 모습을 드러내는 시간이 있었다. 공항 라운지와 호텔 방들에서 보내는 시간이 있었다. 바이런 같은 남자가 하룻밤 즐기는 것 이상의 관계를 어디서 만들어야 할까?

갖가지 문제에서 바이런의 조언자를 자처하는 친구 케이블은 인터넷에서의 만남을 깊이 신뢰했다. 글쎄, 물론 케이블이 자기 아내를 그렇게 만나기는 했다. 케이블은 그 점에서는 운이 좋았다. 하지만 그 모든 자기소개들을 꼼꼼히 살피고 새로운 사람들과 만남을 잡을 시간을 바이런이 어디서 찾아내야 할까? 바이런은 항상 새로운 사람들을 만나고 있었으니 그게 문제는 아니었다.

그때 리넷이 나타났다.

「죄송해요.」지금 베니가 그렇게 말하는 바람에 바이런의 생각은 방 안으로 돌아온다. 「죄송해요, 미치 씨.」 베니는 손을 내저으며 다시 말했다. 「계속 들어도 돼요.」 미치 씨가 음성 파일을 클릭한다.

우리 가족에 대해, 우리가 어디서 왔는지에 대해, 그리고 내가 너희 아버지를 정말로 어떻게 만났는지에 대해 너희는 알 필요가 있어. 너희 둘은 너희 누나이자 언니인 사람에 대해 알 필요가 있

단다.

바이런과 베니는 입을 딱 벌린 채 서로를 쳐다본다.

B하고 B야, 알아, 충격을 받았을 거야. 잠시만 참으면 엄마가 설명해 보도록 할게.

바이런과 베니는 이제 미치 씨를 바라보며 입으로는 동시에 똑같은 말을 내뱉는다.

누나이자 언니인 사람?

누나이자 언니인 사람

누나이자 언니인 사람? 이게 무슨 소리지? 무슨 일이 있었던 거야? 베니와 바이런 두 사람은 한꺼번에 말을 쏟아 내는 중이다. 똑같은 질문을 다른 말로 하며 본질적으로는 이렇게 묻는 중이다. **어떻게 이럴 수가 있지?**

미치 씨는 고개를 저으며 베니와 바이런이 어머니의 요청대로 우선 녹음 파일을 끝까지 들어 봐야 한다고 고집한다. 그는 그저 턱으로 자기 노트북 컴퓨터를 가리킬 뿐이다. 베니는 오빠의 얼굴을, 그의 커다랗고 검은 두 눈을, 너무도 아빠의 눈을 닮았고 자신의 눈 또한 너무도 닮은 그 눈을 바라본다. 그러고는 오빠와 함께 보낸 그 모든 순간들을, 해변을 따라 함께 뛰어다니던 일을, 저녁 식탁에 마주 보고 앉아 서로를 향해 웃긴 표정을 지어 보였던 일을, 베니는 자리에 앉아 몸을 숙인 채 수학 숙제를 들여다보고 바이런은 곁에 앉아 연습 문제를 끝까지 설명해 주었던 일을 돌이켜 본다. 그 시간 내내 그들이 모르고 있던 누나이자 언니인 사람이 있었다고?

그들이 어떻게 이걸 모를 수 있었을까? 베니의 엄마와 아빠는 결혼해서 오랫동안 함께 살아왔고, 아빠는 한번은 베니에게 자신과 엄마는 아이들을 더 낳고 싶었는데 처음에는 오직 바이런 말고는 생기지가 않았다는 말을 한 적도 있었다. 그런 다음 몇 년이 지나 베니가 태어났고, 토실토실한 작은 몸과 얼빠진 미소로 부모님을 놀라게 하고 기쁘게 했다는 것이다.

「너는 맨 처음부터 미소 짓는 모습이 엄마를 쏙 빼닮았구나 생각했단다. 꼭 네 오빠처럼 말이야.」아빠는 베니의 턱을 꼬집으며 말했다. 베니가 아버지로부터 물려받지 않은 딱 한 가지가 있다면 입이었다. 입, 그리고 베니의 옅은 피부색.

베니는 언제나 부모님이 서로에게 운명의 짝이라고 생각했었다. 부모님은 두 분 다 카리브해 출신이었고, 두 분 다 고아였고, 두 분 다 영국으로 이민을 갔다가 미국으로 함께 옮겨 왔으니 공통점이 많았을 것이다. 하지만 그런 건 중요하지 않았을지도 모른다. 부모님은 당신들이 첫눈에 사랑에 빠졌다고 항상 얘기해 왔고, 어떤 사람들은 무슨 어려움이 닥쳐오든 서로를 찾아내게 되어 있었으니까.

「너희 엄마가 나를 너무도 잘생겼다고 생각했던 모양이야.」아빠는 농담하곤 했다. 「그래서 날 보자마자 기절을 했지 뭐냐.」그 이야기는 다들 들은 적이 있었다. 어느 날 런던에서 버트 베넷은 엘리너 더글러스가 땅 위에 쓰러지는 걸 보았고, 도와주러 달려갔고, 그들이 말하듯 그다음은 모두가 아는 대로다. 가끔씩 그 이야기를 할 때면 아빠는 갑자기 몸을 굽히고는 엄마의 코를 자기 코로 톡톡 두드리곤 했다.

코로 하는 키스. 어떤 사람들은 여전히 그런 식으로 사랑에 빠지는 걸까? 망설임도 두려움도 없이? 아니면 다른 사람들은 모두 베니와 비슷한 걸까?

그리고 어떤 부부에게나 자기 자식들에게 말하지 않는 비밀들이, 이만큼이나 커다란 비밀들이 있는 걸까?

그때

B하고 B야, 알아, 너희가 왜 이 이야기를 전혀 몰랐는지 내가 설명을 해야겠지. 하지만 이야기를 처음부터 하지 않으면 전혀 이해가 안 될 거야. 이건 단지 너희 누나이자 언니인 사람에 관한 이야기만은 아니란다. 다른 사람들도 얽혀 있는 이야기니까 그냥 잠시만 참고 들어 주렴. 모든 것은 그 섬에서 50년도 더 전에 일어났던 일로 거슬러 올라간단다. 너희가 제일 먼저 알아야 하는 건 커비라는 이름을 가진 한 소녀야.

커비는 바다에 면해 있는 어느 소도시에서 태어났어. 깊고 너울거리는 푸른 바다는 육지 가까이로 다가올 때면 청록색으로 흐려졌지. 커비는 자라날수록 물을 멀리하기가 어려워졌어. 어렸을 때는 아버지가 수영장에서 커비를 어깨 위에 세우고는 수심이 깊은 쪽 물에 띄워 주곤 했지. 하지만 파도 타는 법을 가르쳐 준 건 어머니였는데, 커비의 운명을 결정한 건 바로 이 사실이었어.

지금 너희는 발목 근처를 내려다보면 거기 헤엄쳐 다니는 물고기들이 보이고 물결이 잔잔한 카리브해의 그 근사한 해변들을 떠올리고 있을지도 모른다는 걸 알아. 맞아, 그런 해변들도 있기는 했어.

53

하지만 커비가 자라난 곳은 파도타기의 고장이었고, 몸을 잘 다루는 법을 모르면 파도에 휩쓸려 완전히 물에 빠져 버리게 되는 그런 해변들이 있었어. 커비 어머니가 좋아하던 장소도 그런 곳이었지. 거긴 어린애가 갈 만한 곳이 아니었고, 커비 아버지도 그렇게 말하곤 했지만, 엄마는 어쨌거나 커비를 거기 데리고 다녔어. 그래서 커비는 강한 아이로 자라났단다. 모든 것이 무너져 내리기 시작할 때 그 애가 필요로 하게 될 그런 강한 힘이었지.

커비

끝이 가까워질 때조차, 그 순간 속에는 언제나 그 여자들을 웃게 만드는 무언가가 있었다.

트위스트, 트위스트, 트위스트.

학교가 끝나면 새들 슈즈[3]를 벗어 던지고 두 여자와 함께 부엌에 앉아, 라디오 다이얼은 칼립소[4]와 로커빌리[5]가 나오게 맞춰 놓고, 럼주와 포트와인에 담가 놓은 과일 병 뚜껑을 돌려 열 때면 얼굴로 향기가 훅 끼쳐 오던 이런 날들은 커비가 가장 좋아하던 날들이었다. 소금기 어린 공기와 뒤섞인 채 비늘살 사이로 미끄러져 들어와 땀에 젖은 그들의 목덜미를 식혀 주던 풀 냄새 나는 산들바람. 소문을 속삭이던 목소리, 끽끽거리던 웃음소리들.

커비의 어머니는 집안일을 도와주는 펄과 함께 작지만 인기 있는 케이크 사업을 하고 있었다. 커비 자신의 부모님을

---

3 발등 부분에만 다른 색이나 재질의 가죽을 댄 구두.
4 카리브해의 트리니다드섬에서 유래한 경쾌한 민속 음악.
5 컨트리 음악의 요소가 강하게 섞인, 로큰롤의 초기 형태.

포함해 그들이 아는 사람 대부분은 사실혼 관계의 부부였지만 더 존중받는 건 정식 결혼이었고, 언제나 돈이 있는 누군가는 결혼식을 하려고 계획하고 있었다. 그런 경우에는 블랙케이크가 빠질 수 없었다. 그리고 거기가 엄마와 펄이 관여하는 부분이었다.

블랙케이크를 만들 때면 엄마는 언제나 웃었다. 그리고 언제나, 엄마가 라디오에서 흘러나오는 음악의 유혹에 저항하지 못하게 되는 순간이 있었다.

「이리 와요, 펄.」 엄마는 말하곤 했지만 펄은 춤추는 일에는 그다지 관심이 없었다. 펄은 입을 꼭 다물고 특유의 미소를 지으며 음악에 맞춰 고개를 까딱거렸고, 엄마는 케이크 반죽이 묻은 주걱을 허공으로 들어 올려 박자에 맞춰 흔들면서 커비를 향해 걸어왔다가 커비의 손을 붙잡고 깡충깡충 뛰면서 뒤로 물러나곤 했다. **커-비, 커-비, 커-비,** 엄마는 음악에 맞춰 노래 부르곤 했다. 엄마는 그래뉼러당과 버터와 머릿기름 냄새를 풍기며 발을 끌듯 추는 춤 동작에 커비를 끌어들였고, 두 사람은 빙글빙글 돌며 다이닝 룸으로 들어갔다가 거실 쪽을 향하곤 했다.

펄은 엄마에게 근엄한 연기 비슷한 걸 하기 좋아했다. 「머틸다 씨,」 펄은 그렇게 말하곤 했는데, 자기 고용주에게 건네는 말투보다는 커비를 혼내는 말투에 가까웠다. 「이 케이크들은 **작들 혼자 만들지지 않아요,**[6] 알겠어요?」

6 원문에서 카리브해 지역 방언을 살린 부분은 굵은 글씨로 표시하고, 한국 특정 지역의 사투리가 아닌, 새로운 표현으로 옮겼다. 원문의 방언에서 모음이 탈락되고 자음이 단순화되는 것 등을 반영하고, 알아들을 수는 있지만 낯선 느낌을 최대한 살리고자 했다.

커비가 어렸을 때, 엄마가 아빠와 함께 뒤뜰에 나가 춤을 추곤 하던 때가 있었다. 언제나 밤에 전기가 나갔을 때였다. 그럴 때면 엄마와 아빠는 테라스 가장자리를 따라 유리병에 담긴 촛불들을 줄지어 세워 두고 트랜지스터라디오를 밖으로 가지고 나갔다. 엄마는 아빠에게 바짝 다가가 두 손으로 아빠의 등 여기저기를 어루만지곤 했다. 어느 시점이 되면 엄마와 아빠는 커비의 손을 한쪽씩 나눠 잡고 같이 춤추곤 했다. 가끔씩 아빠는 커비를 두 팔로 훌쩍 들어 올려 안고 이쪽저쪽으로 올렸다 내렸다 했고, 엄마는 웃음을 터뜨리곤 했다.

사라지기 전 마지막 몇 달 동안, 엄마는 거의 웃지 않았다. 아빠가 지나갈 때마다 엄마의 얼굴에선 표정이 없어지곤 했다. 그건 커비가 한참이 지나도록 이해하지 못할 어른들의 사정 중 한 가지였다. 한밤중에 느껴지던 엄마의 무거운 입맞춤처럼.

커비는 잠결에 그 입맞춤을 느꼈다. 그러고는 한 번 더. 그러더니 손 하나가 커비의 이마 선을 따라가며 쓰다듬었다. 장미 향수 냄새와 어머니의 소금기 어린 이마 냄새가 살짝 끼쳤다. 그다음엔 햇빛이 들어왔다. 일요일 아침이었다. 어머니가 커비를 늦게까지 자게 놔둔 것임에 틀림없었다. 커비는 기다렸다. 엄마는 오지 않았다. 커비는 자리에서 일어나 부엌으로 갔다. 엄마는 없었다.

열두 시간이 지났지만 엄마는 오지 않았다. 펄은 언제나처럼 저녁을 해놓고 갔다. 아빠는 언제나처럼 술에 약간 취해 집에 돌아왔다.

이틀 뒤에도 엄마는 오지 않았다. 집에 찾아온 경찰은 아빠가 이야기하는 동안 고개를 끄덕였다. 알겠습니다, 그들은 말했다. 할 수 있는 일을 찾아보겠습니다.

일주일 뒤, 아빠는 커비의 손을 잡고 커비의 얼굴에 흐르는 눈물을 닦아 주었다. 엄마는 곧 돌아올 거라고, 곧 보게 될 거라고 아빠는 말했다. 아빠는 평소보다 취해 있었다. 펄은 커비를 평소보다 꼭 끌어안았다.

한 달이 지났지만 엄마는 오지 않았다.

1년이 지나도.

5년이 지나도.

아빠는 그 어느 때보다 많은 시간을 닭싸움을 구경하며 보냈다. 아빠가 가게에 있는 상자 뒤쪽에 술병 하나를 보관해 둔 걸 커비는 본 적이 있었다. 펄은 여전히 집을 나설 때면 커비를 안아 주었다. 커비는 여전히 한밤중에 잠에 깨어 장미 향과 짠내가 어우러진 냄새를 맡으려고 허공에 코를 킁킁거렸다.

린

조니 〈린〉 린쿡이 자기 여자가 딸을 위해서조차 집에 돌아오지 않을 것임을 받아들이는 데는 6년이 걸렸다. 그는 맥주한 병을 들고 뒤뜰에 앉아 도마뱀 한 마리가 너무 작아서 보이지도 않는 곤충들을 덥석덥석 잡아먹는 걸 지켜보면서, 머틸다가 있거나 없거나 삶을 이어 나가는 일이 그동안 얼마나 힘겨웠는지를 생각했다. 린보다 먼저 살았던 부모님, 그리고 지난 몇 세대에 걸쳐 대양을 건너온 동포들 모두에게 그랬듯 린에게도 삶은 언제나 힘겨웠다.

린의 ba(아빠)는 아메리카 양 대륙에서 모멸감 느껴지는 삶을 시작했던 동포들 일부가 어떻게 인생 역전에 성공했는지를 아들들에게 들려주기 좋아했다. 오래전 1854년에는 파나마 철도를 건설하던 인부들 일부가 건강이 너무도 나빠져 검은 담즙을 토하고 눈이 누렇게 변했었다고 그는 말했다. 철도 프로젝트 일을 하기 위해 파견되어 온 중국인 노동자 대다수는 좀 더 안전한 환경으로 보내 달라고 요구했다. 그들 중 일부는 결국 섬으로 오게 되었다. 고된 노동과 질병으로 이미 쇠약해진 그들 가운데 오래 살아남을 사람은 몇 안 되었다. 살아남는 데 성공한 사람들 중 한 명은 물품 도매상을 여는 데까지 나아갔고, 다른 중국인 이민자들이 용기를 내 따라 하게 될 선례를 만들었다.

린 가족은 그즈음에 건너왔다. 새로운 세기, 기회의 창이 열리던 시기였다. 그렇기를 그들은 바랐다. 린의 아버지는 광저우에서 건너온 요리사cook였는데, 그 지역 어딘가에서 서류에 **린쿡Lyncook**이라고 기록되기 시작했다. 그는 계약된 노동을 다 이행했고, 아내와 조만간 〈조니〉라고 불리게 될 어린 아들 젠을 불러왔으며, 그 지역 상점 주인들의 대열에 합류했다. 마침내 첫 번째 가게를 연 그는 가게 위에 **린의 포목 및 잡화점**이라고 적힌 간판을 걸었고, 사람들은 곧 그를 〈린 씨〉로, 그의 장남을 그냥 〈린〉으로 부르기 시작했다. 시간이 더 지나면 또 다른 상점이, 영어 이름을 쓰는 다른 아들들이 생길 것이었다. 하지만 알고 보니 거기까지 가는 길은 따라가기 힘든 길이었다.

생선수프. 린이 아직 꼬마였을 때는 거의 언제나 먹을 거라곤 그게 다였다. 린의 어머니는 생선 대가리로 끓인 국물에 파 조금과 스카치보닛고추[7]를 곁들여 최대한 자주 식탁에 올리곤 했다. 섬에 사는 다른 집 가족들은 진짜 생선살과 푸른 바나나,[8] 그리고 아마도 새우까지 넣어 국물을 끓여 먹는다는 걸 린은 몇 년이 지난 뒤에야 알게 되었다. 그때쯤에는 린의 부모님에게도 다른 것들을 살 여유가 생겼다. 린 가

7 카리브해와 서아프리카 지역에서 나는 매운 고추.
8 카리브해 지역에서는 요리 재료로 덜 익은 바나나를 널리 쓴다.

족이 하는 가게들이 마침내 수익을 내고 있었다. 린의 아버지는 돼지고기를 소금에 절여 그 조각들을 갈고리로 베란다에 걸어 놓곤 했고, 아들들은 마당에 앉아 산들바람에 빙글빙글 돌아가는 고기 조각들을 바라보곤 했다.

하지만 그건 좀 더 나중의 일이었다.

어린 시절에, 린은 오직 산수 시간에만 배고픔을 잊을 수 있었다. 선생님들은 린에게 재능이 있다고 했다. 하지만 린은 이 세상에서 성공하기 위해서는 숫자들을 잘 다루는 것만으로는 충분치 않으며 숫자들의 논리를 기꺼이 무시할 줄도 알아야 한다는 걸 이미 느끼고 있었다. 기꺼이 운에 맡기는 자세가 필요했다. 린은 어릴 때부터 수 파[9]를 하는 사내들을 지켜보며 승률을 점쳐 볼 줄 알았다. 고등학교에 간 린은 경마에 돈을 걸기 시작했다. 그런 다음에는 닭싸움이라는 걸 알게 되었고, 처음으로 딴 달러 지폐 한 움큼을 손에 쥐어 보았다. 먼지와 피가 뒤범벅된 종이돈 냄새를 들이마셨다. 미래에 대한 자신의 진짜 가능성을 처음으로 들이마신 것이었다.

린은 닭 주인이 자기 닭들을 어떻게 기르는지, 어떤 보조제를 먹이는지 예의 주시하면 승률을 높일 수 있다는 걸 알게 되었다. 그렇게 벌어들인 가욋돈은 아버지의 가게들을 현대화하고 부모님이 타마린드[10]와 빵나무들이 있는 집을 사는 데 도움이 되었다. 그건 좋은 일이기도 했다. 린의 어머

9 중국계 이민자들이 자메이카에 도입한 일종의 숫자 복권. 현재는 〈캐시포트〉라고 하며 1부터 36까지 숫자가 쓰인 복권을 냄비에 넣어 추첨한다.
10 콩과의 상록 교목으로 북아프리카와 열대 아시아가 원산지이다.

니는 전부 해서 아들 넷을 낳았지만 결핵이 휩쓸고 지나간 뒤엔 두 아이만 남았고, 그 도시에 남은 건 오직 린뿐이었다.

린은 언제나 가족에게 충실했다. 그 자신이 그런 방식으로 양육되었기 때문이었다. 도박을 해서 돈을 많이 벌면 그는 언제나 죽은 남동생들의 아내들과 아이들에게 무언가를 따로 챙겨 주었다. 그리고 커비가 태어나자, 그는 집안일을 도와줄 사람으로 그 교구에서 가장 뛰어난 요리사였던 펄을 고용했다. 커비의 어머니가 원해서였다. 하지만 들어오던 돈이 그즈음 뚝 멎어 버렸다.

싸움닭을 기르는 업자들은 이내 닭을 토실토실 살찌울 수 있는 스테로이드를 찾아냈지만, 짐승이 그 약을 먹으면 다루기 힘들어지기도 했는데, 특히 칼날을 단 짐승이라면 더욱 그랬다. 이웃 교구에 살던 어느 닭 주인은 자기 닭에게 한쪽 팔이 베여 죽고 말았다. 아무도 그 일이 일어나는 것조차 보지 못했고 그저 그 사내의 목숨이 손목에서 시뻘겋게 뿜어져 나오며 흩날리는 것만 봤을 뿐이었다.

린은 그 닭이 대승을 거둘 거라고 기대하고 있었다. 하지만 주인의 팔이 베이는 그 사고는 오랫동안 이어지는 패배로 이어졌고, 그동안 린의 여자는 목소리가 더 커졌고, 시비가 늘었고, 그러다가 조용해졌고, 그다음에는 완전히 입을 다물어 버렸다. 어느 날 린의 여자는 짧은 메모 한 장과 그들의 열두 살 된 딸을 남기고 그냥 사라져 버렸고, 딸은 계속 린을 따라 집안 구석구석을 돌아다니며 제 엄마를 똑 닮은 둥근 눈으로 그를 올려다보았다.

린은 머틸다가 떠난 건 거리에서 벌어지고 있던 라스타파리 블랙 파워 독립 운동[11]의 영향을 받아서일 거라고 의심했다. 머틸다는 린이 정식으로 결혼을 해주지 않는다고, 그리고 린이 계속 닭싸움을 보러 다닌다고 불평하곤 했지만 말이다.

「도박이 싫다고?」 한번은 린이 머틸다에게 물었다. 「내가 가게들 돌아가게 할 돈을 어디서 얻을 것 같아? 우리 손님 중에 반은 외상으로 물건을 사고 갚지도 않는데 말이야. 그 손님들이 필요한 것 없이 그냥 버티게 놔둬야 되나? 그리고 이 집은 어디서 나온 것 같아? **그 돈이 전부 하늘서 떨져 내려라도 한 주 알아?**」 린이 딸이 있는 곳에서 사투리를 쓸 때면 늘 떠오르던 예의 그 혼란스러운 표정이 여자의 얼굴에 떠올랐다.

아니, 머틸다는 한 번도 자신의 행운을 감사하게 여긴 적이 없었다. 어떤 상인들은 바다 저편에 다른 아내들이, 혹은 도시의 다른 지역에 여자들이 있기도 했지만 린은 그렇지 않았다. 그럼에도 머틸다는 남자로서 참아 내려고 노력하게 되는 유의 여자였다. 셔츠 위쪽에 불룩하게 부풀어오른 그 살집들 하며. 딸을 망설임 없이 파도 속으로 똑바로 나아가게 만드는, 린을 짜증 나게 하는 동시에 흥분시키는 그 방식하며.

제2차 세계 대전이 끝난 뒤 지쳤지만 희망에 찬 나날들이 찾아오자, 영국 공군 같은 곳에서 군 복무를 한 뒤 섬으로 돌

11 1930년대 자메이카의 하층 계급이었던 흑인 공동체를 중심으로 당시 영국 식민 문화에 저항하고 사회 전복을 시도했던 운동. 〈라스타파리안〉은 에티오피아의 옛 황제인 하일레 셀라시에를 숭배하는 종교의 신도를 말한다. 이들은 모든 아프리카인들이 약속의 땅인 아프리카로 돌아가 재정착해야 한다고 주장했다.

아온 사람들 대다수는 오직 영국으로 돌아가고 싶다는 이야기만 했다. 수도에서 온 중국인 청년들 중 일부는 섬을 떠나 플로리다로 가고 있었다. 하지만 린은 또다시 이민을 가고 싶지는 않았고, 자기가 있는 바로 그 자리에서 운명을 개척하고 싶었다. 린보다 두 살 적은 머틸다는 린이 삶을 대하는 태도가 마음에 든다고 했다. 그들 둘만 있을 때면 머틸다는 린의 머리 위에 손을 얹고는 까맣고 곧고 솔처럼 굵은 그의 머리카락이 웃기고 마음에 든다고 말하곤 했다.

린은 다른 여자와 결혼할 수도 있었을 것이다. 린의 어머니는 〈제대로 된 부류의〉 여자, 중국에서 새로 건너온 여자들 중 누군가와 어울려 보라고 린에게 법석을 떨어 댔었다. 춘절에 걸맞게 제대로 집 청소를 할 줄 아는 여자와. 아이들을 위해 작은 홍바오[12]를 어떻게 준비해야 하는지 아는 여자와. 복이 들어오려면 어떤 음식을 해야 하는지 알고, 명절 잔치에 중요한 사람들이 올 때면 존재만으로 가족의 자랑이 될 그런 여자와.

그리고 린은 머틸다가 언제까지나 아무 일 없이 가만히 앉아 있지만은 않을 것임을 알고 있었다. 머틸다가 더 잘사는 누군가를 찾아내려면, 해안을 따라 멀리 올라간 곳에 사는 어느 호텔 소유주에게나, 심지어는 대부분의 시간에 해변에서 빈둥거리기만 하는데도 부자로 살 수 있는 그 유명 영화배우들 중 한 명에게라도 눈독을 들이기만 하면 됐다. 하지만 그때 머틸다가 린에게 임신했다고 말했고, 린은 그게 자신이 원하는 것임을 알게 되었다. 머틸다와 아이를 낳

12 중국에서 세뱃돈을 넣어 주는 붉은 봉투.

고 사는 것.

　사랑은 어리둥절한 것이었고, 그것이 사람의 마음을 좀먹어 들어 가기도 하는 방식을 떠올려 보면 두 배로 그랬다. 그렇다, 린은 이제 그와 딸 둘뿐이라는 사실을 받아들여야 했다. 그들은 버림받은 것이었다.

　그로부터 3년이 채 지나지 않아 커비의 두 어깨는 떡 벌어지고 가슴은 솟아올랐고, 커비는 교구 내의 어떤 다른 소녀보다, 그리고 대부분의 소년들보다도 키가 커졌고 더 빨리 헤엄치게 되었다. 커비의 두 눈에는 날카로움이 깃들어 있었는데, 린은 그것이 자신에게서 온 것임을 알아보았다. 이 아이는 그를 닮았다. 그저 재능의 문제만은 아니었다. 커비는 그저 즐겁게 놀고 있기만 한 게 아니었다. 이기고픈 마음으로 가득 차 있었다.

　커비는 계속 이겼지만 린은 계속 졌다. 웃기는 건 린이 알 만큼 안다는 것이었다. 그는 멈추지도 않고 도박을 계속할 만큼 어리석은 사람은 아니었다. 가진 현금을 죄다 술값으로 날려 버릴 만큼 어리석은 사람도 아니었다. 린은 숫자라면 잊은 적이 없었고, 머릿속에는 군대 하나만큼의 숫자들이 들어 있었지만, 더 이상 자신을 통제할 수 없게 되었던 그날이 몇 월 며칠이었는지는 아무리 애를 써도 기억해 낼 수가 없었다.

　어느 시점이 되자 린은 섬을 떠난 남자들에 대해 다시금 생각하기 시작했다. 그는 남은 재산을 팔고 중국으로 돌아가면 어떨지 곰곰이 생각했다.

　「뭔 중국을 가?」 하나 남은 그의 남동생이 말했다. 「**이저**

섬사람이자너. 뭔 중국을 가?」

　그리고 커비가 있었다. 린은 딸을 중국으로 데려갈 수는 없다는 걸 알았다. 제 엄마를 닮은 갈색 얼굴과 기다란 코, 영어만 할 줄 아는 상태를 가지고는 안 됐다. 아마 커비가 아직 기저귀를 차고 있던 때 이후로 린이 그 애에게 들려주었던 하카어[13]는 한두 마디에 불과했을 것이다. 커비는 중국으로 건너가서는 절대 남편감을 찾아내지 못할 것이었다. **제길!** 린은 자신이 벌써 버릇이 없어지기 시작한 딸아이를 걱정하며 시간을 낭비하고 있음을 알고 있었다. 커비는 시키는 대로 고분고분 따르는 대신 요즘 애들 모양으로 말대꾸를 했다. 린은 커비가 벌써 가망 없는 아이가 돼버린 건 아닌지 의심스러웠다. 그럼에도 그는 섬에 남았다.

---

13 중국 한족의 한 갈래인 하카족이 쓰는 방언. 하카족의 이주에 따라 중국 남부 및 타이완을 비롯한 세계 각지에서도 쓰인다.

만

만이 유명해지기 전에, 그들은 그곳을 독차지했다.

팔을 저어라, 저어라, 저어라.

자신을 아낄 줄 아는 섬 주민이라면 누구도 평일에 보트도 서핑 보드도 없이 만에 나가지 않았다. 오직 커비와 친구 버니만 예외였다.

팔을 저어라, 저어라, 저어라.

가끔씩은 멀리 해안을 올라가면 나오는 곳에 집이 있는 유명 영화배우들과 작가들이 매력 넘치는 친구들과 함께 들러 모래 위에 몸을 뻗고 누워 있기도 했지만, 오후에 두 소녀가 도착할 때면 해변에는 대체로 인적이 없었다.

팔을 저어라, 저어라, 저어라.

일요일이면 커비와 버니는 다른 열다섯 살 소녀들처럼 지냈다. 맞춰 입은 투피스 수영복을 입고 해안을 거닐고, 해변에 밀려온 해파리를 막대기로 쿡쿡 찌르고, 서로를 목까지 모래 속에 파묻고, 피시와 그의 아내가 피운 불에 요리한 신선한 도미와 카사바[14]케이크를 먹은 다음 해안으로 밀려오는 큰 파도에 손가락을 씻어 냈다.

피시는 그 지역의 명물이었다. 그는 커비의 아버지와 버니의 아버지가 어린 소년이었을 때부터 갓 잡은 물고기들로 점심 식사를 만들어 팔아 왔다. 그는 버니의 아버지가 영국을 위해 전쟁에 나갔다가 대양을 건너 돌아와 자신의 두 아이를 길러 내는 걸 보았다. 곧바로 영국이나 웨일스나 뭐 그런 곳으로 돌아가 버린 어떤 사내들과는 다른 선택이었다. 피시는 커비에게 여러 번 웃으며 말했듯 커비의 아빠가 **쪼맣고 빌빌한 놈**에서 **크닿고 빌빌한 놈**으로 자라나는 것도 지켜보았다. 그리고 이제 이 소년들은 남자가 되어 술병을 들고 피시 곁에 앉아 재미있는 이야기를 들려주면서 섬이 영국의 통치로부터 독립하는 문제에 대해 논쟁을 하고 있었다.

술에 취하지 않은 주말이면 커비의 아빠는 두 소녀와 그 친구들을 차에 태우고 해안을 따라 폭포가 있는 곳까지 올라가곤 했다. 그 애들은 폭포수 아래를 뛰어다니며 차가운 물줄기에 깍깍 소리를 질러 대곤 했다. **나 좀 봐요, 아빠!** 커비는 소리치곤 했다. **나 좀 봐요!** 그런 날은 커비에게 좋은 날이었다. 아빠가 고개를 뒤로 젖히고 웃으면서 허벅지 옆을 찰싹 때리게 만들 수 있었으니까. 그런 날은 좋은 날이었다. 냄새를 풍기며 죽을 때까지 싸워 대는 한 무리의 수탉들보다 자신이 아빠에게 아직 더 중요한 존재임을 느낄 수 있었으니까.

그런 다음 평일이 되면 커비와 버니는 수영 모자를 잡아당

14 열대 지방에서 자라는 관목으로, 덩이뿌리에서 채취하는 녹말은 요리 재료로 쓰인다.

겨 썼고, 커비는 가장 자기다운 모습으로 되돌아가곤 했다.

처음으로 버니를 봤을 때, 커비는 수영 클럽의 물속에 있었다. 학교에서 암송하기 위해 외워 둔 어느 단락의 구절들을 점검하면서 물속에 서서 선헤엄을 치고 있었다. 바로 그때, 아빠의 친구인 레너드 아저씨가 자기 딸 버니와 함께 걸어 들어왔다.

레너드 아저씨는 딸의 팔을 놓더니 지도 강사 쪽으로 그애를 슬쩍 밀었다. **그냥 집중하면 돼, 버니**, 그는 그렇게 말하더니 버니가 어색하게 몇 걸음 내딛는 동안 가버렸다. 버니와는 다른 초등학교에 다녔던 커비는 전에 그 애를 본 적이 없었지만, 아빠를 태워 가려고 집 앞에 흰색 밴을 세우는 레너드 아저씨를 본 적은 있었다. 그때는 엄마가 아직 집에 있던 때여서, 아저씨와 아빠가 닭싸움을 보러 차를 몰고 떠날때마다 엄마가 경멸하듯 쯧 소리를 내며 작은 목소리로 뭐라고 중얼거리는 게 들리곤 했다.

수영장에서, 버니는 달덩이 같은 얼굴에 걱정스러운 표정을 지으며 지도 강사가 시키는 모든 것을 했다. 그 애는 기초가 전혀 안 되어 있었지만 빨리 배웠다. 그러던 어느 날, 버니의 어머니가 그 애를 보러 왔고, 버니는 미소를 지었다. 커비와 다른 아이들은 놀라서 서로의 얼굴을 건너다보았다. 버니는 아이들 모두가 본 것을 통틀어 가장 밝은 미소를 지을 줄 아는 여자아이였다. 그렇게 눈부신 치열은 커비의 어머니도 지니고 있지 않았다. 시간이 흐르자 커비는 버니에게 미소 말고 다른 매력도 있다는 걸 알게 되었다. 버니는 한번 헤엄치기 시작하면 절대 지치는 법이 없어 보였다.

버니는 수영 클럽이 끝나고 나면 커비의 집까지 커비와
함께 걸어 돌아가기 시작했다. 둘은 부엌 식탁에 나란히 앉
아 꼬르륵거리는 배를 하고 다리를 흔들면서, 저녁 식사를
준비하는 펄이 빵나무열매튀김 한 조각이나 뜨겁고 쫀득쫀
득한 만두 하나씩을 슬쩍 내주기를 기다리곤 했다. 아직 햇
살이 좀 남아 있으면 둘은 뒤뜰로 달려나가 도마뱀을 잡고,
커다랗고 오래된 아몬드나무에 올라가 엄마가 내려오라고
소리쳐 부를 때까지 있곤 했다.

그러던 어느 날, 커비는 버니에게 만에서 연습을 시작하
고 싶다고 했다.

「근데 왜?」 버니가 물었다. 「우린 수영장이 있잖아.」

「알게 될 거야.」 커비가 말하고는 해안 쪽을 바라보았다.

「근데 거기 안전하긴 해?」

커비는 망설였지만, 버니의 두 눈에 스치는 빛을 보고는
사실 대답할 필요는 없다는 걸 알 수 있었다.

두 소녀가 가장 오랫동안 헤엄치는 날은 아버지들이 닭싸
움을 보러 가는 날이었다. 커비와 버니는 이웃에 사는 소년
들에게 차를 태워 달라고 부탁해서 해안을 따라 한참 밑으
로 내려가곤 했다. 아버지들이 달러 지폐에서 피 얼룩을 닦
아 내는 동안 두 소녀는 벌써 모래 위에 신발을 벗어 던지고
원피스를 벗고 사파이어빛 파도 속으로 머리부터 뛰어들고
있었다.

버니와 함께 있으면 커비는 더 이상 외동이라는 기분이
들지 않았다. 뭍에서, 그리고 물속에서 함께할 자매를 찾아
낸 기분이었다. 둘 중에서는 커비의 속도가 더 빨랐지만 버

니는 언제까지라도 계속 헤엄칠 수 있었고, 커비가 아는 모든 수영 선수를 통틀어 야외에서 가장 똑바른 선을 그리며 나아갈 수 있었다. 커비의 움직임이 돌고래 같다면 버니는 길을 잃지 않고 세상의 모든 바다를 헤엄쳐 건널 수 있다고들 하는 거대한 바다거북 같았다.

사람들은 커비가 수영하는 걸 두고 놀리기를 좋아했다. 어떤 사람들은 커비가 번개 같다고 말하기도 했다. 하지만 버니를 본 사람들은 조용해질 때가 많았다. 도시에 소문이 퍼졌다. 버니는 숭배의 대상이었다. **귀신 잡는 애**였다. 하지만 그러다 두 사람이 열여섯 살이 되자 상황이 달라지기 시작했다. 사람들은 둘을 **아가씨들**이라고 부르기 시작했다. 커비는 어떤 사람들이 아가씨들에 관해 무슨 생각을 하는지 알고 있었다. 아가씨들은 바다에, 그리고 바다가 일으킬 수 있는 일에 좀 더 **경외심**을 품어야 한다는 것이었다. 두 사람이 만으로 나가 위험을 자초하는 일을 그만두어야 한다고 그 사람들은 생각했다.

「그건 순리가 아니야.」 커비의 아빠가 말했다. 커비가 아직 조그마했을 때, 아버지는 몇 번쯤 운 좋게 돈을 따고는 그 돈으로 커비를 수영 클럽에 등록시켜 주겠다고 말하곤 했다. 아빠는 다른 데 쓸 돈이 더 이상 없다고 말은 하면서도 계속 강습비를 내줬고, 몇 년이 지나는 동안 커비는 자기 방 선반에 수영 메달들을 줄 세워 놓는 것으로 아빠의 투자에 보답했다. 그리고 이제 커비는 그것만으로는 충분치 않다고 결론을 내렸다.

왜냐하면 아빠가 틀렸으니까. 커비에게는 바다에서 수영

71

하는 것보다 순리에 맞는 건 없었으니까. 그리고 버니가 있는 한, 커비는 자신이 가장 사랑하는 일을 계속할 수 있다고 느꼈다.

「항구에서 하는 경기.」 커비가 버니에게 말했다. 「거기 나가자. 우리가 후원을 받아서 수도에 갈 수 있는지 한번 보는 거야.」

「항구에서 하는 경기?」 버니가 말했다. 「알잖아, 나 경기는 싫어.」

「하지만 우린 이길 수 있어.」

「아니, **너는** 이길 수 있겠지, 커비.」

「하지만 넌 3위 안으로 들어올 수 있을 거야. 틀림없어. 제대로, 오래 수영해야 하는 경기일 거야. 네가 좋아하는 그런 거. 게다가 다른 섬에서 겁나게 잘하는 애들 중에서도 몇몇은 여기까지 올 용기가 없을 거고.」

그들의 섬은 지구상에서 가장 작은 땅덩어리 중 하나였지만 지구상에서 가장 큰 자연항 중 하나를 갖추고 있었다. 그리고 그 물속에 숨어 있을지 모르는 무언가에 대한 소문이 끊이지 않았다.

섬 주민이면 누구나 상어 이야기를 하나씩은 알고 있었다. 사람을 뜯어 먹고 팔다리 없는 몸통만 남겨서 해변으로 밀려오게 만들었던 상어들. 누군가가 절벽 아래로 죽은 개의 몸뚱어리를 던지자 달려들었던 상어들. 남쪽 앞바다 모래톱 주위를 빙글빙글 도는 게 목격되었던 상어들. 하지만 커비는 지금껏 살아오는 동안 물속에서 상어라고는 지느러미 하나도 본 적이 없었다. 꼬치고기라면 본 적이 있었다. 하지만 커비는 상어를 봤다는 이야기들이 귀신 이야기들 같은 게 아닌가 싶었다. 그다지 믿기지는 않지만 그럼에도 무서움은 남겨 놓는 그런 이야기들 말이다.

버니는 커비에게 설득되어 항구에서 하는 경기에 나가게 될 것이었다. 커비는 그렇게 확신했다.

「우리가 헤엄칠 때 뒤따라오는 보트는 있겠지?」 버니가 물었다.

「그럼.」 커비가 말했다. 「있지, 나도 그 경기 생각하면 조금 불안해지는 건 사실이야. 근데, 우리가 여기서 수영을 한다면 거기서는 왜 못 하겠어? 혹시 너, 가기 싫어질 것 같다고 생각하고 있는 거야?」

버니가 고개를 저었다.

「그럼 생각하지 마. 그냥 나랑 같이 가.」

커비는 그 경기에 나가지 않는다는 건 상상할 수가 없었다. 팔이 물에서 빠져나올 때 살갗에서 흘러내려 사라지는 거품을, 몸 아래 펼쳐진, 깊어질수록 점점 검어지는 청록색 세상을, 머리 위의 활짝 갠 하늘을, 그리고 심지어 입가를 쓰라리게 하는 소금기마저도, 느끼지 않는다는 건 상상할 수가 없었다. 커비는 해외에 초청받아 승부를 겨루게 되기를 꿈꿨다. 그럴 가능성은 별로 없었지만, 만약 그럴 수 있다면 이 섬을 벗어날 방법으로는 딱이었다. 왜냐하면, 그래, 설령 어머니가 커비를 찾으러 돌아오지 않더라도 커비는 이 도시를 언젠가는 떠날 작정이었으니까.

「하지만 너희 아빠는,」 버니가 말했다. 「너희 아빠가 안 된다고 하시면 어떡해?」

「그건 나중에 생각해 볼게.」커비가 말했다.

일주일에 사흘씩, 오후가 되면 커비는 파도를 뚫고, 상어에 대한 두려움을 뚫고, 쌓이는 젖산에 맞서 팔다리를 저었고, 챔피언으로서의 미래를 꿀꺽꿀꺽 들이마셨다. 일주일에 사흘씩, 오후가 되면 버니는 얼굴에 오일을 발랐고, 쏘아 대는 해파리들을 뚫고 팔다리를 저었고, 섬에 있는 커다란 항구의 지도를 자세히 들여다보았다. 왜냐하면 버니는 커비가 가는 곳이라면 어디든 따라가고 싶었으니까.

커비와 기브스

그 시절에는 버려진 낚싯배 선체 안쪽을 잘라 내 평평한 널빤지로 만든 다음 파도타기에 쓰는 소년들이 있었다. 그들 중 일부는 보디 보딩[15]을 하러 다녔고, 냉장고 내부의 폼 조각들을 이용해 파도를 탔다. 그들은 폴리우레탄을 다듬은 다음 레진과 유리 섬유를 그 위에 덮어씌우곤 했다. 파도를 다 타고 보드에서 뛰어내려 모래사장으로 달려 돌아올 때면 그들은 웃음을 터뜨리곤 했다. 공장에서 제작된 서핑 보드가 커비의 고향에 들어왔을 때쯤에는 커비도 그 종목에서 운을 시험해 볼 준비가 되어 있었다.

커비는 알고 보니 타고난 서퍼였다. 커비에겐 자신만의 서핑 보드가 없었지만 기브스 그랜트에겐 있었다. 기브스가 수영 클럽에 들어왔을 때는 커비가 막 열여섯 살이 되었을 때였다. 기브스는 커비보다 나이가 많은 소년 중 한 명이었지만 동네에서는 제법 새로운 얼굴이었다. 기브스네 가족은

15 일반적인 서핑 보드보다 짧은 길이 1미터 정도의 보디 보드를 이용해 하는 파도타기.

어느 채굴 회사가 기브스 아버지의 땅을 사들이게 되면서 친척들 가까이로 이사를 왔다고 했다. 커비는 그랜트 집안의 그 소년에 대해 들어 본 적은 있었지만, 탈의실에서 나와 수영장이 있는 곳으로 걸어오는 그 애를 처음 보았을 때는 길에서 마주친 적이 한 번도 없다고 확신했다. 그렇게 확신한 건, 만약 마주쳤더라면 분명 커비가 알아차렸을 얼굴이었기 때문이었다.

커비는 이제 남자아이들이 머리카락을 잡아당길 만한 나이는 지나 있었다. 대신 길을 걸으면 남자아이들이 자기들끼리 속삭이고, 차에 탄 채 야유하는 소리를 내고, 파티에서는 지나치게 가까이까지 다가와 서 있고, 당황스럽게 만들고, 도망치게 만들고, 가끔씩은 몽상에 잠기게도 만드는 그런 시기에 도달해 있었다. 하지만 그 소년들 중 누구도 그날 새로 온 이 소년이 클럽으로 걸어 들어오며 한 것 같은 일을 한 적은 없었다.

커비는 수영장 가장자리로 걸어가는 기브스를 한번 쳐다보았고, 그런 눈빛을 하고 똑바로 마주 쳐다보는 이 소년이 마치 방금 팔을 불쑥 내밀어 자신을 밀어 버린 것처럼, 그래서 수심이 깊은 뒤쪽 물속으로 한없이, 한없이, 한없이 빠져 버리게 만든 것 같다고 느꼈다.

나중에 기브스는 말했다. 「사람들이 왜 널 돌고래라고 하는지 알겠어.」

「아, 그래?」커비가 말했다.

「너 되게 빠르다.」

커비는 어깨를 으쓱하고 발치를 내려다보았다. 늘 그렇듯 물속에서 오래 있는 바람에 발가락이 온통 쪼글쪼글해져 있었다. 커비는 거기에 관심을 갖는 척했다.

「남자애들이 그러는데 너 만에 나가서 수영하고 있다며.」

「응, 버니랑 나랑.」

「너희 둘만?」

「보통은 우리 둘만 하는데 늘 그런 건 아니야.」

「나도 언제 한번 거기 가서 너희랑 같이 수영해도 될까?」

「네가 그럴 만큼 잘하면.」커비가 말하며 미소를 지어 보였다.

「나 그럴 만큼 잘해.」기브스가 씩 웃으며 말했다.

바로 그다음 주에 기브스는 만에서 그들에게 합류했다. 하루는 기브스가 서핑 보드를 가져왔다. 커비는 곧바로 그걸 타보고 싶어 했지만 버니는 코를 찡그렸다. 기브스와 커비에게 수영 클럽의 친구들이나 학교 친구들, 혹은 부모님의 꼬치꼬치 캐는 시선이 없는 곳에서 서로를 만날 첫 번째 핑계가 되어 준 건 파도타기에 대한 이런 관심이었다.

처음으로 덤불 사이로 난 길을 따라 내려가 서퍼들이 즐겨 찾는 작은 만으로 들어섰을 때, 커비와 기브스는 해변에서 라스타파리안 남자 3인조를 발견했다. 가장 나이 많아 보이는 남자가 물속을 헤치며 걸어 들어가나 싶더니, 그다음에 커비가 알아차린 건 그가 보드 위에 서 있다는 것이었다. 볼만한 광경이었다. 남자는 희끗희끗해져 가는 드레드록스 머리를 흩날리며 깨지지 않은 파도의 면 위로 솟아올랐다가 반대 방향으로 컷백[16]했다.

16 보드가 추진력을 얻는 구간인 파워 존에서 벗어났을 경우 넓게 턴하며 파

커비가 기브스의 보드를 써볼 차례가 되자 남자들은 대놓고 커비를 빤히 쳐다보았고, 좁은 띠 모양의 모래밭을 건너 따라오더니 큰 파도 속으로 커비를 밀어 넣고, 커비의 몸통을 보드 위로 끌어올려 주었다. 커비는 태어나서 처음으로 서핑 보드 위에서 일어섰을 때 밀려온 그 감정을 남은 평생 동안 기억할 것이었다. 쓰러지기 전에 들려온 〈와〉 하는 기브스의 함성 그리고 그 순간 느낀 기쁨. 그것이 오직 서핑에서만 온 건지, 기브스가 거기 서서 지켜보고 있다는 사실에서도 온 건지 궁금했던 마음 또한 기억할 것이었다.

그리고 다음번에 그들이 서핑하는 라스타파리안 남자들과 마주치자 나이 많은 그 남자들이 반갑다는 듯 그저 고개를 까딱하고는 하던 일을 계속했을 때 느꼈던 만족감 역시 커비는 기억할 것이었다.

커비는 버니에게는 기브스와 서핑하러 다닌다는 이야기를 전혀 하지 않았다. 결국에는 무언가 말해야 하겠지만, 그리고 버니는 **아, 그래?** 하고 말하고는 미소 짓겠지만, 커비는 버니가 질투하리라는 걸 알았다. 커비가 보고 있지 않다고 생각될 때마다 버니가 기브스를 쳐다보는 방식에서 느껴졌다. 수영 모자 바로잡는 걸 도와주면서 버니가 커비의 얼굴을 만지는 방식이나, 수영한 뒤 해변에 나른하게 누워 햇볕에 수영복이 마르기를 기다리면서 버니가 커비의 무릎에 머리를 올려놓는 방식에서도 알 수 있었다. 커비는 버니의 기분을 상하게 하고 싶지 않았다. 버니는 커비의 절친이었다. 커비에게 그건 전부를 뜻했다. 하지만 버니에게는 그걸로는

위 존으로 돌아가 다시 속도와 힘을 얻는 기술.

충분하지 않았다.

「끝내준다!」처음으로 보드 위에서 일어섰던 그날, 커비가 파도에서 달려 나왔을 때 기브스가 소리쳤다.

「돌고래 소녀, 너 정말 재능 있네.」나중에 기브스는 말했다. 행상인 여자에게서 산 파인애플을 들고 두 사람이 수건 위에 앉아 있을 때였다.

「이런, 뭐 하는 거야?」커비가 말했다.

「뭐가?」기브스가 말했다. 기브스는 허벅지 위에 올려놓은 파인애플을 한 손으로 붙잡고 칼로 과일 옆부분을 파 들어가고 있었다.

「그 파인애플을 죽일 생각이야? 왜 그렇게 자르는 건데? 그거 이리 줘봐.」파인애플을 받아 든 커비가 수건 위에 과일을 꼭대기가 위로 가게 놓았다.「이러면서 시골에서 왔다고? 믿어지지가 않네.」

「음, 이건 그냥 주머니칼이라서, 크기가 충분하지 않아서 그래.」

「너는 바로 그것부터가 문제야.」

「뭐가? 그럼 우연히 파인애플을 발견할 경우에 대비해서 커다랗고 오래된 칼을 들고 해안을 돌아다니기라도 하라고?」

커비는 쓴 소리를 냈고, 두 사람 모두 웃음을 터뜨렸고, 기브스는 모래 위에서 몸을 뒤로 젖혔다. 커비는 햇빛 속에서 번쩍이는 그의 몸통을 쳐다보지 않으려고 애썼다. 파인애플을 고정하고 조금씩 껍질을 벗기기 시작해 검은 눈들로 뒤덮인 노란 과육이 드러나게 했다. 그런 다음 과일 옆쪽에서

비스듬히 칼날을 넣어 검은 부분들을 한 번에 한두 개씩 파냈다. 기브스의 조그만 칼로는 시간이 좀 걸릴 듯했다. 그래서 커비는 기뻤다.

「참.」 기브스가 말했다. 「졸업하면 넌 뭘 할 거야? 버니처럼 수영을 가르치고 싶다든지?」

「음, 우선 난 항구에서 하는 경기에서 우승하고 싶고, 그런 다음엔, 그래, 계속 수영을 하고 싶어. 하지만 난 대학에도 가고 싶어. 어쩌면 영국에 갈 수 있을지 한번 보려고. 어쩌면 숫자를 가지고 뭔가를 할 수도 있을 거야. 난 숫자에는 강하거든. 우리 아빠처럼.」

커비는 기브스의 얼굴에 어떤 표정이 지나가는 걸 보았다. 그가 무슨 생각을 하는지 짐작이 갔다. 커비 아버지에 대해 사람들 대부분이 하는 생각이겠지. 「그럼 너는?」 커비가 물었다.

「난 내년에 런던에 가기로 확정됐어. 법학을 공부할 거야.」 기브스가 말했다. 커비는 심장이 쿵쿵거리는 걸 느꼈다. 두 사람 다 결국 영국에 가게 될 수도 있었다.

「법학?」 커비가 말했다. 「범죄자들이랑 관련된, 뭐 그런 거 말하는 거야?」

「그보다는 인권을 공부하려고 생각하고 있어. 권리를 부정당하는 사람들 있잖아. 우리 가족처럼.」

「왜, 무슨 일이 있었는데?」

「우리 아버지. 너도 알겠지만 땅이 있었거든. 근데 빼앗겼어. 그래서 우리가 이사를 와야 했던 거야.」

「어떤 큰 회사가 너희 아버지 땅을 산 줄 알았는데?」

「그건 그 사람들이 아무렇게나 말하는 거고. 우리 아버지한테 선택의 여지가 있었다거나 그런 게 아니야. 그 회사는 자기들이 주고 싶은 만큼만 줬어. 그러더니 우리보고 전부 나가라고 했어. 마을 사람들 전부한테.」

커비는 말없이 기브스를 쳐다보았다. 그런 일이 일어날 수 있다는 건 몰랐다.

기브스는 커비에게서 파인애플 덩어리 하나를 받아 들었다.

「만약에 런던에 가면, 이리로 돌아오게 될 거라고 생각해?」

「가게 된다면 그렇지 않겠지, **일단 가게 되면.**」

그들이 둘이서만 만날 때마다 기브스는 자신의 미래가 섬을 떠나는 일에 달려 있다고 주장했다. 나머지는 조금 더 기다려 봐야 할 것이었다. 어느 시점부터 그는 자신만의 미래에 대해 이야기하는 일을 그만두고 커비와 함께하는 미래에 대해 이야기하기 시작했다.

우리, 그는 그렇게 말하기 시작했다. **우리.**

레인트리처럼 널찍한 갈색 어깨를 지닌 기브스가.

두 팔로 커비의 허리를 감싸 안을 때면 몸통 한가운데로 파고드는 타는 듯 뜨거운 느낌을 선사하는 기브스가.

커비의 아버지는 커비가 남자아이와 둘이서만 외출하지 못하게 했지만, 커비와 기브스는 계속 핑계를 찾아냈다. 수영 클럽에 가야 한다거나, 토론에서 같은 팀이 됐다거나, 여름에는 독립 기념일에 할 발표회 연습을 해야 한다고 했다. 그들이 사는 소도시는 여러 개의 조용하고 작은 만과 몸을 숨길 무성한 나무들로 둘러싸여 있었다. 10대 한 쌍이 둘이서만 몰래 시간을 보낼 장소를 찾는 건 아주 쉬웠고, 그들보다 앞서 살았던 모든 세대들처럼 그들 역시 청춘의 사랑으로 인해 대담해졌다.

밀려오는 큰 파도들 옆에서 손을 잡는 커비와 기브스.

바닷가 동굴의 움푹한 곳에 들어가 키스하는 커비와 기브스.

꼭 달라붙어 서로를 면밀히 탐사하고 서로에게 약속을 속삭이는 커비와 기브스.

린

커비는 뭐든 쉬운 적이 없었던 아이였다. 그 애가 딸이라는 것만으로 충분히 나빴다. 이제 그 애가 제 엄마의 눈과 가슴과 치아를 물려받은 모습으로 자라났다는 사실이 문제가 되어 있었다. 그 지역의 남자들은 커비의 외모에 이미 눈길을 보내고 있었다. 모두가 알기로 **그런 식으로** 눈에 띄던 린의 납품업자 중 한 사람의 아내는 말할 것도 없었고 말이다. 하지만 이 모든 것 가운데 가장 나쁜 건 딸이 린에게 보이기 시작한 불손한 태도였다.

어머니가 집에 돌아오지 않으리라는 걸 알게 될 만큼 머리가 굵어지자 커비는 버릇없이 굴기 시작했고, 학교에서 늦게 돌아오기 시작했다. 최근에는 수업 끝나고 친구와 함께 공부를 한다거나 수영 클럽에서 몇 시간 동안 보충 훈련을 한다고 말하고 있었지만, 린은 딸아이에게 무언가 꿍꿍이가 있다는 걸 알 수 있었다. 커비가 집에 걸어 들어오며 얼굴에 띄우곤 하는 표정이 그랬고, 린은 딸에게 남자가 생긴 게 틀림없다는 걸 알았다. 하지만 커비는 아니라고 했다.

어느 날 오후, 인내심이 바닥난 린은 커비의 머리채를 휘어잡았다. 무슨 일이 진행되고 있었던 건지 린이 알게 된 건 그때였다.

「이게 뭐냐?」 린이 물었다.

하나로 묶은 커비의 머리칼이 소금기로 뻣뻣했다. 이 아이는 또다시 학교 끝나고 바다에 나가 수영을 하고 있었던 것이다. 린이 하지 말라고 했는데도, 그랬는데도 이 바보 같은 딸년은 오후에 거기 나가 있었다. 그러고는 아버지에게는 거짓말을 하고 있었다.

「너 미쳤니?」 린이 말했다. 「전에 이 얘기 하지 않았니? 거기 혼자 나갔다가 무슨 일이 생기는지 알아?」

「저한텐 아무 일도 안 생겨요.」 망고 하나를 집어 들고 껍질을 따라 과일칼 끝을 밀어 내며 커비가 말했다.

「그거참 지당한 말씀이로구나, 코번티나. 너한텐 아무 일도 안 생길 거다. 넌 다시는 거기 나가지 못하게 될 테니까.」

커비는 그를 힐끗 보더니 고개를 돌렸다. 옛날 린이 젊던 시절에는 여자애가 자기 아버지를 절대 저렇게 버릇없이 쳐다보지 못했는데. 요즘은 죄 자기들 마음대로 하는 행동 천지였다. 지난주에 커비는 손수 바느질을 해서 치마를 새로 만들어 입었는데, 린이 보기에 그건 그냥 천 쪼가리였고, 엉덩이가 반쯤 드러날 정도로 짧았다. 여자애들은 다들 입고 다니는 치마라고 커비는 말했다. 린은 당장 그 짓거리를 그만두게 했고, 커비에게 치마 밑단을 늘리게 했다. 하지만 이런 게 세상이 흘러가는 방향이었다.

「그래 봤자 아버진 저를 못 막으실걸요.」 망고 씨에 붙어 있던 과육 한 조각을 잘라내 통째로 삼키면서 커비가 말했다.

거기까지였다. 린은 바지에서 벨트를 잡아당겨 빼낸 다음 휘둘렀고, 커비에게 뭔가를 깨닫게 해주었다. 그랬기를 그는 바랐다. 커비는 두려움을 몰랐다. 그리고 기가 세지지 않게 억눌러 줄 어머니도 남편도 없이 두려움을 모르는 여자애란 위험한 존재였다.

폭풍

1963년 9월, 포르투갈에서 수리남으로 날아가던 어느 제트 여객기 승무원들이 아프리카 서부 연안 지역에서 기체가 심하게 요동치는 현상을 알아차렸다. 그다음엔 소앤틸리스 제도 동쪽을 오가던 배들이 비슷한 보고를 전해 왔다. 허리케인 〈플로라〉에 대한 첫 번째 경보가 일반 대중에게 발령되었을 무렵, 폭풍은 트리니다드섬과 토바고섬을 덮치면서 카리브해 지역을 통과하는 치명적인 행군을 시작하고 있었다.

당시 커비의 마을 사람들은 허리케인이 머리 위를 거의 완전히 뒤덮을 때까지 그 누구도 그런 게 오고 있다는 사실을 알지 못했다. 그때가 큰 폭풍이 자주 오는 계절이라는 걸 섬사람들이 알고 있었는데도 그랬다. 열대 폭풍이 그저 스치고 지나가는 것만으로도 농작물이 망가지고 통신이 끊어지고 사람들이 죽기에는 충분했다.

1963년 10월 5일 토요일, 10대 세 명이 롱베이를 가로질러 헤엄치고 있었고, 다른 두 명은 작은 보트를 타고 그들을 따라가고 있었다. 그들 중에 걱정에 사로잡힌 자기 마음을 다른 아이들에게 털어놓고 싶어 하는 아이는 아무도 없었다. 열대 폭풍은 그들의 예상보다 빠르게 다가왔고, 그 보트는 이미 전에 한 번 뒤집힌 적이 있는 보트였다.

물으로 3킬로미터쯤 들어간 곳에서, 린은 닭들을 몰아 차고에 집어넣고 있었다. 닭장은 벌써 바람에 우그러지고 있었고, 커비는 어디에도 보이지 않았다. 학교들은 닫혔고 도로에는 흙탕물이 차오르고 있었다. 린은 커비에게 버니의 집에 있다가 점심때까지는 돌아오라고 말해 둔 터였다. 전화기가 울렸다. 버니의 아버지 레너드였다.

「린, 우리 집 쪽에 물이 너무 많이 올라와서 그러는데, 중간에 있는 길모퉁이까지만 버니를 태워다 줄 수 있을까? 내가 나가 있다가 거기서부터는 걸어서 데려올게.」

「버니?」린이 말했다.「버니 여기 없는데. 집에 없어?」

「없는데. 버니랑 커비랑 같이 그 집에 있는 줄 알았는데.」레너드가 말했다.

「아, 젠장.」

「아, 하느님 맙소사.」

린은 중간에 있는 길모퉁이에서 레너드를 태웠고, 그들은 해안 쪽으로 향했다. 고맙게도 도로는 대부분 비어 있었고, 상점 같은 곳들은 폭풍을 예상했는지 닫혀 있었지만, 넘친 물 때문에 속도를 낼 수가 없었다.

「걔들이 거기 없으면 어쩌지?」모래사장에 나란하게 주차를 하면서 린이 말했다.

「걔들이 달리 어디 있겠어?」레너드가 말했다.「그 집 딸내미가…….」

「그 집 딸내미? 버니는 아니고?」

「버니는 커비 가는 데 따라가잖아. 커비가 개한테 끼치는 영향을 알면서 그래.」

린은 입을 다물었다. 한 아버지가 다른 아버지에게 해서는 안 되는 말들이, 친구 사이를 망쳐 놓을 수 있는 말들이 있어서였다.

린은 모래사장 위에 놓인 아이스박스와 신발을, 바람에 흩날리는 색색깔의 옷가지를 발견했다. 이미 속옷까지 흠뻑 젖은 그와 레너드는 물가로 달려갔다. 억수같이 쏟아지는 빗줄기 속을 바라보던 린의 눈에 카누 한 척이 들어왔다. 카누는 파도에 얻어맞고 있었다. 사람 셋이 물보라 속에서 팔을 휙휙 돌리며 보트 앞에서 헤엄치고 있었다. 린은 커비의 노란 수영 모자를 알아보았다.

린은 손전등을 켜고 그들에게 신호를 보냈다. 이 시점에서 린이 할 수 있는 일이라고는 숨죽여 지켜보는 일밖에 없었다. 이건 정말이지 자연이 한 인간을 아버지로 만들어 놓기 위해, 아이에 대한 그런 종류의 두려움으로 가슴을 가득 채우기 위해 칠 수 있는 최악의 장난이었다. 그와 레너드가 소리를 치고 있는데, 높은 파도가 보트를 뒤집어 모두를 흩어 놓았다.

파도가 멀어져 간 뒤 린이 사람 머릿수를 세보니 다섯이었다. 커비가 있었다. 노란 수영 모자를 쓰고 카누를 붙잡으려고 애쓰고 있었다. 그 애들은 거의 해안 가까이까지 와 있었지만, 서둘러 움직이지 않으면 다음번 파도가 보트를 미사일처럼 날려 버릴 것이었다.

천만다행으로 커비는 강한 아이였다. 아이의 두 다리가 물 밖으로 나오는 걸 보자 린은 너무도 강렬한 자랑스러움과 안도감으로 가득 차서 두 눈과 코가 쓰라릴 정도였다. 그 다음에는 분노가 밀려왔다. 커비는 열여섯 살인데도 벌써 아버지만큼 키가 컸지만, 린은 어린애 다루듯 그 애의 팔을 붙잡아 차 쪽으로 끌고 갔다.

「어서 타라.」 린이 말했다. 그는 어깨 너머로 그랜트 집안의 소년을, 아이들 중 나이가 가장 많은 그 애를 돌아보았다. 잘생겨도 너무 잘생긴 게 문제였다.

「너, 기브스 그랜트.」 린이 말했다. 「분별이라는 게 있었어야지.」

「예, 알겠습니다.」 기브스가 말하고는 고개를 숙였다. 그 애를 쳐다보는 커비의 시선이 린의 배 속을 화끈거리게 만들었다.

「예, 알겠습니다?」 린이 말했다. 「예, **알겠습니다? 너 스스**로 해야 되는 말이 그게 다야? 여기서 나이도 제일 많은 새끼가, 책임감을 가졌어야 할 거 아냐.」

「아니에요, 아빠.」 커비가 소리쳤다. 「여기 와야 된다고 한 건 저였어요.」

「아가씨, 너는 조용히 하세요.」

기브스는 커비를 건너다보더니 다시 린을 보며 고개를 높이 들었다. 「맞습니다, 린 씨. 전부 제 책임입니다.」 그리고 그 순간 린은 보았다. 기브스의 목과 어깨가 취하고 있는 자세에서, 그 커다란 두 눈에 어린 빛에서, 이런 소년이 자신의 딸에게 어떤 존재가 될 수 있는지를 모두 보았다. 빌어먹을,

그는 생각했다.

그 주말, 허리케인 〈플로라〉는 섬에 1천2백만 달러 규모의 피해를 입히며 열두 명의 목숨을 앗아 갔다. 커비는 기브스를 만나지 못하게 됐고, 커비와 버니는 수영 클럽에 가는 것을 포함해 한 달간 외출을 금지당했다. 하지만 커비는 이미 기브스를 사랑하고 있었고, 버니는 이미 커비를 사랑하고 있었으며, 그들은 너무 어려서 무언가가 그들을 서로에게서 아주 오랫동안 떼어 놓게 될 거라고는 상상하지 못했다.

화재

큰 폭풍이 지나가고 1년 뒤 어느 날, 커비는 집 현관문을 쾅쾅 두드리며 린! 린! 하고 외치는 목소리에 잠에서 깨어났다. 커비가 복도로 걸어 나왔을 때는 마침 샌들에 두 발을 밀어 넣은 아버지가 황급히 문을 빠져나가고 있었다.

아버지는 서둘러 진입로를 내려가더니 부겐빌레아 덩굴 옆을 스쳐 지나 거리로 나갔고, 커비도 아버지를 따라 밖으로 나갔다. 길 끄트머리에는 상점들이 조그맣게 모여 있는 곳이 있었는데 아버지의 가게 중 하나도 거기 있었다. 낮이었다면 커비의 눈에 멀리서도 교차로가 들어왔겠지만, 지금은 오직 밤하늘을 배경으로 오렌지색 불빛만 보였다.

「집에 가거라, 커비!」 커비를 본 아버지가 말했다. 「어서 집에 가서 문 잠그고 있어.」 집 문을 잠근다는 생각은 충격으로 다가왔다. 그건 열일곱 살이나 된 커비로서도 한 번도 해보지 않은 일이었다. 지난해 멀리 해안 쪽에서 정치적인 문제가 일어나 사람들이 죽는 일이 있었는데도 그랬다. 문을 잠글 필요가 있었던 적은 한 번도 없었다.

「하지만, 아빠.」커비가 말하다 기침을 했다. 한 줄기 연기가 목구멍을 긁어서였다. 아버지는 커비의 두 어깨에 손을 얹고 돌려 세웠다.

「말대꾸 그만하고.」그가 말했다.「그냥 곧장 가. 그리고 네 꼴 좀 봐라. 역시나 잠옷 차림이구나. 가서 뭐 좀 걸쳐라.」

커비는 가슴이 출렁이는 걸 감추려고 두 팔을 파자마 상의 위에서 팔짱 낀 채 집으로 달려 돌아갔다. 뻗어 있던 그 길 끝에서는 다른 상점들과 함께 아마 아버지의 가게들도 불타고 있을 것이다. 그 자리를 뜨기 전 커비가 본 것만으로도 그런 생각을 하기에는 충분했다. 커비가 막 자기 집 앞뜰로 들어가려는데 길에서 두 명의 여자가 지나쳐 갔다. 그들 중 한 명이 말했다. Chiney(중국인)인 어느 상점 주인이 자기 직원에게 폭력을 휘둘렀다고, 그래서 누군가가 가게들에 불을 지른 거라고.

「그 여자가 임금을 달라고 했더니 그 작자가 **그 여자 얼굴을 으까 번 거야.**」

다른 여자가 쯧 소리를 냈다.

Chiney(중국인)? 커비의 아빠를 가리키는 말은 아닐 거다. 교구에 있는 상점 대부분은 중국인인 섬 주민들의 소유였으므로 커비는 그들 중 누구든 그 말에 해당될 수 있다고 생각했다. 하지만 아빠는 아니었다. 아버지의 도박과 음주 성향에 관해서는 모두가 알고 있었다. 하지만 직원을 때린다? 그건 조니 〈린〉 린쿡이 했을 법할 일이 아니었다. 아빠가? 아버지는 전에 한 번 벨트를 풀어 커비에게 들이댄 적이 있긴 했지만 정말로 커비를 때리지는 않았다. 아버지는 그런 위협만으로도 충분하다고 너무나 확신에 차 있었던 것이다. 아버지는 언제나 실제로 문다기보다는 짖는 게 더 요란한 사람이었다.

집에 도착했을 때 커비는 화재 현장 쪽으로 달려가는 기브스와 그의 아버지를 보았다. 기브스는 서둘러 길을 건너 커비에게 왔다.

「기브스!」 기브스의 아버지가 화재 현장을 가리키며 외쳤다. 기브스의 아버지는 부인의 사촌과 함께 가게를 열었던 터라 걱정이 가득한 얼굴이었다.

「미안해, 아버지가…….」 기브스가 말했다.

「괜찮아, 알아.」

「내일 나 만나 줄 수 있어?」 기브스가 물었다. 「되면 만나 줘. 늘 만나던 거기서.」

커비는 고개를 끄덕였다. 집 문을 여는데 두 눈에 눈물이 가득 고였다. 하지만 다음 날까지 기다릴 필요는 없었다. 한 시간 뒤 기브스가 돌아와 돌로 현관문을 계속 두드려 댔고, 창문 밖을 내다본 커비는 달려 나가 그를 들어오게 했다. 그들은 손을 잡고 집 옆에 있는 정원을 지나 집 뒤쪽으로 달렸다.

「우리 아버지가 너 보면 안 돼.」

「너희 아버지, 금방은 안 돌아오실 것 같아, 커비.」

커비는 몸이 무거워지는 걸 느꼈다. 기브스의 어깨에 머리를 기댔다. 「그럼 너희 아빠는?」

「괜찮으셔. 가게도 괜찮고. 그냥 도와주고 계셔.」

그들은 말을 멈추고 키스하고 서로를 만졌고, 그러다 커비가 기브스를 밀어냈다.

「누가 우리 보기 전에 너 그만 가는 게 좋겠어.」

「알았어.」기브스가 말하며 한 번 더 커비에게 몸을 기울였다가 뺐다.

그 뒤로 커비는 혼자 집에서 새벽까지 기다림과 걱정 속에 잠겨 있었다. 최근 들어 커비는 대부분의 시간을 아버지를 피하면서, 기브스와 함께 섬을 떠나는 꿈을 꾸면서 보내 왔다. 하지만 그날 밤, 커비는 그저 현관문으로 걸어 들어오는 아빠의 모습을 보고 싶을 뿐이었다. 커비의 어머니는 떠났지만 아버지는 남았다. 조부모님은 돌아가셨고, 삼촌과 숙모들과 사촌들은 멀리 떠났지만, 커비의 아빠는 여전히 그 자리에 있었다. 커비에게 남은 가족이라고는 그 이기적이고 성질 더럽고 속 좁은 남자가 전부였다.

날이 밝아 햇빛이 비치자 이웃 남자 몇몇이 나타났다. 커비 아버지와 다른 상인들을 도와 난장판 속에서 물건들을 골라 냈다. 전부해서 네 군데 상점에 불이 붙었는데 그중에는 커비네 아빠의 두 군데 가게 중 한 군데도 있었다. 누가 불을 놓은 건지는 아무도 알지 못했다. 혹은, 적어도 아무도 그에 관해 말하지 않았다. 다들 셔츠와 긴 반바지에 그을음을 묻힌 채 커비 아버지네 뒤뜰로 돌아왔다. 아버지는 한 발은 맨발이었고, 한 손에는 망가진 샌들 한 짝을 들고 걷고 있었다. 커비는 욕실로 달려가 눈물을 씻어 냈다.

남자들은 정원 호스에서 나오는 물로 손과 얼굴을 씻어 낸 다음 의자에 앉거나 베란다 계단에 걸터앉았다. 펄과 커비가 그들에게 얼음물이 담긴 잔과 강낭콩밥을 곁들인 닭

요리 접시를 가져다주자 코코넛밀크와 마늘 향이 멀리서 풍겨 오는 나무 타는 냄새와 금속 냄새에 뒤섞였다. 커비 아버지는 직원을 때렸다는 그 남자에 대해 다른 상점 주인에게 중얼거리고 있었다.

「그 놈팡이 사람을 뚜더 팬 기 첨도 아닐는데.」 아빠가 말했다. 「그 놈팡이 이키 마는 우리테 문제만 일키네.」 커비의 엄마가 있었다면 그런 식으로 사투리를 흘리는 아빠를 노려봤을 테지만, 엄마는 벌써 5년 동안이나 집에 오지 않고 있었다.

전화도 하지 않고.

편지도 쓰지 않고.

커비를 찾아 돌아오지도 않았다.

「그리고 이게 마지막도 아닐 거야, 린.」 다른 상점 주인이 말했다.

커비는 더 듣고 싶었지만 펄이 집 안으로 들어오라고 불렀다. 동네에서 무슨 일이 일어나는지 알고 싶으면 뒤뜰에서 남자들과 시간을 보내면 됐다. 몸이 튀어나올 데는 튀어나오고 들어갈 데는 들어갈 만큼 충분히 자라서 더 이상 거기 오래 있으면 안 되는 경우엔 부엌에 있는 여자들을, 특히 빨래하는 날에 찾으면 됐다. 학교가 끝난 오후에는 보통 잠잠한 시간이 있었는데, 그럴 때 테라스에는 흰색 옷들이 내걸려 햇빛 속에서 표백되었고, 펄은 근처에서 일하는 가정부들과 과일 한 쪽씩 먹으며 수다를 떨 시간이 있었다.

동네의 모든 사람들처럼 커비 역시 직원들에게 임금을 제때 주지 않거나 여자들에게 집적거렸다는 중국인 상인들에 대한 불평을 들어 본 적이 있었다. 하지만 부당한 행위를 하는 건 중국인들만은 아니었다. 여자들은 언제나 자기들끼리 그런 어려움에 관한 이야기를 나누었기에 커비는 그 사실을 알고 있었다. 어디서 일하든, 가게를 하든, 혹은 학교에 다니든, 이건 여자들에게나 그들의 지인들에게는 언제나 일어나는 일이었다. 상대방이 chiney(중국인)든 blacka(흑인)든 dundus(백인)든 상관없었다.

펄은 인간은 본래 ginnal(사기꾼) 같은 성품으로 태어나며, 약자를 이용하거나 단지 이익을 얻으려고 강자와 친한 척을 하지 않는 사람은 드물다고 말했다. 하지만 그런 펄조차도 커비의 아버지는 다른 몇몇 사람처럼 진짜로 비열한 인간은 아니라고 했다. 이를테면 리틀 맨 헨리와 그의 갖가지 악행을 예로 들어 보자. 펄은 리틀 맨이 교구의 경계를 훌쩍 넘어가는 범죄적 행각들을 저질러 왔다고 했다.

펄에 따르면 리틀 맨이 정치인들에게서 돈을 **꿀꺽코는** 섬의 서쪽 끝 지역에서 폭력 사태를 일으키는 걸 도왔다는 건 잘 알려진 사실이었다. 하지만 그게 그가 한 최악의 나쁜 짓은 아니었다. 리틀 맨은 살인을 저지를 수 있는 자였다. 리틀 맨의 이른바 너그러운 마음으로부터 이익을 본 뒤 돈을 갚지 못한 여러 불운한 영혼들이 시체로 발견된 일이 있었다. 살아남은 사람들은 다리를 절며 집으로 돌아왔는데, 모두들 얼굴이 얻어맞아 망가져 있었고 아무 말도 하려고 하지 않았다.

「돈이 얽힌 곳에서는,」 펄이 말했다. 「위에서 내려오는 모든 게 다 좋은 건 아니에요.」

펄은 얼마 전 해안 위쪽 멀리에서 시체로 발견된 여자가 다른 도시에서 온 gyal(아가씨)인데, 리틀 맨이 접근하는 걸 거부했었다는 소문이 돈다고 했다. 이것은 리틀 맨에 대한 모든 소문 가운데서도 커비의 몸속을 유독 짙은 공포로 가득 채우는 이야기였다. 아무것도 안 한 것이나 다름없는 누군가에게 한 남자가 그토록 많은 고통을 야기할 수 있다는 것. 리틀 맨의 동생도 그와 비슷한 인간이라는 이야기가 있었다. 헨리 형제는 둘 다 타인의 불행에서 너무나 기꺼이 이익을 얻고 타인에게 너무나 기꺼이 불행을 야기한다고들 했다.

어쩌면 커비와 펄은 리틀 맨이 조만간 조니 린쿡의 일들에도 관여하게 될 거라는 짐작을 했어야 했는지도 모른다. 하지만 그들은 그런 짐작은 하지 못했다.

그 화재가 끝의 시작을 알리는 신호였음을 커비가 깨달으려면 아직 조금 더 있어야 했다. 끝의 시작이란, 산더미같이 늘어난 커비 아버지의 빚이 그들 둘 모두를 집어삼키기 전에 일어난 가치 하락이었다. 아빠의 가게에 있는 물건들 대부분은 불타 없어졌다. 남은 것들은 연기 냄새가 너무 심하게 나서 판매가 불가능했다. 화재 다음 날, 커비는 펄이 이웃집 가정부에게 이렇게 말하는 걸 들었다. 린 씨는 다른 누군가가 한 나쁜 짓으로 인해 망가질 필요는 없을 것 같다고. 린 씨는 자기 혼자 힘으로도 충분히 일을 망쳐 버릴 수 있는 사람이라고 펄은 말했다.

린

집이라고 부를 만한 곳이 더 이상 없다면, 한 남자는 어떤 존재일까? 린은 궁금했다.

린은 사람들이 자신을 여전히 외국인으로 본다는 걸 알고 있었다. 그들과 같은 도시에서 학교에 다니고, 여기서 사업을 운영하고, 여기서 아내를 얻고, 여기서 아이를 길러 낸 뒤에도 그랬다. 심지어는 아주 많은 다른 사람들이 그랬듯 결핵으로 형제들을 잃은 뒤에도 그랬다. 린 역시 자신을 언제나 외국인으로 여겼다. 심지어는 뒤뜰에 놓인 테이블 위에 도미노 패를 딱 소리가 나게 내려놓을 때도,[17] 그 지역에서 쓰는 욕설을 내뱉을 때도, 베란다에 앉아 그의 아버지가 손수 심어 놓았던 나무에서 딴 봄베이망고를 빨아 먹고 있을 때조차.

하지만 모든 것은 그가 자신의 가게가 불타오르는 것을 지켜보았던 그날 밤에 변해 버렸다. 그가 꼬마 때부터 일해

---

17 도미노는 28개의 패로 점수를 맞추는 놀이이며 자메이카 등지에서는 패를 테이블에 조용히 내려놓지 않고 딱 소리가 나게 내려놓는 것이 특징이다.

온 사업체 중 하나에 누군가가 불을 질렀던 그날 밤에. 자신의 딸아이가 태어난 도시에서 그 애가 안전한지 그가 자신도 모르게 초조해하고 있던 그날 밤에. 현금도 팔 물건도 거의 다 떨어진 린이 마침내 힘에 벅차다는 걸 스스로에게 인정했던 그날 밤에.

그 특별했던 날 밤, 그동안 사람들이 숙덕거리며 그를 가리켰던 모든 이름들이, 갈색 피부를 하고 엄마 없이 자라는 그의 아이가 한 손으로 그의 셔츠 자락을 붙잡은 채 그를 따라 도시를 돌아다니던 한때, 사람들이 그에게 쏘아 보냈던 갖가지 못마땅한 시선들이, 이제 돌아와 단검 끝처럼 그의 가슴을 베어 냈다. 그리고 그는 자신이 전혀 외국인이 아니며, 이곳이 자신의 유일한 집이라는 걸, 자신에게 달리 갈 데가 없다는 걸 알게 되었다. 그는 광저우 출신의 꼬마였던 린 젠으로 이곳에 왔을지는 몰라도, 수도에서 95킬로미터 남짓 떨어져 있고 중국에서는 평생만큼 멀리 떨어진 포틀랜드 교구 출신의 조니 〈린〉 린쿡으로 더 많은 시간을 보냈다. 그는 더 이상 그 두 정체성 가운데 한 가지만 가지고 살아갈 수는 없었다.

그의 ba(아빠)가 자신을 중국 성으로 불러 달라고 고집하고 조니에게도 똑같이 하라고 권했던 게 잘못이었을까? 그가 사람들이 보는 곳에서 아들들에게 하카어로 말했던 게 잘못이었을까? 린이 매년 봄 Gah san(청명절)에 죽은 형제들의 무덤을, 그리고 나중에는 부모님의 무덤을 찾아가 벌초를 했던 게 잘못이었을까? 그러지 않았더라면 무언가가 달라졌을까?

이제는 상관없었다. 우연히 생김새가 그와 비슷했던 또다른 남자의 악행들을 이유로 사람들이 그에게 쏟아붓고 있는 비난이 그를 무너뜨리기 직전이었다. 린은 그 남자의 악행들과 어떤 관계가 있어서가 아니라 린 자신의 악행 때문에 그렇게 되었다. 린은 이 화재로부터 회복할 수 없을 것이었다. 그 자신이 저지른 악행들이 이미 그를 너무 커다란 빚더미 속에 파묻어 놓았기 때문이었다.

린은 자신의 발을 내려다보았다. 두 발은 여전히 그을음으로 얼룩져 있었다. 린은 정원 호스를 틀어 발가락 사이로 물을 흘려보냈다. 부엌 창문을 올려다보았고, 그 안에서 커비와 펄이 잡담을 나누는 소리에, 접시들을 설거지하고 정리하며 내는 달그락거리는 소리에 귀를 기울였다. 린은 중요한 거라곤 자신이 이곳에서 가진 것들뿐이라는 사실을 막 받아들인 참이었다. 그러나 이제 그는 자신이 그것들 전부를 잃을 위기에 처해 있다는 걸 알게 되었다.

지금

한 조각의 집

베니의 어머니가 이야기하고 있는 이 모든 사람들은 누구일까? 이 사람들은 베니의 엄마와 무슨 관계일까? 그리고 엄마가 얘기했던 언니는? 베니는 무슨 일이 일어난 건지 아직도 분명하게 알 수가 없다. 그리고 자신이 알고 싶기는 한지조차 알 수가 없다. 베니는 겁에 질려 있다. 모든 것이 멀리로 미끄러져 가는 것 같다. 베니는 그저 엄마를, 원래대로의 엄마를 원한다.

베니는 두 남자에게 화장실에 가야겠다고 말하고는, 그 대신 복도를 더 내려가면 나오는, 자신이 어린 시절 쓰던 방으로 가서 바퀴 달린 여행 가방의 내용물을 뒤진다.

여기 있다.

베니는 돌돌 말려 있던 스웨트셔츠를 펼친다. 오래전 오빠에게서 물려받은, 대학 로고가 들어간 그 낡은 옷에서 자신보다 나이가 더 많은 뿌연 플라스틱 계량컵 하나를 꺼낸다. 젊은 신부였던 엄마가 막 미국에 도착했던 시절까지 거슬러 올라가는 컵이다. 한쪽에는 온스와 컵이, 다른 쪽에는

101

밀리리터가 표시돼 있다.

「이걸 가져가렴.」 베니가 대학에 가기 위해 짐을 싸고 있을 때 어머니가 말했다. 어머니는 컵을 베니의 커다란 토트백에 밀어 넣고 가방을 쓰다듬었다. 「이렇게 하면 어딜 가든 집을 조그맣게 한 조각은 가지고 다니게 될 거야.」 그 뒤로 베니는 여행 가방을 꾸릴 때면 엄마와 함께 부엌에서 보냈던 그 모든 날들을 떠올리게 해주는 그 낡은 컵을 항상 옷 사이에 끼워 넣었다.

어머니가 처음으로 베니에게 블랙케이크 만드는 법을 보여 주었을 때 베니는 간신히 부엌 조리대에 코가 닿을 정도였다. 엄마는 손을 아래로 뻗어 찬장 아래칸에서 커다란 병하나를 끄집어냈다. 엄마의 비결 중 하나는 말린 과일들을 그저 몇 주 전에가 아니라 1년 내내 럼주와 포트와인에 담가두는 것이었다.

「이건 섬에서 먹는 음식이야.」 엄마가 말했다. 「네가 물려받을 유산이란다.」

반죽이 오븐에 들어가 있는 동안 어머니는 베니를 짙은 녹색 스툴 위로 들어 올렸다. 그러고는 베니에게 그 스툴의 빛깔은 어머니의 고향에서 물 밖으로 똑바로 자라나던 나무들의 빛깔이라고 말해 주었다. 베니는 광활하고 짙은 바다를 뚫고 나오는 키 큰 나무들을, 부모님이 자신과 바이런을 캘리포니아 해안에서 한참 올라간 곳으로 데려가 보여 준 적이 있는 그 미국삼나무들 같은 나무들을 상상했다. 높다란 파도들이 몸통을 씻으며 지나가도 그 나무들은 거대한 파수꾼들처럼 단단히 서 있을 거라고 상상했다.

「언젠가 너도 보게 될 거야.」어머니는 베니에게 말했다.

베니는 어머니와 아버지가 언젠가 자신과 바이런을 그 섬에 데려갈 거라고 생각하며 자라났지만, 그들은 그러지 않았다. 베니는 여러 해가 지난 뒤에야 자신이 상상했던, 물속에 우뚝 솟은 그 나무들이 실은 맹그로브였음을 알게 되었다. 키 작고 푸릇푸릇한 생명 무더기가 민물과 바닷물이 섞이는 그 조간대에 뿌리를 내리고 있고, 강하지만 동시에 연약하기도 한 그 뿌리에는 바다와 육지 양쪽의 생물들이 집을 짓고 살고 있었다. 그곳에서 순수하게 한 가지로만 되어 있는 것은 아무것도 없었고, 무엇이든 모든 것을 조금씩 섞어 놓은 존재였다. 약간 베니와 비슷하게도.

아빠가 컵을 새로 사기 위해 베니와 바이런을 백화점에 데려갈 때까지 엄마는 똑같은 그 계량컵을 20년 남짓이나 되게 써오고 있었다. 그들은 결국 두꺼운 유리로 만들어진 조금 더 커다란 컵을 골랐다.

「엄마의 블랙케이크를 위하여.」건배하듯 컵을 들어 올리며 아버지가 말했다.

「우아!」포장을 풀어 본 어머니가 말했다. 어머니는 빛나는 새 컵을 부엌 조리대 위에 두고 거의 매일같이 썼지만 블랙케이크를 만들 때는 한 번도 쓰지 않았다. 케이크를 만들 시기가 돌아오면 어머니는 찬장 맨 아래칸을 뒤져 그 낡은 플라스틱 컵을 꺼냈고, 계량을 하고 재료를 섞는 동안에는 베니만 빼고 모두를 부엌에 들어오지 못하게 했다.

베니가 자라나 독립한 뒤에도 엄마와 함께 하는 크리스마스 케이크 만들기는 연례행사로 남았다. 베니는 겨울마다 돌아와 설탕을 검고 걸쭉하게 되도록 데우고, 버터를 넣어 반죽을 치대고, 빵가루를 체로 쳤다. 그리고 그때마다 그 낡은 계량컵을 가져왔다. 엄마는 그 컵을 볼 때마다 베니를 두 팔로 끌어안고 베니의 목에 **뫄-뫄-뫄** 소리를 내며 키스하곤 했다.

그러다가 아빠가 세상을 떠나기 2년 전, 부모님과의 사이에 커다란 균열이 일어난 그 재앙 같던 추수 감사절이 찾아왔고, 베니는 집에 완전히 발길을 끊었다. 하지만 그 무렵 베니는 이미 한 줌의 밀가루에서 날씨의 냄새를 맡고 한 스푼의 사탕수수설탕에서 땅을 맛볼 수 있는 사람으로 변한 뒤였는데, 베니가 요리 수업을 듣게 이끌어 준 것은 이것이었다. 이것과 대학을 중퇴한 일이 그랬다. 이제 베니는 거기서 그 모든 일이 시작되었다는 걸 안다.

여러 해 전, 베니가 엘리트 대학을 그만두기로 결정한 일로 인해 그들 가족이 사는 집이라는 천에는 처음으로 찢어진 틈이 생겼다. 길게 난 그 틈은 베니에 대해 커져 가는 부모님의 실망으로 넓어졌다. 베니가 요리 수업을 듣기 위해 이탈리아로 갔을 때도 부모님은 이미 짜증스러워하고 있었지만, 베니가 미국으로 돌아와 미술 대학에 가기 위해 애리조나로 이사했을 때는 심지어 오빠조차 당혹스러운 얼굴을 했다. 베니가 이 세상에서 가장 사랑하는 세 사람이 베니에 대한 실망을 숨기려는 어떤 시도도 더 이상 하지 않고 있었다.

베니에게 그런 행보는 타당한 것이었다. 어쩌면 페이스트리 만들기 수업에서 두 손을 써서 작업을 하고 색깔과 질감

104

의 사용법을 탐구하며 보낸 시간 때문이었는지도 모른다. 어쩌면 한 해 동안 이탈리아 도시의 시각적 자극 속에, 머스터드와 연어 빛을 한 건물 정면들에, 매끄럽게 물이 흐르는 대리석 분수들에, 사람들의 얼굴들과 언어 속에 푹 빠져 있었기 때문이었는지도 모른다. 베니는 그저 자신이 그림으로 더 많은 것을 하고 싶다는 마음을 품고 미국에 돌아왔다는 것만 알고 있었다. 삶 속에서 음식과 미술을 결합해 보는 일이 세상에서 단단히 발을 디디는 데 도움이 될 거라고 느꼈다.

베니는 주방에서 온종일 일하기보다는 아름답고 위안이 되는 것들과 품위 있는 사람들에게 둘러싸여 있고 싶었다. 첫 손님들이 오기 전에 자신만의 카페에 혼자 앉아 스케치북에 그림을 그리면서 유리창을 통해 쇳빛을 띤 푸른색으로, 다시 백금색으로 변해가는 아침 하늘을 올려다보고 싶었다. 카페를 이용해 아이들에게 요리를 통해 문화를 가르치는 일을 하고 싶었다. 자신만의 방식으로 작업을 하고, 잘해 내고 싶었다. 베니는 안전한 공간과 언제나 자신이 통제할 수 있는 삶을 원했다.

하지만 베니는 버트 베넷과 엘리너 베넷의 자식이었고, 그런 건 베넷 집안의 방식이 아니었다. 베넷 집안 사람이라면 대학을 졸업하고, 대학원에 진학하고, **제대로 된** 직업을 찾고, 다른 모든 것은 남는 시간에 하라는 요구를 받게 된다. 버트와 엘리너의 아이로 태어났으면 대학 학위에 의지하고, 영향력을 쌓고, 부를 축적하고, 취약한 부분은 모두 억눌러야 했다.

한마디로 말해 바이런 베넷처럼 되어야 했다.

베니는 두 손으로 든 계량컵을 몇 번이고 뒤집어 본다. 여러 번 바닥에 떨어지고 이사를 견뎌 내느라, 거기다 어머니는 절대 붓지 말라고 주의를 주었지만 베니는 결국 부어 버렸던 뜨거운 액체들 때문에 플라스틱 여기저기에 금이 가 있다.

계량컵 속에 버터를 툭 떨어뜨린 다음 전자레인지에서 녹이는 베니.

두 사람의 식사가 차려진 식탁에 혼자 앉아 계량컵에 뱅쇼를 담아 마시는 베니.

계량컵에 담긴 수프를 떠먹으며 한 스푼 삼킬 때마다 얼굴과 목에 난 상처가 아파 오는 걸 느끼는 베니.

컵에 담긴 차를 홀짝이며 오빠가 자신에게 등을 돌렸다고 느끼는 베니.

지금 베니는 컵을 배에 껴안고 한 손가락으로 제조업자 라벨의 잔해를 이리저리 쓸어 본다. 거의 50년이나 지났는데도 완전히 닳아 없어지지는 않았다. 어머니가 밀가루나 쌀이나 콩이나 기름을 한 컵씩 계량할 때마다, 생일 파티나 휴일 저녁이나 모금 행사 때 요리를 하려고 컵을 사용할 때마다 어머니의 손은 그 너덜너덜하고 끈끈한 덩어리에 닿았을 것이다. 베니는 궁금했다. 이 컵에 여전히 엄마의 DNA가 조금이라도 남아 있을 수도 있을까? 어쩌면 어머니가 이 땅에서 완전히 사라진 건 아닐 가능성도 있을까? 과학자들은 수십만 년 전까지 거슬러 올라가는 빙하 속에서 DNA를 찾아낸 적이 있었다.

베니는 청바지 주머니에서 스마트폰을 꺼내 음성 사서함 번호를 누른다. 지난달에 어머니가 남긴, 몇 번이나 들었는지 모를 메시지에 또다시 귀를 기울인다.

베네데타, 부탁이니 집에 와주렴, 그 네 마디 말에. 베니는 고개를 숙이고 침을 꿀꺽 삼킨다. 눈물방울이 계량컵 안쪽에 살포시 떨어지는 소리가 들린다.

향수병

복도 저쪽 끝에서 바이런이 부르는 소리가 들리지만 베니는 무시한다. 어머니의 이야기를 듣는 일로 돌아갈 준비가 아직 안 됐다. 생각이 필요하다. 베니는 열일곱 살 때까지 거의 매일 밤 잠을 잤던 그 방의 청록색 벽들을 둘러본다. 부모님이 방을 이 색으로 칠한 건 베니가 그러자고 고집을 피워서였다. 그 기억에 미소가 지어진다. 왜 좀 더 일찍 캘리포니아로 돌아오지 않았을까?

한 달 전에만, 심지어 일주일 전에만 왔더라도 어머니를 볼 수 있었을 텐데. 하지만 베니는 어머니가 아프다는 걸 알지 못했다. 그리고 물론 바이런이, 빌어먹을, 너무 늦을 때까지 전화를 안 한 것도 있다. 그래서 베니는 망설이면서 이번 달에는 자신의 사업 계획으로 은행에서 융자를 얻어 낼 수 있기를 바라고 있었다. 멀리서 보낸 그 모든 시간에 대한 보상으로 보여 줄 무언가를 가지고 엄마와 바이런이 있는 집에 가게 되기를. 부모님이 골라 준 길이 아니라 자신만의 길을 따라간 것이 내내 옳았다는 사실을 증명하게 되기를.

어머니가 캘리포니아의 집에서 부엌 조리대에 기대서 있는 동안 어머니의 골반에서는 혈전 하나가 폐를 향해 조용히 조금씩 올라가고 있었고, 베니는 여전히 뉴욕에 있었고, 오후 일자리에서 해고되었고, 버스를 잘못 탔고, 하고 싶었던 종류의 커피숍 앞에 서 있는 자신을 발견했다. 너무 이른 크리스마스 장식들을 매단 그 카페 옆에는 작은 서점이 있었는데, 그 지역에 있는 장소들은 아직 젠트리피케이션이 닿지 않은 상태였다.

카페에 들어간 베니는 에나멜을 입힌 두툼한 잔이 자기 앞 받침 접시에 놓일 때 나는 소리에서, 커피 분쇄기가 내는 끽끽거리고 와그작거리는 소리에서, 입고 있던 모직 케이프의 짜임 속으로 배어 드는 베이컨 기름 냄새에서 위안을 느꼈다. 베니는 고기를 먹지 않았지만, 그런 베니조차 베이컨 냄새에는 향수병에 가까운 감정을 가라앉혀 주는 구석이 있다는 걸 인정할 수밖에 없었다.

이 커피숍은 옛날 캘리포니아에서 베니와 오빠가 어렸을 때 아버지와 함께 가곤 했던 오래된 장소를 떠오르게 했다. 그곳의 주차장에는 수도꼭지와 양동이가 있어서 아빠는 두 아이에게 차에 비누칠을 하고 씻어 내게 한 다음 햇볕에 차가 마르도록 놔두곤 했고, 그동안 두 아이는 안으로 들어가 오직 그런 장소에만 있는 음식들을 먹었다. 베니가 대학으로, 그런 다음 유럽으로, 애리조나로, 뉴욕으로 떠나기 한참 전의 일이었다. 베니가 아버지와 잘 지내지 못할 것 같다는 상상을 처음으로 해보기 한참 전이기도 했다.

아버지는 이제 세상을 떠난 지 6년이었고, 곧 서른일곱 살이 되는 베니는 여전히 잡다한 일들을 하고 있었고, 은행을 설득해 자신만의 카페를 열 돈을 빌리는 데 여전히 성공하지 못하고 있었다. 하지만 산들바람이 방향을 바꾸고 속도가 붙는 게 느껴지듯, 베니는 자신의 인생이 변화하기 직전이라는 걸 느낄 수 있었다. 그동안 돈을 저축해 왔고, 지난해보다 감정적으로 나아져 가고 있었으며, 사업을 할 생각을 완전히 접기 전에 시도라는 걸 딱 한 번만 더 해보고 싶었다. 무엇보다 그러지 않는다면 무엇을 해야 할지 전혀 알 수가 없었다.

베니가 뉴욕에서 우연히 마주친 이 카페는 폐업이 예정되어 있었다. 현관문에 표지판이 걸려 있었다. 임대료를 내고 이런 장소를 빌릴 수 있다면 베니는 휴대폰과 노트북 컴퓨터를 연결할 수 있는 전기 콘센트가 갖춰진 커피 테이블과 안락의자 들을 들여놓을 것이었다. 부드러운 조명과 따뜻한 전체 색조는 그대로 두겠지만 중앙 공간의 잡동사니들은 치울 생각이었다. 메뉴는 최대한 간단하게 제공하고, 계절마다 시그니처 디저트도 딱 한 가지씩만 낼 것이었다. 베니의 카페에서 겨울 디저트는 어머니의 블랙케이크가 될 것이었다.

베니는 곧바로 일을 더 찾아야 했다. 일을 망쳤고 해고당했음에도 여전히 어느 정도는 자신이 옳다는 생각이 들었는데, 고객에게 거짓말을 하지 않았기 때문이었다. 팀장의 말처럼 베니가 콜센터 응대 매뉴얼을 지킬 줄 모르는 게 아니었다. 베니는 우리를 인간답게 만드는 것 중 하나는 기꺼이 매뉴얼에서 벗어나고자 하는 마음이라는 걸 알고 있었을 따름이었다. 문제는, 매뉴얼이란 건 전투와 다를 게 없다는 것이었다. 언제 그것을 따르고 언제 무시할지를 스스로 선택해야 했다. 그리고 그 결과를 받아들일 준비가 되어 있어야 했다.

베니는 고객 상담 전화에 〈손드라입니다, 무엇을 도와드릴까요?〉 하는 의례적인 인사말로 응대했다. 그 회사에서는 절대 본명을 쓰지 않았다. 발음하기 쉬운 다른 이름을 썼는데, 실제 이름처럼 느껴질 정도로만 개성이 있으면 훨씬 더 좋았다. 아 발음이 나는 산드라가 아니라 오 발음이 나는 손드라처럼. 베니는 그런 종류의 일에는 숙련되어 있었고 사람들의 기분을 편안하게 만들 줄도 알았다. 매뉴얼에는 적절한 인사말과 질문할 사항 들의 점검표가 있어서 도움이 되었다. 오류 코드, 일련번호, **잠시만 기다려 주시기 바랍니다**, 기타 등등.

베니는 고객에게, 그 고객이 소유한 특정한 프린터는 유감스럽게도 더 이상 보증 기간에 해당되지 않지만, 프린터 헤드 문제가 확실한데 프린터 헤드는 떼어 낼 수가 없다고 알려 주었다. 이것은 지원 요청을 할 만한 일이 아닌데, 수리 없이 상담만 받아도 새 제품 가격의 반이 넘는 비용이 들 것이기 때문이라고도 말했다.

「게다가 제가 이 물건을 거의 안 쓴 걸 생각하면⋯⋯.」고객이 말했다.

「바로 그게 문제입니다, 고객님.」 베니가 말했다. 「그 특정한 기기는 프린터를 매일 혹은 적어도 정기적으로 사용하시는 게 아닌 분들에게 권해 드릴 만한 제품은 아닙니다.」 통화의 이 시점에서도 베니는 여전히 권장되는 말투를 따르고 있었다.

「하지만 제가 구입할 때는 아무도 그런 얘기를 안 해주던 데요.」고객이 말했다. 「고작 2년밖에 안 지났는데 지금 어쩔 수 없이 프린터를 새로 사야 하게 됐지만, 그 사실을 떠나서라도 진짜 물자 낭비라는 생각이 드네요. 우리가 만들어 내는 쓰레기를 좀 줄여야 하는 거 아닌가요?」

「네, 고객님, 저도 전적으로 동의합니다.」베니가 말했다.

우연히 베니의 칸막이 자리 뒤 통로를 지나가다 대화를 듣게 된 팀장의 말에 따르면 베니가 해고당한 건 그다음에 한 말 때문이었다.

「안타깝게도,」베니가 말했다. 「우리는 전자 제품들로 이루어진 쓰레기 하치장에 살고 있는 겁니다. 프린터부터 컴퓨터, 휴대폰에 이르기까지 죄다 금방 망가지는 것들이고, 그게 아니라도 더 바람직한 거라면서 시장에 나오는 새로운 모델로 교체하라고 권장을 받죠. 그리고 고객님, 이건 우리 지구가 오늘날 겪고 있는 환경 악화의 주된 원인 중 하나입니다.」

베니는 잊지 않고 물었다. 「오늘 제가 도와드릴 다른 사항이 있을까요?」이 말을 했다고 베니의 문제에 별로 도움이 되진 않았다. 하지만 베니는 그 고객이 비교적 만족스러운 기분으로 전화를 끊었다고 여전히 확신했다. 가끔씩 우리가 진정으로 원하는 건 우리가 내내 옳았다는 걸 누군가가 인정해 주는 것이 전부니까.

적어도 팀장은 베니에게 해고 통보는 직접 했다. 예전에 베니가 아직 조애니를 만나고 있었을 때 일이다. 어느 날 아침, 조애니는 사무실 건물의 전자 키를 직원용 출입문에 가져다 댔고, 가엾게도 문이 열리지 않았을 때에야 자신이 해고당한 사실을 알게 되었다. 베니는 조애니 대신 몹시 화를 냈다. 심지어 조애니의 전 직장에 찾아가 관리자에게 자기 의견을 말하다가 경비원에게 붙들려 건물 밖으로 쫓겨나기까지 했다. 하지만 그 사건은 조애니가 느끼고 있던 분한 마음을 더하게 만들기만 했다. 일자리에 대해, 직원을 존중하지 않는 상사에 대해. 그리고 또다시 부모님에게 조애니와의 관계를 말하지 못한 베니에 대해.

베니는 어쩌면 그림을 좀 더 판매해서 수입을 보충할 수도 있겠다고 생각했다. 그림들을 팔려고 애써 본 적은 없었고, 카페나 공항에서, 그리고 한번은 빨래방에서, 시간을 때우다가 베니의 스케치를 본 적 있는 사람들이 어처구니없을 정도로 높은 가격을 제시했던 적은 있었다. 베니는 빨래방에서 그리던 작품을 더 두껍고 더 거칠거칠한 종이에 똑같이 다시 그렸고, 액자에 넣었고, 한 달 치 집세를 통째로 낼 만큼의 돈을 벌었다.

처음에는 자신이 약간 사기꾼처럼 느껴졌지만, 그다음엔 이렇게 생각하게 되었다. 나는 그림을 공부했잖아, 아니야? 그리고 난 주말에 몰에서 동물 탈을 쓰는 일로 돈을 벌고 있는데, 그럴 수 있다면, 내 미술 작품들로 괜찮은 값을 받으면 안 되는 이유는 뭐지? 베니가 전에 그 일을 시도해 보지 않았던 유일한 이유는 그런 일이 가능할 거라는 생각을 하지 못해서였다.

베니는 스케치북을 꺼내 카페 테이블에 올려놓았다. 그림 그리기는 케이크 만들기와 마찬가지로 보통은 머리를 비워 주었지만, 베니는 이 작은 식당이 어떻게 아빠를, 그리고 나아가서는 엄마를 떠오르게 하는지를 계속 생각했다. 자기 아파트로 돌아갈 채비를 할 즈음 베니는 결론을 내린 상태였다. 무슨 일이 있든 올겨울에는 본가에 갈 것이다. 가볼 때가 됐다. 어머니가 베니의 휴대폰에 그 음성 메시지를 남긴 지도 한 달이 지나 있었다.

베네데타, 부탁이니 집에 와주렴.

어쩌면 엄마는 사과할 준비가 된 건지도 몰랐다. 어쩌면 베니 또한 엄마의 말을 끝까지 들어 볼 준비가 된 건지도 몰랐다. 게다가, 엄마의 목소리는 지친 것처럼 들렸다. 엄마는 절대 지친 목소리를 내는 사람이 아니었는데 말이다. 그래, 확실히 가볼 때가 됐다.

베니의 휴대폰이 울리고 있었다. 오빠의 전화번호가 떴다. 오빠가 전화하는 일은 절대 없었는데. 갑자기 다들 연락을 해 오고 있었다.

지금, 옛날에 쓰던 방의 벽에 기댄 채 스웨터의 등 부분으로 스며드는 냉기를 느끼고 있는 베니는 어쩌면, 그냥 어쩌면, 복도로 걸어 나가면 거기 어머니가 있지 않을까 하는 생각을 떨쳐 버릴 수가 없다. 혹은 아버지가 방으로 고개를 들이밀고 늘 그랬듯 벽 색깔에 눈살을 찌푸리는 걸 보게 되지 않을까 하는 생각을. 어쩌면 이 모든 것이 없었던 일이 될지도 모른다는 생각을.

바이런

바이런의 휴대폰이 부엌 조리대를 따라 진동하며 조금씩 밀려나고 있다. 휴대폰 화면은 **원 투, 원 투** 잽을 날리듯, 구름의 장벽 속에서 번개가 치듯 번쩍이고 있다. 바이런은 휴대폰이 된 기분이다. 마구 흔들리는 기분. 그건 그렇고 베니는 대체 어디 있는 거지?

「죄송해요, 잠시만요.」 그가 미치 씨에게 말한다. 그러고는 일어나 전화기를 끄려다가 번호를 알아본다.

리넷이다.

그들이 마지막으로 대화한 지 석 달이 지났다. 리넷이 바이런의 어머니 소식을 들은 게 틀림없었다.

리넷이 그를 두고 떠나 버린 밤, 바이런은 연락처 목록에서 리넷의 번호를 지웠다. 자신의 동작에 담긴 적개심이 전파를 타고 울려 나가 리넷에게 전해지기라도 할 것처럼, 그래서 리넷이 서둘러 떠난 걸 후회하게 되기라도 할 것처럼, 만족감을 느끼며 삭제 버튼을 꽉 눌렀다. 문을 꽝 닫고 나가기 전에 리넷이 이미 침실의 자기 쪽 벽장을 비워 두었고, 컴퓨터와 칫솔을 가방에 싸두었으며, 바이런이 지난달에 선물했던 귀걸이 한 쌍도 그의 작업실 책상 위에 남겨 둔 뒤였다는 건 나중에야 알게 되었다.

바이런은 처음에는 이런 것들을 전혀 알아채지 못했고, 그저 말다툼을 하는 동안 리넷이 두 팔을 휘두르며 얼굴을 눈물로 적시는 것만 보았을 뿐이다. 최근 리넷은 자주 그랬다. 울고, 소리치고, 미래에 대한 계획 운운하며 바이런을 괴롭혔다. 요즘 누가 〈미래〉 같은 이야기를 한단 말인가? 바이런은 그런 종류의 압박감을 좋아하지 않았다. 그들이 이미 같이 살고 있다는 건 리넷에게는 아무런 의미가 없는 건가? 바이런이 리넷의 조카인 잭슨에게 멘토가 되어 주겠다고 제안한 건 그 미래에 들어가지 않는 건가? 왜 바이런이 하는 일들은 단 한 번도 충분해 보이는 법이 없는 거지?

공식적으로, 바이런은 함께 작업하고 있던 다큐멘터리 프로젝트가 끝날 때까지 리넷과 어울리지 않았었다. 그럼에도 그는 리넷을 처음 본 순간 시도는 해봐야 하리라는 걸 알았다. 촬영 사이의 쉬는 시간에 그들이 케이터링된 음식이 놓인 테이블에서 샌드위치와 컵에 담긴 과일을 고르며 함께 잡담을 나누기 시작했을 때, 그는 자신이 그런 시도를 하고 있다는 걸 알았다. 감독과 제작진 전체를 그의 집에서 여는 바비큐 파티에 초대했을 때, 그는 자신이 그런 시도를 하고 있다는 걸 알았다. 그의 집 뒤쪽 마루로 걸어 나오는 리넷을 지켜보면서, 경치를 본 리넷의 입술이 서서히 벌어지고 두 어깨가 바닷바람에 부풀어 오르는 걸 보면서, 그는 자신이 그런 시도를 하고 있다는 걸 알았다.

리넷의 정수리를 덮은 폭신한 머리칼이나 그 몸의 굴곡에, 조그만 손톱이 진홍색으로 칠해진 리넷의 짙은 갈색 손가락 들이 노트북 키보드 위를 바쁘게 움직이는 광경에, 혹은 세 트장의 떠들썩함을 뚫고 리넷이 조용히 지나다니는 방식에 그가 저항할 수 없었다고 말한다면 너무 뻔한 얘기가 될 것 이었다. 리넷은 다른 사람들과는 구별되는 방식으로 공간 속에 머무를 줄 아는 사람이었고, 바이런은 그곳에 리넷과 함께 있고 싶었다.

결국 리넷은 바이런을 몹시 비난하게 됐지만, 그럼에도 처음에는 바이런과 관련된 모든 것에 끌렸었다. 그때 리넷 은 바이런의 지위에, 전문 지식에, 태평양의 풍경 속에 있는 그의 집에 동요하지 않는 것처럼 보였다. 그러다 두 사람 사 이가 진지해지자 리넷은 갑자기 바이런에게, 바이런 자신이 어떤 사람인지, 그리고 그가 인생에서 이루어야 하는 것이 무엇인지, 그 두 가지를 구별해 주기를 기대하기 시작했다.

바이런이 그 다큐멘터리의 진행자가 아니었다면 그를 만 날 일이 없었을 리넷.

그 일이 아니었다면 바이런을 한번 쳐다보지도 않았을 거 라는 의심이 드는 리넷.

목덜미에서 육두구 향이 나는, 문을 쾅 닫고 나가 바이런 을 영원히 떠나 버린 리넷.

그리고 지금, 바이런의 전화기에는 석 달 만에 리넷의 번 호가 반짝이고 있다. 어쩌면 어머니 때문에 전화한 게 전혀 아닐지도 모른다. 어쩌면 리넷은 바이런에게 무언가 요구할 게 있는 건지도 모른다. 엄마 핑계로 전화한 것은 대화를 시

117

작하기 위한 수단일 것이다. 바이런의 친구 케이블이라면 리넷에 대해 그런 식으로 생각하다니 바보 같다고 말할 것이다. 케이블이라면, 리넷은 당연히 바이런의 어머니 일로 전화했을 거라고 말할 것이다. 그리고 만약 달리 생각한다면, 케이블은 굳이 돌려 말하지 않을 것이다.

바이런은 리넷에게 나중에 전화하기로 한다. 어쩌면 전화하지 않을 수도 있다. 관계를 끝내고 떠나 버린 사람은 리넷이다. 바이런은 가슴뼈 바로 아래 해묵은 상처가 쓰려 오는 걸 느낀다. 리넷이 여전히 이런 식으로 다가온다는 사실에 몹시 화가 난다. 그는 스마트폰의 빛나는 화면을 한 번 더 쳐다보고는 거절 버튼을 눌러 신호음을 꺼버린다.

바이런과 베니

바이런은 어머니의 녹음 파일 듣는 일을 끝내고 싶지만, 베니가 자리를 비우고 집 여기저기를 돌아다니고 있다. 사실은 그냥 자리를 떠나 무언가 다른 일을 하고 싶었으면서 언제나 화장실에 가야겠다고 말하곤 했던 베니. 아니나 다를까, 베니는 옛날에 쓰던 방에서 낡은 대학 스웨트셔츠를 입고 조그만 무언가를 가슴에 끌어안고 있다.

베니가 잔뜩 찌푸린 얼굴로 그를 쳐다본다. 그는 베니가 무슨 생각을 하고 있는지 안다.

「그 여자 누굴까, 바이런?」 베니가 말한다.

바이런이 고개를 젓는다. 「모르겠어.」 그가 말한다. 「우리한테 누나가 있었다는 애기는 처음 들어.」

「그 **누나**인지 **언니**인지 하는 사람 말고. 커비라는 사람 말이야. 도대체 커비가 누굴까?」 베니의 두 어깨가 축 처진다. 「그 여자가 우리 엄마랑 무슨 관계였던 거지? 두 사람, 서로 알고 지낸 게 분명한데. 공통점이 너무 많잖아. 섬, 바다, 블랙케이크. 그런 생각 안 들어?」

「난 무슨 생각을 해야 되는지 모르겠어.」

「너무 오래 걸리는 것 같아. 그냥 가서 미치 씨한테 지금 말해 달라고 하자.」

「안 돼. 미치 씨가 한 말 들었잖아. 말 안 해줄 거야. 그냥 도로 가서 듣자.」

베니가 고개를 끄덕인다. 베니가 여섯 살 꼬마일 때 짓던 그 침울한 표정을 짓고 있어서 바이런은 또 한 번 베니를 안아 주고 싶은 충동과 싸워야 한다. 그는 이 사람이 더 이상 자신의 꼬마 여동생이 아니라는 사실을 기억할 필요가 있다. 이 사람은 그가 지난 8년 동안 한 번도 보지 못한 여자였다. 자기 아버지의 장례식에도 오지 않았고, 어머니의 일흔 번째 생일에도 오지 않았으며, 그 시간 내내 바이런과는 그저 한 줌의 말들만 주고받았던 사람이었다. 다들 과거와는 다른 사람이 되어 있는 것처럼 보인다. 그의 여동생도, 그의 어머니조차도.

바이런이 열쇠 꾸러미 하나를 내민다.

「뭐야?」 베니가 말한다.

「현관문 열쇠를 바꿔야 했어. 이게 네 거야.」

「근데 난 현관문으로 안 들어오는데.」

「그래, 근데 이 집에 현관문이 있으니까, 그냥 열쇠 좀 받지 그래.」

베니가 손을 내민다. 「무슨 일이었는데? 도둑이라도 들었어?」

바이런이 고개를 흔든다. 「지진. 문틀을 바꿔 달았어.」

「아, 그래, 이제 기억난다.」

「그래?」바이런이 윗입술을 비틀며 빈정거린다. 「기억이 나다니 무슨 뜻이니, 베니? 넌 여기 있지도 않았잖아. 그리고, 거기다가, 넌 우리가 괜찮은지 확인하려고 전화하는 수고조차 안 했어, 안 그래?」

「그럴 필요가 없었어. 엄마가 알려 줬거든.」

「엄마? 너 엄마랑 얘기했어?」

「아니, 그런 건 아니고, 엄마가 가끔씩 메시지를 남기곤 했거든.」

「엄마랑 연락하고 있었다고? 지금껏 내내? 난 너랑 엄마랑 서로 말 안 하는 줄 알았는데.」

「말했잖아, 가끔씩 엄마가 메시지 남겼다고. 생일이랑 휴일이랑 그런 때, 알잖아. 그리고 지진 났을 때랑.」

「근데 넌 엄마 보러도 안 왔네.」

베니가 고개를 젓는다. 「엄마는 보러 오라는 말 한 번도 안 했어. 다시 전화해 달라는 말도 안 했고. 그래도 난 엄마 집에 몇 번 전화했었는데, 엄마가 받질 않았어. 내가 엄마한테 편지를 한 통 썼는데, 그리 오래전은 아니고, 그랬더니 엄마가 나한테 짧은 메시지를 남겼어. 아프다는 말은 안 했어.」 베니는 무언가 다른 말을 하려고 입을 열다가 멈추고는 고개를 젓는다.

「엄마는 지난 몇 달간 아주 센 약물 치료를 받으셨어. 당연히 널 보고 싶어 하셨고. 그냥, 굉장히 상처받으셨어, 알아?」

「엄마가? 상처받았다고? 그럼 나는? 부모한테 거부당한 사람은 나였잖아.」

「부모님은 널 거부한 게 아니야, 베니. 네가 그분들을 버리

121

고 떠나 버려서 화가 나셨을 뿐이지.」

「내가 버리고 떠나서 화가 난 게 아니야. 부모님은 이미 화가 나 있었고 그 이유는 우리 둘 다 알잖아.」

「그리고 그걸 악화시킨 건 너지. 넌 휴일 날 중간에 그분들을 버리고 떠나 버렸고 전화해서 사과도 안 했어. 넌 부모님한테 기회를 주지 않았어. 그리고 나도 좀 화가 났었어, 베니. 아니, 잠깐, 정정할게. 너 때문에 너무 열이 뻗치더라. 지금도 너무 열이 뻗쳐. 그리고 장례식은 어떻게 된 건데, 베니? 내가 그때 전화하니까 네가 오겠다고 했었잖아.」

「나, 장례식에 오긴 했어, 바이런. 멀리서 캘리포니아까지 와서 묘지에도 갔었어. 다만…….」

「무슨 말이야? 여기 왔었다고? 있지, 그때 내가 너를 본 것 같았거든. 근데 난 이렇게 혼잣말을 했어. **아냐, 바이런, 네가 헛것을 보고 있는 거야.** 근데 헛것이 아니었다는 거네. 그러니까 네 말은, 멀리서 여기까지 와놓고, 우리끼리만 남겨 놓고 그냥 갔다는 거야? 뻔뻔스럽게?」

「정확히 말하면 오빠랑 엄마만 있었던 건 아니야, 바이런. 거긴 사람이 많았어.」

「그걸 변명이라고 하는 거야? 사람이 많았으니까 너는 거기 있을 필요가 없었다는 거야?」

「아니, 내 말은 그게 아니라, 그냥 내가 어쩔 수가 없어서…….」

「뭘 어쩔 수가 없었어, 베니? 뭘 어쩔 수 없었는데? 자기 아버지 장례식에 참석하려고 그놈의 차에서 내릴 수가 없었니? 엄마랑 나도 있었는데 차에서 좀 내려 줄 순 없었어? 그

122

러고 나서 나한테는 달랑 **미안해**라고 적은 문자 메시지 하나만 보내고?」

「그렇게 단순한 문제가 아니야, 바이런.」

「아니, 그렇게 **복잡한** 문제가 아니야.」

바이런은 몸을 돌려 방에서 걸어 나가려다 베니가 들고 있는 물건을 본다. 어머니의 낡은 플라스틱 계량컵이다. 바이런은 다시 몸을 돌려 베니에게서 컵을 빼앗는다.

「안 돼, 바이런!」 베니가 소리를 지르며 복도로 그를 따라나간다. 「바이런!」 이제 베니는 한 손으로 바이런의 스웨터를 잡아당기면서 다른 손으로는 컵을 붙잡으려고 애쓰고 있다.

「하지 마.」 바이런이 스웨터에서 베니를 떨쳐 내며 말한다. 「이거 캐시미어야.」

「캐시미어라고?」 베니가 말한다. 「그게 **캐시미어라고?** 지금 장난해, 바이런?」

「어이가 없어서.」 바이런이 말하며 컵을 다시 베니의 손에 밀어 넣는다. 「자. 이제 기분이 좀 낫니? 기억으로 남기려고 그 컵을 갖고 있으면 착하고 귀여운 딸이 된 거 같고 막 그래? 도대체 그렇게 오랫동안 내내 어디 있었던 거야, 베니?」

「사실은 알고 싶지 않잖아, 안 그래, 바이런? 사실은 나한테서 아무 말도 듣고 싶지 않잖아. 오빠는 그저 나한테 자기가 바이런 베넷이라고, 완벽한 아들이고 모두가 존경하고 인정하는 사람이라고 일깨워 주고 싶은 거잖아. 있지, 그거 알아? 오빠도 그렇게 완벽하진 않거든? 오빠는 누군가한테도 자기처럼 감정이 있다고 결론을 내리기 전에는 그 사람

123

을 아무 감정도 못 느끼는 사람 취급하잖아.」

바이런은 어이가 없어 말문이 막힌다. 나를 그렇게 보고 있어? 베니 네가 정말 나를 그렇게 보고 있다고?

「왜 좀 더 일찍 전화하지 않았어, 응, 바이런? 엄마가 그렇게 편찮으셨는데?」

「왜 내가 **너한테** 좀 더 일찍 전화하지 않았냐고? 네가 무슨 말 하는지 알고 있기는 하니? 엄마가 들으셨으면 뭐라고 하셨을지는 알아?」

바이런은 몸을 돌려 복도로 걸어 나가며 중얼거린다. 「베넷답지 않아.」 그러고는 움찔한다. 자신의 말이 너무도 아빠의 말처럼 들려서다.

베니가 그의 등에 대고 소리친다. 「틀렸어, 바이런. 항상 이런 게 베넷다운 거였어. 실수도 허용 안 되고, 이해나 다른 의견이 들어갈 여지도 없는 게.」

바이런은 걸음을 멈추고 가만히 서 있지만 돌아보지는 않는다.

「난 그게 우리가 흑인이라 그런 건 줄 알았어, 알아?」 베니가 말한다. 「우리 부모님은 우리가 무언가를 성취하기를 바라신다고, 우리는 두 배로 열심히 해야 하고 나무랄 데 없을 만큼 잘해야 한다고, 뭐 그런 건 줄 알았어. 근데 이제 알겠어. 우리가 완벽해야 했던 건 우리 가족이 엄청난 거짓말이라는 토대 위에 세워져 있다는 사실을 보상해야 되니까 그랬던 거야.」

바이런이 마침내 거실에 도착했을 때 미치 씨는 그곳에 없다. 손님용 화장실에서 물 흐르는 소리가 들린다. 미치 씨

124

가 그 안에서 그저 차분한 분홍색 벽에 기댄 채 두 눈을 감고 그 모든 외침을 못 들은 척하고 있다는 사실을 바이런은 알지 못한다.

길을 잃다

찰스 미치는 더 나쁜 경우들도 본 적이 있었다. 서로에게 관심이 없는 형제자매들. 오직 자기가 물려받을 수 있는 재산만 찾는 친척들. 미치는 바이런과 베니가 그런 사람들 같지는 않다는 걸 알 수 있지만, 아무튼 이번 일도 힘겨운 일인 것으로 드러나는 중이다. 그들은 어머니를 잃었고, 서로에게 돌아갈 길을 찾지 못하고 있는 것 같다. 그렇다. 이럴 수도 있다고 엘리너가 경고하지 않았던가. 바이런과 베니가 한때 떨어질 수 없을 만큼 가까웠던 사이였기에 더 힘들 거라고.

베니의 세상은 오빠와 함께 시작되고 끝나곤 했다. 오빠는 언제 이런 사람이 돼버린 걸까? 아니면 사실은 언제나 이런 사람이었던 걸까? 바이런은 가족들 곁에 있지 않았다고 베니를 비난해 왔다. 하지만 베니는? 온 세상으로부터 응원받는 데 그토록 익숙해져 있는 바이런의 머릿속에 베니에게도 누군가 곁에 있어 줄 사람이 필요하다는 생각이 떠오른 적이 있기는 할까?

　바이런은 베니를 어떻게 대해야 할지 알 수가 없다. 베니
가 도착한 뒤로 두 사람은 서로에게 친절한 말이라곤 한마
디도 하지 않았다. 베니는 한 순간 적대적이다가도 다음 순
간에는 관심이 필요한 것처럼 군다. 하지만 베니가 필요 이
상으로 일을 크게 만드는 건 이번이 처음이 아니다. 그 애가
대학을 그만둘 때부터 이런 식이었으니 이제는 꽤 오래된
일이다. 그래, 그게 정말로 모든 것의 시작이었다.

대학 중퇴자가 되는 법

부모님이 꿈꾸던 학교에 가게 된 베니.

열일곱 살에 학년 1등을 한 베니.

흑인 학생 연합에서 의구심 어린 시선을 받게 된 베니.

충분히 흑인이 아닌 베니. 충분히 백인도 아닌 베니.

충분히 이성애자가 아닌 베니. 충분히 동성애자도 아닌
베니.

토요일 밤에 혼자 있는 베니.

온몸에 멍이 든 채 침대에 들어간 베니.

행정실에서 서류에 서명하는 베니.

대리석 계단을 걸어 내려가는 베니.

열아홉 살에 대학 중퇴자가 된 베니.

당신이 말하지 않는 것

대학 3학년 때, 두 여학생이 베니를 기숙사 구석으로 몰았다. 베니가 아프리카계 미국인 남학생 사교 클럽의 한 명과 시시덕거리는 광경을 봤다고 했다. 그들은 베니를 배신자라고 불렀다. 그들 중 한 명은 베니를 방 안으로 밀쳤고, 거기서 침대의 금속 다리에 발이 걸려 넘어진 베니의 얼굴을 발로 찼다.

베니가 거기 바닥에 계속 누워 있었던 건 같은 학교 학생에게서 날아온 구타 때문이라기보다는 일어나고 있던 일의 놀라움 때문이었다. 베니는 어쨌거나 키가 180센티미터나 됐고, 부모님이나 바이런만큼 서핑과 수영을 좋아한 적은 없어도 운동을 약간은 했었고, 제법 강하게 자라난 아이였다.

결과적으로는 연조직에만 부상을 입었고 멍든 곳들은 시간이 지나면 나을 것이었다. 하지만 베니를 학교에서 멀어지게 한 더 깊은 상처가 있었다. 베니는 이 여학생들이 자신이 지닌 다른 면모를 지지해 줄 거라고 생각했지, 이렇게 닦아세울 줄은 몰랐다. 바닥에 누워 있던 베니를 발로 찬 학생은 언젠가 학생들이 가는 술집에서 베니와 함께 춤을 추고는 맥주와 운동화 냄새가 나는 어두운 벽에 베니를 기대게 하고 키스했던 아이였다. 그때 두 사람은 함께 미소 짓고는 댄스플로어로 돌아왔었다.

이것은 누구도 말하지 않는 종류의 일이다. 이들이 처음에는 베니에게 대학에 온 기쁨을 느끼게 해주었던 4학년 학생들이었다는 것. 그들이 베니를 중심으로 뭉치는 대신 베니와의 관계를 끊어 버렸다는 것. 한 여학생이 땅바닥에 누워 있는 베니를 발로 찰 때 다른 여학생은 **그만해**라는 말도 하지 않았다는 것. 하지만 베니는 절대 그들을 일러바치지 않을 것이었다. 베니는 사람들이 가끔씩 그러듯 자신을 위아래로 훑어보고는 **봤지?** 하고 말할 여지를 누구에게도 주고 싶지 않았다.

그 순간부터, 처음에는 캘리포니아의 집으로 돌아왔다가 다음에는 이탈리아로, 그다음에는 애리조나로 옮겨 갈 때마다 베니는 다른 무엇보다도 한 가지를 한결같이 갈망했다. 감정적으로 특별할 것이 없게 느껴지는 삶이었다. 안전하게 느껴지는 삶.

일단 미술 대학에 가기로 마음먹고 나자 애리조나는 좋은 곳처럼 보였다. 베니는 자신이 뒤로하고 떠나온 북동부 대학의 분위기로부터 최대한 멀어질 생각이었다. 부모님이 아니라 자신이 관심 있는 과목을 공부할 것이었다. 어떻게 해야 앞으로 나아가고 직업의 세계에서 자기 자리를 찾을 수 있는지 정확히 알아내는 데 그 시간을 쓸 것이었다.

베니는 겉으로는 황량해 보이지만 가까이에서 보면 생명들로 터질 것 같은 그곳의 넓고 탁 트인 땅에서 활기를 얻었다. 벨벳메스키트의 털로 덮인 잎들. 블루팔로베르데의 청록색 나무껍질과 노란 꽃들. 억센 털을 지닌 페커리[18]들, 얼룩무늬가 있는 아메리카독도마뱀들, 벌써부터 자기 몸속에 고인 독의 위력에 대해 경고하려고 조그만 꼬리를 휙휙 움직이는 새끼 방울뱀들.

애리조나에는 베니가 들을 만한 여유가 되는 좋은 미술 프로그램이 있었고, 베니에겐 거의 아무런 질문도 받지 않고 입학할 수 있는 점수가 있었다. 그렇게 해서 베니는 조애니를 만나게 되었다. 당시 조애니는 도예과에서 조교를 하고 있었다. 조애니는 턱선이 날카롭고 웨이브진 머리를 하나로 묶고 있었는데, 그 모습은 점토가 여기저기 튄 작업복 차림으로 복도를 걸어 내려가던 그를 처음 본 순간부터 베니를 잡아끌었다.

그러다가 베니는 그 푸른 꽃병을 보게 되었다. 첫 학기의 끝이 가까워지고 있었고 학생들 일부는 간식을 곁들여 술을 마시려고 조애니의 타운하우스로 건너가 있었다. 시멘트를 부어 만든 조애니의 거실 바닥은 서늘했고 아무것도 깔려 있지 않았다. 중앙 공간에 있는 카펫류라고는 한쪽 벽에 걸린 암적색 러그밖에 없었는데, 그 아래쪽 바닥에는 조애니의 도예 작품들이 늘어서 있었다. 파티에 온 손님들은 거대한 푸른 꽃병 앞에 한데 모여 있었다.

그 꽃병이 푸른색이었다고 한다면 어떤 사람이 〈흥미로

18 아메리카 대륙에 분포하는 멧돼지와 비슷한 동물.

운) 사람이라고 하는 것만큼이나 모호한 표현이 되겠지만, 적어도 그것이 푸르스름하다는 데에는 다들 뜻을 같이했다. 베니는 자리에 앉아 한 시간쯤으로 느껴지는 시간 동안 허리 높이까지 오는 그 물체를 뚫어지게 쳐다보았고, 대체로 에메랄드색인 아래쪽 가장자리부터 시선을 끌어올리며 진한 하늘색 중간 부분을 거쳐, 위쪽의 엷고 흐린 청록색 얼룩, 위쪽 가장자리 근처에 뿌려진 금색과 호박색 점들, 그리고 마침내 색을 칠하지 않고 그대로 두어 도자기의 불그스름한 색조가 자연스럽게 드러나 있는, 툭 튀어나온 꽃병 주둥이의 일부에 이르기까지 차례로 살펴보았다. 베니는 꽃병을 오랫동안 들여다보았고, 그런 다음 조애니를 건너다보았다. 그러자 조애니는 베니가 조만간 알게 될 그런 방식으로 마주 미소 지었다.

그들의 관계가 시작되고 4년이 지났지만 베니는 여전히 가족들에게 조애니 이야기를 하지 않았고, 이것은 문제가 되었다. 조애니는 베니보다 열 살이나 많은 데다 **별별 일을 다 겪어 본** 사람이었고, 게다가 그들은 무려 21세기를 살아가고 있다고 조애니는 말했다. 베니는 조애니에게 그 일을 보상하려고 애썼다. 자신의 부엌보다 확실히 나은 조애니의 부엌에 향신료와 볶음 요리들을 채워 넣었다. 조애니의 전시회를 홍보하는 메일을 여기저기에 보냈다. 금요일 밤마다 피자를 같이 먹으려고 조애니가 아르바이트를 하는 사무실 밖에서 기다렸다.

하지만 조애니는 타인들의 모욕을 신경 쓰지 않는 듯 보이다가도 결국 그들이 보이지 않는 어떤 선을 넘으면 확 달라져 버리는 사람이었다. 그리고 이제 그것이 무엇을 뜻할 수 있는지 베니가 알아차릴 차례였다.

또다시 휴가 계획을 세워야 할 겨울이 다가오자 조애니는 베니가 자신을 위해 너무 많은 걸 해주는 바람에 숨이 막힌 다고, 그런데 자신이 베니에게 부탁했던 건 딱 한 가지밖에 없다고 베니에게 말했다. 베니는 조애니의 집으로 달려갔다. 조애니가 문을 열어 주자마자 베니는 그 푸른 꽃병과 다른 몇몇 작품들이 바닥에 빈 공간만 남기고 사라진 걸 보았다. 벽에 걸려 있던 러그가 돌돌 말려 플라스틱 끈에 묶여 있고, 마분지로 된 상자들이 부엌 조리대 근처에 늘어서 있다는 걸 베니가 알아차린 것은 그때였다. 조애니는 뉴욕에 가서 교사로 일하게 됐다고, 추수 감사절 전에 떠날 거라고 베니 에게 말했다. 그리고 그냥 그렇게, 베니와 조애니는 끝나 버 렸다.

하지만 일단 지금은. 운전대를 두 손으로 꽉 붙잡고 조애 니의 집에서 멀리로 속도를 내며 베니는 자신에게 그렇게 되뇌었다. 일단 지금은. 그다음 주, 속도계에 눈을 고정하고 시속 145킬로미터 이하로 속도를 유지하려고 애쓰면서 캘 리포니아의 집으로 차를 몰고 갈 때도 베니는 그렇게 되뇌 었다.

베넷 가족

2010년 추수 감사절, 바로 여기 이 집에서 일어난 일이다. 베니가 그동안 자신의 연애사에 대해 무슨 말을 하려고 애써 온 건지 마침내 파악한 베니의 아버지가 목소리를 높였다. 아빠는 원래 목소리를 높이는 부류의 사람이 아니었다. 베니는 끼어들려고 애를 썼지만 아빠가 계속 말을 막았다. 그러더니 아빠는 일어섰다.

「이런 종류의 혼란을 느끼면서 네가 어떻게 품위 있는 삶을 살 수 있을지 모르겠구나.」 버트가 말했다.

「품위?」 베니가 말했다. 「제가 품위가 없다는 말씀이세요?」

「나한테 목소리 높이지 마, 아가씨.」 버트가 말했다.

「아빠, 지금 나한테 소리치고 있는 건 아빠잖아요. 저한테 만나는 사람 있냐고 물어본 것도 아빠고요. 그리고 만나는 사람 있으면 집에 데려오지 그러냐고 말한 것도 아빠잖아요. 저는 그저 그 사람이 **남자**일 수도 있고 **여자**일 수도 있다는 걸 설명하려고 애쓰고 있었을 뿐이에요.」

「그래서, 네가 아무하고나 자고 다녀도 네 엄마랑 내가 그걸 괜찮게 생각해야 한다는 말이냐?」

「저 아무하고나 자고 다니지 않거든요, 아빠. 4년간 한 여자하고만 사귀고 있어요. 그리고 사귀어 본 사람도 다 합쳐 봐야 몇 명 안 돼요. 하지만 그게 중요한 게 아니라…….」

「중요한 건 너는 네가 뭘 원하는지조차 모른다는 거야.」

「아뇨, 알아요, 아빠. 이게 저예요. 저는 베니예요.」

부모님의 눈에 베니가 전에는 본 적 없는 표정이 어렸다. 냄비에 담긴 물이 끓기 직전의 순간처럼 모든 것이 조용해졌다. 베니는 바이런을 건너다보았지만 그는 그저 자리에 앉아 바닥만 바라보고 있었다. 바이런은 도와주지 않을 것이었다, 아닌가? 베니는 일이 이렇게 될까 봐 겁이 났다. 천천히 숨을 들이쉬고 내쉬면서 자신의 생각이 주는 상처가 몸을 드나들게 했다. 그것이 자신의 말이 되어 나오는 게 들릴 때까지.

「모르는 건 아빠예요.」 베니는 목소리가 떨리지 않게 하려고 안간힘을 썼다. 「더 이상 저를 사랑하는지 아닌지도 모르는 건 아빠라고요.」 그 시점에서 아버지는 베니에게서 몸을 돌려 거실을 성큼성큼 걸어 나갔고, 어머니는 아버지를 따라가며 말했다. 「버트, 버트.」 베니는 추수 감사절을 혼자서 보낼 생각은 없었지만, 휴일을 이 집에서 어떻게 보내야 할지도 알지 못했다. 아빠는 베니에게 **품위 없다**는 말을 하고, 어머니는 젖은 눈으로 그런 아버지를 쫓아 나가고, 한 무리의 사람들이 저녁을 먹으러 집으로 오고 있는 상황에서는 말이다.

베넷 가족은 보통 집의 뒷문으로, 부엌으로 곧바로 통하는 그 문으로 드나들었다. 하지만 베니는 보통 때처럼 집 안을 가로질러 통과하는 대신에 곧장 현관문으로 향했다. 현관문을 열려고 몇 번이나 시도해야 했는데, 그 뻑뻑한 문은 그들이 늘 뒤쪽 출입구를 선호하는 이유 중 하나였다. 마침내 잡아당긴 문이 열리자, 베니는 한마디 말도 없이 그 문으로 집을 나섰다.

문은 열린 채로 두었다. 오빠가 따라 나올 거라고 생각했는데, 나오지 않았다. 집에 돌아온 베니는 바이런이 전화해 **대체 무슨 생각이었던 거야?** 하고 투덜거려 놓았을 거라고 생각하며 메시지를 확인해 보았지만 그의 메시지는 없었다. 적어도 애리조나로 돌아오는 장시간 운전에는 좋은 점이 있었다. 그날 밤 늦게 베니가 집 앞길로 들어왔을 무렵에는 휴일은 끝나 있었고, 그 블록에서 보도를 터덜터덜 걸어 올라가 자물쇠에 열쇠를 넣고 돌린 다음 빈집 안의 불을 켜는 사람들은 베니 말고도 눈에 띄었다.

베니는 추수 감사절을 쇠지 않는 사람들도 많다는 사실에서 위안을 찾으려고 애썼다.

문제는 베니가 그런 방식으로 자라나지 않았다는 점이었다. 이날은 한 해 가운데 베니의 가족과 친구들이 한데 모여 감사의 시간을 갖는 날이었다. 중요한 건 함께한다는 것이었고, 베니는 이제 막 그 모든 것에서 제외된 것이었다.

그다음 몇 주 동안에는 베니의 집 전화기가 울리고 발신번호 표시판에는 **발신 번호 표시 제한**이라는 말이 뜨곤 했다. 베니는 버튼을 눌러 전화를 받곤 했지만 아무도 아무 말도 하지 않았다. 베니는 어머니가 전화한 것일 거라 스스로에게 되뇌곤 했는데, 그게 아버지일 리는 없었기 때문이었다. 가끔씩, 짧은 침묵 뒤에는 텔레마케터가, 거절당할 것에 대비해 사람들이 종종 쓰는 방방 뜨는 목소리 톤으로 인사를 건네곤 했다.

베니는 텔레마케터들에게 거절의 말을 할 때 언제나 정중했다. 그들이 그저 생계를 꾸리고 그 주의 일을 끝내려고 애쓰고 있고, 그저 자신들이 받아들여질 기미가 보이기만을 바라고 있다는 걸 알았으니까.

받아들여지기를 바라기. 그게 뭔지는 베니도 조금은 알고 있었다.

베니는 바로 그날 밤에 물건들을 분류하기 시작했다. 뉴욕으로 가져갈 것과 기부할 것을. 물건을 받아 트럭으로 여기저기 실어 보내 주는 자선 단체가 있었다. 그 단체는 사람들이 물건들과 헤어질 때 기분을 나아지게 해주었다. 그 서비스를 이용하면 누군가를 위해 좋은 일을 하고 있다고 스스로에게 말해 줄 수 있었다. 그로부터 얼마 지나지 않아 뉴욕으로 이사를 가면서 베니는 시간이 지나면 조애니가 자신을 용서해 주기를 바랐고, 가족들에게는 새 주소를 굳이 알리지도 않았다. 어쨌거나 그들은 베니의 휴대폰 번호를 알고 있었고, 지금까지 한동안 연락이 없었다. 베니가 크리스마스 휴가는 다른 데서 보낼 거라고 문자 메시지를 보낸 뒤로는 쭉 그랬다.

텔레비전에 나온 바이런

　베니가 뉴욕으로 이사를 가고 난 뒤 몇 년 동안 베니의 오빠는 너무나 유명해져서, 베니는 원한다면 텔레비전 뉴스에서, 심야 토크 쇼에서, 노트북 컴퓨터에서 그를 날마다 볼 수 있었다. 최근 베니는 촬영 감독이 바이런을 여기저기 따라다니는 어느 다큐멘터리 영상 링크 하나를 스마트폰에 저장해 두고 있었다. 지금 이 순간, TV에 나온 바이런은 미치 씨와 함께 거실에 나와 있는 또 한 명의 바이런보다 훨씬 다가가기 쉽게 느껴진다.

　TV에 나온 그 바이런은 인터뷰어에게 지구상의 대양 대부분은 미지의 장소로 남아 있으며 해저의 깊이와 형태에 관한 정보는 아주 많은 곳에 활용될 수 있다고 말한다. 지진 해일 예보에. 오염 방지에. 사람들이 매일 사용하는 전자 제품의 재료가 되는 물질들의 채굴에. 바이런은 원격 탐사 영상들을 보여 주는 화면을 가리키며, 우리가 과거와 미래에 대해 알아야 하는 모든 것이 여기에 있다고 카메라를 향해 말해 준다. 그리고 이런 종류의 기술은 우리가 인간으로서 어떤 존재이고, 기꺼이 하려는 일이 무엇인지에 대해 알아낼 수 있는 모든 것을 시험할 거라고.

해저 로봇들이 주요한 매핑 프로젝트를 수행하는 과학자들을 돕고 있지만, 바이런은 더 많은 정보를 갖는 일이 국가 간의 선의에 대한 엄청난 시험이 될 거라고 말한다. 새로운 기술이 발달할 때마다 지식은 공유되어야 한다. 합의가 이루어져야 하고, 그 합의는 존중되어야 한다. 그러지 않으면 육지에서 그랬듯 바다에서도 인간의 탐욕이 지배적인 동력이 되어 버릴 위험이 있다고 바이런은 말한다.

「저희 집에 채소밭이 있다면 어떨까요.」 그가 말한다. 「그리고 제가 저녁으로 옥수수나 토마토 같은 걸 먹고 싶을 때마다 그것들을 전부 뿌리째 뽑는다면, 아니면 예를 들어 그저 사과 몇 개를 먹고 싶다고 해서 과일나무 하나를 통째로 베어 버린다면요? 음, 아마 말도 안 된다고 하실 거예요, 그렇죠?」

이제 바이런은 화면을 가득 채운 목가적인 바다 풍경의 이미지를 가리킨다. 「우리는 해저 자원들에 좀 더 주의를 기울여야 합니다. 왜냐하면 저기 있는 저곳이야말로 우리가 지닌 지구 최대의 정원이기 때문입니다. 저곳은 무한해 보일지도 모르지만 그렇지 않습니다. 우리는 해저 공간을 아껴서 사용해야 하고, 그곳이 번창할 수 있도록 해야 합니다.」

처음에는 젊은 해양 과학자로서의 바이런에게 불리하게 작용할 조짐을 보였던 모든 것이 결국에는 그를 미디어의 귀염둥이로 바꿔 놓았다. 그는 수중 음파 탐지 기술, 지형학, 열수 분출공[19] 같은 것들에 대해 사람들이 이해할 수 있는

139

방식으로 말할 줄 알고, 외모는 고급스러운 겉옷을 만드는 회사의 패션모델 같고, 거기다가, 물론, 흑인이다.

바이런이 박사 과정을 끝냈을 무렵, 소수 민족 정체성을 지닌 학생들에게 과학·기술·공학·수학 융합 교육 학위를 목표로 삼아 보라는 격려가 그 어느 때보다도 많이 쏟아지는 절호의 순간이 찾아왔다. 비록 그들이 전문적으로 성장 가능성이 높은 일자리들을 항상 얻게 되는 건 아니었지만 말이다. 바이런은 자신이 받은 교육을 가지고 무엇을 하고 싶은지에 대해 매우 구체적인 생각이 있었다. 그는 계속 여러 개의 문을 두드렸고, 마침내 그 문들 중 하나가 새롭게 만들어진 토대에서 활짝 열리자, 예전에 그가 베니에게 너무 당연한 거 아냐 하고 말한 대로, 곧장 로비로, 자신이 꿈꾸던 직업 속으로 걸어 들어갔다.

바이런은 공을 움켜쥐고 달렸고, 나머지는 소셜 미디어가 알아서 이끌어 주었다. #바이런베넷과 자주 같이 보이는 해시태그에는 #대양 #과학 #해저 #조류 #지진해일 #지구온난화 #환경 #지질재해 #석유 #가스 #파이프라인 #광물 #채굴 #방어시설 #아프리카계미국인 #과섹남 #싱글남 등이 있었다.

베니는 온라인에서 바이런을 추적하면서 가끔씩은 그들이 수년간이나 서로 만나지 않고 오랫동안 말도 하지 않고 있다는 게 사실이 아닌 척할 수 있었다. 그냥 전화기를 들어 안부를 전하고, 베니가 어떻게 지내는지 알고 싶어 해줄 오

19 해저 지형의 갈라진 틈으로, 여러 가지 화학 물질이 함유된 뜨거운 해수가 분출된다.

빠가, 한밤중에 전화를 걸어 **나 도움이 필요해**라고 말하면 비행기를 타고 와 베니의 현관문을 두드리고, 베니를 힘껏 껴안아 줄지도 모르는 그런 오빠가 더 이상은 자신에게 없다는 사실을 잊을 수 있었다.

이렇게 된 데엔 자신의 책임도 있다는 걸 베니는 안다. 하지만 이제 베니는 여기에 있다, 안 그런가? 그럼에도, 베니는 있는 힘을 다해 소리를 지를 수 있을 것만 같고, 그럼에도 복도를 내려가면 바로 나오는 곳에 있는 바이런은 그 목소리를 듣지 못할 것만 같다. 혹은 듣지 않는 쪽을 택할 것만 같다.

바이런

바이런과 미치 씨는 거실 가구 위에 구부정하게 앉은 채 각자의 스마트폰을 스크롤하며 베니가 돌아오기를 기다리는 중이다. 바이런은 방금 여동생과 대판 싸우지 않은 척하고 있고, 미치 씨는 방금 그 소리를 듣지 못한 척하고 있다.

바이런의 휴대폰이 울리고, 그가 보니 이번에도 리넷이다. 이번에는, 그는 전화를 받는다.

「리넷, 잘 지내?」

「아니, **당신이야말로** 좀 어때? 어머님 소식 너무 유감이야, 바이런.」

그들 사이에 연락이 단절되고 3개월이나 지난 뒤에, 그들이 그런 식으로 서로를 떠난 뒤에, 아니, 정정하자, 리넷이 그런 식으로 바이런을 떠난 뒤에, 이렇게 극도로 정중한 대화를 나누자니 기분이 묘하다. 하지만 리넷의 목소리를 들은 바이런은 리넷이 노력을 했다는 사실이 기쁘다. 어머니는 정말로 리넷을 좋아하셨다. 리넷은 내일 장례식에 오겠다고 한다.

「끝나고 우리 얘기 좀 할 수 있을까?」 리넷이 묻는다. 「그래도 될까? 어디 좀 같이 앉아서?」

「물론이야, 당신이 그러고 싶다면.」 바이런이 말한다.

「그래.」 리넷이 말한다. 「그러고 싶어. 실은 그동안 당신에게 하려던 얘기도 있고.」

그렇지, 시작이구나. 그러니 이 여자는 결국 나한테 무언가를 요구하려는 것이다.

리넷, 리넷, 리넷.

옛날에는 리넷과 대화하기가 쉬웠다. 하지만 그건 싸우고 그를 떠나 버리기 전의 리넷, 과거의 리넷이었다. 바이런은 바로 지금 과거의 그 리넷 같은 누군가와 대화를 나눌 수 있었으면 싶다. 그러면 그 사람에게 어머니의 녹음 파일에 대해, 냉동실에 숨겨진 블랙케이크에 대해 말해 줄 텐데. 과거의 리넷이라면 케이크 이야기에 웃음을 터뜨렸을 것이다. 그러고는 이렇게 말했을 것이다. **바이런, 그거 너무 당신 어머님답다.** 그리고 그 리넷은 바로 지금, 바이런의 가슴팍에 동굴처럼 뚫린 이 상실감에도 불구하고 그 역시 킥킥 웃게 만들어 주었을 것이다.

어머니와 어머니의 블랙케이크. 애초에 베니를 빵과 케이크 만들기로 이끈 것이 그것이었다. 바이런은 베니가 유럽에 가서 요리 수업을 듣고 싶다고 말을 꺼냈을 때 부모님이 왜 그렇게 놀란 건지 알 수 없었다. 물론 그 얼마쯤 전에 베니가 대학을 그만두고는 그만둔 이유에 대해 말하기를 거부했을 때는 그들 모두가 상당히 놀라서 말문이 막혔지만 말이다.

「그냥 안 맞는 것 같아서요.」베니는 그렇게만 말하곤 했다.「다른 길로 가봐야 할 것 같아요.」

「베니한테 시간을 좀 주세요.」바이런은 부모님에게 말했다. 베니가 〈음식과 조리법들의 디아스포라〉인지 뭔지 하는 것에 호기심이 생긴다고 이야기했을 때, 바이런은 눈치를 챘다. 그는 베니에게 다시 대학에 가서 뭔가 관련된 공부를 해보라고, 이를테면 인류학을 전공한다든지 해보라고 제안했다. 하지만 베니는 그냥 고개를 저으며 싫다고만 했다. 그러더니 가버렸고, 돌아와서는 미술을 공부하기로 마음먹었다. 바이런은 베니가 대체 어떻게 생활비를 벌 생각인지 알고 싶었다.

옛날이라면 베니는 그 문제를 두고 적어도 바이런과는 이야기를 나눠 봤을 테지만, 베니 내면의 무언가가 변해 버렸고, 무언가가 불안정해졌다. 베니는 엄마와 함께 부엌에 있을 때만 여전히 바이런의 꼬마 여동생인 것처럼 보이게 되었다.

어머니는 바이런과 베니가 각자 결혼할 때 두 사람에게 블랙케이크를 하나씩 만들어 주겠다고 말하곤 했지만, 두 사람 모두 결혼은 하지 않았다. 엄마의 케이크는 예술 작품이었다. 바이런도 그건 인정할 수밖에 없었다. 한입 가득 퍼지는 그 촉촉하고 비옥한 맛, 코 안쪽까지 톡 쏘는 영혼의 맛. 하지만 바이런은 그 조리법에 대해 부모님처럼 감정적으로 집착해 본 적은 없었다. **전통**이라고 엄마는 말하곤 했다. 하지만 정확히 누구의 전통이지? 블랙케이크는 기본적으로 추운 나라에서 온 식민지 개척자들이 카리브해 사람들에게 물려준 자두가 들어간 푸딩이었다. 착취자들의 조리법을 왜 우리 것이라고 주장하는 걸까?

전통이라고? 코코넛기자다[20]는 어떤가? 망고아이스크림은? 돼지고기육포, 강낭콩밥, 스카치보닛고추, 코코넛밀크, 노란 플랜테인, 그리고 바이런이 어머니의 요리 덕분에 좋아하게 된 그 모든 맛들은? 이제 바이런이 섬 음식이라고 부르는 것들은 그런 것들이었다. 하지만, 아니, 그의 어머니는 그런 것들만으로 충분했던 적이 한 번도 없었다. 어머니의 목소리에 그렇게 매끈하고 부드러운 톤을 가져다주고, 어머니의 눈을 그렇게 빛나게 해준 것은 다른 어떤 조리법도 아닌 블랙케이크였다.

아빠가 돌아가셨을 때 엄마는 남아 있던 결혼기념일 블랙케이크를 함께 묻었지만, 럼주와 포트와인에 담가 둔 과일병 하나는 부엌 찬장 아래칸에 계속 보관했다. 염두에 둘 크리스마스는 언제나 있었다. 엄마는 매년 겨울 베니와 함께 블랙케이크를 만드는 일을 기다리곤 했고, 베니가 집을 떠나 혼자 살게 된 뒤에도 그랬다. 하지만 그 추수 감사절 날 베니가 그들을 떠나 버린 뒤로, 엄마는 다시는 그 케이크를 만들지 않았다. 바이런은 그렇게 생각했다.

이제 바이런은 어머니가 적어도 케이크 하나는 더 만들어 두었다는 걸 알게 되었다.

20 코코넛을 갈아 속을 채워 구워 낸 일종의 파이.

거리

　상황이 달라졌다. 긴장한 상태로 몇 시간을 보낸 끝에 바이런과 베니는 이제 서로를 극도로 정중하게 대하고 있고, 그 전의 적대감은 어머니의 이야기를 듣는다는 중압감 때문에 잦아들어 있다.

　「저 남자 알아?」 바이런이 젓가락을 휙 움직여 텔레비전 화면을 가리키며 베니에게 묻는다. 「엄마가 저 사람한테 진짜로 빠져 계셨는데.」 그들은 어느 프랑스 남자의 모습을 보고 있다. 남자는 악천후 때문에 태평양을 횡단해 헤엄칠 계획을 포기해야 했다고 한다.

　「응, 나도 기사에서 읽었어.」 베니가 말한다. 「엄마는 저런 거라면 온통 빠져 계셨지.」

　베니와 미치 씨가 고개를 끄덕인다. 조명이 켜진 걸 보고 찾아와 문을 두드리는 이웃들을 수없이 맞은 끝에, 그들은 엄마의 녹음 파일 듣기를 멈추고 태국 음식을 포장 주문했다. 그 전에, 바이런은 냉장고 속에 든, 방문객들이 애도의 뜻을 담아 가져다준 캐서롤을 슬쩍 보고는 저건 못 먹겠다

146

고 결론 내렸다. 그날 하루를 보내는 동안 그와 베니가 무언가에 대해 의견이 일치한 건 처음이었다.

「중요한 건 마음이지.」 그들이 나란히 서서 소스가 뿌려진 내용물이 담긴 기다란 직사각형 접시들을 쳐다보고 있을 때 베니가 말했다. 「이 사람들이 일부러 이걸 만들어서 가져다주는 수고를 했다는 사실, 정말로 중요한 건 그거잖아, 그치?」

바이런이 고개를 끄덕였다.

「그리고 우린 그것에 감사하고 있고, 맞지?」

「그럼.」 바이런이 말했다. 「이것들은 내일 장례식 끝내고 내놓자.」 바이런은 어머니가 좋아하던 포장 전문 식당의 전화번호를 찾아 스마트폰을 스크롤하기 시작했다. 하지만 부엌 식탁에 둘러앉은 지금, 그들은 다들 실제로는 아무것도 먹지 않으면서 음식을 쿡쿡 찌르기만 하고 있다.

이제 다른 누군가가 집에 들르기에는 밤이 너무 늦었다. 그들은 이 휴식 시간이 끝나면 어머니의 녹음 파일 진도를 조금 더 나갈 때까지 휴대폰을 사용하지 않기로 합의했다. 내일 있을 장례식 전까지 그들이 파일 전체를 들을 방법은 없었지만 말이다. 그들은 그저 너무 피곤했다. 이런 시기에 눈꺼풀이 자꾸만 내려올 수도 있다는 게 참 이상하다고 바이런은 생각한다. 인생에서 가장 중요한 사람이 세상을 떠났을 때조차, 네가 가족에 대해 믿으며 자라난 것 가운데 많은 부분이 거짓이었다고 말하는 어머니의 목소리를 들을 때조차.

그 프랑스 남자의 소식은 정말로 안타깝다. 바이런 역시 그 남자의 수영 소식을, 특히 그의 행보에서 과학과 관련된 부분을, 표본 수집이나 바다를 더 건강한 곳으로 만들자는 캠페인 같은 것들을 따라가고 있었다. 하지만 어머니가 빠져 있었던 건 인간 대 바다라는 그 순수한 도전이었다. 엄마는 인터넷에서 매일같이 그 남자의 수영 소식을 찾아다니고 있었다. 마치 그 남자를 호송하는 보트에 타서는, 방향을 기록하고, 상어들이 오지 않는지 지켜보고, 바나나를 건네주는 사람처럼 보일 정도였다. 바이런에게는 화면을 바라보는 어머니의 심장 박동 수가 **점점, 점점, 점점** 빨라지는 게 느껴지는 듯했다.

살아 계셨더라면, 어머니는 분명 해저의 가장 깊은 지점 다섯 군데에 자신의 미니 잠수함을 막 내려앉게 할 참인 저 미국인에 관한 뉴스도 지켜보고 있었을 것이다. 저 일련의 탐사들은 바이런 같은 해양 매핑 과학자들에게 정보를 제공하게 될 것이다. 하지만 엄마는 이 프로젝트에는 그리 깊은 인상을 받지 못했을 것이다. 언제나 엄마를 가장 매혹시켰던 건 인간의 육체와 자연의 힘 사이의 직접적인 상호 작용이었으니까.

바이런은 그 프랑스 남자의 웹사이트를 들여다보던 어머니의 얼굴에 어린 표정에, 멀리 바다를 내다보며 큰 파도 곁에 서 있을 때면 어머니가 언제나 짓던 그 표정에 호기심이 일었다. 물 위에 보드를 철퍼덕 내려놓기 직전에는 나도 저렇게 보일까? 바이런은 궁금했다. 그에게 파도를 타는 법을, 중심을 찾는 법을, 앞을 내다보며 절호의 기회를 찾는 법을 가르쳐 준 사람은 어머니였다. 갈망의 초점을 맞추고

자기 자신과 하나가 되는 법을 가르쳐 준 사람 또한 어머니
였다.

그리고 한 남자가 그 모든 것을 성취했을 때 어떤 모습이
될 수 있는지 바이런에게 보여 준 사람은 아버지였다. 바이
런의 부모님은 예외적인 사람들이었다. 그가 생각하기에 자
기가 어머니처럼 용감하다고, 혹은 아버지처럼 행동하는 데
있어 안정돼 있다고 느낄 일은 없을 것 같다.

이제 다른 장거리 수영 선수들의 인터뷰가 나온다. 그중
에는 그 모든 유명한 횡단을 해낸 흑인 여성이자 그들 모두
를 통틀어 **제1인자 여성**인 에타 프링글도 있다. 바이런은 어
머니의 녹음 파일을 듣는 일로 돌아가야 한다는 걸 알지만,
에타 프링글은 꼭 그의 어머니 같은 억양으로 말을 한다. 굉
장히 영국식 영어처럼 들리는 서인도 제도 사람의 말투, 옛
날식 말투다. 지난겨울, 어머니 자신이 저지른 이른바 〈사
고〉로 어머니의 다리가 부러졌을 때, 바이런은 컨벤션 센터
에서 하는 프링글의 강연을 들려주려고 어머니를 모시고
갔다.

「장거리 수영은 인생의 많은 것들과 비슷하답니다.」그날
프링글은 청중에게 말했다.「준비하고 훈련하는 일, 힘과 인
내심을 기르기 위해 채워 넣어야 하는 킬로미터 수를 대체
할 수 있는 건 아무것도 없습니다. 하지만 올바른 정신 상태
가 갖춰져 있지 않다면 사실 이런 요소들은 하나도 의미가
없지요.」

그 마라톤 수영 선수는 자기 옆머리를 손가락으로 톡톡
두드리더니 실내를 둘러보며 고개를 끄덕였다. 바이런의 어

머니를 보자 그는 멈추고 눈을 가늘게 떴다. 그래, 섬사람들은 그랬다. 그들은 1킬로미터 밖에 있어도 서로를 찾아낼 수 있다. 어머니가 무사히 자리를 잡은 것에 만족한 바이런은 슬쩍 밖으로 나가 업무 전화를 받았다. 그러다 보니 통화가 끝났을 때는 강연이 전부 끝나 있었다.

바이런이 강당으로 걸어 돌아갔을 때, 강연자가 어머니를 끌어안고 함께 웃은 다음 소규모 핵심 보조원들의 안내를 받으며 홀 반대쪽 끝에 있는 출구로 나가는 게 보였다. 로비에 남아 있는 사람은 그의 어머니와 동작이 느린 다른 사람 몇 명뿐이었다. 어머니는 양쪽 목발로 바닥을 디디며 빠른 속도로 그를 향해 움직여 왔다.

「강연 괜찮았어요?」 바이런이 물었다.

「좋더라.」 어머니가 얼굴을 활짝 펴 미소 지으며 말했다.

「그분이 뭐래요?」

「내가 행사에 와줘서 기쁘다고 했어.」

바이런이 웃었다. 「아뇨, 엄마, 제 말은, 에타 프링글이 수영에 대해 뭐라고 했냐고요? 올바른 정신 상태가 뭐래요?」

「바다에 대한 두려움보다 바다에 대한 사랑이 더 커야 한대. 헤엄치는 걸 너무 사랑한 나머지 계속 나아가기 위해서라면 뭐든 할 수 있어야 한대.」 어머니는 차창 밖을 내다보았다. 「꼭 인생 같구나, 그치?」

지금, 바이런은 어머니의 음성 녹음 파일에 나오는 여자들을 떠올리고 있다. 수영하는 여자들. 엄마는 정확히 어떻게 해서 그 여자들을 알게 된 걸까? 그들에겐 무슨 일이 일어난 걸까? 그리고 자기 자식들에게 진실을 말해 주려면 삶이 끝나기 직전까지 기다려야 했을 만큼 그 시절의 어떤 부분이 그렇게 끔찍했던 걸까?

그때

엄마와 펄

사라지기 전, 커비의 어머니는 펄과 함께 명단에 수많은 고객을 모아 두었다. 펄의 블랙케이크는 그 지역 최고라고 널리 인정받았지만 어떤 사람들은 그것을 인정하는 일을 짜증스러워했다. 그들의 생각으로는, 펄은 그렇게 검은 피부색을 한 가정부치고는 너무 거만했다. 펄은 아이싱으로 꽃을 만드는 데 있어 누구에게도 뒤지지 않던 커비의 어머니와 완벽한 동업자였다. 그 지역의 상류층 여자들 중 일부는 이 점에도 불편함을 느꼈다. 커비의 어머니는 그 중국인 남자와 애를 낳은 걸로 이미 판단력이 부족하다는 걸 보여 주지 않았던가.

어린아이들에게도 귀가 있다고 생각하는 사람이 아무도 없었던 까닭에 커비는 사람들이 하는 이런 말들을 들었다. 학교 복도에 있던 선생님들. 시장에서 당근과 감자 무더기 옆에 서 있던 상점 주인들. 커비는 그들이 머틸다 브라운은 외모가 그렇게 아름다우니 상향 결혼을 할 수도 있었을 텐데, 하고 말하는 걸 들었다. 최소한 조니 〈린〉 린쿡보다는 나은 남자를 찾을 수 있었을 텐데. 그 남자는 허구한 날 닭싸움이나 보러 다녔고, 사람들은 거기서 좋은 거라곤 나올 일이 없다는 걸 알고 있었다. 그가 그 지역의 좀 더 품위 있는 사람들 사이에서 어떻게 그토록 인기 있는 사람으로 남아 있는지가 그들에겐 수수께끼였다.

그럼에도 더 중요하게 고려해야 할 사항들이 있었다. 이를테면 자기 딸의 결혼식에서 점심 식사가 마련된 피로연장에 등장할 때 박수갈채를 받을 만한 블랙케이크를 갖게 된다는 만족감 같은 것. 그건 앞으로도 오랫동안 인구에 회자될 케이크였다. 커비의 어머니는 설탕을 정교하게 색을 입힌 페리윙클꽃들로, 혹은 좀 더 대담한 신부들을 위해서는 선홍색과 짙은 보라색, 황금색의 난초와 히비스커스꽃들로 바꿔 놓을 수 있었다. 그리고 펄은 누군가가 자신의 케이크를 떠올리는 것만으로 살포시 눈을 감게 만들 수 있었다.

머틸다와 펄은 케이크로 번 수익을 나눠 가졌고, 그 과정에서 몇몇 믿을 만한 팬들을 얻었다. 제대로 된 성(姓)과 사업을 진행시키기에 충분한 자금을 가진 여자들이었다. 그들 중 일부는 물질적으로 가진 게 부족한 여성에게 닥칠 수 있는 여러 불운을 살아오는 동안 차츰 이해하게 된 사람들이었다.

언젠가 그런 동맹들은 결실을 보게 될 것이고, 커비의 인생 행로를 바꿔 놓을 것이었다. 하지만 그때까지만 해도 커비는 엄마가 전에 손님이었던 사람의 도움을 받아 섬을 떠나리라는 걸 전혀 모르고 있었다. 펄이 부분적으로는 커비를 지켜보기 위해 커비 아버지의 피고용인으로 계속 남게 되리라는 것도. 커비는 너무 어려서 어머니가 된다는 것이 무엇인지도, 머틸다가 떠나기까지 감당해야 했던 것이 무엇인지도 이해하지 못했다. 커비가 아는 거라고는 블랙케이크가 여성들로 이루어진 공동체를, 웃음이 넘치는 부엌을 뜻한다는 것뿐이었다.

커비

1965년 봄, 커비의 인생은 결국에는 엘리너 베넷으로 이어지게 될 길로 갑작스레 방향을 틀게 되었다. 그날, 부엌 바닥에는 타마린드 꼬투리들이 어질러져 있었다. 그것들은 커비에게 다가오는 아버지의 발밑에서 와작와작 소리를 냈다.

「음, 타마린드볼이구나.」아빠가 말하며 그릇 속으로 손을 뻗어 커비가 설탕과 함께 반죽하고 있는 과육 덩어리를 한 꼬집 떼어 냈다. 교구에서 요리를 최고로 잘하는 사람이라는 말도 종종 듣던 펄은 커비에게 타마린드 과육을 떼어 내 덩어리를 만들기 전에 스카치보닛고추 약간과 럼주 몇 방울을 섞어 넣으라고 가르쳤다. 커비가 제일 좋아하는 타마린드 먹는 방법은 여전히 꼬투리에서 바로 꺼내 싱싱하게 먹는 것이었지만 말이다. 나무 아래 흙바닥에서 주워 담은 꼬투리를 깐 다음, 섬유질 조각들로부터 떼어 낸 과육을 그릇에 담긴 설탕에 곧바로 찍어 통째로 입 안에 집어넣는 것이다. 과육의 시큼함에 얼굴이 굳어지는 걸 느끼면서.

커비는 아버지의 손을 쳐냈다. 웃음을 터뜨리는 아버지의 목소리에 깃든 세심히 배려하는 듯한 음색에서 그가 무언가 원하는 게 있다는 걸 알 수 있었다. 커비의 등을 타고 올라온 그 음색은 거부감으로 등을 벽처럼 뻣뻣해지게 만들었다. 아버지가 클래런스 헨리를 언급하자 커비는 문제가 생겼다는 걸 알았다.

「리틀 맨 말씀이세요?」커비가 말했다. 「그 범죄자가 무슨 일로 우리 집에 오는데요?」

「클래런스 헨리가,」엄청나게 벌어진 어깨 때문에 얻게 된 그자의 별명 대신 정식 이름을 쓰기를 고집하면서 린이 말했다. 「너를 보러 들른다는구나.」

「저를 보러요? 봐서 뭐 하게요?」

「내 생각엔 너한테 잘 보이고 싶어서 오는 것 같아.」

커비는 날카로운 웃음소리를 냈다. 「저한테 **잘 보인다고요?**」리틀 맨이 누군가에게 구애를 할 만큼 고상한 사람일 거라는 생각, 그리고 악한이자 깡패인 데다 거의 아버지만큼이나 나이가 많은 남자가 찾아오는데 그를 즐겁게 해주라는 요구를 받는다는 생각, 그 두 가지 중에서 어떤 것이 더 기막힌지 커비는 알 수가 없었다. 커비가 그동안 들어 온 바에 따르면 리틀 맨은 누구의 집에 찾아온들 반가운 부류의 사람은 아니었고, 그날은 심지어 일요일이었다.

「저한테 잘 보인다고요? **그자가 대차 뭐 땀에 그따이 생각을⋯⋯?**」

「사투리!」커비가 언제나 출입 금지 구역이던 방언으로 빠지는 걸 막으려면 아버지는 단지 그 말만 하면 됐다.

커비가 다시 입을 열었다. 「그 남자가 저한테 잘 보이려고 우리 집에 와도 된다는 생각을 어쩌다가 하게 된 거죠? 아빠는 제가 친구들이랑 해변에 갈 만한 나이도 못 된다고 생각하시는 거 아니었어요?」

「네가 해변에 가면 안 된다고 한 적 없다. 그냥 그 망할 놈의 허리케인 한복판에 그 빌어먹을 바다에 혼자 수영하러 나가면 안 된다고 했을 뿐이지.」 반면 아버지에게 욕설은 출입 금지 구역이 아니었다.

「그건 사실 허리케인도 아니었잖아요, 아빠.」

「그래, 아니었고말고. 그냥 겁나게 쬐끄만 폭풍이었는데 사람이 죽고 그랬지.」

「게다가 전 혼자 있었던 것도 아니었고요.」

「나도 거기 있었지, 기억나니? 내가 봤는데 혼자 있었던 게 **참 잘도 아니더구나.** 너희가 그 **구명보트**라는 걸 안전한 곳으로 어떻게 끌고 가야 했는지 다 봤다. 참 농담도 대단했지.」 아버지는 양손을 허리에 올렸다. 「그리고 어쨌거나 그건 상관없다, 아가씨야. 클래런스 헨리가 오늘 오후에 오기로 했으니까 넌 이제 가서 좀 단정하게 하고 있는 게 좋겠구나.」

「클래런스 헨리는 와서 **아빠한테** 잘 보이라고 하세요. 전 집에 없을 테니까요.」

「아니, 넌 집에 있게 될 거야, 코번티나.」 아버지는 술을 마시고 들어오면 종종 그랬던 것처럼 목소리를 높였지만, 눈가에는 부드러운 기색이, 일종의 물음 같은 것이 어려 있었다. 아니, 그건 일종의 애원이었고, 그것을 보자 커비는 간담이 서늘해졌다.

「뭘 하신 거예요, 아빠? 뭘 하셨어요?」

「커비, 아빠를 위해서 그냥 그렇게 해주면 안 되겠니?」아버지는 이제 더 부드러운 목소리로 말했다.「그냥 그 사람 비위 좀 맞춰 줘라. 오늘 일요일이잖니. 그 사람을 오라고 해서 시원한 마실 것 한잔 주자. 내가 그 사람하고 사업을 같이 한 게 있는데, 그 사람이 관심 있다고 한 게 ―」

커비는 부엌 조리대를, 유산지 위에 달콤한 덩어리들을 쌓아 만들고 있던 작은 탑 근처를 손으로 쾅 내리쳤다. 타마린드볼 몇 개가 조리대에서 바닥으로 굴러 떨어졌다.

「리틀 맨이랑 사업을 하셨다고요?」커비가 말했다. 그 사업 종류가 뭔데요, 아빠? 도박 사업인가요? 그 사람한테 갚을 돈이 있는 건 아니죠, 네?」아버지는 대답하지 않았지만, 표정이 변하는 것만 봐도 충분히 명백했다. 커비는 몸을 돌려 걸어 나가면서 길 잃은 타마린드볼 하나를 밟아 부숴 버렸다. 이제 어머니가 왜 아버지를 떠났는지 알 것 같았다. 엄마가 어떻게 자신도 함께 떠나 버릴 수 있었는지 알 수 없을 뿐이었다.

「코번티나!」

아버지가 소리 높여 부르는데도 돌아보지 않았지만 커비는 떨고 있었다. 인정사정없는 고리대금업자라는 리틀 맨의 평판이 떠올랐다. 그런 사람이 위협하면 사람이 죽을 수도 있다고 했다. 커비는 여전히 떨리는 두 손으로 자기 방 옷장 문을 당겨 열었고, 원피스를 골라 입고 지퍼를 끌어올리려고 애썼다.

커비는 집에서 몰래 빠져나가고 싶었지만 그랬다가는 아버지에게 큰일이 생길지도 몰랐다. 리틀 맨에게 어쩌다 말을 잘못 해도 문제가 생길 수 있었다. 얼마 뒤, 커비는 이런 생각들을 머릿속에 단단히 박아 둔 채 리틀 맨 헨리를 응접실로 안내했고, 리틀 맨은 소파에 기대앉으며 손가락으로 타마린드볼 하나를 감쌌다.

「맛있구나, 코번티나.」 리틀 맨이 말하며 커비의 쇄골 아래 움푹 파인 곳에 시선을 두었다가 허리 아래로 미끄러뜨렸다. 「알고 보니 너무나 아름다운 데다가 재주도 상당히 많은 아가씨로구나.」

코번티나는 바로 그 순간 자신의 얼굴에 스치고 있을 표정을 감추기 위해 타마린드볼 하나를 덥석 베어 물었다. 커비는 어머니를 떠올렸다. 어머니라면 분명히 경멸을 숨기지 않았을 것이다. 아니, 커비의 엄마라면 양손을 허리에 올리고 리틀 맨을 너무도 날카롭게 쏘아보았을 테고, 이 남자는 자리에서 일어나 현관문 쪽으로 슬금슬금 걸어갔을 것이다. 아빠가 여러 번 그랬던 것처럼 말이다. 하지만 엄마는 여기 없었다. 그것도 커비에게 엄마가 가장 필요한 순간에.

커비는 펄이 부엌 찬장 아래칸에 보관해 둔 칼 몇 자루를 떠올렸다. 고기를 자르고 사탕수수 껍질을 벗기는 데 쓰려고 따로 놓아둔 가장 크고 날카로운 칼들이었다. 언젠가 커비는 그 칼들 가운데 한 자루를 자기 몫으로 따로 가지고 있지 않았던 것을 후회하게 될 것이었다.

대가

린은 운명이 정확히 어느 시점에 자신을 리틀 맨에게 향하는 길로 들어서게 한 것인지 알 수 없었다. 그는 중국인들을 겨냥한 그 소동에서 처음으로 터져 나온 불만들로 인해 그의 가게 중 한 군데에 화재가 일어났을 때 이미 망한 것이나 다름없었다. 닭싸움이 그리 잘 풀리지 않자 린은 자기 가게 상품들을 내기에 걸면서 그만큼을 다시 딸 거라고 생각했지만, 빚은 계속 쌓이기만 했다.

그의 여자가 그를 떠나자 상황은 더 나빠졌지만, 그래도 그는 자기 아이가 새 교복을 입지 못한 채 학교에 가는 일은 절대 없게끔 확실히 신경을 썼는데, 아이의 교복은 불안할 정도로 빠르게 작아져서 못 입게 되곤 했다. 린과 머틸다의 의견은 이 정도까지는 언제나 일치했었다. 커비는 여자애였지만 그럼에도 좋은 교육을 받게 될 것이었다.

결국 린은 재정 상태가 너무 나빠져 리틀 맨 헨리에게 의지해야 했다. 린은 조금 더 분별이 있었어야 했다. 리틀 맨이 그 대가를 받아내러 오는 건 그저 시간문제라는 사실을 알

앉아야 했다. 왜냐하면 린이 관찰할 수 있었던 바로는 그것이 이 바닥의 남자들 대부분이 관심을 두고 있는 일이었기 때문이었다. 치러야 할 대가가 무엇인가 하는 것. 그리고 가장 고통받게 될 사람은 린의 딸, 그가 세상에 남긴 유일하게 가치 있는 존재였다. 린이 **네가 기꺼이 하려는 일이 뭐지?** 하고 자신에게 물어야만 할 날이 빠르게 다가오고 있었던 것이다.

커비

그해 봄에는 라디오를 틀면 어디서든 더 웨일러스의 음악이 쏟아져 나왔고, 이런 시기에조차 약간의 댄스 음악은 커비의 기분이 나아지는 데 크게 도움이 되었다. 펄은 퇴근한 뒤였고, 커비는 살갗에 배어난 땀을 식히려고 넷머리를 목 위로 끌어올린 채 라디오를 켜고 음악에 맞춰 발을 끌며 춤을 추고 있었다. 리틀 맨이 집 안으로 걸어 들어왔을 때 커비는 부엌문을 등지고 있었다.

화재 이후로 아버지는 커비에게 혼자 있을 때는 현관문을 잠그라고 여러 번 주의를 주었지만, 리틀 맨은 뒤쪽으로 들어왔다. 펄이 나가면서 문을 열어 둔 게 틀림없었다. 그리고 리틀 맨은 문설주를 두드리는 수고조차 하지 않고 걸어 들어왔다.

이제 리틀 맨은 몇 주 동안이나 일요일마다 찾아오고 있었고, 그러는 동안 화재로 피해를 입었던 커비 아버지의 가게는 완전히 새로 꾸며졌다. 커비에게 그 두 가지 사이의 관계는 명백해 보였다. 더욱 놀라운 건 리틀 맨이 자기 말로는 커비와 **좀 더 친밀한 관계**가 되는 데 관심이 있어 하더라고 아버지가 넌지시 알려 주었다는 것이었다.

아빠가 리틀 맨 이야기를 꺼낼 때마다 커비는 방에서 나가 버리곤 했다. 커비는 아빠가 정신을 차릴 거라고, 그리고 분명 리틀 맨도 커비와 시간을 보낸다는 게 터무니없는 생각임을 깨닫게 될 거라고 믿었다. 그럼에도 여기 리틀 맨이, 평일 대낮에 연락도 없이 마치 자기 집인 양 커비네 집 부엌으로 걸어 들어오는 그가 있었다.

「더 웨일러스구나.」 리틀 맨이 말했다. 「좋은 음악이지.」

「저희 아버지 여기 안 계시는데요.」 커비가 말했다.

「알아.」 리틀 맨이 말했다. 「그래서 온 거야.」 그는 커비 쪽으로 걸어왔다. 「내가 와서 기쁘지 않니?」

커비는 숨을 죽였다. 이제 리틀 맨은 지나치게 달콤한 애프터셰이브 향이 느껴질 정도로 가까이 와 있었다. 이제 리틀 맨은 커비의 이마에 숨결이 와 닿을 정도로 가까이 와 있었다.

「우린 서로를 조금 더 잘 알아 갈 수 있을 거야.」 리틀 맨이 말했다. 그는 커비에게 키스하려 했지만 커비가 얼굴을 옆으로 돌렸다. 리틀 맨이 다시 몸을 기울였을 때 커비는 그를 밀어냈지만, 그는 이번에는 커비의 양 손목을 붙잡아 벽에 밀어붙였고, 그 손아귀 힘이 너무 세서 커비의 뼈는 압력으로 부러질 듯했다. 커비는 학교에서 아시아에 산다는 어떤 종류의 두꺼비에 대해 배운 적이 있었다. 그 두꺼비는 포식자에게서 벗어나기 위해 자기 몸을 뒤집어 죽은 척할 수 있다고 했다. 이제 커비는 가만히 서서 그 한 가지에 정신을 집중했다. 그 두꺼비의 빨갛게 드러난 아랫배에, 검은 무늬가 십자형으로 얽힌 그 사나운 겉모습에, 혹시 필요할지 모르는 독으로 가득 찬 그 몸통에.

커비는 얼굴을 계속 옆으로 돌린 채 입을 꽉 다물고 눈은 가늘게 뜨고 사나워 보이려고 애를 썼지만, 가슴속 심장 박동 소리는 틀림없이 리틀 맨에게도 들릴 것 같았다. 이 작자가 전에도 여자들을 추행한 적이 있다는 건 공공연한 비밀이었다. 커비는 칼들이 들어 있는 부엌 서랍을 떠올렸다. 어떤 쓸모라도 있기에는 그것들은 너무 멀리 있었다.

「그래, 부끄러움을 많이 타는 아이구나, 그렇니? 아니면 그냥 내숭 떠는 거니?」 리틀 맨이 목소리를 낮췄다. 「궁금하네, 그 그랜트 집안 놈하고 해변에 가서도 네가 이렇게 얌전하게 구는지 말이야?」

그래, 사람들이 하는 말, 피가 싸늘하게 식는다는 그 말의 뜻이 이런 거였구나. 커비는 누군가가 자신과 기브스의 관계에 대해 알 거라고는 생각해 보지 못했다. 결국 알게 된 버니와 펄을 제외하고는 말이다. 하지만 펄이 언젠가 말한 적은 있었다. 그 교구에 속한 어떤 만이든, 어떤 마을이든, 거기에는 리틀 맨 형제에게 무언가를 빚진 사람들이 있다고 말이다. 그리고 사람은 위험한 누군가에게 무언가를 빚지게 되면 그를 위해 기꺼이 스파이 노릇도 하게 마련이었다. 자신의 가족이 해를 입는 걸 막을 수만 있다면 다른 누군가를 기꺼이 해치기까지 할지도 몰랐다. 중요한 것은 헨리 형제의 눈에 띄지 않는 것이었다. 하지만 기브스는 이미 리틀 맨의 눈에 띈 뒤였다. 커비는 리틀 맨의 입에서 그저 기브스의 이름이 나온 것만으로도 그가 위험해질 수 있다는 걸 깨달았다.

「그 아송이랑 먼 노므 시간을 글케 낭비코 있는 거야, 응?」 리틀 맨이 씁 소리를 내며 커비의 손목을 놓았다. 그는 뒤로 물러섰지만, 기브스의 이름을 듣는 바람에 다리에 힘이 빠져 버린 커비는 감히 움직일 생각도 하지 못했다.

「길버트 그랜트가 너희 아버지를 빚더미에서 꺼내 줄 것 같아, 코번티나? 나가서 제대로 된 생활비를 버는 것보다 대학 가는 데 더 관심 있는 그 길버트 그랜트 녀석이, 누군가가 너희 아버지 배를 단검으로 째버리기 전에 필요한 그런 돈을 가져다줄 수나 있을 것 같냐고?」

「저희 아빠는……」 커비가 입을 열었다.

「너희 아빠는,」 리틀 맨이 말했다. 「집에 있는 자기 여자조차 지키지 못하는 도박꾼이야. 자기 가게 소유권조차 지키지 못했지. 그거 아니, 코번티나? 그 가게들이 더 이상은 너희 아빠 소유도 아니라는 거? 아, 몰랐어? 글쎄, 그렇다니까. 그 가게들은 이제 내 거야. 그리고 너희 아빠가 이 집마저 잃어서 판잣집에서, 아니면 더 안 좋은 데서 살게 되고 싶지 않으면, 날 대하는 태도를 좀 조심하는 게 좋을 거야, 아가씨.」

리틀 맨은 몸을 돌리더니 더 이상은 아무 말도 하지 않고 부엌에서 성큼성큼 걸어 나갔다. 다음 날 저녁, 그 리틀 맨이 커비와의 결혼 승낙을 구해 왔다고 아버지가 말했을 때 커비는 화를 낼 수조차 없었다. 그냥 이렇게 중얼거리기만 했다. 「안 돼요, 아빠, 제발요, 아빠.」 커비의 목소리를 앗아 가버린 이 감정은 커비에게는 전에 없던 낯선 감정이었다.

커비는 얼마나 오랫동안인지 모를 시간 동안 방에 혼자 앉아 있었다. 그러다가 밖으로 걸어 나가 정원에서 들려오는 윙윙거리고 달칵거리는 소리들에, 아버지의 침실 창문에서 흘러나오는 코를 킁킁거리는 소리에 귀를 기울였다. 나뭇잎들 위에 고이기 시작한, 잘 익은 과일을 썩게 만드는 촉촉한 습기를 들이마셨다. 벌레 한 마리를 찰싹 때려 쫓아냈고, 눈물 한 방울을 닦아 냈다. 모든 것이 그대로였지만 아무것도 예전 같지 않았다. 커비는 기브스를 찾아 이야기하고 싶었지만 그럴 수 없다는 걸 알았다. 지금은 안 됐다. 기브스도 조만간 그 소식을 듣게 되겠지만 말이다.

멍한 감정이 사라지기 시작하고 있었다. 그 감정 밑에서, 멀리서 치는 천둥 같은, 바다에서 휘몰아치며 불어오는 바람 같은, 다가오는 한 마리 사나운 짐승 같은 무언가가 올라왔다. 그리고 이제 커비는 그 짐승이 되어 있었다. 커비는 문의 빗장을 풀고 눈물로 얼굴과 목과 셔츠를 적시며 거리로 달려 나갔고, 으르렁거리는 소리를 내면서 길을 달려 올라갔다.

커비와 기브스

커비는 리틀 맨에 대해 기브스에게 어떻게 말해야 할지 몰랐지만, 기브스는 이미 그 소식을 들은 뒤였다. 다음 날 커비가 버니와 함께 학교에서 나오는데, 고등학교와 절벽 사이에 나 있던 길 건너편에서 기브스가 서둘러 달려오는 게 보였다.

「사실이야?」 기브스가 큰 소리로 물었다.

「쉿.」 시선을 똑바로 앞으로 향하고 빠른 속도로 길을 걸어 내려가며 커비가 말했다.

「그러니까, 사실이냐고?」 기브스가 목소리를 낮추며 물었다. 「사람들이 너랑 리틀 맨에 대해 하는 얘기가 사실이야?」

「잠깐만 기다려.」 커비가 말했다. 그들은 둘 다 입을 꾹 다물고 버니와 함께 조금 더 걸었다. 그러다 결국 버니는 **나중에 봐**라고 말하고는 계속 똑바로 걸어갔고, 커비와 기브스는 해변으로 내려가는 길로 되돌아왔다.

「너랑 리틀 맨 얘기, 언제 해줄 생각이었는데?」

「**나랑 리틀 맨** 같은 건 없어, 기브스. 그건 전부 우리 아버지 때문에 생긴 일이야. 그 사람들 머릿속에는 내가 리틀 맨이랑 결혼해야 한다는 생각이 들어 있나 본데, 당연히 난 그 사람이랑 결혼 안 해.」

「리틀 맨은 누구랑 결혼하고 싶다면 어떻게든 결혼하는 인간이야.」

「하지만 말도 안 되잖아, 모르겠어? 우리 아빠도 진짜 금방 깨닫게 될 거야. 그리고, 리틀 맨이라고? 넌 그 사람이 누구랑 결혼한 모습이 상상이 돼? 그 사람도 잊어버릴 거야. 그냥 자기가 얼마나 대단한 사람인지를, 원하는 건 뭐든 얻을 수 있다는 걸 보여 주고 싶을 뿐이야. 난 그 사람이랑 결혼 안 해, 기브스.」 커비가 두 팔로 기브스를 끌어안았다. 「하지만 부탁할게.」 커비가 말했다. 「나를 위해서 조금만 진정해 줘. 시간이 좀 지나게 돼야 할 것 같아.」

「시간? 무슨 시간?」 기브스가 말했다. 「난 2주 뒤면 영국으로 떠나. 너한테 무슨 일이 생기는 건데?」

기브스가 두 손으로 커비의 얼굴을 감쌌다. 며칠 전까지만 해도 이건 커비가 자신의 삶이 될 거라 상상했던 삶이 아니었다. 커비는 학교 서류들과 후원금 문제를 해결하고 대서양을 횡단하는 티켓만 손에 넣으면 그다음 해에는 기브스를 따라갈 수 있기를 바랐었다. 영국으로 가서 기브스와 함께 살 계획도 세워 놓은 뒤였다. 기브스와 결혼하고, 기브스처럼 대학에 다니고, 기브스의 아이들을 낳아 키울 계획이었다.

「커비, 부탁인데 지금 나랑 같이 떠나자.」

「뭐, 영국으로? 하지만 난 준비가 안 됐는데.」

「그럼 내가 기다릴게. 같이 가자.」

커비가 헉 소리를 냈다. 그래서는 안 됐다. 기브스를 리틀 맨에게서 멀리 있게 할 필요가 있었다.

「아니, 넌 여기 있으면 안 돼. 공부도 해야 하고…….」

「다른 방법이 없잖아, 모르겠어?」 기브스는 그렇게 말했었다.

하지만 커비는 어찌어찌 자신이 옳다고 기브스를 설득하는 데 성공했다. 기브스가 먼저 떠나고 나면 자신도 떠날 계획을 세우겠다고 커비는 약속했다.

「걱정 마.」 그들이 함께 보낸 마지막 날, 커비는 자신 또한 걱정되기 시작했음에도 기브스에게 그렇게 말했다. 그들은 자신들의 비밀 장소에서, 둘이서만 수영하고 싶을 때 가는 해안의 그 구간에서 선헤엄을 치고 있었다. 기브스에게 매달리면서, 소금물이 묻은 그의 입술이 자신의 입술에 와 닿는 걸 느끼면서, 커비는 리틀 맨이 자신을 부엌 구석으로 밀어붙였던 날 기브스의 이름을 발음했던 방식을 다시금 떠올렸다. 그가 **길버트 그랜트**라고 말할 때 그것은 어떤 저주처럼, 경고처럼, 최후통첩처럼 들렸다.

결혼

메소포타미아에서 처음으로 이루어진 남자와 여자의 결혼이 기록되고도 4천 년이 넘게 지난 1965년 8월, 서인도 제도의 어느 작은 섬 북쪽 해안에서는 그와 비슷한 의식 준비가 진행 중이었다. 코번티나 린쿡은 전통에 따라 클래런스 헨리의 구속을 받는 신분이 되게 되었는데, 이는 헨리의 개인적 이익뿐 아니라 더 큰 사회적 이익을 위해서이기도 했다. 커비의 경우, 결혼식은 그의 아버지가 리틀 맨에게 지고 있는 경제적 의무들을 덜어 주는 결과를 가져올 것이었다.

커비는 시내에 있는 의상점의 낮은 스툴 위에 올라서서 자신과 리틀 맨 헨리의 결혼이 정말로 일어날 거라는 사실을 완전히는 믿지 못한 채 웨딩드레스 여기저기가 핀으로 몸에 맞게 고정되는 걸 느끼고 있었다. 리틀 맨의 어머니에게 이끌려 이곳에 온 커비는 그 여자의 돈과 인내심이 최대한 바닥나기를 바라며 눈에 띄는 가장 흉한 드레스를, 여기저기 부풀어 오르고 부해 보이는 부분이 가득한 커다랗고 흉물스러운 드레스를 골랐다.

분명 아버지가 무언가를 생각해 낼 것이었다. 다른 방법이 반드시 있을 거라고 커비는 생각했다. 그러는 동안 커비는 아버지에게 말을 하지 않게 되었다. 의상점 거울 속의 자신을 들여다보며, 커비는 최악의 상황에서는 펄이 부엌에서 쓰는 칼들 중 하나를 웨딩드레스의 수많은 주름 속에 숨겨놓을 수도 있지 않을까 생각해 보았다. 만약 그렇게 된다면 커비에겐 그 칼을 사용할 용기가 있을까? 커비가 기꺼이 하려는 일은 뭘까?

그리고 그 일을 한 뒤엔 어떻게 해야 될까?

커비는 아버지가 리틀 맨과의 문제들을 해결할 거라고, 마지막 순간에 결혼식이 보류될 거라고 계속 믿었다. 일은 정리될 것이고, 커비와 버니는 항구에서 하는 경기에 나갈 수 있을 것이고, 커비는 다음 해에 기브스를 만나러 갈 것이었다. 하지만 그러려면 먼저 리틀 맨이 뜻을 굽혀야 했다.

결혼식 이틀 전, 펄이 결혼식 케이크 작업을 시작하려고 호텔로 갔을 때에야 커비에게는 리틀 맨과의 결혼이 피할 수 없는 일로 보이기 시작했다. 먹고살기 위해 하는 일의 미묘한 작동 방식에 아직 무지했던 커비는 펄에게 몹시 화가 났다. 펄은 어떻게 커비의 뜻에 반해 열리는 결혼식에 쓸 케이크를 만드는 데 동의할 수 있는 걸까? 결혼식 직전 펄이 버니와 함께 커비를 보러 왔을 때, 커비는 펄의 얼굴을 쳐다볼 수 없었다. 그저 키스를 받기 위해 뺨을 돌려 내밀기만 했다.

버니는 커비의 몸을 꼭 붙잡고 좌우로 살짝 흔들어 준 다음, 커비를 데리고 복도를 걸어 커비 아버지가 기다리고 있는 곳까지 갔다. 커비가 장갑 낀 손을 얹도록 아버지가 한쪽 팔을 굽혀 들어 올렸을 때, 커비는 자신의 정신이 몸에서 분리되어 떠오르는 걸 느꼈다. 오랜 시간 수영을 하다 보면 자신이 두 팔을 휘두르는 모습과 물결의 움직임, 목적지까지의 거리를 위에서 보고 있는 것처럼 느껴질 때가 있었다. 그것과 마찬가지였다.

지금 커비는 결혼식장에 줄지어 앉은 하객들 위를, 그들의 검은색 블레이저와 조각한 듯 모양을 낸 모자들 위를 떠다니고 있었다. 리틀 맨의 머리 한가운데 원형으로 탈모된 부분 위를 맴돌다가, 배치되어 있는 꽃들을 지나 흘러갔고, 판유리로 된 창문을 통과해 대서양을 향해 북동쪽으로 나아가면서 멀고 먼 곳에 있는 기브스를 향해 손을 뻗었다.

그때 리틀 맨이 커비의 입술에 입술을 눌러 왔고, 커비는 자기 몸속으로 다시금 굴러 떨어졌다. 하객들이 박수를 보내고 있었다. 나머지는 흐릿했다. 점심 식사가 나왔고, 한 번인가 두 번의 연설이 지나갔다. 맥 빠진 얼굴을 한 아버지가 일어서서 신혼부부 쪽을 향해 잔을 들고 몇 마디를 했다. 그러다가, 커비는 피로연장 한복판에 서서 호텔 주방에서부터 카트에 실려 들어오는 펄의 블랙케이크를 지켜보고 있는 자신을 발견했다. 옆구리에 리틀 맨의 손가락들이 얹히는 게 느껴지자 커비의 심장은 쪼그라들어 쇠로 된 조그만 공처럼 변해 버렸다.

172

블랙케이크

그다음에 일어난 일은 결혼 피로연이 있기 이틀 전에 이미 시작된 일이었다. 목요일이었던 그날, 펄은 바닥이 두꺼운 냄비를 불에 올리고 사탕수수설탕 한 봉지를 열었다. 갈색 결정들의 우물 속으로 계량스푼을 깊이 담그며 흙과 당밀의 냄새를 부엌에 풀어 놓았다. 그건 섬에서 생산되는 가장 질 좋은 원당이었지만, 곧 여덟 시간의 노동을 거쳐 기만적인 결혼식에, 아니 신성 모독에 쓰일 케이크를 만드는 데 낭비될 예정이었다.

신랑과 신부는 전통에 따라 첫 번째 결혼기념일을 뜻하는 럼케이크의 일부를 간직하게 되어 있었다. 연애결혼을 했고 전기 냉동실이 있는 몇몇 신식 부부들은 이제 케이크 조각들을 더 오랫동안 보관하면서 한 해가 지날 때마다 기념하기 위해 한 조각씩 잘라 먹고 있었다. 하지만 이 결혼에는 그런 영예가 주어질 가치가 없다고 펄은 생각했다. 펄에게 커비의 결혼식 날은 애도의 날이 될 테고, 1965년은 비통한 작별로 가득한 한 해가 될 것이었다.

커비가 태어났을 때부터, 커비의 부모님이 친구를 통해 펄을 고용했을 때부터 펄은 커비를 알고 지내 왔다. 펄은 북부 해안으로 와 커비네 집에서 일하게 되었고, 자신의 두 아들을 낳을 때만 일을 쉬었다. 이곳에 오기 전에는 수도를 떠나 본 적이 없었다는 것이 믿기지 않았다. 펄은 다른 모든 사람들처럼 이 지역의 유명한 석호(潟湖) 이야기를 들으며 자라났지만, 남부의 가장 예쁘장한 해변들조차 펄에게 그런 아름다움에 대한 마음의 준비를 하게 해주지는 않았다. 마치 바닥이 없는 것처럼 보이는, 시시각각 색깔이 변하는 그 호수 하며. 빽빽한 초목들로 둘러싸이고 연한 청록색의 작은 만들이 딸린 근처의 해변들 하며. 밤이면 반짝이는 조그만 생명체들로 환해지는 모래사장 하며.

펄은 섬의 이 지역을 사랑하게 되었고, 그곳의 한 남자를 사랑하게 되었으며, 코번티나를 거의 자신의 아이들만큼이나 아끼게 되었다. 그리고 커비의 어머니 — 다른 사람들 앞에서는 머틸다 씨라고 불렀던 — 는 펄에게 기대하지 않았던 무언가를 주었다. 우정이었다.

펄은 커비의 아버지에게서 도망친 머틸다를 탓하지 않았다. 그들의 집은 이미 후회로 가득 차 있었으니까. 펄이 이해할 수 없었던 것은 머틸다가 어떻게 그토록 오랫동안 자기 아이와 떨어져 지낼 수 있었는지였다. 머틸다는 사람을 보내 커비를 데려가겠다고 약속했고, 펄에게 그 준비를 해달라고 돈을 남겨 두었다. **때가 되면**, 머틸다는 그렇게 말했었다. 하지만 그 때라는 건 결코 오지 않았다.

커비의 어머니가 떠난 지 6년이 지나 있었고, 펄은 그 가운데 최근 4년 동안은 아무런 연락도 받지 못하고 있었다. 물론 커비는 이 사실을 몰랐다. 커비 어머니가 떠난 뒤에도 두 사람이 연락했었다는 사실을 펄은 커비에게 절대 말하지 않았다. 앞으로도 절대 알리지 않겠다고 마음먹은 터였다. 머틸다에게 무언가 심각한 일이 일어났을지 모른다고 생각하는 것도 싫었지만, 어떤 이유론가 머틸다의 마음이 바뀌었을지 모른다고 상상하는 건 더 힘들었다.

펄은 커비에게 부족한 어머니의 보살핌을 어느 정도 채워주려고 애를 썼지만, 자신이 어머니와 같을 수는 없다는 걸 알았다. 펄은 커비가 몸을 청결하게 유지하고 음식을 많이 먹도록 철저히 신경을 썼다. 그리고 커비가 자신보다 키가 커진 뒤에도, 펄은 매일 오후 퇴근하기 전이면 그 애의 몸에 두 팔을 두르고 꽉 끌어안곤 했다. 하지만 결혼식과 관련된 이 모든 일이 그들 사이를 달라지게 만들어 버렸다.

열일곱 살이 된 커비는 완전히 성숙해져 있었고, 어디를 가나 사람들의 이목을 끌었지만 정작 자신은 알아차리지 못하는 것 같았다. 커비가 신경 쓰는 것처럼 보이는 거라곤 그랜트 집안의 소년과 버니와 수영뿐이었다. 언제나 수영이 있었다. 하지만 리틀 맨이 그 모든 것을 멈춰 버렸다. 그는 이제 거의 매일 오후 커비의 집에 들렀는데, 목소리는 온통 쾌활하게 들렸지만 두 눈은 돌처럼 냉혹해 보였다.

커비는 기분이 저조할 때면 부엌으로 살금살금 걸어 들어와 스툴에 털썩 앉아서는 어렸을 때부터 쭉 그랬듯 펄의 이름을 길게 늘여 부르는 버릇이 있었다. **퍼어어얼**. 하지만 결혼식 날이 다가오면서 펄은 커비가 자신에게서 멀어져 가는

175

걸 지켜보아야 했다. 커비는 부엌에 들어오는 일을 그만두었다. 먼저 말을 걸어야 말을 했다. 펄은 커비가 왜 그러는지 알 수 있었지만, 이 일은 펄의 마음에 상처를 냈다.

그 주 초에, 커비는 부엌에 걸어 들어왔다가 펄이 결혼식 케이크를 만들기 위한 용품들을 한데 모으고 있는 걸 발견했다.

「이게 뭐예요?」 펄이 하고 있던 일을 본 커비는 물었다. 그러고는 펄이 뭐라고 대답하기도 전에 성큼성큼 걸어 부엌을 나가 버렸고, 그들의 관계도 그만큼이나 빠르게 변해 버렸다. 펄은 배신감을 느끼는 커비를 이해했다. 펄에 대한, 아버지에 대한, 그런 운명으로부터 자신을 보호해 주고 있어야 했던 사람들에 대한 배신감이었다. 하지만 이 일을 막기 위해 펄이 정확히 무슨 일을 어떻게 할 수 있었던 걸까?

케이크를 만들면 언제나 괴로움을 달랠 수 있었다. 펄은 설탕 몇 스푼을 냄비에 떨어뜨린 다음 깊이 숨을 들이마셨다. 그 향기는 어린 시절의 무덥던 오후들을, 잘라 낸 껍질을 벗겨 낸 싱싱한 사탕수수 줄기의 냄새를, 사탕수수 섬유질을 씹으면 입 속에 가득 고이던 달콤한 즙을, 오렌지색 꽃이 피어 있던 불꽃나무 그늘을 떠오르게 했다. 커비가 어렸을 때 펄은 이 특별한 간식을 커비와 나눠 먹었고, 나중에는 자신의 두 아들들과도 그렇게 했다.

이제 커비는 펄이 자신의 신혼집으로 따라와 주길 바랐지만 예비 신랑이 반대하고 나섰다. 리틀 맨이 펄에게 숨김없이 적대감을 드러내는 바람에 펄은 다음 행보를 결정하기가 쉬워졌다. 펄은 결혼식이 끝나자마자 커비 아버지와의 고용

관계를 끝낼 생각이었다. 펄은 언제나 영향력 있는 남자들의 부인들로부터 오라는 제안을 받고 있었다. 하지만 언덕을 올라가면 나오는 별장들 중 한 군데로 가는 게 더 나았다. 거기서는 임금도 높을 테고, 손님들 또한 펄이 자신들의 삶에 섞여 들 만큼 오래 머무르는 일은 없을 것이었다.

이제 단 하나의 질문만 남아 있었다. 커비가 리틀 맨에게서 벗어나도록 어떻게 도울 수 있을까?

그 짐승에게서 벗어나도록.

펄이 휘젓자 설탕은 색이 짙어지면서 연기가 나기 시작했다. 설탕이 거의 검은색이 되자 펄은 작은 냄비에 끓여 둔 물을 설탕 위에 부었고, 그 둘이 섞이며 치익 소리를 내면서 튀는 동안 얼굴을 돌렸다. 색깔을 더 짙어지게 하기 위해 반죽에 검은색 색소를 첨가하겠지만, 버터를 부드러워지도록 휘저어 주고, 거기 달걀과 밀가루, 향신료, 그리고 마지막으로 짙은 럼주와 포트와인에 몇 주 동안 담가 두었던 과일 혼합물을 넣은 뒤에야 그렇게 할 것이었다. 이 케이크는 예술 작품이 될 것이었다.

달걀 몇 개를 깨뜨려 반죽에 넣고 치대면서 펄은 커비나 결혼식에 온 하객들을 위험에 빠뜨리지 않으면서 케이크의 일부에 독을 넣는 방법이 있을지 생각해 보았다. 펄에게는 사용할 수 있는 것이, 빠르게 효과를 낼 수 있는 것이, 충동적으로 앞치마 주머니에 밀어 넣어 두었던 것이 있었다. 펄은 절여 둔 과일이 담긴 병들을 열고 술 냄새가 코를 간질이게 두었다. 그러고는 붓고, 휘젓고, 긁어 내고, 다시 휘저었다. 처음 두 팬 분량의 반죽을 오븐에 넣을 무렵 펄은 실의에 빠져 있었다. 어떻게 해야 할까. 더 이상 확신이 없었다.

결혼식 하객 가운데 리틀 맨 헨리가 결딴나는 걸 보는 게 유감스러울 사람은 확실히 별로 없었다. 하지만 그렇게 힘 있는 남자를 공격했다간 틀림없이 화를 자초하게 될 것이었다. 설령 펄이 오직 리틀 맨의 케이크 조각에만 독을 넣을 방법을 찾아낸다 해도, 주민들과 경찰이 의무적으로 보여야 하는 공분이라는 게 있을 테고, 증거는 곧바로 펄을 지목할 것이었다.

펄은 주머니에서 독약병을 꺼내 앞뒤로 돌리며 라벨을 자세히 들여다보았다. 아니, 펄은 결국 감옥에 갈 생각은 없었다. 아이들에게도, 세상을 떠난 남편의 기억을 떠올려 봐도 그럴 수 없었다. 그렇게 하면 커비의 문제가 해결될 거라는 확신도 더 이상 없었다. 리틀 맨이 갑작스러운 죽음을 맞으면 리틀 맨의 가족으로서는 그의 동생과 커비를 억지로 결혼시키는 일도 무리가 아닐 것이었다. 펄은 병을 다시 주머니에 미끄러뜨려 넣었다.

생각을 해야 했다. 펄은 사람들이 자신을 어떻게 바라보는지 알고 있었다. 펄 같은 여자에게 모종의 일들을 처리할 방법이나 솜씨가 있을 거라고 의심하는 사람은 거의 없었다. 어떤 사람들에게 멸시당하는 일에도 좋은 점은 있었다. 펄이 커비를 도울 방법을 찾아낼 거라 자신했던 건 바로 이런 이유 때문이었다. 이런 생각의 흐름이 마음을 진정시켜 주었다. 그리고 이 지옥 불에서 구해 달라고 주님께 올린 몇 마디 기도도.

결혼식 날 아침, 펄은 케이크 꼭대기에 아이싱으로 만든 한 무더기의 꽃을 얹었다. 하객들을 황홀하게 하고 오직 커비만 해독할 수 있는 암호를 말해 줄 정교한 페리윙클꽃들이었다. 펄이 조절해 둔 색소로 꽃들은 연보랏빛 색조를 띠었다. 꽃들이 가득한 케이크 맨 윗단이 신랑 신부와 함께 집으로 보내질 부분이었다. 커비가 그 꽃들을 보면 고통에도 불구하고 미소 지을 거라고 펄은 확신했다. 커비는 연보랏빛을 좋아한 적이 없었다. 앞서 자신의 어머니도 그랬듯이. 커비라면 펄이 말하려는 바를 이해할 것이었다.

펄은 앞치마 주머니에 손을 넣어 사흘 동안 가지고 다니던 작은 병을 꺼내 조리대 위에 올려놓았다. 그러고는 믹싱 볼에서 아이싱을 조금 더 스푼으로 떠내 짜는 주머니에 담기 시작했다. 바로 그때 **저기요** 하는 소리가 들려 돌아보니 버니가 부엌 문간에 서서 들여다보고 있었다. 펄은 병을 믹싱 볼 뒤에 밀어 넣고는 버니에게 들어오라고 손짓을 했다.

「와, 멋지네.」 펄이 말했다.

버니는 커비의 결혼식을 위해 입은 연한 색 드레스가 소용돌이치는 모습을 보여 주려고 빙글 돌았다. 그러고는 두 발을 이리저리 기울였다. 버니의 구두는 드레스에 어울리는 색으로 염색되어 있었다. 그때 버니의 미소가 사라졌다. 버니는 펄에게 걸어와 부엌 조리대에 몸을 기대고는 고개를 떨궜다.

「알아, 버니, 나도 알아.」 펄이 말했다. 그러고는 케이크 쪽으로 턱을 내밀었다. 「하지만, 이걸 봐.」

「너무 예뻐요, 펄.」 버니가 금방이라도 울음을 터뜨릴 듯한 목소리로 말했다. 그러더니 얼굴을 찡그렸다. 「그런데 저

꽃들, 연보랏빛이네요.」

「맞아.」펄이 자랑스레 고개를 끄덕이며 말했다.

「하지만 커비는 저 색을 싫어하는데.」

「그래, 바로 그거야.」펄이 말했다. 펄은 양손을 허리에 얹고 버니가 그 두 가지를 연결 짓기를 기다렸다.

마침내 버니는 미소 지으며 천천히 고개를 끄덕였다. 몸을 쭉 펴고 믹싱 볼에 손을 넣어 그릇 옆면에 묻어 있는 아이싱 약간을 손가락으로 쓸었다. 그러고는 아이싱을 핥더니, 볼 쪽으로 다시 손을 뻗었다.

「안 돼, 이제 가봐.」펄이 말했다. 「아직 끝내야 할 게 좀 남았어. 이따가 저 밖에서 봐.」

「알겠어요, 이따 봐요.」버니가 말하며 두 손을 행주에 닦았다.

「행운을 빌어.」펄은 말하며 쭈그리고 앉았고, 제빵용 설탕을 조금 더 찾으려고 조리대 밑으로 손을 뻗었다. 펄이 일어섰을 때 버니는 이미 옆방을 가로질러 가고 있었다.

결혼식 날 오후, 블랙케이크는 하얀 레이스가 달린 베일에 덮이고 바퀴 달린 카트에 실려 피로연장으로 운반되었다. 전통에 따라 모두가 침묵하는 가운데 네 명의 참석자가 베일을 벗기는 순간이 찾아왔다. 하객들은 펄의 최신 작품에 환호와 박수갈채를 보냈지만, 커비는 그 자리에 선 채 텅 빈 얼굴로 케이크를 노려보기만 했다. 마치 그 공간에 존재하지 않는 사람처럼. 하지만 잠시 후 커비의 표정은 변하기 시작했다. 처음에는 버니가 그랬듯 혼란스러운 표정이었다. 커비는 펄을 바라다보고 다시 케이크를 보았고, 그제야 표정이 풀렸다. 마침내 커비는 자신이 보고 있는 것이 무엇인지 알게 되었다. 그것은 작은 위로였지만 중요한 선물이었다.

곧이어 일어난 일들의 갑작스러움에 누구보다 충격을 받은 사람은 펄이었다. 그날 오후 4시 정각이 지나자마자, 서른여덟 살의 인정사정없는 고리대금업자이자 가끔씩 사람을 죽이기도 했던 클래런스 〈리틀 맨〉 헨리는 곧 열여덟 살이 되는 신부인 코번티나 〈돌고래〉 린쿡과 함께 앉아 접시에 담긴 럼케이크를 거의 다 먹어 가다가, 테이블에서 일어섰고, 비틀거리며 뒤로 물러나다가 의자 위로 넘어졌고, 하얀 타일 바닥 위에 죽어 쓰러졌다.

펄은 커비에게 가려고 애쓰며 서둘러 피로연장을 가로질렀다. 하지만 맞은편에 도착했을 때, 커비는 사라진 뒤였다.

린

「린쿡 씨?」

린이 고개를 들었다. 그가 영어 성으로 불리는 것은 오랜 만이었다. 그의 가게에 자주 오는 경찰들을 포함해 사람들 대부분은 그를 여전히 린이라고 불렀다. 오직 그의 여자와 학창 시절 선생님들만이 그를 조니라고 불렀었다. 하지만 오늘 저녁, 그는 여기 있는 모든 사람에게 린쿡 씨였다. 그의 딸은 실종된 채 살인 사건의 용의자가 되어 있었고, 경찰은 규정을 따르고 있었으며, 지금 그에게 다가오는 이 젊은 남자와 그를 따라오는 여경도 그랬다. 몇 시간 전, 모래사장에 놓여 있던 커비의 웨딩드레스를 주운 여경은 마치 부서지기라도 할 것처럼 그것을 조심스레 린에게 건네주었다.

「야간 수색을 취소해야 할 것 같습니다.」 경찰이 말했다. 린은 이 경찰을 알았다. 버니의 오빠였다. 린은 이 남자의 아버지와 함께 닭싸움을 보러 다녔었다. 이 청년이 성장하는 것도 보았다. 이 소년은 그를 린 씨라고 부르곤 했다. 강가의 갈대처럼 가녀린 아이였는데.

182

린은 둥그렇게 뭉쳐 두 팔에 끌어안고 있던 커비의 웨딩 드레스를 내려다보았다. 이렇게 하면, 커비를 돈 많은 남자에게 결혼시키면 모든 것이 해결되기를 바랐었다. 하지만 커비는 자신을 리틀 맨에게 팔아 빚을 갚으려 한다며 린을 비난했다. 그리고 이제는 이렇게 됐다. 그의 딸은 자신이 아는 유일한 방법으로 도망친 것이다. 바다를 향해.

「방법이 없습니까……?」 린이 입을 열었다. 「어떻게, 다른 방법이……?」

「죄송합니다, 린쿡 씨.」 경찰이 말했다. 「하늘이 저래서요.」 린은 눈을 가늘게 뜨고 어두워지는 하늘을 바라보았고, 폭풍이 다가오면서 거세게 철썩거리는 파도 소리에 귀를 기울였다. 이런 바다에선 아무리 커비라도 혼자서 오래 버틸 수 없었다. 린은 계속 너무 늦었다고 되뇌었지만, 만약 너무 늦은 게 아니라면? 그들이 너무 일찍 포기해 버리고 있는 거라면?

경찰은 바다에 등을 돌리고는 걸어갔고, 린은 모래 속으로 두 발을 끌며 그 뒤를 따라갔다. 고개를 숙이고 있어서 그는 리틀 맨의 갱단에 속한 두 명이 자신을 향해 달려오는 걸 보지 못했다. 리틀 맨 헨리의 힘은 그 정도였다. 그의 동생은 심지어 경찰들이 그 자리에 있는데도 린을 공격하라는 명령을 서슴없이 내린 것이었다. 어쨌거나 경찰이 전략적으로 건네지는 현금 봉투를 받고 헨리 가족의 터무니없는 불법 행위 대부분을 용인해 준다는 것이 공공연한 비밀이기는 했다. 하지만 이런 공개적인 매복 공격은 도를 넘은 행위였다.

경찰이 린에게서 폭력배들을 떼어 냈을 때 린은 칼로 몇 군데만 살짝 베인 상태였다. 하지만 경찰들은 그 깡패들을 잡아 가두는 대신 그냥 쫓아 보내면서 다시는 이런 짓을 하지 말라고 주의만 주었다. 당연하게도, 린은 그들이 또다시 그런 짓을 하리라고 충분히 예상할 수 있었다. 린은 모래 위에서 딸의 웨딩드레스를 집어 올려 털어 냈다. 시폰이 바스락거리면서 치자꽃 향기에 섞인 예식용 케이크의 럼주와 설탕 냄새가 희미하게 풍겼다. 커비의 접시가 요란한 소리와 함께 바닥으로 떨어지면서 드레스에 케이크와 아이싱 자국을 남기는 동안, 커비는 일어서서 구역질을 하며 비틀거리고 있던 신랑에게 정신이 팔려 있었을 것이다. 다른 모든 사람들과 마찬가지로 말이다.

「개는 연보라색을 싫어했는데.」린이 큰 소리로 말했다.

「네?」경찰이 말했다.

린은 고개를 흔들며 드레스를 다시 뭉쳤다. 커비는 연보랏빛을 싫어했고 펄은 그 사실을 알았다. 그런데도 펄은 커비의 결혼식 케이크에 연보랏빛 아이싱을 올렸다. 린은 이제 어스름과 먹구름에 뒤덮인 해변을 돌아보았고, 아까 자신이 펄을 보았던 곳을 떠올렸다. 펄은 모래사장에 면해 있는 구멍 난 아스팔트 도로 근처, 물이 막 시작되는 곳에 몇명의 구경꾼들과 함께 서 있었다. 그때는 그들 모두 몸을 앞으로 기울이고, 린과 마찬가지로 의지력을 발휘해 커비를 돌려받기라도 할 것처럼 바다를 노려보고 있었다. 하지만 그 뒤로는, 심지어 펄조차도, 지켜보기를 그만두었다.

펄은 커비의 어머니보다 더 오랜 세월을 커비와 함께 보낸 사람이었다. 어쩌면 그 아이에 대해 린 자신보다도 많은 것을 알고 있을지도 몰랐다. 그리고 펄이 린의 딸을 몹시 좋아한다는 건 린에게도 분명한 사실이었다. 린은 치맛단으로 눈물을 닦으며 해변 도로 옆에 서 있던 펄을 떠올렸다. 그때 불안한 생각 하나가 그의 마음 가장자리를 조금씩 갉아먹기 시작했다.

버니

바닷물이 얼굴에 뿌려지는 게 느껴졌다. 큰 파도들로부터 그렇게나 멀리 떨어진 내륙에서, 그건 좋은 징조가 아니었다. 버니는 펄과 다른 사람들과 함께 해변 도로에 서서 만에 일렁이는 물결을 눈으로 훑으며 커비의 흔적을 찾았다. 강인한 수영 선수라 해도 때로는 계산을 잘못할 수 있다는 걸 버니는 알고 있었다. 하지만 커비는 서두르는 와중에도 불어오는 바람이 어떤 바람인지, 하늘이 어떤 하늘로 변해 가고 있는지 틀림없이 알고 있었을 것이다. 커비라면 자신이 바다에 아주 오래 나가 있을 수는 없다는 걸 알 것이었다.

그리고 이제 버니는 친구가 했을 계산을 상상해 보려 애썼다. 커비는 다시 뭍으로 올라와야 하는 시점이 되기 전에 해안을 따라 얼마나 멀리 갈 수 있을까? 물론 경찰 역시 이 점에 대해 생각했을 테지만, 그들은 이미 철수한 뒤였다. 커비를 포기한 것이었다. 경찰들은 버니가 이해하는 방식으로 커비를, 혹은 해류를 이해하지 못했다.

며칠 전 그들이 마지막으로 함께 수영했던 날에는 물결이

186

잔잔했다. 그들은 따스한 물속에서 무난하게 팔을 저었고, 그런 다음 모래 위에 앉아 햇볕에 몸을 말렸고, 입술에서 소금기를 핥아 냈고, 아무 말 없이 서로의 머리를 땋아 주었다. 울먹이며 대화를 나누고 **만약 그러면 어쩌지**라는 말을 여러 번 주고받고 나자 그들은 더 이상 할 말이 없었다. 커비가 기브스를 따라 영국으로 가겠다는 계획을 속삭일 때마다 버니의 마음은 조금씩 부서져 왔지만, 이 일을 막을 수 있다면, 또 다른 남자와의 이 강요된 결혼을, 커비의 꿈들이 질식해 죽어 버리는 일을 막을 수만 있다면 버니는 무엇이든 받아들였을 것이다.

버니는 짙어지는 어스름 속으로 빠르게 다가오고 있는 폭풍을 보았다. 커비도 이건 알았겠지만, 버니는 커비에게 바위에 부딪쳐 심하게 다치거나 바다로 휩쓸려 나가지 않고 안전한 곳까지 헤엄쳐 갈 시간이 있었을 거라는 확신이 더 이상은 들지 않았다. 이건 힘이나 속도의 문제가 아니었다. 인간이 살과 뼈와 피로 이루어져 있다는 사실에 관한 문제였다. 존중해야 하는 자연의 힘에 관한 문제였다. 그러다 문득, 버니는 커비가 무엇을 하려고 애썼을지 알 수 있었다.

당연히 그랬겠지, 버니는 생각했다. 당연히 그랬을 것이다. 버니는 펄의 손을 붙잡고는 펄을 커비의 집까지 내내 이끌고 갔다.

펄

「걘 안 죽었어요.」버니는 펄에게 말했다.「전 그렇게 생각 안 해요.」

펄은 버니를 쳐다보았다. 마음속에서 이 아이에 대한 애정이 솟아올랐다. 펄은 이 아이를 거의 커비만큼이나 오랫동안 알고 지내 왔다.

「버니.」펄이 말했다.

「아니라고요.」버니가 말했고, 그 목소리의 완고함 때문에 펄은 울음이 터질 것만 같았다. 버니는 커비와 마찬가지로 갑작스레 젊은 여자로 변해 있었다. 첫 번째로 딴 수영 메달을 펄에게 보여 주려고 커비와 함께 처음으로 이 부엌에 달려 들어와 그 동그란 청동빛 원반을 흔들어 대다 조리대 위의 감자들을 바닥으로 굴러 떨어뜨렸을 때만 해도 조그만 아이였는데. 버니는 여전히 그때 그 아이처럼 여기저기에 발이 걸려 넘어지고 이것저것 넘어뜨리는 경향이 있기는 했지만 나무처럼 크고 강하고 아름답게 자라 있었다.

버니의 어머니는 버니가 열병에 걸리면서 그런 칠칠치 못

188

한 행동거지가 시작됐다고 펄에게 말한 적이 있었다. 버니는 가끔씩은 여전히 통증을 느꼈고, 피곤할 때면 다리를 절었다. 버니의 어머니는 열병이 후유증을 남겨 놓긴 했지만 버니가 집중만 하면 해내지 못할 일은 없다고 했다. 그렇게 집중하는 데 도움이 되어 준 건 수영이었다. 이제 열일곱 살이 된 버니는 펄보다 키가 훨씬 컸고, 넓고 떡 벌어진 어깨와 선명한 눈빛을 지니고 있었다.

「펄, 만약 저 바다에서 살아남을 수 있는 사람이 있다면 그건 커비예요.」 버니가 말했다. 하지만 커비가 사라진 지 네 시간이 넘게 지나 있었고, 하늘에 마지막으로 남아 있던 복숭앗빛도 자취를 감춘 뒤였다.

「너희가 연습하던 그 큰 경기 말이야.」 펄이 말했다. 「너희들 거기 나갈 준비 돼 있었니?」

「네, 거의요.」

「그 경기에 나가면 몇 시간 동안 수영하게 될까? 커비가 지금껏 바다에 있었던 시간만큼 오래 걸릴까?」

「아뇨, 이만큼은 안 걸려요.」

「그럼 커비가 바다에서 혼자 얼마나 버틸 수 있겠니, 게다가 폭풍도 밀려오는데?」

버니가 고개를 흔들었다. 「전 커비가 버틸 수 있을 거라고는 생각 안 해요, 펄. 바로 그게 제가 말하고자 하는 거예요, 모르시겠어요?」 버니가 말하며 팔꿈치로 뒤에 있던 냄비를 치는 바람에 냄비 뚜껑이 덜그럭, 조리대 위로 떨어졌다. 「커비는 애초에 버티려는 시도도 안 했을 거예요.」

펄은 양손을 허리에 얹고 고개를 돌려 버니를 자세히 보았다.「그게 무슨 말이니, 버니?」

「저희가 아는 장소가 있어요.」버니가 말했다.「해안에서
가까워요. 만약에 거기 있다면 커비는 괜찮을 거예요.」버니
가 갈라지는 목소리로 말한다.

펄은 더는 아무 말도 하지 않고 손전등 하나를 버니에게
건네주었다. 린 씨의 가게에 들어온 최신 고급품인 배터리
로 작동되는 손전등이었다. 그런 다음 펄은 캔버스천으로
된 보냉 가방 하나를 부엌 식탁 위에 올려놓고 수건과 마른
옷가지, 먹을 것을 채워 넣었다. 펄은 부엌을 나갔다가 안에
지폐들이 든 작은 나무 상자를 들고 돌아왔다. 상자는 커비
의 어머니가 평생을 통틀어 가져 본 유일한 귀중품으로, 뚜
껑 가장자리에 무늬가 새겨진 아름다운 물건이었다. 머틸다
가 떠난 뒤, 커비는 부모님의 침대 가장자리에 앉아 그 상자
를 들고 뚜껑을 들어 올렸다 떨어뜨리고 또 들어 올렸다 떨
어뜨리는 일을 몇 번이고 계속하곤 했다.

펄은 갈색 종이 한 장을 길쭉하게 찢어 내서는 거기에 신
뢰할 수 있는 어떤 사람의 이름과 주소를 적었다. 그 여자가
신뢰할 수 있는 사람인 이유는, 사람들 대부분이 펄에게 그
랬듯 그 사람의 가치 역시 알아차리지 못하기 때문이었다.
그 사람에게 의지하게 된 어떤 영향력 있는 여자들은 예외
였지만 말이다. 그 여자들은 남편들이 있는 자리에서는 결
코 그 사람의 이름을 입 밖에 내지 않았고, 그의 존재를 전혀
모르는 척했다.

펄이 보냉 가방을 건네주는데, 버니의 손전등이 기름병을
치는 바람에 병이 넘어졌다.

집중하렴, 버니, 펄은 생각했다.

「너무 죄송해요, 펄.」 조리대 위에 쏟아진 기름병을 움켜쥐며 버니가 말했다.

「그냥 둬.」 펄이 헝겊 조각을 집어 들며 말했다. 「내가 할게.」 펄은 이 부엌에 있는 버니는 신뢰할 수 없지만, 커비가 있는 곳에 버니가 닿으리라는 사실은 신뢰할 수 있었다. 커비가 아직 살아 있다면 말이다. 버니는 커비만큼이나 해안을 속속들이 알고 있었다.

「알겠지만 난 같이 못 간다, 버니.」 펄이 말했다. 「리틀 맨의 부하들이 여기저기 온통 깔려 있어. 너 혼자 가야 할 것 같구나. 그냥 평소처럼 행동하렴, 버니. 그리고 만약 커비가 살아 있는 걸 발견하면 오래 같이 있지 말고, 이 물건들을 걔한테 주고 그냥 가렴. 천천히 걸어야 한다. 조용히 하고, 어디에 발 걸려 넘어지지 않게 조심하고.」

펄은 종잇조각에 적은 이름을 손가락으로 가리켰다. 「커비한테 여기 이 사람을 빼고는 아무하고도 대화를 나누지 말아야 한다는 걸 확실히 이해시켜 주고. 이 두 사람이 만나면 어떻게 해야 할지 알 거야.」 이제 펄은 버니를 문 쪽으로 밀었다.

「그리고 무슨 일이 있어도 날이 밝기 전에 여기 돌아오면 안 된다, 알았니?」

커비

웨딩드레스 아래 입고 있던 슬립 차림으로 모래사장에 기어 올라왔을 무렵 커비는 상처를 입고 피투성이가 되어 있었다. 처음에는 구역질이 났다. 그다음엔 의식을 잃었다. 깨어났을 때는 비가 퍼붓고 있었다. 커비는 울음을 터뜨렸다. 대체 무슨 생각을 하고 있었던 거지? 어디로 갈 수 있지? 누가 날 도와줄 수 있을까? 그날 오후, 커비는 해변에서 날아오는 목소리들을 들었다. 커비는 도망쳤다. 경찰은 커비가 리틀 맨을 살해했다고 생각했다. 이제 커비가 지닌 유리한 점이라고는 모두에게 죽은 사람으로 여겨지리라는 점밖에 없었다.

그 전에, 커비는 숨어 있던 바위 뒤에서 물 위로 고개를 들고 아버지를 지켜보았다. 돌에 구멍이 나 있어 그리로 올라와 숨을 쉴 수 있었다. 기브스가 커비에게 몇 번이나 키스했던 곳이었다. 수색정이 다가왔을 때 커비가 수면 밑으로 내려가 날카롭고 따가운 것들을 붙잡으며 혼자 발버둥쳤던 곳이었다. 수색정은 속도를 늦췄지만 구멍으로 들어오지는 않았다. 바위들 근처의 파도는 아무도 오랫동안 견뎌 낼 수 없다는 걸, 그 공간에 들어갔다가는 뿌리째 뽑힌 해초 무더기 같은 시체가 돼서 나오게 되리라는 걸 다들 알고 있었다.

커비는 바다에서 시선을 돌리고 고개를 숙인 채 멀리로 걸어가는 아버지를 지켜보았다. 아버지는 커비의 웨딩드레스를 둥그렇게 뭉쳐 품에 안은 채 걷다가 발을 멈추고 돌아보았고, 다시 걸어가다가 또다시 멈췄다. 커비가 다시 숨을 쉬러 올라왔을 때 비명 소리가 들렸다. 남자 둘이 아버지를 땅에 쓰러뜨렸지만 거기 있던 버니의 오빠가 그들을 떼어내는 게 보였다. 리틀 맨의 부하들이 틀림없었다.

아버지는 몸을 굽혀 커비의 드레스를 집어 들었다. 안쓰러워 보였다.

아빠.

하지만 너무 늦었다. 아버지는 자기 자신밖에 탓할 사람이 없었다. 닭싸움을 그렇게 보러 다니기 전에, 빚더미로 뛰어들기 전에, 커비를 강낭콩 자루처럼 팔아 버리기 전에, 조니 린쿡은 신중하게 생각했어야 했다. 그래, 아빠를 포함해 모두가 커비는 죽었다고 믿게 만들자. 아버지는 커비에게서 운명을 훔쳐 갔고, 이제 커비는 그것을 다시 훔쳐 올 생각이었다.

커비는 흠칫 놀랐다. 어둠 속에 누군가가 있었다. 커비는 숨을 죽였다.

「커비!」

버니였다.

그럼 그렇지!

193

버니는 커비가 그 동굴을 얼마나 속속들이 아는지 알고 있는 유일한 사람이었다. 기브스만 제외한다면. 하지만 기브스는 이제 도움이 되기에는 너무 먼 곳에 있었다.

「너무 늦어질 때까지 그냥 있지 마. 만약에 마음이 바뀌면,」그들이 함께 보낸 마지막 날, 셔츠를 붙잡고 우는 커비에게 기브스는 말했다.「편지를 보내고 와서 나를 찾아.」하지만 커비는 지금은 그럴 수 없었다. 심지어 장거리 전화조차 걸 수가 없었다. 커비는 법을 피해 도망 다니는 처지였다. 탈출할 기회가 있다면, 아끼는 사람들을 보호하고 싶다면, 커비는 자신이 아는 모든 사람들과 모든 것들을 차단해야 했다.

버니는 커비를 옆에서 지켜보고 서 있다가 들고 있던 손전등을 켰고, 그런 다음 재빨리 껐다. 수건과 마른 옷가지를, 펄에게서 받은 물과 음식과 돈을 가져다준 너무도 소중한 버니. 신뢰할 수 있는 사람의 주소를 가져와 준 버니. 커비가 확실히 탈출하도록 도와줄 만큼 커비를 사랑하는 버니.

런던

버스 차창 밖을 내다보았다. 대학교 건물이 다가오는 게 보였다. 커비는 벨을 누르고 후들거리는 다리로 버스 밖으로 걸어 나왔다. 캠퍼스는 모퉁이들과 기둥들과 녹색 잎들이 마구 뻗어 나가고 있는 것처럼 보이는 공간이었다. 런던은 그런 식으로 보면 재미있는 곳이기도 했다. 돌로 된 건물이 아주 많았고, 삶도 아주 많았다. 커비는 길 건너편에 있는 벤치를 발견하고는 거기 앉아 오가는 사람들의 무리를 살펴보았다. 카디건을 바짝 끌어당겨 몸을 감싸고 그 모든 얼굴들을, 잡담을 나누고 웃고 찡그리는 얼굴들을 지켜보았다. 커비일 수도 있었던 사람들을, 커비가 살았을 수도 있었던 삶들을.

이곳에는 피부가 갈색인 다른 사람들이 있었다. 학생처럼 보이는 사람들이었다. 심지어 교수가 틀림없어 보이는 사람도 한 명 있었다. 희끗희끗한 머리, 코듀로이 재킷, 괜찮은 삶을 사는 듯한 분위기. 그럼에도 커비는 어려움 없이 기브스를 찾아낼 거라고 확신했다. 기브스는 이곳 사람들 대부분보다 키가 크고 피부색이 짙을 것이었다. 그리고 기브스역시 틀림없이 커비를 알아볼 것이었다. 커비가 묶고 있던머리를 자르고 곱슬머리를 푹 눌러쓴 모자 속에 집어넣고있긴 했지만 말이다. 커비는 자신이 여기 있다는 걸 기브스가 느낄 거라고, 암초 위로 부서지는 물결을 느끼듯 자신이도착한 걸 느꼈을 거라고, 자기가 지금 앉아 있는 이 벤치를향해 그가 똑바로 걸어올 거라고, 스웨터 밑에서 쿵쾅거리는 심장을 느끼며 상상했다.

커비가 영국에 도착한 건 지난가을이었지만 벌써 몇 년이나 지난 것만 같았다. 섬에서 탈출하기를 기다리던 마지막몇 분 동안 자신과 배 사이를 갈라놓고 있던 기다란 띠 모양의 짙은 바닷물이 떠올랐다. 커비는 승객 무리를 따라 승선통로를 올라가는 동안 계속 어깨 너머를 힐끔거렸지만, 사실 걱정할 필요는 없었다. 고향 사람들은 다들 커비가 죽었다고 생각했다. 그들이 거기, 섬의 반대편에서, 런던과 리버풀로 향하는 배 위에서 커비를 찾을 생각을 할 일은 없을 것이었다.

1948년 영국 국적법은 영연방 시민들에게 영국에 자유롭게 입국할 권리를 부여했다. 1965년 가을, 막 열여덟 살이 된커비는 어머니의 성을 쓰면서 펄의 아는 사람의 아는 사람의 아이들을 돌보는 보모로서 여행하고 있었다. 지금은 그뒤에 제정된 법이 제도로부터 이주해 오는 사람들을 제한하고 있었지만, 커비가 접촉한 가족에게는 코번티나 브라운이순조롭게 이주하는 것을 보장할 방법이 있었다.

커비는 뱃삯과 위조 서류를 제공받는 대신 적어도 1년 동안 고용주를 위해 일하기로 약속한 뒤였다. 커비를 받아 준 가족은 이 일에 얽힌 위험을 알지 못했다. 그저 친구의 친구의 나이 어린 친척이 해외에서 새로운 기회를 얻도록 도와주고 있다고만 생각했다. 그리고 그들은 정부 당국으로부터 추궁받지 않을 만큼 돈도 있고 피부색도 밝은 사람들이었다. 하지만 수도에 사는, 펄의 연락책이 되어 준 사람은 붙잡힐 위험이 있다는 사실과 커비를 돕기 위해 특별히 애써 준 사람들에게 책임을 다해야 한다는 사실을 커비에게 상기시켜 주었다.

「우리가 널 위해 해주는 일이 1백 퍼센트 **평범한** 일은 아니야, 알겠지.」 펄의 연락책은 말했었다. 커비는 그 여자를 유니스 씨라고만 알고 있었다. 여자의 정식 이름은 끝까지 알 수 없었고, 다만 여자가 전통 치료법에 관한 지식이 있는 산파이며 섬 전역의 여자들에게 〈여자라서 생기는 문제들〉에 관해 상담해 주는 사람이라는 것만 알 수 있었다.

유니스 씨는 커비에게 문서 위조 금지법이 있다는 사실을 일깨워 주었다. 꾸며 낸 신분으로 여행하는 일을 금하는 법도 있었다. 살인 사건 용의자의 도주를 돕는 일을 금하는 법도. 기브스를 찾으려 하는 일, 펄이나 버니에게 연락하려 하는 일, 심지어는 유람선에서 사람들과 잘못 어울리는 일, 이것들 모두 커비에게뿐 아니라 커비를 도와주거나 조금이라도 돌봐 주었던 사람들에게도 문제를 일으킬 수 있었다.

유니스 씨의 조언은 노골적이었다. 「네 주위의 누가 **따발따발 다 떠벌고 돌아달지는** 아무도 모르는 거야, 그치? 흑인들 말고 딴 사람들도 있는 곳에 갈 때는 그걸 잊으면 안 돼. 넌 제도 출신 여자고, 걔들보다 처신을 잘해야 돼.」

커비는 머리칼과 구두를 항상 단정히 하고 원피스 길이는 무릎까지 오게, 혹은 그 위로 너무 많이는 올라가지 않게 유지해야 했다. 댄스홀과 콘서트장을 멀리해야 했다. 거리에서 열리는 시위도 멀리해야 했다. 요즘 영국에서는 형편없는 주거 환경에 지치고, 경찰에게 곤봉으로 얻어맞는 일에 지치고, 훈련까지 다 받았는데 채용이 취소되는 일에 지친 유색 인종 사람들의 시위가 점점 늘어나고 있었다. 커비는 섬사람들이 물건을 즐겨 사는 큰 시장에 가는 일을 피해야 했다. 고향에서 온 누군가와 우연히 마주칠 가능성을 줄여야 했다. 신중하게 행동해, 유니스 씨는 말했다. 안전하게 있어, 문제 일으키지 말고.

다시 말하면 외로워지라는 얘기구나, 커비는 생각했다.

하지만 이해는 갔다. 커비는 리틀 맨의 가족들로부터 가능한 한 멀리 있어야 했다. 눈에 띄지 않는 곳에서 시간이 지나기를 기다려야 했다. 결국에는 해외에서 다시 공부를 시작할 수 있을지도 몰랐다. 결국에는 기브스를 찾을 수 있을지도 몰랐다. 힘든 날, 잠이 오지 않는 밤이면 커비는 기브스와 함께 세워 두었던 계획들을 하나하나 떠올렸다. 하지만 너무 일찍 기브스에게 연락하는 위험을 무릅쓸 수는 없었다. 아마도 언젠가는 할 수 있을 것이다. 어쩌면 할 수 없을지도 모르지만.

수영을 할 수 없으니 모든 게 더 견디기 어려웠다. 커비는 산책을 나갈 수 있을 때는 언제나 나갔고, 주변 세상은 아주 놀라워서 정신을 분산시키는 데 도움이 되었다. 런던을 찍은 사진들과 뉴스 영화들을 보고 자라났기에 그 도시를 안다고 생각했던 커비는 이제 그곳이 어떤 곳인지 자신이 전혀 몰랐다는 걸 깨달았다. 차들, 광고들, 벽돌로 된 상점들. 살아 있는 마네킹이 되어 유리창 안에서 옷을 입어 보이는 젊은 여자들. 겨울에도 아주 짧은 스커트를 입고 거리를 걸어가는 사무직 여성들. 이 모든 것의 심장부를 관통하며 흐르는 납빛 강물, 거의 어디서나 풍기는 석탄 냄새.

가끔씩, 커비는 허물어져 가는 한 블록의 건물들을, 인도 위로 쏟아져 내리는 쓰레기 더미들을, 고향에서는 본 적 없는 불결한 상태로 추위를 버티고 있는 백인들과 갈색 피부의 사람들을 우연히 마주치곤 했다. 그런 광경은 커비가 이제는 즐길 수 없게 된 그 모든 것들을 떠올리게 했다. 따스하고 부드러운 공기의 감촉, 과일이 익어 가는 기운, 카리브해의 달콤짭짤한 냄새. 어떤 날들에는 심지어 햇볕에 말라 가던 쇠똥의 코를 찌르는 냄새와 주위를 붕붕거리며 날아다니던 파리 소리까지 그립기도 했다. 커비가 새로운 환경에 익숙해지려면 시간이 좀 걸릴 것 같았다.

그리고 사람들의 빤히 쳐다보는 시선에 익숙해지는 데도 시간이 필요했다.

사람들이 바라보며 뭐라고 중얼거리는 일에도.

완전히 무시당하는 일에도.

제도에서 온 여자 취급을 받는 일에도.

이런 식으로 몇 달쯤 생활하자 혼자 지내겠다는 커비의 결심은 약해졌다. 얼마 지나지 않아 커비는 자신처럼 카리브해에서 온 다른 젊은 여자들, 커비의 친숙한 억양을 듣고 호감을 보인 여자들과 알고 지내게 되었다. 여러 나라에서 온 사람들이 한데 모여 어울리고 정보를 교환하는 커다란 집이 한 채 있었는데, 다행스럽게도 커비가 살던 작은 도시에서 온 사람은 아무도 없었다.

그들의 이야기에 귀를 기울일수록 커비는 자신을 고용한 가족과 함께 지내 온 것이, 영국에서 처음 맞는 지독하게 춥고 습한 계절을 그들이 준 부츠를 신고 장갑을 낀 채 났던 것이 얼마나 다행이었는지 깨닫게 되었다. 커비의 고용주들은 커비에게 읽으라고 가족 서재에서 책들도 가져다주었다. 반면 다른 여자들은 머무를 곳을 찾으려고 발버둥을 쳐야 했고, **셋방 있음**이라는 표지판이 문 앞에 내걸려 있는데도 출입을 거절당한 적도 있었으며, 세면대가 있는 방 한 칸에서 살기 위해 같은 직장의 백인 여자들보다 훨씬 많은 돈을 내고 있었다.

커비의 고용주들은 커비에게 말을 걸 때 중요한 사람 대하듯 했다. 그들의 친구 중에 믿을 만한 국가 공무원이 한 명 있었는데, 그 친구의 연줄을 쭉 따라가다 보면 펄이 나왔기 때문이었다. 그 국가 공무원의 부인은 유니스 씨와 아는 사이였고, 유니스 씨는 알고 보니 커비 아버지와 다른 상점 주인들에게 물품을 공급하는 도매업자의 아내와 학창 시절에 친구였다. 남자들은 유니스 씨에 대해 전혀 들은 바가 없었지만, 여자들 한 명 한 명은 모두 인생의 어느 시점에선가 유니스 씨에게 의지해 도움을 받은 적이 있었다. 그리고 그 여자들은 모두 펄의 블랙케이크를 구매하거나 먹어 본 적이 있었다.

커비가 만나 본 섬 출신 여자 대부분은 커비와는 달리 공부를 끝마치는 대로, 혹은 충분한 돈을 모으는 대로 가능한 한 빨리 카리브해로 돌아갈 계획을 세워 놓고 있었다. 하지만 그들 중 돌아갈 방법이 생기는 사람은 거의 없으리라는 게 현실이었다. 그들 중 일부는 사랑에 빠지고 또 일부는 사라지곤 했는데, 소문에 의하면 그런 사람들은 어딘가로 가서 아이를 낳았을지도 모른다고 했다.

「그럼 주디스는?」

「주디스? 주디스는 한동안 못 봤네.」

그런 다음에는 침묵이 흘렀고, 누군가가 고개를 끄덕였고, 시선이 몇 번 오갔다. 그들은 여러 번 묻지 않는 법을 알고 있었다.

여자들 각각은 영국에 오기 전에 살았던 이야기를 들려주었다. 자기 과거를 사실대로 말할 수 없었던 커비는 그 대신 자기가 상상해 낸 어린 시절 이야기를 했다. 중국인 아버지도, 집 나간 어머니도 없는 어린 시절이었다. 커비는 커비의 진짜 할머니들보다 훨씬 더 오래 살았던 상상 속 할머니와 함께 자라나는 자신의 모습을 희미하게 그려 냈다. 실제로는 한 번도 본 적 없는 섬의 시골 지방에서 살았던 일에 대해 이야기하기도 했다.

어떤 여자들은 제도에서 살다가 간호사 일을 배우기 위해 채용되어 왔다고 했다.

「알겠지만 영국의 국민 보건 서비스에는 항상 간호사들이 모자라거든요.」 그런 여자 한 명이 커비에게 말했다. 「생각해 봐요. 내가 도와줄 수 있어요.」

오래지 않아 커비는 설득되었다. 보모 일을 그만두고 간호 학교에 등록하기로 했다. 그것이 자신에게 맞는 직업인지는 알 수 없었고, 다만 앞으로 나아가기 위해서는, 자기 삶을 통제하기 위해서는 뭐든 해야 한다는 것만 알았다. 커비는 아버지를 떠올렸다. 아버지는 자기 삶을 통제하지 못했고, 그래서 그 대가를 커비가 여기서 치르고 있는 것이었다.

커비는 영국에 오고 싶어 했었지만 이런 식으로는 아니었다. 외로움이 가장 사무치는 시간은 잠자리에 들 때였다. 가끔씩 너무 속이 상해 책을 읽을 수 없을 때면 커비는 침대 가장자리에 앉아 자신의 나무 상자 위에 한 손을 얹곤 했다. 흑단으로 된 상자 뚜껑은 어린아이의 팔을 감싼 피부처럼 부드러웠고, 무늬가 새겨진 뚜껑 가장자리는 손가락을 간지럽혔다. 커비는 뚜껑을 들어 올렸다 놓아서 닫히게 하고, 들어 올렸다 또 닫히게 하고, 그렇게 몇 번이나 반복하면서 어머니를 떠올렸다. 집을 떠올렸다.

섬에 속한 것으로 커비가 남겨 둔 것이라고는 이 상자, 그리고 머리와 마음속에서 계속 차단한 채 멀리할 수 있는 것들뿐이었다. 커비는 펼이나 버니나 기브스를 한 번이라도 다시 볼 수 있을지에 대해 너무 많이 생각하지 않으려고 애를 썼다. 조만간 상황이 바뀔 테고, 그러면 자신의 삶을 다시 자유롭게 살아갈 수 있을 거라고 되뇌었다. 하지만 그 전에는, 커비의 삶은 오직 커비만의 것이 아니었다. 커비가 결국 여기 있게 된 건 아버지의 어리석은 태도와 리틀 맨의 끔찍함 때문만은 아니었다. 커비는 타인들의 친절한 마음 덕분에 여기 있게 된 것이기도 했다. 그들에게 진 빚을 갚으려면 계속 눈에 띄지 않게 지내야 했다.

하지만 몇 달이 지나는 동안, 커비는 저 바깥 어딘가에 기브스가 있고 그들이 다시금 같은 땅덩어리 위에 있다는 사실에 저항하기가 점점 힘들어졌다. 커비는 가끔씩 영화를 보러 간다고 하고는 그 대신 버스를 타고 기브스가 공부하고 있을 대학교까지 가곤 했고, 차창 밖을 내다보다가 버스가 오래된 사각형 안뜰 앞에 서면 내렸고, 벤치에 자리를 잡고는 잔디밭으로 난 길을 따라 걸어오는 학생들 속에서 기브스를 찾곤 했다.

커비는 여러 번 캠퍼스에 찾아왔고, 그때마다 기브스를 찾아 군중 속을 살피곤 했다. 하지만 기브스를 찾아낼 가능성을 떠올리면 두렵기도 했다. 그를 보게 되면 부르지 않고 어떻게 참지? 그와 이야기를 하면서 그의 몸을 만지지 않고 어떻게 참을 수 있을까?

기브스가 연락하라고 커비에게 말한 건 사실이었지만, 그들의 고향처럼 작은 섬에서는 몇 다리만 건너면 모두가 아는 사람들이었다. 그들의 고향 같은 섬에서는 자라면서 리틀 맨 같은 그 동네의 힘 있는 사내들 이야기를 듣게 되는데, 그런 사내들은 다른 사내들을 시켜 자기 뜻을 거슬렀던 사람들을 해칠 수 있다고 했다. 설령 그 사람들이 바다 반대편에 있다고 해도 말이다. 얼마만큼이 지어낸 이야기이고 얼마만큼이 사실인지 커비는 알 수 없었다. 그걸 알아낼 여력이 자신에게는 없다는 것만 알 수 있었다.

한 청년이 벤치의 커비 가까이에 앉아 책을 펼쳤다. 커비는 자신의 텅 빈 위장이 뒤틀리는 소리가 그 남자에게 들리는지 궁금했다. 마침내, 커비는 일어서서 길을 건넜다. 반대 방향으로 가는 버스가 커비 앞의 정류장에 섰다. 커비는 다른 사람들이 모두 탈 때까지 기다렸다가 대학교 잔디밭을 마지막으로 한번 보고는 버스에 올라탔고, 그러자 커비의 희망도 마음속에서 스르르 접혔다.

지금

베넷 부인

B하고 B야, 지금쯤이면 너희는 아마 내가 무슨 말을 하려고 했던 건지 알게 됐겠구나. 내가 코번티나 린쿡이란다. 결국 영국에 와서 코번티나 브라운이라는 이름으로 살게 된 그 여자애 말이야. 적어도 나는 옛날에 그 여자애로 살았던 적이 있단다. 50년 전 일이고, 또 다른 삶이었지. 하지만 그럼에도 모든 것은 연결되어 있단다.

알아, 이 이야기는 틀림없이 충격이겠지. 너무나 미안하구나. 하지만 이 모든 걸 너희한테 설명해 줄 수 있는 다른 사람이 없구나. 아무 말도 하지 않고 이 이야기를 그냥 놔두고, 너희 둘이 각자의 삶을 살게 둘 수도 있었겠지만, 그러면 어떻게 되겠니? 너희 둘한테는 누나이자 언니인 사람이 있단다. 내가 지금 떠나기 전에 너희한테 진실을 말하지 않으면 너희 셋은 서로를 영원히 잃어버리게 될 거야. 내 인생의 너무 많은 시간을 너희한테 이 이야기를 숨기면서 보냈지만, 너희한테 이건 해줘야 할 것 같다. 내 과거에 대해 너희한테 말해 줘야 할 것 같구나. 왜냐하면 이건 너희의 이야기이기도 하니까.

바이런과 베니

　엄마가 마음이 심란해지고 있구나, 바이런은 어머니의 목소리에서 느낄 수 있다. 베니를 건너다보니 그 애의 두 눈이 반질거리는 게 보인다. 미치 씨가 잠깐 휴식 시간을 갖는 게 어떻겠느냐고 묻는다. 바이런은 고개를 끄덕인다. 여기서 잠깐 물러나서 생각할 필요가 있다. 이름도, 장소도, 날짜도 너무 많다. 이것들을 다 적어 둬야 할까? 아니, 그러면 너무 이상할 것 같다. 그는 다시 미치 씨를 쳐다본다. 그렇지, 미치 씨가 있다. 미치 씨가 메모를 하고 있을 것이다.

　지금 바이런의 머릿속을 맴도는 생각들은 다음과 같다. 어머니는 결혼식장에서 도망친 신부였다. 어머니에게는 또 다른 자식이 있었다. 어머니는 살인을 했을지도 모른다. 그랬나? 어머니는 그런 말은 하지 않는다. 하지만 자기가 그 남자를 죽이지 않았다는 말도 하지 않는다, 안 그런가? 엄마가 우리한테 어떻게 이럴 수 있지? 어떻게 이런 폭탄을 우리한테 떨어뜨리고는 우리끼리 해결하라고 놔둘 수가 있는 거지? 바이런은 다시 베니에게 시선을 돌린다. 베니는 눈썹을 찡그리고 예의 그 베니다운 눈으로 바이런을 지켜보고 있다. 그러다가 갑자기 온통 부드럽게 표정을 풀더니 자리에서 일어선다. 바이런이 전에 알던 베니의 분위기를 풍기면서.

베니, 사려 깊은 아이. 베니, 저 애가 커피나 차나 물 한잔을 마시겠냐고 저렇게 부드럽게 제안하는 방식. 마치 뒤늦게 떠오른 생각처럼 들리는 말투. 꼭 그들 모두가 거실에서 그저 편안하게 잡담을 나누며 노닥거리고 있었던 것 같다. 이건 그냥 편안한 휴식 시간이라는 듯이. 저 녹음 파일로부터 조금이나마 더 오래 떨어져 있을 핑계도, 그 파일이 이 집 안에 풀어 놓은 혼란으로부터 뒷걸음질 치는 방법도 아니라는 듯이.

베니는 부엌일을 하면 마음을 진정시키는 데 도움이 된다는 걸 안다. 천천히 움직이며 지금껏 들은 모든 것에 대해 생각한다. 어머니가 그 남자를 죽였나? 아니, 그러지 않았을 것이다. 그렇게 생각할 수는 없다. 어머니는 기회를 발견했기 때문에 도망쳤다. 하지만 베니와 바이런은 어떻게 그 오랜 세월 동안 엄마와 같이 살면서 엄마가 숨기고 있는 게 있다는 걸 모를 수 있었을까?

베니는 사용한 커피 필터를 버리고 상자에서 새 필터 한 장을 꺼낸다. 커피 가루가 커다란 스푼에서 종이 필터로 떨어져 내리는 소리에 귀를 기울이고, 새로 내린 커피 향을 들이마시고, 접시에 쿠키 몇 개를 꺼내 놓으면서 자신의 바로 곁에 어머니가 있다고 상상한다. 엄마는 절대 쿠키라고 하지 않았고 언제나 비스킷이라고 했다. 베니는 그냥 한번 보려고 향신료 서랍을 열어 본다. 올스파이스, 육포 양념, 캐러웨이, 타라곤이 든 병들을 쿡쿡 찔러 본다. 남쪽과 북쪽의 양념들이다. 양말 바람으로 냉장고로 걸어가는 동안 베니는 바닥에 찰싹찰싹 부딪치던 어머니의 슬리퍼 소리를 떠올린다.

그러고는 거기 냉장고 앞에 서서 서늘한 공기가 발가락에 내려앉는 걸 느끼며 어머니가 마지막으로 만들었던 케이크를 떠올린다. 그것이 냉동실 안에 있다는 걸 알지만 지금 당장은 들여다볼 엄두가 나지 않는다. 베니는 대신 냉장고 위쪽 문에 이마를 기댄다. **이게 네가 물려받을 유산이란다.** 함께 블랙케이크를 만들 때면 어머니는 그렇게 말하곤 했고, 베니는 그게 무슨 뜻인지 안다고 생각했다. 하지만 이세 보니 베니는 그 말이 뜻하는 것의 반도 몰랐다.

제법 최근에 베니의 머릿속에 떠올랐던 생각이 있다. 엄마는 너무 어려서 고아가 되는 바람에 자기 어머니의 부엌에서 블랙케이크 만드는 법을 배울 수 없었겠다는 생각이었다. 베니는 추론을 해봤다. 엄마는 보육원에서 수녀님들로부터 블랙케이크 만드는 법을 배운 게 틀림없었다. 그런데 그런 게 있던가? 블랙케이크를 만드는 수녀님들이? 치즈를 만드는 수녀님들하고 비슷한 건가? 초콜릿을 만드는 수도사들이나?

어머니의 어린 시절 이야기는 언제나 흐릿했다. 시간 순서는 왔다 갔다 했고, 세부 사항은 여기저기 빠져 있었다. 상당히 많이 빠져 있었다. 베니는 자라는 동안 어머니가 자기 과거에 대해 말하고 싶어 하지 않는 것들이 있다는 느낌을 받았다. 부모님의 성장기는 자신만큼 쉽지 않았다고 들으면서 자랐기에 베니는 더 알아야겠다고 고집하지 않았다. 그런데 이제 드디어 더 알 기회가 왔고, 그건 생각만 해도 두려운 일이다. 어머니에 대해 알게 될수록 베니는 어머니를 점점 더 잃어버릴 것만 같다.

베넷 부인

가끔씩은 우리가 남들한테는 말하지 않는 우리 자신에 관한 이야기들이 우리가 드러내는 이야기들보다도 중요할 때가 있지. 난 너희한테 내가 보육원에서 자라났다고 했지만, 물론 그건 사실이 아니었어. 여기에는 이유가 한 가지 있단다. 영국에 친구가 한 명 있었는데, 섬에서 내가 자라난 곳하고는 다른 지역에서 수녀님들 손에 자라난 친구였어. 그 친구를 만났을 때 난 여전히 몹시 외로운 상태였고, 좋아하던 모든 사람들한테서 떨어져 있었고, 그 사람들을 어떻게 다시 만날 수 있을지, 아니 다시 만날 수 있기는 한지 알 수가 없었단다. 음, 그 친구는 말하자면 그냥 나를 데려가서 내 인생의 텅 빈 곳들을 채워 줬다고 해야겠구나. 그리고 나한테는 그런 게 필요했단다. 그 친구가 아니었다면 나는 지금 여기 없었을 거야.

미안해요. 잠시만요. 여기서 좀 멈춰도 될까요?
네, 녹음을 멈춰 주세요.
미안해요, 너무 힘드네요.

2부

그때

엘리

엘리의 아버지는 돌아오지 않을 거라고 보육원의 수녀님들이 다시금 알려 주었다. 엘리의 아버지는 천국에 가서 엘리의 엄마와 함께 있었고, 지금은 어느 새로운 가족이 어린 소녀를 찾고 있었다. 준비할 시간이 되자 수녀님들은 엘리를 계속 불렀지만, 엘리는 관심이 없었다. 엘리는 뒤뜰에서 새조개 껍데기들을 파내느라 바빴다.

섬의 이 지역에는 모래사장도 해변도 보이지 않았고, 오직 황갈색 흙만 있었다. 그럼에도 이곳엔 베이지색과 흰색과 분홍색을 띤 수없이 많은 조개껍데기들이 있었고, 엘리는 조개껍데기들에는 마법 같은 힘이 있다는 걸 그 나이에 벌써 알고 있었다. 자신이 살고 있는 곳이 무슨 일이든 일어날 수 있는 기적의 땅이고, 그래서 아빠가 자신을 데리러 돌아올지도 모른다는 걸 알았다. 아마 아빠는 저를 천국으로 데려가서 엄마 아빠랑 같이 살게 해줄 수도 있을 거예요. 엘리는 그렇게 말한 적이 있었지만, 수녀님들은 그러기엔 아직 너무 이르고, 우선은 다른 가족의 집에 가서 그분들과 함께 살아야 할 거라고 했다.

잔디밭에서 귀뚜라미 한 마리가 뛰어나와 엘리의 무릎 꼭대기에 매달렸다가 얼른 다시 뛰어 도망쳤다. 티타임까지 여기서 버틸 수만 있으면 보육원에 물건들을 가져다주는 여자분들이 들고 온 케이크를 먹을 수 있을지도 몰랐다. 엘리는 상상 속에서 케이크 향기를 음미하며 잠시 고개를 들었다가 막대기를 흙 속으로 더 깊이 찔러 넣었다. 흙 한 꼬집을 집어 올려 입 속에 넣고 씹었다. 메리 수녀님이 엘리를 기숙사로 데려가려고 다가왔지만, 엘리는 알아차리지 못한 척했다. 수녀님이 엘리의 손을 잡으려고 손을 내밀자 엘리는 고개를 떨궜다.

「가만히 있으렴.」메리 수녀님이 엘리의 머리를 땋아 주며 말했다. 엘리의 구두는 닦아서 광이 났고, 웃옷은 풀을 먹이고 다림질이 되어 있었다. 메리 수녀님이 엘리의 셔츠 칼라를 반듯하게 펴주었다.

「멋지구나.」메리 수녀님이 말했다. 「아버지가 보셨으면 자랑스러워하셨을 거야.」하지만 아버지는 바로 여기 있다고 엘리는 메리 수녀님에게 말하고 싶었다. 엘리에겐 보였다. 창문 밖에 있는 아버지를, 아버지의 영혼이 환한 노란색과 검정색으로 반짝이는 날개를 단 나비의 모습을 하고 나무들 사이로 솟아오르는 것을 엘리는 여러 번 보았다. 아버지는 엘리가 잘 있는지 확인하려고 날아 내려와서는 유리창 바로 너머에서 날개를 팔락이곤 했다.

「아, 이것 봐, 호랑나비네.」메리 수녀님이 두 눈을 빛내며 창문을 가리키면서 말했다. 메리 수녀님은 감기에 걸려 있어서 손수건으로 계속 코를 닦아 냈다. 수녀님의 두 눈은 충혈되고 젖어 있었다. 「이 지역 전체에서 제일 큰 나비야, 알고 있었니?」 메리 수녀님이 말했다. 그러면서 엘리의 뺨을 매만졌다. 엘리는 입을 오므려 반쯤 미소 짓는 모양으로 만들고는 고개를 흔들어 아니라고 대답했다.

「이 주위에선 이제 많이 안 보이는 나빈데.」 메리 수녀님이 엘리의 손을 잡고 문 쪽으로 이끌고 가며 말했다. 그들은 최대한 천천히 복도를 함께 걸어갔다. 엘리는 메리 수녀님과 함께 지내고 싶었지만 그들은 그 문제에 관해선 이미 오랫동안 이야기를 나눈 뒤였다. 엘리는 호랑나비가 된 아버지를 떠올렸고, 비록 원장님은 엘리가 더 이상 보육원에 있기를 원치 않았지만, 어디를 가든 자신은 혼자가 아닐 것임을 알았다.

말할 필요도 없지만, 엘리를 데려간 가족이 몇 달 뒤에 파양을 하자 원장님은 몹시 화를 냈다. 엘리는 그런 일이 생길 수도 있다는 사실을 미처 알지 못했다. 거짓말을 하는 아이를 원하는 사람은 아무도 없다고 원장님은 엘리에게 말했다. 엘리가 그 남자에 대해 그런 거짓말들을 하면서 못된 짓을 했다는 것이었다. 하지만 엘리는 사실이 아닌 말을 하면 안된다는 사실을 알고 있었고, 보통은 하지 않았다. 그럼에도 엘리는 돌려보내져서 수녀님들과 함께 지내게 되었다. 유일하게 기뻐 보이는 사람은 메리 수녀님이었는데 엘리를 꼭 끌어안고 머리를 빗어 주고는 이렇게 말했다. 「자, 이제 기도하고 침대에 들어가자. 수업은 내일 아침에 일찍 일어나서 하고.」

다음 날 메리 수녀님은 엘리에게 신문에서 오려 낸 호랑나비 사진 한 장을 보여 주고는 엘리의 연습장에 슬쩍 끼워 넣었다. 엘리는 자기가 집에 돌아왔다는 걸 깨달았다. 다음 날 엘리는 다시 정원으로 달려가 땅을 팠다.

이윽고 엘리는 그 섬이 언제나 섬이었던 건 아니라는 사실을 알게 되었다. 지구상에서 여러 번에 걸쳐 일어난 분출과 이동이 바다 밑의 땅을 압박했던 적이 있었는데, 그곳에서 생물들과 퇴적물들이 모여 이루고 있던 석회암 맨틀이 어느 날 물 밖으로 솟아오르게 되었다. 그리고 그로부터 3천만 년이 지난 지금, 엘리는 여기, 보육원 바깥의 따뜻한 흙 속에 손가락을 집어넣은 채 세상이 웅웅거리는 소리에 귀를 기울이며 그 느낌 없이는 살 수 없다고 벌써부터 느끼고 있었다.

엘리는 조개껍데기들이 어떻게 특정한 그 장소로, 구아버나무와 마몬치요나무 들과 여주 덤불 사이에 있는 엘리의 자리로 오게 되었는지는 알 수 없었다. 그저 그것들을 주워 담아 수채 물감으로 색칠하거나 부숴서 분홍색을 띤 가루로 만들거나 웃옷 주머니에 넣고 어루만질 때 가장 기분이 좋다는 것만 알았다. 엘리는 가장 좋은 껍데기들은 마분지 상자에 넣어 두었다. 흙 속에서 찾아낸 아주 오래된 머리빗과 동전들을 보관하는 상자였다.

기숙사에서 밤이 되면 엘리는 가끔씩 조개껍데기 하나를 두 손에 들고 이리저리 뒤집어 보며 몇 시간을 보내기도 했다. 시간이 지나면 엘리는 충분히 책을 읽게 될 것이고, 이 조개껍데기들이 시간의 변화만큼 장소의 변화도 크게 겪은 건 아니라는 사실을 알게 될 것이었다. 엘리의 가슴이 막 솟아오르기 시작했을 때, 엘리는 조개껍데기들과 자신이 서로를 찾아낼 운명이었음을 마침내 깨달았다. 엘리가 자신의 운명을 최초로 이해한 순간은 그때였다.

엘리는 흙을 꼼꼼하게 살펴 추려 내려고, 화석과 바위, 퇴적물 들을 골라 내면서 자신의 역사와 미래를 찾으려고 태어난 아이였다. 머리에는 핀을 꽂고 발에는 구두를 신고 품에는 책들을 안고 수업을 들으러 걸어갈 수도 있었지만, 엘리는 이제 그런 것들은 피상적인 것들이고, 자신의 핵심을 이루는 것은 다른 사람들이 주는 물건이나 부르는 이름이나 하라고 시키거나 못 하게 하는 일들이 아니며, 그것들 중 어떤 것도 세상에서 자신의 진정한 자리와는 관계가 없음을 알게 되었다.

성경에는 **너는 흙이니**라는 말이 나오는데, 이제 엘리는 그 말의 진정한 의미를 알 수 있었다. 엘리는 자신이 아주 오랫동안 세상의 일부였고 앞으로도 언제나 그럴 것이며, 두려워할 것은 아무것도, 정말이지 아무것도 없다는 걸 알게 되었다. 그리고 엘리는 무엇을 해서라도 자신의 꿈을 실현할 것이었다. 세상의 심장부에 있는 흙과 조개껍데기들과 바위들을 공부할 것이었다. 그게 엘리의 운명이었으니까.

문

1692년 6월 7일, 세 차례의 강력한 지진이 섬을 강타했다. 땅은 곤죽으로 변해 버렸고, 거대한 지진 해일이 섬의 가장 부유한 도시이자 해적들에게 유명한 피난처였던 곳을 바닷속으로 쓸어 버렸다. 3천 명의 사람들이 죽었다. 또 다른 2천 명은 그 뒤에 따라온 감염병으로 목숨을 잃었다.

1961년 봄, 한 무리의 고아들이 정박지의 물이 얕은 곳에 작은 플라스틱 양동이를 차례로 집어넣었다. 여자아이들은 작은 섬으로 가는 당일 여행이 시작되기를 기다리며 조그만 물고기들이 가득 든 물을 퍼내고 있었는데, 그때 한 아이가 3백 년 된 문의 잔해에 발을 베였다. 이곳을 자주 찾는 사람들은 수면 아래 그 문이 있다는 걸 알고 있었지만, 이 소녀들은 내륙에서 온 아이들이었다. 이 아이들은 전에 정박지에 와본 적이 없었고, 일부는 바다를 가까이에서 본 적도 없었다.

당시 엘리는 몰랐지만, 엘리의 삶은 그 문에 발을 베이면서 새로운 길로 들어서게 되었다. 엘리는 감염이 되고 열이

218

나서 결국 병원에 입원해야 했는데, 나중에 수녀님들 말로는 거의 죽을 뻔했다고 했다. 열이 내리고 나자 엘리는 매일 아침 간호사가 발에 감긴 붕대를 풀고, 무언가 따가운 것에 적신 거즈로 상처 주위를 빙 둘러 두드리고는 깨끗한 탈지면을 발에 다시 감아 주는 걸 지켜보곤 했다.

「간호사로 지내는 게 맘에 드세요?」 어느 날 엘리가 물었다.

「물론 맘에 들지.」 간호사가 대답했다. 「젊은 여자가 갖기에는 괜찮은 직업이거든. 사람들을 도울 수도 있고.」 간호사는 가위로 붕대를 싹둑 자르고는 엘리를 쳐다보았다. 「너도 언젠가 이 일을 하고 싶을 것 같니?」 간호사가 물었다.

엘리는 어깨를 으쓱했다. 「저는 영국에 가고 싶어요. 공부하러요.」 엘리가 말했다.

「음, 영국에는 간호사 수요가 굉장히 많아.」 간호사가 말했다. 「정부에서 여기 여자들을 뽑아서 거기서 공부하게 해주고 있기도 하고. 한번 생각해 봐.」 영국의 국민 보건 서비스가 영연방 출신 여자들에게 영국에서 최소한의 의무 노동을 하는 대가로 간호사 자격 획득 과정을 마치도록 지원을 해주고 있다는 건 엘리도 이미 알고 있었다. 보육원 주방에 있던 라디오에서 들었다. 간호 학교에 가는 일이 엘리의 운명을 실현하는 데 있어 첫 단계일지도 몰랐다. 엘리는 퇴원하면서 계획도 함께 세워 가지고 나왔다.

중등학교를 졸업하려면 아직 몇 년 더 있어야 했지만 엘리는 이제 무엇을 해야 할지 알았다. 고등학교에서 열심히 공부할 것이고, 때가 되면 바다 건너로 가서 간호사 일을 배울 것이었다. 종합 병원이나 개인 병원에 일자리를 얻게 될 수도 있었다. 그런 다음에는 엘리가 정말로 하고 싶은 공부를 할 수 있는 대학교에 지원을 해볼 것이었다. 엘리가 운명적으로 해야 할 일에는 이름이 있었고, 엘리는 그 이름을 책에서 본 적이 있었다. 엘리는 지질학자가 될 생각이었다.

엘리는 운 좋게도 적절한 시기를 골랐다. 그 시절에 보육원을 후원하던 사람들은 아직 엘리가 해외로 나가는 비용을 댈 만큼은 인심이 후했다. 엘리의 시험 점수는 섬에서 최고에 가까웠고, 이것은 후원자를 자랑스럽게 만드는 종류의 일이었다. 6년 뒤 영국에서 코번티나 브라운을 만났을 때, 엘리는 간호사 교육을 끝내고 이미 새로운 계획을 한창 세우고 있던 중이었다.

케이크

「자, 엘리.」코번티나가 말했다.

엘리는 눈을 감았지만 여전히 두 눈꺼풀 너머 촛불들의 불빛이 보였다. 숨을 깊이 들이마신 다음 후 불었다. 엘리는 스물한 살이 되었다. 얼마 전까지만 해도 수천 킬로미터나 떨어진 보육원에 살던 깡마른 어린애에 불과했는데.

항상 배가 고프고 잠은 절대 안 자는 열 살짜리 엘리.

어둠 속에서 차가운 타일 위를 맨발로 걸어가는 엘리.

복도에 전갈이 나오지 않기를 기도하는 엘리.

케이크 통을 찾아 주방 문 앞까지 온 엘리.

럼주에 담가 둔 과일 향기를 들이마시는 엘리.

케이크 통에서 케이크 부스러기들을 떠내는 엘리.

손가락을 핥으며 뚜껑을 닫는.

수녀님들이 없기를 기도하며 서둘러 침대로 돌아오는.

이제 엘리에겐 엘리 자신의 케이크가 생겼다. 생일 촛불들도 엘리를 위한 것이었다. 박수와 포옹도 모두 엘리를 위한 것이었다. 런던의 이 단칸방에 딸린 부엌을 함께 쓰는 여

221

자들이 오직 엘리만을 위해 몇 주 동안이나 럼주에 과일들을 담가 두었고, 달걀들도 따로 준비해 두었다. 여전히 어머니도 아버지도 없었지만, 엘리는 혼자가 아니었다.

「자.」 코번티나가 말하며 케이크를 자를 칼을 건네주었다. 코번티나는 케이크를 만들었고, 에드위나는 아이싱을 올렸고, 고아 엘리는 행복했다. 고향 섬에서 바다 하나만큼이나 떨어진 춥고 습한 도시에서 새로운 가족을 찾아낸 것이었다.

섬으로 언제 돌아가게 될지는 알 수 없었다. 몇 년쯤 더 걸릴지도 몰랐다. 엘리는 메리 수녀님이 주신 나비 사진을 성경책에 끼워 보관했다. 마분지 상자에는 메리 수녀님에게서 온 편지와 보육원 정원에서 주운 조개껍데기 몇 개, 그리고 흙을 파내다 찾아낸 낡은 머리빗과 동전들을 보관해 두었다. 언젠가 엘리는 돌아가서 메리 수녀님에게 간호 학교 친구들의 사진을 보여 줄 것이었다. 그 소녀들은 똑똑해 보이는 얼굴로 미소 지으며 언제나 함께였고 앞으로도 함께일 거라는 듯 한 줄로 늘어서 있었다.

커비와 엘리

교육 병원에서 커비를 처음으로 만났을 때 엘리너 더글러스는 말했다. 「엘리라고 불러, 젤리나 벨리[21]처럼!」 엘리는 너무도 진지해 보이는 gyal(아가씨)이었지만 그런 식으로 커비를 미소 짓게 만드는 모습들을 보여 주곤 했다. 같은 섬 출신인 누군가와 친구가 되면서, 모두가 서로를 아는 여자들과 함께 살려고 하숙집으로 들어가는 데 동의하면서, 커비는 자신이 모험을 하고 있다는 걸 알았다. 그럼에도 엘리가 〈와서 우리랑 같이 살지 않을래?〉 하고 물었을 때는 그게 자신이 마땅히 해야 할 너무도 자연스러운 일처럼 느껴졌다.

엘리의 웃음에 담긴 보드라운 분위기 속에서, 부엌 식탁에 놓인 강낭콩밥 냄비 속에서, 거리를 함께 걸어가는 새로움 속에서, 커비는 자신이 그때까지 얼마나 불쾌한 기분으로 지내고 있었는지 비로소 깨달았다. 커비는 수영 클럽 이후로는 어떤 집단에도 속해 본 적이 없었다. 버니 이후로는 진짜 친구와 비슷한 그 어떤 것도 가져 본 적이 없었다.

21 belly. 사람의 배.

「쉿.」어느 날 다른 여자들 중 한 명이 칸막이벽을 살짝 두드리며 그들의 방문 안쪽을 향해 말했다. 커비와 엘리가 언제나처럼 너무 시끄럽게 잡담을 하고 있었던 것이다. 그런 일들에도 규칙이 있었다. 집주인 여자가 직접 주의를 주는 것보다는 동거인들이 주는 게 나았다. 커비와 엘리는 잠자리에 들었어야 했다. 하지만 그러는 대신 각자의 간이침대 사이에 있는 바닥에 함께 앉아 엘리가 러그 위에 반반하게 펴놓은 지도를 들여다보고 있었다.

「그러니까 우리가 있는 곳은 여기야.」엘리가 말했다.「여기 보여? 영국의 이 지역에 있는 바위들은 가장 최근에 생성된 것들이야. 대부분은 점토로, 그리고 빙하가 남겨 놓은 다른 흙들로 덮여 있어.」

「빙하가.」커비가 따라 했다. 그토록 방대하고 느리고 차가운 자연의 힘이 세상을 빚어낸다는 생각이 커비의 호기심을 불러일으켰다. 커비는 바다를 떠올렸다. 자신들이 어렸을 때는 세상이 바다로 표면이 둘러싸인 육지라고 교육받았지만 실은 그 반대였다는 사실을 떠올렸다.

「여기 이 땅덩어리는,」엘리가 지도의 매끈한 표면을 따라 손가락을 움직이며 말을 이었다.「여러 격렬한 과정에 의해 압박을 받아 생겨나게 되었고, 솟아올라서 지금의 형태가 된 거야.」엘리가 눈썹을 치켜올렸다.「알겠지? 우리 섬에 일어난 일이랑 그렇게 다르지 않아.」

커비는 고개를 끄덕였다. 웃음을 짓지 않으려고 애를 썼다. 그 순간 엘리의 표정은 커비 또래의 누군가라기보다는 중년의 학교 교사에 가까워 보였다.

「모든 것이 다른 모든 것에 연결되어 있어. 시간을 충분히 거슬러 올라가 보기만 한다면 그걸 알 수 있어.」

커비는 지금 그들이 있는 곳에서부터 멀리 두 사람 모두가 자라난 섬까지 뻗어 있는 대양을 떠올렸다. 그러고는, 그럴 의도는 아니었지만 예전의 자기 삶에 대해 말하고 있는 자신을 발견했다. 「난 전에 수영을 했었어.」 커비가 말했다. 「바다에서 수영하곤 했어. 몇 킬로미터나 계속.」

「정말로 그랬다고?」 엘리가 말했다. 「너무 짜릿했겠다!」

커비는 자신이 질문을 받으면 항상 대답하던 것처럼 섬의 남부 출신이 아니라 사실은 북부 출신이라고 밝혔다. 「우리가 살던 곳에 제일 아름다운 만이 있었어.」

그때까지 커비는 자신의 과거에 대해 꾸며 낸 이야기를 계속해 왔다. 엘리에게도, 다른 누구에게도, 리틀 맨과의 강요된 결혼이나 그가 살해된 일이나 심지어는 기브스에 대해서도 말한 적이 없었다. 엘리에게는 가족들과 지내는 게 행복하지 않아서 집을 떠난 거라고 했지만 말이다. 커비는 이제 마음을 단단히 먹고 더 이상은 말하지 않기로 했다.

「여기 와서는 수영하려고 해봤어?」 엘리가 물었다.

커비가 얼굴을 찡그렸다. 「시도는 해봤는데 할 수는 없었어. 너무 추워서. 나한테는 안 맞더라.」

「난 수영하는 법을 배운 적이 없어.」 엘리가 말했다. 「그냥 해변에 한 번 가봤을 뿐이야.」

커비의 입술이 풀리며 〈오〉 모양이 되었다. 그건 커비가 상상해 보지 못한 일이었다. 특히 그들의 섬처럼 작은 섬에서는 그랬다.

엘리는 커비에게 자신은 내륙에서, 바다보다 지대가 높고 선사 시대의 대양이 남기고 간 새조개 껍데기들이 땅속에 묻혀 있는 지역에서 자라났다고 말해 주었다. 그러더니 카디건 주머니에 손을 넣으며 눈을 빛냈다.

「봐.」 엘리가 손바닥을 펼치자 분홍색과 흰색의 조개껍데기 세 개가 드러났다. 「이게,」 엘리가 커비 쪽으로 몸을 바짝 기울이며 말했다. 「간호 학교 졸업하고 내가 하려는 일이야.」

「조개껍데기 모으는 거 말이야?」 커비가 물었다.

「아니.」 엘리가 웃으며 말했다. 「그것들을 연구하는 거. 지질학. 지구에 관한 모든 걸 연구하는 거야. 대양이랑 화산이랑 빙하랑.」 엘리가 말했다. 「다만 추천서가 먼저 필요할 거야. 내가 공부할 수 있게 해달라고 대학 측을 설득할 수 있게 말이야. 여학생들도 몇 명 받아 준 적은 있다는데…….」 엘리는 갑자기 말을 멈추고 날카롭게 숨을 내쉬었다. 커비는 고개를 끄덕였다. 말하지 않아도 알고 있었다. 이제는 커비도 그들의 대화에서 종종 생략되는 부분이 무엇인지 알았다. 사람들이 그들을 바라보는 시선, 그리고 그 시선이 그들이 삶에서 수행하도록 요구받는 역할을 어떻게 결정하는지에 관한 부분이었다.

그들은 낮은 목소리로 자신들이 본국에서 맞닥뜨려 온 어떤 욕설들과 다른 형태의 편견들에 대한 절망감을 함께 나눴다. 섬이 독립한 지 5년이나 지났지만 영국은 그들에게 〈본국〉이었던 것이다. 그들은 영국의 규칙 아래서 어린 시절을 보냈고 영국식 교육을 받았다.

커비와 엘리는 한 가지 면에서 뜻이 같았다. 그들은 둘 다 우선적으로는 자신들이 자라난 섬의 언덕과 동굴과 해변 들에 소속감을 느꼈지만, 일상의 그토록 많은 부분에 영향을 끼쳐 온 영국 문화에도 소속감을 느꼈다. 영국으로의 이주는 친척 집에 지내러 오는 것과 비슷할 줄 알았다. 이곳은 다른 모든 것을 잃어버린 두 명의 청년에게 안전한 피난처일 줄 알았다.

당연하게도, 일단 대서양을 건너오자 현실은 별로 그렇지 못했다. 엘리는 런던에서 자신이 이중적인 존재임을, 일종의 혼종임을 깨달았다고 했다. 고향에 있는 동시에 외국인인 존재, 환영받는 동시에 환영받지 못하는 존재라고 말이다. 1960년대 말이 되자 전쟁이 끝난 뒤의 안도감과 낙천주의는 약해지기 시작하고 있었다. 사람들은 한정된 자원에 대해 불안해하고 있었다. 이는 계속되고 있던 심한 편견에 기름을 부었다. 노동력이 부족하다는 발표가 여러 번 반복되고, 그 부족한 부분을 채우는 일을 도와 달라고 정부가 이민자들에게 요청해 왔는데도 불구하고 말이다.

「걱정 마, 엘리.」 커비가 말했다. 「방법이 있을 거야.」

「알아.」 이제 지도를 접으며 엘리가 말했다. 「그럴 거야. 하지만 너는?」

「나?」 커비는 천천히, 깊이 숨을 들이마셨다. **아무 말도 하지 마, 커비. 아무 말도 하지 마.** 「글쎄, 간호사가 되는 건 나한테는 괜찮은 기회라서.」

「하지만 네가 따게 될 자격으로는 임금도 더 낮게 받지 못할 거고 승진도 어려울 텐데. 우리처럼 섬에서 온 여자들은

227

상급 간호사 자격 과정으로 많이 보내 주지 않는다는 거 알
잖아.」

커비는 자신의 두 손을 내려다보았다. 손가락과 손바닥이
만나는 부분이 건조하게 갈라져 있었다. 환자를 치료하는
것보다 많은 시간을 실내용 변기와 변기 겸용 의자를 닦는
일로 보내고 있는 것 같았다. 엘리의 말이 맞을까?

「난 괜찮아, 지금은.」 커비가 말했다. 커비는 계속 시선을
떨구고 있었다. 「내가 이 일 말고 달리 뭘 해야 할지 잘 모르
겠어서 그래.」 그건 사실이었다.

하지만 코번티나는 간호사가 되기에 적합한 사람이 아니
었다. 엘리는 그걸 알 수 있었다. 엘리가 그 일에 적합한 사
람이 아닌 것과 마찬가지였다. 엘리에게 간호사 일은 목적
을 위한 수단이었고, 엘리는 벌써 다음 단계들을 계획 중이
었다. 지질학을 공부하려는 계획에 대해 커비에게 이야기한
그날 밤까지 엘리는 누구에게도 자신의 야망을 털어놓은 적
이 없었다. 메리 수녀님에게도 말한 적이 없었다.

때가 되자, 엘리는 지도 선생님에게 가서 대학교 지질학
과정에 등록하게 도와 달라고 부탁했다. 과학에 관한 자신
의 배경 지식이 대부분 생물학과 화학에 국한돼 있는 건 사
실이지만 혼자 힘으로 상당히 많은 양의 지질학 책들을 읽
었다고 말했다. 엘리는 자신이 원하는 연구 과정에 들어갈
자격이 될 거라고 확신하고 있었다.

주장을 펼쳐 놓으면서, 엘리는 재킷 주머니 속의 조개껍
데기를 만지작거렸다. 설득이 약간 필요할 거라는 건 알고
있었지만 잘되지 않을 거라는 예상은 하지 못했다. 한때는

엘리에게 두뇌가 명석해서 과학을 공부하기에 적합하겠다고 말했던 여자가 이제는 추천서 써주기를 거부하고 있었다. 엘리가 너무 꽉 쥐는 바람에 조개껍데기는 부러져 버렸다.

지도 선생님은 영국의 보건 시스템이 젊고 가능성 있으며 엘리가 받은 것 같은 교육을 받은 섬 출신 사람들에게 풍부한 기회를 제공한다고 다시금 일깨워 주었다. 어쩌면 엘리를 상급 간호사 과정에 추천해 줄 수도 있겠다고 했다. 하지만 엘리는 이미 수간호사의 사무실을 걸어 나오고 있었다. 엘리에겐 실현해야 하는 꿈이 있었다.

그날 저녁 집으로 걸어 돌아오면서 엘리는 커비에게 자신의 계획을 말해 주었다.

「나한테 계속 간호사로 남아 있으라고 강요하지 않는 곳으로 가야겠어. 대서양을 다시 건너야 할 것 같아, 커비. 캐나다에서는 나를 받아 줄 거야.」

「캐나다?」 커비가 말했다. 「하지만 어떻게?」

「어쩌면 캐나다까지 안 가도 될지도 몰라. 하지만 여기 사람들이 도와주지 않을 거라면 여긴 정말로 떠나야 할 것 같고, 임금을 더 많이 받든지 아니면 하숙비가 더 싼 곳을 찾아내야겠어. 돈을 모으고, 다른 대학교에 어떻게 들어갈 수 있는지도 알아내야 해.」

「하지만 너 여기 있어야 하잖아. 우리가 교육받을 때 동의한 항목 중에 있어.」

「맞아. 그래서 우리가 가능한 한 빨리 여기서 멀리로 떠나야 한다는 거야.」

「우리?」

「그래, 코번티나. 우리.」엘리는 걸음을 멈추고 커비 앞을 막아섰다. 「넌 여기서 뭐 하고 있어? 일주일에 사나흘은 밤에도 잠을 못 자잖아. 내가 못 알아차린 줄 알았어? 왜 여기 있으려는 거야? 우린 다른 도시로 갈 수 있어. 근사할 거야.」

그들을 다른 도시로, 그래, 또다시 추운 도시이긴 하지만 바다에 있는 도시로 데려다줄 기차가 있었고, 엘리의 아는 사람의 아는 사람은 엘리와 커비 둘 다에게 돈 많은 무역 회사에 사무직 일자리를 구해 줄 수 있다고 했다.

「그 회사가 제도랑 무역을 해.」엘리가 말했다. 「카리브해에서 온 사람들도 거기 있고.」이제 엘리의 눈은 빛나고 있었다. 「괜찮은 남자를 만나게 될지도 몰라.」

커비는 피로했다. 변화라면 한동안 충분히 겪은 기분이었다. 하지만 엘리는 떠날 준비가 되어 있었고, 엘리 없이 커비가 어디로 간단 말인가? 엘리는 버니 이후로는 커비가 처음 사귄 진정한 친구였다. 그리고 엘리가 세상에서 자신의 진정한 자리를 찾기로 결심하고 있었기 때문에, 커비는 엘리의 꿈에 자신이 말려들게 놔두었다. 두 사람은 짐을 꾸려 에든버러로 떠났다. 기차는 말도 안 되게 푸르른 시골 지역을 통과하며 속도를 냈고, 그 푸른빛은 커비의 기분을 밝아지게 해주었다. 커비는 이것이 살아남을 길이라고, 예전의 삶과 계속 거리를 유지할 길이라고 되뇌었다. 돌아보기를 그만두고, 매일 기브스를 조금씩 덜 생각할 수 있는 길이라고.

엘리가 되다

처음에, 커비는 아주 조금밖에 기억하지 못했다. 경적이 요란하게 울리는 소리, 선로에 부딪치는 금속 바퀴들이 지르던 비명, 그리고 굴러떨어지고, 굴러떨어지고, 또 굴러떨어지던 기억.

의식을 되찾았을 때 커비는 친구의 핸드백 끈을 붙잡았다. 자욱한 먼지와 연기 속에서 처음으로 알아볼 수 있었던 물건이었다. 한참 뒤에, 커비는 사람들의 비명을, 냄새를, 사방이 아파 오던 자신의 온몸을, 기어갈 때 양 무릎에 와 닿던 뜨거운 금속의 화끈거리는 느낌을, 엘리를 부르던 일을 기억하게 될 것이었다. 커비의 눈에 엘리의 팔과 엘리가 큰 상점에서 자랑스레 구입했던 손목시계가 얼핏 들어왔다. 커비는 친구의 팔을 붙잡았다. **엘리, 엘리!** 커비는 소리쳤다. 그러다가 엘리의 몸 나머지 부분을 보았고, 그 광경에 그만 기절하고 말았다.

깨어나 보니 병원이었고, 팔에는 링거가 꽂히고 머릿속은 쿵쿵 울리고 있었다. 베개에서 자신의 머리카락 냄새가 났고, 그을린 기름과 연기 냄새에 뒤섞인 면 홑이불과 소독용 알코올 냄새, 그리고 희미하게 역한 실내용 변기 냄새가 끼쳐 왔다. 병원 침대 근처 의자에 놓인 엘리의 핸드백이 보였다. 내 핸드백은 어디 있을까? 모자는?

담요 밑을 들춰 보았다. 커비는 면으로 된 환자복을 입고 있었다. 내 옷은 어디 있지? 커비는 어머니의 나무 상자를 재킷에 넣어 가지고 다니고 있었다. 그 상자에 파운드 지폐들을 넣은 다음 여행을 위해 재킷 안감에 꿰매 둔 주머니에 밀어 넣었고, 그 묵직한 상자를 찾아 허리 근처를 주기적으로 더듬었다. 커비는 통증에도 불구하고 머리를 조금 더 돌려 보았다. 거기 그것이 있었다. 재킷은 없었지만, 누군가가 상자를 꺼내 바퀴 달린 트레이에 올려놓은 모양이었다. 커비는 상자를 잡으려고 두 손을 뻗었다.

커비가 하고 있던 양을 본 간호사가 상자를 집어 올려 건네주었다. 커비는 배 위에 상자를 올려놓고 떨리는 두 팔로 꼭 안았다.

「좀 어떠세요, 엘리너?」 간호사가 물었다.

「커비예요.」 커비가 말했다.

간호사가 얼굴을 찡그렸다. 「뭐라고 하셨죠?」

「코번티나요.」 커비가 말했다. 간호사는 급히 자리를 떠났다가 다른 한 명의 여자와 함께 돌아왔다.

「코번티나 브라운?」 그들이 물었다. 커비는 고개를 끄덕였다. 「코번티나가 친구분이셨나요?」 커비는 말을 하려고 입을 열었다. 「너무나 유감이에요, 엘리너.」 그들은 고개를 젓고 있었다. 「코번티나라는 분은 견뎌 내지 못하셨어요. 사고에서 살아남지 못하셨습니다.」 엘리를 말하는 거겠지, 아닌가? 커비는 입을 다물었다. 바싹 마른 입꼬리에 눈물의 소금기가 스며들어 쓰라렸다. 축 늘어져 있던 친구의 손이 떠올랐다. 토할 것처럼 속엣것이 올라와서 커비는 침대 가장자리 쪽으로 몸을 기울였다.

간호사 한 명이 커비를 달래 베개에 도로 눕히고 젖은 얼굴을 수건으로 두드려 주었다. 커비는 고개를 멀리로 돌리고 몸을 움직이려고 애를 썼지만 한쪽 다리의 통증에 비명을 지르고 말았다.

「지금은 조심하셔야 돼요, 엘리너.」 간호사가 말했다. 「괜찮아지시겠지만 그쪽 다리는 좀 심하게 다치셨어요.」

「커비예요.」 커비가 말했다.

「알아요, 엘리너, 저희도 너무 유감이에요. 끔찍한 일이지요.」

커비는 이제 숨기지 못하고 흐느끼고 있었다. 충돌 후에 기억나는 마지막 순간들이 눈앞에서 재생되었다. 자신이 발견했을 때 엘리는 아직 살아 있었다고 커비는 확신했다. 커비가 엘리를 끌어내려고, 무언가 무거운 것 밑에 깔린 엘리를 빼내려고 애쓰고 있을 때 엘리는 고양이 소리 비슷한 소리를 냈었다. 의식을 잃지 않았다면 커비는 친구를 구할 수 있었을까? 그러다가, 그 금속 무더기 아래 깔려 있던 엘리의 모습이 기억났다. 아마 구할 수 없었을 것이다. 엘리는 정말로 죽은 것이다, 아닌가?

엘리가 있으면 언제나 방 안이 빛으로 가득 차는 것 같았다. 그 빛이 어떻게 영원히 사라져 버릴 수가 있을까?

커비는 스르르 잠에 빠졌다가 깼다가 했고, 가끔씩 깨어 보면 병실은 어둡고 다른 여자들이 코를 훌쩍거리고 씩씩거리는 소리로 가득 차 있었다. 며칠이나 지난 걸까?

「저희가 연락해 드릴 수 있는 분이 있을까요?」어느 날 아침 간호사가 물었다. 「친척이 있으세요? 친구분들이나?」

「엘리요.」

「엘리? 그분이 친척 되시나요?」

「엘리너.」

「아, 엘리가 엘리너군요.」간호사가 말했다. 「알겠어요. 그 이름이 더 좋으신가요? 그럼 엘리라고 불러 드릴까요?」

커비는 너무 피곤해서 말싸움을 할 수가 없었지만 머릿속은 또렷해지기 시작했다. 가장 가까운 친척? 커비는 가장 가까운 친척들이나 친구들에게 알리는 일은 할 수 없었고, 엘리에겐 가족이 없었다. 하숙집에서 같이 살던 사람들이라면 어쩌면 알고 싶어 할지도 모른다고 커비는 생각했고, 엘리가 종종 얘기했던 섬에 있는 그 수녀님까지도 떠올려 봤다. 하지만 커비는? 신문에 소식이 실릴까? 커비가 생존자 중 한 명으로 호명될까?

섬에 있는 누군가가 커비가 아직 살아 있다는 걸 알아내고 찾으러 온다면? 그래서 커비를 찾아내면, 그들은 커비가 도망치는 데 펄이 했던 역할을 알아낼까? 혹은 버니가 했던 역할을? 그리고 커비와 같이 다녔던 그 가족은 어떡한단 말인가? 그 집 아이들은 아직 어렸지만, 커비는 리틀 맨의 가족이 복수하기로 마음먹으면 그런 것 때문에 결과가 크게 달라지지는 않을 것임을 알고 있었다. 그럴 수는 없었다. 커비는 자신이 계속 숨어 있게 도와주었던 모든 사람들에게 지금까지도 빚을 지고 있었다.

　다음 날 아침 일찍 다른 환자들이 아직 자고 있을 때, 커비는 엘리의 핸드백으로 손을 뻗어 그것을 침대 위 자기 몸 옆에 두고는, 그 안에 손을 집어넣어 내용물을 한 번에 하나씩 끄집어냈다. 립스틱. 파운드 지폐 여러 장. 기차표. 여권. 여권에 끼워진 사진에는 커비와 엘리를 비롯한 젊은 여자들이 한 줄로 서서 미소 짓는 모습이 담겨 있었다. 눈물 한 방울이 입술 위로 흘러내렸지만 커비는 미소 지었다. 사람들은 커비와 엘리가 자매냐고 묻곤 했고, 그러면 두 사람은 웃었다. 하지만 지금 이 사진 속에서 그들의 미소와 피부의 색조, 두 사람 모두가 턱을 뒤로 젖히고 있는 각도를 보니, 커비는 사람들이 왜 그런 말을 하는지 알 것 같았다.

　엘리.

　커비는 엘리의 핸드백 속으로 더 깊이 손을 넣어 엘리의 조개껍데기들과 동전들과 거북이 등딱지로 만든 머리빗이 들어 있는 작은 주머니를 꺼냈다. 엘리의 보물 주머니였다. 커비는 흙냄새를 찾아 조개껍데기 하나를 코에 대보았다. 엘리는 자신의 꿈을 포기하라고 설득하는 누구에게도 굴복하지 않았다. 엘리의 결심이 있어 그들은 에든버러로 가는 그 기차에 탔던 것이었다. 이제 엘리가 사라져 버리자 커비는 다시 계획 없는 사람으로 돌아와 있었다. 친구도 없었다. 커비는 무엇이 될까?

　엘리에게 기브스와 그들이 세워 두었던 계획들에 대해 말할 수 있었더라면 좋았겠다고 커비는 생각했다. 자신이 그

꿈을 놓아 버리려고 어떻게 애를 쓰고 있는지, 그러면서 어떻게 되어 가고 있는지 설명할 수 있었더라면.

조금 뒤에, 커비는 다시금 엘리의 핸드백을 집어 들어 그 여자들의 사진을 찾았다. 그러고는 그 사진을 쳐다보며, 미소 띤 조그만 얼굴들 위를 손가락으로 훑으면서 오랫동안 그대로 누워 있었고, 잠깐 동안 사진을 가슴에 꼭 안았다가, 여러 조각으로 찢은 다음 그 조각들을 핸드백 구석으로 밀어 넣었다. 커비의 손에 핸드백 바닥에 납작하게 깔려 있던 항공 우편 봉투 한 장이 와 닿았다. 봉투 안에는 메리 수녀님에게서 온 편지가 들어 있었다. 커비는 그 편지를 처음부터 끝까지 두 번 읽은 다음 그 부드러운 푸른색 종이를 갈기갈기 찢었고, 찢은 조각들을 남은 사진 조각들과 함께 핸드백에 도로 넣었다.

「엘리너 더글러스.」 커비는 혼잣말로 중얼거렸다. 「엘리너 더글러스.」 그 이름을 몇 번이고 거듭 말해 보았다. 엘리는 커비의 친구였지만, 이제 커비가 엘리를 위해 해줄 수 있는 일은 아무것도 없었다. 2년 사이에 두 번째로, 커비는 거의 죽을 뻔했다. 2년 사이에 두 번째로, 커비에게는 두 번째 기회가 주어졌다. 2년 사이에 두 번째로, 커비는 그 기회를 붙잡을 생각이었다.

저녁 담당 간호사가 커비의 침대로 걸어왔다. 「좀 어떠세요, 엘리너?」 간호사가 물었다.

커비는 아무 말도 없이 그저 고개를 끄덕였다.

엘리, 엘리

누군가가 엘리를 부르고 있지만 엘리는 너무도 피곤하다. 엘리는 꿈속으로 미끄러져 들어간다. 엘리는 정원에서 새조개 껍데기들을 파내고 있다. 호랑나비 한 마리가 날아 내려오더니 엘리의 얼굴을 지나쳐 날개를 팔락이며 날아간다. 이곳은 기적의 땅이다. 이 정원에는 그을린 금속 냄새도 아픔도 없고, 오직 엘리의 손을 잡고 **엘리, 엘리** 하고 부르며 당기고 또 당기는 누군가만 있다. 엘리를 집으로 데리고 돌아가기 위해 온 누군가만.

엘리너 더글러스

1967년 여름, 신문들은 영국 북부를 지나며 고속으로 달리던 급행열차가 탈선한 화차에 충돌하는 사고가 발생했다고 보도했다. 사망자 중 한 명은 현장에서 발견된 신분증에 따르면 곧 20세가 되는 서인도 제도 출신의 젊은 여성 코번티나 브라운으로 밝혀졌다. 브라운 양은 에든버러에 있는 한 회사에서 사무직 업무를 맡기 위해 그곳으로 향하던 중이었다.

몇 주 뒤 충돌 사고 생존자 중 한 명인 22세의 엘리너 더글러스가 혼자서 그 무역 회사의 사무실을 찾아갔을 때, 회사는 망설임 없이 원래의 채용 제안이 유효하다고 확인해 주었다. 이 젊은 여성은 처음에는 다소 혼란스러워했고 이름을 불러도 대답하지 않기도 했으나, 예의가 발랐고 이해력이 빨랐다. 더글러스 양은 사무실 계산기를 전혀 사용하지 않고도 숫자를 다루는 데 매우 능숙한 것으로 드러났기에, 처음에 팀장은 자신이 제대로 된 결정을 내렸다는 사실에 매우 만족스러워했다.

상실

바이런과 베니의 귀에 어머니가 미치 씨에게 다시 한번 녹음을 멈춰 달라고 부탁하는 소리가 들려온다.

「어머님이 이 시점에서 굉장히 속상해하셨어요.」 미치 씨가 말한다. 「친구였던 엘리를 잃은 일이 너무나 충격적이었고, 엘리의 정체성을 떠맡은 일은 돌이킬 수 없는 일처럼 느껴졌던 거죠.」

바이런과 베니는 둘 다 자신들의 양손을 내려다보고 있다. 「계속해도 될까요?」

바이런과 베니는 고개를 끄덕인다. 둘 다 아무 말도 할 수가 없다.

사람들은 이렇단 말이야, 베니는 생각한다. 어떤 사람을 바라봐도 그 사람이 안에 품고 있는 게 뭔지는 정말로 전혀 모를 수도 있는 것이다. 베니는 생각한다. 아버지는 이 이야기들 중에 뭔가 알고 있었을까? 엄마가 베니와 바이런에게 너무도 많은 것들에 대해 거짓말을 해왔기에, 베니는 어머니의 이야기가 그들이 지금 살고 있는 삶은 물론이고 그들이 전혀 몰랐던 언니의 이야기로 어떻게 이어질지 짐작할 엄두조차 나지 않는다. 베니 또한 자신의 삶에 대해 그렇게 많은 거짓말을 해왔던 걸까? 아니, 이렇게는 아니었다. 비교도 되지 않는다.

베니는 이제야 깨닫는다. 베니는 어머니가 적어도 한 가지에 대해서는 남들을 속이고 있다는 걸 알고 있었다. 가끔씩 어머니에게 찾아오곤 하던 그 두통. 두통이 너무 심해서 어머니는 주말 내내 자리에 누워 있곤 했다. 베니는 그 두통이 신체적인 통증이라기보다는 어머니를 침울하게 만드는 무언가라는 걸 그때 이미 느꼈다. 어머니는 몹시 침울해했다.

엄마는 가족 중에서 언제나 활기 넘치는 사람, 가장 끈질긴 사람이었고, 한때는 베니가 파도의 큰 물결을 붙잡는 법을 배워 처음으로 서핑 보드 위에서 일어설 때까지 물속에서 함께 기다리고 또 기다려 준 사람이었다.

「서두르지 마, 베니.」 엄마는 말하곤 했다. 「집중해. 그때가 되면 알게 될 거야.」

베니는 서핑에는 그다지 소질이 없었다. 하지만 타이밍을 제대로 맞췄다는 느낌, 처음으로 그 보드 위에서 일어서 봤다는 느낌은 마음속에 오래 남았고, 베니 자신이 침울했던 순간들에도 조만간 삶이 자신을 다시 일으켜 세워 줄 거라는 느낌을 갖게 해주었다. 베니가 결국 약간의 도움을 받아야 할지도 모르겠다고 인정할 때까지는 그랬다.

작년에 심리 치료사가 우울증 가족력이 있느냐고 물었을 때, 베니는 어머니를 떠올리고 **아마도요**라고 대답했다. 저녁 식탁에 앉아 있던 엄마가 몹시 말이 없어지거나 저녁을 아예 건너뛰면서 나머지 가족들에게 머리가 아파서 누워 있어야겠다고 말하곤 했던 때가 기억났기 때문이었다.

베니가 어렸을 때, 아빠는 가끔씩 아침에 부모님의 침실에서 베니를 쫓아 보내며 〈엄마는 늦게까지 자야 돼〉 하고 말하곤 했고, 오직 엄마만 하루 종일 자리에 누워 있곤 했다. 한번은 아버지가 침실 문을 살짝 열린 채로 놔둬서 베니가 열린 틈으로 들여다본 일이 있었다. 엄마는 잠을 깬 채 누워서 천장을 응시하고 있었다.

지금 베니는 그런 침울한 시기들을 유발했던 것이 그저 어머니의 생리적 문제였는지, 아니면 어머니가 살면서 겪었던 그 모든 일들 때문에 그런 시간들이 찾아왔던 건지 궁금하다. 분명 어머니는 가끔씩은 자신의 과거가, 그리고 그 과거를 감추기 위해 감당하고 있던 수고가, 견디기에는 너무 힘들다고 느꼈을 것이다. 어머니는 정확히 얼마나 많은 것들을 숨겨 왔던 걸까? 그리고 어머니가 폭로할 것들은 얼마나 더 남아 있는 걸까?

베넷 부인

내가 두 번째로 죽었을 때는 더 쉬웠단다. 엘리가 죽었으니 엄청나게 충격을 받긴 했지만, 문 하나가 열렸고 난 그 안으로 걸어 들어갔어. 나한테 필요한 서류는 전부 엘리의 핸드백 속에 있었지. B하고 B야, 기억하렴. 엘리는 고아였고 스코틀랜드에서 일자리를 주려고 우리를 기다리고 있던 사람들은 우리 둘 중 누구도 개인적으로는 알지 못했어. 그 사람들이 아는 거라고는 우리 둘 중 한 명이 죽었고 다른 한 명은 여전히 일자리가 필요하다는 것뿐이었지.

에든버러에서 사귄 동료들과 이웃들은 친절해서, 난 긴장을 푸는 법을 배우기 시작했단다. 섬에서 내가 사라진 지도 2년이 지났고, 나를 찾으러 올 사람은 아무도 없다는 생각에 익숙해지고 있었어. 엘리너 더글러스는 섬의 외딴 지역에서 온 고아였고, 사람들이 나를 코번티나 브라운으로 알았든 코번티나 린쿡으로 알았든 간에, 나는 이제 공식적으로 죽은 사람이었어. 나한테 모든 게 괜찮냐고 물어봐 줄 사람은 아무도 없었어. 내가 세 번째로 사라졌을 때 제대로 된 질문을 해줄 만큼 나한테 신경을 쓰는 사람도 없었단다. 왜 이런 말을 하냐면, 그래, B하고 B야, 세 번째도 있을 거라서 그렇단다.

유목

　조니 〈린〉 린쿡은 2년 전 딸이 사라졌던 만 쪽을 내다보며 그가 어떻게 다르게 행동할 수 있었을지 스스로에게 물었다. 린 가까이의 모래 속에는 너무 커서 아무도 해변에서 옮길 생각조차 해본 적이 없는 유목 한 조각이 박혀 있었다. 그 유목은 세월이 흐르면서 만에 사는, 매일 그 옆을 거니는, 그것이 만들어 내는 그늘에서 포옹하는, 배를 타고 나가는 길에 그것을 보게 되는 섬사람들의 마음속에 뿌리를 내렸다. 가끔씩 유목의 작은 조각이 밤사이에 사라졌다가 누군가의 정원이나 베란다나 유리가 덮인 식탁 위에 나타나곤 했다. 아름다운 것은 훔쳐 갈 만도 하다고들 했다.

　괴물 같은 유목은 바다에 씻기고 다듬어지고 폭풍에 얻어맞고 햇볕 속에서 천천히 그을렸을 뿐, 오래전에 그것이 취하고 있던 나무 밑동의 형태를 여전히 유지하고 있었다. 유목은 린이 부모님과 함께 섬에 도착했을 때부터 거기 있었고, 린의 딸이 열여덟 번째 생일날 직전에 사라져 버린 날에도 여전히 거기 있었다. 린의 딸은 피부색이 그 유목 같았고,

팔다리는 나뭇가지처럼 튼튼했으며, 리틀 맨 헨리가 탐낼 만한 얼굴을 지녔었다.

아름다운 것은 훔쳐 갈 만도 하다고들 했다.

지금 유목 옆에 서 있는 린의 머릿속은 몇 년 동안의 그 어느 때보다도 또렷했다. 린은 샌들을 벗고 물가로 다가갔다. 그가 자신을 의심하는 부류의 인간이었던 적은 없었지만, 이제 그가 하는 일이라고는 자신을 의심하는 것밖에 없었다. 시간이 가면 나아질 거라고 생각한 적도 있었지만, 그럼에도 그는 계속 스스로에게 물었다. 내가 다르게 행동했더라면 어땠을까? 그에게 딸을 낳아 준 여자가 먼저 그를 떠나더니, 이제는 하나뿐인 자식이 죽고 없었다. 그 애는 리틀 맨과 결혼하고 채 네 시간도 지나지 않아 바다로 달려 들어갔고, 결국 익사하고 말았다.

리틀 맨 헨리가 숨을 씩씩 몰아쉬고 비틀거리기 시작하더니 샴페인 잔을 떨어뜨리고, 그런 다음 얼굴을 아래로 한 채 입에서 한 줄기 거품 침을 흘리며 산산조각 난 유리잔 위로 쓰러지는 과정이 얼마나 갑작스러웠는지는 모두가 보았다. 그가 그토록 지긋지긋한 인간이 아니었더라면, 사람들은 그가 이른 나이에 심장 발작으로 죽었다고 믿었을지도 모른다. 하지만 리틀 맨이 살해됐다는 사실을 의심하는 사람은 아무도 없었다. 그렇게 되기를 너무도 열렬히 바랐던 사람들이 아주 많았다. 린은 리틀 맨이 죽는 광경을 보게 된 것이 유감스럽지는 않았지만, 자기 딸이 그 일에 책임이 있다고 믿고 싶지는 않았다.

그럼에도 커비는 새신랑이 바닥으로 쓰러지자마자 예식

장에서 도망쳤다. 린은 이것이 다른 어떤 것 못지않게 죄책감을 잘 드러내 주는 행동이라고 인식했다. 커비의 웨딩드레스가 해변에 버려진 채 발견된 지도 2년이 지나 있었다. 처음 며칠 동안은 시신이 없다는 사실이 린에게 희망을 주었다. 커비는 의식을 잃은 상태로 다른 해안까지 실려 갔을 수도 있었고, 썰물 때까지 동굴 속의 에어 포켓에 갇혀 있었을 수도 있었다. 하지만 이 시점이 되니 린조차도 자기 딸을 다시는 볼 수 없으리라는 사실을 받아들여야 했다.

린이 알기로 자신이 리틀 맨 헨리의 동생의 손에 죽는 건 그저 시간문제였지만, 지금으로서는 린이 살아 있는 쪽이 헨리 가족에게는 더 유용한 것 같았다. 린은 여전히 그들에게 갚아야 할 돈이 있었고, 이제는 그들에게 넘어간 가게 일을 여전히 가장 잘 처리하는 사람이었다. 린은 자신의 사업과 딸을 잃었고, 그의 이런 고통이 헨리 가족에게는 어느 정도 만족감을 가져다주었을 게 틀림없었다.

많은 사람들은 좋든 싫든 간에 커비가 리틀 맨을 독살했다고 믿었고, 사람들 대부분은 여전히 린과 아주 친해지지는 않으려고 했다. 오직 펄만이 리틀 맨 가족이 어떻게 반응할지 걱정하지 않는 것처럼 보였다. 펄은 언덕 위에 있는 별장에 일자리를 얻었지만 여전히 일요일 오후가 되면 집에 와서 린을 위해 음식을 만들어 주었다.

펄은 집에 오면 린에게는 거의 말을 하지 않았지만 변한 건 아무것도 없다는 듯 부엌으로 걸어 들어오곤 했다. 그러고는 늘 쇠꼬리스튜나 강낭콩밥 한 냄비나 플랜테인튀김 약간을, 때로는 캘럴루[22]를, 결코 많이 먹는 사람은 아니었던 린이 며칠씩 먹을 수 있는 무언가를 만들어 놓고 가곤 했다. 린은 자신이 딸을 알고 지내 온 것만큼이나 오랫동안 펄을 알고 지내 왔다는 걸 깨달았다. 펄의 개인적인 삶에 대해서는 별로 아는 게 없음에도 펄이 그의 일상에서 사라지자 커비에 대한 상실감이 더 깊어졌다는 걸, 만약 그런 일이 가능하다면 그랬다는 걸 깨달았다.

린이 좀 더 괜찮은 남자였더라면, 그는 커비가 클래런스 헨리와 결혼하게 두지 않았을 것이다. 하지만 그랬다면 어떤 대가를 치러야 했을까, 린은 생각했다. 그랬더라도 리틀 맨은 어쨌든 커비를 데려갔을 테고, 그랬더라면 더 나빠지지 않았을까. 그의 유일한 자식은 더럽혀진 것도 모자라 자기 이름으로 한 푼도 받지 못하게 되었을 것이다. 어쩌면 그 아이는 결국 죽는 게 차라리 나았던 건지도 모른다. 어쩌면 린 역시 죽는 게 차라리 나을지도 몰랐다. 슬픈 진실이 있다면, 만약 린이 좀 더 괜찮은 남자였더라면 애초에 이런 상황에 처하지 않았을 거라는 사실이었다.

린은 숨을 깊이 들이쉬고 바다로 걸어 들어갔다. 그는 자기 딸이 간 길을 따라갈 생각이었다. 그리고 그렇게 많은 사람들이 믿듯 이 생의 저편에 어딘가에 있다면, 그는 그곳에서 딸을 찾아내게 될지도 몰랐다. 발밑에 모래가 느껴졌고, 입 속에서는 소금 맛이 났다. 린은 가장 좋은 날 가운데 하루였을 어느 날의 딸의 모습을, 물속에 있는 게 너무 행복한 나머지 물에 들어가기 위해 뭐든 하려고 했을 그 아이의 모습을 떠올리려고 계속 애를 썼다. 그것이 죽기 전 자신의 마지

22 카리브해 지역에서 널리 먹는 채소 요리. 섬마다 조리법에 특색이 있다.

막 생각이 되게 하려고 애를 썼다.

나중에, 린은 자신이 누군가에게 옷깃을 붙잡힌 순간이 정확히 언제였는지는 떠올리지 못할 것이었다. 모든 것이 흐릿해져 있었다. 린은 영양실조에 걸린 것처럼 보이는 두 소년이 모래사장 위에서 그를 굽어보며 서 있던 것을, 갈색 박처럼 툭 튀어나와 있던 그 애들의 배와 핀처럼 가느다랗던 다리를 기억했다. 그 애들은 아마도 거기서 육지로 조금만 들어가면 나오는 판잣집에 살던 어느 가족의 아이들이었을 것이다. 린은 리틀 맨의 동생이 금지할 때까지 그런 몇몇 가족에게 물건을 외상으로 팔곤 했다.

소년들은 어찌어찌 린을 모래사장의 마른 곳까지 내내 끌고 온 듯했다. 린은 녹초가 된 채 수치심을 느끼며 거기 누워 있었다. 그는 심지어 자살조차 제대로 못 하는 인간이었다. 그가 집에 돌아오고 얼마 지나지 않아 펄이 집으로 달려왔다. 몸 앞으로 두 팔을 마구 흔들며, 린이 방금 겪은 일은 전혀 모르는 채로.

펄은 무슨 말을 하고 있었던가? 그 동네의 어떤 사람, 그들이 〈짧은 셔츠〉라고 부르던 사람에 대해 신나게 떠들어 대고 있었다. 린의 몸이 흠뻑 젖어 있는 건 보이지도 않는 걸까?

「그 사람, 리틀 맨 밑에서 일했었어요. 기억나세요?」 펄은 말하고 있었다. 그 젊은 남자가 리틀 맨 동생의 술에 무언가를 타서 독살하려다 붙잡혔고, 지금 경찰은 2년 전에 리틀 맨을 살해한 혐의로 그를 기소 중이라고 했다. 린 씨, 모르시겠어요? 커비는 더 이상 주요 용의자가 아니었다.

그랬다. 운이 좋다면, 이 일은 클래런스 헨리의 가족으로부터 더 이상 위협을 받지 않아도 된다는 뜻이었다. 누군가가 린의 머리를 후려친 다음 악어들의 즐거운 식사 공간인 강 밑으로 그를 떨어뜨리지 않을까 하는 생각을 더 이상 하지 않아도 된다는 뜻이었다. 하지만 이 모든 일은 그의 딸을 구하기에는 너무 늦었을 때 찾아왔다. 그리고 린은 여전히 자신의 가게에서 어쩔 수 없이 막노동꾼처럼 일해야 할 것이었다.

좀 더 고결한 남자였더라면, 해변으로 돌아가서 다시 한번 자살을 시도했을지도 몰랐다. 하지만 린은 근본적으로 비겁한 남자였다. 또한 도박꾼이기도 했다. 그는 언젠가는 모든 것을 다시 따낼 방법을 찾아낼 거라는 생각을 떨치지 못했다. 모든 것이란, 다시 말해 그의 딸 커비를 뺀 모든 것을 뜻했다.

짧은 셔츠

마을 사람 대부분은 짧은 셔츠 히긴스를 알고 있었지만, 필은 그 순간까지 그를 커비 린쿡의 이야기와 연관 지어 생각해 본 적이 없었을 것이다. 짧은 셔츠는 말라서 그림자만큼이나 몸이 얇았지만 키가 컸고, 그래서 그런 별명을 얻게 되었다. 그가 8학년일 때 누나가 바느질해 만들어 준 셔츠들은 성인으로 자라난 그의 호리호리한 몸에도 여전히 맞았고, 다만 밑단이 **점점점** 위로 올라가면서 그의 갈색 배가 보이게 되었다.

짧은 셔츠처럼 가난한 **꼬망이에게는** 리틀 맨의 부하가 되는 것 외에 가능한 선택지가 별로 없었다. 짧은 셔츠는 결국에는 몸통이 모두 덮이는 셔츠 두 장과 구두까지 쭉 내려오는 바지를 스스로 살 만큼 충분히 돈을 벌게 됐다. 하지만 그 별명은 그에게 들러붙어 버렸다.

짧은 셔츠가 스물다섯 살이 되었을 무렵에는 부모님과 누나를 빼고는 그를 본명으로 부르는 사람이 아무도 없었다. 누나는 더 이상 말을 잘 하지 않게 되었지만 말이다. 같은 해 얼마 전, 그의 누나는 누군가에게 얻어맞은 다음 협죽도 덤불 아래 죽으라고 방치되었다. 경찰은 누가 이런 짓을 했는지 아는 사람이 아무도 없다고 했지만, 짧은 셔츠는 알았고, 그는 그 남자에게 대가를 치르게 할 생각이었다.

짧은 셔츠의 누나는 리틀 맨의 동생인 퍼시벌이 자신에게 끈질기게 집적거린다고 여러 번 불평한 적이 있었다. 하지만 그 가족 밑에서 일하는 짧은 셔츠가 무엇을 할 수 있었겠는가? 병원에서 누나는 그의 손을 움켜쥐고 자신을 공격한 자의 이름을 속삭이더니 의식을 잃었다. 퍼시벌 헨리의 구타 대부분을 머리로 받아 내야 했던 누나는 병원에서 나온 뒤에도 몸이 부들부들 떨렸고 말이 느려졌고 가끔씩은 발작을 일으키곤 했다.

짧은 셔츠의 어머니는 부지불식간에 아들에게 해결책을 알려 준 적이 있었다. 그의 어머니는 섬의 한가운데 있는 아주 오래되고 숲으로 뒤덮인 언덕들과 석회암 동굴들 사이에서 자라난 사람이었다. 어머니는 자기 아이들에게 스크래치부시, 메이든플럼, 포이즌우드 같은 식물들을 피하라고 가르쳤다. 절대 입에 넣어서는 안 되는 것들의 생김새를 외우게 했다.

1967년의 어느 날 오후, 짧은 셔츠는 독성이 있는 어느 식물의 잎에서 짜낸 수액을 퍼시벌 헨리를 위해 준비된 술에 떨어뜨리고 있다가 붙잡혔다. **그 많은 사람 중에 짧은 셔츠라니!** 그는 그럴 사람으로는 보이지 않았다. 하지만 이는 사실은 공주와도 같던 누나가 쓰레기 취급을 받고 난 뒤 한 청년의 마음속에 일어날 수 있는 일이었다.

헨리 형제와 그들의 방식을 좋아하는 사람은 아무도 없었지만, 확실히 처벌을 피할 수 있는 게 아닌 이상 사람에게 독을 먹이고 돌아다니면 안 된다는 점에서는 모두의 의견이 같았다. 짧은 셔츠는 체포된 뒤 자백을 하고 범행 동기도 설명했지만, 2년 전 리틀 맨 살인 사건과 자신의 관련성은 일관되게 부인했다. 그는 심지어 그날 그 도시에 있지도 않았었다. 결국 짧은 셔츠는 퍼시벌 헨리를 독살하려 시도한 죄로 감옥에 갔지만 클래런스 헨리의 살인 혐의로는 결코 법정에 서지 않았다.

펄은 짧은 셔츠가 리틀 맨을 죽였을 리 없다는 걸 알았지만, 펄에게 가장 중요한 것은 그의 재판이 미제 살인 사건에 대해 너무도 많은 궁금증을 불러일으키는 바람에 커비가 더 이상 명백한 용의자가 아니게 되었다는 점이었다. 마을에는 소문이 돌았다. 어쩌면 코번티나 린쿡은 그저 자기 남편이 쓰러져 죽게 된 상황을 이용해 뒤돌아보지 않고 도망친 것인지도 모른다는 소문이었다. 그리고 사람들도 인정했지만, 그런 상황에서 그러지 않을 사람이 누가 있겠는가? 어쩌면 커비는 언젠가 집에 돌아올 수 있을지도 모른다고 펄은 생각했다.

펄은 짧은 셔츠에게 일어난 일에 관한 소식을 커비에게 전하려고 애를 썼지만, 영국에 있는 펄의 연락책들은 커비로부터 한동안 소식을 듣지 못했다고 했다. **부디 그 애와 연락이 닿도록 애써 주셨으면 해요,** 펄은 부탁했다. 마침내 펄은 그들로부터 커비의 말로에 관한 소식을 전해 들었다. 끔찍한 사고가 있었다고 했다. 그토록 많은 일을 겪어 온, 분명 손톱

만큼은 행복해질 자격이 있는 아이에게 왜 그런 일이 일어
난 걸까? 펄은 두 팔을 허공에 쳐들고 그가 믿으라고 가르침
을 받아 온 하느님에게 욕설을 퍼부었다.

버니

코번티나 브라운이라는 이름으로 여행 중이던 코번티나 린쿡이 영국에서 일어난 열차 사고로 목숨을 잃었다는 소식이 전해질 때까지, 커비의 고향 사람들 대부분은 애초에 커비가 살아 있었다는 것조차 깨닫지 못했다. 커비가 결혼식날 바닷속으로 사라져 버린 뒤로 그 애를 잃은 것에 슬퍼했던 사람들은 이제 두 배로 가슴 아파 하고 있었는데, 그런 사람들 가운데는 커비의 아버지와 기브스 그랜트도 있었다. 열차가 충돌했을 때 영국에서 공부를 하고 있었던 기브스는 그제야 자신이 내내 커비와 얼마나 가까이 있었는지를 깨달았다.

펄에게서 열차 사고 이야기를 들은 버니는 해변으로 달려가 만을 아래로 위로 훑어보면서 마법이 펼쳐지길 기대했고, 결혼식 날 밤에 커비를 찾아냈을 때와 똑같이, 의식은 거의 없어도 여전히 살아서 거기 누워 있는 그 애를 발견하게 될지도 모른다고 생각했다. 커비와 함께 영국에 갔어야 했다고, 그게 아니면 곧 그 애를 따라갔어야 했다고 버니는 생각

253

했다. 아니 어쩌면, 애초에 그 애가 도망치게 도왔던 일 전부가 잘못이었는지도 몰랐다.

버니는 여전히 외출복 차림을 한 채 바다로 걸어 들어갔고, 수평선을 향해 똑바로 헤엄쳤다. **팔을 저어라, 저어라, 저어라.** 커비가 자기 바로 앞에 있다고 상상했고, 달라진 건 아무것도 없다고 스스로에게 되뇌었지만, 두 시간 뒤에는 어쩔 수 없이 해변으로 돌아와 진실을 마주해야 했다. 버니는 젖은 옷이 해초의 기다란 가닥들처럼 몸에 달라붙은 채로 내내 울면서 집까지 달려가 침대로 기어 들어갔다.

그다음 해에, 버니는 테리 직물로 된 로브로 몸을 감싸고 고무 샌들 속에서 발가락을 오므렸다 폈다 하면서 수영 클럽의 벤치에 앉아 코치를 기다리고 있었다. 코치의 테이블 위 라디오에서 나오는 조니 내시의 록스테디[23] 히트곡에 맞춰 고개를 움직였다. 커비 때문에 슬퍼하며 1년을 보낸 뒤, 버니는 자신이 친구 없이도 계속 살아가야 하며, 커비의 기억을 진정으로 기리고 싶다면 커비가 자신을 위해 비집어 열어 준 문으로 걸어 들어가야 한다는 걸 이해하게 되었다. 코치는 버니가 바다에서 수영하는 데 타고난 재능이 있다고 했다. 언젠가는 유명해질 수 있다고도 했다.

버니보다 몇 살쯤 나이가 많은 또 한 명의 여자가 수영장이 있는 곳으로 걸어 들어왔다. 그 지역에서 최초라고 신문에 났던 여자 경찰이었다. 이름이 패치 **어쩌구**였다. 커비가 사라졌던 날 커비 아버지와 함께 해변에 내려가 있던 여자였다. 역시 경찰이었던 버니의 오빠는 이 패치라는 여자가

23 1960년대 후반 자메이카에서 발생하고 유행한 음악으로 레게의 전신이다.

괜찮은 사람이라고 했다. 그 여경은 버니를 보고 고개를 끄덕여 인사를 했다. 버니도 고개를 마주 끄덕이는데, 목덜미를 타고 올라가며 퍼져 나가는 후끈한 기운에 커비가 떠올랐다.

얼굴 위로 물안경을 잡아당겨 쓰거나 수영을 시작할 때마다 버니는 계속 커비를 떠올릴 것이었다. 버니는 바닷속에, 커비가 처음으로 버니를 이끌어 준 장소에 속해 있었다. 두려움에도 불구하고 바닷속에. 버니의 수영 코치는 장거리 수영을 위해 버니에게 보조 강사를 구해 주었는데, 그건 버니에게는 일종의 계시 같은 일이었다. 이제 버니는 자신이 무엇을 이뤄 낼 수 있는지를 알게 되었다.

가장 힘든 시간이 찾아오면, 버니는 친구가 물속 자기 바로 앞에 있다고 상상하며 용기를 끌어 내곤 했다. 이윽고, 커비가 버니가 아니라 기브스 그랜트와 함께 있을 때 가장 행복해 보였다는 사실이 더 이상 그렇게 괴롭게 느껴지지 않게 되었다. 이윽고, 그저 커비가 한때 행복했던 적이 있었다는 사실을 기억하는 것만으로도 위로가 되는 때가 찾아왔다.

커비가 떠난 뒤로 버니 자신도 힘겨웠다. 오직 수영만이 도움이 됐다. 수영과, 초등학생 때부터 아버지와 함께 그 지역의 보트들을 수리해 왔던 지미만이.

나중에, 어떻게 남자가 자신에게 키스와 섹스를 하게 놔둘 수 있었는지 패치에게 설명하면서 버니는 조금 어색해질 것이었다. 버니가 지미와 했던 경험은 수많은 여자들이 그랬듯 억지로 했던 첫 경험은 아니었다. 아니, 지미는 쾌활하고 농담을 잘하는 부류의 남자였고, 훌륭한 일꾼이었고, 좋은 친구였다. 그는 언제나 버니의 수영을 격려해 주었다. 어떤 사람들이 그랬듯 여자가 버니처럼 탁 트인 바다에 나가 수영하는 건 **주님이 매우 싫어하시는 일**이라고 말한 적도 없고 말이다.

「걔, 너한테 푸우우우욱 빠져 있더라.」 언젠가 지미가 자신의 엔진 달린 카누를 그들이 수영할 때 구명보트로 써도 좋다고 했을 때, 커비는 버니를 이렇게 놀렸었다. 버니는 커비에게 눈총을 줬지만, 그 말이 사실이라는 건 알고 있었다.

지미는 한 번도 버니의 꿈들을 문제 삼지 않았고, 지미가 버니의 마음을 얻고 싶어 하고 그런 식으로 버니를 안고 싶어 하는 것은 자연스러운 일이기도 했으므로, 버니는 그를 거부하지 않았다. 사춘기의 열기 때문인지 다른 여자들처럼 행동하는 게 어렵지 않았고, 지미에게 안겨 있으면 위로가 되기도 했다. 버니는 모든 감정이, 모든 욕망이 커비 때보다 약해진 건 그저 커비의 부재와 그로 인한 상실감 때문이라고 생각했다. 패치를 만나고 나서야 자신이 잘못 생각해 왔다는 걸 깨달았다. 그리고 지미 역시 그 사실을 깨달았다.

버니와 지미가 그만 만나기로 하고 얼마 되지 않아, 지미는 시골에서 일어난 버스 사고로 세상을 떠났다. 지미와 몇 명의 다른 청년들은 버스가 떠날 때 차량 바깥쪽에 매달려 있었다. 차량이 사탕수수밭 옆에 있는 울퉁불퉁하고 먼지 많은 길을 따라 마구 질주하자 지미는 손을 놓쳤고 떨어졌다. 그 일이 생기자 버니는 자신이 지미의 아내는 결코 될 수 없었겠지만 그럼에도 그에게 일종의 사랑을 느껴 왔다는 걸 알게 되었다. 한 사람을 사랑하는 데에는 여러 가지 방법이 있었고, 좋아했던 누군가를 잃으니 여전히 가슴이 아팠다. 그 아픔은 버니가 어떻게 살아가야 하는지 조금 더 확실하게 깨닫게 해주었다.

점점 굵어지는 자신의 허리가 먹는 음식 때문이 아니라 진행되고 있던 임신 때문이었음을 버니가 깨달았을 무렵, 버니와 패치는 영국으로 함께 떠날 준비를 하고 있었고, 아직 어린아이였던 패치의 남동생도 때가 되면 와서 자신들과 함께할 수 있도록 계획 중이었다. 패치는 부모님 중 유일하게 남은 쪽인 아빠에게 자신이 남동생을 돌보겠다고 약속했다는 사실을 처음부터 분명히 했고, 패치의 그런 성실한 마음은 버니를 더욱 바짝 끌어당겼다.

그 옛날에는, 싱글인 두 여자가 함께 사는 것이 자연스러운 일이었다. 그 옛날에는, 이웃들의 소문을 이용하는 일도 지금보다 쉬웠다. 새로 태어난 아기의 아버지가 그들이 떠나온 제도에서 죽었다는 말을 퍼뜨리는 것도 어렵지 않았던 것이다. 그리고 당신이 지금 외국에 나와 혼자 힘으로 새로운 삶을 헤쳐 나가야 하는 상황에 직면했다고 해보자. 적어도 고국에서 온 룸메이트 한 명쯤은 있어서 당신을 지켜봐준다면 다행인 거 아닌가?

「네가 뭘 했다고?」 버니가 임신 사실을 털어놓자 버니의 새 코치가 말했다. 그는 버니가 영국으로 떠날 수 있게 내내 준비해 주었던 사람이었다.

「아이를 키우고 일을 하면서 훈련은 어떻게 할 생각이니?」 코치가 물었다. 그의 얼굴은 이제 풀려 있었다. 「넌 나를 실망시키지 않을 거야, 그렇지, 버니?」 그는 자신이 데려온 이 재능 있는 젊은 선수에게 자신의 평판을 걸고 있었다.

「네, 선생님.」 버니가 말했다.

「그리고 고개 들어, 아가씨. 어떤 챔피언 고개가 나무에 매달린 과일처럼 그렇게 축 처져 있어?」

버니가 웃었다.

「그러니까 훨씬 낫구나.」 코치는 바짝 다가섰고, 그래서 키가 큰 버니는 코치와 시선을 맞추기 위해 얼굴을 다시 조금 기울여야 했다.

「너를 믿고 있는 사람들이 많아, 버니, 알겠니? 하지만 정말로 중요한 게 딱 한 가지 있다면 그건 너고, 네가 거기 나갔을 때 너 자신을 믿을 수 있는지야. 이건 장난이 아니야. 네가 존중하는 태도로 대하지 않으면 그 해협은 너를 조각조각 썰어 버릴 거라고.」

「네, 선생님.」

버니에게 지지를 보내려고 기다리는 다른 사람들도 있었다. 그런 시대였는데도 불구하고, 주택 공급과 다른 혜택들을 두고 원래 그곳에 살던 사람들과 이주자들 사이에 커져 가던 긴장에도 불구하고, 버니의 짙은 피부색에도 불구하고, 제도 출신의 장거리 수영 선수에게 매혹을 느끼고 있던 사람들이었다. 버니의 기이한 재능과 아주 멋진 미소가 영연방의 이미지에 영광을 더해 줄 것임이 그들에게는 분명해 보였던 것이다.

하지만 우선, 버니가 경험해 본 그 어떤 물보다도 차가운, 정복해야 하는 저 쇳빛 파도들이 있었다. 버니를 끌어당겨 자꾸만 궤도에서 벗어나게 만드는 저 예외적인 해류들이.

토할 것 같은 기분이, 엄청나게 많은 그런 기분이. 그리고 자신이 다른 어떤 삶에도 들어맞지 않는다는 사실을 내내 알아 왔음에도, 영국 해협 횡단을 과연 해낼 수 있을지 모르겠다는 생각이 들 때 때때로 버니를 후려치는 깊은 절망이.

밝은 미래

새로운 엘리너 더글러스는 어디를 가나 누군가가 알아볼까 두려워 어깨 너머를 돌아보는 일을 마침내 그만두었다. 새로운 직장은 에든버러항에서 가까웠고, 단칸방은 바다에서 멀지 않았다. 그곳에 도착했을 때 여전히 다리를 절고 있었던 엘리너는 그곳의 바닷물이 너무 차가워 들어가서 수영은 못 할 것 같다고 생각하면서도 바다의 공기가 자신에게 도움이 된다고 느꼈다.

무역 회사의 팀장은 엘리너를 많이 도와주었다. 숙소에 자리를 잡고 버스 노선을 익히라고 하루 휴가를 주기도 했다. 엘리너를 처음 본 다른 사무직 직원들은 조심스럽게 그를 바라보았고, 부드럽게 말을 걸었다. 엘리너는 그들이 자신에 관해 들었을 거라고 상상했다. 자신이 어떻게 열차 충돌 사고에서 살아났는지를. 그 사고에서 어떻게 친구를 잃었는지를.

새로운 도시는 교통 면에서는 런던과 마찬가지로 특대형 버스들과 회색 거리들과 대체로 분홍빛 얼굴을 한 사람들로 뒤죽박죽이었지만 다른 점도 있었다. 빌딩들 사이로 빛깔들이 폭발하고 있었다. 버려진 거대한 녹색 빵 덩어리처럼 보이는 넓고 낮은 언덕이 있었다. 언덕 위에는 커다란 성도 있었다. 엄청난 곳이었다! 하지만 엘리너의 인생에서 잘려 나간 모든 사람과 모든 것의 부재로 인한 상실감 역시 입을 커다랗게 벌리고 있었다. 엘리너는 기브스를 떠올리지 않으려고 애를 썼고, 생각이 날 때면 혼자 훌쩍이다 잠이 들었다.

새로 만난 팀장은 엘리너가 순조롭게 일을 시작한 것 같다고 했다. 그는 엘리너가 매우 아름다운 건 말할 것도 없고 능력도 있는 여자라고 했다. 그는 엘리너에게 통상적인 회계 장부 정리 절차를 보여 주기 위해 사무실에 늦게까지 남아 있었다. 그 일이 엘리너가 승진하는 데 도움이 될 거라고 했다. 엘리너 앞에는 밝은 미래가 놓여 있다고도 했다. 그리고 얼마 뒤, 엘리너는 그 말을 믿게 되었다.

팀장이 너무 바짝 다가와 서 있기 전까지는.

그가 키스하려고 하기 전까지는.

그가 그곳에 손을 대기 전까지는.

그다음에 일어난 일 때문에 충격을 받은 엘리너가 아무 말도 할 수 없게 되기 전까지는.

상상할 수 없는

베니가 일어서서 머리를 양옆으로 흔든다.

「아뇨, 못 듣겠어요.」그렇게 말하며 방을 걸어 나간다.

바이런이 앞으로 몸을 기울이고 한 손으로 이마를 짚는다. 마치 울음을 터뜨리기라도 할 것 같다.

미치 씨가 고개를 숙인다. 엘리너가 전에 가족들에게 이 이야기를 할 수만 있었더라면. 인간이 타인을 학대해 온 이래로 여자들은 계속 이런 종류의 폭력의 대상이 되어 왔다. 이제는 여자들이 그것에 대해 수치심을 느끼지 않아도 되어야 했다.

베니는 복도를 걸어 부모님의 방으로 간다. 침대의 어머니 쪽 협탁에 놓인 작은 사진 액자를 집어 든다. 부모님의 결혼식 날 어느 관공서 밖에서 어머니와 아버지를 찍은 폴라로이드 사진이다. 베니는 엄지손가락을 들어 유리에서 먼지한 점을 닦아 낸다. 어떤 특별 행사를 찍었다고 해도 통할 것 같은 사진이다. 두 사람의 미소 짓는 얼굴, 연한 색 시프트 드레스,[24] 갈색 정장, 작약으로 만든 작은 부케.

베니는 어머니의 얼굴을 자세히 들여다본다. 어느 시점에선가 어머니는 아버지를 만났다. 어느 시점에선가 어머니는 다시 사랑에 빠졌다. 어느 시점에선가 엄마는 행복했다, 그렇지 않았을까? 사람은 베니의 어머니가 겪은 것 같은 일을 전부 겪고 난 뒤에도 여전히 행복할 수 있다, 그렇지 않은가? 베니는 그럴 수 있다고 믿어야만 한다. 아니, 확실히 알아야만 한다. 베니는 액자를 협탁 위에 되돌려 놓고 다시 복도를 걸어 거실로 돌아간다. 바이런도 미치 씨도 쳐다보지 않은 채, 베니는 자리에 앉아 쿠션을 배에 끌어안는다.

24 허리에 이음선이 없이 어깨에서부터 직선으로 내려오는 단순한 형태의 드레스.

베넷 부인

B하고 B야, 이런 이야기를 듣게 해서 너무나 유감이구나. 하지만 너희는 일어난 모든 일을 알아야 할 필요가 있단다. 에든버러 근처 무역 회사에서의 일자리는 내게 피난처를, 내가 휴식을 취하고 다시 꿈꾸기 시작할 수 있는 장소를 제공해 주었어. 그러니 그다음 해에 내가 말도 안 되는 상황에 처해 있는 나 자신을 발견했을 때 기분이 어땠을지 상상할 수 있겠지. 또다시 어쩔 수 없이 도망쳐야 하게 되었을 때 말이야.

사람들은 누군가가 자신에게 끔찍한 짓을 하면 반항을 할 거라고, 맞서 싸울 거라고, 도망칠 거라고 생각하면서 자라나지. 나는 나 자신이 그런 일들을 할 수 있다는 걸 이미 증명해 보인 적이 있었어. 하지만 이번에는 마치 모든 게 내 안에서 얼어붙어 버린 것만 같았지. 정말로 어떻게 해야 할지 알 수가 없었단다. 게다가 내가 의지할 만큼 신뢰할 수 있는 사람도 아무도 없었고 말이야.

그다음 날 나는 무슨 말인가를, 혹은 어떤 행동인가를 해야 한다고 생각하면서 출근했지만, 팀장은 마치 아무 일도 없었던 것처럼 행동했어. 하지만 나는 그 일이 정말로 일어난 일이라는 걸 알 수 있었어. 왜냐하면 그 사람이 갑자기 대부분의 시간을 자기 사무실에서 보내면서 메인 사무실에는 거의 나오지 않았고, 더 이상 장부를 점검하라고 나를 늦게까지 붙잡아 두지도 않았고, 다시는 내게 직접 말을 걸지도 않았고, 사무직 직원 전체를 상대로만 말을 했거든. 그 사람이 그렇게 모든 걸 지워 버릴 수 있다는 것에 충격을 받아야 했겠지만, 사실을 말하자면 나는 안도감을 느꼈어. 그리고 나역시 일어난 그 일을 없었던 셈 치려고 애를 썼단다. 계속 일을 하다가 퇴근했고, 밤에는 문 앞에 서랍장을 밀어 놓고는 아침이 될 때까지 거의 뜬눈으로 누워 있었지.

어느 날 급여를 받다가 고용주한테 잉글랜드로 돌아가야겠다고 말했단다. 그 사람은 곧바로 탄탄한 추천서를 써주겠다고 약속하더구나. 당연하지만 내게 그냥 있어 달라는 부탁은 하지 않았어. 내가 왜 떠나려는 건지 묻지도 않았지. 그 사람은 자신이 한 짓을 알고 있었으니까. 말을 할 때 나를 올려다보지도 않더구나. 책상 위에 놓인 급여 수표 더미를 뒤적이는 자기 손가락들에 계속 시선을 집중하더니, 내 급여 봉투를 건네주더라.

「다음.」 그렇게 말하더니 내 뒤에 있던 사무실 여직원을 손짓해 부르는 거야.

그 사람이 내가 거길 걸어 나가게 뒀을 때도 난 여전히 내 감정에 이름을 붙일 수가 없었어. 그건 딱히 분노도 두려움도 아닌, 커다랗게 입을 벌리고 있는 그런 슬픔이었어. 내 고통에 집중할 수 있을때는 오직 내 배 속에서 아기가 툭툭 치고 움직이는 게 느껴질 때뿐이었단다. 자궁 속에서 태동이 느껴졌을 때 난 두 가지를 알게 됐어. 첫째는 태어날 아이가 여자아이라는 거였고, 둘째는 그 아이는 자기가 어떻게 잉태되었는지 절대 알아서는 안 된다는 거였지.

헤어짐

1970년, 런던에 돌아온 엘리너는 전 재산이라고는 마지막 몇 실링밖에 남지 않은 상태로 누군가가 막 손에 밀어 넣은 전단지를 움켜쥐고 있었다. 종잇조각에는 커다란 활자로 **당신은 혼자가 아닙니다**라고 적혀 있었다. 처음에는 하느님 애기인 줄 알았다. 그 시절에는 백화점처럼 광고를 하는 교회들이 있었으니까. 그러다 엘리너는 그 종이에 적힌 내용이 예배가 아니라 자신 같은 여자들에 관한 이야기임을 깨달았다. 미혼이면서 임신한 여자들. 복사기가 찍어 낸 푸른 잉크 어디에도 그렇게 대놓고 쓰여 있진 않았지만, **어려움에 처한 젊은 여성**이라는 말은 엘리너에게는 비밀 암호처럼 확 눈에 들어왔다.

결국 엘리너에게 정말로 필요했던 건 그런 것, 그런 종류의 도움이었다. 엘리너는 무역 회사에서 벌어 둔 돈으로 티켓을 사고, 그렇게 오래전 일도 아닌 열차 사고의 기억들을 차단하려고 애를 쓰면서, 기차에 타고 있는 내내 떨면서 런던으로 돌아와 있던 참이었다.

엘리.

런던으로 돌아온 건 달리 어디로 가야 할지 몰라서였다. 하지만 그곳에 도착하자마자, 엘리너는 자신이 그곳에서 알고 지냈던 무엇도, 누구도 다시 찾아갈 수 없다는 사실을 깨달았다. 자신이나 원래의 엘리너를 알고 지냈던 사람을 우연히도 만나서는 안 됐다. 그리고 에이라인 원피스 아래에서 부풀어 오르는 배가 남들에게도 티가 나게 되면, 엘리너가 머무를 수 있는 곳은 아무 데도 없을 것이었다.

하지만 이미 티가 나기 시작한 게 틀림없었다. 버스 정류장에 서 있는데 한 중년 여자가 그 종잇조각을 엘리너의 손에 밀어 넣었으니까. 엘리너는 그 종이에 적힌 주소로 버스를 타고 갔고, 그 도시에서 전에는 본 적 없는 지역에 있는 낮은 벽돌 건물 앞에 서 있게 되었다. 일단 그곳에 가자 음식과 숙소가 주어졌고, 당신은 옳은 일을 하고 있는 거라고 말해 주는 사람들이 있었다. 기숙사 스타일의 커다란 방에서 서로가 한숨을 쉬고 코를 골고 흐느끼는 소리를 선택의 여지 없이 들으며 잠을 자야 했지만, 다른 여자들에게 둘러싸여 있다는 건 정말 큰 위안이 되어 주었다.

수녀들은 엘리너 같은 어머니에게서 자라는 아이가 제대로 된 미래를 누릴 거라고는 기대할 수 없다고 했다. 하지만 자신은 아무것도 잘못한 게 없다고 엘리너는 수녀들에게 말했다. 강제로 그런 일을 겪은 거라고 했다. 수녀들은 그건 중요하지 않다고 했다. 중요한 건 엘리너가 아이에게 어떤 종류의 미래를 주고 싶은지였다. 중요한 건 엘리너가 어떤 일자리들은 구할 수 없을 거라는 사실, 혹은 살아남기 위해 어쩔 수 없이 어떤 종류의 일들을 하게 되리라는 사실이었다. 아이가 달고 살아야 할 꼬리표들이었다. 중요한 건 엘리너의 아이가 더 나은 것을 누릴 자격이 있다는 사실이었다.

수녀들의 말은 엘리너의 아이가 엘리너보다 나은 무언가를 누릴 자격이 있다는 뜻이었다. 엘리너는 누릴 자격이 없는 무언가를 아이는 누릴 자격이 있었다.

엘리너는 아기를 지키고 싶었지만, 자신이 알고 있는 내면의 자신과 다른 사람들이 보는 자신은 같지 않다는 걸 알게 되었다. 우리가 아는 우리 자신이 항상 이 세상을 잘 헤쳐 나가는 데 도움이 될 만큼 충분한 건 아니었다. 엘리너는 자신과 아기가 괜찮을 거라고 보장할 수 없었다. 그게 사실이었다.

「이렇게 하면 너는 더 나은 미래를 누릴 수 있겠지.」 엘리너는 부풀어 오른 자신의 배에 대고 말했다. 내가 겪은 것 같은 수치스러움을 너는 절대로 알 필요가 없을 거야, 엘리너는 스스로에게 맹세했다.

엘리너의 아기. 그 모든 일은 너무도 빨리 진행됐다. 그 아픔, 그 축축함, 그 비명들. 그러고 나자 그 일은 끝났고, 엘리너는 사랑스러운 울음을 울어 대는 손가락이 기다란 생명체를, 연한 색을 띤 이마 꼭대기에는 자라면서 사라질 작은 점이 있고 축축한 머리에는 검은 머리칼이 난 생명체를 낳은 뒤였다. 그 순간까지 엘리너는 한 인간이 다른 인간을 그런 식으로 사랑할 수도 있다는 걸 미처 몰랐다.

엘리너는 딸에게 자기 어머니의 이름을 붙였다. 6주 동안 젖을 먹였는데, 아이를 쳐다볼 때면 양쪽 가슴에 젖이 돌아얼얼했고, 그 느낌은 분홍빛 따개비 같은 아기의 입이 젖꼭지에 찰싹 달라붙은 뒤에야 사라졌다. 젖을 먹이지 않을 때면 무릎을 꿇고 엎드려 바닥을 문지르거나 치맛단을 들어 올려 턱 밑의 땀을 닦아 가면서 빨래를 했다.

어느 날, 수녀 중 한 명이 엘리너에게 옷을 좋은 걸로 차려입으라고 했다. 그들은 아기를 유아차에, 그런 다음엔 택시에 태웠고, 노란색 벽들과 나무로 된 서류 캐비닛들과 유아용 제품 포스터들이 있는 어느 사무실로 데려갔다. 그곳의 한 여자가 엘리너에게 서류에 사인하게 한 다음 그의 품에서 아기를 데려갔다.

「안 돼요, 잠깐만요.」엘리너가 말했다. 「저기 잠시만…….」여자가 아기를 데리고 복도를 걸어가는 동안 아기의 훌쩍이는 소리는 커다란 울부짖음으로 폭발했고, 엘리너 역시 울기 시작했다.

「쉿, 이제 그만.」나가는 길에 수녀가 말했다. 「숙녀답게 꾹 참아요.」

엘리너는 언젠가 아기를 찾겠다고, 그 애를 다시 데려올 방법을 찾겠다고 결심하고 미혼모 쉼터를 떠났다. 그때부터 엘리너는 무엇을 하든 혼자 힘으로 아이를 돌볼 수 있어야 한다는 생각을 하면서 했다. 하숙집을 구하고, 비서 일자리를 구하고, 버스 요금을 아끼려고 걸어서 출근하고, 법이 있는데도 불구하고 여전히 건물 창문에 **흑인, 개, 아일랜드인 출입 금지**라는 표지판이 걸려 있는 거리들을 피하기 위해 먼 길을 걸어 다녔다.

엘리너는 생선 통조림과 과일로 끼니를 때우며 어찌어찌

몇 파운드를 저금하는 데 성공했다. 몇 달이 지나 아기를 데려갔던 입양 사무실을 찾아내려 했지만 그 사무실은 이제 그곳에 없었다. 엘리너는 쉼터로 돌아가 수녀들에게 자기 딸이 어디로 갔는지 알려 달라고 애원했지만, 수녀들은 경찰을 불러 엘리너의 정신이 불안정하다고 말하겠다고 협박했다.

그 뒤로는 엘리너에게 찾아오는 어떤 좋은 것도, 남자의 사랑도, 다시 아이를 낳는 일의 기쁨도, 바닷물에 뛰어드는 일도, 엘리너의 내면에 생겨나 그를 자꾸만 무너뜨리는 역류를 완전히 진정시켜 주지는 못할 것이었다.

너무나 힘든 밤이면 엘리너는 텅 빈 유아차가 나오는 꿈을 꾸었다. 미혼모 쉼터의 입구로 돌아간 자신이 혹시라도 기적이 일어나 아기가 다시 나타났는지 보려고 앞으로 몸을 기울이는 꿈이었다.

베넷 부인

여러 해가 지나서 나는 이 나라의 여러 지역에 나 말고도 그런 젊은 여자들이, 강요를 받아 자기 아기를 포기해야 했던 여자들이 있었다는 걸 알게 됐어. 하지만 그 당시에는 이런 걸 아는 사람이 아무도 없었단다. 정말이지 나는 몰랐어. 여러 해가 지나도록. 뉴스 보도들이 나오기 시작할 때까지는 말이다.

아직도 그날들이 기억나. 아기를 보내고 나서 난 어디를 걸어가든 천천히 움직였단다. 유아차를 밀고 있는 아기 엄마만 보면 거기 있는 게 내 딸인지 보려고 안간힘을 쓰면서, 그저 그 아기를 한번 보려고 멈춰 서서 칭찬을 하고 다정하게 말을 건네고 그랬어. 동그랗게 감겨 있던 그 손가락들, 그 조그만 입. 언제나 무언가를 찾고 있었고, 언제나 갈망하고 있었지. 그리고 혼자였던 나도, 언제나 무언가를 찾고 있었고, 언제나 갈망하고 있었단다.

재회

삶은 오랫동안 이어지는 한 번의 장거리 수영과 비슷하다. 엘리너는 스스로에게 그렇게 되뇌기 시작한 터였다. **숨을 깊이, 크게 들이마시고 한 번에 한 팔씩 젓는 거야.** 수 킬로미터씩 수영을 하다 보면 세상은 끝이라는 게 없는 장소처럼 느껴지기도 했다. 문제는, 당신이 한때 알던 사람들이 사는 도시에서 계속 눈에 띄지 않으려고 애쓰고 있는데, 거리와 고층 건물과 버스 노선과 상점 들이 당신을 압박해 올 수도 있다는 것이었다. 마치 조여드는 그물처럼. 그러다가 어쩔 수 없는 일이 — 어쩔 수 없게도 — 일어났다.

「음, 그냥 뭐라고 해야 할지 모르겠더라니까.」누군가가 그렇게 말하는 게 들려왔는데, 목소리가 친숙했다. 엘리너는 사무실 근처 식료품 가게에서 계산하는 줄에 서 있었다. 그는 다른 줄에 서 있는 두 명의 여자를 건너다보았다. 두 여자는 이제 함께 고개를 숙이고 웃고 있었는데, 그중 한 명은 아는 얼굴이었다. 엘리너와 엘리와 함께 하숙집에 살던 에드위나였다. 엘리너가 아직 커비였던 시절의 에드위나.

간호사 모자를 쓴 에드위나는 아주 건강해 보였다. 엘리너는 소리를 치며 에드위나에게 달려가 끌어안고 싶은 충동과 싸워야 했다. 엘리너와 엘리는 에드위나와 나머지 여자들과 함께 한동안 즐거운 시간을 보냈다. 지금, 에드위나는 금방이라도 주위를 둘러보다가 엘리를 볼 수 있었다. 엘리너는 고개를 돌리고, 식료품 바구니를 바닥에 내려놓고, 황급히 반대 방향으로 걸어갔다.

엘리너가 영국을 완전히 떠나는 일을 고려하기 시작했던 건 그때였다. 캐나다와 미국은 아직 서인도 제도 출신의 젊고 교양 있는 여성들의 이민에 열린 태도를 보이고 있었다. 엘리너에게는 엘리의 간호학 학위가 있었고, 따지고 보면 북아메리카는 엘리의 계획의 일부이기도 했다. 하지만 엘리너의 어린 딸아이가 이 나라 어딘가에 있었다. 기브스도 마찬가지였다. 그렇게 멀리 갈 엄두를 어떻게 낸단 말인가?

몇 달이 지나자 엘리너는 스스로에게 인정하게 되었다. 딸을 찾는다 한들 자신이 아이를 위해 해줄 수 있는 일과 다른 누군가가 그 애에게 줄 수 있는 삶은 달랐다. 협곡만큼이나 넓고 깊은 차이가 있었다. 엘리너는 쓰디쓴 진실을 받아들이기 위해 마음을 단단히 먹기 시작했다. 그 진실이란, 아기를 위해 선택한 길이 엘리너를 고통스럽게 만들기는 해도 아이에게는 정말로 최선이었는지도 모른다는 가능성이었다.

엘리너는 우산을 펴고 빗속으로 도망쳐 두 발을 끌며 형벌처럼 음울한 하루 속을 걸었다. 집에 가까워졌을 때 카리브해 억양을 가진 사람들이 웅성거리는 소리가 들려왔다.

고개를 든 엘리너는 길 건너편에 조그맣게 모여 있는 청년들을 보았다. 그들은 어느 건물 처마 밑에 서 있었는데 비가 잦아들기를 기다리는 듯했다. **행운을 빌어요**, 엘리너는 작은 소리로 중얼거렸다. 그러다 발을 멈췄고, 다시 그들을 보았다.

길 건너편 남자들 중 한 명이 이쪽을 마주 보고 있었다. 잘못 볼 리가 없었다. 아는 남자였다. 그 남자는 기브스였고, 그 순간 엘리너는 다시 한번 커비로 되돌아갔다. 아버지가 커비를 리틀 맨에게 시집보내는 바람에 포기해야 했던 그 남자가 여기 있었다. 커비가 결혼할 작정이었던 사랑하는 사람이 여기 있었다. 다시는 못 볼까 봐 두려워했던 그 남자가, 바로 여기 있었다.

「기브스!」 소리를 지르려 했지만, 커비는 목소리가 나오지 않았다. 길을 건너려고 연석에서 내려섰지만 두 다리가 몸을 지탱해 주지 않았다.

기브스는 전에도 이런 일을 겪은 적이 있었다. 커비가 죽었다는 걸 알고 있었지만, 분명히 커비가 보였던 것이다. 어쩌다 한 번씩 그런 일이 일어나곤 했다. 버스에서, 다리 위에서, 상점에서, 커비가 보였다. 누군가에 대한 그리움은 그런 식으로 힘을 발휘할 수도 있었다.

커비가 고향에서 바다로 뛰어들어 사라졌다는 걸 알게 된 뒤로 기브스는 모든 걸 포기하고 싶은 심정이었다. 그는 자신이 여기까지 와서 뭘 하고 있는 건지 더 이상 알 수 없었다. 본국은 기대만큼 그를 환대해 주지 않았고, 교수들 역시 그가 바랐던 것만큼 한결같이 그를 지지해 준 건 아니었다. 기브스를 계속 나아가게 해주는 동력이라고는 오직 자신을 의심하는 그들이 틀렸다는 걸 증명해 주겠다는 결심밖에 없었다. 어쨌든 돌아가 봤자 커비는 거기 없는데, 돌아가면 뭐 하겠는가? 기브스의 부모님은 이미 돌아가신 뒤였다. 어머니는 한동안 몸이 아팠고, 어머니가 돌아가시고 나자 얼마 지나지 않아 아버지도 돌아가셨다. 삼촌은 아버지가 상심으로 인해 세상을 떠난 거라고 했다.

그러고 나자 버니가 전화를 걸어 왔다. 버니는 장거리 전화를 걸어 그에게 모든 이야기를 들려주었다. 커비가 어떻게 살아남았는지, 어떻게 영국으로 도망쳤는지, 버니와 펄이 왜 그에게 그때까지 말하지 않았는지. 커비는 그동안 너무 가까운 곳에, 너무도 가까운 곳에 있었지만, 이번에는 정말로 가버렸다. 북부에서 일어난 그 끔찍한 열차 사고로 목숨을 잃은 것이었다. 이번에는 그 사실을 증명할 신분증과 커비의 사진도 정부 당국에 보관되어 있었다.

기브스는 그 순간이 되어서야 자신에게 부서질 마음이 여전히 남아 있다는 걸 알게 되었다. 처음에는 부모님이 가시더니, 이제는 이런 일이 생겼다. 사람이 이런 일을 어떻게 견뎌 낸단 말인가? 그는 침대에 들어가 몇 주 동안이나 누워 지냈다. 결국 친절한 교수 중 한 명이 기브스가 손 놓은 공부를 다시 잡게 도와주겠다고 제안했다. 교수는 기브스가 비범한 학생이라고, 할 수 있을 거라고 했고, 기브스는 그가 자신을 이끌어 주게 놔두었다.

이번에 런던의 어느 거리 맞은편에 서 있는 커비를 보았을 때, 기브스는 그저 자신이 백일몽을 또 한 번 꾸고 있는 줄로만 알았다. 그는 여전히 커비와 함께 세웠던 계획들, 함께 하고 싶었던 공부와 꾸리고 싶었던 가족에 대해 생각했다. 여전히 커비를 처음 만났던 수영 클럽을, 처음으로 키스했던 만을 떠올렸다. 기나긴 5년이 지나간 뒤였다. 하지만 기브스는 이것이 환영이 아니라는 걸 알 수 있었다. 길 건너편의 젊은 여자가 자신을 안다는 걸 알 수 있었다. 여자는 입술을 기브스의 이름 모양으로 움직이며 그를 향해 한쪽 팔을 뻗고 있었다. 커비가 여전히 살아 있다는 사실을 깨달은 기브스가 똑같이 정신을 잃지 않은 건 놀라운 일이었다.

기브스는 길 건너로 달려가 커비의 얼굴이 땅에 부딪히기 전에 붙잡았다. 커비가 의식을 되찾았을 때, 기브스는 커비를 품에 안고 있었고, 그는 40년 뒤 그가 죽는 날까지 다시는 커비를 놓아 주지 않았다. 커비와 기브스는 서로를 다시 찾아낸 것이었다.

그 옛날에는

그 옛날에는 사라지는 일이 지금보다 쉬웠다. 그 옛날에는 본명의 일부만 있어도 은행 계좌를 새로 개설하거나 운전면허를 발급받을 수 있었다. 심지어는 아마 별명만으로도 가능했을 것이다. 모든 사람의 지문과 얼굴이 인식되고, 교정 기구 형태가 디지털 데이터로 남겨지고, 혈액 검사 결과가 메일로 발송되는 일도 없었다. 우리의 쇼핑 취향과 우리에게서 초콜릿과 치즈 같은 선물 꾸러미를 받은 적 있는 사람들 전부의 생일이 어딘가에 저장되는 일도 없었다. 우리의 나이와 주소, 그리고 우리에 관한 이른바 **팩트**라는 것들을 웹에 올려 다른 사람들을 끌어들이고, 어느 정도는 사실이지만 대부분은 부정확한 정보에 결제를 하게 만들어서 돈을 버는 사람들도 없었다.

그 옛날에는 외아들에다 부모님이 이미 돌아가신 한 젊은 남자가 자기 이름을 길버트 베넷 그랜트에서 버트 베넷으로 줄이고, 정체성을 바꾸고, 거기에 맞춰 서류들을 서서히 바꾸고, 사랑하는 여인과 함께 있기 위해 과거에 닿아 있던 모든 끈을 끊어 버리는 일이 지금보다 쉬웠다. 오직 사랑과 신의만이 세상에서 진실한 것들이기에 아무것도 없는 상태에서도 자신들만의 가족을 만들 수 있다고 한 젊은 여자가 믿는 일도 지금보다 쉬웠다. 자, 이것이 버트와 엘리너가 했던 일이다.

지금

베니

그러니 아버지 역시 과거에 대해 거짓말을 한 것이었다. 베니는 화가 난다기보다는 슬프다. 특히 어머니에 대해 알게 될수록, 베니는 남들이 정해 놓은 규칙을 따르지 않은 대가를 치러 본 적 있는 사람이 가족 가운데 자기 혼자가 아니라는 사실을 알게 된다.

엘리너 베넷이 결국에는 인생에서 다른 많은 사람들보다 운이 좋았다는 건 사실이다. 첫사랑과 재회했고, 그와 관계를 지속해 두 아이를 낳기도 했으니 말이다. 하지만 베니의 어머니는 심지어 베니도 상상조차 할 수 없는 일련의 상실들에 대한 애도를 계속해 왔을 것이었다. 어머니의 첫 번째 아이. 첫 번째 가족. 어머니의 정체성.

베니는 자신이 용기 있는 영혼이라고 생각했었다. 괴롭힘에도 불구하고, 가족들로부터의 고립과 외로움에도 불구하고 자기 자신으로 남아 있었다고 스스로에게 주장하면서 말이다. 베니는 조애나 스티브와의 일이, 혹은 자신의 계획들이 잘되지 않았다는 이유만으로 잔뜩 풀이 죽어 본가에

279

달려와 본 적이 없었고, 그런 자신이 자랑스러웠다. 하지만 최근 들어서는 그 모든 일의 결과로 보여 줄 만한 것이 더 이상은 없다는 게 약간 부끄럽기도 했다. 베니의 어머니에게는 적어도 자신이 겪어 온 그 모든 일의 결과로 보여 줄 무언가가 있었던 것이다.

엄마는 어린 시절에 그 모든 일들을 경험했으면서 왜 베니에게 일어나고 있던 일들에 대해서는 상상하지 못했던 걸까? 왜 베니에게 조언을 해주지 않았을까? 왜 베니를 꼭 붙들어 주려고 더 노력하지 않았을까? 그리고 엄마가 더 이상 곁에 없는 지금, 베니는 이 감정들을 어떻게 해야 할까?

바이런

부모님이 무언가에 대해 진실을 말한 적이 있기는 할까? 사실을 감추는 데 그분들이 그렇게 뛰어났던 걸까? 아니면 그냥 바이런 자신이 보고 싶어 하지 않았던 걸까? 더 많은 걸 알게 될수록 점점 더 어떤 일들이 이해가 됐다. 1년 전, 그토록 자신감이 넘치고 패기로 충만하던 어머니는 말수가 적어졌고, 심지어 애정 결핍처럼 보이기까지 하게 되었다. 평소보다 감정 표현이 적나라해졌고 정신도 산만해졌다. 바이런은 어머니가 일종의 내적인 변화를 겪고 있다는 걸 느낄 수 있었다. 그것이 아버지를 잃은 일이나 베니에 대한 그리움을 훌쩍 넘어선 일이라는 것도 느낄 수 있었다. 하지만 그것에 대해 생각하고 싶지 않았다.

어머니를 괴롭히는 것이 무엇이든, 그건 바이런의 어린 시절에 어머니가 우울해할 때 그랬듯 저절로 사라지지는 않을 것이었다. 하지만 바이런은 그런 생각을 하고 싶지 않았다. 바이런 자신이 느끼는 불안도 점점 심해지고 있었다. 직장에서 일이 진행된 방식이 실망스러웠다. 그런 일들이 아

281

직도 그만큼이나 신경 쓰인다는 사실도 놀라웠다. 바이런은 자신의 공적인 삶에서 최대한 이익을 뽑아 내려고 애쓰고 있는데, 같이 사는 리넷은 하필이면 그때 그에게 사적인 시간을 더 내달라고 하고 있는 현실이 좌절스럽기도 했다.

바이런은 그때 이기적으로 굴고 있었다. 그랬다는 걸 이제야 알 수 있었다. 그는 어머니가 필요했다. 변함없이 총명하고 긍정적인 사고방식을 지닌 사람으로 있어 주는 어머니가. 언제나 그의 곁에 있어 주었던 사람이. 중심을 찾고 그걸 꼭 붙들라고, **알게 될 거야, 바이런**, 모든 게 잘 풀려 나갈 거야, 하고 언제나 말해 주었던 예전 모습 그대로의 어머니가. 그때 바이런은 이렇게 생각했었다. 결국 우리 가족은 모든 게 잘 풀려 나갔잖아, 안 그래?

3부

1년 전

에타 프링글

에타 프링글은 샌들을 벗어 던지고 군중에게 손을 흔들며 걸어가 모래사장 위에 세워진 나무 단상으로 올라갔다. 박수 소리가 그가 어린 시절에 들었던 소리들로 바뀌었다. 바다, 길게 갈라져 산들바람에 흔들리던 야자나무잎들, 그를 꾸짖던 어머니 목소리의 기억. **아가씨는 남들 보는 데서 신발 벗는 거 아니야!** 어머니였다면 그렇게 말했을 것이다. 에타는 그 생각에 미소를 짓고는, 짙게 밀려오는 그리움에 맞서 마음을 가다듬었다. 적어도 어머니는 에타가 이뤄 낸 걸 볼 만큼은 오래 살았다. 손주들이 자라나는 걸 볼 만큼은. 자신의 외동딸이 다 잘됐다고 믿을 만큼은.

에타는 얼굴을 들어 햇빛을 들이마시며 두 팔을 활짝 펼쳤다. 군중이 환호했다. 스물네 시간 뒤면 이곳을 떠나는 비행기 안에 있게 될 것이었다. 어머니는 돌아가시고 오빠는 영국에 있는 지금, 에타가 이 섬에 오래 머무를 이유는 없었다. 기념식이 이곳에서, 자신의 고향에서, 그 모든 것이 시작되었고 너무도 많은 일이 잘못되었던 이 만에서 열리기를

285

바랐던 사람은 에타 자신이었지만 말이다.

「에타 프링글 선수는 그저 성공한 이 지역 출신 여성이기만 한 것이 아닙니다.」 총리가 말하고 있었다. 「에타 프링글 선수는 바로 여기 이 만에서 시작해 한 헤엄, 한 헤엄씩 세계를 정복해 온 여성입니다.」 누군가가 에타의 어린 시절 별명을 소리쳐 부르자 에타는 웃으며 엄지손가락을 척 들어 보인다.

「그리고 이제,」 총리가 말했다. 「이 땅이 키워 낸 이 챔피언은 마땅하게도, 저 같은 정치인들에게 환경을 보호하기 위해 좀 더 노력해야 한다고 계속 잔소리를 하고 있습니다. 왜냐하면 어떤 바다든, 지구상에서 가장 아름다운 우리의 이 바다조차도, 강우 유출수[25]와 플라스틱과 해수면 상승과 점점 혹독해지는 기후에 영향을 받기 때문입니다.」

더 큰 박수가 쏟아지고, 메달이 수여되고, 그런 다음에는 이곳에 펼쳐진 해변을 에타 프링글 해변이라 명명하는 의식이 거행되었다. 에타는 바위에 부딪쳐 거품을 내는 파도 너머를 내다본다. 에타보다 훨씬 더 빠르고 용감했던 한 수영 선수가 있었다. 그 선수는 이곳에서 에타가 처음으로 11킬로미터 표지판을 지나 헤엄치게 이끌어 주었고, 그가 어떤 사람이 될 운명인지 깨닫게 해주었다. 이곳은 그런 만이었다.

에타는 칠레의 마젤란 해협을 헤엄쳐 건넜고, 뉴욕의 맨해튼섬 주위를 돌았고, 영국 해협을 횡단했고, 시베리아 해안의 얼음같이 차가운 물을 견뎌 냈으며, 이 모든 횡단을 해

---

25 광범위한 장소에서 배출되는 오염 물질이 섞여 유출되는 빗물이나 눈 녹은 물.

낸 세계 최초의 흑인 여성이 되었다. 에타는 또 한 명의 여자와 함께 두 아이를 길러 냈다. 그런 일들이 아직 이야기되지 않던 시절에 말이다. 경기장 하나를 가득 채운 사람들을 향해 장애물을 극복하는 일에 대해 연설한 적도 여러 번 있었다. 하지만 에타의 삶에는 그가 절대 극복할 수 없었던 한 가지 장애물이 있었다.

에타는 군중을 유심히 살폈다. 거기 그들이 있었다. 헨리의 부하 두 명. 헨리 가족에서 나온 누군가가 언제나 어슬렁거리고 있었다. 그들은 누군가가 어떤 일에서 실패를 하면 그 사람에게 다가가 도와주겠다는 제안을 하려고 기다리고 있었다. 그들은 그 사람이 절대로 은혜를 갚을 수 없는 독특한 종류의 도움을 줄 것이었다. 이제 헨리 일가에는 완전히 새로운 세대가, 타인을 착취하는 것이 삶의 목적인 자들이 등장했다. 원한을 품는 일을 즐기는 자들. 그것이 에타가 이 섬에서 도망쳐야 하는 이유였다.

그런 곳이 있었다

섬에서 에타 프링글을 기념하는 행사가 치러지는 동안, 그곳에서 거의 4천8백 킬로미터쯤 떨어진 캘리포니아에서는 엘리너 베넷이 자기 집에 앉아 노트북 컴퓨터 화면을 쳐다보고 있었다. 소셜 미디어에서 프링글이 화제가 되고 있다는 걸 알아차린 엘리너는 만족스러움을 느꼈다. 엘리너의 남편 버트가 살아 있었다면 — 그가 천국에서 평안하기를 — 그 소식에 무척이나 짜릿해했을 것이다. 버트와 엘리너는 제도 출신 여성이, 그것도 흑인 장거리 수영 선수가 그토록 유명해진 걸 보며 자부심을 느꼈었다. 그런데 버트가 세상을 떠난 뒤로 5년 동안 프링글은 훨씬 더 유명해졌고, 동기 부여 강연으로 젊은 세대들에게도 알려지게 되었다.

그리고 이제는 에타 프링글의 이름을 딴 해변이 생긴 것이었다. **상상해 봐요, 버트**, 엘리너는 생각했다. 인터넷으로 헌정 기념식 동영상을 보는 엘리너는 두 눈이 소금물로 따가워지는 것 같았다. 그 동영상은 엘리너에게 제도에서 온 사람들에게 둘러싸이고 싶은 갈망을, 과거의 자신이 어땠는지 기억하고픈 욕구를 남겨 주었다. 버트와 함께 온갖 노력을 다해 서인도 제도에서 온 다른 사람들에게서 멀어지고, 자신들을 기억하는 사람들의 지인일 것 같은 사람들을 피하려 애쓰기 전에 자신이 어떤 사람이었는지를. 서인도 제도가 아니라 **카리브해 사람들**이라고 말해야 한다고 아들은 엘리너에게 계속 일깨워 주었다. 그렇게 말해야 정치적으로 더 올바르다는 것이었다. 엘리너의 자식이 엘리너에게 엘리너의 고향을 어떻게 불러야 하는지를 알려 주고 있었다. 우습지 않은가?

그렇게 오랜 시간이 지났지만 제도에서 온 사람의 목소리를 동네에서 듣는 건 여전히 그렇게 흔한 일은 아니었다. 그래서 엘리너는 은퇴한 사람의 특권을 누리며 갑작스레 계획을 바꿔 차에 타고는 로스앤젤레스를 향해 북쪽으로 달려갔다. 크렌쇼라는 동네에 상점이 하나 있었는데, 엘리너는 그곳으로 좋아하는 섬 식품들을 사러 가곤 했다. 플랜테인 한다발, 아키 열매 통조림 하나, 훈제 청어 페이스트 한 병, 고추소스 한 병. 달걀을 넣어 만든 중국식 면과 어린 청경채도 있었고, suey mein(수이 메인)[26]이 무엇인지를, 그것이 중국 음식이라기보다는 섬 음식에 가깝다는 걸 누군가에게 설명하지 않아도 되는 곳이었다.

한 시간이 조금 넘게 지났을 때, 엘리너는 상점 통로를 따라 걸으며 병들과 올 굵은 삼베로 만들어진 자루들을 손가락으로 훑고, 라벨을 읽으려고 얼굴을 기울이는 사람들, 대

---

26 끓인 육수에 면과 채소, 새우, 구운 돼지고기와 닭고기 등을 넣어 먹는 음식으로 중국계 자메이카인들이 즐겨 먹는다.

체로 피부가 갈색인 사람들을 지켜보고, 서로 다른 억양과 언어로 된 잡담들에 귀를 기울이고 있었다. 제빵 용품 코너 근처에서는 노란색 상의에 보라색 스커트를 입고 팔이 가느다란 여성 판매원이 매장 내 시연을 하고 있었다.

「블랙케이크로 말하자면요,」 여자가 소규모의 청중을 향해 말했다. 「반드시 마르지판, 즉 아몬드페이스트를 깔아 줘야 아이싱이 성공적으로 나옵니다.」 여자는 그렇게 말하며 자기 앞에 놓인 천을 깔아 둔 판 위에 제빵용 설탕을 뿌렸다.

「일단 케이크가 준비되면 아이싱을 올리기 전에 마르지판을 한 겹 덮어 주어야 해요. 그러지 않으면요, 케이크를 그렇게 특별하게 만들어 주는 럼주랑 다른 좋은 성분들 때문에 아이싱이 흘러내리게 되거든요.」 여자는 고개를 끄덕이고는 사람들을 가리켰다. 「여러분도 그런 적 있으셨나요? 있으셨다고요?」

사람들이 질문을 하는 동안 판매원은 설탕을 뿌린 판 위에 아몬드페이스트 한 덩어리를 덜어 놓았다. 그런 다음 그것을 가볍게 두드렸고, 밀방망이를 집어 들었다.

「여기 계신 분들 중에 유튜브에서 그 영국 여자 보신 분 계세요? 항상 여러 가지 전통 음식 이야기 하는 여자요. 누구 말하는 건지 아시겠죠? 그 사람이 세계 곳곳의 지역 전통에 대해 재미있는 방송을 하더라고요. 블랙케이크가 진정한 카리브해 조리법이 아니라고 주장하는 사람이 **바로** 그 여자예요.」

여자는 고개를 옆으로 기울이더니 한쪽 눈썹을 치켜올린다. 군중에게서 웃음이 터져 나온다.

「그 여자 말로는 유럽인들이, **갸들이** 지구상의 이 지역으로 건너오면서 어떤 음식들을 가져오지 않았더라면 우리한텐 블랙케이크가 없었을 거래요. 그 조리법은 다양한 문화가 섞여서 만들어진 거라고 하면서요. 다양한 문화? 아니, 그 여자는 대체 카리브해 사람이 뭐라고 생각하는 걸까요?」 누군가가 쯥 하는 소리를 냈고, 구경하는 사람들 사이 여기저기서 웅성거리는 말들이 들려왔다.

아몬드 냄새를 들이마시자 어린 시절에 살던 집의 부엌이, 부엌 식탁 위에 펼쳐져 있던 마르지판이, 킥킥거리며 수다를 떨던 엄마와 펄이 기억났다. 엘리너는 그 시절을, 자신이 아직 커비였고 어머니가 떠나 버리기 전이었던 날들을 너무 자주 돌아보지는 않으려고 애를 썼다. 하지만 이날은, 지금 섬으로 돌아간다면 어떨까 하는 상상이 떠오르게 그냥 놔두었다.

눈에 띄지 않고 고향 여기저기를 돌아다닐 수 있다면 어떨까? 옛날에 다녔던 학교 운동장들을 지나, 수영 클럽을 지나, 엘리너가 살던 집 쪽으로, 하얀 시멘트 벽들과 물결 모양을 한 양철 지붕과 구석에서 빨갛게 피어나는 히비스커스가 있던 그 집 쪽으로 갈 수 있다면. 이웃집 마당에 멈춰 서서 사포딜라 열매 하나를 따거나, 코코야자나무에서 길게 갈라진 잎 하나를 똑 부러뜨려 벗겨 낼 수 있다면? 아버지가 아직 자신의 약점들에 굴복해 버리기 전이었던 시절, 그가 남자들과 도미노 게임을 하던 뒤뜰로 걸어 들어가 그의 바로 뒤에 서서, 그저 다시 한번 그의 딸이 될 수 있다면?

엄마가 아직 거기 있다면?

이 모든 세월 내내 어디 있었는지 설명할 필요 없이 그곳으로 돌아갈 수 있다면? 그렇다면, 그래, 엘리너는 돌아갈 것이었다. 뒤뜰 바닥에서 타마린드 꼬투리들을 주워 들고 베란다의 콘크리트 계단에, 극락조화의 오렌지색 꽃잎들 가까이에 앉을 것이었다. 자기 아이들에게 꼬투리를 비틀어 열고, 섬유질을 떼어 내고, 설탕 그릇에 과육을 넣고 굴리는 법을 보여 줄 것이었다. 그 애들을 만으로 데려가 바다에서 수영하게 해줄 것이었다.

하지만 50년 동안 사라졌다가 그저 아무 일도 없었다는 듯 돌아갈 수는 없는 법이었다. 아무튼, 엘리너는 자기 아이 셋을 모두 데려갈 수 없다면 그곳에 돌아가려고 애쓰지는 않을 생각이었다. 그리고 50년이나 지났는데도, 엘리너는 여전히 그 애들 중 한 명이 어디 있는지 전혀 알지 못하고 있었다.

품위

이 모든 걸 알게 되면 바이런은 엄마를 어떻게 생각할까?

엘리너는 아들을 끌어안았고, 잠시 후 바이런은 진입로를 걸어 차 쪽으로 갔다. 엘리너는 자기 아버지처럼 눈매가 뚜렷하고 등이 꼿꼿한 바이런을 바라보고는, 자신이 했던 일 가운데 이렇게 품위 있는 젊은이를 길러 내 세상으로 내보낸 것만큼 중요한 일은 없다는 걸 알았다. 그의 아들은 우연히 **우수한** 사람이기도 했지만, 우수한 사람보다도 **품위 있는** 사람이 세상에는 더 필요했으니까.

하지만 이 아름다운 남자에겐 약점이 있었다. 바이런은 때때로 고집 센 면을 드러내기도 했다. 예를 들면 베니에게 그랬다. 자신의 꼬마 여동생에게 너무도 애착이 강했던 바이런은 베니의 진짜 모습이었던 젊은 여자를 한 번도 진정으로 보려 한 적이 없었다. 베니는 자라나 자기주장을 내세웠지만, 인정하건대 엘리너와 버트도 그랬듯이, 바이런은 베니가 더 나아가는 걸 받아들이지 않았다. 베니는 그 강아지 같은 눈빛을 하고 바이런을 계속 이 방 저 방 따라다녔지만, 바이런은 몇 년에 걸쳐 베니에게 점차 냉담해졌다. 바이런은 그런 점에서는 제 아버지와 비슷했다. 무언가를 통제하거나 이해할 수 없을 때면 그는 그것으로부터 거리를 두곤 했다.

엘리너가 진실을 말하면, 그의 아들은 엘리너를 더 이상 존경하지 않게 될까?

엘리너의 남편은 진실의 일부는 늘 알고 있었지만, 전부는 알지 못했다. 버트는 수년간 엘리너를 보호해 왔다. 자신이 가족을 보호하고 있다고 믿었고, 사랑하는 여인이 자기 운명을 빼앗겼다는 걸 이해했기 때문이었다. 하지만 그는 엘리너가 잃은 게 얼마나 많은지는 결코 알지 못했다. 엘리너의 첫째 아이에 대해서도 전혀 몰랐다. 엘리너는 그 모든 세월 동안 남편에게 거짓말을 해왔다. 누군가가 자신을 계속 사랑하게 하려면 자신이 지고 있는 모든 짐을 같이 져달라고 부탁해서도, 자신의 모습 전부를 보여 주는 위험을 무릅써서도 안 된다는 걸 알고 있었으니까. 다른 사람을 그만큼 깊이 알기를 원하는 사람은 사실 아무도 없었다.

물론, 그 사람이 이렇게 말할 수 있다면 또 몰라도. **봤죠? 이쪽은 오래전에 잃어버렸던 내 딸이에요. 내가 얘를 찾아냈어요. 내가 모든 걸 잘 해결했어요.**

아들의 갈비뼈를 두 팔로 끌어안고 있는 동안 엘리너는 그 애의 셔츠 짜임 밑에서 전해져 오는 **쿵 쿵 쿵** 하는 심장 박동을 느꼈다. 엘리너는 자기 품에 안긴, 자신의 인생에서 너무도 중요한 생명을 느꼈고, 자신의 첫아이를, 창백한 얼굴로 울부짖다가 젖을 물리면 조용해지던, 그러다가 6주가 되어 자신의 품에서 끌려 나간 아기를 떠올렸다. 이제 그 다른 아이의 심장 박동이 자신의 피부 밑에서 조용히 소리를 내며 머릿속을 두드리는 것처럼 느껴졌다.

막다른 골목에서 유턴한 바이런이 차창 밖으로 내민 근육질의 갈색 팔을 천천히 흔들고 있었다. **저 미소 좀 봐!** 엘리너는 차를 뒤쫓아가 바이런에게 소리치고 싶었다. 그를 도로 불러 설명하고 싶었다. 아니, 바이런과 꼬마 여동생을 길러 낸 일이 엘리너가 했던 일 가운데 가장 중요한 일은 아니었다고. 엘리너를 가장 많이 규정하는 것은 엘리너가 꼭 끌어안았던 무언가나 누군가가 아니라 스스로 놓아 버렸던 무언가였다고.

딸아이를 데려가던 날 그 사람들이 서명하라고 했던 문서를 엘리너는 왜 찢어 버리지 않았던 걸까? 아직 아기를 품에 안고 있을 때 왜 택시에서 뛰쳐나가 도망치지 않았던 걸까? 왜 문을 쾅쾅 두드리거나, 은행을 털거나, 몸을 팔거나, 다른 무슨 짓이든 해서 아이를 지키지 않았던 걸까? 이 모든 세월이 지나는 동안 엘리너의 딸은 한 번이라도 엘리너처럼 뜬 눈으로 밤을 지새우며 자신을 버리고 간 어머니에 대해 궁금해했을까? 엘리너가 자신의 엄마를 떠올릴 때마다 그랬던 것처럼 그 질문들이 딸의 뼛속에도 나무좀처럼 파고들었을까?

50년이 지나자 시대는 변했다. 강제로 입양이 이루어졌던 일들이 뉴스에 보도되었다. 엘리너처럼 머리가 희끗희끗해져 가는 여자들이 나와 눈물로 반짝이는 얼굴을 하고 자기들의 생물학적 자식들을 끌어안았다. 정부는 사과하라는 요

295

구를 받고 있었다. 심지어 누군가는 그런 이야기를 영화로 만들기까지 했다. 엘리는 정부 당국에 도움을 요청해 딸을 찾는 일을 재개할까 생각해 본 적이 있었다. 하지만 그때마다 망설였다. 지금은 중년의 여인이 되었을 엘리너의 딸아이는 자기 아버지에 대해 알고 싶어 할 것이었다. 그리고 엘리너의 다른 아이들 역시 알고 싶어 할 것이었다.

딸은 어느 쪽이 더 낫다고 생각할까, 엘리너는 상상하려 애썼다. 떠난 뒤로 한 번도 자신을 찾아오지 않았던 어머니를 떠올렸다. 어머니가 그렇게 했던 이유 가운데 엘리너가 정말로 알고 싶은 건 뭘까? 진실을 알게 되어 갈망보다 더 큰 상처를 받게 된다면? 엘리너는 첫째 아이에게 자신이 그 옛날 어떤 잘생긴 소년을 만나 유혹에 넘어갔노라고 말할 수도 있었다. 요즘에는 그렇게 이야기하는 사람들도 있었으니까. 하지만 엘리너는 자신의 두 눈을 들여다본 딸이 엄마가 거짓말을 하고 있다는 걸 알게 될까 봐 두려웠다.

그렇다면 딸은 어떤 이유로 엘리너를 더 미워하게 될까? 딸을 포기한 것과 딸의 삶을 끝까지 멀리하지 못한 것 중에서?

그리고 다른 문제도 있었는데, 그것 역시 작은 문제는 아니었다. 엘리너 더글러스가 지금 영국에서 다시 눈에 띄게 된다면, 태어날 때 이름이 코번티나 린쿡이었던 코번티나 브라운, 다시 말해 1967년 열차 사고에서 사망한 것으로 보고되었고, 또 다른 나라에서 살인 혐의로 의심받던 도중에 갑자기 사라져 버렸던 그 사람과 엘리너의 연관성을 누군가가 알아차릴지도 몰랐다. 그 살인 사건은 아직 미제로 남아 있었다.

엘리너가 사랑하는 사람들을 위해 만들어 낸 가짜 서사는 이제 그를 가둬 놓는 그물이 되어 있었다. 그리고 마치 그걸로는 충분치 않다는 듯, 엘리너는 자신의 막내딸 역시 놓아 버린 뒤였다. 베니에게 어쩌면 자신과 버트가 가장 필요했을지도 모르는 때에 그 애가 자신들을 두고 떠나 버리게 놔둔 것이었다. 단지 엘리너가 그 당시에는 상황을 그런 식으로 이해하지 못했을 뿐이었다.

엘리너는 다른 무엇보다도 자식들을 사랑했지만, 버트는 엘리너를 위해 너무도 많은 것을 포기한 사람이었다. 진실을 숨기느라 자기 커리어를 위험에 처하게 한 사람이었다. 엘리너는 자신과 아이들을 이 모든 세월 내내 사랑하고 보호해 준 남자에게 신의를 지켜야 했다. 버트가 완고하게 굴었을 때 엘리너는 그의 편에 섰다. 자식에게 이런 일을 설명할 수는 없는 법이었다. 베니에게 사실을 정직하게 털어놓을 수는 없었다. 그건 자신의 삶이 거짓말투성이인 이야기에 기반하고 있다는 걸 밝혀야 한다는 뜻이었으니 말이다. 엘리너의 남편이 세상을 떠난 지 5년이 지났지만 베니는 여전히 집에 돌아오지 않고 있었다.

베니 같은 여자애에게 세상이 호락호락한 곳일 리 없었다. 그래서 엘리너는 가끔씩 막내딸에게 손을 내밀었다. 전화로 메시지를 남기곤 했다. 여러 오해에도 불구하고 엄마가 여전히 베니를 생각하고 좋아한다는 걸 그 애가 알아줬으면 했다. 하지만 베니는 전화를 하지도, 엘리너를 보러 오지도 않았다.

베네데타는 엘리너 없이 자기 삶을 계속 살기로 결심한 모양이었다. 그리고, 그래서 엘리너는 어디에 있게 되었나? 딸들도 없고, 평생 자신의 진정한 모습을 알아주었던 유일한 사람이었던 남편도 없어진 지금, 엘리너는 누구일까? 그는 마치 존재한 적이 없는 사람인 것만 같았다.

바이런이 차를 몰고 가버린 뒤 엘리너는 45년간 살아온 자신의 집으로, 꼬마 바이런이 태어날 때에 맞춰 남편이 샀던 집으로 걸어 들어갔다. 피로가 느껴졌다. 모든 것이 피로했다. 엘리너는 현관문을 닫고 등을 문에 기댔고, 그런 다음 결정을 내렸다.

사고

남편이 죽고 5년 뒤, 엘리너 베넷은 차고로 들어가 자신의 롱보드를 꺼냈고, 딱 맞는 종류의 파도를 찾으면서, 사고가 일어나기를 바라면서 해안을 따라 남쪽으로 차를 몰았다. 이렇게 될지도 모른다고 남편을 잃은 친구들이 경고한 적이 있었다. 친구들은 그저 감정을 견뎌 내고 계속 살아가야 한다고 했고, 엘리너는 그렇게 했다. 심지어 데이트도 다시 시작해 봤다. 하지만 엘리너의 아주 커다란 부분이 무너져 내린 뒤였다. 버트가 사라졌고, 그건 기브스가 사라졌다는 뜻이었다. 그리고 기브스가 없다면 커비도 없었다.

엘리너는 언제나 자신이 생존자라는 사실에 자부심을 느껴 왔다. 엘리너는 강하게 키워진 아이였다. 도망칠 만큼, 과거를 포기할 만큼, 고개를 똑바로 들고 앞으로 나아갈 만큼 강하게. 그리고 엘리너가 그 보상으로 받은 것의 아주 많은 부분은, 그의 가족은, 가정은, 웃음으로 가득 찬 나날들은, 오랫동안 긍정적인 확언처럼 느껴졌다. 엘리너는 자신이 겪었던 일들에는 그럴 만한 가치가 있었다고 사는 동안 제법 자주 생각했다. 하지만 모든 게 다 그런 것은 아니었다. 가장 중요한 것은 그렇지 않았다. 엘리너는 언제나 결국에는 모든 게 잘 해결되어 큰딸을 찾아내게 되기를, 다른 자식들에게 모든 것을 설명하게 되기를, 지금 같은 기분을 느끼지 않게 되기를 바랐었다.

하지만 더 이상은 희망이 없었다.

이만하면 됐어, 이만하면, 이만하면. 바다의 상황은 나쁘지 않았다. 남쪽 바다의 파도가 제대로 솟아오르고 있었다. 관계자들은 아마도 친절한 태도로 자식들에게 소식을 전해 줄 것이었다. 아마도 그들은 엘리너의 마지막 숨결이 햇빛과 소금기 어린 공기로 채워져 있었다고, 그가 마지막 순간까지 삶을 너무도 충만하게 살다 갔다고 말해 줄 것이었다.

문제는, 남부 캘리포니아에서 겨울에 웨트슈트도 없이 서핑 보드에 올라탄 가슴 큰 60대 흑인 여성이 눈에 띄지 않기란 불가능하다는 것이었다. 근무 중이던 구조대원이 엘리너를 계속 주시하고 있다가 경보를 울렸다. 그 대원이 동료와 함께 도착했을 때 엘리너의 몸 상태는 상당히 나빴다. 위로 솟구쳐 오른 보드가 엘리너의 머리를 강타했고, 쓰러져 땅바닥에 세게 부딪히는 바람에 정강이뼈에는 금이 가 있었다. 나중에, 엘리너는 물 밖으로 끌려 나온 일을 기억하지 못할 것이었다.

엘리너는 결국 다리와 금이 간 갈비뼈에 핀들이 꽂히고 머리에 꼴사나운 부상을 입은 채 병원 신세를 지게 되었지만 다른 곳들은 괜찮았다. 저녁이 되어 아들이 집으로 돌아간 뒤, 엘리너는 약에 취했지만 잠들지는 못한 채로 텔레비전 불빛을 노려보며, 진정제가 자신의 깊은 슬픔을 계속 덮어 주길 바라면서 누워 있었다. 자신이 살아남았음을 아는 것, 그리고 애초에 바다에 나갔었다는 사실을 깨닫는 것 가운데 어떤 것이 더 기분 나쁜 일인지 알지 못하는 상태로.

바이런

바이런의 친구 케이블은 어린 시절에 유료 텔레비전 방송을 아주 좋아해서 케이블이라는 별명이 붙었다. 그가 좋아하는 건 오래된 고전 영화들이 나오는 방송이있다. 그들의 부모님들이 어렸을 때 만들어진 영화들. 케이블은 흑인 배우가 괜찮은 역할을 맡은 영화라면 전부 알고 있었지만, 실은 고전 영화라면 전부 아주 좋아했다. 흑인 하녀나 짐꾼 들이 예의 그 통방울눈을 한 캐릭터들로 나오지만 않는다면 말이다. 그리고 심지어 흑인 캐릭터가 그런 식으로 영화에 나와도 그는 그냥 보기도 했다. 그와 바이런이 여러 번 꽤 심한 논쟁을 벌였던 것도 그 문제를 두고였다.

케이블이 옛날 영화를 좋아하는 이유는 그 영화들이 인생에 대해 명료한 태도를 지니고 있어서였다. 선한 사람들은 결국에는 잘됐다. 혹은 영웅답게 죽었다. 케이블은 사람들의 선량함을, 타인을 위해 희생하는 일의 의미를, 구원을 믿었다. 최악의 시기에조차 품위 있게 일을 해결해 나갈 방법이 있다고 믿었다. 케이블은 남자라면 누구든 자기 삶에 필

302

요하다고 여길 만한 그런 부류의 친구였다.

케이블이 만나서 맥주나 마시자고 전화했지만 바이런은 어머니가 병원에 있다고, 못 나가겠다고 했다.

「서핑하다 사고를 당하셨다고? 베넷 부인이? 근데 넌 나한테 말도 안 한 거야?」

「미안해, 친구. 바로 어제 아침에 일어난 일이라서.」바이런이 말했다. 「이마를 다치셨어. 다리를 상당히 심하게 부딪치셨고. 수술을 해야 했어. 하지만 괜찮아지실 거야.」

20분 뒤, 케이블은 병원에 와 있었다. 「서핑을 하셨다고, 응?」 그는 구내식당의 커피를 홀짝거리며 말했다. 「어디서 그러셨는데?」

「발보아 반도에서.」바이런이 말했다.

「뉴포트 해변?」

바이런이 고개를 끄덕였다.

「더 웨지[27]라고 불리는 거기 말이야?」

바이런이 다시 고개를 끄덕였다. 그들은 잠시 말없이 앉아 있었고, 그동안 바이런의 귀에는 케이블의 뇌가 찰칵찰칵 돌아가는 소리가 들렸다. 케이블이 뭘 생각하고 있는지 알 것 같았다. 바이런 역시 같은 생각을 하고 있었다. 바이런은 더 웨지에서 어찌어찌 서핑을 하는 데 성공한 적이 있었지만, 그때 어머니는 해안에서 지켜보며 계속 응원만 했었다. 그곳은 보드를 타거나 보드 없이 몸으로 파도를 타는 사람들의 안식처였지만, 남부 캘리포니아에서 파도가 가장 높

---

27 The Wedge. 캘리포니아주 뉴포트 해변의 발보아 반도 남동쪽 끝자락에 위치한 곳으로, 거대한 쐐기(wedge) 모양의 파도로 유명한 장소다.

아서 위험한 장소이기도 했다.

「거기서 뭘 하고 계셨는데?」케이블이 물었다.

바이런은 고개를 양옆으로 천천히 저었다.

「너희 엄마, 죽고 싶다는 생각 같은 거 하고 계시는 거 아니냐? 아닌 거 확실해, 바이런? 우리 엄마는 하셨어. 아빠 돌아가신 뒤에.」

「너희 어머니가? 하지만 괜찮아 보이시던데.」

「지금은 나아지셨지. 근데 바이런, 너 노인네 좀 잘 지켜봐야 할 것 같다. 너희 엄마 서핑 잘하시잖아. 자기가 **그렇게** 잘하지는 못한다는 걸 아실 정도로 잘하신단 말이야.」

바이런은 안경을 벗고 어린 시절의 친구를 빤히 노려보았다.

「알아들었어, 케이블. 하지만 우리 아버지가 돌아가신 지도 5년이나 됐어. 어머니가 조금 심심하셨던 것 같긴 해, 그건 인정할게. 그래서 서핑이나 한번 해보자고 생각하신 거야. 판단을 잘못하신 거라고.」

케이블은 아무 말 없이 두 눈썹을 치켜올리고 커피를 한 모금 더 들이켰다. 바이런은 시선을 돌리며 한숨을 쉬었다.

「제에에엔장.」그가 말했다.

「어느 쪽이든 우린 뭔가 해야 돼. 너희 어머니한테 남자를 구해 드려야겠다, 바이런. 내 말은, 베넷 씨한테 무례하게 굴려는 게 아니야. 내가 그분을 삼촌처럼 좋아했던 거 알잖아. 근데 이건 정말 안 좋아. 어머니한테 남자를 구해 드려야 해. 어머니랑 계속 연락하면서 지낼 수 있는 남자로. 최소한 열다섯 살은 연하여야 되겠다. 최소한.」

바이런은 고개를 흔들며 웃어 버렸다.

「왜 웃는데? 웃지 마.」

누구에게나 케이블 같은 친구가 필요했다. 그는 최악의 시기에도 바이런을 웃게 해줄 수 있었다. 하지만 나중에, 바이런은 한밤중에 잠들지 못한 채 누워 케이블이 어머니에 대해 했던 말을 떠올리게 되었다.

죽고 싶어 하신 거라고?

갈비뼈 밑에서 올라오는 감정이 있었다. 일종의 공포였다. 바이런은 베니에게 전화하려고 휴대폰을 집어 들었다가 침대 옆 협탁에 도로 내려놓았다. 베니가 알아야 한다고, 여기 있어야 한다고 생각했다. 어머니는 자식들과 함께 있을 필요가 있었다. 하지만 그 전화를 거는 사람은 엄마여야 했다. 그도 아니면, 베니 쪽에서 그 이기적인 마음을 고쳐먹고 연락을 해 와야 했다. 베니 자신의 의지로 말이다. 그렇지 않으면 그들은 그냥 아버지가 돌아가시기 전부터 그랬던 대로 계속 지내게 될 것이었다.

베니 없이.

동생의 부재가 그들의 삶에 난 균열들로 스며드는 걸 느끼면서.

그로부터 한참 지난 어느 날, 바이런은 어머니의 서핑 사고가 자신들의 삶에서 하나의 전환점이었음을 알게 되었다. 엄마가 퇴원한 뒤, 바이런은 출장을 몇 건 취소하고 자신이 어렸을 때 살던 집에서 다시 잠을 자게 되었다. 아직 운전을 하거나 지역 사회 텃밭에서 자원봉사를 하는 것 같은 일은 할 수 없었던 어머니는 몇 주 동안 휠체어 한 대를 대여했고,

스스로 좋아하는 표현에 의하면 **놀러 다닐 계획**을 약간 세웠다. 바이런은 어머니를 차에 태우고 오래된 영화 촬영장들에, 박물관에, 콘서트에 모시고 갔다. 그런 다음 컨벤션 센터에서 하는 그 유명한 흑인 수영 선수의 강연도 보시라고 모시고 갔다. 그 무렵 어머니는 목발을 상당히 날렵하게 사용할 수 있었고, 그 전의 몇 달보다 행복해 보였다.

바이런이 변호사인 미치 씨를, 바이런과 베니를 그들 자신보다 훨씬 더 잘 알고 있는 듯 보이는 그 사람을 처음으로 만났던 건 그즈음이었다. 어머니가 무언가 꾸미고 있다는 걸, 그리고 미치 씨가 그 전의 다른 사람들과 마찬가지로 이미 어머니의 마법 같은 매력에 빠져든 상태라는 걸 바이런은 그때 알아차렸어야 했다.

늘 똑같은 일들

2017년은 캘리포니아 역사상 가장 무더운 해 중 하나로 보인다고 기후 전문가들은 말했고, 바이런은 그 말에 손톱만큼도 놀라지 않았다. 그가 알기로 그해는 내내 좀 **너무한** 해였다. 바이런은 이듬해가 어머니에게는 마지막 해가 되리라는 사실을 아직 모르고 있었다. 그저 자신이 그해가 끝나기만 기다리고 있다는 것만 알았다. 관목 지대에서 일어난 그 모든 화재들. 어머니의 사고. 승진을 거부당한 일. 리넷과 잘 풀리지 않던 모든 일들. 리넷과 그는 끊임없이 말다툼을 하고 있었는데, 그 절반쯤 되는 시간에 바이런은 자기가 정확히 무엇 때문에 싸우고 있는 건지도 알 수 없었다.

「엄마?」 현관 입구 러그에 발을 털며 바이런이 불렀다. 저 위, 북부의 관목 지대 화재에서 날아온 재와 뒤섞인 분필 가루 같은 먼지가 그의 부츠에서 풀풀 일어났다.

「왔니, 아들.」 복도 저쪽에서 어머니의 목소리가 들려왔다. 「오늘은 어땠니?」 어머니는 부상에서 회복되면서 기분이 나아지고 있는 듯했다.

「늘 똑같죠, 뭐.」바이런이 말했다. 캘리포니아에서 일어난 최악의 관목 지대 화재가 사람들의 목숨을 앗아 가고 집들을 태워 버린 뒤였다. 그 화재들 때문에 산비탈에 있던 식물들이 홀랑 타버렸고, 그로 인해 산비탈은 비가 오면 토사 유출에 더욱 취약해질 것이었다. 그리고 더 나아가 토양이 침식되고, 수원이 오염되고, 묘목의 성장이 지연되고, 그다음에는 다시금 산비탈의 안정이 깨질 것이었다. 그 지역의 저널리스트들은 해마다 바이런을 불러 폭우로 바다에 유입되는 물과 강우 유출수 오염에 관해 논평을 해달라고 했다. 바이런의 연구는 실은 다른 분야에 초점을 맞추고 있었지만 말이다.

바이런은 여러 학교에서 인기기 있었다. 그의 소셜 미디어 팔로워 수가 어마어마하고 그가 대단히 똑똑한 데다 운동선수처럼 몸도 건장하다는 점이 도움이 됐다. 이 마지막 특징은 특히 교육자들에게 호소력이 높았는데, 그들은 바이런을 자기들의 공립 학교에 초대해 건강한 신체와 학업에서의 우수한 성취는 공존할 수 있으며 하나가 다른 하나를 멀리하는 평계가 되어서는 안 된다는 메시지를 학생들에게 주지시켰다.

바이런은 학생들에게 롤 모델로 대접받을 수 있어서 행복했다. 특히 과학 기술 관련 직종에서 여전히 과소 대표되는 인구 집단에 속한 학생들에게라면 그랬다. 하지만 학교들은 특정한 직종을 택하지 못하게 만드는 사고방식으로부터 학생들을 해방시켜 주고 싶어 하면서도 종종 고정 관념을 부수기보다는 강화하는 잘못을 저질렀다.

스포츠와 관련된 이야기 전체가 그런 예였다. 모두들 바이런에게 대학 때 육상 경기에서 우승했던 경험을 강조해서 이야기해 달라고 하는가 하면 농구를 해본 적이 있느냐고 물었다. 도심의 가난한 지역 아이들에게 강연을 할 때 언급해 달라고 요구받는 운동 종목들은 그런 것들이었다. 바이런을 가장 뚜렷하게 캘리포니아 남자로 규정하는 그 종목, 그가 하는 서핑에 대해서는 아무도 물어 온 적이 없었다.

바이런에게 서핑하는 법을 가르쳐 준 사람은 어머니였다. 서핑을 발명한 건 금발 남자들이라고 로스앤젤레스 사람 대다수가 믿던 시대에, 조그만 흑인 꼬마와 대단히 서핑에 뛰어난 어머니로 이루어진 그들이 서핑 보드 위로 몸을 기울이고 있으면 언제나 사람들의 눈총이 느껴졌다. 어머니는 가끔씩 바이런을 모래사장 위에 도로 데려다 놓고는 보드를 가지고 혼자 바다로 나갔고, 비틀거리며 해안으로 돌아올 때면 인정의 뜻으로 외치는 소리를 사람들로부터 이끌어 내곤 했다.

「어떤 사람들은 서핑이 바다와의 관계 맺기라고 생각해.」 어느 날 바이런이 물속에서 버둥거리고 있을 때 어머니가 말했다. 「하지만 서핑은 사실 너 자신과의 관계 맺기야. 바다는 자기 하고 싶은 대로 할 뿐이고.」 어머니가 윙크를 했다.

「바이런, 네가 해야 하는 일은 언제든 네가 누구고 어디에 있는지 아는 거야. 그건 네가 너의 중심을 찾아내고 지켜 내야 한다는 뜻이야. 파도는 그렇게 대하는 거야. 그런 다음에는 연습을 더 해야겠다든지, 폭풍 같은 파도가 밀려오고 있다든지, 파도가 너한테는 그냥 너무 벅차다든지, 그런 것들을 알게 되지. 너 스스로가 아예 서핑에는 안 맞는다는 결론을 내릴 수도 있는데, 그래도 괜찮아. 하지만 네가 정신을 똑바로 차리고 바다에 나가지 않으면 이것들 중에 뭐가 사실인지 알 수가 없는 거야.」 이건 서핑에도, 인생에도 해당되는 얘기라고 엄마는 말했다.

그날 일찍, 바이런은 두 군데 중학교에 방문할 준비를 하면서 무언가를 조금 다른 방식으로 해봤다. 지프 조수석에 백팩과 노트북 컴퓨터를 올려놓은 다음, 돌아가서 서핑 보드 하나를 움켜쥔 것이다. 왜 좀 더 일찍 이렇게 안 했지, 그는 차량 뒤쪽에 보드를 실으며 생각했다.

「여러분 중에 이런 거 있는 사람이 몇 명이나 되죠?」 롱보드를 똑바로 세워 붙잡은 바이런이 여러 교실에서 모인 학생들을 마주 보며 말했다. 손을 든 학생은 두 명밖에 안 됐지만 바이런은 청중의 관심이라는 파도를 붙잡았고, 서핑과 물리학, 그리고 자신의 전문 분야인 해저 연구 사이의 관계를 통해 거기에 올라탔다.

서핑에 관해 이야기해 보자는 생각은 전날 저녁 차에 앉아 고속 도로 경찰이 그의 운전면허를 점검하는 동안 기다리면서 떠오른 것이었다. 경찰이 바이런의 차를 세운 것은 그해 들어 네 번째였고, 그는 신경을 가라앉히기 위해 천천히 심호흡을 한 다음 한쪽 팔 밑에 보드를 끼우고 바다를 향해 달려가는 자신의 모습을 상상했다. 늘 똑같은 〈진로의 날〉 프레젠테이션에 약간의 변화를 주어야겠다고 마음먹은 것은 그때였다.

「여러분 대부분이 그렇겠지만 저도 바로 여기 남부 캘리포니아에서 태어났어요.」체육관 관람석에 앉은 1천 명의 학생들을 마주 보며 바이런이 말했다. 「그러고는 여기 이 주에서 초등학교에 가고, 중고등학교에 가고, 두 군데 대학을 나왔죠. 늘 해안과 가까이 있었어요.」그는 한 손으로 서핑 보드를 고정하고 다른 손으로 그것을 가볍게 세 번 두드렸다.

「알다시피 캘리포니아는 서핑으로 유명한 곳이에요. 그리고 저는 서핑하기를 좋아하는데, 오렌지 카운티에서 자라는 내내 서핑을 하는 또 다른 흑인 친구를 본 적은 거의 없었어요. 자, 왜 그럴까요?」

한 아이가 손을 들었다. 「그게 전통이라서요?」아이가 말했다.

「그게 전통이라서.」바이런이 말했다. 「왜 그렇게 생각하는지는 알겠어요. 그런데, 그 전통이란 건 누구의 전통일까요?」보드를 강연대에 기대 놓은 그는 다시 아이들 쪽으로 걸어간다.

「카리브해에서는 흑인들이 서핑을 하거든요. 거긴 제 부모님이 태어나신 곳이에요. 사실 저한테 서핑하는 법을 가르쳐 준 사람도 저희 어머니였어요. 그리고 흑인들은 아프리카 여러 나라에서도 서핑을 하는데, 거긴 1십억 명이 넘는 사람들이 살고, 알다시피 사람들 대부분의 피부색이 검거나 갈색이죠. 그리고 아시아는 어떨까요? 거기에도 오랜 서핑의 역사가 있어요. 그럼 여기선 왜 안 할까요? 세계 서핑의 중심지인 여기서는?」아이들 일부는 이제 앞으로 몸을 기울이고 있었다.

「자, 오해하지는 말아요.」바이런이 말했다. 「사실, 여기서도 해안을 따라 한참 올라가면 온통 서핑하는 흑인들 천지니까요. 주말에는 그 사람들한테 레슨도 받을 수 있답니다. 하지만 제가 저희 동네에서 자랄 때는 그런 게 없었어요. 캘리포니아에서 특정한 집단에 속하는 사람들만 서핑을 하는 경향이 있었던 데에는 여러 가지 이유가 있는데요.」

바이런은 이 순간을 사랑한다. 공간 전체를 꽉 채운 사춘기 아이들이 귀를 기울이는 순간.

「그런데 그 이야기를 여기서 다 하진 않을 거예요. 그건 또 완전히 다른 이야기거든요. 제가 말하고 싶은 건 이거예요. 제가 하는 일에도 똑같이 해당되는 얘기예요. 아직 대학에서 공부를 하고 있을 때, 저는 제가 있던 박사 과정에서 유일한 흑인 학생이었어요.」

바이런이 두 손을 들어 올렸다. 「음, 알아요, 지금 〈신석기 시대 얘기야 뭐야〉 하고 생각하고 있다는 거.」

웃음.

「하지만 그렇게 오래전 얘기는 아니에요. 제가 학업을 끝냈고, 유용한 일을 하고 있고, 제 일을 사랑한다고 말할 수 있어서 기뻐요. 그리고 다양한 부류의 대학생들이 제 연구 노선으로 들어오는 것도 이제는 보이고요. 시대가 변했어요, 그건 사실이죠. 하지만 과학을 택해서 그 길을 박사 수준에 이를 때까지, 혹은 승진할 수 있는 진짜 기회를 제공하는 직업에 이를 때까지 쭉 따라가는 학생들의 수는 생각만큼 그렇게 잘 유지되고 있지가 않거든요. 자, 요점이 뭘까요?」

여럿이 손을 들고 흔든다.

「좋아요, 잠시 후에 여러분의 질문을 받아 볼 텐데요, 그 전에 이런 말로 결론을 짓고 싶네요. 여러분이 서핑을 하고 싶다면, 서핑하러 가기 전에 여러분처럼 생긴 사람이 나타날 때까지 기다리지 말아요. 그리고 만약 제가 일하는 분야인 해양 과학이나 원격 탐사, 아니면 화학이나 생물학이나 정보 기술 같은 무언가에 관심이 있다면, 여러분한테 허락을 내주는 사람이 나타날 때까지 기다리지 말아요. 그냥 가서 공부를 하고, 지원할 수 있는 프로그램에는 다 지원하세요. 왜냐하면 우리는 다양한 유형의 재능 있는 청년들이 더 많이 필요하고, 나가서 싸우지 않으면 이길 수 없으니까요.」

바이런은 전통이라는 말을 했던 아이를 돌아보았다. 「자, 전통이라서. 네, 전통은 가끔씩은 우리에게 이렇게 말해 왔죠. 어떤 특정한 부류의 사람들은 특정한 주제만 연구해야 하고, 특정한 스포츠를 하거나 오케스트라에서 연주를 해야 한다거나 뭐 그렇다고요. 하지만 전통은 다만 사람들이 지금까지 무엇을 해왔고 무엇을 하지 않았는지만 말해 줄 뿐, 사람들이 무엇을 할 능력이 있는지는 말해 주지 않아요. 그리고 미래에 무엇을 하게 될지도요.」

체육관에는 분리형 칠판 하나가 설치되어 있었다. 바이런은 그리로 걸어가더니 분필 한 자루를 집어 들고 쓰기 시작했다.

「교장 선생님께서 저를 여기 초대해 오늘 여러분 모두에게 한 사람의 롤 모델로서 이야기하게 해주셔서 영광입니다. 하지만 다시 한번 말하고 싶어요. 만약 저 바깥에 여러분처럼 생긴 사람들이 눈에 띄지 않는다면, 그래도 그 길을 택해야 돼요.」 그는 몸을 돌려 다시 학생들을 마주했다.

「너는 누구고 이런이런 일을 해야 돼, 다른 누군가의 이런 생각이 여러분의 발목을 잡게 둘 건가요?」 그는 학창 시절에 어머니가 종종 했던 말을 떠올리며 미소 지었다.

「자, 이 자리에서 여러분한테 극단적인 낙천주의를 막 퍼부으면서, 경제적인 장벽이나 고정 관념처럼 여러분이 맞서야 할 진짜 장애물은 하나도 없다고 말할 생각은 없어요. 이런 일들을 해결해야 하는 건 여러분보다 한 세대 앞서 있는 우리들이고, 우리 중 많은 사람들이 노력하고 있기도 해요. 하지만 스스로를 위해서, 먼저 한번 생각해 보세요. 생각하지 **않기로** 하기 전에 말이에요, 알았죠?」

박수.

바이런은 칠판에 써놓은 구절에 주의를 집중시키기 위해 한 걸음 옆으로 물러났다. **파도를 타라.**

「제가 여러분에게 말할 수 있었으면 하는 건 이거예요. 인생을 살다 보면 파도를 붙잡아서 올라타야 할 때가 있죠. 그런데 만약 내 쪽으로 좋은 파도가 오는 게 안 보이면? 그러면 가서 찾아야 해요. 찾기를 포기하지 마세요, 알았죠? 그리고 그렇게 **찾는** 방법 중에 하나는 공부를 계속하는 거예요. 학교에서 최선을 다해 공부하는 일의 가치를 과소평가하지 않았으면 해요. 왜냐하면, 이기려면 어떻게 해야 한다고요……?」 바이런이 두 손으로 양쪽 귀를 감싸 쥐고 듣는 시늉을 하며 말했다.

「……나가서 싸워야 돼요.」 청중이 화답했다.

질의응답 시간이 끝나자 몇몇 아이들이 올라와 과학 프로그램과 인턴십 같은 것들에 대해 물었지만, 바이런은 그 애들 중 몇 명은 그저 서핑 보드를 좀 더 가까이서 보려고 눈높이를 맞추고 있다는 걸 알 수 있었다. 나쁘지 않아. 셀카를 찍겠다는 아이들과 함께 포즈를 취하면서 바이런은 생각했다. 이렇게 시작을 했네. 하지만 그는 이 아이들 모두가 그의 조언을 따른다 해도 그걸로 충분치는 않으리라는 걸 알고 있었다. 그가 언젠가 자신만의 장학금 프로그램을 시작할 생각이 있는 건 그래서였다.

「그래, 오늘 하루 잘 보냈니, 아들?」이제 어머니가 그에게 묻고 있었다.

「네, 엄마. 늘 똑같죠 뭐. 다리는 좀 어떠세요?」

「나아지고 있단다, 바이런. 매일 조금씩 나아져.」

그의 어머니는 서핑하다 사고가 난 뒤로 아직 지팡이를 사용하고 있었다. 어머니는 좀 더 현명하게 생각했어야 했다. 그 파도를 타지 말았어야 했다. 언제든 네가 누구인지, 어디에 있는지 알아야 한다는 그 모든 이야기도 어머니가 무모한 사람처럼 행동하다가 거의 목이 부러질 뻔했던 일을 막아 주진 못했다. 케이블이 말했듯 엄마가 자신이 뭘 하고 있는 건지 정확히 알고 있었던 게 아니라면 말이다.

다른 누구보다도, 심지어는 아버지보다도, 어머니는 바이런에게 전략적 사고와 계획적인 행동의 가치를 더 많이 가르쳐 준 사람이었다. 바이런은 자신이 대체로 엄마를 닮았다고 생각하곤 했다. 하지만 최근 들어 어머니는 자신이 바이런의 논리를 벗어나고 그를 불안하게 만드는 무모한 구석이 있는 사람이라는 걸 드러냈다.

약간, 베니처럼 말이다.

내 이름은 베니

어머니가 세상을 떠나기 한 해 전, 베네데타 베넷은 미드
타운 맨해튼의 어느 회관 연단에 서서 〈안녕하세요, 제 이름
은 베니예요〉라고 말하고 있는 자신을 발견했다. 그 말들이
입에서 나오자마자 베니는 자신이 엄청난 실수를 했다는 걸
깨달았다. 베니는 거기 서서 몸을 떨고 있었고, 마이크에서
나오는 삑 하는 전자음이 잠시 침묵하고 있는 베니를 졸라
대고 있었다. 등의 잘록하게 들어간 부분에 축축한 땀이 번
져 나갔다. 허리 밴드가 근질거렸다. 베니는 청중을 향해 다
시 시선을 들다가 그들의 정직한 얼굴에 움찔했다.

서른 쌍의 눈동자. 부드럽고 따스한 우애가 흐르는 그 몇
초 동안 그들은 아무것도 모르고 있었다, 그렇지 않은가? 그
눈동자들은 잠시 후 베니가 서둘러 문 쪽 통로로 내려갔을
때 베니를 문 바깥으로 내보내려 할 것이었다. 그 눈동자들
은 베니가 어떤 상태인지 알 수가 없었다. 반 시간 전, 절망
에 휩싸인 베니가 개들이 즐겨 찾는 나무 밑둥 근처의 얼음
덮인 인도 위에 쓰러질 뻔했다는 것도.

317

그날 베니는 일거리 중 하나를 마치고 버스에서 내린 다음 죽도록 걷고, 걷고, 또 걷고 있었다. 바로 그때 한 남자가 지나갔고, 베니는 어느 건물 입구로 이어진 계단으로 향하는 남자의 두 눈에 담긴 표정을 알아차렸다. 머리를 영화배우처럼 자르고 턱까지 캐시미어 목도리를 둘러 보호하고 있긴 했지만, 40대쯤 되어 보이는 남자의 얼굴은 베니 자신의 멍든 내면을 거울처럼 비춰 주는 것처럼 보였다. 딱 하나 다른 점이 있다면 그의 표정은 안도감에 가까웠다는 점이었다. 남자는 커다란 문을 당겨 열더니 잠시 멈추고 베니를 돌아보았다. 문은 짙은 녹색이었고, 짙은 녹색은 베니가 가장 좋아하는 색이었다. 그래서 베니는 남자를 따라 안으로 들어갔다.

먼지 쌓인 종이와 학창 시절의 냄새가 나는 희미한 조명이 켜진 로비를 지나 큼직하고 따스한 방으로 들어가니 접이식 의자들이 줄지어 놓여 있었고, 간식과 전단지가 놓인 테이블도 하나 있었다. 누군가가 커피가 담긴 종이컵과 글루텐이 함유되지 않은 쿠키를 건네주자 베니는 고개를 끄덕여 감사의 뜻을 표했다. 그러고는 중얼거리는 환영의 말들을, 모르는 얼굴들이 주는 안식을, 손가락에 전해지는 컵의 온기를 누렸다. 베니는 벌써 기분이 나아지고 있었고, 바로 거기서 멈출 수도 있었지만, 그러지 않았다. 그 대신 베니는 보풀이 일어난 푸른색 스웨터를 입은 젊은 남자와 주홍색 스커트를 입은 여자 사이에 자리를 잡고 앉았고, 밀려오는 선의의 물결과 카타르시스를 느끼고픈 욕구가 자신을 일으켜 세워 방 앞쪽으로 내보내게 두었다.

베니가 누군지, 어디서 왔는지, 혹은 왜 거기 있는지 알고 싶어 하는 사람은 그때까지 아무도 없었는데, 따지고 보면 다들 똑같은 한 가지 이유로 그 자리에 있었고, 그 특정한 날 저녁에 각자가 **정확히 왜** 그 자리에 참석했는지와 각자가 그 때까지 **정확히 어떤 사람**으로 살아왔는지, 혹은 어떤 사람이 기를 바라는지는 앞으로 나가 발언을 하기 전에는 자세히 말할 필요가 없었기 때문이었다. 그리고 이제 베니는 한 손 으로 강연대 가장자리를 붙잡고 다른 손으로는 반쯤 먹은 쿠키를 움켜쥐고 있었다.

「제 이름은 베니고 저는 알코올 의존증이 있습니다.」

사람들이 아무것도 따지지 않고 **들어오세요**라고 말해 주는 장소를 찾고 있던 베니는 그 몇 마디 말과 함께 알코올 의존 증에서 회복 중인 사람들의 모임에 초대도 없이 공식적으로 들어오게 되었다. 베니가 자기 아버지 장례식에 참석하지 않았다고 말하면, 그들은 베니를 지지해 줄 것이었다. 그리 고 베니가 그 이유를 말하면, 그들은 충격받은 흔적 따위 하 나도 없는 얼굴로 귀를 기울여 줄 것이었다. 그곳에서 베니 는 자신을 이해해 줄 수는 없어도 어쨌거나 자신의 말에 귀 를 기울여 주는 사람들에게 이야기를 할 수 있었다. 단지 남 들이 베니에게 수행하기를 원하는 역할들에 맞지 않는다는 이유로, 혹은 남들이 보기에 베니의 능력으로는 벅차 보이 는 역할들을 수행하고 싶어 한다는 이유로, 한 인간으로서 자신의 진정성이 의심받는 일에 지쳐 버렸다고 말이다.

베니는 말을 멈추고 방에서 뛰어나가야 한다는 걸 알았지 만, 그 쿠키는 집에서 만든 것이었고 생강 맛이 살짝 났다.

그리고 너무도 오랜만에 누군가가 귀를 기울여 주고 있었다. 그래서 베니는 말을 했다. 그들에게 모든 것을 말했다. 자신을 거부한 아버지와 자신에게 실망한 어머니, 자신과 말하지 않으려 하는 오빠, 자신을 상처 입힌 연인 이야기까지 끝낸 베니는 솔직히 시인했다. 달리 무엇을 해야 할지 알 수 없어서 사실이 아닌 말들을 하며 모임에 참석했다고 말이다. 무례하게 굴려고 했던 건 전혀 아니었으며 지금 바로 나가겠다는 말도 했다. 그러고는 마이크로부터 몇 걸음 걸어 나가 곧바로 출구 쪽을 향했다. 고개를 저으며 〈너무 죄송합니다……〉라고 중얼거리면서.

베니가 서둘러 의자들 옆을 지나가는데 한 여자가 목소리를 높여 말했다. 「그런 종류의 문제를 위한 지지 모임도 있어요, 아시죠?」 또 다른 사람은 이렇게 말했다. 「적어도 솔직하게 얘기하긴 하셨네요.」 그런가 하면 애초에 베니를 부지불식간에 그곳으로 이끌고 왔던 영화배우 헤어스타일을 한 남자는 〈행운을 빌어요〉라고 했다. 얼굴은 뜨거웠지만, 베니는 자신이 처음으로, 그리고 유일하게 참석해 본 알코올 의존증 자조 모임이 어째선지 결국에는 약간 도움이 되었다고 느꼈다.

건물 계단을 걸어 내려온 베니는 40분 동안 계속 걸었고, 자신의 아파트에 도착했다. 소파에 털썩 주저앉아 담요를 몸에 잡아당겨 두르고는 담요의 온기와 섬유에 아직 배어 있는 지난밤의 마늘 냄새에 감사했다. **이만하면 됐어, 이만하면, 이만하면.** 베니는 휴대폰을 켜고 집에 전화를 걸었지만 아무도 받지 않았다. 나중에 베니는 계산을 해보게 될 것이고,

그날 어머니는 서핑을 하다 사고를 당해서 입원해 있었으며 바이런은 굳이 베니에게 알리려고 전화도 하지 않았다는 걸 알게 될 것이었다. 이것은 너무 오랫동안 누군가를 멀리하면 생기는 그런 종류의 일이었다.

케이크

베니는 어머니가 전화를 받았다면 자신이 무슨 말을 했을지 생각하며 잠들지 못한 채 몇 시간이나 누워 있었다. 새벽 4시, 베니는 침대에서 나와 부엌 조리대를 닦아 냈다. 오븐 안에 보관하고 있던 냄비와 팬 들을 모두 끄집어내고, 냉장고에서 달걀 몇 개를 꺼낸 다음, 가장 중요한 재료인 럼주와 포트와인에 담가 둔 말린 과일이 든 병을 찾아 찬장 아래칸으로 손을 뻗었다. 혼합물을 그릇에 붓고 대추야자 열매와 마라스키노체리를 넣었다. 하지만 시트론은 넣지 않았다. 베니는 시트론을 좋아해 본 적이 없었다. 어머니도 마찬가지였다.

아침 일터로 출근할 준비를 하기 전에 모든 순서를 거쳐 블랙케이크 두 판을 레인지 위에 올려놓고 식히면 딱 맞을 만큼 시간이 충분했다. 베니는 여전히 엄마와 대화하고 싶다는 욕구를 느꼈지만 다시 전화를 걸 용기는 없었다. 이것이, 이 케이크들이 베니의 메시지가 되어야 할 것이었다. 베니는 준비 과정을 몇 장의 사진으로 찍어 두었다. 그 사진들을 편지와 함께 어머니에게 보낼 생각이었다.

자신이 어머니로부터 무엇을 배웠는지, 얼마나 면밀하게 주의를 기울이고 있었는지, 기술이 얼마나 훌륭해졌는지 어머니에게 보여 줄 것이었다. 왜냐하면 블랙케이크를 굽는 일은 관계를 다루는 일과 같았으니까. 종이에 적힌 조리법은 너무나도 단순했다. 케이크의 성공은 재료의 질에도 달려 있었지만 대체로 재료를 얼마나 잘 다루는지에, 여러 과정에서의 타이밍에, 혹은 공기 중의 습기나 오븐에 달린 온도 조절 장치의 기능 같은 변수들에 어떻게 대처하는지에 달려 있었다.

베니는 그동안 관계에는 썩 능숙하지 못했지만, 케이크를 제대로 만들 줄은 알았다.

사진 1번. 달걀 한 무더기 옆에 놓인 과일이 든 병. 언젠가 베니는 이 조리법을 달걀이 들어가지 않는 방식으로 바꿔 볼 생각이었다. 시대가 변했고 음식도 시대에 맞게 변해야 할 테니까. 하지만 그러려면 약간의 실험이 필요할 테고, 아마도 그 방식은 어머니의 간담을 서늘하게 만들 것이었다.

찰칵.

사진 2번. 설탕을 검게 녹이기. 냄비에서 부드럽게 올라오는 연기, 제때 끈 불, 소스 냄비에서 올라온 나무 숟가락. **찰칵.**

사진 3번. 반죽을 채워 넣은 케이크 틀 두 개가 각각 물이 담긴 팬 속에 놓여 오븐에 들어가 있는 사진. **찰칵.**

「이게 가족을 잃었을 때 내가 유일하게 남겨 놓은 거야.」 언젠가 베니의 어머니는 옆머리를 손가락으로 톡톡 두드리며 말했다. 「여기다 전부 저장해 가지고 다녔단다. 블랙케이크 조리법도, 내가 학교에서 배운 것들도, 그리고 내 자긍심도.」

사진 4번. 조리대 위에서 식고 있는 블랙케이크 하나를 클로즈업한 사진. 촉촉한 흙의 색깔, 천국의 냄새. **찰칵.**

아이싱을 준비하는 건 꽉 채워 하루를 더 잡아먹는 작업이 될 것이었고, 그 작업이 끝나면 베니는 자신의 명함과도 같은 꽃 장식 사진을 찍을 것이었다. 깨끗한 하얀 바탕 위 짙은 녹색 잎들 속에 놓인, 오렌지색을 띤 붉은색의 커다란 히비스커스 한 송이. 내기를 걸어도 좋았다. 엄마는 그 비슷한 어떤 것도 본 적이 없을 것이었다. 엄마는 베니를 자랑스러워할 것이었다. 어머니가 베니에게 전화를 걸어 올 때면 보통 생일 같은 구체적인 이유가 있었지만, 하루는 엄마가 그냥 전화를 걸더니 베니의 음성 사서함에 대고 말했다.

「같이 케이크 만들던 거 기억나니?」 어머니는 말했다. 「우리가 부엌문을 걸어 잠그면 너희 아버지랑 바이런은 미치려고 했었는데.」 베니의 귀에 엄마가 미소 짓는 소리가 들리는 듯했다. 그런 다음 어머니는 잠시 말이 없다가, 바이런은 잘 지내고 있고, 종종 여행을 가고, 자나 깨나 TV에 나온다고 말해 주었다. 어머니는 이런 메시지들을 미국 동부 표준시로 한밤중에, 베니가 전화기를 꺼놓았으리라는 걸 자기도 알 만한 시간에, 베니의 휴대폰에 남겨 놓았다. 어머니는 마치 베니에게 손을 뻗고 싶지만 온 힘을 다해 뻗고 싶지는 않은 것 같았다.

엄마는 언제나 집에서 전화를 걸었다. 베니는 어머니에게 지금쯤은 휴대폰 같은 것이 생겼으리라고 짐작했지만 번호는 알지 못했다.

가장 최근에 남긴 메시지에서 엄마는 말했다. 「책을 좀 읽었고 생각을 하고 있어. 너 같은 사람들에 대해서. 사람 사귀는 일에 있어서 복잡한 사람들 말이야.」 베니의 어머니는 여전히 남들과 다른 베니의 면모에 이름을 붙일 엄두를 내지는 못했지만 노력이라는 걸 하고 있었다. 베니는 아버지가 반대하지 않았다면 엄마는 한참 전에 자신에게 슬쩍 들르지 않았을까 생각했다. 엄마는 언제나 자기만의 방식으로 행동했다. 베니의 아빠와 관련된 일만 빼면 말이다.

그리고 버트 베넷에 대한 이런 의심 없는 충성심은 엄마가 바이런에게 물려준 것이었다. 베니는 아버지를 좋아하고 존경했고, 그들과 마찬가지로 아버지에게 신의를 지켰다. 아버지가 베니에게 신의를 지키는 일을 그만두었던 그날까지는. 넘어서는 안 되는 선을 그은 사람은 아버지였다.

아닌가?

한 가지에 대해서는 엄마의 판단이 옳았다. 그동안 베니가 사람 사귀는 일에 있어 복잡했다는 건 사실이었다. 사람들은 오직 이것 아니면 저것인 것만 이해했고, 베니 같은 사람들, 중간에 있는 사람들, **이도 저도 아닌 사람들**은 이해하지 않으려 했다. 이것은 정치에도, 종교에도, 문화에도 해당되는 이야기였고, 사람이 사람에게 끌리는 법칙에 있어서는 더없이 확실하게 해당되는 이야기였다.

조심해야 했다. 베니는 반죽을 너무 많이 젓고 있었다. 동요하고 있었다. 괴짜라는, 혼란스러운 사람이라는, 진실하지 못한 사람이라는 말을 들었던 일들이 떠올랐다. 자신을 솔직하게 드러내며 살려고 노력하다가 베니는 스스로 영구히 의혹의 대상이 되고 말았다. 너무나 다행하게도, 그토록 힘겹던 대학 시절 이후로 시대는 변했다. 하지만 아직도 수많은 오해가 돌아다니고 있었다.

그리고 무언가를 이해할 수 없을 때면, 사람들은 종종 위협받는다고 느꼈다.

그리고 위협받는다고 느끼면, 사람들은 종종 폭력적으로 변했다.

베니, 편지를 쓰다

케이크를 굽는 사진들은 준비를 끝내서 안전 봉투에 밀어 넣어 두었다. 베니는 부엌 조리대로 스툴을 끌고 간 다음 펜을 집어 들었다.

엄마에게, 베니는 이렇게 서두를 뗐다.

베니의 첫 번째 실수는 편지를 손으로 쓰기로 한 것이었다. 베니가 글씨를 쓰는 일은 항상 오래 걸렸다. 베니의 두 번째 실수는 손으로 쓴 편지를 통해 자신을 설명할 수 있다고 생각한 것이었다. 할 말이 너무 많기도 했지만 어떤 일들은 글로 쓰기에는 너무 불쾌했으므로 그건 실수였다. 그럼에도, 베니는 한번 해보고 싶었다. 아버지가 돌아가시고 5년이나 지난 뒤였지만 말이다.

우리가 이야기를 나누지 않은 지 오래됐다는 거 알아요. 엄마가 남긴 메시지 들었어요. 그냥, 메시지 남겨 주셔서 감사했고, 제가 엄마를 항상 생각한다는 걸 알아주셨으면 해요. 아빠 장례식 때 일은 정말 죄송해요. 거기 안 가서 죄송해요. 사실 그날 거기 갔지만 그냥 엄마에게 알리지 않은 거였어요. 아빠가 항상 너무 좋아하셨

던 그 복숭앗빛 원피스, 엄마가 입으신 거 봤어요. 남들이 다 입는 검은색 대신 엄마가 그 옷을 입으셔서 너무 기뻤어요. 존경받는 버트 베넷의 부인이 남편 장례식에서 그렇게 밝은 색 원피스를 입은 걸 보고 그 몇몇 여자들(누구 얘긴지 아시죠) 표정이 어땠을지 딱 상상이 갔어요! 아빠가 살아 계셨다면 웃기다고 생각하셨을 거예요.

엄마와 바이런한테 돌아가지 못한 이유가 있어요. 제가 거기 간 지 너무 오래됐다는 건 알지만, 그 이유를 설명하고 싶어요…….

베니는 스티브에 대해, 대학에 대해, 자신이 이루려고 애써 온 것들에 대해, 실망한 부분들에 대해 썼다. 이렇게 많은 시간이 지났지만, 그리고 최근에는 자신으로 사는 일이 마냥 안도감만 가져다준 건 아니지만, 자신으로 사는 일에 대해서는 유감스럽지만 사과하지 않을 거라고 썼다. 편지를 다 쓴 베니는 그것을 봉했지만, 그 봉투를 우체통에 밀어 넣을 수 있게 되기까지는 약간의 시간이 걸릴 것이었다. 베니가 그 봉투를 밀어 넣었을 때는 거의 2018년 가을이 다 되어 있었다. 베니는 그때 어머니의 시간이 다 되어 있었음을 이제야 깨닫는다.

지금

베넷 부인

B하고 B야, 너희 아버지가 너희한테 엄하기도 했다는 걸 안단다. 아버지는 너희 둘한테 너무도 기대가 컸어. 우리 둘 다 그랬지. 그리고 그게 너희한테 많은 압박감을 주었다는 걸 나도 이제는 안단다. 하지만 너희 아버지는 내가 사랑하는 사람이었고, 나한테 아름다운 아들과 딸을 주었고, 너희 둘을 너희가 알지 못할 만큼 너무도 사랑했어. 아마 언젠가 너희도 자식을 낳아 보면 알게 될 거야.

베네데타, 엄마가 지금 떠올리고 있는 사람은 너란다. 아버지가 너를 깊이 아꼈다는 걸 분명 너도 알 거야. 넌 아버지의 꼬마 아가씨였잖니. 그런데 자라나서는 우리의 예상하고는 너무도 다른 그런 여자가 되었지. 우리가 너를 사랑하지 않았다는 뜻이 아니야. 우리가 너를 신뢰하지 않았다는 뜻도 아니고 말이야. 하지만, 그래, 우리한텐 우리만의 견해가 있었고, 우린 네가 우리 얘기를 끝까지 들어 줄 거라고 기대했다. 우린 네가 이 세상에서 너의 길을 어떻게 만들어 나갈 생각인지 걱정이 됐어.

시대가 변했다는 걸 나도 느낀단다. 이 나라에선 교육을 탄탄하게 받으면 다르게 살 수 있었어. 특히 우리 같은 사람들은 그랬지.

그렇게 온갖 편견들이 방해하니까 말이야. 그런데 이제는, 젊은 사람이 커리어를 꾸리거나 안정된 가정생활을 하는 데 무엇이 필요한지 아는 사람이 더 이상은 없는 것 같구나. 너희 젊은 사람들은 이제 너무도 자유로워졌잖니. 심지어 누구를 사랑할지에 관해서도 말이야. 하지만 인터넷에 이거 하는 법, 저거 하는 법이라며 그렇게 많은 목록들이 있는데도 너희가 따라갈 만한 지침은 예전보다 적어진 것 같아. 선택지가 너무 많다 보니 어떤 길이 너희한테 맞는 길인지 더 이상 알 수가 없어진 것만 같구나. 그리고 사람들의 편견은 아직도 그대로고 말이야. 어떤 경우에는 전보다 표면적으로는 덜해졌지만, 그런 편견들은 아직도 존재한단다.

어쨌든 우리는 대학 학위가 있으면 나쁠 건 없다고 생각했어. 일류 대학 학위면 말할 것도 없고 말이야. 네가 대학을 그만두고 다시 그리로 돌아가지 않겠다고 했을 때, 그때는 마치 우리가 너한테 만들어 주려고 그토록 열심히 애를 썼던 무언가가, 네가 평생 동안 가지고 다닐 수 있겠다고 생각했던 일종의 안전망이 흐트러지기 시작하는 것 같았단다. 그리고 인정하긴 싫지만 우리도 조금은 화가 났었어. 너를 위해 그 모든 걸 한 뒤였으니까.

베니야, 너는 잘 모르는 것 같아. 네가 학교에서 그렇게 공부를 잘했던 게 얼마나 복을 타고난 건지 말이야. 어떻게 그럴 수가 있었니? 고등학교 때 한 번 성적이 훅 떨어졌을 때만 빼면, 너는 그저 출석만 해도 반에서 1등을 하는 아이였잖아. 베니 너는 일종의 재능을 타고났다는 게 명백했는데, 우리가 느끼기엔 네가 그걸 던져 버리는 것 같았어.

그 추수 감사절 얘기 좀 해볼게. 알아, 너희 아버지와 나는 언제나 너희한테 사랑과 신의가 다른 무엇보다도 중요하다고 가르쳤지.

하지만 사랑과 신의가 서로 충돌할 때는 무슨 일이 일어날까? 내 아이들, 너희를 다른 무엇보다도 사랑하지만, 너희 아버지에 대한 내 신의는 우리 가족을 이루는 기반이었어. 너희 아버지가 언제나 나를 위해, 우리를 위해 곁에 있어 주었듯이 나도 너희 아버지를 위해 곁에 있어 주어야 했단다. 너희 아버지가 없었다면 우리 중 누구도 여기까지 오지는 못했을 거야. 네가 우리한테 너의 사교 생활에 대해 말하려고 했던 게 있지. 너희 아버지는 그걸 이해하기 위해 약간의 시간이 필요했단다. 그런데 넌 그냥 걸어 나가 버렸고, 아버지의 자존심이 문제가 됐지. 네 자존심도 그랬을 거라고 나는 생각한단다.

우리가 결국 8년 동안이나 서로 만나지도 않게 될 줄은 몰랐구나. 처음에는 네가 도망치더니 다시 전화하지 않았지. 그다음엔 너희 아버지 건강이 안 좋아졌고. 그리고 나는 아버지가 좀 나아지면 바로 너한테 알려야겠다고, 우리를 만나러 집에 돌아오라고 해야겠다고 생각했지만, 너무나도 빨리 너희 아버지는 세상을 떠나 버렸어. 그러고 나서 장례식을 했는데 네가 오지 않았고, 그건 심지어 나한테도 좀 너무 심하게 느껴지더구나. 그 뒤로는 너랑 말을 할 기분이 아니었던 게 사실이야. 정신 건강을 유지하려면 거리를 둬야 할 것 같았어. 내가 얼마나 바보였는지 모르겠구나, 베니야. 나는 또다시 절대 낭비해서는 안 되는 내 시간을 낭비하고 만 거야.

가끔씩 네 휴대폰에 음성 메시지를 남기곤 했지만 너는 답이 없더구나. 하지만 이제 네 편지를 받았어. 케이크 사진들이랑 같이 보낸 편지 말이야. 네가 여러 달 전에 나한테 부치려고 했다는 사진들이지. 그걸 봤을 때 너한테 전화했었단다. 메시지를 남겼어. 엄마는 그 사진들이 너무 좋구나! 그리고 이제는 알 것 같아. 네가 대학을 떠나야 했던 이유들을. 스티브에 대해서도. 왜 이런 걸 전에는 하나도 얘기하지 않았니? 왜 도와 달라고 하지 않았던 거니? 왜 우리 여자들은 수치심 때문에 잘 사는 일을 방해받아야 되는 걸까? 내가 어렸을 때 이후로 시대가 변했다는 생각이 들긴 하지만, 내가 보기엔 충분히 변하지는 않은 것 같구나.

배신당하다

배신당했다.

어머니의 말들을 들으며 바이런은 그렇게 느낀다. 그는 심지어 어머니가 무슨 말을 하는 건지도 모르겠다. 베니에게 무슨 일이 있었는지도 모르겠다. 게다가 이 스티브라는 사람은 또 누구란 말인가? 바이런이 아는 거라고는 자신이 제외되었다는 사실뿐이다. 베니가 어딘지 모를 곳에 있을 때 어머니를 위해 모든 일을 다 했던 사람은 바이런이었는데.

베니를 만나고 싶었지만 어머니에 대한 신의를 지키느라 그 애에게 전화하기 직전에 멈췄던 일이 얼마나 많았던가? 그들 사이에 생긴 틈을 메우려 하지도, 손을 내밀려 하지도 않는 동생을 원망했던 일은 얼마나 많았고? 직접 전화하지 않고 동생의 자취를 추적하느라 여기저기 묻고 다녔던 일은 또 얼마나 많았던가? 이제 바이런은 어머니와 동생이 연락하고 있었지만 둘 중 누구도 그에게는 말해 주는 수고조차 하지 않았다는 걸 알게 되었다.

아버지의 장례식에 베니가 나타나지 않은 뒤로, 바이런은 한동안 베니에게 너무도 화가 나서 말도 하고 싶지 않았다. 어머니를 동요하게 만들기만 했던 그 애의 일련의 행보 가운데 가장 최근의 행보가 그것이었다. 대학을 그만두고. 다른 도시로 이사를 가고. 이탈리아에서 요리를, 애리조나에서 미술을 배우고. 자기 삶에 대한 이야기도 가족에게 점점 덜 하게 됐다. 바이런의 눈에는 한때는 솔직하게 모든 걸 털어놓던 꼬마 여동생이 자기밖에 모르는 쌍년으로 변해 버린 것처럼 보였다. **여자한테 그런 말 쓰지 마라**, 어머니라면 그렇게 말했겠지만 바이런의 머릿속을 스치는 말은 바로 그것이었다. 그리고 그게 사실 아닌가?

지난해 어머니가 서핑을 하다가 목뼈가 부러질 뻔하고 나서, 바이런은 전화기를 집어 들고 베니에게 전화해 **베네데타, 부탁이니 집에 와줘**라고 말하고 싶었다. 그렇게 고집 세고 별난 어머니가 계속 살아가는 일만 빼놓고 뭐든 다 하려 들지 모른다고 생각하니, 그리고 아버지마저 돌아가시고 없다고 생각하니, 안전에 대한 바이런의 감각이 흔들렸던 것이다. 하지만 그다음엔 이런 생각이 들기 시작했다. 왜 내가 걔한테 전화를 해야 되지? 걔가 나한테 마지막으로 전화했던 건 언젠데?

바이런은 어른이 된 뒤로 아프리카계 미국인 남성으로서 자신의 존재가 얼마나 빈약한지 — 자신의 직업, 인기, 그리고 언제나, 신체적 안전이 얼마나 취약한지 — 대체로 잘 아는 상태로 살아왔다. 하지만 어린 시절에 살던 집에 발을 들여놓을 때면 언제나 단단한 땅 위에 발을 딛고 있는 것 같다는 느낌이 들었는데. 여동생이 사실상 사라지다시피 하고 그다음에는 아버지가 돌아가시는 바람에 그의 삶의 토대가 흔들린 건 있었다. 하지만 그 주춧돌이 완전히 빠져나가 버릴 것 같다는 위협을 느끼게 된 건 어머니의 이른바 〈사고〉, 그리고 그것이 암시하는 듯 보이는 어머니의 정신적 문제 때문이었다.

지난번에 경찰이 바이런의 차를 세웠을 때도 그는 베니에게 전화하기 직전까지 갔었다. 나중에, 그는 베니와 이야기하고, 베니의 목소리를 듣고, 베니가 부르는 자신의 이름을 듣고, 무슨 일이 일어났는지 말하고, 바이런은 안전하지 못할 수도 있지만, 다시는 안전할 일이 없을지도 모르지만 적어도 동생은 안전하다는 걸 확인하고 싶은 욕구를 걷잡을 수 없게 되었다. 어머니에게는 이런 이야기를 할 수 없었다. 부모님에게 그분들의 최악의 악몽이 될 이야기를 할 수는 없는 법이니까. 바이런은 휴대폰을 집어 들고 베니의 이름이 나올 때까지 화면을 스크롤했지만, 그냥 거기, 차에 그대로 앉아 계속 두 손을 떨면서 화면을 바라보고만 있었다.

적어도 바이런은 어머니가 베니에게 연락을 받지 못한 채 임종을 맞은 건 아니라는 걸 이제는 알게 되었다. 그건 좋은 일이다, 안 그런가? 그럼에도 배신당했다는 기분이 든다. 그는 조만간 베니와 진짜 이야기를 해야 하리라는 걸 안다. 그저 그런 종류의 대화를 어떻게 시작해야 하는지 모를 뿐이다.

「아, 잠시만요.」 바이런이 말한다. 「방금 뭐라고 그랬죠?」 그는 미치 씨에게 녹음 파일을 멈춰 달라고 부탁한다. 어머

335

니가 하는 말 일부를 못 들었다는 걸 알아차려서다. 미치 씨가 일시 정지 버튼을 누르고 커피 테이블 위의 티슈 상자를 향해 손을 뻗는다. 바이런이 보니 미치 씨의 코가 새빨갛다. **이 사람은 또 왜 이러지? 설마 우는 건 아니겠지?**

「죄송합니다. 알레르기 때문에 죽겠네요.」 미치 씨가 말한다.

바이런은 생각한다. 그래, 이맘때면 알레르기가 참 심해지긴 하지.

「차나 뭐 다른 거 한잔 하시겠어요, 미치 씨?」 베니가 묻는다.

「아뇨, 고맙지만 저는 괜찮습니다. 그런데 저를 미치 씨 말고 그냥 미치라고 불러 주셨으면 해요. 아니면 찰스라고 하시든지요. 여러분 어머님께서 저를 그렇게 부르셨거든요. 찰스라고.」 그가 **여러분 어머님**이라고 말하는 방식이 바이런의 머릿속에 땡 하고 신호음을 울린다. 그럼 그렇지. 왜 그걸 알아차리지 못했을까? 찰스 미치와 엄마 사이에는 무슨 일인가가 진행 중이었던 거다, 아닌가? 찰스 미치 역시 애도를 하고 있는 거다.

「알겠어요.」 베니가 말한다. 베니는 다시금 저 쿠션을, 어렸을 때 하던 대로 꼭 저렇게 배 위에 끌어안고 있다. 아마 같은 쿠션은 아닐 것이다. 색이 다르다. 옛날의 그 쿠션은 오래전에 어머니가 쉼터에 기부했을 것이다. 어머니는 언제나 그들 삶의 작은 조각들을 모아 형편이 어려운 사람들에게 주곤 했다. 낡은 장난감, 낡은 책, 낡은 담요 같은 것들을. **이것들은 네가 아니야**, 어머니는 말하곤 했다. **이것들은 그냥 물건**

이란다. 그 말이 맞는다. 어머니의 그 끔찍한 소파라면 얘기가 다르지만 말이다. 어머니를 설득해 그 소파를 처분하게 하려고 바이런이 얼마나 여러 번 애를 썼던가? 대체 크러시트 벨벳 같은 건 누가 발명한 거지?

바이런은 꼬마 여동생이 그립다. 하지만 그의 맞은편에 앉아 있는 저 사람은 그가 아는 진짜 베니가 아니다. 저 여자는 지난 8년 동안 바이런 없이 자기 인생을 살아와 놓고는, 마치 그 모든 걸 잊어 달라는 듯 그를 계속 바라보고 있다. 그러니까, 베니가 여기 왔으니 다른 건 뭐든 중요하지 않다는 건가? 그럼 그 많은 상처들은 다 어쩌고? 상처라는 건 중요한 거다. 내일이면 어머니의 장례식인데, 그다음엔 어떻게 될까? 이 모든 게 끝날까? 그와 베니는 그저 따로따로 각자의 길로 가게 될까? 바이런이 알고 있던 삶이란 건 전혀 남아 있지 않게 되는 걸까?

미치 씨

정체성이라는 것. 가족사가 있고, 당신이 당신 자신을 어떻게 바라보는지가 있고, 그다음에는 타인들이 당신에게서 무엇을 보는지가 있다. 이 모든 요소는 좋든 싫든 당신의 정체성을 이룬다. 찰스 미치는 주립 흑인 변호사 협회의 자랑스러운 회원이지만, 여러 해에 걸친 자신의 성공의 이유 중에는 자신이 물려받은 아프리카의 유산을 많은 사람들이 실은 알아보지 못했다는 이유도 있지 않았을까 의심하고 있다.

사람들은 찰스의 피부색에 영향받지 않고 그를 보는 일을 어려워한다. 그가 민권 운동을 한 적이 있는데도 불구하고(그리고 학생 때 찍힌 그 사진에도 불구하고). 그가 유색 인종 범죄자 청년들을 자원해 도왔는데도 불구하고(비록 그동안 그가 다른 아이들도 돕긴 했지만). 그의 아이들의 생김새에도 불구하고(아이들은 아름다운 어머니를 닮았다. 그의 아내가 하늘에서 편히 쉬길), 오직 피부색만 본다.

백인 남자 같은 코를 지니고 있다는 것. 그런 사람의 가슴이 무너져 내릴 때면 모두가 알 수 있다. 두 눈가와 함께 코

338

가 빨개지기 때문이다. 그렇게 많은 미국 남자들이 자신의
감정을 외면하려고 애쓰는 것도 이상한 일은 아니다. 그렇
다, 찰스 미치의 가슴은 무너져 내리고 있다. 찰스의 아내는
그에게 일생의 사랑이었다. 그 뒤에 찰스는 다시 사랑에 빠
졌는데, 이번에 그 상대는 엘리너 베넷이었다. 세상을 떠난
동료 변호사의 아내, 그리고 결국 자신이 유령 같은 존재였
다는 사실을 찰스에게 털어놓게 될 여자였다.

찰스 미치

엘리너가 실은 엘리너가 아니라는 걸 찰스가 알게 된 지는 이제 1년쯤 된다. 그들은 한동안 데이트를 하고 있었지만, 엘리너는 서핑 사고가 나고 찰스가 병원에 면회를 갔을 때에야 그 사실을 밝혔다. 엘리너가 하는 이야기가 무슨 뜻인지 찰스가 이해하는 데는 약간의 시간이 걸렸다. 그 사고는 사실 사고가 아니었다고, 유일하게 사고였던 부분이 있다면 자신이 예상과는 달리 살아났다는 점일 거라고 엘리너는 말했다.

「제가 정말로 누군지 아는 사람은 제 남편뿐이었어요.」그날 엘리너는 찰스에게 말했다. 「저를 알아보는 사람이 더 이상은 아무도 없는 기분이에요.」

그럼 나는요? 찰스는 말하고 싶었지만 꾹 참았다.

「그건 자연스러운 일이에요.」찰스가 말했다. 「당신은 버트랑 40년 넘게 살았어요. 함께 가족을 꾸렸고요. 제 아내가 죽었을 때, 저도 아내와 함께 제가 사라진 기분이었어요. 처음에는 아이들이 너무 어리다는 한 가지만 붙잡고 버텼죠.」

340

「하지만 이건 달라요.」엘리너가 말했다. 그리고 엘리너가 자신과 버트가 그동안 해온 일들에 대해 찰스에게 말한 것은 그때였다. 그들이 어떻게 캘리포니아에 왔는지에 대해. 거기에는 동부 해안의 다른 영국계 카리브인들로부터 멀어져야 한다는 이유도 있었다는 것에 대해.

「무슨 말인지 알겠어요.」찰스가 말했다. 하지만 그가 정말로 하고 있던 생각은 **그래도 난 당신이 누군지 알겠는걸요, 아닌가요?**였다.

찰스와 엘리너는 몇 년 전에, 그들이 공통으로 알던 사람의 집에서 처음으로 만났다. 그 사람은 찰스와 버트 베넷과 함께 시간을 내서 주로 여력이 없는 흑인 가족들에게 무료로 법률 자문을 제공하는 자원봉사를 해온 사람이었다. 아내가 죽고 나서 어느 정도 시간이 지나 다른 누군가를 다시 만난다는 생각에 적응이 되기 시작하자, 찰스는 엘리너와는 거리를 두는 게 최선이라는 걸 알게 됐다. 엘리너는 찰스에게 모종의 영향을 끼쳤고, 그의 마음속에 일종의 붕 뜬 감정을 남겨 놓았지만, 다른 남자의 아내였고, 찰스 미치는 다른 남자의 여자를 가로채는 타입이 아니었다.

버트는 제도에서 자라난 어린 시절에 대해 말하고 싶어 하지 않았다. 그 기억이 찰스의 머릿속에 떠올랐다. 버트는 찰스에게 자신과 엘리너 둘 다 고아였다고 했다. 찰스의 머릿속에는 또 버트와 그의 아내가 자신들의 아이들에 대해 말할 때 서로를 바라보던 방식도 떠올랐다. 아니, 설령 그 남자의 아내를 가로채려고 시도했다 한들 찰스는 절대 성공하지 못했을 것이다.

찰스는 버트가 그런 식으로, 상당히 빠르게, 그럼에도 꽤 오랜 기간에 걸쳐 상태가 나빠지는 방식으로 떠났다는 사실이 진정으로 유감이었고, 자기 남편의 무덤 옆에 서 있는 엘리너의 얼굴을 보는 게 고통스러웠다. 엘리너는 남편의 관을 내려다보다가 마치 버트가 나무들 사이 어딘가에서 걸어 나오기를 기다리기라도 하듯 먼 곳을 내다보곤 했다. 그때 엘리너는 실은 베니를 찾고 있었다는 걸 찰스가 깨닫게 된 건 한참 뒤였다.

버트가 죽고 난 뒤 엘리너는 변호사인 찰스에게 상담을 받으러 왔고, 서로를 알던 그들의 관계는 좀 더 개인적인 무언가로 변했다. 이윽고 찰스의 마음에 갈라진 채 남아 있던 몇 개의 빈틈은 메워지기 시작했다.

그날 밤 병원에서, 간호사들은 찰스가 늦게까지 엘리너의 병실에 있게 해주었다. 엘리너가 말하는 동안 찰스는 몸을 앞으로 기울이고 팔꿈치를 베개 위에, 엘리너의 얼굴 근처에 두었다. 다음번에 그가 엘리너를 만났을 때 엘리너는 미소 지었고, 찰스는 자신들 두 사람 모두가 절벽 끝에 튀어나와 있던 바위에서는 겨우 물러난 것 같다고 느꼈다. 엘리너가 아들을 집에 돌려보낼 만큼 회복되자 엘리너와 찰스는 다시 함께 외출하기 시작했다. 엘리너는 찰스가 바이런과 알고 지낼 수 있도록 함께하는 점심 식사 계획을 잡고 있었는데, 바로 그때 추가로 했던 어떤 의료 검사 결과가 나왔고, 엘리너에게 문제가 있다고 했다.

2018년 초, 서핑 사고가 있고 나서 몇 달 뒤, 엘리너의 병력지에는 엘리너가 조금만 있으면 일흔세 살이라고 나와 있었지만, 의사들에게 알려지지 않았을 뿐 본명이 코번티나 린쿡인 베넷 부인은 막 일흔 살이 된 상태였다. 하지만 나머지는 모두 사실이었다. 혈액형, O-형. 질병 단계, 전이. 내년 이후의 생존 가능성, 약 15퍼센트.

본명이 코번티나 린쿡인 엘리너 더글러스 베넷은 그 소식을 차분하게 받아들였다. 엘리너는 도박꾼의 딸이었다. 이미 두 번이나 죽음의 목전에서 살아 돌아온 적도 있었다. 언제나 어려움을 물리쳐 왔다. 하지만 이번에는 성공하지 못하면 어쩌죠, 엘리너는 찰스에게 물었다. 이런 식으로 아이들을 떠날 수는 없었다. 찰스에게 해야 하는 이야기가 있었다.

나머지 이야기

찰스가 오늘 이 자리에서 몹시 고통스러운 과정을 겪어 가며 엘리너의 이야기를 다시 한번 듣고 있는 건 단지 그가 변호사로서, 그리고 친구로서 엘리너에게 약속을 했기 때문이다. 그는 엘리너에게 엘리너의 자식들이 이 일을 헤쳐 나가게 도와주겠다고 약속했다. 그 애들에겐 받아들이기 버거운 일일 것이다. 하지만 찰스는 누가 도와주고 있나?

1970년에는 미국 전체를 통틀어 로스쿨에 등록한 흑인 학생의 수가 4천 명도 되지 않았다. 그들 중 한 명이 찰스 가비미치였다. 그 뒤로 퇴직을 하고 비상근직이 될 때까지 거의 40년 동안, 찰스는 업무상으로나 개인적으로나 온갖 일들을 조금씩은 다 보고 들어 온 터였다. 그래서 그는 서핑 사고 이후로 여전히 지팡이를 사용하고 있던 엘리너 베넷이 갈지자 걸음으로 사무실까지 와서 그에게 나머지 이야기를, 아기와 관련된 부분을 들려줘야겠다고 했을 때도 충격을 받지는 않았다. 찰스의 경험으로 미루어 볼 때 사람들 대부분은 아무래도 처음에는 모든 진실을 이야기하지 않았다. 특히 연인에게는 결코.

찰스는 그날 엘리너가 설명했듯 특별한 운명의 반전에서
여러 번 살아남아 온 엘리너의 삶이 극도로 불행했던 건지,
혹은 사람들 대부분보다는 훨씬 운이 좋았던 건지 지금까지
도 결론을 내리지 못하고 있었다. 그의 사무실을 찾았던 건,
그 방문이 어디까지나 사무적이어야 하기 때문이었다고, 그
리고 그들 사이는 이미 친밀하게 되어 버렸다고 엘리너는
말했다. 그의 사무실을 찾았던 건, 그의 도움이 필요할 것 같
아서였다고. 엘리너가 자신의 딸에 대해 찰스에게 말한 건
그때였다. 대화하지 않는 사이가 되어 있던 딸이 아니었다.
또 한 명의 딸이었다.

찰스는 도와 달라는 엘리너의 요청에 동의했고, 조사를 하
면서 엘리너에게 변호사로서 전문적인 조언을 제공했다. 하
지만 그런 이중의 역할을 수행하는 일이 쉽지는 않을 것 같
았다. 찰스는 그동안 여러 어려운 상황 속에서 자신의 역할
이 무엇인지 깨달아 왔다. 그는 1950년대와 1960년대에 걸
쳐 피부색이 옅은 흑인 아이로 자라났다. 그가 지금까지도
저주하는 급성 질환으로 아내를 너무 일찍 잃었다. 아프리
카계 미국인 남자아이 둘을 길러 냈고, 그 아이들을 이 세상
으로부터 어떻게 보호해야 할지 생각하며 잠을 설치기도 했
다. 감정을 통제하는 법은 배워 둔 터였다. 하지만 그렇다고
그에게 감정이 없다는 뜻은 아니었다.

아내가 세상을 떠난 뒤, 찰스는 몇몇 여자들과 데이트를
해봤다. 하지만 엘리너는 달랐다. 이건 사랑이었다. 엘리너
가 마침내 젊은 여성으로서 자신이 겪어야만 했던 일을 말

하자 찰스는 어쩔 수 없이 고통을 느꼈다. 어떤 남자도 그런 이야기를 듣게 되는 일은 없어야 했다. 어떤 여자도 그런 삶을 사는 일은 없어야 했다. 그날 만남이 끝난 뒤 혼자 집으로 간 찰스는 자신의 타운하우스 문지방에 발이 걸려 비틀거렸고, 현관문을 닫았고, 이마를 문에 기대고 있다가 몸을 돌려 바닥으로 미끄러져 내려갔다.

그때

버트

1970년대 초, 버트와 엘리너 베넷은 파스텔 톤으로 칠해진 방갈로형 주택으로 이사를 왔다. 애너하임 근처의 작은 도시, 흑인 가족들에게 집을 보여 주는 데 동의하는 부동산 중개인들이 있는 곳에 세워진 집이었다. 오렌지 카운티에는 디즈니랜드와 해병대 기지들과 해변들이 있었고, 북쪽으로는 로스앤젤레스가 있었다. 통근 거리 내에 항공 우주 산업, 자동차, 고무 공장 들이 있었다. 흑인 부부가 일할 수 있는 일자리도 많았다. 남부 캘리포니아는 새로운 삶을 함께 만들어 갈 장소를 찾는 이 젊은 한 쌍에게 대답이 되어 주었다. 그곳은 그들이 미국을 떠나지 않고 뉴욕의 다른 카리브해 사람들로부터, 발각될 위험으로부터 최대한 멀어질 수 있는 곳이었다.

버트는 고무 공장에 취직했고 엘리너는 정부에서 행정직 일자리를 구했다. 엘리너의 상사들은 곧 세부 사항을 놓치지 않는 엘리너의 눈과 숫자를 다루는 능숙한 솜씨를 알아보았고, 엘리너에게 회계 수업 등록 비용을 지원해 주고 몇 년에 걸쳐 승진도 시켜 주었다. 베니가 학교에 들어갈 무렵 로스앤젤레스에서는 최초의 흑인 시장이 선출되었고, 버트는 변호사가 되었다. 사람을 주눅 들게 만드는 미국의 로스쿨 입학 과정을 마주하는 데 있어, 그리고 너무도 많은 흑인과 라틴아메리카계 미국인들의 로스쿨 입학을 막아 온 보이지 않는 문을 비집고 들어가는 데 있어 버트에게 도움이 되어 준 건 그가 전에 해두었던 법학 공부였다.

성인이 된 아들이 마침내 샌디에이고에서 박사 과정을 시작하던 날 밤, 버트와 엘리너는 베개에 몸을 기대고는 결혼반지를 건배하듯 짤랑 맞부딪치고는 손을 잡았다. 안 좋은 일들을 여러 번 겪어 왔던 그들은 자신들의 행운을 마음껏 들이마셨고, 그들 자신과 아이들에게 계속 더 좋은, 더욱더 좋은 일들이 생길 거라고 서로에게 말해 주었다.

그 모든 세월 동안 버트와 엘리너는 섬으로 돌아갈 수 없었지만, 엘리너는 가족의 어떤 전통을 아이들에게 물려주고 싶어 했다. 이를테면 블랙케이크 같은 것을. 그 케이크는 자신의 어린 시절이 남겨 준 유일한 것이라고 엘리너는 거듭 말했고, 그것이 아이들의 삶에도 온당한 자리를 차지했으면 한다고 주장했다. 이는 결국 겨울마다 몇 번의 주말에 엘리너가 군사 지역처럼 부엌 출입을 통제하게 되는 결과를 가져왔다. 엘리너와 베니는 부엌에 들어가 있었지만, 버트와 바이런은 집안 곳곳에 스며든 게으른 아침 분위기 속에서 뒹굴고 싶어지는 바로 그 순간에 부엌 밖에서 맴돌아야 했다.

남자와 여자를 갈라놓을 생각은 없었다고 엘리너는 말했

다. 그저 엘리너를 빼고는 베니가 집안에서 유일하게 크리스마스 케이크 만들기에 조금이라도 진정한 관심을 보인 사람이라 생긴 일이었다. 그들이 키워 낸 딸은 버트를 쏙 빼닮았지만, 앞치마를 몸에 두르고 손에는 깨진 달걀 껍데기를 들고 부엌에 서 있을 때면 언제나 꼭 제 어머니처럼 눈에서 빛이 났다. 엘리너와 베니는 마치 자리에서 일어나 스스로의 삶을 살아가기 시작할 것만 같던 그 신비로운 재료들을 다루며 함께 작업하는 일을 좋아했다.

그리고 그로 인해, 예상대로 매년 똑같은 대화가 되풀이되었다.

「엄마아아.」 버트의 아들은 말하곤 했다. 그 애의 목소리에 담긴 투덜거리는 어조는 부모의 억양이 남긴 흔적이라고는 전혀 없이 1백 퍼센트 미국인의 그것이었다.

「안 돼!」 엘리너는 가림막 뒤에서 대답하곤 했다.

「커어피요.」

「안 됩니다, 선생님.」

「딱 커피 한 잔만요. 그거면 돼요.」

그러면 보통 가림막과 벽 사이로 엘리너의 한쪽 눈이 나타나곤 했다. 「규칙 알잖아. 1년에 딱 한 달 이렇게 하는 거고, 너도 규칙은 알 거 아니니.」

「그럼, 지금, 어쩌다 한 번씩 주말에만 집에 오는 저한테 커피 한 잔도 안 주시겠다는 거예요?」

엘리너는 언제나 공간 전체를 완전히 차단할 수 있는 문이 달린 부엌을 원했다. 그는 영국에서 자신의 표현에 따르면 **닫히는** 부엌을 처음으로 보았고, 아이들이 완전히 독립하면 조리 구역을 개조하자고 버트에게 주기적으로 이야기해 왔다.

버트가 식당에 데려갈 때면, 엘리너는 언제나 조리 구역으로 통하는 스윙 도어 쪽을 아쉬워하는 눈으로 바라보곤 했다. 「저런 거요.」 그렇게 말하면서. 「저런 문이라도 하나 있었으면 좋겠네.」

그들이 처음 캘리포니아에 이사 왔을 때, 차단 가능한 부엌이 딸린 집은 어디서도 구할 수가 없었다. 그리고 아무튼 버트와 엘리너는 이곳에 오래 머무를지 그러지 않을지조차 모르는 상황이었다. 하지만 아니나 다를까, 그들은 세월이 지난 뒤에도 여전히 이곳에서 살고 있었다. 칸막이 없는 부엌이 딸려 있고 침실 창밖에는 사람 키만 한 선인장이 서 있는 태평양 연안의 1층짜리 단독 주택에서. 캘리포니아에서 낳은, 버트와 엘리너가 자라나면서 보았던 어떤 파도도 작아 보이게 만드는 대양의 파도를 타는 법을 배운 아들과 딸과 함께.

베니는 열다섯 살이 되었을 무렵에는 거의 버트만큼 키가 커졌지만 여전히 버트의 목에 두 팔을 휘감고 **아빠아아아아** 하고 길게 늘여 불러서 버트를 웃게 만들곤 했다. 그러더니, 베니는 변하기 시작했다. 곧잘 침울해졌고, 학교 성적도 종종 기분에 따라 오르락내리락하게 되었다. 베니는 대체로 그저 교실에 걸어 들어가 앉아 있기만 하면 반에서 1등을 하던 아이였기 때문에 이는 유독 충격적인 일이었다.

엘리너는 그냥 사춘기라서 그럴 거라고 했지만, 버트의 꼬마 아가씨는 버트를 걱정시키기 시작하고 있었다.

2010년, 추수 감사절

버트는 베니가 하는 말을 알아들을 수가 없었다. 아니면 알아듣기는 했지만 그게 자기 딸 이야기라는 걸 받아들일 수 없었던 건지도 모른다. 베니가 대학으로 돌아가지 않은 것만으로도, 직업을 갖고 경제적 안정을 얻는 일에 집중하지 못한 것만으로도 충분히 나빴다. 그건 그렇고 이 **콘셉트 카페** 사업이라는 건 대체 어떤 종류의 헛소리일까? 하지만 이번에는, 버트를 동요하게 만들고 있었던 건 카페가 아니었다.

최근 몇 년 동안 버트와 엘리너는 추수 감사절에 집에 데려올 사람이 있으면 데려오라고 베니에게 권해 왔지만, 베니는 그랬던 적이 없었다. 베니는 그들의 집에서 차로 한나절쯤 걸리는 애리조나에 살았고, 버트와 엘리너는 베니의 친구들에 대해 더 알고 싶었고, 계속 딸의 삶의 일부로 남아 있고 싶었다. 마침내 베니는 크리스마스에 누군가를 데려올지도 모르겠다고 하고 있었는데, 그 전에 버트와 엘리너에게 설명할 게 있다고 했다.

주여, 우리를 불쌍히 여기소서. 베니는 정말로 부모 앞에서 이 모든 얘기를 해야 했을까? 그들이 무슨 말을 하기를 기대한 걸까? 이게 저 애가 학교를 떠난 이유였나? 이것 때문에 그 **콘셉트** 어쩌고 하는 작은 굴에 들어가 문을 걸어 잠그고 싶은 건가? 진짜 세상에서 사람 구실을 하고 진짜 인간관계를 맺지 않아도 되니까? 이런 식으로 헷갈려 하면서 저 애는 어떻게 품위 있는 삶을 살아갈 생각일까?

새로운 이름으로 미국에서 법학 공부를 처음부터 새로 시작했던 버트. 아내와 아이들을 보호하기 위해 전에 살았던 제도에서와 영국에서의 삶을 차단했던 버트. 어린 딸에게 자전거 타는 법을, 용돈을 아껴 저금하는 법을, 기말 페이퍼를 잘 쓰는 법을 가르쳤던 버트는 이제 배신감을 느꼈다. 이 모든 세월 내내 그는 무엇을 위해 노력해 온 걸까? 지금 그의 앞에 서서 얼굴을 찌푸리고 저런 식으로 소리치고 있는 이 여자는 누굴까?

이 여자는 그가 키운 딸이 아니었다. 이 여자는 그가 그토록 열심히 노력해서 마련해 준 교육 기회들을 박차고 떠나 버린 사람이었다. 자기가 하고 싶은 일에 대해서도 계속 생각이 바뀌더니, 이제 어떤 부류의 사람과 데이트하고 싶은지에 대한 견해도 손바닥 뒤집듯 휙휙 뒤집고 있는 사람이었다. 버트는 베니가 헤쳐 나가야 할 일들이 단순해지게 해 주려고 그토록 애를 썼는데, 베니는 계속 자기 인생을 복잡하게 만들고 있었다. 그가 키운 딸이라면 좀 더 고마워했어야 했다. 그가 키운 딸이라면 **죄송해요, 아빠** 하고 말하고 달려와 품에 안겼어야 했다.

버트는 몸을 돌려 방에서 걸어 나갔다. 이내 아내가 젖은 눈으로 그를 뒤쫓아 달려왔다. 엘리너는 등 뒤에서 그의 허리에 팔을 두르고 머리를 그의 등에 기댔다.

「버트.」엘리너가 말했지만 버트는 차마 입을 열 수가 없었다.

그러자 엘리너는 그들의 관계에서 엘리너가 가장 잘하는 일이 된 그 일을 했다. 그저 거기 계속 있어 주었던 것이다. 움직이지 않고, 아무 말도 없이, 자신이 거기 있다는 걸 그에게 알려 주면서, 그냥 그렇게. 오래전 언젠가 그들은 서로를 영원히 잃어버릴 뻔했던 적이 있었다. 그들이 함께 만든 이렇게 아름다운 가족을 가질 기회를 잃어버릴 뻔했던 적이 있었다. 그 뒤로 엘리너는 한 번도 그의 곁을 떠난 적이 없었다.

「그냥 나한테 잠깐만 시간을 줄래요?」버트가 말했다. 「잠깐이면 돼요. 그다음에 내가 돌아가서 그 애한테 얘기를 할게요.」하지만 버트와 엘리너가 거실로 돌아왔을 때 베니는 떠난 뒤였고, 부엌 문으로는 벌써 추수 감사절의 첫 손님들이 들어오고 있었다. 그리고 버트는 그날 있었던 일들을 정말로 많이 이해하지는 못했다.

그랬더라면

자신이 6개월 뒤면 세상을 뜰 거라는 사실을 알았더라면, 버트는 차에서 걸어 나왔을 것이다. 길을 건너 판유리로 된 창문을 두드렸을 테고, 미소도 지었을 것이다. 하지만 그러는 대신 그는 베니가 일하고 있는 뉴욕의 식당 바깥에 세운 택시 뒷좌석에 그대로 앉아 유리 저편의 딸을 지켜보고 있었다. 그는 베니에게 말을 하고 싶었지만, 무슨 말을 한단 말인가? 1년이 지났지만 그는 아직도 베니가 살고 있는 이런 삶이 편하게 느껴지지 않았다. 다른 사람 일이었다면, 자기 자식이 아니라 남의 일이었다면 내버려 뒀을 것이다. 각자 알아서 할 일이고 중요한 건 사랑이라고 말했을 것이다. 하지만 이건 그의 꼬마 아가씨 일이었다.

언제나 자기들 마음대로 하고 싶어 하는 게 젊은 사람들이었고, 그 점에서는 지난날의 버트도 다르지 않았었다. 그저 요즘 들어서는 젊은이들이 이용 가능한 자신의 자원을 어딘가에 몽땅 다 써버리고, 혼자서 일단 요모조모 따져 보는 일도 없이 실시간으로 그 일을 모두에게 알리고픈 충동에 시달리는 듯 보일 뿐이었다. 아니, 중요한 건 사랑만이 아니었다. 사람들이 어떤 말과 행동으로 남을 해칠 수 있는지도 중요했다. 버트가 베니에게 이야기할 엄두를 내게 된다면 말하려는 것이 아마도 이것일 것이었다. **네가 기꺼이 하려는 일이 뭐니? 그리고 그 일에는 그럴 만한 가치가 있는 거니?**

그건 그렇고, 베니는 여기 동부에 나와서 내내 뭘 하고 있는 걸까? 뉴욕에 친구들은 있는 걸까? 저 애는 버트와 엘리너가 이해하는 방식으로 우정을 이해할까? 그리고 사람 사이의 신의는? 버트와 엘리너가 자기들로서는 모든 게 괜찮은 척 연기하지 못했다는 이유만으로 저 애는 그들에게 새 주소를 알려 주지도 않고 이곳으로 이사를 왔다. 베니는 그렇게나 쉽게 그들을 저버린 것이었다. 자기와 자기 오빠를 위한 삶을 마련하느라고 어떤 노력이 들어갔는지 저 애가 알기나 할까?

베니를 세심히 지켜보는 일은 힘이 들었다. 다른 주에서 열리는 회의에 참석하러 간다고 버트가 아내에게 말한 것도 연달아 두 번째였다. 하지만 오직 캘리포니아주에서만 일하도록 허가를 받은 변호사가 다른 주에서 일 약속이 있다는 주장을 1년에 과연 몇 번이나 할 수 있겠는가? 그들이 사는 주는 제대로 된 스토킹 처벌법이 최초로 생긴 주이기도 했다. 버트가 베니의 아버지만 아니었다면, 그는 자기 자신을 딸에 대한 스토킹 혐의로 고발했을 것이다. 하지만 버트는 자신의 두 눈으로 베니를 봐야만 했다. 그리고 그는 베니에게 뭐라고 말해야 할지 알게 될 때까지 이 일에 대해 엘리너에게는 아무 말도 하고 싶지 않았다.

그는 한 나이 든 여성이 코트를 입는 걸 도와주는 베니를 지켜보았다. 그래, 저렇게 다정한 애였지. 그의 딸은 남을 존경하는 마음은 여전히 넉넉하게 지니고 있었다. 언제나 마음 씀씀이가 큰 아이였다. 하지만 무언가가 달라져 있었다. 그 추수 감사절에 그들이 말다툼을 한 뒤, 거실로 돌아온 버트는 베니가 집을 떠난 것에 놀랐고, 그 애가 그 모든 사람들이 오고 있는데도 역시나 저녁을 먹으러 돌아오지 않는 것에 실망했으며, 사과하려고 전화조차 하지 않는 것에 화가 났다. 베니는 그런 애가 아니었다. 적어도 전에는 한 번도 그랬던 적이 없었다.

그날 베니는 버트가 편협하다고 비난했지만, 최근 몇 년간 점점 더 마음을 닫아걸고 참을성 없는 모습을 보이고 다른 사람들의 질문을 제대로 마주하지 않았던 건 베니였다. 그 애는 버트와 제 어머니를 제대로 마주 볼 수가 없어서, 그들도 그들 나름대로 못 미더운 부분들이 있다는 사실을 받아들일 수가 없어서 도망친 것이었다. 그리고 그들 가족 가운데 다른 사람들이 인정을 해주는지 아닌지 신경 쓰는 사람이 언제 있기는 했던가?

야간에 듣는 법학 수업에서 유일한 흑인 남성이자 가장 나이 많은 학생이었던 버트가 그 수업을 듣는 일을 두려워했더라면 그들은 지금 어디에 있었겠는가? 번쩍거리는 잎이 달린 그 갖가지 식물들과 방울뱀들과 지진과 재잘재잘 떠들어 대는 사람들이 있는 주로 이사 오는 걸 겁냈더라면, 그는 지금 어디에 있었겠나? 자신에게 과거라는 게 있었다는 걸, 버트 역시 그렇다는 걸 인정할 수 없었던 여자와 함께 가족을 꾸리는 일을 두려워했더라면, 그는 지금 어디 있었을까? 그는 가끔씩 섬에 있는 삼촌과 사촌들이 궁금했다. 수화기를 들어 그들이 어떻게 지내는지 확인하고 싶었다. 하지만 그런 행동 한 번이 그의 인생을 망쳐 버릴 수도 있었다.

버트는 자리에서 자세를 고쳐 앉았고, 그를 그토록 아프게 해왔던 그곳을 손으로 꾹 눌렀다. 지금 자신의 딸을 지켜보는 동안, 그 애가 나이 든 여자에게 고개를 끄덕이며 미소 짓는 동안, 그는 자신도 모르게 같이 고개를 끄덕이고 있었다. 그는 걱정을 너무 많이 하고 있었다, 아닌가? 그냥 보기만 해도 알 수 있었다. 그 애는 여전히 그의 베니였다. 아직 젊었다. 그 애는 자신의 길을 찾아낼 것이고 자기 삶을 다시 궤도에 올려놓을 것이었다. 언젠가 그와 엘리너에게 돌아올 것이었다, 그의 예쁘장한 꼬마 아가씨는.

우리 꼬마 아가씨

　버트 베넷이 땅에 묻히던 날, 베니의 왼쪽 팔은 타박상을 입은 갈비뼈들 위에 팔걸이 붕대로 고정되어 있었고 한쪽 눈은 부어올라서 감겨 있었다. 붕대가 얼굴 반쪽을 덮고 있었다. **자전거 사고가 나서요**, 베니는 전날 공항에서 자신을 태워 주었던 운전사에게 말했다. **아**, 운전사는 서비스 전문직 종사자답게 말했다.

　장례식이 있기 전에 호텔에서 베니를 태워다 준 것도 같은 운전사였다. 그는 안전벨트를 붙잡고 베니가 그것을 제자리로 당기게 도와주었다. 바깥은 이미 뜨거워지고 있었지만 베니는 창문을 내리고 햇빛이 쨍쨍 내리쬐는 인도와 재스민꽃들과 경작된 흙의 냄새를, 산들바람에 실려 서쪽에서부터 훅 끼쳐 오는 소금기를 들이마셨다. 고향의 냄새였다.

　묘지는 로스앤젤레스의 인구가 3만 명이 채 안 되고 카운티가 농지에 가까웠던 과거로 시간을 돌려놓은 듯했다. 그곳은 남부 캘리포니아에 그런 시설로는 처음 생긴 곳이었는데, 널찍하고 풀 냄새 가득한 잔디밭이 있어서 사람들이 피크닉 담요를 펼쳐 놓는 그런 종류의 장소가 떠올랐다. 그 풍경을 보니 베니는 부모님이 집 근처 공원에서 열곤 했던 바비큐 파티들이 떠올랐다. 베니는 아빠가 **베넷 파티**라고 적은 종잇조각들을 걸어 둔 나무에 풍선들을 다는 걸 돕곤 했고, 그들은 한 무리의 다른 가족들과 함께 해가 질 때까지 거기 나와 있곤 했다.

지금, 베니는 구두를 스르르 벗어 버리고 맨발로 잔디밭을 가로질러 거닐다가 아버지가 묻힌 곳을 찾아내는 자신을 상상할 수 있었다. 하지만 오늘은 차에서 나가지 않을 생각이었다. 베니는 뺨에 난 상처 위에 한 손을 가져다 댔다.

운전사에게 묘지 구내에 난 길을 따라가 달라고 부탁했고, 그러다 온갖 피부색을 하고 갖가지 사이즈의 검은색과 짙은 감색 정장이며 원피스를 입은 사람들이 한데 모여 고개를 숙이고 있는 것을 보았다. 베니의 아버지는 인기 있는 사람이었고, 성공한 남자였고, 흑인 공동체의 기둥이었다. 그는 의견 중재에 뛰어난 사람으로, 참을성이 대단한 사람으로 알려져 있었지만, 2년 전 베니가 마지막으로 보았을 때는 귀 기울여 듣기를 거부했다.

부모님은 언제나 베니에게 사랑하는 능력이 클수록 더 나은 사람이 될 수 있다고 가르쳐 왔다. 하지만 베니가 그들에게 이 원칙을 상기시켜 주자 아버지는 벽을 쌓아 버렸고, 자리에서 일어서더니 베니를 두고 나가 버렸다. 그렇게나 빨리, 아빠는 베니에게 등을 돌린 것이었다. 그리고 베니는 두 번 다시 아버지를 보지 못했다.

모여 있던 사람들이 흩어지기 시작했을 때 베니의 눈에

오빠가 들어왔다. 바이런은 한쪽 팔을 어머니의 몸에 두르고, 고개를 어머니의 얼굴 쪽으로 낮추고는 줄지어 주차된 차들 쪽으로 걷고 있었다. 엄마는 아버지가 제일 좋아했던 나풀거리는 밝은색 원피스를 입고 있었다. 베니의 얼굴에는 눈물이 흘러내렸지만 그 색깔은 베니를 미소 짓게 했다.

베니는 어머니를 위해 차문을 열어 주고 어머니가 좌석에 자리 잡고 앉을 때까지 손으로 어머니의 팔을 붙잡아 주는 오빠를 지켜보았다. 바이런은 베니 역시 저런 식으로 보호해 주곤 했다.

「이제 됐어요.」 베니가 운전사에게 말했다. 「이제 출발하셔도 돼요.」 차가 묘지가 있는 부지를 둘러 가는 동안 베니는 아버지가 이런 상태의 딸은 절대 보고 싶어 하지 않았을 거라는 생각으로 스스로를 위로했다. 그들이 말을 하지 않은 지 2년이 지나 있었지만, 그럼에도 베니는 확신했다. 베니가 바로 며칠 전에 자신에게 일어난 일을 말했다면, 아빠는 어린 시절에 그랬던 것처럼 베니를 두 팔로 감싸 안고, 베니의 머리칼에 턱을 가져다 대고, 이렇게 중얼거렸을 것이다. **우리 꼬마 아가씨.**

에타 프링글

에타 프링글은 한 손에 든 프로그램을 내려다보았다. **장거리 수영 선수이자 동기 부여 강연자인 에타 프링글을 만나 보세요.** 에타는 지금 너무도 많은 출장을 다니고 있었으므로 마이크 앞에 서기 전에 날짜와 장소를 반드시 거듭 확인했다. **2018년 2월 27일, 캘리포니아주 애너하임.**

작은 섬에서 자라나 세계를 정복한 소녀라고 사회자가 에타를 소개하자 그는 미소 지었다. 사회자는 에타가 어떻게 카탈리나 해협과 영국 해협을 건너고 맨해튼섬 주위를 돌아 헤엄쳤는지 이야기했다. 지구상의 몇몇 지역에서 열린 얼음 수영을 그가 얼마나 용감히 대면해 왔는지도.

에타는 자신이 맞닥뜨려 온 어려움들에 대해서는 언제나 솔직하게 청중들에게 이야기했지만, 그들에게 절대 말할 수 없는 게 딱 한 가지 있었는데, 그건 어디를 가든 에타 〈버니〉 프링글이 소중한 친구 커비 린쿡을 여전히 떠올리고 있다는 것이었다. 그리고 가끔씩, 에타의 눈에는 커비처럼 생긴 사람이 보이는 듯했다.

누군가를 잃는 일은 그런 식으로 힘을 발휘할 수도 있었다.

커비가 죽은 뒤 버니는 운 좋게도 다시 사랑에 빠졌는데, 이번 상대는 버니와 똑같은 방식으로 사랑을 느끼는 사람이었다. 버니와 패치는 버니의 아들과 패치의 어린 남동생을 영국에서 함께 키웠고, 그들이 자라나 학자가 되고 부모가 되는 것을 지켜보았다. 패치는 런던 경찰국에 들어간 최초의 흑인 여성이 되었다. 그리고 그 모든 일을 거치며 해마다 버니의 의지를 시험해 왔던 바다들은 궁극적으로는 버니에게 친절했던 셈이었다. 이제 일흔 살이 된 버니는 살면서 커비와 함께 수영했던 해보다 커비 없이 수영했던 해가 더 많았지만, 여전히 자신보다 조금 앞에서 친구가 팔을 젓고 있다고 상상하지 않고서는 파도를, 혹은 자신의 두려움들을 마주할 수가 없었다.

그리고 지금, 버니는 커비를 연상시키는 누군가를 보았다. 강연이 끝나고 청중의 질문을 받기 위해 조명이 켜졌을 때, 버니는 통로 쪽 좌석에 앉아 있는, 커비가 했을 법한 방식으로 버니를 올려다보고 있는 한 여자를 자세히 살펴보았다. 버니는 시선을 돌렸다가 다시 그쪽을 보며 두 눈을 가늘게 떴다. 60년 동안 극도로 힘든 루틴 속에 자기 몸을 밀어 넣어 왔고, 자기 나이의 절반밖에 안 되는 사람들 대부분보다 튼튼했지만, 버니는 지금 눈앞에 펼쳐진 광경의 충격으로 쓰러지고 말 것만 같았다. 하지만 그러지는 않았다.

대중을 상대로 버니만큼 강연을 많이 하다 보면 정신을 산만하게 만드는 것들이 있어도 이야기를 계속하는 법을 배우게 된다. 화장실에 오가는 사람들. 휴대폰에 대고 말하는 사람. 얼굴 근처에서 윙윙거리는 파리 한 마리. 하지만 이건 버니로서도 전혀 준비가 되어 있지 않은 일이었다. 버니는 맨발에 구두를 다시 걸쳐 신고 무대 옆에서 아래로 이어지는 계단을 내려갔다. 카펫의 튀어나온 부분에 발이 걸렸다.

집중해, 버니!

버니는 중앙 통로를 따라 걸어가며 마지막 질문에 대답했다. 청중은 이런 식으로 가까운 거리에서 버니와 대면하는 일을 아주 좋아했다. 사람들은 몰로카이 해협의 거센 해류를 건널 수 있었던 여자 또한 육체를 지닌 한 인간임을 보는 걸 좋아했다. 버니가 다리를 조금 절면서 걷고, 얼굴 한쪽에 점이 있으며, 자신들이 구입하는 것과 비슷한 향수를 뿌리고 다닌다는 사실을 확인하는 걸 좋아했다.

버니는 이번에는 자신이 환각을 보고 있는 것도, 슬픔이 만들어 낸 어떤 환상을 실행하고 있는 것도 아니라는 확신 때문에 붕 뜬 상태로 통로를 두 번 내려갔다 올라왔다 했다. 그러다 멈췄다. 의심할 여지가 없었다. 청중 사이에 앉아 있는 저 짧은 머리의 여자는 커비였다. 어떻게 이런 일이 가능하지? 버니는 당장 몸을 기울여 커비를 자리에서 일으키고 싶었지만 그럴 수 없다는 걸 알았다. 사방에 비디오카메라들이 있었다. 행사가 끝나자 버니는 군중이 흩어지기를 기다렸다가 허둥지둥 커비에게로 건너갔다.

「버니.」 커비가 한쪽 목발에 몸을 기대고 버니를 껴안으며 말했다. 하지만 다음 순간에는 버니의 팔을 꽉 붙잡으며 한쪽 귀에 몇 마디를 황급히 속삭였다. 버니는 똑바로 몸을 세우고 뒤로 물러섰지만 커비의 오른손을 두 손으로 잡고 있었다.

버니는 대중에게 인사할 때 쓰는 최고의 목소리를 장착했다. 「제 강연을 들으러 와주셔서 너무도 기쁘네요.」 버니가 말했다. 「성함이 뭐라고 하셨죠?」

「제 이름은 엘리너 베넷이에요.」 커비가 다시 목발에 몸을 기대며 말했다. 「저희 집 근처에 강연을 하러 오신다는 소식을 보고 무슨 일이 있어도 놓치지 않겠다고 생각했죠. 여전히 이것들 신세를 지고 있지만요.」 한쪽 목발을 흔들어 보이며 커비가 말했다.

「어쩌다가……?」

「서핑을 하다가 다리가 부러졌지 뭐예요.」

「서핑이라고요!」 버니가 말했다. 커비가 고개를 끄덕였다. 두 사람 모두 웃었다.

「음, 조만간 꼭 다시 뵙게 되기를 바랄게요.」 버니가 말하며 커비의 손에 명함 한 장을 밀어 넣었다. 커비의 얼굴 양쪽에는 흰머리가 나 있었다. 커비는 아름다웠다. **커비가 살아 있었어!**

땋은 금발 머리를 하고 검은색 바지 정장을 입은 젊은 여자가 그들 쪽으로 오더니 버니에게 옆쪽 출구를 손짓해 가리켰다. 한 무리의 텔레비전 카메라가 그들을 따라오며 어린 시절의 친구를 보고 있던 버니의 시야를 가렸다. 그럼에도 강연장은 오랫동안 버니를 계속 따라다닐 일종의 빛으로 가득 차 있는 것처럼 느껴졌다. 버니는 정말로 좋은 삶을 살았고, 이제 그 삶은 더욱더 좋아질 것임을 그는 알았다.

호텔로 돌아온 버니는 공항으로 떠나기 전에 간신히 짐 가방들을 닫을 시간만 있었다. 버니가 큰 소리로 웃고 있는 데 조수가 문을 두드렸다.

「에타.」 조수가 불렀다.

「딱 10분만 더요.」 버니가 문에 대고 말했다. 「로비에서 봐 요.」 버니는 침대 가장자리에 앉은 다음 몸을 뒤로 눕혔다. 두 팔을 벌리고, 매트리스 가장자리에서 두 다리를 굽히고, 천장을 뚫어져라 쳐다보았다.

　몸이 허공으로 붕 뜨는 것만 같았다.

　당장 커비와 이야기를 나눠야 했다. 버니는 전화를 하려 고 휴대폰을 집어 들었지만 커비의 전화번호가 없다는 걸 깨달았다. 엘리너. 커비는 그게 자기 이름이라고 했다. 엘리 너 베넷. 하지만 정확히 어디 사는 걸까? 그리고 그렇게 흔 한 이름을 가진 사람을 어떻게 찾지? 에타는 커비를 찾으려 고 노력할 테지만 커비가 연락해 오기를 기다려야 할지도 몰랐다. 어느 쪽이든 버니는 그 일이 곧 일어나리라는 걸 확 신했다.

엘리너

　겨우 1분 동안 버니와 이야기했을 뿐인데도 엘리너의 기분은 한껏 솟아올랐다. 버니를 그런 식으로 컨벤션 센터에서 만나고, 그 모든 세월이 지나고 난 뒤에 두 팔로 친구를 감싸 안고 보니 만감이 교차했다. 처음으로 자신이 엘리너 베넷이라는 사실이 진정으로 편안하게 느껴졌다. 오랜만에 처음으로, 자신이 여전히 커비이기도 하다고 느껴졌다.

　이 일에 그저 이만큼 나이를 먹은 자신만 관련되어 있다면, 엘리너는 평생 동안 유지해 온 위장을 벗어던지고, 사람들에게 자신이 커비라고 솔직하게 말하고, 심지어는 위험하다는 걸 알지만 섬으로 돌아가기까지 했을 것이다. 하지만 어떤 이름으로든 하나의 삶을 살면 그 삶은 다른 사람들의 삶과 얽히게 된다는 게 사실이었다. 당신은 그들의 삶에 당신과 얽힘으로써 일어날 수 있는 일련의 일들을 가능성으로 남겨 놓았다. 당신은 결코 당신 혼자였던 적이 없고, 그것을 기억하는 일은 당신이 아끼는 사람들에 대한 의무가 되었다.

왜냐하면 당신이 사랑하는 사람들 역시 당신의 정체성의 일부였기 때문에. 아마도 가장 큰 부분이었을 것이기에.

4부

2017년

마블

그토록 많은 텔레비전 생방송에 출연해 왔는데도 마블 마틴은 생방송 바로 직전까지 진행자와 게스트들을 둘러싸고 벌어지는 갖가지 일들에 여전히 놀라곤 했다. 이번에 정신없는 분위기를 한층 더하게 만들고 있는 건 또 한 명의 게스트였다. 커피 업계 거물이라는 그는 푸른색 스웨터를 입고 있었는데, 광고가 나가는 동안 마블에게 일침을 놓았다.

「본인 책 팔려고 그런 얘기를 하시는 것 같네요.」 그가 말했다.

「잠깐, 잠깐만요.」 진행자가 말했다. 「그 얘기는 아껴 뒀다 방송에서 하죠.」 손톱에 청록색 매니큐어를 칠한 여자가 다음 부분 촬영을 시작하려고 그들에게 손짓을 하며 카운트다운에 들어갔다. 진행자가 입에 있던 껌을 티슈에 뱉어 뭉치더니 스튜디오 직원에게 받아 달라고 내밀었다. 잠시 후 지시등이 들어왔고, 진행자는 마치 친구에게 비밀을 털어놓듯 카메라 쪽으로 몸을 기울이고 있었다.

「마블 마틴 씨,」 진행자가 말했다. 「민족 음식 전문가이자 전통 음식을 다룬 베스트셀러인 『무언가 진짜인 것』의 작가인 이분의 말에 따르면 이탈리아 커피 같은 건 존재할 수 없다고 합니다. 하지만 〈카페 톱〉의 대표인 렌초 바랄레 씨는 그런 이야기를 달가워하지 않는데요. 마블, 여기에 대해 뭐라고 말씀하시겠어요?」

「저는 이탈리아 커피 **문화** 같은 게 없다고 말하고 있는 건 아닙니다.」 마블이 말했다. 「이탈리아는 커피 원두 블렌딩과 브루잉 기술로 유명하죠. 저도 나폴리식 에스프레소 샷을 매우 좋아하고요. 다만, 많은 경우 우리가 농업과 역사라는 측면에서 다른 나라들이 기여한 바를 무시하고 어떤 전통 음식이 1백 퍼센트 우리만의 것이라고 주장할 수는 없다는 얘기죠.」

「저희는 말씀하신 것처럼 다른 나라들이 기여한 바를 **무시하고** 있지는 않는데요.」 커피 맨이 말했다. 「최고급 품질을 자랑하는 저희 회사의 커피는 10여 개의 서로 다른 국가에서 온 원두를 블렌딩해 만들고, 저희는 그것들이 어디서 왔는지 제대로 인식하고 있습니다. 하지만 블렌딩에 사용되는 원두를 고르는 것은 **저희고**, 이탈리아 커피를 세계 최고로 만드는 브루잉 기술을 개발해 낸 것도 **저희거든요**.」 마블은 커피 맨의 스웨터 색깔이 대서양의 빛깔임을 알아차렸다.

「제 말은,」 마블이 말했다. 「어떤 식품들은 지리학적으로 특정한 지역이나 음식 문화 속에서만 탄생하고 자라나고 발전한다는 겁니다. 그런가 하면 또 어떤 식품들은, 수입되고, 그리고, 그래요, 시간이 지나면서 새로운 문화 속에 자리 잡지만, 애초에 장거리 여행과 상업적 교류가 없었더라면, 그리고 많은 경우에 착취의 역사가 없었더라면 그곳에 존재하지 못했을 식품들이지요.」

「저희는 다른 나라의 커피 재배 업자들을 착취하지 않는데요.」 커피 맨이 말했다. 「저희는 공정 무역 협정을 통해 원두를 구입하거든요.」

「대표님의 회사가 커피 재배 업자들을 착취한다는 게 아닙니다. 다만, 이를테면 유럽의 많은 제품과 조리법에 당연하게 들어가는 어떤 식품들은 다른 나라들에서 생산되는데, 지난 수 세기 동안 그 나라들의 교역은 강제 노동이나 매우 저가의 노동에 의존하고 있었다는 사실을 언급했을 뿐이죠. 이를테면 사탕수수설탕 같은 식품이 그렇습니다.」 마블의 눈에 커피 전문가가 마침내 귀를 기울이고 있는 게 보였다.

「또 하나의 예가 떠오르는데요. 크리스마스의 대표 음식인 과일케이크는 어떨까요? 이 케이크는 영국에서는 종종 열대 지방에서 온 사탕수수설탕으로 만듭니다. 카리브해에서는 좀 더 추운 나라들에서 수입한 건포도와 커런트를 넣어 만들고요. 영국인이시지만 선교사 부모와 함께 수년간 트리니다드섬에서 사셨던 저희 외할머니는 카리브해 스타일로 아주 멋진 럼케이크를 만드시죠. 그걸 블랙케이크라고 하신답니다. 하지만 그게 정말로 카리브해 음식일까요? 사탕수수설탕은 심지어 지구상의 그 지역이 원산지도 아닌데요. 그건 아프리카에서 온 것인데, 아프리카 사람들은 아시아에서 그 사탕수수설탕을 얻었죠. 그럼, 말씀해 보시겠어요? 이 케이크는 어느 나라 음식일까요?」

마블은 자신의 논리에 흐뭇한 웃음을 지었다. 「어떤 지점에서 하나의 문화가 끝나고 또 다른 문화가 시작된다고 우리가 항상 명확하게 말할 수 있는 건 아니죠.」마블이 말했다. 「특히 주방에서는요. 제가 이번에 나온 책에서 살펴본 여러 가족의 전통 음식들은 지리학적으로 어느 한 지역과 문화에 고유한 것들이거나, 혹은 적어도 그 지역의 농업과 관습에 아주 오랫동안 결부되어 있었던 것들이에요. 만약 이런 조리법들이 다른 어딘가에 뿌리를 두고 있다고 한다면, 그걸 자세히 살피기 위해서는 1천 년 이상 거슬러 올라가야 할 만큼 말이죠.」

마블은 자신의 신간 한 부에 손을 뻗어 카메라에 앞표지가 똑바로 잡히는 위치로 들어 올렸다.

「그래서 아마도 제가 자세히 살펴보는 식품들은, 예를 들면 프랑스식 조리법에 들어가는 프랑스산 꿀이나 웨일스식 스튜에 들어가는 웨일스산 소금 같은 것이겠죠. 저에게 이런 식품들은 아까 언급했던 럼케이크와는 달라요. 그 럼케이크에는 설탕과 럼주는 자메이카산이, 포트와인은 포르투갈산이, 커런트와 건포도는 북아메리카산이나 유럽산이, 대추는 튀니지산이, 향신료는 인도네시아산이 들어갈 수도 있거든요.」

「그럼 작가님은 요리 순혈주의자이신 거군요.」진행자가 말했다.

「아뇨, 전혀 그렇지 않습니다.」마블이 말했다. 「음식의 디아스포라는 민족의 디아스포라와 똑같이 수많은 전통 문화를 빚어내는 데 도움을 주어 왔습니다. 하지만 저는 토속 농작물과 한 지역에 몹시 특화되어 있는 전통 음식들에 정말

374

로 매력을 느끼고, 그게 제가 쓴 이 책의 내용이에요.」

「그럼 본인의 음식 문화는 어떠세요, 마블 마틴 작가님?」 진행자가 말했다.「작가님께는 어떤 요리 문화가 **진짜**인가요?」

마블은 뒤로 기대앉아 미소 지었다.「저의 취향은 제가 어떤 사람인지를 반영하는데요, 저는 많은 분들이 그렇듯 여러 문화의 경계선상에 있는 사람이에요. 저는 런던에서 태어나고 자랐는데, 아버지는 북부 분이시고, 어머니는 서인도 제도에서 선교사 자녀로 자라난 여성의 딸이시거든요. 저는 다양한 음식을 먹으며 자랐고, 제일 좋아하는 소울 푸드는 카리브해 음식이에요.」

「그게 어떤 걸까요?」

「추운 날 아침이면 저희 어머니는 옥수수가루죽을 만드시곤 하셨어요. 꼭 외할머니가 그러셨듯이 바닐라하고 육두구를 살짝 넣어서요.」마블에게 옥수수가루죽은 **그렇게나** 천국에 가까운 맛을 냈다. 뜨거운 옥수수가루죽이 식으면 맨 위에는 두꺼운 막이 생겼는데, 그 막 표면을 숟가락으로 깨뜨리면 향신료와 우유 향기가 나는 한 줄기 김이 피어올랐다.

「하지만 그 옥수수가루죽은 저희 외할머니 쪽 가계에 쭉 전해져 내려오는 음식은 아니에요.」마블이 말했다.「외할머니의 가족이 카리브해에 사는 동안 그런 식습관을 갖게 됐고, 그걸 영국으로 가지고 돌아온 거죠. 그리고 향신료들은 본래는 아시아에서 수입한 것들이었어요. 그래서 전 이런 게 저를 음식 디아스포라의 결과물이 되게 하는 게 아닐까 생각해요.」

마블은 미소 지으며 커피 회사 대표 쪽으로 몸을 기울였다. 그에게서 베르가모트 향 향수 냄새가 났다.

「이탈리아 사람들은 옥수수가루죽보다 걸쭉한 〈폴렌타〉라는 죽을 만들거든요. 짭짤한 고기하고 소스를 곁들여 먹죠. 하지만 그 음식은 크리스토퍼 콜럼버스가 신세계에서 유럽으로 옥수수를 가져온 다음에야 생겨났어요. 그 대신 제 책에는 그보다 훨씬 오래전에 고대 로마 사람들이 먹었던 것에 더 가까운, 누에콩과 스펠트밀로 만든 옛날식 폴렌타가 들어가 있죠. 그리고 밤으로 만든 폴렌타도 있고요.」

커피 맨은 고개를 끄덕이고 있었다. 방송이 끝난 뒤 그는 마블에게 명함을 달라고 청했고, 자신의 명함도 마블의 손에 밀어 넣어 준 뒤, 다음번에 그가 사는 도시에 오게 되면 그의 회사 본사에 들러 달라고 초대했다. 그래도 되겠네요, 마블은 대답했다. 커피 맨의 두 손은 깔끔하게 손질돼 있었지만 굳은살이 박여 있었다. 다음번에 마블을 만나면 그는 자신이 직접 정원 일 하는 걸 좋아하고 기타도 쳐서 그렇다고 설명해 줄 것이었다. 그는 마블을 다시 만나고 싶고, 알고 싶다고 말해 줄 것이었다.

그리고 마블은 그 생각이 마음에 든다고 말할 것이었다. 비록 자신이, 커피 전문가가 알고 싶다고 주장하는 이 사람이, 정확히 누구인지 점점 알 수 없어지고 있기는 했지만 말이다. 몇 년 전까지만 해도 마블은 자신을 런던에서 태어난 미술사학자였다가 음식 전문가가 된 사람이라고 핵심 포인트를 정리해 설명했을 것이다. 하지만 요즘에는 그냥 단순하게 이렇게만 말했다. **저는 지역색이 강한 음식들에 대한 글을**

쓰고 있어요. 왜냐하면 그건 모호하기는 해도 기억하기 쉬운 말이었고, 마블이 그때까지 자신이 살아온 삶에 대해 말하고 싶은 것이라고는 그게 다였으니까.

사랑의 조리법

마블이 이탈리아에 살게 된 건 너무도 뻔한 이야기의 결말이었다. 마블은 영국에서 미술사 공부를 하러 이탈리아에 왔다가 한 남자에 대한 사랑 때문에 이곳에 머물렀다. 하지만 처음에는 단지 예술 때문이었다. 그리고 물론, 음식 때문이기도 했다. 어느 날 마블은 버섯이 담긴 그릇을 표현해 낸 고대 로마의 모자이크 작품을 보고 있다가 전통적인 조리법을 둘러싼 이야기로 책을 써야겠다는 생각을 떠올렸다.

그 책은 하나의 취미처럼, 좋아서 하는 일처럼 시작되었다. 나중에 텔레비전 방송과 회의에 나와 달라는 요청들을 받기 시작하자 마블은 **안 될 이유가 뭐야?**라고 생각했다. 사람들은 언제나 자신의 새로운 모습들을 보여 주고 있지 않은가? 마블의 방식은 간단했다. 전통적인 조리법 한 가지를 조사한 다음 그 조리법을 사용하는 현대의 가정이나 지역 사회나 식당 한 군데에서 일화 한 가지씩을 찾아내는 것이었다.

지형과 기후를 빼고 얘기하자면, 음식은 종종 누가 누구를 식민화했는지, 전시에 어떤 사람들이 살던 곳에 군대가 주둔했고, 달리 먹을 것이 아무것도 없을 때 누가 자기 아이들에게 어쩔 수 없이 무엇을 먹였는지 하는 것들과 관련되어 있었다. 그리고 물론 지리학과도 관련되어 있었다. 그래서 마블은 토속 재료나 한 지역에서 1천 년 넘게 생산되어 온 식품으로 만드는 전통 음식에 초점을 맞추기로 마음먹었다.

인생의 얄궂은 사실 중 하나는, 마블이 미술과 고고학 탐구를 하는 일로 생계를 꾸리려고 했더라면 그건 불가능하지는 않더라도 엄청나게 어려운 일이 되었을 텐데, 음식에 대해 이야기하는 일을 하니 굉장한 액수의 돈을 벌어들이는 것도 제법 가능했다는 점이다. 마블은 텔레비전에서 리얼리티 쇼 프로그램들을 본 적이 있었고, 인터넷에서 봐둔 책 제목들도 있었다. 그렇게 해서 마블은 계획 하나를 고안해 냈다. 조리법에 관한 이야기를 한다고 하면서 사실은 역사와 문화와 다른 모든 것에 대해 이야기하는 것이었다.

마블이 세운 계획의 첫 단계는 자신의 이름을 바꾸는 것이었다. 마블은 신중하게 기획해 둔 작전에 착수했고, 사람들이 소셜 미디어에서 주고받는 모든 대화에서 자기 이름이 〈메이블〉이 아니라 반드시 자신이 선호하는 〈마블〉로 표기되도록 했다. 그런 다음 마블은 조리법 뒤에 숨겨진 이야기들에 대한 연구를 지원해 줄 보조금을 신청했다. 〈문화적 서사와 가족사에 등장하는 고대 음식〉이라는 연구 제목으로.

그리고 그렇게 해서 마블은 남편이 될 사람을 만나게 되었다. 어느 날 마블은 돈 많은 관광객들을 대상으로 움브리아에서 재배되는 파로[28]에 대한 강연을 해달라는 초청을 받아 가게 되었는데, 거기 그가 있었다. 로마에서 주말을 맞아 쉬러 온, 영어를 연습하려고 그 수업을 신청한 그가.

거기 그가 있었다.

마음이 맞는다는 건 재미있는 일이다. 한참의 시간이 지난 뒤에, 마블은 자신과 결국 결혼하게 되는 그 남자와 유대감을 만들어 내는 데 도움이 된 몇 가지 일들을 나열할 수 있게 될 것이었다. 하지만 사실 두 사람은 처음부터 마음이 맞았다. 마치 산들바람 한 줄기가 올리브 숲 속으로 불어오면서 조그만 잎들로 이루어진 하나의 우주를 햇빛 속에서 은색으로 반짝이게 만들듯이. 그저 섹스만은 아니었다. 마음이 맞았다. 후자는 단지 전자에만 관련돼 있는 건 아니었다.

마블은 그를 만난 순간부터 그와 함께 침대에 들어가는 일이 상상이 됐지만, 그저 그의 팔에 팔짱을 끼고 다리를 건너 천천히 산책을 하며 음식에 대해 이야기하고, 정치에 대해 토론을 하고, 별것 아닌 잡담을 하는 일 또한 상상이 됐다. 하지만 그때 마블은 문화와 성격 면에서 서로 많이 다른데도 불구하고, 말다툼과 실망에도 불구하고 자라난 사랑이 어떤 모습이 될 수 있는지는 상상하지 못했다. 한 명의 타인이 불과 몇 년 뒤에는 자신의 DNA의 일부가 되어 버릴 수 있다는 사실도 알지 못했다.

연인이 그만큼 돈이 많으면 결혼 생활을 그렇게 쉽게 시작하는 것도 가능했다. 그들은 그렇게 시작했다. 1990년대에 두 도시 사이를 오가며 생활하는 젊은 영국인 여자와 중년의 이탈리아인 남자로. 마블은 사람들이 뭐라고 생각하는

28 지중해와 서아시아 지역에서 수천 년간 다양하게 조리해 먹은 곡물.

지도 당연히 알았다. 돈 많은 사업가, 그 남자를 우려먹으려는 여자, 그리고 아마도 따라붙게 될 험악한 결말. 하지만 그들의 결혼 생활에 정말로 끝이 찾아왔을 때, 그 방식은 사람들 대부분이 예상했던 대로는 아니었다.

어느 토요일 밤, 마블은 부부가 같이 참석했던 파티에서 살짝 술이 취해 잠자리에 들었는데, 다음 날 아침 깨어나 보니 과부가 되어 있었다. 남편은 잠든 사이에, 지금 생각해 보면 상당히 평화롭게 죽어 있었다. 단지 그 일이 너무 일찍, 적어도 40년은 일찍 일어났을 뿐이었다.

그로부터 몇 년 동안, 마블은 남편이 자물쇠에 열쇠를 꽂을 때 현관문에 그의 서류 가방이 쿵 부딪치는 소리가 혹시 들려오지 않나 싶어서 계속 귀를 기울이게 될 것이었다. 예전에 남편이 집에 늦게 돌아올 것 같은 날이면 그랬듯 침대에서 그가 눕는 쪽을 흐트러뜨려 놓는 일을 계속하게 될 것이었다. 어린 아들에게 이렇게 말하는 일을 상상하게 될 것이었다. **아빠 왔네, 아가야, 아빠가 집에 왔어.** 단지 그의 남편은 너무 일찍 세상을 떠나 자기 아이의 존재를 알 일이 없었을 뿐이었다.

설탕

마블을 사장실로 불러들인 건 〈설탕〉 편 방송분이었다. 마블은 커피 회사 남자와 데이트를 시작하기 전부터 조지의 공간에는 몇 달째 올라가지 않고 있었다. 올라갈 필요가 없었다. 그들은 미디어 제작사 사장과 그 회사의 스타 진행자가 서로를 만날 법한 갖가지 방식으로 충분히 자주 만났으니까. 마블은 보통 런던에 돌아올 때면 어떻게 해서든 결국에는 조지와 점심을 먹게 됐다.

가끔씩은 조지의 아내인 제니가 합류하기도 했다. 마블은 그 두 사람이 함께 있는 걸 보는 게 좋았다. 그 둘은 서로를 놀리고, 화를 내는 척하고, 어루만졌다. 조지는 괜찮은 남자 중 한 명이었고, 마블은 그가 그토록 불편해하는 걸 보게 되어 유감이었다. 어느 **영향력 있는 시청자**가 〈설탕〉 편과 관련해 조지에게 전화를 걸었다. 조지의 사전에 따르면 그 말은 어느 돈 많은 광고주가 방송에 대해 항의하는 과정에서 편집 부서를 건너뛰고 곧바로 사장실로 전화를 걸었다는 뜻이었다.

「그, 시옷으로 시작하는 그거 때문이었나요?」 마블이 물었다.

「확실히 시옷으로 시작하는 그거 때문이었던 것 같아요.」 조지가 말했다.

마블은 그저 시청자들에게 모두가 이미 아는 몇 가지 사실을 그제야 일깨워 주었을 뿐이었다. 누군가가 생방송에 편지를 보내 왜 마블이 사탕수수설탕으로 만드는 더 많은 디저트를 소개해 주지 않느냐고 물었기 때문이었다.

많은 시청자분들이 아시겠지만 저는 주로 지역의 전통 음식에 초점을 맞춥니다. 지역의 전통으로 알려진, 오랫동안 전해져 오는 많은 조리법에 사탕수수설탕이 들어가죠. 하지만 저는 오직 그 지역이 원산지인 식품, 토속 식품, 혹은 적어도 1천 년 동안 그 지역에서 생산되어 온 식품들이 들어가는 조리법에 대해서만 이야기하는 걸 선호하는데요. 그래서 사탕수수설탕이 들어가는 조리법은 피하는 편입니다. 그 조리법이 우리가 아는 한 사탕수수설탕의 원산지인 아시아의 조리법이라면 또 모르겠지만요.

사탕수수는 아시아에서 아프리카와 남북 아메리카를 포함한 세계의 다른 지역들로 옮겨지며 원산지에서 멀리 떨어진 곳으로 이동해 왔습니다. 1600년대가 되자 사탕수수와 그 줄기에서 짜낸 단맛이 나는 즙은 카리브해에 확고하게 자리 잡으면서 어떤 사람들을 상업의 왕으로, 그리고 다른 사람들을 노예로 바꿔 놓았지요.

마블은 그 방송분에 자부심을 느끼고 있었다.

「자, 너무 기분 나쁘게 듣지 말아요, 마블.」 조지가 말하고 있었다. 「그냥 알려 주려는 거니까요, 알겠죠? 그냥, 생산자 착취에 관한 그 논쟁은 이미 그 이탈리아인 커피 거물하고 했잖아요. 그리고 당신은 이제 유럽에서 설탕을 넣어 만든 음식은 뭐든 간에 전통 음식이라고 할 수 없다고 하고 있어요.」

「사탕수수설탕이에요.」

「으응?」

「사탕수수설탕이라고요. 사탕무로 만든 설탕이 아니고요.」

「맞아요.」

「그리고 그냥 전통 음식이 아니에요.」

「에?」

「지역이라는 말이 들어가야죠. 그 지역이 원산지인 전통 음식이에요.」

「그렇군요.」

「게다가 그 커피 회사 남자하고 저는 논쟁을 하지 않았어요. 그냥 견해가 좀 달랐을 뿐이죠. 그 사람도 결국에는 제 이야기의 의도를 이해하게 됐고요.」

사실 마블과 그 커피 맨은 얼마 안 되는 그 유일한 긴장의 순간들이 지나고 나자 방송에서 그 주제를 제대로 이야기했고, 그다음 달에는 저녁을 같이 먹으러 갔고, 만나서 늦게까지 대화를 나눴고, 그다음 주말에는 밀라노에서 만났고, 각자의 도시로 돌아가는 기차를 타기 전에 길고 부드러운 작별의 키스를 나눴다. 하지만 마블은 그중 어떤 것도 조지에게는 말하지 않을 생각이었다. 마블은 자신의 고인이 된 남편 역시 이탈리아인이었다는 사실을 조지가 떠올리게 되는 걸 원치 않았다. 조지가 자신을 불쌍하게 여기는 건 원치 않왔다.

「그냥, 당신은 정치 평론가가 아니라 음식 전문가가 되어야 한다는 거예요.」

「그게 무슨 말이에요, 조지? 그냥 조리법만 공유하고, 사람들한테 음식에 대해, 그 음식이 어디서 왔는지에 대해서는 아무 말도 하지 말라는 거예요? 그건 제가 하는 일이 아닌데요. 저는 요리사가 아니잖아요. 제 전문 분야는 음식이 어디서 왔는지에 대한 거예요, 알잖아요. 그리고 음식이 세계 곳곳을 돌아다니는 방식에 대해 얘기하려면 그 뒤에 숨어 있는 사회적, 경제적, 정치적 사실들을 언급할 수밖에 없어요. 그런다고 제가 정치 평론 분야에 **종사하는** 건 아니잖아요.」

조지는 일어서서 책상 앞으로 빙 돌아 걸어오더니 마블 가까이에 있는 의자에 앉았다.

「마블, 난 당신을 최고로 좋아하는 팬이에요, 당신도 알잖아요. 저번에 그 〈오크라〉[29] 편도 그냥 너무 좋았다고요.」

「제가 벌어들이는 돈의 팬이시겠죠.」 한쪽 눈썹을 치켜올리며 마블이 말했다.

「그 돈이 당신한테 하고 싶은 방송을 할 수 있게 해주는 거잖아요.」 조지가 말했다.

「아, 이제 보니 그냥 못되게 굴고 계시네.」

「당신이야말로 유명 가수처럼 굴고 있는데요.」

두 사람 모두 웃었다. 「아니, 조지, 정말로요. 제가 뭘 하기를 기대하시는 건지 모르겠어요. 저를 검열하시는 거예요?」

29 아욱과의 식물.

「아, 난 심지어 당신이 뭘 했으면 좋겠는지조차 모르고 있군요. 아니, 검열하고 싶은 건 아니에요. 하지만 혹시 다음번에는 조금만 더 표현에 신경 써줄 수 있을까요? 물론 역사도 제대로 들여다봐야 되겠지만, 우린 시청자들이 설탕 한 스푼 넣는 거 가지고 부끄러움을 느끼는 건 원치 않거든요.」

「아.」마블이 천천히 고개를 끄덕이며 말했다.

「우리가 국제 시장에 배급권 판매하는 걸 목표로 하고 있는 거 아시죠.」

「음-흠.」마블이 말했다. 그러고는 일어서서 몸을 기울여 조지의 뺨에 가볍게 입을 맞췄다.

「제니는 어떻게 지내요?」

「잘 지내요. 애들 보고 싶어 하죠 뭐. 언제 한번 놀러 와요. 제니한테는 저녁 늦게가 더 나을 거예요. 점심시간에는 항상 붙잡혀 있거든.」

「그래요. 제니한테 전화할게요.」마블은 조지에게 화가 나지는 않았지만 조지에게 걸려 온 그 전화에는 짜증이 났다. 자기 책상으로 돌아온 마블은 〈설탕〉 편의 인터넷 링크를 클릭했다.

우리가 시간이 지나는 동안 좋든 싫든 다른 여러 문화에서 들여온 것들을 기꺼이 인정하려 하지 않는다면, 그것이 온전히 우리의 전통이라고 주장할 수는 없다고 저는 생각합니다.

거기 앉아 화면 속의 자신을 보는 동안 마블은 자신의 다음 책 주제가 무엇이 될지 깨달았다. 180도 태세 전환을 할 생각이었다. 마블은 연필을 집어 들고 **설탕**이라고 썼다.

완다

그 애는 언제나 사랑스러운 아이였다. 공부도 열심히 하고 매력적이고, 딱 유쾌할 정도로만 짓궂고, 진짜 문제는 절대 일으키지 않는 아이였다. 하지만 시간이 지나자 완다 마틴의 딸은 안 좋은 패를 받게 되었다. 제 남편이 갑작스레 죽고 나서 그 애는 임신을 끝까지 유지하려고 애를 썼다. 런던에 그냥 계속 있으라고 완다와 남편이 애원했지만, 메이블은 아기와 함께 이탈리아로 돌아가겠다고 고집을 피웠다. 그리고 16년이 지난 지금, 그 애는 여전히 이탈리아에 있었다. 비록 완다의 손자는 한 해의 대부분을 여기 영국에 있는 기숙 학교에서 보냈지만 말이다.

메이블이 일 때문에 가끔씩 집에 돌아와서 얼마나 다행인지. 완다는 딸이 가까이에 있을 때가 제일 행복했다. 너무도 자연스럽게 자전거를 타고 딸의 아파트로 건너갈 수 있고, 그 애와 앉아서 차 한잔을 마실 수 있고, 메이블이 눈을 가늘게 뜨고 노트북 컴퓨터 화면을 노려보는 동안 그 애의 난초들에 물도 몇 방울 줄 수 있어서 너무 좋았다. 완다는 딱 몇 분만 더 있다가 집으로 돌아갈 생각이었지만, 그 전에 딸의 등 뒤에서 허리를 굽혀 컴퓨터 화면에 뜬 몇 줄의 글을 읽었다.

「안 돼요, 엄마.」 메이블이 두 손으로 화면을 가리며 말했다. 완다는 이제 쉰이 다 된 딸이 자신을 여전히 **엄마**라고 불러서 너무 좋았다. 완다는 다시금 훔쳐보려고 몸을 기울였다.

사탕수수. 줄기가 대나무만큼 굵은, 짜내면 달콤한 즙이 나오는, 그 즙이 결국 세계를 바꿔 놓은 식물.

「지금은 누가 이걸 읽는 걸 정말로 원치 않아서 그래요, 엄마.」

「이게 어디 들어가는 건데, 아가?」

딸은 시선을 들지 않은 채 말했다. 「또 다른 책을 쓰려고 생각 중이라서요. 이건 그냥 집에 돌아가면 보려고 메모해 두는 거예요.」

메이블이 **집home**이라고 했나? 아니면 **로마Rome**라고 했나? 아니, **집**이라고 했을 리가 없었다. 왜냐하면 여기 런던에, 그들 가까이에 있는 이 집이 그 애의 집이었으니까. 딸아이와 손자의 인생에 필요한 모든 것이 있는 중심지는 여기였다, 그렇지 않은가? 완다와 남편은 이곳을 그런 곳으로 만드는 데 인생을 바쳤다. 왜냐하면, 다른 무엇보다, 그게 그들이었으니까. 그들은 메이블의 엄마와 아빠였다.

그때

돈이면 다 되는 까닭에

돈이면 다 되는 까닭에, 1969년 겨울에 서인도 제도 출신의 비서였던 어느 미혼 여성에게서 태어난 누르스름한 피부의 여자 아기는 공식 경로를 통해 입양되는 대신 그 특권을 얻기 위해 미혼모 쉼터에 후하게 돈을 지불했던 런던의 어느 부유한 부부의 손에 곧바로 전해졌다. 완다와 로널드 마틴은 자기들이 아기를 돈 주고 사는 거라는 생각은 하지 않았다. 입양 과정을 좀 더 빠르게 진행할 뿐이라고 생각했다. 신청서 양식이라면 전에 그들도 채워 넣은 적이 있었다. 면접도 했다. 기다리고 또 기다렸다. 희망을 놓지 않고 있었다. 그러나 거의 희망을 잃은 상태였던 것이다.

여자 아기가 자라 사춘기가 되자, 둘 다 백인이었던 양부모는 자기들의 딸이 어떤 사람들에게는 혼혈이라고 불릴 수 있겠다는 걸 알게 되었지만 알아채지 못한 척했다. 어쨌거나 인종이라는 건 시효가 다한 개념 아닌가? 하지만 딸의 외모가 그들과는 매우 다른 건 사실이었다. 피부색이 더 짙었고, 키가 더 컸고, 몸도 떡 벌어져 있었다. 그들은 아이에게

389

너는 외할아버지 쪽 누군가를 닮은 거라고 말해 주었다. 그들은 그 애가 언제나 자신들의 딸이었다고 스스로에게 되뇌었다. 그 애는 언제나 자신들의 꼬마 아가씨였고, 누구도, 그무엇도 그 사실을 바꿀 수는 없다고.

키

메이블 마틴은 사춘기가 되어 몸이 완전히 성숙해진 뒤에야 자기가 부모님을 닮지 않았다는 사실에 대해 걱정이 되기 시작했다. 그때는 학교에서 쉰내를 풍기던 그 미국인 남자애가 메이블의 몸을 더듬고는 **황설탕**이라고 불렀던 일이 있고 나서 얼마간 시간이 지난 뒤였다. 그리고 자신의 가슴과 키에 대해 점점 불만이 커져 가던 메이블이 두 집 아래 사는 랜들 집안의 소년보다도 자신의 키가 더 크다는 사실 때문에 조금 더 구체적인 동요를 느끼기는 전이었던 때였다. 메이블은 그 소년을 갑작스럽고도 지독하게 사랑하게 되어 버렸다.

게다가 열일곱 살이 되자 메이블은 부모님 양쪽 모두보다 키가 커졌고 몸도 유연해졌다. 메이블의 어머니는 메이블이 외할아버지의 건장한 체격과 코를 물려받았다고 지적했는데, 메이블이 전혀 모르는 그 외할아버지는 어머니의 서랍장 위에 놓여 있던, 우묵우묵 자국이 나고 갈색으로 바랜 인물 사진 속에서만 볼 수 있었다. **봤지?** 어머니는 말하며 미소 지었다. 아니, 메이블에게는 안 보였다. 하지만 메이블은 같이 미소 지으며 고개를 끄덕였다.

그로부터 거의 35년 뒤, 마블이 된 메이블은 로마의 한 미용실에서 헬멧 모양의 건조기 아래 앉아 휴대폰의 진동을 느끼게 될 것이었다. 화면에 뜬 **상속 재산**이라는 단어들을 보게 될 것이고, 이름을 들어 본 적 없는 미국의 한 법률 회사에서 온 그 메일 내용이 자신이 키가 180센티미터나 되고 얼굴에는 부모님 두 분 모두에게 있는 분홍빛 색조가 전혀 돌지 않는다는 사실과 관련돼 있다는 걸 곧바로 알아차릴 것이었다. 그러고는 자신이 일생 대부분의 시간 동안 이 메시지를 기다려 왔다는 사실을 깨닫게 될 것이었다.

그때쯤이면 마블은 그 오랜 세월 내내 엄마와 아빠가 자신의 출생에 대해 거짓말을 해왔다면 그건 사랑 아니면 두려움에서, 혹은 둘 다에서 나온 것이리라는 사실을 이해하기 충분한 나이가 되어 있을 것이었다. 왜냐하면 그것들이 그 순간 마블에게 밀려와 허리 양옆의 부드럽게 움푹 들어간 곳을 흠뻑 적시는 바로 그 감정들일 테니까. 부모님에 대한 사랑, 무엇을 알게 될지에 대한 두려움, 무엇을 느끼게 될지에 대한 두려움. 그래, 대부분 두려움이었다.

왜냐하면 부모님이 얼마나 마블을 사랑하고 애지중지하고 마블의 어린 시절 꿈들에 투자해 주었든 간에, 그분들이 그의 삶에 존재한다는 사실로도 안 되는 게 있었기 때문이다. 그의 갈비뼈 아래 어딘가에 아주 조그맣게 박혀 있던, 그리고 여러 해에 걸쳐 조금씩 커지면서 속에서부터 그를 찔러 대던 그 까끌까끌한 덩어리는 그분들의 존재로도 빼낼 수 없었다. 그 덩어리는 하나의 예감이었다. 오래전에 다른 누군가가, 메이블이라는 아기는 사랑하고 애지중지하고 투자해 줄 가치가 없다고 결론을 내렸을지 모른다는 예감.

자신의 가계도에 대한 마블의 의심이 부풀어오른 건 마블의 아들이 태어나고 그 말랑말랑하던 신생아의 얼굴이 형체를 갖춰 가기 시작했을 때였다. 불그스름하고 힘줄이 불거져 있던 아기의 피부는 점차 더 고른 빛깔의 짙은 올리브색을 띠게 되었고, 머리칼은 부드럽고 덥수룩한 모양으로 자라났다.

「엄마 외손주는 자기 외할머니를 하나도 안 닮았네요, 안 그래요, 엄마?」 마블은 기분이 까칠하던 어느 날 불쑥 내뱉었다.

「응, 안 닮았지, 아가야.」 어머니가 말했다. 「네가 거기 가서 이탈리아인 사내애를 얻었으니 그건 네 책임이고, 그래서 걔가 그런 거지.」 마블의 남편이 하얀 피부의 부모님에게서 난 금발 남자만 아니었어도 그건 타당한 주장이었을지도 몰랐다. 마블의 아들 조가 사춘기가 되어 성숙해졌을 때, 그애가 집안의 아버지 쪽을 닮았다는 증거가 될 만한 것은 주근깨로 덮인 코밖에는 없었다.

마블은 조를 영국에 있는 기숙 학교에 보내고 나서 한 해의 대부분을 외국에서 지내기를 계속했다. 부모님 곁에서 너무 시간을 많이 보내게 되면 그분들이 자신의 눈빛에서 점점 커져 가는 의혹을 알아채지 않을까 싶었다. 마블은 그 주제에 관해서는 빙 둘러서 충분히 여러 번 암시를 해왔고, 한 가지 사실을 알게 되었다. 부모님은 마블이 자기가 다른 부모의 자식일지도 모른다는 가능성을 논하게 내버려 두지 않을 것이었다.

어떤 날이면 마블은 몹시 분하다는 생각이 들었다. 다른 날에는 나이가 들어 어깨 근처가 여위어 가는 엄마와 아빠를 보며 죄책감을 느꼈다. 마블의 삶에서 가장 아름다운 존재는 그의 아들이었다. 마블의 부모님도 마블에게 똑같은 감정을 느낄까? 그분들은 마블을 잃어버릴까 봐 걱정이 되는 건지도 모른다. 마치 그런 일이 가능하기라도 한 것처럼.

아니면 혹시 그런 일도 가능할까?

지금

베넷 부인

B하고 B야, 이제 50년이 지났으니 너희는 내가 첫아이를 찾지 못할 거라는 사실을 받아들여야 한다고 생각할 것 같구나. 그런데 난 그럴 수 없었단다. 아니, 내 말은, 너희 아버지가 그렇게 가고 난 뒤에 몰려온 상실감에 더해 그것까지 받아들이고 살 수는 없었다는 거야. 너희도 알다시피 나는 그것 때문에 너무 우울했고, 그 서핑 보드를 반도로 가져갔고, 목이 부러질 뻔했지. 어리석은 짓이었다고 생각하지만, 난 내가 거기 나갔던 일이 전적으로 유감스럽기만 하다고는 말하지 못하겠구나. 왜냐하면 그 일이 나를 너희 누나이자 언니인 사람한테로 이끌어 주었으니까.

결국 병원 신세를 지고 그 뒤에 그 후속 검사들을 받아야 하는 처지가 되지 않았더라면, 나는 몸이 안 좋다는 걸 그렇게 일찍 알아낼 수 없었을지도 몰라. 진단을 들을 때는 편안한 기분이었단다. 그러니 병원에서 화학 요법을 시작하지 않았더라면, 내가 어느 날 집에서 약병 두 개를 앞에 놓고 다른 뭔가를 하기에는 너무 피곤한 상태로 컴퓨터에서 동영상들을 보며 앉아 있지 않았더라면, 난 오늘 여기서 너희한테 모든 걸 이야기하고 있지 못했을지도 몰라.

B하고 B야, 너희도 알겠지만 내가 이 녹음을 하는 건 살날이 별로 남지 않았다는 생각이 들어서야. 너희한테 거짓말은 하지 않을게. 곧 떠나게 돼서 유감이구나. 하지만 이 짧은 시간 동안에, 죽어야겠다는 그 멍청한 생각을 떠올렸던 그날 이후로, 난 평생의 가치가 있는 행복을 느끼면서 살아왔단다. 그리고 이제 그걸 너희한테 말해 주려고 해.

차요테

　막 일주일 치 약통 채우기를 끝낸 엘리너 베넷은 노트북 컴퓨터 앞에 앉아 여러 가지 음식의 영양가에 관해 찾아보고 있었다. 병 진행을 늦출 유일한 방법이 있다면 식단이라고 마음먹은 터였다. 약이 70년 된 자신의 뼛속에서 **좋은 것들**을 그대로 쏙쏙 빼 가는 게 느껴졌다. 온라인 기사 하나를 읽는데, 차요테[30] 이미지가 들어간 그 짜증 나는 팝업 광고 하나가 떴다. 차요테의 가시투성이 녹색 껍질을 보니 섬에서 보낸 어린 시절이 떠올랐다.

　어머니가 사라지고 그 뒤로 몇 년 동안, 날마다 탤컴파우더를 풀풀 날리며 엄마처럼 꼭 안아 주던 펄의 존재는 엘리너에게 가장 큰 위안의 원천이 되곤 했다. 월요일만 빼고. 월요일 밤은 수프의 밤이었기 때문이다. 부야베스[31]의 밤도 페퍼포트[32]의 밤도 아닌 고기와 채소를 넣어 끓인 수프를 먹는

---

30 박과에 속하는 덩굴 식물로 샐러드, 수프, 튀김, 볶음 등으로 활용된다.
31 생선을 비롯한 해산물과 감자, 양파, 마늘 등을 넣고 끓인 지중해식 스튜.
32 매운 고추와 쇠고기, 채소를 넣고 끓인 카리브해식 스튜.

밤이었고, 채소 중에는 그 무서운 〈초초〉도 포함되어 있었다.

엘리너는 캘리포니아에 와서 거기서는 그 채소를 차요테라고 부른다는 걸 알게 되었다. 학명이 세키움 에둘레인 그 채소를 가리키는 지역어 chocho(초초)가 일부 스페인어 사용자들이 여자의 국부를 가리키는 데 쓰는 말과 비슷하게 들린다는 것도 알게 되었다. 볼품사납게 동글납작하고 도마뱀 몸 색깔 같은 녹색에다 설거지한 물 같은 맛이 나는 호박. 그 호박을 먹지 않으려고 그토록 오랜 시간을 버텨 온 엘리너에게 그런 단어와의 연관성은 비틀린 만족감을 가져다주었다. 엘리너는 초초가 만약 사람이었다면 어쩔 수 없이 다소 민망한 기분을 느낄 거라고 생각하기를 즐겼다. 언젠가 그 채소가 자기 인생에서 가장 큰 놀라움을 가져다줄 거라고는 조금도 상상해 보지 못했던 것 같다.

컴퓨터 화면에서 차요테를 본 것만으로 입꼬리가 축 처지기에는 충분했지만, 엘리너는 어쨌든 광고 속의 동영상을 클릭했다. 내레이터는 이탈리아의 어느 시골 시장에서 차요테가 눈에 띄었다고 설명했다.

「카리브해도 아니고,」 내레이터는 말했다. 「아시아도 아닌, 바로 여기 남부 유럽에서 말이죠.」 엘리너는 이 내레이터를 알고 있었다. 이 여자의 목소리에는 어딘가 친숙하게 들리는 데가 있었다. 바로 그때, 차요테를 비추던 카메라가 위로 향하더니 진행자의 투실투실한 목을 지나갔고, 베넷 부인은 그저 피부색이 더 옅고 머리색이 더 짙을 뿐 꼭 자기처럼 생긴 한 중년 여자의 두 눈을 들여다보고 있는 자신을 발견했다. 엘리너는 이제 여자의 목소리가 살짝만 다를 뿐 자신의 목소리와 아주 비슷하게 들린다는 걸 깨달았다.

그 일은 바로 눈앞에서 벌어지고 있었지만, 엘리너는 그럴 리가 없다고 계속 스스로에게 되뇌었다. 그토록 딸을 찾아 헤맸지만 모두 허사였는데 결국 그 애가 저런 식으로 컴퓨터 화면에 나타나다니, 그럴 리가 없었다. 엘리너의 아기, 머틸다. 그럴 리가 없었다. 아니, 그럴 수도 있을까? 동영상에는 이름 하나가 표시돼 있었다. 엘리너는 인터넷 검색창을 열어 그 이름을 쳐봤다. **마블 마틴**. 여자의 사진이 있었다. 인물 소개도 있었다. 1969년 런던에서 태어난 여자였다. 이여자는 엘리너의 아기 머틸다가 맞았다. 언제나 거기 나 있던 구멍을 채우기 위해 가슴속에서 심장이 부풀어오르는 그느낌을 통해, 엘리너는 이제 알 수 있었다.

충격에도 불구하고 엘리너는 그 순간에 담긴 아이러니를 알아차릴 수 있었다. 지난 50년간 가장 힘들었던 여러 날 밤에, 첫아이를 빼앗긴 슬픔으로 축 늘어져 누워 있을 때, 헛되이 딸을 찾아 헤매고 있을 때, 자신의 고통을 남편과 다른 자식들에게는 숨기고 있을 때, 엘리너는 한참 전의 기억을 더듬어 어린 시절의 그 월요일 저녁들을, 차요테를 피하는 것이 지상 과제였고 어머니가 집에 돌아올 거라고 여전히 믿고 있던 그때를, 사람은 자신의 자궁에 어쩔 수 없이 들어선 아이라 해도 사랑할 수 있다는 걸 깨닫기 전이었던 그때를 떠올리곤 했던 것이다.

그릇에 담겨 김이 올라오던 그 수프를 먹으라는 말에 시달리던, 그런 다음 누비이불 같던 펄의 품에 폭 안겨 있던 기억. 결국 엘리너에게 가장 큰 위안의 원천이 되어 준 것은 그 때의 그 기억이었다.

예후

예후. 예후. 예후.

엘리너는 이 모든 세월 내내 자신이 처음으로 낳은 딸을 찾기만을 바라 왔다. 그런데 이제 그 애가 누구고 어떻게 연락하면 되는지 알게 되자 그렇게 할 수 없다는 걸 깨달았다. 너무 늦었다. 근본적으로 타인인 엘리너가 초대도 받지 않고 딸의 인생에, 그것도 이런 예후를 가지고 걸어 들어가서 너의 생모가 곧 죽게 됐다고 말하는 건 옳지 않을 것이었다.

「제 생각엔 따님은 그래도 어쨌든 엘리너한테서 연락을 받고 싶어 할 것 같아요.」 찰스가 말했다. 「언제나 딸을 찾고 싶어 했고, 사실은 전혀 포기하고 싶지 않았다는 말을 엘리너한테서 들을 기회가 주어진다면 고마워하지 않을까요. 얼마나 큰 선물이겠어요.」

찰스는 훌륭했다. 이런 식으로 사람을 설득할 줄 알았다. 하지만 다음 날 아침이 되었을 무렵, 엘리너는 이미 마음을 바꾼 뒤였다.

「상황이 너무 정신이 없네요.」 엘리너는 찰스에게 말했다.

401

「제 다른 아이들이 먼저 알아야 해요. 그런 다음에 그 애한 테 전화하면 돼요.」

엘리너는 찰스의 손을 잡았다. 「우리한테 상황이 이렇게 돼서 유감이에요.」 엘리너가 말했다. 「이런 멍청한 병에 걸 려 가지고.」 찰스는 몸을 기울여 엘리너의 이마에, 그다음엔 뺨에, 그다음엔 움푹 들어간 목에 키스했고, 엘리너가 웃음 을 터뜨릴 때까지 엘리너의 살갗에 코를 대고 눌렀다.

엘리너의 꼬마 아가씨

그 애에게 한 번 전화를 걸었지만 말할 용기가 없었다.

엘리너는 마블 마틴의 영국 내 휴대폰 번호를 갖고 있었다. 불가능해 보이는 일이었는데, 찰스가 말했듯 그런 일을 하라고 사설탐정이라는 직업이 있는 모양이었다. 찰스가 가져다준 서류 더미 속에서 엘리너가 읽은 바에 따르면 마블은 런던과 로마를 장거리로 오가며 사는 사람이었다. 〈마블〉은 일종의 예명이고 그 애의 원래 세례명은 〈메이블 머틸다〉였다는 이야기도 있었다. 딸아이의 미들 네임을 처음으로 읽었을 때 엘리너의 심장은 쿵 내려앉았다. 머틸다, 어머니의 이름. 엘리너의 아기를 입양한 사람들은 엘리너가 아기에게 붙여 준 이름을 그대로 두었던 것이다.

다음에, 준비가 되었다고 느껴질 때 다시 전화하면 된다. 엘리너는 아이를 겁에 질리게 하고 싶지도, 충격을 주고 싶지도, 그 애를 키우고 사랑하며 자기 삶의 50년을 보낸 사람들을 배신하고 싶지도 않았다. 이 일에는 요령이 필요했다. 게다가, 딸이 엘리너와 이야기하고 싶어 하지 않을 수도 있었다. 거기에도 대비해 두어야 했다.

지금으로선 딸아이가 **여보세요? 여보세요오?** 하고 말하는 걸 들은 걸로 충분했다. 자신의 목소리가 자신에게 돌아오는 걸 듣는 일이라니. 그건 헤어져 있던 이 모든 세월 뒤에도 엘리너의 꼬마 아가씨가 여전히 엘리너의 일부라는 사실에 대한 확인과도 같았다. 그 애는 엄마 젖꼭지에서 마지막으로 떨어져 나갈 때 엘리너의 무언가를 가져간 것이었다.

이구아나

휴대폰이 울렸을 때 마블은 등을 대고 누워 이구아나 한 마리를 쳐다보고 있었다. 모든 것에서 너무나 멀리 떨어진 이 해변까지 온 것이 옳았다는 생각을 하던 중이었다. 그토록 애를 써봤지만 마블은 자신의 출생과 부모님에 대한 스스로의 의심과 화해할 수 없었다. 그는 생각을 할 필요가 있었다. 아무도 그에게 아무 기대도 하지 않는 장소에 있을 필요가 있었다. 그리고 이곳이 그 장소였다. 저 위에서 자신에게 시선을 고정하고 있는 번뜩이는 저 검은 눈을 본 순간 알았다. 마블이 지켜보는 동안 이구아나는 모래 위에, 마블의 얼굴 바로 근처에 볼일을 봤지만 마블은 똥에는 신경 쓰지 않았다.

하나의 예술 작품이었다. 꼼짝도 하지 않는 이 생명체는, 나뭇가지에 매달려 있는 그 길고 가느다란 발가락들은, 등을 따라 술 모양으로 솟아난 돌기들은. 마블은 조가비처럼 하얀 모래사장 위로 기어오르는 청록색 파도들로 시선을 옮겼고, 햇빛 속에서 자기 몸이 달궈지는 고소한 냄새를 들이

마신 다음 태블릿으로 뉴스 머리기사들을 확인했다.

프랑스의 원자력 발전소에서 화재가 일어났고, 이탈리아에서는 또 한 번의 대규모 지진이 일어났으며, 지중해에 빠져 죽는 난민의 수도 늘어났다. 그리고 다른 곳에서는 거의 어디서나 분쟁이 벌어지고 있었다. 사람들에게는 문제들이, 큰 문제들이 있었지만, 며칠 안 되는 이 시간 동안 마블은 사진 촬영과 마이크와 회의실로부터 멀어져 오직 자기 자신에게만 집중하고 싶었다. 감정들이 자기 몸 위로 떠올라 태연히 허공을 맴돌게 둘 수 있고, 그의 개만큼이나 커다랗고 얼룩덜룩한 파충류 한 마리를 쳐다보는 것 말고는 아무것도 하지 않아도 되는 곳에서. 마블은 집에 있는 자기 개를 떠올렸고, 이웃집 소년이 먹을 것을 너무 많이 주고 있지 않기를 바랐다.

잘 지내니, 강아지 씨? 그 소년은 언제나 마블의 개에게 그렇게 물었고, 보비는 언제나 깡충 뛰어오르는 것으로 소년에게 대답했다. 이제 한 남자에 가까워진 그 소년은 마블의 아들과 함께 학교에 다녔고, 함께 나무에 기어올랐고, 마블의 아들이 휴일을 맞아 학교에서 돌아와 있을 때면 그 애를 보러 찾아오기를 계속했다. 조가 처음 기숙 학교로 떠났을 때, 이웃집 소년은 마블의 집 앞 계단에 앉아 마블이 문을 열어 줄 때까지 막대기로 땅바닥을 긋곤 했다. 마블은 시간이 지나며 소년의 넓어지는 두 어깨를, 보송보송하게 새로 난 콧수염을, 자신의 아들은 그렇게 멀리 있는데 바로 자기 눈앞에서 계속 자라나는 그 아이를 바라보기가 힘겨워졌다. 하지만 이 아이는 마블의 아들을 기저귀 차던 시절부터 알고 지낸 아이였고, 그래서 어느 날 마블은 마침내 소년에게 물었다. **우리 개 좀 봐줄래?**

이구아나는 목을 움직이더니 다시 회색과 흰색의 덩어리로, 꼼짝도 하지 않는 상태로 돌아가 자리 잡았다. 마블은 두 눈을 감고 자신이 그 도마뱀이라고, 이끼로 덮인 돌덩어리로 변해 길고 추운 밤 동안에는 내내 잠을 자다가 오직 태양의 따스함 속에서만 되살아난다고 상상했다. 이 생각을 꼭 붙들고 있는데 휴대폰이 진동하기 시작했다.

저장되어 있지 않은 번호였다.

「여보세요?」 마블이 말했다. 저쪽에서는 대답이 없었지만 마블의 귀에는 숨을 들이쉬는 소리가 들렸다.

「여보세요오?」

아무 말도 없었다. 전화가 끊겼다.

마블은 전화기를 치우기 전에 잠시 기다렸다. 전화한 사람이 누구든 중요한 일이라면 다시 걸 것임을 알았으니까.

하지만 전화는 다시 걸려 오지 않았다.

지금

유산

베니는 화장실에서 손을 씻으며 거울 속의 자신을 보고 있다. 그동안 자기 얼굴에서 보이는 것이라고는 아버지의 이목구비와 입 한쪽이 처진 어머니의 미소밖에는 없었다. 하지만 이제 베니는 어머니 쪽 가계로부터 자신이 그것 말고도 무엇을 물려받았는지 알 것 같다. 예를 들면 피부. 베니는 오빠와 부모님에 비해 피부색이 아주 옅었다. 만약 자신이 오빠를 그렇게 닮지 않았더라면 출생을 의심했을지도 몰랐다. 이 피부는 어머니의 아버지로부터 온 것임에 틀림없었다.

베니는 자기 가족에 대해 모든 걸 다 알지는 못했다. 하지만 예전에는 그 사실이 정말로 문제가 된 적은 별로 없었다. 베니와 바이런은 부모님이 두 분 다 고아라고 믿게끔 길러졌다. 질문에 대답이 돌아오지 않는 일은 보통이었다. 이것이 언제나 그들이었던 존재였다. 카리브해에서 온 아프리카계 미국인 가족, 말하지 않은 이야기들과 반쯤만 기록된 문화를 가진 일가.

이제 베니는 부모님 이전의 세대들에 대해, 그들이 멀리 떨어진 지역에서 이곳으로 왔다는 사실에 대해, 그들이 살았던 삶에 대해, 서로 다른 문화적 영향들에 대해 조금 더 구체적으로 알고 싶어 하는 자신을 깨닫는다. 베니는 또 다른 종류의 유산에 대해서도 생각하고 있는데, 그것은 어머니로부터 왔다는 걸 베니가 이제야 알게 된 반항 정신이다. 어머니 역시 타인들의 기대에도 불구하고, 너는 어떤 종류의 여자가 되어야 한다는 타인들의 규정에도 불구하고 자신의 길을 찾으려 애썼다. 어머니 역시 여러 개의 문을 닫았고, 또다시 나아가기를 계속했다.

어머니가 조금만 일찍 무언가를 말해 주었더라면.

엘리너는 자신의 녹음 파일에서 베니의 아빠는 정말로 자기 부모님 두 분을 모두 잃었다는, 비록 그때쯤에는 그가 이미 성인기 초반이 되어 있기는 했지만 그랬다는 말을 한다. 영국에 공부하러 간 기브스 그랜트로부터 연락이 끊어지자, 고향에 있던 가족들은 기브스가 앞서 간 다른 사람들처럼 그저 새로운 이민 생활의 파도에 실려 떠내려가 버린 줄 알았을 것이다. 기브스 어머니의 친척들이 그를 찾으려 했을 수도 있지만, 분명 그들은 그가 이름을 바꾸고, 죽은 것으로 되어 있는 여자와 함께 살고 있을 거라고는, 너무 뻔해서 오히려 찾기 힘든 곳에 숨어 있으리라고는 상상하지 못했을 것이다.

어머니는 아버지가 돌아가신 뒤 자신이 유령처럼 느껴졌다고, 진짜 자신을 알아보는 사람이 더 이상 주위에 아무도 없는 것처럼 느껴졌다고 말한다. 어머니가 처해 있던 상황

의 진실이 충분히 이해되기 시작한다. 엘리너 베넷은 시간
이 지나면서 자신이었던 사람의 대부분이 사라질 때까지 자
신의 일부를 차례로 포기해 왔다. 가족, 나라, 이름, 심지어
는 자식까지. 그리고 엘리너는 자신이 잃어버린 것들의 이
름을 마음 놓고 말해 보지도 못했다. 여전히 남아 있던 그 구
멍들을 메우기에는, 베니와 바이런으로는 결코 충분치 않았
을 것이다, 그렇지 않은가?

베니와 바이런은 결코 충분한 존재였던 적이 없었다.

베니는 선반에서 수건 한 장을 꺼낸 다음 변기 뚜껑 위에
앉아 테리 직물의 풍성한 올들 속에 얼굴을 파묻는다. 자신
이 우는 소리가 오빠와 미치 씨에게 들리지 않도록 조심하
면서.

복도를 따라가면 나오는 곳에서는 바이런이 커피를 조금
더 갈면서 자신의 두 손을 내려다보고 있다. 그와 베니는 너
무 많이 닮아서 쌍둥이라고 해도 될 정도였다. 그 9년의 세
월과 몇 단계의 피부색 차이만 없었다면 말이다. 이제 보니
베니는 어머니의 아버지인 그 린쿡이라는 사람을, 잘못을
저질러 바이런의 어머니가 섬을 떠나게 만들었던 그 사람을
닮은 것 같다.

카리브해에서 온 사람들에게서 태어난 바이런과 베니는
자신들의 선조들이 다양한 배경을 지니고 있었을지도 모른
다는 사실을 언제나 당연하게 여겨 왔다. 하지만 바이런의
마음속에서, 그는 무엇보다 캘리포니아에서 자라난 사람인
동시에 흑인 남자다. 이것이 그의 정체성이다. 물론 다른 사

람들의 머릿속에서 그는 첫째도 둘째도, 그리고 언제나, 흑인 남자이겠지만 말이다. 다른 모든 정체성을 배제하고 오직 흑인 남자이기만 한 게 아니라면 그것도 괜찮을 것이다.

피부색이 자신의 세계에서 갖는 중요성이 조금이라도 의심스러울 때면 바이런은 그저 베니를 쳐다보기만 하면 된다. 바이런의 동생은 언제나 부주의한 운전자였고 고속 도로에서 모두에게 위협이 될 수 있는 존재였지만, 경찰은 모랫빛 피부를 한 베네데타 베넷의 차는 한 번도 세운 적이 없다. 반면 바이런은 1년에 평균 서너 번은 그런 일을 겪는다.

바이런은 이제 밤에 운전하기가 겁날 지경이다. 특정한 시각 이후에는 특정한 지역에 사는 특정한 친구들을 찾아갈 수가 없을 지경인데, 범죄가 두려워서가 아니라 경찰이 불러 세울 것이 두려워서다. 지난번에 새 차가 필요해졌을 때 바이런은 좀 덜 매끈해 보이는 모델을 샀다. 흑인 남자는 어떤 종류의 차는 소유해서는 안 된다고 생각하는 사람들의 눈길을 끌지 않을 만한 모델이었다. 그런 문제도 있었으니까. 바이런은 그런 지경에 와 있었다. 하지만 케이블을 제외하고는 누구에게도 그 사실을 인정하지 않을 생각이었다.

그는 궁금하다. 영국인이라는 내 누나는 어떻게 생겼을까? 그 사람은 자신의 세계를 어떻게 헤쳐 나갈까? 참을 수가 없다. 바이런은 휴대폰으로 온라인에 접속해 마블 마틴을 검색한다. 그 사람은 영국에서 추종자가 대단히 많아 보인다. 바이런은 화면을 쓸어 넘기고 클릭하다가 사진 한 장을 찾아낸다. 그러고는 놀라서 말이 나오지 않는다. 이 마블이라는 사람은 자기가 얼마나 우리 어머니를 닮았는지 알까? 바이런은 궁금하다. 여자는 베니만큼 피부색이 옅지만 그 눈과 코와 입을 잘못 알아볼 수는 없다. 그것들은 어머니의 눈과 코와 입을 똑 닮았고, 그것을 보자 바이런은 오직 일종의 향수라고밖에 설명할 수 없는 갈망으로 가득 찬다.

바이런은 냉동실 문을 열고 남은 커피 원두를 집어넣다가 알루미늄 포일에 싸인 원반 모양의 용기를 본다. 거기 그것이 있다. 그 블랙케이크. 바이런은 손을 뻗어 만져 본다. **적당한 때가 되면 함께 앉아서 그 케이크를 나눠 먹어라,** 엄마는 쪽지에 그렇게 썼다. **그게 언젠지는 너희가 알 거야.** 이제 바이런은 그 **언젠지**가 언젠지 안다.

익명성

베니는 여행 가방을 열고 은회색 스웨터를 꺼낸다. 내일 어머니의 장례식에 온통 검은색 옷만 입고 싶지 않다. 스웨터를 펼쳐 낡은 책상 의자에 걸어 둔다. 여기, 자신이 옛날에 쓰던 방에 있을 계획은 없었다. 베니는 어린 시절에 자라난 집에서 부모님 없이 자본 적이 없다.

오늘 밤은 특징 없는 장소에 머무르는 게 더 나을 거라고 생각했었다. 베니는 언제나 여행의 익명성에서, 누구에게도 속하지 않은 드넓은 공항 라운지 공간에서, 렌트한 차의 인공적인 냄새에서, 체크아웃을 하면 정체성을 깨끗이 지워 주는 호텔의 카드 키에서 편안함을 느껴 왔다. 감정적인 무게가 없는 그 모든 공간들에서 말이다. 하지만 이번에는 달랐다.

여기 오렌지 카운티에서 머무르려고 호텔 한 군데를 예약해 뒀지만, 그 호텔은 베니가 어린 시절에 살던 집에서 너무도 가까웠다. 그 호텔의 스탠더드 더블 룸에 누워 있는 자신을 발견하자 어머니의 죽음을 넘어서는 슬픔이 온몸에 가득 찼다. 깨끗이 닦여 있는 욕실의 크롬 수도꼭지들을, 침실의 밝기를 조정하는 스위치들을, 커피 머신 옆에 있는 모조 크림[33]이 담긴 조그만 튜브들을 만지자 그 슬픔의 힘이 베니를 아래로 끌어당겼다.

그 방은 대륙 횡단 항공편을 타고 온 베니에게 꼭 맞는, 널찍하고 깨끗하고 카펫이 깔려 조용한 방이었지만 집에서 겨우 5킬로미터밖에 떨어져 있지 않았다. 바이런이 자고 가라고 했을 때 베니는 그럴 생각이 없었다. 바이런은 꼭 해야 하는 말들, 이를테면 열쇠, 커피, 화장 절차 같은 말들을 제외하고는 베니에게 말조차 하지 않고 있었다. 하지만 어머니의 녹음 파일 첫 부분을 듣고 미치 씨에게 안녕히 주무시라는 인사를 하고 난 뒤, 아버지의 안락의자를 바라보던 베니는 호텔로는 도저히 못 돌아가겠다는 걸 깨달았다. 물론 베니는 이렇게 되리라는 걸 사실은 알고 있었을 것이다. 어쨌든 여기 올 때 여행 가방도 가져왔으니까.

---

33 유지방 대신 식물성 지방을 사용해 만든 크림.

심해

바이런의 휴대폰이 부엌 조리대 위에서 진동하고 있다. 해두었던 미용실 예약이 오늘이라는 걸 잊고 있었다. 염색은 하지 않고 머리만 자를 생각이었다. 바이런은 희끗희끗해지기 시작한 양쪽 관자놀이 부분 머리를 신경 쓰지 않지만, 미용사는 당분간은 흰머리를 최소한으로만 유지하는 게 좋을 거라고 주의를 준다. 바이런은 예약을 취소한다. 시간이 없다. 어머니였다면 그 일을 건너뛰지 않았겠지만 말이다. 엄마는 먼저 머리를 하지 않고서는 장례식에 가지 않았을 것이다.

어머니였다면, 머리를 하고 옷 상태를 점검하고 셔츠를 새로 사야 할지 살펴보는 건 정중함을 드러내 주는 행동이라고 말했을 것이다. 어머니는 정말이지 어떤 면에서는 상당히 인습적인 사람이었지만, 이제 바이런이 알게 되었듯 상상했던 것보다 그렇지 않은 면도 많았다. 하지만 바이런과 베니가 어렸을 때 어머니가 주문처럼 외우던 말 중 하나는 **정중해 보이게 옷을 입어라!**였다. 그건 절대 변하지 않았다.

처음으로 이 직업을 갖게 되었을 때, 바이런은 눈썹을 깔끔하게 손질한 남자 동료들이나 붙임머리를 한 여자 동료들을 보게 될 거라고는 상상하지 못했다. 시대는 변하고, 사람들은 유행에 맞춰 거리낌 없이 몸단장을 하고 외모를 고치는 모양이었다. 그저 바이런은, 일주일 내내 인스타그램에 맞게 준비된 외모를 하는 일이 지질학자와 공학자와 수학자들에게 직업적으로 꼭 필요한 일이 될 거라고는 한 번도 생각해 보지 못했을 뿐이다. 그건 정중해 보이는 것을 넘어 쇼맨십에 가까웠다.

바이런은 자신이 소셜 미디어에 감사해야 한다고 생각한다. 그토록 많은 사람이 그가 하는 일에 관심을 갖는다는 신호에 감사해야 한다고 믿는다. 그는 분명 자신의 본업에 호기심을 잃은 적이 없다. 그의 팀이 현재 보유한 음파 탐지 기술을 이용하면 심해 탐사를 단 한 번만 나가도 수천 제곱킬로미터 분량의 고해상도 맵을 축적할 수 있다. 어떤 날이면 바이런은 그저 이 모든 것이 너무도 근사하다는 생각에 큰 소리로 웃기도 한다.

바이런은 자신의 많은 온라인 팔로워들이 수중 매핑이 얼마나 중요한지를 정말로 이해한다고 믿는다. 그것이 단지 기술에만, 그리고 바다 밑에 있는 육지의 모양을 볼 수 있게 되는 일에만 관련된 것이 아니라는 사실을 그들이 **안다고** 생각한다. 그것은 기후 패턴, 지진 해일, 영토 방어, 어장, 인터넷 케이블, 오염 물질 추적, 그리고 그 밖의 아주 많은 일들에 관련된 작업이다. 그것은 우리 미래의 삶의 방식에 관련된 작업이다. 그리고 물론 돈과도 관련이 있다. 항상 돈과 관련이 있다.

어떤 날 아침이면 바이런은 침대에 누운 채 오랫동안 천장을 노려보며, 자신이 하는 일의 얼마만큼이 도움이 되는 일이고 얼마만큼이 그저 이윤을 찾는 자들에게 문을 열어주는 일에 불과한지 궁금해한다. 그 자들은 그저 정보를 이용해 전에는 알지 못했던 해저 지역에서 귀금속, 희유원소, 석유, 그리고 다른 값비싼 것들을 채굴하려는 자들일 뿐이다. 하지만 그런 사람들이 하는 일의 많은 부분이 자신의 살림살이를 나아지게 해준다는 걸 바이런은 안다.

사람들은 천연자원을 책임 있게 관리하는 일, 지속 가능성과 절제에 대해 이야기하지만, 바이런은 20년이 넘게 커리어를 이어 오는 동안 그런 일들이 실현되는 걸 아주 많이 보지는 못했다. 자신의 일을 잘해 내고, 대중을 사로잡고, 연구소장 자리를 목표로 하면서 자신이 어느 정도는 도움이 되는 일을 해왔을 거라고 바이런은 생각했다. 하지만 부모님이 두 분 다 돌아가신 지금, 그는 지금껏 자신의 삶이 정말로 누군가에게든, 혹은 무엇에든 그렇게 많은 변화를 만들어 내기는 했는지 더 이상 알 수가 없다.

부모님은 그와 베니에게 훌륭한 삶을 선사하기 위해 그토록 많은 것을 희생했다. 바이런은 그분들을 정당하게 대하고 있는 걸까? 충분히 그러고 있는 걸까?

이 모든 세월 내내 자신이 뭔가 특별한 사람이라고 생각하게 만든 부모님이 자신에게 선물을 준 것인지, 아니면 피해를 입힌 것인지 바이런은 더 이상 알 수가 없다. 적어도 이 직업에서 눈에 띄는 존재가 되는 일이 궁극적으로는 중요한 일이기를 그는 바란다. 그의 발자취를 따라오고 싶을지도 모를, 그와 비슷하게 생긴 모든 아이들에게, 혹은 그저 자신과 닮은 얼굴을 한 누군가가 미소를 짓고, 좋아 보이고, 정중한 대우를 받는 것을 볼 필요가 있는 사람들에게 말이다.

귀를 기울이기

　1978년, 나사NASA는 지구의 대양을 원격으로 탐사하기 위해 고안된 최초의 지구 궤도 위성 〈시샛〉호를 발사했다. 그로부터 40년이 지난 지금, 바이런은 지역 학교에 방문할 때면 언제나 학생들에게 시샛호 프로그램의 프로젝트 매니저였던 흑인 여성에 대해 알려 주는 걸 좋아했다. 하지만 학생들이 더 많은 관심을 보이는 순간은 언제나 그 여성이 초기 GPS 기술 개발에도 중요한 역할을 했었다는 사실을 알게 될 때였다. **죽여준다!** 항상 누군가는 그 말을, 혹은 그날 자기들의 기분에 맞는 비슷한 단어를 외치곤 했다.

　많은 사람들과 마찬가지로 바이런 또한 학창 시절에는 과학에 관한 그런 사실들을 전혀 몰랐지만, 그때부터 이미 그 방향으로 끌리고 있기는 했다. 그는 해변에서 차로 20분 거리에 살았다. 서핑을 했다. 지진이 일어날 때의 대처법을 배웠다. 바이런은 자라는 동안 지구와 바다가 끊임없이 뒤섞이는 상태에 있다는 사실을 이해하게 되었고, 대학에 갈 무렵에는 자신이 바다의 소리에 귀를 기울이며 대부분의 시간을 보내고 싶어 한다는 걸 알게 되었다.

자기 방에서 어머니의 장례식에 가려고 준비하느라 베니가 내는 부스럭거리고 짤랑거리는 소리가 바이런의 귀에 들려온다. 바이런이 관찰한 바에 따르면, 물리적으로 그 자리에 있지 않으면서 여러 장소에 관한 정보를 얻는 원격 탐사는 다른 인간을 이해하는 일에 비하면 엄청나게 간단하다. 그 다른 인간이 바로 거기, 당신과 같은 공간에 있을 때조차 그렇다. 베니의 마음을 어떻게 읽어야 할지, 동생에게 어떻게 말을 걸어야 할지 바이런은 더 이상 조금도 알 수가 없다. 그런 종류의 일을 알아내게 도와주는 기계는 없다.

작별

이 행사는 사실 장례식이 아니다. 어머니의 시신은 여기 없다. 엘리너 베넷의 유골은 며칠 뒤 그런 용도로 만들어진 용기에 담겨 베니와 바이런에게 배달될 것이다. 하지만 목사는 엘리너 베넷의 영혼이 여기, 그가 자원봉사를 하곤 했고 친구도 꽤 많았던 이 교회 안에 있다고 말한다.

베니는 바이런에게 팔짱을 낀다. 고맙게도 바이런은 몸을 빼지 않는다. 바로 지금 베니에겐 바이런의 팔꿈치 안쪽이 자신의 삶에서 유일하게 견고한 그 무엇인 듯 느껴진다. 베니는 어머니의 삶을 둘러싼 그 모든 비밀들에 대해 생각하지 않으려고 애를 쓴다. 그와 바이런은 아직 이야기의 전말을 알지 못한다. 그들에겐 아직 어머니의 녹음 파일을 끝까지 듣는 일과 어제까지는 있는 줄도 몰랐던 언니를 만나는 일이 남아 있다. 그들이 기억하는 어머니의 모습이 얼마나 남아 있는지 이해하는 일도 남아 있다.

목사는 베니가 무언가 말을 해줬으면 했지만 베니는 그저 그럴 수가 없었다. 바이런은 앞으로 나가 와주신 모든 분들

께 감사하다고, 어머니도 감사하게 여기셨을 거라고 말하고
는 자리로 돌아왔다. 미치 씨가 있어서 다행이었다. 적어도
미치 씨는 단상에 올라가 가족을 대신해 좀 더 많은 말을 했
다. 그랬을 것이다. 베니는 〈우리 각자는 엘리너 베넷의 서로
다른 면모를 알고 지냈습니다. 어머니, 친구, 자원봉사
자……〉라는 말 이후로는 듣기를 멈춰 버렸다. 어느 시점이
되자 미치 씨는 두 눈에 눈물을 가득 담은 채 설교대를 떠났
다. 베니가 기억하는 건 그 정도다. 두 눈과 코가 작약처럼 분
홍빛이 된 채 바이런 옆 신도석으로 미끄러지듯 되돌아와 앉
는 찰스 미치.

　사람들이 여전히 말을 하려고 단상에 올라가고 있다. 그
모든 게 참을 수 없어지고 있다. 베니는 바이런의 팔에 기댄
다. 바이런이 베니의 두 손에 손을 얹자 따스하고 건조한 그
손바닥의 감촉이 베니의 마음에서 갖가지 먼지를 씻어 내
준다.

　이제 누군가가 베니의 얼굴을 쓰다듬으며 모직물 향기가
나는 부드러운 품 안으로 베니를 끌어안으면서 어머니의 이
름을 따뜻한 어조로 언급하고 있다. 베니는 벌써 나가는 길
을 찾는 중이다. 거실에 모인 사람들을 훑어보고, 바이런을
찾다가, 한 무리의 사람들을 뚫고 부엌으로 향하는 그를 본
다. 오빠를 따라가던 베니는 아주 잠깐, 어머니가 바이런과
함께 싱크대 앞에 서서 웃으며 그를 놀리고 있을 거라고 생
각한다.

　베니의 엄마가.

베니가 좀 더 일찍 어머니의 과거에 대해 알았더라면. 어머니는 결혼식에서 도망친 신부였고, 몇 번이고 어쩔 수 없이 이리저리 옮겨 다니며 살아야 했고, 하나의 상실로 고통스러워질 때마다 다시금 자신의 중심을 찾으려고 발버둥 쳤다. 베니가 이 모든 걸 미리 알았더라면, 베니 자신이 대학에서 겪고 있던 문제들에 관해 부모님에게 이야기를 했을지도 모른다. 그분들과의 사이에 서서히 오해가 쌓이는 일을 막을 수 있었을지도 모른다. 그랬더라도 베니가 학교를 그만둔 일이나 베니의 연애 생활에 대해 아버지가 드러내던 불쾌함이 조금이라도 줄었을 거라는 생각은 들지 않는다. 그래도 그는 버트 베넷이었으니, 자기 딸이 그동안 그런 식으로 학대당해 왔다는 사실에 대한 분노 때문에 다른 모든 걱정은 안 보이게 되었을지도 모른다.

하지만 그러는 대신 베니는 그분들과 계속 거리를 두었다. 더 나쁜 건 그 모든 일이 지나간 뒤 베니에게 일종의 습관이 생겨 버렸다는 것이었다. 몸을 사리고, 사람들과 평화롭게 지내고, 남을 화나게 하지 않고, 상처받지 않으려고 애쓰는 습관이었다. 그럼 그 일들은 다 무엇 때문에 경험했단 말인가?

사실을 말하자면, 베니는 그 대학교에 가게 되기를 거의 부모님만큼이나 바랐다. 하지만 자신의 세계가 숨 막히는 사춘기를 넘어 새로운 환경 속으로 넓어지고 있다는 생각이 들던 바로 그때, 베니는 자신이 들어가 채우라는 요구를 받는 상자들이 — 그것이 인종이든, 성적 지향이든, 정치적 성향이든 간에 — 자신의 세계를 좁히고 있는 듯 보인다는 걸 깨달았다.

그저 어떤 시선을 받는 것만으로도 베니의 세계는 줄어들어 버렸다. 그 어떤 시선이란, 베니가 그를 위해 만들어진 상자 바깥에서 길을 잃었음을 알려 주는 시선이었다. 베니와 친하게 지내던 백인 여학생이 흑인 여성 전용 미용실에서 나오는 베니를 보고 보낸 시선처럼. 혹은 어느 날 오후 베니가 몇 명의 백인 여학생들과 함께 깔깔거리며 휴게실로 걸어 들어왔을 때 기숙사의 흑인 친구 한 명이 보낸 시선처럼. 혹은 퀴어 모임에서 사람들이 계속 흘끔흘끔 쳐다보기는 해도 말은 걸지 않았던 일처럼. 하지만 시선은 쉽게 콕 집어 말할 수 없는, 파악하기 힘든 것이었다. 좀 더 구체적인 게 있다면 얼굴을 발로 걷어차이는 일이었다.

그 무렵 베니의 발을 걸고 밀쳤던 여자는 몇 주 동안이나 베니를 괴롭혀 오고 있던 터였다. **네가 우리보다 잘난 줄 알아?** 그날 밤 그 여자는 베니에게 말했다. 하지만 아니, 베니는 자신이 누구보다 잘났다는 생각 같은 건 안 했다. 그저 왜 자신이 다른 사람들보다 못난 존재인지 알 수 없었을 뿐이다.

그러다가 부모님의 두 눈에 담긴 실망과 바이런의 눈에 담긴 혼란을 보게 됐다. 그래서 베니는 도망치기 위해, 그리고 요리를 공부하기 위해 유럽으로 갔다.

이탈리아에서 베니는 새로운 도시와, 새로운 여자와, 그리고 자신이 될 수 있는 인간 유형의 상(像)과 사랑에 빠졌다. 베니는 이탈리아인 연인이 베니의 disagio(불안)라고 부르는 문제에 대한 해답은 그곳에, 해외에 계속 머무르는 것일 수도 있겠다고 생각했다. 고향으로부터의 거리가 자신과 가족 사이에 파인 깊은 균열을 감춰 줄 테니까. 하지만 베니를 불편하게 만드는 것들은 그곳까지 따라와 있었다.

어떤 저녁 식사 자리가 있었다. 온통 아는 사람들의 아는 사람들로 이루어진, 영어가 모국어인 여러 나라 사람들의 모임이었다. 부엌에서 풍겨 나오는 향기에 다들 코를 킁킁거리고, 메뉴를 보고 설명을 주고받으면서 떠들썩하고 기분 좋게 식탁에 자리를 잡던 도중에 누군가가 물었다. 「그런데 어디 출신이세요?」

「저요?」 베니가 말했다. 「저는 캘리포니아에서 왔어요.」 베니는 이탈리아에 오기 전에 이미 그 주(州)에서 이사를 나왔지만, 마음속으로 제일 먼저, 그리고 항상 떠올리는 자신의 정체성은 여전히 〈캘리포니아 여자〉였다. 캘리포니아 여권 같은 게 세상에 존재했더라면 베니는 그걸 가지고 다녔을 것이다. 정정한다. 남부 캘리포니아 여권이다. 그 둘은 다르니까.

하지만 베니가 부모님에 대해 말을 이어 가기도 전에 또 다른 누군가가 끼어들더니 말했다. 「베니는 서인도 제도 출신이에요.」 왜 이런 종류의 질문에는 항상 다른 사람들이 대신 대답해 주는 걸까? 그 제도는 물론이고 플로리다조차 가본 적이 없는 베니를 대신해서 말이다. 게다가 요즘 이 시대에 누가 **서인도 제도**라는 말을 쓰나?

「그리고 그쪽은요?」 베니는 그 대화에 말려들고 싶지 않아서 저녁 식사를 함께 하는 또 다른 사람에게 이렇게 물었다. 사람들의 주의를 자신에게서 먼 곳으로 돌리고 싶었다. 베니를 대신해 대답해 주었던 여자가 베니의 질문을 비웃었다.

「이분은 미국인이죠! 모르겠어요? 온통 금발이잖아요.」
베니는 무심결에 자신의 머리로 손을 가져가 관자놀이 위쪽
으로 이랑진 부드럽고 검은 머리칼을 만졌다. 3주 뒤, 이탈
리아인 연인과 말다툼을 한 베니는 그 과정을 끝내는 대로
집으로 돌아가는 게 나을지도 모르겠다는 생각을 했다. 결
국 거기서도 상황은 별로 달라 보이지 않았다.

물론, 베니는 애초에 자신을 유럽으로 이끌었던 것이 무
엇이었는지 ─ 그것은 요리 학교라기보다는 가족으로부터
거리를 둘 필요성에 가까웠다 ─ 이미 잊어버리기 시작한
터였다. 고향이 몹시 그리울 때면 그런 것들은 잊어버리기
쉽다. 이제 와 돌아보니, 베니는 어른으로서의 시간 대부분
을 집에 돌아오기를 갈망하며 보내 온 듯하다. 하지만 이제
마침내 여기 돌아와 보니 자신이 옛날에 알던 대로인 것은
하나도 없다는 느낌이 든다.

어머니는 여러 가지 의미에서 영원히 떠났다. 유일하게
남은 어머니의 흔적인 음성 파일 속의 목소리는 그 메시지
를 계속 상기시켜 주고 있다.

베넷 부인

베네데타, 나한테 보낸 편지에서 네가 그랬지. 네가 네 문제들에 대해 입을 다물고 있었던 이유를 내가 이해하지 못할 거라 생각했다고. 생각보다 많은 사람들의 삶이 폭력으로 빚어져 왔단다. 생각보다 많은 사람들의 삶이 침묵으로 빚어져 왔고 말이야. 내가 결국 네 언니를 임신하게 된 건 완전히 내 의지에 반하는 일이었고, 나와 가까운 어떤 사람도 전혀 모르는 일이었단다. 지금까지도 말이야. 그리고 난 네 언니도 이 사실을 모르게 해야 했어. 그 사람들이 그 애를 포기하라고 설득했을 때 내가 그냥 놔둔 데엔 그런 이유도 있단다.

그리고 난 수치스럽기도 했어. 나한테 일어난 일은 너무도 놀라운 일로 다가왔거든. 난 내가 너그러운 고용주가 있는 좋은 곳에 있는 줄 알았어. 내가 안전한 줄 알았어. 그 뒤에, 나는 계속 생각했단다. 내가 뭘 잘못했지? 내가 뭘 해서 나한테 이런 일이 생긴 거지? 하지만 그런 질문들은 조금도 적절하지 않았어. 다른 누군가가 우리를 해치기로 마음먹은 상황에서 그런 질문들은 조금도 적절하지 못한단다. 하지만 우리는 그래도 그런 질문들을 하고, 그 질문들은 우리를 짓누르지. 우리를 부숴 버릴 수도 있고 말이야. 다행히도 난 그저 그 사무실에서 도망치기만 하면 된다는 걸 깨달았어.

베니야, 이건 너한테 직접 하고 싶은 말이었는데 더 이상 기다릴 여력이 없으니 그냥 해야겠구나. 너희 아버지랑 내가 너를 있는 그대로 포용하지 못하고, 너를 받아들인다는 뜻을 곧바로 보여 주지 못하고 망설였을 때, 넌 도망쳤지. 물론 네가 우리한테 조금 더 인내심을 발휘해 주었더라면 좋았겠지만, 너는 상처를 받았고 너 자신을 보호하기 위해 기꺼이 떠나려 하고 있었지. 난 깊이 실망했지만, 시간이 지나면서 네가 한 행동에도 공감이 간다는 걸 알겠더구나. 그게 네가 살아남기 위해 해야 하는 행동이라고 느껴진다면, 다음에도 같은 종류의 선택을 하는 일을 두려워하지 말았으면 좋겠다. 너 자신에게 질문을 던지는 건 괜찮지만 너 자신을 의심하진 말렴. 그 둘은 서로 다른 거니까.

다만, 인생에서 성공하는 방법이 이렇게 짐을 꾸려 사람들로부터 떠나는 방법밖에 없다고 생각하지는 말았으면 좋겠구나. 그렇게 하는 게 네가 가진 문제들에 대한 쉬운 대답이 돼서는 안 돼. 나는 내 인생이 타인들의 비열함에 의해서뿐 아니라 타인들의 친절과, 기꺼이 귀를 기울여 주려는 마음에 의해서도 결정되어 왔다는 걸 알 만큼은 충분히 오래 살아왔거든. 그리고 이게 너희 아버지와 내가 네 기대에 못 미친 부분일 거야. 너는 그런 안도감을, 다름 아닌 우리 집에서, 용기를 내서 머무를 만큼 충분히 느끼지 못했으니까.

베니와 스티브

매번 그런 순간이 찾아왔었다. 베니가 더 나은 판단을 물리치고 스티브의 전화를 받고, 스티브가 베니를 웃게 만들고, 베니가 만나자는 스티브의 말에 동의하게 되는 순간이. 하지만 이번에는, 핸드백 속에서 휴대폰이 울리는 게 느껴져 안을 들여다보고 또다시 스티브의 전화임을 확인하고 나서, 베니는 받지 않기로 마음먹는다. 이번에는 안 받을 것이다. 어쩌면 다음번에도.

「네 휴대폰인 것 같은데.」바이런이 말한다.

「그래, 맞아.」베니가 말한다. 베니는 화면을 두드려 울리는 신호음을 꺼버리고 시간을 본다. 미치 씨는 테라스에 나가 노트북 컴퓨터로 누군가와 대화를 하고 있다. 아직 바이런에게 말할 시간이 있다. 베니는 몸을 돌려 바이런을 마주본다.

「바이런, 내가 오빠한테 말해야 하는 게 있어.」베니가 말한다.

베니는 이야기를 한다. 대학에서 괴롭힘을 당했던 일에

대해 바이런에게 말한다. 스티브에 대해 말한다. 스티브가 처음에는 얼마나 모든 것에 만족하며 지냈는지에 대해. 그러다 두 사람이 베니의 전 여자 친구와 우연히 마주쳤던 일에 대해.

「하지만 우리 이 얘기는 이미 했었잖아, 스티브.」 그 뒤에 그들이 말다툼을 했을 때 베니는 그렇게 말했다.

「미안.」 스티브가 말했다. 「근데 난 그냥 여기에 익숙해지지가 않네.」 **여기**란 베니다운 것을, 베니의 방식을 뜻하는 모양이었다. 스티브는 베니가 **혼란스러운** 사람이라고 했지만, 베니는 자신이 마지막으로 특별히 혼란스러워했던 때가 언제였는지 기억나지 않았다. 단지 거절당한 기분을 느낀 것만 기억날 뿐이었다.

그들은 말다툼을 했다. 베니는 소리를 질렀다. 스티브는 베니를 때렸다. 그러더니 베니에게 미안하다고, 떠나지 말아 달라고 애원했다.

「우린 계속 노력했어.」 지금 베니는 말한다. 「난 스티브를 계속 만났어, 만났다가 안 만났다가 했지만.」 베니가 말한다. 「하지만 효과가 없었어. 그리고 스티브는 점점 더 폭력적이 되어 가고 있었고.」 베니는 고개를 숙이고 한 손으로 이마를 짚는다. 「바이런, 아빠 장례식 때 내가 안 보였던 건 스티브 때문이었어.」 베니는 바이런이 자신의 손을 잡아 주는 걸 느끼며 천천히 숨을 내쉬면서 6년 전 그날 밤에 대해 이야기한다.

그날 밤 베니를 소나무 식탁으로 밀치기 전에 스티브가 했던 말은 흉한 말이었다. 그가 했던 말은 ─ 베니가 식탁보를 움켜쥐는 바람에 접시들과 은식기들과 유리잔들과 양초들이 바닥으로 와르르 떨어지기 전에, 스티브가 베니의 얼굴을 바닥으로, 푸른색 도자기 파편 속으로 밀치기 전에, 베니가 왼팔이 뚝 부러지는 소리를 듣기 전에 스티브가 했던 그 말은 ― 베니가 자신과 사랑을 나눴던 남자에게서 듣게 될 거라고는 결코 생각해 보지 못했던 말이었다.

왜냐하면 자신들이 나눴던 건 사랑이었다고 베니는 확신하고 있었고, 베니가 마룻바닥에서 일어나려고 애쓰는 동안 스피커에서는 레너드 코언의 노래가 흘러나왔는데, 그들은 둘 다 레너드 코언과 메리 J. 블라이지와 오페라 가수 르네 파페를 매우 좋아했고, 둘 다 음악에 대해서는 그런 식으로 취향이 넓었고, 그리고 베니가 스티브에게 몇 번이고 거듭 자신을 설명하고, 자기는 그와 함께 있고 싶기 때문에 함께 있는 거라고 말했는데도, 그건 그토록 간단한 일이었는데도, 그들이 또 한 번 조애니와 우연히 마주치자 스티브는 여전히 **기겁을 했으니까.** 베니는 스티브에게 물었다. 만약 조애니와 어쩌다 같은 동네에 살게 된다면, 내가 뭘 어떻게 해야 되는데?

처음에, 스티브는 그저 짜증을 내고 있었다. 그는 베니가 썰고 볶아서 만든 저녁 요리를 다 먹지 않고 남겼고, 고구마 파이조차 맛보지 않으려고 했다. 새로운 조리법을 시도해 본 거라고 베니는 그에게 말했다. 억지로 미소를 지으면서 스티브가 시식단이 되어 주어야 한다고 했다. 하지만 그때 스티브가 목소리를 높이며 그 말을 했고, 그가 베니의 땋은 머리에서 핀이 튀어나올 때까지 머리칼을 홱 잡아당겼을 때

431

베니는 여전히 그의 목구멍에서 튀어나온 그 단어의 소리로부터 벗어나려고 애를 쓰고 있었다.

그러고는 식탁으로.

그러고는 마룻바닥으로.

그러고는 피가.

그리고 그게 끝이었다. 베니는 그때 그 자리에서 관계를 끝내기로 마음먹었다. 그러기 위해 필요한 건 구급차 한 대밖에 없었다. 아버지가 돌아가셨다고 바이런이 전화했을 때 베니는 응급실에서 그날 밤을 보내고 막 돌아온 참이었다.

「최악인 게 뭐냐면,」 베니는 바이런에게 말한다. 「난 그날이 내가 스티브를 만나는 마지막 날이 될 거라고 맹세했지만 그렇지가 못했다는 거야. 난 계속 생각했어. 그 사람은 돌아올 거라고, 그 사람은 그냥 시간이 필요한 거라고, 나를 있는 그대로 받아들여 줄 거라고.」

바이런이 고개를 젓는다.

「알아, 바이런, 알아. 내가 더 분별력이 있었어야 했다는 거. 사실은, 정말로는 나 때문이 아니었어. 나는 **정말로** 분별력이 있었지만, 오빠도 알지 않아? 무언가의 한가운데 있을 때는 보이는 게 그렇지가 않잖아. 다른 사람들한테는 명백해 보이는 것도 보이지가 않잖아.」

바이런이 고개를 끄덕인다.

「그리고 이제 난 엄마랑, 엄마가 겪은 모든 일이랑, 엄마가 하곤 했던 그 말을 생각하고 있어. **네가 기꺼이 하려는 일이 뭐니?** 그 말 기억나, 바이런? 그리고 엄마가 녹음 파일에서 했던 말도 생각하고 있어. 가끔씩은 떠나 버리는 것도 괜찮다

432

는 말 말이야. 아마 난 가족 모두한테서 그렇게 빨리 떠나 버리지 말았어야 했을 거야. 하지만 스티브하고는, 이 일이 생기기 오래전에 연락을 끊었어야 했을 거야.」

바이런은 키가 거의 180센티미터나 되고 서른여섯 살인 베니를 바라보고는, 베니의 입을 이루는 곡선과 기울어진 어깨에서 어디든 자신을 따라다니곤 했던 어린 소녀의 모습을 본다. 그는 몸을 기울여 두 팔로 베니를 감싸 안고 싶지만, 갸우뚱한 베니의 턱 어딘가가, 베니의 뺨에 언뜻 보이는 작은 흉터 어딘가가, 그를 그러지 못하게 한다. 대신 바이런은 일어서서 한 손을 내밀어 베니를 일어서게 한다.

「베니, 미안해.」 바이런이 말한다.

베니는 입을 꾹 다문 채 고개를 끄덕인다.

「진심이야. 정말로 미안해. 그동안 내가 좀 못되게 굴었어.」

베니가 다시 고개를 끄덕인다. 베니는 여전히 바이런의 손을 잡고 있다.

「나도 그랬어.」 베니가 말한다.

「맞아.」 바이런이 눈썹을 치켜올리며 말한다.

그리고 그들은 웃기 시작한다.

예쁜 여자아이

베니는 여섯 살이고, 어머니가 통조림들을 향해 눈을 가늘게 뜨고 있는 동안 슈퍼마켓 통로를 지그재그로 걸어가고 있다. 그러다 마주친 한 친절한 여자가 베니가 정말 귀엽다고, 너무나 사랑스럽다고 말해 준다. 몇 살이니? 이름이 뭐니? 이 예쁜 머리칼 좀 봐, 여자가 베니의 곱슬머리를 쓰다듬으며 말한다. 베니는 멍하면서 행복한 기분이 든다. 그러다가 베니를 데리러 다가온 오빠가, 여기 있네, 엄마한테 가자, 하고 말하자 친절한 여자는 키가 크고 피부색이 짙은 바이런의 몸을 아래위로 한참 동안 자세히 훑어보고는, 다시 베니를 바라보더니, 입을 약간 일자가 되게 다물고는 등을 돌린다. 멍한 기분이 사라지는 걸 느낀 베니는 여자가 더 이상 자신을 좋아하지 않는다는 걸 느낀다. 하지만 무슨 상관인가. 오빠가 베니의 손을 꼭 잡고 있고, 옅은 색을 띤 베니의 작은 손가락들은 오빠의 기다란 갈색 손가락들 속에 아늑하게 자리 잡고 있는데. 베니는 바이런과 함께 있는 한 언제나 안전하고 행복할 것임을 안다.

베니

베니는 어머니의 침대 위에 앉아 있다. 부모님의 침대다. 베니는 자신의 부모님에 대해, 베니를 거의 쥐어짤 정도로 자식들에게 뛰어날 것을 요구했던 열정적이고 흠 잡을 데 없이 완벽한 부모님에 대해 이 사실을 알았어야 했다. 부모님의 요구가, 베니가 가려는 방향에 대한 그분들의 거부감이 부분적으로는 공포에서 나온 것이었을 수도 있다는 사실을 좀 더 일찍 깨달았어야 했다.

베니는 어머니의 침대맡 협탁 위에서 찾아낸 『내셔널 지오그래픽』을 훌훌 넘겨보는 중이다. 거기에는 밧줄 없이 엘카피탄산에 오른 한 남자에 관한 기사가 실려 있다. **세상에.** 엄마는 정말로 그런 종류의 일들에 빠져 있었다. 산에 오르는 사람들, 남극 지방을 트레킹하는 사람들, 혼자서 대양을 항해하는 사람들, 가장 악명 높은 바다를 헤엄쳐 횡단하는 사람들. 이 세상에서 그저 따스함과 위안만을 찾아내고 싶었던 베니는 벽장 모험광 부모님에게서 태어난 것이었다.

아니, 그렇게 **벽장**은 아니었다. 엄마는 가끔씩 베니와 바이런을 바다에서 뭍으로 데려다 놓은 뒤에 혼자서 다시 바다로 나가곤 했다. 엄마는 언제나 지난번보다 멀리까지 서핑 보드를 가지고 나갔고, 언제나 자기 능력을 살짝 웃도는 파도들을 붙잡곤 했다. 가끔씩 바다에서 돌아올 때면 어머니는 상당히 심하게 녹초가 되어 어린아이처럼 해변을 비틀비틀 걷곤 했다. 어렸을 때 베니는 어머니가 파도 속으로 사라지는 그런 순간들이면 겁을 먹곤 했다. 하지만 아버지는 전혀 걱정하지 않는 것처럼 보였고, 그저 웃음을 터뜨리며 수건에 등을 기댈 뿐이었다. 그리고 어머니 역시 모래사장을 가로질러 터덜터덜 걸어올 때면 웃음을 터뜨리곤 했다.

베니의 부모님은 언제나 자신들을 정말로 흔들어 놓을 수 있는 일은 일어날 수가 없다는 듯, 이미 볼만한 건 다 봤다는 듯 행동했다. 베니는 부모님의 화난 모습도, 걱정하는 모습도 보아 왔지만 부모님이 진정으로 두려워하는 모습은 한 번도 본 적이 없었다. 베니가 부모님을 앉혀 놓고 자신에 대해, 자신이 앞으로 살게 될 거라고 생각되는 종류의 삶에 대해 이야기하고는 그분들의 눈에 새롭게 떠오른 그 눈빛을 보았던 그날까지는. 그때 베니는 그 눈빛이 반감처럼 단순한 것이 아니라는 걸 깨달았어야 했다. 자식들이 세상을 수월하게 살아 나갈 수 있도록 모든 노력을 다했던 엘리너와 버트 베넷은 그 자식들이 자신들이 바랐던 대로 그렇게 살 수 없을까 봐 두려웠던 것이다. 그리고 그렇게 해서, 그들은 문제의 일부가 되었다.

베니는 미치 씨가 자신에게 주었던 봉투를 집어 든다. 봉투 안에는 어머니가 아버지의 서류철에서 모아 둔 영수증들이 들어 있다. 항공기와 호텔과 식당 영수증, 거기다 아버지의 2011년 달력에서 찢어 낸 한 페이지도 있다. 베니는 다시금 장소와 날짜를, 상처에 연고를 꾹꾹 눌러 바르듯 그것들 하나하나를 바라본다. 아버지는 뉴욕에 여러 번 왔었다. 베니의 아파트에, 베니가 일하던 식당에, 베니가 토요일 오후면 미술 수업을 듣던 작업실에.

2010년의 그 비참한 추수 감사절 이후로 베니와 아버지는 두 번 다시 대화를 하지 않았지만, 이제 베니는 아버지가 결코 자신을 시야 밖으로 밀어낸 적이 없었다는 걸 알게 되었다.

베넷 부인

바이런, 내 아들아. 네가 태어나던 날 너희 아버지는 네 조그만 발을 한 손으로 잡고 손가락으로 감싸 쥐고는 그저 나를 바라봤단다. 그런 기분을 표현할 수 있는 말은 없는 법이지. 베니야, 그다음 엔 네가 왔지. 태어난 첫날부터 미소 지으면서 말이야. 그리고 내 아이들인 너희와 너희 아버지 덕분에 내 인생에는 다시 사랑이 생겨났단다. 하지만 내가 너희 누나이자 언니인 그 애를 생각하지 않고 지나간 날은 하루도 없었어. 그건 내 삶에 생겨난 거대한 구멍 같았고, 사랑하는 사람의 죽음을 몇 번이고 거듭 겪는 것 같았지. 하지만 이 세상을 살면서 두 개의 삶을, 하나는 바깥에 드러내 놓고 다른 하나 상자 속에 잠가 두고서 따로따로 살아간 사람이 내가 처음은 아니었단다.

그 모든 세월 동안 너희 아버지는 입양을 보냈던 아기에 대해서는 전혀 몰랐어. 그 무역 회사에서 나한테 일어났던 일을 내가 단한 번도 말한 적이 없었거든. 그럴 수가 없었어. 너무도 부끄러워서. 너희 아버지는 자꾸만 원치 않는 접근을 하는 상사 때문에 내가 떠나야겠다고 마음먹었던 거라고만 알고 있었지. 그건 결코 드문

일이 아니었단다. 여자들은 항상 그런 종류의 행동을 취해야만 했으니까. 그런 압박감 아래서 다른 곳으로 옮겨 가는 것 말이야. 인생이 거꾸로 뒤집혔는데도 아무것도 아닌 듯 행동하는 거지.

나는 딸을 추적할 방법을 찾아낼 수 있다면 버트한테 그 애에 대해 말할 거라고, 그러면 버트는 이해할 거라고, 그 애를 받아들일 거라고, 내가 곧바로 말하지 않은 것에 대해서도 용서해 줄 거라고, 나 스스로에게 말하고 또 말했단다. 하지만 난 그 애를 찾아낼 수 없었고, 비밀을 지켰어. 세월이 흐르면서 더 이상 너희 아버지한테 말할 수 없다고 느껴졌지.

내 고용주가 나한테 한 일로 버트가 나를 탓하지는 않을 걸 알았지만, 나머지 일들에 대해서는 어떨까? 버트는 내가 했던, 나를 그 지점으로 이끌어 간 모든 일들에 대해 의아하게 생각할 수도 있었어. 엘리가 죽었는데도 내가 어떻게 혼자서 스코틀랜드에 갔는지에 대해서도. 4년 전에 너희 아버지가 떠나자고 애원했을 때, 내가 곧바로 떠나는 대신에 왜 우리 아버지와 함께 섬에 머물렀는지에 대해서도. 결국 그 기관에서 내 아기를 데려가는 걸 왜 막지 못했는지에 대해서도. 버트가 이런 일들을 생각할까 봐 걱정이 됐단다. 왜냐하면 나 역시 생각을 했으니까 말이야.

너희 아버지가 세상을 떠나자 난 더 이상 그 사람이 어떻게 생각할지에 대해서는 걱정할 필요가 없게 됐지만, 매일 아침 거울 속에서 내 얼굴을 마주하고 나 자신의 의혹들을 인정하기는 해야 했어. 한편으로는 나 자신이 그 모든 일들을 불러온 게 아닌가 싶었단다. 다른 사람들이 내게 살기를 기대했던 삶을 받아들이지 않고 내 방식대로 하고 싶어 함으로써 말이야. 그런 감정들이 지나가는 데는 오랜 시간이 걸렸어.

그러니까 네가 떠오르는구나, 베네데타. 이제 너희 아버지하고 내가 너한테 똑같은 기분을 느끼게 했을 수도 있겠다는 걸 알겠어. 네가 너 자신으로 사는 것과 우리의 지지를 받는 것 가운데서 선택을 해야 한다고 느끼게 만들었을 수도 있다고 말이야. 그리고 너는 어떠니, 바이런? 우리 때문에 그렇게 느꼈니? 우리한테서 인정을 받는 유일한 방법이 설령 네 동생은 저 바깥에 혼자 내버려 두더라도 우리가 바라는 대로 행동하는 거라고? 우리는 한 번도 그런 걸 의도했던 적이 없었단다. 우리는 너희 둘 모두를 너무도 사랑했고, 너무도 존중해서, 너희가 정말로 그 마음을 의심할 거라는 생각은 단 한 번도 해보지 못했단다.

물고기 이야기

바이런이 킥킥 웃고 있다. 어머니의 장례식이 지나가자 그는 이상할 만큼 기분이 가벼워졌다. 어제 집을 꽉 채우고 있던 사람들이 떠나자 그와 베니는 마침내 부엌에 둘만 남았고, 그는 당혹감을 느끼지 않으면서 슬픔과 웃음 사이를 자유롭게 오갈 수 있겠다는 기분이 든다.

「뭐야?」 베니가 말한다. 「뭔데?」

바이런이 싱크대에서 캐서롤 접시 하나를 꺼내 들어 올린다. 바닥에 물고기 도안이 그려진 접시다. 어머니의 나머지 녹음 파일을 들은 뒤, 바이런과 베니는 남은 음식 약간을 접시 하나에 퍼 담아 미치 씨를 위한 늦은 아침 식사를 준비했다. 미치 씨는 지금 거실에서 논의의 다음 단계를 위한 서류들을 펼쳐 놓고 있다. 미치 씨는 그들의 누나이자 언니인 사람에게 이미 메일을 보냈다고 한다.

그들은 그 말을 소리 내 하는 법을 배워야 한다. **우리의 누나이자 언니.**

「그 물고기.」 바이런이 말한다. 웃느라 간신히 말을 내뱉

441

는다. 그는 베니가 볼 수 있도록 사기로 된 접시를 돌려 안쪽을 보여 준다. 거기, 접시 바닥에는 물고기 도안이 그려져 있다.「그 물고기, 기억나?」

「그 물고기.」베니가 말하고는 몸을 구부리며 웃는다.

커스테익 호수였다. 베니는 여덟 살, 바이런은 열일곱 살이었다. 부모님은 태평양 해안가에서 자라난 아이들인 그들을 낚시를 하자면서 내륙에 있는 인공 호수로 데리고 갔다. 어머니는 그 계획이 **어이없다**고 했지만 결국에는 그들 모두 매우 좋아하게 되었다. 관목이 무성한 언덕이 사방을 둘러싸고 있었고 호수는 아주 고요했다. 그들은 그렇게 평온한 물결이 존재할 수 있다는 걸 그날이 되어서야 알게 되었다.

호수에 낚싯줄을 두 줄 드리우고 있는데 아버지가 〈잡았다, 잡았어!〉 소리 지르기 시작하더니 줄을 위로 홱 당겼다. 햇빛을 받아 몸 옆쪽이 반짝이는 큰입배스 한 마리가 물 위로 날아오르며 어머니의 얼굴을 정면으로 후려갈겼다.

「아이구!」엘리너 베넷이 꽥 소리를 지르며 두 손을 휘저으면서 남편을 밀어냈다.

「아니! 이렇게 쬐끄만 물고기가 겁이 나는 거예요?」버트 베넷이 말했다. 그는 낚싯바늘에서 물고기를 빼내 양동이 속에 넣었다. 그는 웃고 있었다.「이제 이리 와요, 자기lovey, 화내지 말아요.」

아니, **자기lovey**가 아니었다.

커비Covey였다.

아버지는 그날 커비라고 말했다. 이제 바이런은 그렇게 확신했지만, 그날로부터 30년이 지나서야 그 단어를 이해하

442

게 되었다. 이틀 전까지만 해도 바이런은 커비가 어머니의 이름이라는 건 말할 것도 없고 사람 이름이라는 것도 알지 못했다. 그건 그저 말이 헛나온 거였다고만 생각했다. 그가 여전히 기억을 하는 건 어쩌다 그 단어가 나왔는지가 재미있었기 때문이었다. **이제 이리 와요, 커비, 화내지 말아요.**

어머니는 아버지에게 언짢은 표정을 지어 보였고, 공기 중에 노출된 채 몸부림치는 물고기가 담겨 있던 양동이를 움켜쥐더니, 뒤집어서 물고기를 도로 물속으로 떨어뜨렸다.

「아니!」 아버지가 소리 질렀다. 「내 물고긴데!」

「이젠 아니네요.」 어머니가 말했다. 바이런과 베니는 두 눈에 눈물이 고일 때까지 웃었다.

「너희 둘, 조용히 해.」 어머니가 말했고, 그들은 더 크게 웃었다. 다음번 크리스마스에 아버지는 어머니에게 농담 삼아 물고기가 그려진 그 접시를 선물했다. 그 접시는 결국에는 어머니가 가장 좋아하는 접시 중 하나가 되었다. 어머니는 그것을 캐서롤과 스캘럽트포테이토를 만드는 데, 가끔씩은 커피케이크를 만드는 데도 썼지만 생선 요리에는 절대 쓰지 않았다.

바이런과 베니는 눈물을 닦아 내며 지금도 여전히 웃고 있다. 베니가 손을 내밀자 바이런이 접시를 건네주고, 베니는 수건으로 접시의 물기를 닦아 낸다. 베니는 바이런과 똑같은 그 눈으로 바이런을 올려다보고, 바이런은 베니에게 미소 짓고는 울기 시작한 동생의 몸을 한쪽 팔로 감싸 안는다.

조리법

베니는 부엌에 혼자 남을 때까지 기다렸다가 잡동사니 서
랍을 살펴본다. 조리대 끝에 있는 부엌 서랍은 위아래로 흔
들면서 동시에 당겨야 한다. 그 물건을 열려면 그 방법밖에
없다. 이 집에서 변하지 않은 게 하나 있다면 그거다.

이 서랍은 어머니가 자루가 움푹움푹 패인 연필이나 막혀
서 잉크가 나오지 않는 볼펜, 약국과 하수구 청소 업체에서
공짜로 주는 메모지, 색색깔의 색종이 조각 빛깔을 한 종이
클립, 그리고 사람들 대부분은 원래의 용도를 잊은 지 오래
였지만 베니는 언제나 무엇에 쓰는 물건인지 알아낼 수 있
었던 조그만 플라스틱 도구 들을 보관해 두었던 장소다.

엄마는 잡동사니 서랍에서 꺼낸 무언가를 베니에게 건네
주고는 **이건 뭘까?** 하고 말하곤 했다. 그러면 베니는 눈을 가
늘게 뜨고 뾰족하거나 구부러진, 혹은 둥글게 뭉쳐진 그 물
건을 바라보고, 손안에서 뒤집어 보고, 얼굴에 바짝 가져와
그 물건이 살도록 의도된 생애를 그려 보곤 했다. 지금, 베니
는 서랍 옆면을 손가락으로 쓸어 본다. 거기, 언제나 있던 곳

444

에 접힌 종이 한 장이 있다. 어머니가 블랙케이크 조리법을 휘갈겨 둔 줄 쳐진 노트 종이다.

베니는 종이를 펼치고 손가락으로 재료 목록을 훑는다. **럼주, 설탕, 바닐라.** 드문드문 동사도 적혀 있다. **크림으로 만든다, 치댄다, 섞는다.** 그 조리법에 숫자도, 양도 전혀 적혀 있지 않다는 걸 베니는 이제야 깨닫는다. 잠깐, 원래 이랬던가? 그건 분명 베니가 어렸을 때 봤던 것과 똑같은 조리법이다. 베니는 이제야 알게 됐다. 어머니의 조리법은 확실하게 정해진 양과 지시 사항이 적힌 목록이라기보다는 케이크를 어떻게 만들어 나갈지에 대한 일련의 힌트들에 훨씬 가까웠다.

베니가 어머니에게서 배운 것은 시연을 통해, 대화를 통해, 그리고 가까운 거리를 통해 전해져 내려왔다. 베니가 어머니에게서 배운 것은 자신의 본능에 의지해 거기서부터 나아가는 방법이었다.

바이런

바이런의 휴대폰이 울리고 있다. 리넷이다. 리넷은 결국 바이런 어머니의 장례식에 오지 않았다. 바이런은 궁금하다. 그렇게 오래전에 베니에게 생긴 일이, 베니가 아버지의 장례식에 오지 않은 이유들이 떠오른다. 바이런은 자신과 어머니가 그 일에 대해 전혀 몰랐다는 사실을 잊을 수가 없다. 누군가가 무슨 일을 겪고 있는 중일지 우리는 결코 알 수가 없는 법이다.

바이런이 전화를 받자 리넷은 흐느끼고 있다. 리넷이 하는 말을 알아듣기 어렵다.

「뭐가 어떻게 됐다고?」 바이런이 묻는다.

「미등이 고장 났다고, 바이런.」 리넷이 말한다. 「잭슨은 그냥 지갑을 꺼내서 신분증을 보여 주려고 한 건데 경찰이 우리한테 총을 겨눴어. 죽는구나 싶었어.」

「잭슨? 이런, 잭슨은 괜찮아?」 잭슨은 리넷의 조카다. 대단한 녀석이다. 잭슨이 전문가의 세계로 나아가는 걸 보는 건 바이런으로서도 자랑스러운 일이었다. 자신감을 키워 나

446

가고 있는 젊은 과학자, 닫혀 있던 문들을 열어 나가고 있는 젊은 흑인 남성.

「걔는 그냥 날 병원에 데려가 주려고 하고 있었단 말이야, 알아?」

「병원? 왜, 당신 어디 아파? 무슨 일이야?」

「아니, 바이런, 난 안 아파. 그냥, 기분이 좀 좋지가 않았어. 나중에 설명할게. 우린 그래도 당신 어머님 장례식에 갈 수 있기를 바랐는데, 그러고 나서 그 사람들이 잭슨을 유치장으로 끌고 갔어.」

「뭐?」

「정말이야. 걔한테 수갑을 채웠어, 바이런. 대체 뭐 때문이냐고? 우리도 몰라. 왜냐하면 결국엔 그냥 풀어 줬거든. 혐의나 다른 아무것도 없긴 했지만, 끔찍했어. 우리, 거기 차에 앉아 있었는데, 모든 게 그냥 멈춰 버린 것 같더라, 알아? 마치 1초가 한없이 길게 늘어나는 느낌이었고 그 속에서 난 그저…….」

전화선 저편에서 날카로운 숨소리가 들린다. 바이런은 거기, 잭슨 바로 옆에 앉아 있을 리넷을 떠올린다. 무슨 일이든 일어날 수 있었다. 바이런은 잘못될 수도 있었던 갖가지 일들에 대해 생각하지 않으려고 애쓴다. 하지만 걱정을 없애려고 애쓰는 건 바이런이 흑인이라는 사실을 없애려고 애쓰는 거나 마찬가지다.

「알아, 리넷. 나도 알아. 괜찮을 것 같아?」

「그런 것 같아, 고마워, 바이런.」 리넷은 그렇게 말하지만 바이런의 귀에는 그의 목소리가 다시 갈라지는 게 들린다.

447

「내가 그리로 갈게.」바이런이 말한다.「그래도 돼?」

「으음.」리넷이 말한다. 리넷은 다시 울고 있다.

리넷의 전화를 끊은 바이런은 노트북 컴퓨터에서 뉴스를 확인한다. 잭슨의 뉴스가 화제로 떠올라 있다. 온라인에는 동영상도 있다.

운전면허증을 보여 달라는 요청을 받았는데, 그 애가 그럼 무슨 행동을 해야 했을까?

사람이 자기 지갑에 어떻게 손을 뻗어야 되지?

미국에서 흑인이면 손이 두 개 있는 것도 안 되는 건가?

바이런은 이렇게 감염병처럼 번지는 부당 대우가, 무기를 갖고 있지 않은 흑인 남성을 괴롭히는 일이 그저 돌발적으로 일어난 일이라고, 오래 계속되기는 해도 통제할 수 있는 일이라고 믿고 싶다. 법 집행관들을 계속 믿고 싶고, 그들이 매일 미지의 영역에 발을 들여놓는다는 걸 알기에 그들이 하는 위험한 일도 존중하고 싶다. 필요하면 여전히 전화기를 집어 들고 전화해 경찰을 부를 수 있다고 알고 있고 싶다. 저 바깥에는 분노가 너무도 많다. 너무도 많은 상처가 쌓여 있다. 상황이 전혀 나아지지 않으면 결국에는 다들 ─ 흑인이든 백인이든 누구든 ─ 어떻게 될까? 2018년의 미국에서도 상황이 여전히 이렇다는 걸 알면 아버지는 뭐라고 할까? 그의 아버지가 더 이상 살아서 이 꼴을 보지 않아도 된다는 게 다행일지 모른다는 불경스러운 생각이 바이런의 머리에 언뜻 스친다.

바이런은 미치 씨와 베니에게 몸을 돌린다.

「보세요.」그들이 사진들을 볼 수 있도록 휴대폰을 내밀며 바이런이 말한다. 「그 애가 제…….」 바이런이 말한다. **여자 친구**라고도 **전 여자 친구**라고도 하고 싶지 않다. 「차에 타고 있는 그 애가 제 친구의 조칸데요.」

바이런의 전화기를 건네받은 베니는 그것을 잠시 바라보다가 자기 휴대폰 화면을 이리저리 쓸어 넘기기 시작한다.

「죄송해요, 가봐야 할 것 같아요.」 바이런이 말한다. 「지금 당장 가야겠어요.」

시위

바이런 주위의 사람들 대부분은 스마트폰을 머리 위로 들고 예배에서 하듯 높이 쳐든 한쪽 팔을 부드럽게 흔들고 있다. 다른 사람들은 작은 촛불을 두 손에 들고 있어서 턱 밑에서 빛이 난다. 밀랍이 녹는 느끼한 냄새에 바이런의 속이 뒤집힌다. 바이런은 두 손을 옆으로 늘어뜨린 채 거기 군중 속에 그냥 서 있다. 바이런은 거리 시위는 하지 않는 사람이고, 리넷은 그걸 안다.

바이런은 사회 운동을 하는 최선의 방법은 지위를 획득하고 부를 축적해 권력의 중심에서 영향력을 행사하는 거라고 믿는다. 하지만 이 모임은 시위라기보다는 철야 기도에 가깝다는 게 리넷의 말이다. 잭슨만큼 운이 좋지 못했던 모든 사람들을 위한. 차를 세웠다가 잘못되어 살아남지 못했던 모든 사람들을 위한. 여전히 애도 중에 있는 모든 사람들을 위한. **우리도 포함돼**, 리넷은 말한다. **슬퍼하고 머리를 비우는 일을 우리 자신한테 허용해 줘야 해**, 리넷은 말한다. **그래야 시청으로, 법정으로, 회의실로, 교실로 돌아가서 변화를 위한 일을 할 수**

있을 테니까.

잭슨은 자신의 변호사와 부모님과 함께 앞에 나가 있다. 미치 씨도 거기 나가 있는데, 철야 기도의 기획자들을 알기 때문이다. 바이런의 아버지가 그랬듯 미치 씨도 모든 사람을 아는 것처럼 보인다. 마이크에 대고 말하는 사람들이 있다. 정치인들, 활동가들, 그리고 심지어는 저 유명한 배우도 있다. 마침내 한 무리의 사람들이 앞으로 걸어 나가 노래를 부른다. 잭슨이 이 모든 관심을 바랐던 건 아니지만 경찰이 오해를 바로잡고 자신을 부당하게 취급했다는 사실을 인정하는 건 분명히 바라고 있다고 리넷은 말한다. 바이런은 베니를 건너다본다. 베니는 두 눈을 감은 채 군중과 함께 노래 부르고 있다.

바이런은 잭슨에 대해 생각하려 애쓰지만, 계속 내려다보게 되는 건 리넷의 코트 밑에 튀어나온 배다. 리넷은 지금껏 아무 말도 하지 않았지만, 임신을 했고 임신한 지도 이제 꽤됐다는 게 분명해 보인다. 리넷이 다른 남자가 있다고 말한 적은 없다. 지금껏 잭슨에게 일어난 일 말고 다른 얘기는 할 시간이 없었다. 리넷에게 일어난 일도 얘기해야 했다. 바이런이 리넷의 집에 도착했을 때, 경찰에서 사건이 일어나고 몇 시간이나 지났는데도 리넷은 여전히 몸을 떨고 있었다.

당신한테 해야 하는 이야기가 있어, 바이런 어머니의 장례식이 있기 전에 리넷은 전화로 그렇게 말했다. 이게 리넷이 하려던 이야기였나? 지금 당장은 그것 말고도 너무 많은 일이 일어나고 있어서 바이런이 알아내려면 좀 기다려 봐야 할 것 같다.

지금 바이런이 할 수 있는 일은 그저 리넷의 배를 빤히 쳐다보지 않으려고 최선을 다해 노력하는 것뿐이다.

임신

그들은 리넷의 집 안쪽 방에 마주 앉아 있고, 리넷은 바이런에게 임신한 사실에 대해 말하고 있다. 출산 예정일은 3개월 뒤라고 리넷이 말한다. 바이런이 원한다면 DNA 검사를 요청해도 되지만 자신은 바이런의 아기라는 걸 의심치 않는다고 한다. 그럼에도 아기는 언제나 일단은 자신의 아기일 거라고 리넷은 힘주어 말한다. 바이런이 의무감을 느낄 필요는 없다고도 한다. 만약 바이런이 이 남자아이의 삶의 일부가 되는 일에 정말로, 진정으로 관심이 있다면 다시 만나 얘기하자고 리넷은 말한다.

의무감을 느낄 필요는 없다고? 무슨 논평이 그따위란 말인가?

바이런은 상황을 그렇게 놔두고 떠나 버릴 의도는 없다. 그런 식으로 리넷에게 목소리를 높일 의도도 없다. 그 집에서 나가는 길에 문을 쾅 닫을 생각도 없다. 하지만 리넷은 왜 그를 이런 식으로 대하는 걸까? 그 아기가 자기 거라고? 바이런의 아기인 것에 앞서서? 바이런을 떠난 건 리넷이었다.

전에 임신에 대해 한마디도 하지 않았던 사람도 리넷이었다. 처음부터 바이런에게 끼어들 여지를 전혀 주지 않은 사람 역시 리넷이었다.

바이런의 어머니가 바로 지금 여기 있었더라면 아마도 리넷 말이 맞는다고, 아기를 낳는 사람은 리넷이라고 했을 것이다. 반면 바이런의 아버지였더라면 분명 바이런에게 동의하면서 리넷이 임신 사실을 바이런에게 알렸어야 했다고 말했을 것이다. 하지만 이런 상상을 해도 오늘 밤 바이런이 부엌 조리대 앞에 혼자 서 있고, 리넷이 품고 있는 남자아이에게 자신과 조금이라도 닮은 데가 있을지 궁금해하고 있다는 사실은 달라지지 않는다. 리넷이 바이런 없이 자기 인생을 살아갈 수 있다고 결론 내린 건 정확히 어느 순간이었을까. 바이런은 그 순간으로 돌아가 어떻게든 상황을 바꾸고 싶다.

밤하늘이 아침의 어스레한 빛으로 변할 때도 바이런은 여전히 조리대 앞에 서 있다. 잠을 잘 시간이 없다. 두 시간 뒤면 어머니의 녹음 파일 듣는 일을 끝마치기 위해 찰스 미치가 집에 오기로 되어 있다. 하지만 바이런은 먼저 리넷과 얘기부터 나눠 봐야 한다. 무슨 말을 해야 할지는 모르겠지만 말이다. 그가 리넷을 얼마나 다시 보고 싶어 하는지 리넷에게 어떻게 알려 줄 수 있을까? 그가 자신의 이 아이가 자라나는 걸 지켜보고, 이런 시기에 그 애를 안전하게 지켜 주는 일을 얼마나 하고 싶은지를. 리넷이 그에게 자세히 설명하고, 해야 할 일을 말해 주고, 자신이 정말로 원하는 걸 말해 주는 일이 바이런에게 얼마나 필요한지를.

자신이 오랫동안 생각을 잘못 하고 있었고, 사랑하는 사

람들 곁에 있어 주는 법을 썩 잘 알지 못했다는 걸 바이런이
어떤 식으로 깨닫고 있는지를.

씻고 옷을 입은 뒤, 바이런은 리넷의 번호를 누른다. 리넷
의 전화 신호음이 울리고 또 울린다. 바이런은 다시 전화를
걸지만 그래도 리넷은 받지 않는다. 바이런이 방망이질 치
는 심장을 느끼며 차 키를 움켜쥐고 뒷문을 잡아당겨 여는
데, 미치 씨가 벌써 거기, 진입로를 올라오고 있다.

내가 누군지

B하고 B야, 내가 말해야만 했던 모든 걸 들은 뒤에 너희가 어떤 기분일지 모르겠구나. 난 도망쳤고, 이름을 바꿨고, 과거를 꾸며 냈어. 내 아이들인 너희는 지금까지 내가 어디 출신인지, 미국에 오기 전에 어떻게 살았는지 정말로는 알지 못했지. 너희한테 누나이자 언니가 있다는 사실도 전혀 몰랐고 말이야. 그래서 속상할 수도 있을 거야. 그건 알 수 있단다. 너희는 내가 누군지 정말로 알 수는 있는 건지, 내가 하는 말을 뭐든 조금이라도 믿어도 되는 건지 스스로에게 묻고 있을지도 모르겠다. 너희 아버지가 세상을 떠났을 때 나역시 그런 생각이 드는 순간들이 있었단다. 나는 누구지? 나라는 사람에게 있어 남은 건 뭐지? 하지만 그러다가 깨닫게 됐어. 그 질문에 대한 대답은 내내 거기, 바로 내 앞에 있었다는 걸 말이야. 너희 둘이 알아줬으면 하는 게 있다면 바로 이거란다. 너희는 내가 누군지 언제나 알고 있었다는 것 말이야. 내가 누구냐면, 너희의 엄마야. 이게 나한테서 가장 진실한 부분이란다.

마블

엘리너 베넷의 변호사에게서 메시지가 올 때, 마블은 뒤로
젖힌 고개를 따스하게 흐르는 물줄기 아래쪽에 대고 있다.
미용사가 마블의 머리칼에서 인공 파인애플 향 거품을 씻어
내고 있다. 마블은 로마에 있는 아프리카 여성들을 위한 붙
임머리 전문 미용실 중 한 곳에 있는데, 여기서 africana(아
프리카나)라는 이탈리아어는 아프리카 대륙을 가리키는 게
아니라 아프리카, 유럽, 그리고 남북 아메리카의 모든 국가
에서 온 손님을 광범위하게 언급하는 말이다.

아프리카나는 아니지만 이 미용실에 오는 손님이 마블 혼
자는 아니다. 여기서는 저렴한 가격에 고급 붙임머리 시술
을 받을 수 있다는 걸 아는 여자들이 항상 몇 명쯤은 와 있
다. 숱 많고 용수철 같은 머리카락을 제대로 다루는 법을 아
는 parrucchiere(미용사)를 찾아낸 것에 안도감을 느끼는 마
블 같은 사람들도 와 있다. 마블은 미용실에서 게으르게 보
내는 시간을, 의자에 앉은 채 오디오에서 나오는 음악에 맞
춰 춤을 추고, 한데 뒤섞여 이 작은 다언어 공동체를 이루는,

검은색과 갈색과 양피지색 피부를 한 수다스러운 여자들과 함께 농담을 주고받는 시간을 사랑한다.

핸드백 속에서 휴대폰이 울리는 게 느껴진다. 수건이 머리를 감싸자, 마블은 핸드백 입구로 손을 집어넣어 휴대폰 화면을 두드린다. 받은 메일을 두 번 읽는다. 메일 제목은 **엘리너 베넷의 상속 재산**이다. 변호사는 이 베넷이라는 여성에 대해 마블과도 관련된 은밀한 이야기를 할 게 있다며 언제 통화할지 일정을 잡고 싶어 한다. 마블은 메일에 선택된 단어들만 보고는 곧바로 짐작하지 못했을지도 모른다. 마블이 엄마처럼 몸집이 작고 금발이었더라면 곧바로 짐작하지 못했을지도 모른다. 마블이 자신의 정체성에 대해 점점 커져 가는 불안감을 감당하고 있지 않았더라면 곧바로 짐작하지 못했을지도 모른다.

미국인 변호사와 다음 날 통화하기로 약속을 잡은 마블은 그 뒤로는 몸을 떨면서 그저 그 자리에 앉아 있다. 마블은 런던에 있는 어머니에게 전화하고 싶은 충동과 싸워야 한다. 엄마는 마블이 누군가와 대화할 필요가 있을 때 언제나 제일 먼저 떠올리는 사람이다. 언제나 그랬고, 마블의 남편이 아직 살아 있었을 때조차 그랬다. 하지만 이 소식은 딸이 엄마에게 전화로 알려 줄 수 있는 종류의 소식은 아니다. 이 분노는 딸이 전화로 표현할 만한 종류의 분노가 아니다. 마블은 휴대폰 화면을 쓸어 넘기며 항공편을 검색하기 시작한다. 오늘 밤에 런던으로 가야 한다.

완다

완다와 로널드 마틴은 런던에 있는 자신들의 타운하우스에서 저녁을 먹으려고 막 자리에 앉은 참이다. 그때 누군가가 문 밖 도어 매트에 구두를 문질러 닦는 소리가 들려온다. 마블이다. 묵직하게 발을 끄는 소리로 알 수 있다. 마블의 손가락이 초인종을 누르는 방식으로도.

「쟤가 런던에 있을 줄은 몰랐는데.」

「나도요.」

「왜 안 들어오는 걸까요?」

「열쇠를 로마에 놔두고 왔나 보죠.」

현관문을 당겨 열면서 완다의 가슴은 딸이 집에 올 때면 언제나 찾아오던 느낌으로 부풀어오르지만, 마블의 얼굴을 보자 모든 것이 몸 안쪽으로 도로 수그러든다. 완다는 딸이 왜 알리지도 않고 여기 온 건지 본능적으로 알 수 있다.

50년이 지났다.

그들의 딸은 쉰 살이 다 되어 간다.

50년쯤 지나면 안전해질 거라고 완다는 바랐었다.

자신과 로널드는 마블과 이런 대화를 할 필요가 없을 거라고, 다른 여자, 카리브해 출신의 젊은 미혼모, 딸의 생모에 관한 이런 이야기를 할 필요가 없을 거라고, 완다는 그렇게 바랐었다. 완다의 진정한 삶은 그 옛날 조그만 메이블을 두 팔에 안았을 때 시작됐다. 이제 딸의 얼굴을 보며, 완다는 이 모든 세월 내내 자신과 로널드와 아이가 살아온 운 좋은 삶이 무너져 내리기 직전이라는 두려움에 젖는다.

베니

이런 이상한 기분이라니. 베니는 오랫동안 잃어버렸던 언니를 처음으로 만나기 직전이다. 마블 마틴이 미국으로 오고 있고, 베니는 뉴욕에서 몇 주일을 보낸 뒤에 바이런에게 합류하기 위해 캘리포니아로 돌아가는 길이다. 어머니의 녹음 파일 속에서 처음으로 **마블**이라는 이름을 들었을 때 베니는 그 이름이 친근하게 느껴졌지만, 그게 누구인지 알아차리는 데는 얼마간의 시간이 걸렸다.

지난가을, 한 친구가 베니에게 자신이 영국에서 본 적이 있는, 토속 음식에 관한 방송을 하는 어느 전문가 이야기를 들려주었다. 베니는 다이어리에 그 사람의 이름을 적어 놓았지만 검색해 본 적은 없었다. 머릿속에 생각이 많아서였다. 생활비를 벌고, 사업 대출을 받으려고 애쓰고, 상담을 받아야 했다. 그다음엔 베니의 어머니가 돌아가셨고, 베니는 자신의 가족에 대해 막 알게 된 모든 것의 무게에 짓눌린 채 뉴욕으로 돌아갔었다.

마블 마틴.

베니는 그 여자를 아예 검색해 보지 않기로 마음을 정한 뒤다. 바이런 말로는, 마블 마틴은 어머니를 닮았다. 베니는 그걸 보고 싶지 않다. 그 여자를 만날 때까지 기다릴 것이다.

공항 라운지에서 베니가 스케치북 위로 몸을 굽히고 있는데, 에메랄드그린빛 재킷을 입은 한 여자가 곁에 멈춰 선다.

「예쁘네요.」여자가 말한다. 여자는 베니만큼이나 키가 커 보인다. 그리고 아름답기도 하다. 「머리빗인가요?」여자가 묻는다.

「네, 페이네타[34]예요.」여자가 좀 더 잘 볼 수 있게 스케치북을 들어 올리며 베니가 말한다.

「아, 그래요, 스페인 여자들이 만티야[35]를 고정시키려고 머리에 꽂는 거 말이죠.」여자가 오른팔을 허공으로 들어 올려 플라멩코를 연상시키는 과장된 동작을 하며 말한다. 여자의 재킷의 널찍한 소매가 흘러내리자 구릿빛 손목과 사람의 홍채처럼 생긴 보석이 달린 팔찌가 드러난다.

「바로 그거예요.」베니가 흐뭇하게 웃으며 말한다.

「이건 정말로 특별해 보이네요.」

「특별해요. 저희 어머니 물건이거든요. **생전에** 저희 어머니가 쓰셨던 거예요. 거북이 등딱지예요.」

「인조 등딱지일 수도 있어요. 이젠 더 이상 거북이 등딱지로 물건을 만드는 게 허용되지 않거든요.」

「알아요. 하지만 이건 진짜로 오래된 물건이에요.」

「그래요?」여자가 말하며 고개를 끄덕인다. 여자는 자리

---

34 스페인 여자들이 쓰는 빗 모양의 머리 장식.
35 머리부터 어깨까지 덮는 커다란 베일.

를 뜨지 않는다. 베니는 도안 옆쪽을 손가락으로 훑는다.

「음, 저는 이 비슷한 무언가를 케이크 위에 얹어서 장식을 할 생각이에요. 뉴욕에 있는 제 단골 미용사가 결혼을 하거든요.」

「멋진 생각이네요! 케이크를 직접 만드시나요?」

「그래요.」

「그리고 화가시고요?」

「음, 미술 대학은 다녔는데요.」 베니가 말한다. 「페이스트리 만드는 수업도 들었거든요.」

「주문도 받으시나요?」

「케이크요? 아니면 그림이요?」

여자가 웃음을 터뜨린다. 그러고는 명함 한 장을 베니에게 건네준다. 「그 빗 그림, 완성되면 보고 싶네요.」 여자가 명함을 가리킨다. 「저한테 보내 주실 수 있나요? 저희는 항상 훌륭한 일러스트레이터를 찾고 있거든요. 혹시 모르죠.」

베니는 명함을 바라본다. 가정 용품 브랜드에서 일하는 아트 디렉터다. 최고급 브랜드다. 이 여자가 정말로 베니의 미술 작품들을 더 보고 싶다고 청하고 있는 건가? 여자가 가 버리자 베니는 명함을 코에 대본다. 바닐라와 카카오가 살짝 가미된 백단 향이 난다. 베니는 혼자 미소 짓는다.

마블

누군가는 오래전에 마블에게 이 일에 대해 이야기해 주었어야 했다. 누군가는 마블이 이 순간을 맞을 준비가 되도록 해주었어야 했다. 태평양 연안에서 멀지 않은 캘리포니아주 오렌지 카운티의 이 방갈로형 단독 주택에 대해, 뒤뜰에선 재스민 향이 풍기고, 거실은 갈색 피부를 하고 꼭 마블처럼 생긴 한 여자의 사진들로 채워져 있는 이 집에 대해 알려 주었어야 했다.

변호사가 보낸 여러 통의 메일과 전화 통화로도 준비가 되기에는 충분치 않았던 모양이다. 대서양을 횡단하는 비행으로도, 오늘 아침 호텔 욕조에 몸을 담그고 있었던 일로도 충분치 않았던 것 같다. 지금 마블은 텔레비전 카메라 앞에 서 있을 때 하는 일을, 연출자와 제작진은 옆에서, 카메라 너머에서 움직이며 손짓을 하고 있고, 마블 자신은 주위의 모든 신호에 최소한의 주의만 기울이면서, 오직 한 가지, 카메라 저편에 있는 사람만, 자신이 소통해야 하는 그 한 사람만 떠올릴 때 하는 일을 하려고 애를 쓴다.

마블은 지금 그 일을 하려고 애를 쓴다. 자신을 이곳으로 불러왔고 자신의 모든 움직임을 지켜보고 있는 두 낯선 사람에게 집중하려고 애를 쓴다. 스스로의 태도에 신경 쓰고, 따스하게, 하지만 너무 활짝은 아니게 미소를 지으려고 애를 쓰면서, 마블은 그들을 따라 구석의 식사 자리로 간다. 거기에는 토스트, 잼, 달걀, 커피, 그리고 별로 좋지 않은 브랜드의 차와 그보다는 나아 보이는 스콘들로 환해 보이는 식탁이 차려져 있다. 마블은 오직 두 사람에게만 집중하자고 되뇌지만, 이 집은 집중을 방해하는 것들로, 바로 몇 주 전까지만 해도 마블의 생모가 사용했던 게 틀림없는 소파와 커튼과 커피포트로 가득 차 있다.

마블이 경험하고 있는 이런 새롭고 복잡한 감정들에 대해 누군가는 미리 일러 줄 수도 있었을 텐데. 남동생과 여동생과 함께 아침을 먹는 일은 소개팅 자리에 나가는 것과 비슷한 기분이라고, 다들 좋은 인상을 남길 만한 옷차림을 하고 잡담을 하고 서로를 향해 수줍은 시선을 던질 거라고 말해 줄 수도 있었을 텐데. 지금 마블은 자신이 대체 왜 이런 일을 하겠다고 동의했는지, 왜 자신의 정체성에 대한 감각이 벗겨져 나가도록 허용하고 있는지 궁금하게 여기고 있다. 이 사람들, 이 장소, 저 커피포트, 모든 것이 마블에게 너는 네가 너라고 생각했던 그 사람이 아니라고 말해 준다.

마블은 여기 있을 필요가 없다, 안 그런가? 지금 당장 자리에서 일어나 그냥 이 집에서 걸어 나가면 된다. 진입로 끝에서 어슬렁거리는 저 시끄러운 까마귀들과 뒤뜰에 서 있는 저 멍청한 선인장을 피해 엄마와 아빠에게로 다시 날아가면 된다. 다만 바이런과 베니가 꼭 마블처럼 아주 키가 크고 기골이 장대하고, 그들의 육중한 몸에 마블로서는 저항하기 어려운 무언가가 있다는 게 문제다. 게다가, 마블 자신의 얼굴이 빤히 마주 쳐다보고 있는 것만 같은 엘리너 베넷의 저 온갖 사진들도 있다.

아마 휴식을 조금 취하고 나면 기분이 나아질 것이다. 마블은 어제 오랜 시간 비행기를 타고 건너와서 피로하고, 오늘 아침 객실을 바꿔야 했던 일에 짜증이 나 있다. 어젯밤 호텔에서 처음에 준 방이 **모든 것**이 연보랏빛으로 꾸며져 있어서 그냥 뛰쳐나와야만 했다. 마블은 생각한다. 세상에, 연보랏빛 조명이라는 게 있다니 대체 여긴 어딜까?

마블은 바이런과 베니를 바라본다. **내 남동생과 여동생**, 그렇게 생각해 본다. 자신의 모든 직업적 기술을 동원해 호기심과 호의를 전하면서, 지금 느껴지는 암류 같은 동요는 조금도 전하지 않으려고 애를 쓴다. 방 안의 코끼리는 빼놓고 에둘러 말을 한다. 자신의 엄마와 아빠에 대해, 세상을 떠난 남편에 대해, 아들의 학교 교육에 대해, 영국에 돌아가 거기서 계속 살 계획에 대해 이야기한다.

마블이 이야기하지 않는 한 가지는 이탈리아를 떠나는 일이, 매일 일상을 같이하던 남편의 기억을 남겨 두고 떠나는 일이 얼마나 힘겨울지 하는 것이다. 심지어 15년도 넘게 지난 일인데도. 심지어 이따금씩 연인이 생겼는데도. 심지어 커피 맨 같은 남자가 생겼는데도. 그래야 하는 상황이 생기면 커피 맨은 마블을 보러 영국으로 날아오지 않을까 싶다.

그리고 그런 상황은 생길 것이다. 마블은 지금이 움직여야 할 때라는 걸 안다. 사립 학교에 보내기 위해 아들을 영국으로 돌려보낸 뒤로, 마블은 한동안 이런 기분을 느껴 오던 참이었다.

어떻게 다시 시작하지? 마블의 옷장들 속에는 옷이 있고, 식품 저장실에는 음식이 있으며, 어떻게 할지 생각해야 할 식물들도 있다. 개 보비도 있다. 가엾은 보비를 궤짝에 넣어 런던까지 싣고 갈 생각, 남편의 집을 비워야 한다는 생각이 마블을 짓누른다. 하지만 이건 너무도 개인적인 이야기고, 바이런과 베니가 신경 쓸 일은 전혀 아니다.

지금 마블은 자신이 바이런과 베니를 바라보며 분한 마음을 느끼고 있음을 안다. 마블이 아기 때 버려진 일과는 아무 관계도 없는 두 사람인 걸 알지만, 마블이 뒤에 남겨진 자식인 반면 바이런과 베니는 엘리너 베넷과 함께 자라난 자식들인 게 사실이다. 바이런과 베니는 아직 태어나기 전이었을지 몰라도 어머니는 사실상 마블 대신 그 두 사람을 선택했던 것이다.

한 여자가 어떤 일을 겪어야 엘리너 베넷이 했던 것 같은 선택이 가능할까? 마블은 이 질문에 대한 대답은 스스로 생각해 봐야 한다는 걸 안다. 그때는 50년 전이었다. 마블처럼 경제적, 사회적 자원이 있는 여성이 다른 시대, 다른 상황 하에서 성년이 된 여성을 짐작해 평가해서는 안 될 것이다.

그럼에도 불구하고.

내일이면 마블은 이 모든 일이 어떻게 일어났는지 조금 더 알게 될 것이다. 생모의 변호사 말에 따르면 엘리너 베넷은 죽기 전에 마블을 위해 편지 한 통과 녹음 파일을 남겨 두었다. 아마도 마블은 변호사 사무실에 먼저 갔어야 했겠지만, 그 생각만으로도 목구멍이 참을 수 없을 만큼 바짝 마르는 기분이었다. 천천히 익숙해지면 된다고 생각했지만 이제 질문들이 그를 미치게 만들고 있다. 엘리너 베넷이 해야 하는 말은 뭘까? 마블이 하고 있는 생각을 상쇄하기에 충분한 것일까?

그 여자는 나를 충분히 원하지 않았다.

생모에 대한 이 모든 생각으로 인해 마블은 아들이 지독하게 그리워진다. 그의 조반니, 그의 아들 조. 마블은 바이런과 베니에게 말하고 싶다. 자신은, 마블은, 조의 어머니가 되기를 바라면서 어떤 의구심도 가져 본 적 없었다고, 정신을 차려 보니 과부가 되어 있었고, 젊은 나이에 예고 없이 임신해 있었으며, 미래의 모든 가능성이 내동댕이쳐진 상태였는데도 그랬다고. 마블은 누군가가 자신에게 지금 당장 이렇게 물어 줬으면 좋겠다. **조는 어떤 아이예요?** 그러면 휴대폰을 꺼내 아들의 사진들을 보여 줄 수 있을 테니까.

마블은 바이런과 베니와 함께 여기 있는 대신, 자신의 생물학적 어머니에 대해 무엇이든 알게 될 기회를 얻는 대신, 집에 돌아가면 아들이 기숙 학교에 처박혀 있는 게 아니라 자기 방에 돌아와 있었으면 좋겠다고 말하고 싶다. 조는 마블의 진짜 가족이지만 식탁에 함께 앉아 있는 이 두 사람은 아니다.

바이런은 재미있는 남자다. 이 남자는 영화배우처럼 생겼는데, 마치 마블이 자기가 아끼는 곰 인형을 훔쳐 가기라도 한 것처럼 입을 쩍 벌리고 쳐다본다. 마블을 그리 마음에 들어 하지는 않는 것 같다. 베니는 친절하지만 약간 애정 결핍처럼 보인다. 마블은 베니가 자기 가까이로 당겨 앉고 있다는 걸 알아챈다. 조금씩, 아주 조금씩. 이걸 어떻게 생각해야 할지 모르겠다.

「아드님 말인데요.」 베니가 말한다.

마블이 숨을 들이쉰다.

「그럼, 영국에서 학교에 다니는 건가요?」

마블이 고개를 끄덕인다.

「하지만 이탈리아에 사시잖아요.」

「왔다 갔다 해요. 처음에는 조를 이탈리아 학교에 보냈는데, 그다음에는 영국의 제도에 접하게 해주고 싶어졌거든요. 그 애는 이다음에는 어디든 자기가 원하는 곳에서 살면서 일할 수 있을 거예요.」

「그럼 아드님은 실은 이탈리아인도, 영국인도 아니게 될 거라는 얘기네요?」

「저는 둘 다 될 수 있을 거라고 생각해요. 많은 사람들이 그렇듯 그 애도 어떤 한 가지 정체성만 지니고 있지는 않죠.」 비록 바로 지금, 마블은 자신이 정말로 한 가지 정체성만 지니고 있다고 느끼지만 말이다. 다른 무엇보다도 중요한 정체성. 마블은 조반니의 엄마고, 지금껏 그 애가 자라나 시야에서 벗어나게 놔두고 있었다. 마블은 대체 무슨 생각을 하고 있었던 걸까?

5년이 지나갔다. 그동안 아들은 멀리 떨어진 곳에서 지내고, 마블이 모르는 아이들과 함께 학교에 가고, 밤에는 다른 집 지붕 아래 있는 방에 머리를 눕히고, 휴일이면 집에 와 마블이 떠나보냈던 그 아이와는 다른 모습으로 다른 말투를 썼고, 그러면서 한 달, 또 한 달이 지나갈 때마다 마블은 슬퍼해 왔다. 자신 같은 상황에 있는 그토록 많은 다른 부모들이 어떻게 수 세대 동안 똑같은 일을 해왔는지 마블은 이해할 수가 없다. 그럴 만한 여유가 있기 때문에, 그리고 그것이 아이들에게 가능한 최고의 미래를 보장하는 방법이라고 자신을 설득했기 때문에, 자신의 열한 살짜리 아이를 멀리 떨어진 학교로 보내는 일 말이다.

한때 마블은 기숙 학교에서 아들을 도로 데려올 생각도 해봤지만, 아이는 그동안 너무도 잘 적응한 것처럼 보였다. 이제는 너무 늦었다. 끝내야 할 시험들이 있고 계획을 세워서 가야 할 대학이 있다. 마블이 이해할 수 없는 건 이 모든 세월 내내 기숙 학교 학부모 중 단 한 사람도 저녁 식사 자리에서, 슈퍼마켓에서, 병원에서, 마블을 옆으로 슬쩍 데려가 이렇게 말한 적이 없었다는 사실이다. **저는 이대로가 싫어요, 저, 아이를 도로 집에 데려오고 싶어요.** 분명 이렇게 느끼는 사람이 마블 혼자만은 아닐 것이다.

「사진 있으세요?」 베니가 묻는다. 마블은 목의 긴장이 풀리는 걸 느낀다. 휴대폰을 집어 들어 사진첩이 나올 때까지 화면을 쓸어 넘긴 다음 베니에게 건네준다.

「아, 이것 좀 봐, 정말 멋있네요!」

마블이 고개를 끄덕인다.

「그리고 학교에서 공부도 잘하고 있다는 거죠?」

또다시, 마블은 고개를 끄덕인다. 말이 나오지 않는다. 목에 덩어리 하나가 걸린 것만 같다.

　베니가 한 손을 마블의 팔에 올려놓는다.

바이런

바이런의 두 손은 여전히 떨리고 있다. 그는 그가 자라난 집의 방들 사이로 걸어 다니는 이 유령 같은 여자에게, 영국식 영어를 써서 말을 하는, 그의 어머니를 피부색만 너도밤나뭇빛으로 바꿔 놓은 듯한 이 여자에게 익숙해지려고 여전히 애쓰고 있다. 마블 마틴이 입국장으로 걸어 나왔을 때, 미치와 바이런은 그 여자와 악수를 했지만 베니는 그 여자를 끌어안았다. 공항으로 가는 길에 베니는 행복해 보였다.

부엌 찬장을 이 칸 저 칸 열었다 닫는 바이런의 눈에 찬장 아래칸 안쪽 구석, 쌀과 설탕 뒤쪽에 밀어 넣어진 커다란 유리병 하나가 들어온다. 과일들이다. 블랙케이크에 들어가는 과일들을 바이런은 잊고 있었다. 이걸 어떻게 하지? 어머니의 녹음 파일을 듣기 전이었더라면, 바이런은 아마도 어머니의 옷들과 책들과 가구들을 정리하고, **팝니다**라는 표지판 말뚝을 어린 시절에 살던 집 앞 잔디밭에 박아 넣은 뒤, 용기를 내서 그 혼합물을 씻어 음식물 쓰레기 처리기로 내려보냈을지도 모른다.

바이런은 조리대 위에 유리병을 올려놓고 마치 어린아이를 진정시키듯 두 손을 병의 양쪽에 각각 가져다 댄다. **이게 네가 물려받을 유산이란다**, 어머니는 바이런에게 여러 번 그렇게 말했지만, 그 말의 진짜 뜻이 이해가 된 적은 없었다. 이제 그는 알 것 같다. 섬에서 도망쳤을 때 어머니는 모든 것을 잃었지만 이 조리법만은 어디를 가든 머릿속에 넣어 가지고 다녔다. 그것, 그리고 자식들에게 평생 동안 숨겼던 이야기들, 말해지지 않은 그들 가족의 서사만은. 어머니가 블랙케이크를 만들 때마다 그 일은 주문을 외우는 일, 자신의 진정한 과거와 이어져 있는 끈을 되살리는 일, 그 섬으로 자신을 다시 데려가는 일이었을 것이다.

5년 전, 바이런은 어머니와 함께 지내고 있었다. 그의 어머니는 큰 수술은 아니지만 꽤 아프긴 했던 수술을 받은 뒤 회복 중이었다. 바이런이 막 저녁 먹은 접시들의 설거지를 마쳤을 때 그 소리가 들려왔다. 집 안의 기둥들이 삐걱거리는 듯한 소리. 그러더니 무언가 깨지기 쉬운 것이, 아마도 어머니가 도자기를 넣어 놓는 작은 캐비닛 속에 있던 유리잔 같은 것이 달그락거리는 소리가 났다. 그 유리잔은 40년 전에 어머니가 아버지로부터 뒤늦은 결혼 선물로 받은 것이었는데 그 뒤로 지진이 일어날 때마다 신호를 보내 주던 물건이었다.

남부 캘리포니아에 찾아오는 미진(微震)은 대개 그 정도가 다였다. 몇 번의 미진이 있었고, 그다음에는 이웃들과 사무실 동료들, 슈퍼마켓 계산대에 서 있는 상점 주인들 사이에 다음번 큰 지진은 **언제, 어떻게** 올지에 대한 추측들이 이어졌고, 그다음에는 건축법의 효력이나 건조한 산비탈이 흔들리면서 쏟아져 나온 휴면 홀씨들의 위험성에 관한 논의가 뒤따랐다.

이런 대화들은 보통 걷잡을 수 없이 나쁜 쪽으로 흘러, 다른 위험한 자연 현상들에 대한, 토양 침식에 대한, 겨울철의 홍수에 대한, 그리고 이런 현상들과 인간의 활동 사이의 관계에 대한 설명에 이르렀다. 주거에, 농업에, 석유와 가스 시추에 쓸 토양이 벗겨져 나간다는 얘기였다. 한번은 생수병을 한 판 가득 쇼핑 카트에 싣고 있던 한 심리 치료사가 바이런에게 이렇게 말한 적도 있었다. 전원이 어린이인 자기 내담자들이 환경에 대한 불안 증세를 보이기 시작했다고 말이다. 그 여자는 그 문제에 관해 기고문을 쓰고 있다고 했다. 그런 불안이 하나의 현상이 되어 가고 있다고도 했다. 바이런은 그게 진짜 현상이라는 것인지 그저 마케팅에 좋은 현상이라는 것인지 궁금했지만 말이다.

하지만 이번에 일어난 미진은 다르게 느껴졌다. 제법 거친 흔들림과 함께 끝났다. 더 큰 것이 오고 있다는 신호일 수도 있었다. 바이런은 현관문을 활짝 열어 놓고, 복도 벽장에서 비상용 가방을, 갈아입을 옷과 약품과 생수와 서류 사본들을 미리 넣어 둔 바퀴 달린 여행 가방을 끄집어냈다. 길 아래쪽에서 목소리가 들려왔다. 다음에 뭘 해야 할지 고심하는 이웃들의 목소리였다. 바이런은 어머니에게 가려고 몸을 돌렸지만, 어머니는 속도가 느리긴 해도 벌써 복도를 따라 걸어오고 있었다. 바깥에서 신는 신발도 어찌어찌 걸쳐 신고 있었다.

474

다음번 지진이 찾아와 **허** 소리와 함께 집을 쳤을 때 바이런과 어머니는 이미 집 안으로 되돌아가 잠자리에 들려고 하고 있던 참이었다. 자동차 도난 방지용 경보 장치 몇 개가 울리기 시작했다.

「다시 시작이네요.」 바이런이 외쳤다. 복도 저쪽에서 어머니가 매트리스 위로 몸을 일으켜 세우고 있었다. 바이런은 비상용 가방의 손잡이를 움켜쥐고 어머니의 손을 잡고 진입로를 걸어 길 쪽으로 내려갔다. 몇몇 이웃들에게 손을 들어 인사를 하다가, 다시 집 안으로 달려 들어가 어머니의 핸드백과 차에서 자게 될 경우에 대비한 여분의 담요를 집어 들었고, 그런 다음 현관문을 힘껏 잡아당겼는데, 보통 때보다 문이 뻑뻑했다.

「안 돼, 바이런, 안 돼!」 어머니가 소리쳤다. 어머니는 차체 옆쪽에 몸을 기대고 한 손으로 수술한 부위를 누르고 있었다.

바이런은 멈춰 서서 어머니를 향해 얼굴을 찡그렸다. 「왜요? 뭐가 잘못됐어요?」

「과일, 바이런, 과일!」

과일? 어머니는 농담을 하고 있는 게 분명했다, 아닌가? 바이런은 굉장히 길게 느껴지는 한순간 동안 어머니를 바라보았다. 이런, 어머니는 진지했다. 그렇단 말이지. 빌어먹을 과일들 같으니. 그 과일들은 바이런이 캘리포니아 남자일 뿐 아니라 카리브계 미국인이기도 하며 남은 평생 동안 블랙케이크에 대한 어머니의 과도한 애착에 시달릴 거라는 사실을 일깨워 주는 물건이었다. 하지만 이건 너무 심했다. 지

475

금, 무려 지진이 진행되고 있는 와중에, 그의 어머니는 자신의 하나뿐인 아들에게 부엌으로 돌아가 말린 콩과 쌀과 설탕과 후추 열매 뒤에서 2리터짜리 유리병을, 질척거리는 시커먼 물질 2킬로그램을 끄집어내기 위해 목숨을 걸라고 요구하고 있었다. 이런 일을 해서 좋을 것은 분명 하나도 없었다.

지금 바이런은 그 기억에 미소를 짓고 있다. 베니와 마블이 부엌으로 걸어 들어올 때도 바이런은 여전히 과일과 럼주가 든 그 병을 들고 거기 서 있다. 한 명의 누이는 아버지를 닮았고, 다른 누이는 어머니를 빼다 박았지만, 시선이 유리병에 닿으면서 그들의 얼굴에 떠오른 표정은 똑같다. 서로를 향해 고개를 돌렸다가 다시 몸을 돌려 바이런을 쳐다볼 때, 아버지가 다른 두 자매의 입술은 쌍둥이 같은 미소로 벌어져 있다. 그리고 바이런은 어머니에 대해 이야기하기 시작한다.

시간이 지난 뒤, 바이런은 유리병을 열어 받침 접시 위에 혼합물을 한 스푼 떠놓고 있는 두 여자를 발견하게 될 것이다. 그들은 한 장의 종이 위에 차례로 무언가 휘갈겨 쓰고 있을 것이다. 바이런이 그들에게 걸어갈 때, 그들은 그를 올려다보지 않을 것이다. 바이런이 한 팔로 베니의 어깨를 감쌀 때까지 그들은 거기 서 있는 그를 알아채지도 못하는 듯 보일 것이다.

또 하나의 메시지

미치 씨는 다음 날 마블과 약속을 잡아 두었고, 바이런과 베니는 나중에 마블을 만나 함께 점심을 먹자는 데 의견을 모았다. 하지만 그들이 마블을 데려가려고 미치 씨의 사무실에 나타났을 때 마블은 더 이상 그곳에 없고, 전화를 걸어도 문자 메시지를 보내도 응답하지 않는다.

「오늘 만난 일이 그분한테는 조금 힘들었던 것 같습니다.」미치 씨는 그렇게만 말한다.

「저희 어머니가 남긴 그 메시지, 무슨 내용이었는데요?」

「아시겠지만 제가 마음대로 세부 사항을 말씀드릴 수가 없어서요.」미치 씨가 말한다. 「하지만 여러분이 이미 아시는 것 외에는 정말 어떤 내용도 없었습니다. 그냥 그분한테 시간을 좀 주셔야 할 것 같네요.」

바이런과 베니는 고개를 끄덕인다. 그들은 미치 씨를 아무래도 **찰스**라고 부르지는 못하겠다는 데 은밀히 합의한 터다. 아마도 언젠가는 그렇게 부르게 될 것이다. 어쩌면 **씨**를 빼고 **미치**라고 부르게 될지도 모른다. 하지만 지금은 그를 어머니의 남자 친구가 아니라 어머니의 변호사로 여기고 싶다.

그들은 마블에게 시간을 주자는 데 동의하지만, 이틀이 지나자 걱정이 되기 시작한다. 호텔에 찾아간 그들은 마블이 체크아웃한 뒤라는 사실을 알게 된다. 마침내 그 주의 끝에 그들에게 보낸 메일에서 마블은 자신이 영국에 돌아가 있다는 사실을 확인해 준다.

「제가 이 일을 소화하려면 시간이 좀 필요한 것 같아요.」 마블은 그렇게 쓰고 있다. 「모든 것에 감사드려요. 행운을 빕니다.」

행운을 빕니다? 바이런과 베니는 식당으로 가서 각각 맥주를 두 잔씩 마시지만 음식에는 손도 대지 않는다. **행운을 빕니다?** 그럼 어머니가 그들에게 남겨 놓은 블랙케이크는 어쩌고?

「좋아, 이 일은 이제 됐어. 이제 해야 돼.」 바이런이 말한다. 「우리가 블랙케이크를 마블하고 나눠 먹기를 엄마가 바랐다고? 음, 마블한테는 기회가 있었는데 이제 여기 없잖아. 그냥 해버리자.」

「난 잘 모르겠어.」 베니가 말한다.

집에 돌아온 그들은 부엌으로 함께 걸어 들어가 냉동실 문을 열고 포일에 싸인 케이크를 노려본다. 10초쯤 지난 뒤, 그들은 서로를 마주 보고는, 문을 도로 닫는다. 베니는 조리대에 기대 그 아보카도그린빛 표면을 손으로 훑고 있다. 너무 1970년대식이고, 너무 **엄마다워.** 일주일 뒤, 베니는 뉴욕으로 돌아가고 바이런은 회의에 참석하러 간다. 그들은 곧 다시 만나 어머니 집 청소를 시작할 계획을 세우지만, 여전히 마블에게서는 소식이 없다. 그들은 평생을 마블 없이 살아왔으니 계속 그렇게 살아가야 할지도 모르겠다고 바이런은 말한다. 하지만 그들은 만일의 경우에 대비해 케이크는 지금 있는 곳에 그대로 둘 생각이다.

케이크

뉴욕에 돌아온 베니는 그때까지 만들어 본 것 중 최고의 블랙케이크를 만들었다. 엄마와 함께 부엌에 있던 기억들을 붓고, 천천히 섞고, 휘젓고, 흐르게 했다. 마블의 계속되는 침묵으로 인한 좌절감도 다스렸다. 캘리포니아에서 보낸 그 몇 시간 동안 자신과 마블은 정말로 연결돼 있었다고 베니는 스스로에게 되뇌었다. 만약 연결돼 있지 않았다면, 베니는 바로 지금 케이크를 만들고 있지 않았을 것이다.

그날 엄마의 부엌에서 베니와 마블은 음식이 자신들의 공통의 관심사인 것을 두고 키득키득 웃었다. **진짜 신기한 우연이네,** 마블은 말했다. **우연이 아니에요, 우리 핏속에 있는 거죠,** 베니는 대답했다. 베니가 어머니의 숨겨진 과거에 관해 알게 되기 전에 마블의 동영상이나 사진을 봤더라면 어땠을까? 충격이었을 것이다. 어머니의 얼굴을 하고 어머니의 목소리로 말하는 백인 여자가 베니가 어린 시절에 자라난 집 안을 걸어 다니고 어머니의 부엌에 서 있는 걸 보는 것이 그때는 충격으로 다가왔다.

알고 보니 베니와 마블은 전통 음식을 바라보는 관점이 서로 달랐지만, 엄마의 부엌에서 한 시간쯤을 잡담하며 보내는 동안 마블은 베니에게 다음번에 은행에 갈 때를 위한 훌륭한 조언을 해주었다.

그렇게 해서 여기, 베니가 있다. 지금 베니는 블랙케이크를 파라핀지에 싸서 케이크 통에 넣고 닫은 다음 은행으로 가져간다. 이 도시에 커피숍 자체가 한 군데 더 필요한 건 아니라는 걸 안다고, 하지만 베니의 공간 같은 곳은 필요하다고, 베니는 은행 직원에게 말한다. 자신의 콘셉트 카페는 음식의 디아스포라에, 조리법을 통해 이 나라로 이주해 온 문화들에, 동시대 미국에 반영되는 혼재된 전통들에 초점을 맞출 거라고 설명한다. 그곳은 배우고 깊이 생각하는 장소가 될 것이다. 사람들이 함께하는 공간이 될 것이다.

베니는 지역 교육자들과 함께 아이들을 위한 강의 계획도 짜고 있다고 설명한다. 알코올이 들어 있으니 블랙케이크를 아이들과 나눠 먹지는 않겠지만, 베니는 케이크 견본을 가져가 아이들이 보고 냄새 맡게 해줄 것이고, 문화와 민족의 정체성 주위에 선명한 경계를 긋는 것을 언제나 목적으로 해왔던 서사들의 결함에 대해 말해 줄 것이다.

세상에는 이탈리아 식당과 중국 식당과 이디오피아 식당과 폴란드 식품 판매점처럼 뭐 그런 것들도 있지만, 베니의 메뉴는 오직 여러 전통이, 여러 운명이, 여러 이야기가 서로 뒤섞이는 경험을 통해서만 생겨날 수 있었을 다양한 문화권의 조리법들을 소개할 것이다. 게다가 베니의 어머니는 2년 동안 매일 카페를 운영하는 데 도움이 될 만큼 자금을 충분히 남겨 주었고, 베니는 2년 뒤에는 이윤을 낼 수 있기를 기대하고 있다. 자, 이렇게 달라진 상황을 고려할 때 은행은 지난번에 베니가 낸 신청서를 재검토해 사업 대출을 내줄 것인가?

사랑에 대하여

그 일은 이렇게 시작된다. 교외에 있는 어느 쇼핑센터의
주차장에서.

「모르겠네, 그쪽은 정체가 뭔가요?」 베니에게서 전단지를
받으며 한 남자가 말한다.

「저는 미어캣 〈매니〉예요.」 캐릭터에 맞게 목소리를 낮추
며 베니가 말한다. 미어캣 매니 역할은 베니가 주말에 임시
로 하는 일 중 하나로, 카페를 위한 융자금이 확정될 때까지
저글링하듯 오가게 될 갖가지 잡다한 일자리 중 하나다.

「미어캣이요?」

「미어캣이요.」

베니는 등과 머리를 똑바로 세우고 턱을 들어 올리며 의
상의 두 눈 뒤쪽에 난 조그만 구멍을 통해 먼 곳을 응시한다.
베니가 서 있는 자세는 베니의 부엌 벽에 걸려 있는, 한 무리
의 미어캣이 모여 서서 위험을 살피며 지평선을 훑고 있는
달력 사진에서 영감을 받은 것이다. 연약한 생명체 하나하
나는 포식자에게는 잡아먹기 쉬운 한입거리일 테지만, 그들

은 자기들의 힘이 한데 뭉치는 데 있다는 걸 안다.

베니를 처음 본 〈매니 전자〉의 관리자는 전에는 베니 같은 타입을 고용한 적이 없다고 했다. 베니 같은 타입이란 아마도 여자, **유색 인종**, 혹은 둘 다를 뜻하는 듯했다. 하지만 베니는 키와 몸무게 때문에 채용하는 거라고 그 남자는 말했고, 베니는 그 점이 자신에게 도움이 되도록 노력해 왔다. 전자 제품을 소리쳐 판다는 정확한 목표 아래 벨벳으로 덮인 11킬로그램짜리 발포 고무로 몸을 감싸고 있다고 한들 상관없다. 콜센터에서 프린터 때문에 그 야단법석이 일어난 뒤인데도 그렇다. 어쨌거나 베니가 전자 제품의 진가를 이해하지 못하는 건 아니다. 베니는 그저 그 제품들의 수명이 지금보다 훨씬 늘어나야 한다고 느낄 뿐이다.

「할인 가격이 어떤지 망을 보고 있답니다, 아시죠?」 매니로 분장한 베니가 전단지를 받은 남자에게 말한다.

「어, 그렇군요.」 남자는 그렇게 말하고는 희미한 나무 향기를 남기며 자리를 뜬다. 그러더니 멈춰 서서 몸을 돌린다. 베니는 남자가 40퍼센트 할인 판매 중인 전자 제품들에 관해 더 물어볼 게 있을 거라는 희망으로 부푼다. 남자가 자기 차를 향해 가는 것도, 차 키의 작은 버튼을 눌러 차가 라이트를 깜빡이며 작은 동물인 양 쩍 소리를 내게 만드는 것도, 다른 손에 들고 있는 작은 비닐봉지를 가지고 집에 가는 것도 뒤로 미뤄 주었으면 좋겠다. 작은 봉지 하나다, 식료품이 가득 든 커다란 봉지 여러 개가 아니라. 아마도 가정이 있는 남자는 아닌 것 같다고 베니는 생각한다. 싱글일 것이다.

베니는 남자가 할인 가격이 적힌 전단지를 흔들며 상점

안으로 들어가 주기를 바란다. 그러면 또 한 번의 불경기가 오고 있다는 말이 도는 이 시점에도 미어캣 매니로 분장한 베니는 고객들을 끌어들이는 일을 훌륭하게 해내고 있다는 증거가 될 테니까. 하지만 그러는 대신 남자는 얼굴을 찡그리며 이렇게 말한다.「그쪽 같은 친구들이 떼로 있든지, 뭐 그래야 되는 거 아닌가요? 미어캣들이 그렇게 하는 건, 그 뭐냐, 전부 한데 모여 있거나 그럴 때 아니에요?」남자가 두 팔과 어깨의 근육을 수축시킨다. 눈을 빛내며 목을 쭉 펴고 한데 모인 작은 동물들보다는 미식축구팀 선수들의 살짝 굽은 등이 떠오르는 움직임이다.

미어캣 의상 속에서 땀이 차오르는 게 느껴지기 시작한다. 살짝 몸이 아픈 듯 감기 기운이 있는 걸 보니 생리가 다가오는 모양이다. 그리고 아직 두 시간이나 남았다. 베니는 한 시간 한 시간 지날수록 이번 달에 내야 하는 금액이 채워져 간다는 사실을 다시금 떠올린다. 어머니가 유언을 통해 베니에게 남겨 준 돈은 베니의 사업 계획에만 쓰고 다른 어떤 곳에도 쓰지 않을 것이다.

「어, 이거 봐, 〈아이스 에이지〉에 나오는 시드다.」베니의 귀에 꼬마 남자아이의 말이 들려온다. 작은 손 하나가 베니의 의상 옆쪽을 잡아당기는 게 느껴진다.

「그거 시드 아닌데.」아이의 어머니가 말한다.「시드는 나무늘보지 얼룩다람쥐가 아니에요.」이제 아이는 베니에게 보이는 위치로 물러난다. 베니가 보니, 여자는 아이의 어머니보다는 보모일 가능성이 높은 듯하다. 아이의 머리칼은 너무도 금발이어서 흰색에 가깝고, 보모의 피부색은 바이런과 비슷하다. 베니는 여자가 카리브해 억양 비슷한 걸 쓴다는 사실을 알아차린다. 여자는 사복 경찰이나 길모퉁이에서서 작은 책자를 나눠 주는 종교인처럼 흠 없이 완벽하게 차려입고 있다.

이 여자는 부유한 텔레비전 방송사 임원이나 변호사나 금융 애널리스트나 뭐 그런 사람들의 집에서 일하고 있을 가능성이 상당히 높다. 여자는 번 돈의 일부를 섬으로 송금하는 사람일 것이다. 그런 뒤에도 여자에겐 월말에 돈이 남아 있을 것이다. 베니가 미어캣 복장을 하고, 다른 사람들의 개를 산책시키고, 이따금씩 세상에 하나뿐인 장식 케이크를 만들어 그런 것에 감사해 할 만큼 바쁘고 돈도 많은 고객들에게 파는 것 따위의 일들을 하면서 버는 손톱만 한 어분의 현금보다 많은 돈이.

베니가 그린 스케치 중 한 점이 어떤 사람들의 한 달 수입보다 많은 돈을 벌어다 줄지도 모르지만, 예술이라는 건 수입을 보장해 주지 않는 법이다. 반면 남의 개를 데리고 나가 오줌을 누이는 일은 수입을 보장해 준다.

「이 친구 얼룩다람쥐 아니에요.」 남자가 말한다. 그가 아직도 주위를 어슬렁거리고 있는 것에 베니는 놀란다. 「미어캣이에요.」 베니는 남자의 양 팔뚝에 털이 많다는 걸 알아챘다. 거의 털로 덮인 카펫 같다. 금발기가 있으면서 불그스름한 털들. 모두들 여기저기로 달려가 왁싱 시술을 받는 요즘치고 그리 흔한 풍경은 아니다. 붉은 곰을 닮은 이 남자는 베니만큼이나 키가 크다.

「동물원에서 미어캣 봤던 거 기억나니?」 보모가 남자아이의 어깨를 살짝 만지며 말한다.

「아, 걔네들 알아요.」아이가 대답한다.「걔네들, 조그만 패거리로 모여 서서 이러고 있어요.」남자아이는 망을 보는 미어캣을 인상적으로 흉내 내며 말한다. 저 아이가 베니 대신 이 일을 해야 할 것 같다. 여자는 미소 지으며 아이의 머리를 헝클어뜨린다. 매니로 분장한 베니는 계속 이리저리 팔을 뻗으며 행인들에게 전단지를 건네주고, 사람들은 그냥 지나치거나 베니를 쳐다보지 않은 채 전단지를 받는다.

이제 남자는 베니 쪽으로 더 가까이 걸어오고, 베니는 얼굴 양옆으로 흐르는 윙 하는 울림을 느낀다. 남자의 향수는 스모키 계열인데 그 향기에 베니는 배꼽 아래쪽이 살짝 휘저어지는 것 같다. 베니는 자신이 누군가에게 끌리는 이유를 이해해 본 적이 한 번도 없었다. 그저 어떤 사람이 자신의 레이더망으로 넘어오면 핑 소리가 난다는 것만 안다.

핑.

「학생, **이제 보니** 여자네요, 그렇죠?」남자가 묻는다.

「여자는 맞는데 학생은 아닌데요.」

「아, 그렇군요, 미안해요.」

의상 속에서 베니는 미소 짓는다.

「그거 아세요?」베니가 말한다.「미어캣 무리를 이끄는 건 가장 뛰어난 한 쌍의 미어캣이고, 그 한 쌍 중에서도 주도적인 역할을 하는 건 암컷이래요.」

남자는 의상에 난 눈구멍 속으로 베니를 바라보고 있다. 남자의 눈가에 미소 때문에 잔주름이 잡힌다.

「미어캣이 커피도 마시나요?」남자가 말한다.

베니의 의상 머리 부분이 옆으로 기울어진다. 이 남자는 한 번도 베니를 본 적이 없다. 베니가 어떻게 생겼는지조차 모른다. 그런데도 베니에게 관심을 보이고 있다.

핑.

이 일은 다음과 같이 끝날 것이다. 베니는 아직 모르지만, 이건 이미 하나의 선물이다. 다시금 사랑을 시도할 수 있게 해주는 이런 열린 마음은.

삶보다도

금속에 금속이 부딪쳐 짤랑거리는 소리에 마블은 망연자실한 상태에서 빠져나온다. 그는 무릎 위에 차갑게 식은 찻잔 하나를 올려놓고 어스름 속에 혼자 앉아 있다. 부모님에게는 영국에 돌아왔다고, 여기 아파트에 혼자 앉아 이틀을 보냈다고 말하지 않았다. 이미 눈물로 흐려진 목소리로 마블과 함께 그의 입양에 대한 길고 고통스러운 대화를 나눈 부모님은 그 뒤로는 대체로 아무 말도 하지 않았고, 오직 마블이 캘리포니아에 안전하게 도착했는지, 비행기를 타고 이탈리아로 무사히 돌아갔는지 확인하기 위해서만 연락을 했다. 일이 어떻게 진행됐는지는 묻지 않았다. 부모님이 묻지 않으리란 걸 마블은 알았다. 그분들은 마블이 무언가를 먼저 말해 주기를 기다릴 것이었다.

그때 이후로 부모님을 대하는 마블의 태도는 이미 풀렸다. 마블은 엘리너 베넷의 메시지로부터 자신의 부모님이 생모가 택한 아기 이름을 그대로 유지했다는 걸 알게 되었다. 머틸다였던 아기는 메이블 머틸다가 되었고, 메이블이 자신이 오랫동안 써온 별명인 마블로 이름을 바꾸었을 때조차 그의 생물학적 외조모의 이름은 자기도 모르는 사이에 유지된 셈이었다. 부모님은 마블의 입양 사실을 시인하고 싶지 않았을지는 몰라도, 마블의 생모의 흔적 전체를 지워 버린 것 또한 아니었다.

열쇠가 자물쇠에 꽂혀 돌아가는 소리가 나자 마블은 침입자가 아닌지 걱정이 되지만, 그때 난초들이 기억난다. 마블의 어머니는 늘 식물들에 물을 주러 온다. 대부분의 시간을 집이 아닌 곳에서 보내는 마블이 그럼에도 계속 기르겠다고 고집하는 식물들이다. 엄마는 문을 열고 들어왔을 때 난초들이 죽어 있을까 봐 연중 내내 걱정하는 사람이지만, 난초는 강인한 생물이고 어떤 대륙에서든 자연적으로 자라나며, 싱가포르에 있는 어느 집 정원에는 1백 년이 훨씬 넘도록 꽃을 피워 오고 있는 난초도 있다고 마블은 엄마에게 일깨워 준다.

「마블!」 어머니가 말한다.

마블은 일어나지 않는다. 일어날 힘도 없다. 자기 앞에 서 있는 이 조그마한 여인을 바라본다. 원래 어두운 금발이었던 엄마의 머리칼에는 최근 몇 년 동안 멋진 줄무늬들이 생겨났는데, 자연스럽게 자라난 흰머리에 미용사의 예술적 기교가 섞여 든 결과물이다. 어머니는 한참 동안 마블을 바라보더니 소파로 걸어와 마블에게서 찻잔과 받침 접시를 받아 들고 커피 테이블에 올려놓는다. 그러고는 곁에 앉아 마블의 한 손을 자신의 양손에 잡아 쥔다.

마블은 자신의 어머니를 위해 녹음 파일을 재생한다. 그

490

러고는 어머니가 눈물을 다 흘릴 때까지 기다린다. 나중에, 그들은 파일을 아버지에게도 공유해 줄 것이다. 아버지의 딸과 너무도 비슷하게 들리는 이 여자의 목소리를 들려줄 것이다. 아기 머틸다가 알고 보니 너무도 아름답고 재주 많은 여성으로 자라 있었고 그건 모두 그들 덕분이라고 엘리너 베넷이 말하는 부분을 들려줄 것이다.

그들은 아버지에게 엘리너가 쓴 편지를 읽게 해줄 것이다. 마블에게 안전하고 사랑이 넘치는 가정을 선물해 준 것에 대해 마블의 아버지와 그 아내에게 영원히 감사하다고, 자신이 처음으로 아기에게 젖을 먹일 때 느꼈던 감정의 아주 작은 일부라도 그들이 마블에게 느꼈다면, 그들은 틀림없이 세상 무엇보다도, 삶 그 자체보다도 마블을 사랑하는 것임을 자신은 안다고 엘리너가 말하는 부분을.

재회

베니가 냉동실에서 블랙케이크를 꺼내자 알루미늄 포일에서 차가운 공기가 올라온다. 이게 엘리너 베넷이 원했던 것이다. 자신의 세 아이 모두가 함께 있는 것. 마블이 돌아왔다. 마지막 메시지 이후로 마블에게 연락이 되기까지는 꽉채워 한 달이 걸렸지만, 이제 그들은 이곳에 다시 함께 있다. 베니가 어머니와 함께 케이크를 만들며 하루를 다 보내곤했던 부엌에, 베니와 바이런이 자라나는 동안 끼니 대부분을 먹었던 식탁에. 그들의 어머니가 잃어버렸다가 마침내는 찾아낸 첫째 딸에 대한 갈망을 달래던 집 안에.

바이런과 베니는 어머니가 자신의 큰딸이 어디에 있고 어떤 사람이 되었는지 모르는 상태로 세상을 떠난 게 아니라는 사실에 약간 위안을 느낀다. 어머니는 언젠가 자신의 세 아이 모두가 여기 이 방에 함께 모여 자신의 마지막 부탁을 들어주리라고 믿으며 세상을 떠났다. 어머니가 남긴 은밀한 메시지를 들은 마블이 영국으로 서둘러 돌아가 버렸을 때, 바이런은 그들이 마블을 다시 만날 일이 없을지도 모른다고 생각했지만, 베니는 다시 만날 것임을 의심하지 않았다. 미치 씨도 베니와 마찬가지여서, 어머니의 바람에 따라 이런 저런 것들을 준비하는 일을 계속했다. 미치 씨는 그들이 가봐야 하는 곳들이 있다고, 그들이 만나 보기를 어머니가 바랐던 사람들이 있다고 했다.

하지만 일단은 이것부터.

어머니는 자식들이 함께 앉아 자기가 그들을 위해 만들어 둔 블랙케이크를 나눠 먹기를 바랐다. **그게 언젠지는 너희가 알 거야**, 바이런과 베니에게 보내는 편지에 어머니는 그렇게 썼다. 그리고 지금이 그 **언제**다. 칼을 집어 든 베니가 마블에게 손짓을 한다.

「언니가 첫째잖아요.」베니가 말한다.

「아니, 베니가 해요.」마블이 말한다.

베니는 바이런을 쳐다본다. 그들은 부모님이 종종 그랬던 것처럼 함께 칼을 쥐고 케이크 속으로 칼날을 내리누른다. **우린 사실은 결혼 케이크도 먹어 보지 못했단다**는 어머니가 녹음 파일 끝 무렵에서 그들에게 한 말이다. **시간이 없었어. 그리고 우리하고 같이 축하해 줄 사람이 누가 있었겠니?** 하지만 부모님이 일단 런던에서 뉴욕으로, 캘리포니아로 옮겨 오고, 새로운 삶 속에 자리 잡고 있다고 느끼고 나자 엄마는 유리병에 과일들을 채워 넣었고, 일련의 결혼기념일 케이크 중 첫 번째가 될 케이크를 만들었다.

「아!」베니가 말한다. 칼날에 무언가 단단한 것이 와 닿는다. 그들이 케이크를 잘라 보니 안쪽에는 작고 넓고 높이가 낮은 유리병 하나가 들어 있다. 어머니는 케이크를 수평으

493

로 자른 다음 가운데를 파내고 유리병을 넣어 두었던 것이다.

병을 문질러 닦은 베니가 병뚜껑 옆부분을 식탁에 대고 두드려 연다. 그들이 병 속에서 건져 내는 첫 번째 물건은 접히고 갈라진 자국이 나 있는 종잇조각이다. 그것은 바다를 배경으로 모래사장 위에 서 있는 세 명의 젊은 수영 선수를 찍은 흑백 사진이다. 바이런과 베니는 부모님의 10대 때 얼굴을 알아본다. 세 번째 사람은 수영 모자를 그대로 쓰고 일종의 무언의 격려를 보내려는 듯 커비의 손을 움켜쥐고 있다. 만나 본 적은 없지만 그들은 그 여자를 어렵지 않게 알아본다. 유명인이기도 하고, 그가 그동안 해왔던 바로 그런 일을 해낸 세계에서 유일한 흑인 여성이기도 하기 때문이다. 장거리 수영 선수 에타 프링글.

바이런이 사진을 뒤집자 뒷면에는 세 개의 이름이 아버지의 손 글씨로 적혀 있다.

「길버트 그랜트,」 바이런이 읽는다. 「코번티나 린쿡, 베네데타 프링글.」 그는 베니를 쳐다본다.

「베네데타?」 바이런이 말한다.

「에타가 베네데타의 줄임말이었어!」 베니가 말한다. 베니의 이름은 어머니의 어린 시절 친구 이름을 따서 붙여진 게 틀림없었다. 사람들이 어머니가 물에 빠져 죽었다고 믿었던 그날 밤 어머니가 해변에서 도망치게 도와준 사람. 세 사람은 잠깐 동안 말없이 거기 앉아 자신들이 물려받은 작지만 심오한 유산들을 떠올린다. 말해지지 않은 이야기들이 억눌려 있을 때, 그리고 드러났을 때, 사람들의 삶을 어떻게 빚어

494

내는지를.

　그들은 유리병 바닥에서 부모님의 결혼반지들을 찾아낸
다. 두 개의 반지 모두 안쪽에 C와 G라는 똑같은 문구가 새
겨져 있다. 베니는 언젠가 그 새김 문구를 발견하고 어머니
에게 물어봤던 일을 기억해 낸다. 어머니는 그 글자들이 좋
은 결혼 생활에 필수적인 두 가지 자질인 **이해comprehension**
와 관용generosity을 상징한다고 말했다. 이제 베니는 그 글
자들이 부모님 본명의 머리글자들이라는 걸 알게 된다. 코
번티나와 길버트, 커비와 기브스. 이 모든 세월 내내 부모님
의 진짜 정체성은 바로 여기 이 집 안에, 이 반지들 속에, 이
사진 속에 숨겨져 있었던 것이다.

　그들은 마지막으로 유리병을 뒤집어 나머지 내용물을 부
엌 식탁 위에 쏟아 낸다. 바깥쪽은 희끄무레하고 안쪽은 분
홍빛이 도는 베이지색을 한 새조개 껍데기 세 개. 이것들은
어머니가 원래의 엘리너 더글러스였고, 어머니의 친구가 되
어 주었고, 자기도 모르는 사이에 어머니에게 완전히 새로
운 삶을 살아갈 기회를 준 엘리의 핸드백 속에서 발견했던
것들임에 틀림없었다.

　바이런은 흥분으로 몸속이 울리는 걸 느낀다. 몇 가지 충
격은 지나갔고, 이제 그는 더 많은 것을 알 준비가 되어 있
다. 그는 그 섬에 가보고 싶다. 부모님이 자라난 장소를 보고
싶다. 자신이 전혀 몰랐던 자신의 일부를 목격하고 싶다. 그
래야만 한다. 그러지 않고 어떻게 이 일을 감당한단 말인가?
한때 그의 삶이었다고 믿었던 삶이 이렇게 사라져 버린 일
을 말이다.

유리병의 곡선을 따라 안쪽에 끼어 있는 한 가지가 더 있다. **상자**라고 적힌 좁다란 종잇조각이다. 바이런과 베니는 서로를 쳐다보고는 고개를 끄덕인다. 그들은 이미 나무로 된 그 상자를 찾아냈다. 한때 어머니의 어머니인 머틸다의 물건이었던 경첩이 달린 까만 용기다. 엄마는 그 상자를 자기가 쓰던 벽장 선반에 보관해 두었다. 상자 안에는 메달 모양을 한 네 개의 작고 둥근 장식이 있다. 바이런과 베니가 둘 다 가지고 놀곤 했던, 십자 무늬가 찍힌 조그만 황금색 원반들이다. 그리고 어느 해 핼러윈에 어머니가 베니에게 착용하게 해주었던, 베니의 땋은 머리 안쪽으로 끼워 넣고 오래된 베일을 덮어서 스페인 여자처럼 보이게 해주었던 낡은 머리빗도 있다.

　그들은 이 물건들을 너무도 잘 알고 있다. 어린 시절, 베니와 바이런은 둘 다 그 빗의 표면에 새겨진 섬세한 곡선들 위를, 갈색과 금색과 회색을 한 거북이 등딱지 위를, 동전 하나하나의 앞면에 새겨진 십자가 위를 손으로 훑었다. 베니는 부모님의 침실로 가서 그 나무 상자를 배에 껴안고 돌아온다.

　베니와 바이런은 그 상자에 대해서는 이미 이야기를 나눈 뒤다. 어머니는 두 사람이 그 상자를 마블에게 주기를 바랐다. 두 사람이 어린 시절에 그랬던 것과 똑같이 마블에게도 그 내용물을 가지고 놀 기회를 주기를 바랐다. 그들은 아기 머틸다에게 그 애가 그들의 가족 안에서 자라났더라면 경험할 수도 있었을 어린 시절의 한 조각을 선물할 것이다. 어머니의 지난번 삶에서 유일하게 남은 물건들을 마블에게 줄 것이다.

「우리 엄마의 잡동사니 장신구 상자예요.」 베니가 말한다. 「엄마는 항상 이 상자는 외할머니 물건이지만, 머리빗과 메달 장식들은 자기가 보육원 뒤뜰에서 찾아낸 거라고 했어요. 그것들은 틀림없이 원래의 엘리너였던 엘리의 물건들이었을 거예요. 우린 그렇게 생각해요.」 베니가 마블에게 상자를 건네준다.

「우린 언제나 이것들을 가지고 놀곤 했어요, 마블. 이제 언니 차례예요.」

마블은 상자를 보며 미소 짓는다. 그 부드러운 표면을 손으로 훑어 매만지고, 얼굴로 들어 올려 킁킁거리며 나무 냄새를 맡고, 그런 다음 뚜껑을 연다. 상자 안에 들어 있는 것들을 본 마블의 입이 딱 벌어진다. 마블이 안경을 찾아 쓴다.

「아, 이런.」 마블이 말하며 원반 하나를 손가락으로 매만진다. 「잡동사니 장신구가 아니에요. 이건 금이에요. 굉장히 오래된 물건이고요. 아마 박물관에 들어가도 될걸요.」 마블은 자세를 조금 더 똑바로 하고 앉아 자기가 음식에 관한 글을 쓰기 전에는 미술사를 공부했다고 그들에게 일깨워 준다. 그러더니 핸드백에서 태블릿을 꺼내 최근 아주 오래된 난파 현장에서 황금 동전들을 인양해 낸 잠수부들에 관한 뉴스 기사를 인터넷에서 검색한다. 마블은 바이런과 베니에게 동전들의 클로즈업 사진을 보여 준다. 그것들은 어머니의 메달 장식들과 똑같이 생겼다.

「이 머리빗도 3백 년쯤은 된 물건일 거예요. 같은 선박에서 나온 것일 수도 있고요.」

「어이, 농담이시겠죠.」 바이런이 말한다.

어이라는 말을 들은 마블은 바이런으로서는 극도로 영국인스럽다고밖에 생각할 수 없는 시선을 던진다.

「하지만 우리가 이것들을 공개하게 되면,」 베니가 말한다. 「이것들이 어디서 온 건지 설명해야 되지 않을까요? 우리 부모님에 대해 뭔가를 말해야 될지도 몰라요. 우리 부모님은 이유가 있어서 서사를 만들어 내신 거잖아요. 자기들의 진정한 정체성을 숨겨야 해서요.」

「하지만 이젠 이 세상 분들도 아니신데.」 바이런이 말한다.

「그래, 아니지.」 베니가 말한다. 「하지만 그분들이 알던 사람들 일부는 여전히 살아 있어. 그러면 우린 어떻게 되는 걸까? 우리가 그 이야기의 한 부분이라도 바꾸면 무슨 일이 생길까? 그 살인 사건은 어떡하고?」

「그 살인 사건이 뭐?」 바이런이 묻는다.

「우린 아직도 누가 리틀 맨을 죽인 건지 모르잖아, 안 그래?」

「바로 그거예요.」 마블이 말한다. 「여러분은 그게 여러분 어머니가 한 일이라고 생각해요? 내 말은, 그 있잖아요, 우리…….」

바이런과 베니는 똑같이 휘둥그레진 눈으로 마블을 바라본다. 마블은 **우리 어머니**라고 말하는 데 익숙해져야만 한다. 아니, 정말 그럴까? 마블은 마침내 자신을 낳은 어머니에 대해 알게 되어 기쁘지만, 마블의 엄마인 완다가 언제까지나 그의 엄마일 것이다.

「생각하고 또 생각해 봤는데, 정말 잘 모르겠어요.」 바이런이 말한다. 「1년 전이었다면, 전 우리 어머니가 사람을 죽였을 리는 없다고 말했을 거예요. 하지만 그때 우린 많은 걸 알지 못하고 있었죠. 녹음 파일에서 어머니는 자기가 리틀 맨을 죽이지 않았다는 말은 사실 한 번도 하지 않아요.」

「만약 엄마가 죽였더라도 난 엄마를 탓하지 않을래요.」 베니가 말한다. 「중요한 건, 우리 부모님이 오랜 세월에 걸쳐 우리한테 수많은 거짓말을 해왔다는 거예요. 우린 엄마가 그동안 해준 이야기의 얼마나 많은 부분이 사실인지 절대 알 수 없을지도 몰라요.」

「아마도 그 섬에 가보면 알게 되겠지.」

「우린 그 섬에 못 가, 바이런. 우리가 어떤 상황 속으로 들어가고 있는 건지도 사실 알지 못하잖아. 우리 어머니가 도망치는 걸 도와준 사람들이 있어. 그 사람들한테 어떤 문제든 생기는 건 원치 않잖아, 안 그래? 어머니를 위해 그 모든 일을 해준 사람들한테 말이야. 어떻게 생각해요, 마블?」

마블은 아무 말도 하지 않는다. 그는 식탁에서 동전들과 머리빗을 집어 들어 나무 상자에 다시 집어넣고 뚜껑을 닫는다.

난파선

　1715년, 카리브해를 통과하던 허리케인으로 두 척의 스페인 선박이 침몰하고 여덟 척의 다른 배가 박살 나 플로리다 앞바다의 얕은 물속에 가라앉았다. 같은 해 조금 더 시간이 지나자, 두 척의 해적선이 섬에서 출항했다가 보물들을 싣고 돌아왔는데, 그 보물들 대부분은 이미 스페인인들이 난파한 선박들에서 인양해 둔 것이었다. 포트로열에 돌아온 침입자들은 금괴, 염료, 담배 그리고 다른 귀중품들을 배에서 내렸는데, 그것들 중 일부는 피해를 입은 선단의 화물 목록 어디에도 적혀 있지 않은, 암시장에서 큰돈을 가져다줄 것으로 예상되는 물건들이었다.

　20년 뒤, 섬의 내륙 관목 숲에서 모습을 드러낸 한 탈주 노예가 자신이 4개월 전에 도망쳐 나왔던 농장으로 몰래 접근했다. 어둠에 몸을 숨긴 그는 자신의 여자와 함께 달아났는데, 여자의 배는 아이가 들어서 불룩해져 있었다. 여자는 등에는 달랑 옷가지만 지고, 앞치마 주머니에는 구아버 열매 두 개와 그 집 여주인 물건이었던 커다란 머리빗 하나만 들

500

어 있는 상태로 떠났다. 여주인은 수년 전 그 땅의 주인이었던 사람과 결혼할 때 어느 높은 관리로부터 머리빗과 함께 금으로 된 메달 장식 한 상자와 다른 선물들을 받았다. 소문에 따르면 그 관리는 부하들을 플로리다로 보내 스페인 선단의 난파 현장에서 되찾은 물건들을 약탈해 오게 했다. 그 관리는 그런 주장을 한결같이 부인해 왔지만 말이다.

노예로 살던 여자는 자유를 되찾을 날을 기다리고 있었다. 달이 네 번 차고 기우는 동안 여자는 신호가 들리는지 매일 밤 귀를 기울이고 있었지만, 그런 일들이 항상 그렇듯 실망할 것에 대비해 몇 번이고 마음을 단단히 먹어야 했다. 여자는 남자가 돌아오는 데 성공하지 못할지도 모른다는 걸 알았다. 마침내 때가 왔을 때, 도망치게 된 여자에게는 그저 몇 분밖에 없었다. 치마 허리 부분에 여전히 그 머리빗이 꽂혀 있다는 걸 깨달았을 때 여자는 이미 남자의 손을 꽉 잡고 비에 젖은 들판을 가로질러 달리던 중이었다. 시간이 있었더라면, 자유를 찾아 나선 길에서 진흙 속으로 미끄러지고 나무뿌리들에 발이 걸려 넘어지지 않았더라면, 여자는 그날 저녁 그 빗을 물에 씻어 여주인의 화장대 위에 올려 두었을 것이었다.

여주인은 대체로 여자를 친절하게 대해 주었다. 노예치고는 그랬다. 남자 주인은 그렇게 친절하지만은 않았다. 사실 그는 그 젊은 여자를 몇 번이나 **그렇게 친절하지만은 않게** 대해 온 터였다. 하지만 여자의 배 속에 든 아이는 여자의 아이였지, 그의 아이가 되지는 않을 것이었다. 이 아이는 앞서 도망쳐 나와 자기 아이들에게 옛 삶의 방식들을 가르쳐 주고 있는 다른 사람들과 함께 구릉지에서 자유롭게 자라날 것이었다. 여자는 달리면서 빗을 들판으로 던져 버렸다. 빗은 진흙 속으로 가라앉았고, 그 뒤 폭우로 정원 밑바닥까지 씻겨 내려간 다음, 남자들 중 한 명의 삽에 의해 땅 속으로 더 깊이 처박히게 될 것이었다. 여자는 주인집에서 한 번에 하나씩 가져와 길 아래쪽 흙 속에 묻어 두었던 동전들을 떠올렸다. 그것들을 꺼내 올 시간은 없었다. 오직 살아남을 시간만 있었다.

그 뒤로 2백 년이 넘게 흘러, 예전에 사탕수수 농장이었던 지역에 세워진 보육원에서 자라난 엘리라는 이름의 한 고아 소녀가 정원에서 흙에 덮인 머리빗 하나를 발견했다. 엘리는 선사 시대에서 온 새조개 껍데기들과 정원에 사는 통통하게 살찐 뱀 한 마리도 같이 발견했는데, 맨 마지막 것은 얼른 옆으로 던져 버렸다. 오후 목욕 시간이 되자 엘리는 욕조 속에서 빗을 씻었고, 나중에 자신만의 보물들을 담아 두는 통에 그것을 숨겨 두었다. 통 안에는 엘리가 지난해에 감자 줄기 근처에서 발견했던 금으로 된 네 개의 동전도 같이 들어 있었다.

대양을 매핑하기

    과학자들은 대양의 가장 깊은 부분들을 매핑하는 새로운 방법들을 발견해 왔다. 한때 많은 사람들은 해저 지대가 앞을 못 보는 물고기들이나 거대한 연골어들, 그리고 어쩌면 빛 없이도 살아남을 수 있는 산호 몇 무리가 여기저기 흩어져 있는 어두운 모래 평지일 거라고 상상했다. 하지만 기술은 에타 프링글이 언제나 느껴 왔던 것을, 즉 해저 지대는 물밑에 있는 산등성이와 계곡과 강, 광물 퇴적물과 보석, 생명체가 사는 대륙 전체로 이루어진 하나의 우주라는 사실을 확인시켜 주었다. 그곳에는 푸른색, 초록색, 노란색, 검은색이 가득했다.

    가장 멀리 떨어진 해저의 구석진 곳들이 베일을 벗게 되리라는 사실을 알았을 때, 에타는 자신이 이 지구에 태어나 수영을 하게 된 이유를 확실히 알게 되었다. 에타는 지구가 육지보다 물로 더 많이 이루어져 있고, 이 행성은 돌봐 주고 보호하고 조심해서 사용해야 하는 하나의 생명체이며, 멸종할 지경이 될 때까지 물을 다 써버리고 쓰레기를 버려 어지

럽혀서는 안 된다는 사실을 사람들에게 일깨워 주는 역할을
하면서 남은 평생을 보낼 운명이었다.

기계들은 정교하지만 사랑을 읽어 낼 수는 없다. 기계들
은 연구자들에게 바다의 일부가 된다는 것이, 두 팔과 두 다
리, 조그만 동굴 같은 입을 가진 조그만 한 점이 되어 소금물
로 된 세상의 표면을 스치듯 지나다닌다는 것이 어떤 기분
인지 말해 주지 못한다. 어떤 사람들은 하늘을 나는 것이 어
떤 기분일지 궁금해한다. 에타는 이미 알고 있다. 그래서 그
는 바다를 헤치며 날아다니는 일을 계속하고 있고, 바다를
보호하기 위해 싸우는 일을 계속할 것이다.

에타는 세계 곳곳을 여행하며 대중을 상대로 강연을 하고,
정치인들과 만나 전 세계 대양과 바다의 실태에 대해, 지구
에서의 삶과 절멸 사이에 마지막으로 남아 있는 그 방벽에
대해 진술한다. 정부 간 회의에 온 사람들에게는 심지어 해
수면에서 1만 미터 아래 서식하는 생명체들의 몸속에서도
플라스틱 섬유질이 발견되어 왔다는 사실을 상기시켜 준다.
그러고는 묻는다. 이건 우리 아이들에게 어떤 일이 일어날
수 있다고 말해 주는 것일까요?

그리고 이제 이 매핑 사업이 있다.

에타는 오직 해저의 아주 작은 일부만이 지도로 만들어져
왔다는 걸 안다. 이 작업이 위험할 수 있다는 걸 안다. 몇 년
전 해저 산맥에 충돌했던 잠수함을 보라. 에타는 사람들에
게 더 많은 정보와 자원이 필요하다는 걸 안다. 하지만 그뿐
만이 아니다. 사람들은 언제나 더 많은 것을 원해 왔다고만
말하자. 이것은 인간 본성을 지배하는 법칙 중 하나다. 그 지

도들이 그저 착취의 도구로만 남아 버리지 않게 하려면 어떻게 해야 할까?

그래서 에타는 싸우고, 그런 다음 헤엄치고, 그런 다음 슬퍼하고, 그런 다음 뭍으로 터덜터덜 걸어 돌아와 다시 싸운다. 에타는 자신을 길러 주고, 우정을 선사하고, 사랑하는 법을 가르쳐 준 바다들을 위해 목소리를 낸다. 예전에 했던 장거리 수영은 이제 하지 않지만 여전히 몇 개의 세계 기록을 보유하고 있다. 사람들은 에타의 발표를 보러 와서 사인을 요청하고 셀카를 찍고 싶어 하지만, 그는 궁금하다. 이 사람들 중 몇 명이나 자신이 하는 말에 귀를 기울이고 있을까? 어떤 사람들은 진정한 대화에 참여하는 대신 공공연히 에타에게 욕을 한다. 이것 또한 인간 본성을 지배하는 법칙 중 하나다. 보이는 존재가 되면 표적이 되어 버리는 것이다.

그럼에도, 대체로는, 에타는 사랑을 느낀다.

어느 날 말을 너무 많이 해서 완전히 지쳐 버린 에타는 오직 그만을 위해 준비된 리셉션이 시작되기 전에 어떻게 몰래 빠져나갈까 생각하고 있다. 고개를 든 그는 자신보다 젊은, 아마도 마흔이나 마흔다섯쯤 되어 보이는, 몹시 친숙한 외모를 한 남자와 마주 보고 있는 자신을 발견한다. 남자는 에타가 수십 년 동안이나 보지 못했던 누군가처럼 생겼다.

기브스 그랜트처럼.

남자가 에타에게 말하고 있다. 그는 해저 매핑 작업을 하는 사람이다. 그는 언젠가 그 작업에 대해 함께 이야기를 나눠 보자고 한다. 하지만 에타는 남자의 두 눈과 또 다른 무언가에, 그의 미소에, 왼쪽 입꼬리가 확 처진 그 웃음에 정신이 팔린다. 잘못 볼 리가 없다. 저건 커비의 입이다. 남자가 손을 내밀어 에타와 악수를 하자 에타는 소녀 시절의 바닷속으로 다시 휩쓸려 들어간다.

에타는 남자의 손을 떨리는 두 손으로 잡아 쥔다. 그러자 흩어지던 군중 속에서 두 명의 여자가 걸어 나와 남자의 양옆에 선다. 두 여자 모두 밀짚색 피부를 하고 있다. 한 여자는 잃어버린 지 오래인 에타의 친구 커비를 엷은 색으로 복사해 놓은 것만 같다.

베네데타 〈버니〉 프링글은 한 걸음 뒤로 물러난다. 기대로 가득 찬 가슴을 하고 주위를 둘러본다. 커비. 커비는 어디 있지? 그들은 오늘 밤 여기 로스앤젤레스에서, 강당을 나오면 바로 있는 곳에서 만나기로 했었다.

지난번에 만났을 때, 커비는 황급히 에타의 귀에 속삭였었다. 「내가 찾아냈어, 버니. 기브스를 찾아냈어. 우린 이름을 바꿨어. 아이들도 낳았고. 여기 살아.」 더 이상은 아무것도 할 시간이 없었다. 에타는 커비에게 명함을 주었고 커비에게서 다시 연락이 올 거라고 생각했지만, 연락은 오지 않았다. 그래서 에타는 조수 한 명에게 애너하임 지역 어딘가에 사는 엘리너 베넷 부인의 주소를 알아내 달라고 부탁했다. 2018년 가을, 에타는 건네받은 번호로 전화를 걸었다.

「에타 프링글입니다.」 에타는 목소리 톤을 차분하고 프로답게 유지하려고 주의를 기울이면서 말했다. 「엘리너 베넷 부인을 찾고 있는데요.」

「오, 버니.」 전화선 저편에서 여자가 그렇게 말해서 에타는 그게 커비라는 걸 알았다.

「베넷 부인, 우리가 전에 만났던 그 컨벤션 센터에서 내가 조만간 또 다른 일정이 있어요.」

「엘리너. 엘리너라고 불러 줘요.」

「엘리너, 올 수 있을 것 같아요? 그 일정이 끝나고 제대로 이야기를 나눌 방법을 만들어 보려고요. 두 자리를 줄 수 있어요. 엘리너하고 남편하고, 아니면 원한다면 더 많이 줄 수도 있고요.」 기브스는 죽었노라고 커비가 말한 것은 그때였다. 두 사람 모두 한동안 말이 없었고, 그런 다음 이날 만나기로 하고 통화를 끝냈다. **더 이상 전화하지 말아요, 메일도, 편지도 안 돼요**라고 말할 필요는 없었다. 그들은 다시 서로를 찾아낸 것이었다. 하지만 조심스럽게 행동하기는 해야 할 것이었다.

지금 버니는 커비의 자식들 앞에 서서 이쪽저쪽으로 몸을 돌리며 커비를 찾고 있다. 꼭 기브스처럼 생긴 젊은 여자가 고개를 젓는다.

「저희 엄마가,」 여자가 말한다. 「몸이 편찮으셨어요.」 여자의 두 눈에 눈물이 차오르기 시작한다.

버니는 여자를 잠시 쳐다보다가, 마침내 여자가 하는 말을 이해한다.

커비가 떠났다.

에타가 한 손으로 입을 가린다. 그러고는 두 팔을 벌려 친구의 자식 세 명 모두를 끌어안는다.

편지

바이런은 얼굴도, 짙은 피부색도, 넓은 두 어깨도 아버지와 똑같다. 그저 기브스 그랜트보다 몸집이 더 튼실하다는 점만 다르다. 적어도 에타가 마지막으로 보았던 기브스보다는 그렇다. 섬을 떠났을 때 기브스는 겨우 스무 살이었고, 에타는 다시는 그를 보지 못했다. 노력을 해보지 않았던 건 아니다. 에타는 패치와 함께 런던으로 옮겨 가 아기를 낳고 얼마 뒤에 기브스에게 연락하려 애를 써봤지만, 기브스는 이미 사라져 버린 것처럼 보였다. 이제 에타는 그 이유를 알게 되었다.

이제 마흔도 훌쩍 넘은 기브스와 커비의 아들이 에타에게 봉투 한 장을 건네준다. 에타는 봉투의 한쪽 끝을 뜯어 종이 한 장을 끄집어낸다. 오랜 친구의 손 글씨를 본 에타는 얼굴이 따스해지는 걸 느낀다.

너무도 소중한 버니에게

지금 너에게 편지를 쓰는 건 너를 다시 볼 수 없을 것 같아서야. 너무나 미안해. 알아, 우린 계획을 세웠지. 그런데 내 건강이 점점

나빠지고 있네. 너에게 말을 해서 속상하게 만들고 싶지 않았어. 우리의 작은 만남을 성사시킬 만큼은 충분히 건강해질 거라고 생각했는데. 그렇게 오랜 세월이 지난 뒤에 컨벤션 센터에서 내 두 눈으로 너를 다시 보게 돼서 얼마나 근사했는지 말로 다 할 수가 없구나. 난 언제나 네가 나온 뉴스를 따라 읽어 왔어, 버니. 네가 하는 수영한 번 한 번을 전부 말이야. 네가 이룬 것이 너무나 자랑스러워. 올해가 되기 전에 너에게 연락하고 싶었던 적이 얼마나 많았는지 모를 거야. 하지만 그래, 우리 둘 다 상황은 알고 있었지. 결국 그날, 난 위험을 감수하고 너를 보러 갔고 그랬던 게 너무 기뻐.

버니, 넌 진정한 친구였어. 내가 갚을 수 있는 것보다 많은 일을 나를 위해 해주었어. 그러니 네게 이런 부탁을 하는 나를 용서해줘. 내 아이들에 관한 일이야. 이 일은 그 애들에게 쉽지 않을 거야. 네가 그 애들을 좀 도와줄 수 있겠니? 내 변호사이자 친한 친구인 찰스 미치가 내가 무슨 부탁을 하고 있는 건지 더 자세하게 알려 줄 거야. 우리의 삶에 그동안 무슨 일이 일어나고 있었는지 더 많은 이야기도 해줄 테고.

너에게 직접 말하고 싶었던 게 너무 많지만, 내게 어떤 기적 같은 게 일어나지 않는 한 이쯤에서 잘 있으라고 말해야 할 것 같구나. 하지만 버니, 그냥 잘 있으라는 인사지 영원한 작별 인사는 아니야. 난 멀리 가지 않을 거야, 약속할게. 네가 물에 들어갈 때마다 너와 함께 거기 물속에 있을 거야. 지금껏 언제나 그래 왔듯이.

몸조심해, 소중한 친구야, 그리고 그 못된 해파리들도 조심하고.

언제나 너의 친구인

C.

에타는 편지를 가슴에 대고 두 눈을 감은 채 한동안 거기

서 있다. 그러다가 종이를 다시 접어 봉투에 넣고, 재킷 주머
니에 집어넣은 다음, 엘리너의 자식들을 향해 고갯짓을
한다.

「좋아요.」에타가 말한다. 「찰스 미치를 만나야겠어요. 날
그분한테 좀 데려다줄래요?」

펄

펄이 자라난 섬에 문제가 있다면 수많은 사람들이 결국에는 그곳을 떠난다는 것이다. 일자리를 찾으러 가는 것일 수도, 펄이 그랬듯 해외에 있는 장성한 자식들을 따라 나가는 것일 수도 있다. 어느 쪽이든 그들 대다수는 이야기나 기억처럼 섬에서 가져온 무언가를 마음속에 깊이 품고, 이런저런 이유로 남들에게는 절대 말하지 않은 채 살아간다. 펄도 그렇다. 버니 프링글이 동네에 찾아오는 게 펄에게 항상 엄청나게 도움이 되는 건 그래서다.

버니는 펄에 대해 사람들 대부분보다 많은 것을 안다. 커비의 어머니가 그저 펄의 고용주만은 아니었음을 버니는 알고 있다. 머틸다는 펄의 친구가 되었고, 펄은 커비의 어머니가 떠난 뒤 커비를 돌봐 주려 애를 썼지만, 그것만으로는 충분치 않았다. 펄은 커비가 대범한 꼬마 악동에서 강인하고 투지 넘치는 젊은 여성으로 자라나는 걸 지켜봤고, 커비의 허세 아래 바다만큼이나 깊은 우울의 우물이 있다는 것을 알고 있었다.

버니는 플로리다 이쪽 지역을 지나갈 때면 항상 들른다. 버니는 이제 손주가 있다. 믿기 어려운 일이다. 펄 자신도 증손주가 있음에도 말이다. 나이를 얼마나 먹든 아이들은 그저 언제나 아이들인 것이다. 버니는 이제 일흔셋, 어쩌면 일흔넷일 텐데 여전히 그렇게 미친 듯 수영을 하고 있다. 아주 오래전, 버니의 코치는 사람들에게 버니가 언젠가는 챔피언이 될 거라고 말했었고, 아니나 다를까, 지금 버니를 보라.

펄은 수년간에 걸쳐 버니를 텔레비전에서, 그리고 심지어는 휴대폰 화면에서도 보아 왔다. 고향에 있는 작은 만에 버니의 이름을 딴 이름이 붙여지는 걸 텔레비전에서 본 일이 기억난다. 해변에서 열린 버니의 기념식 사진들을 인터넷에서 보고 있자니 펄은 버니가 자랑스러운 동시에 슬퍼졌다. 커비 역시 살아서 저걸 보았어야 했는데.

지금 버니가 저기 있다. 펄의 진입로 맨 아래쪽에 세운 차에서 내리고 있다. 차에서는 세 명이 더 내리는데, 하나는 남자고 둘은 여자다. 그들을 자세히 본 펄은 심장이 멎을 뻔한다. 펄이 자신이 보고 있는 광경을 확인하고 무언가 불가능하고 경이로운 일이 일어났다는 걸 깨닫는 데는 채 10초밖에 걸리지 않는다. 주님을 찬미하라. 버니가 사람들을 몇 명 데려올 거라고 귀띔하긴 했지만 펄은 전혀 상상조차 하지 못했다. 버니가 지금 들려주는 이야기라니. 이런 이야기라니.

이제 펄은 자기 집 뒤뜰에, 커비의 자식들을 양옆에 끼고 서서 아무렇지 않게 행동하려고 애쓰고 있다. 펄은 운하 끝에 서서 맹그로브와 새들과 물고기들을 가리켜 보인다. 농

512

담도 한다. 저기서 유일하게 볼 수 있는 물고기들은, 그러니까 저 소금물에서 온 힘을 다해 뛰어올랐다가 몸을 뒤집어서 다시 물에 뛰어드는 물고기들은, 으스대기를 그렇게 잘하는데 왜 그렇게 다들 못생긴 걸까요?

커비의 자식들이 다 같이 웃는다. 낮고 명랑하게, 꼭 린 씨처럼. 그런 느낌이다.

커비의 아들과 딸 하나는 기브스를 닮았다. 딸의 피부색은 린 씨를 닮았지만 말이다. 하지만 펄이 쳐다보기를 멈출 수 없는 건 또 다른 자식, 큰아이 쪽이다. 피부색이 흰 이 여자는 고개를 뒤로 젖히고 미소 지을 때 치아가 온통 드러나는 것까지 커비를 온통 빼다 박았다. 이 모든 세월 내내 커비가 살아 있었고, 기브스와 함께 가족을 꾸리고 있었다니.

기브스 그랜트가 영국으로 가서 돌아오지 않자, 사람들은 기브스가 너무 거만해져서 자기 삼촌에게 연락하는 수고조차 하지 않는 거라고 말하기 시작했다. 아니면 기브스한테 무슨 일이 일어난 건지도 몰라, 펄은 생각했다. 하지만 그게 아니었다. 이 모든 세월 내내 기브스는 커비와 함께 캘리포니아에 있었다. 주님은 정말로 신비한 방식으로 역사하신다.

그러면 얼마나 좋을까, 펄은 생각한다. 머틸다가 이걸 볼 수만 있다면. 자기 딸의 아이들을. 그 생각을 하니 펄은 1백만 번째로 궁금해진다. 머틸다에겐 대체 무슨 일이 일어난 걸까? 머틸다는 그냥 사라져 버렸던 또 한 명의 사람이다. 머틸다가 어떻게 집에서 달아나는 데 성공했는지, 그것 역시 펄이 말하지 않는 이야기의 일부다. 그때 머틸다는 블랙케이크로 벌어서 모아 둔 돈의 일부를 사용했고, 자기 몫의 나

513

머지는 커비를 위해 펄에게 남겨 놓았다. 린 씨는 여자가 결혼식이라는 특정한 행사에만 쓰이는 케이크를 만드는 일로 돈을 얼마나 벌 수 있는지 전혀 몰랐다. 그는 여자들이 부엌에서 하는 일을 진지하게 여긴 적이 한 번도 없었다. 그래서 다행이었다. 그걸 진지하게 여겼더라면 그는 그 돈을 찾아내 도박으로 다 날려 버렸을지도 모른다.

린

은퇴할 나이가 될 무렵 조니 〈린〉 린쿡은 부자가 되어 있었다. 마이애미 교외로 이사를 가 섬 출신 사람들과 알고 지냈고, 암시장에서 상당한 금액을 벌어들였고, 얻은 이익을 주식과 채권에 투자했고, 번 돈을 2008년 금융 위기가 오기 전에 현금화했다. 그는 다른 모든 것을 멀리하는 법을 배웠다. 카지노도, 포커도, 닭싸움도, 스포츠도 끊었다. 그는 돈 거는 일로 이미 너무 많은 대가를 치른 뒤였다. 두 명의 아내와 그가 유일하게 진정으로 후회를 느끼는 존재인 외동딸이 그 대가였다.

린이 새로 얻은 부유함은 아주 쓸모 있는 것으로 판명 났다. 그는 세 번째 아내와 아내가 데려온 두 어린아이를 얻었는데, 그 아이들은 다른 남자들의 자식이었지만 그는 집으로 반가이 맞아들였다. 린은 그 소년들을 각각 값비싼 대학에 보냈고, 자신의 투자가 성과를 내는 것을 만족스러운 기분으로 지켜보았다. 그 아이들에게는 이제 각자의 가정과 가족이 생겼고, 그 아이들이 낳은 아이들은 린을 〈린 할아버지〉라고 부르는데, 자기들의 어머니의 아버지인 〈쇼 할아버지〉와 구별하기 위해서다.

린은 또 자신의 딸 커비를 찾기 위해 사설탐정을 고용하기도 했는데, 그 과정에서 다음과 같은 사실을 알게 됐다. 오래전 영국에서 일어난 열차 사고에서 죽었다고 알려졌던 커비는 실은 살아 있었고 캘리포니아에 살고 있었다. 사진이 있었다. 사진에는 린의 딸, 그리고 커비와 마찬가지로 이름을 바꾸고 자신의 과거를 남겨 두고 떠난 길버트 그랜트가 찍혀 있었다.

그토록 오랜 세월이 지난 뒤에 딸을 찾아보겠다는 생각은 린이 어떤 음식 전문가가 나오는 동영상을 온라인으로 보고 난 뒤에 찾아왔다. 그 백인 여자가 너무도 린의 딸과 닮아 있어서 린은 소파에서 그대로 미끄러져 떨어질 뻔했다. 그러다가, 린은 사설탐정과 함께 앉아 기브스와 린 자신이 섬에서 떠난 일을 포함해서 커비에 대해 떠오르는 모든 것을 이야기했다.

하지만 딸에게 연락해 보려고 하지는 않았다. 만약 연락할 마음이 커비에게 있었더라면 그 애는 방법을 찾을 수 있었을 거라고 린은 확신했다. 린을 찾는 일은 그리 어렵지 않았을 것이다. 사실상 섬에 살던 사람들의 절반쯤은 이제 마이애미에 살고 있었다. 하지만 커비는 한 번도 소식을 전해 오지 않았다. 이런 일들에 대해 생각하다 마음이 아플 때면 린은 커비에게 선택의 여지가 별로 없었겠다는 생각을 했다. 심지어 자신이 사라진 지 50년이나 지난 뒤에도, 코번티나 린쿡에게는 한때 자신을 알았던 모든 사람에게 죽은 사람으로 남는 편이 최선이었을 것이다. 사실 그 애 같은 상황에 있었다면 어떤 젊은 여자든, 죄가 있든 없든, 리틀 맨이 살해되었던 그날 도망쳤을 것이다. 하지만, 그래도.

그 뒤로 너무도 오랜 세월이 흐른 지금, 린은 한참 만에 그 일을 해내는 중이다. 얼마 전 린은 자신이 결국에는 그냥 밀고 나가 커비에게 연락을 해야 한다고, 자존심을 버려야 한다고 생각하고 있었다. 그런데 그때 버니 프링글에게서 메일 한 통이 왔다. 버니는 중요한 소식이 있어 메일을 쓴다고, 전화하겠다고 썼다. 전화기 저편에서, 버니는 린에게 **우리가 함께 알던 C 양**에 대해 할 말이 있어서 전화했다고 했다. 그러고는 커비가 지금까지 내내 살아 있었지만 이제는 정말로 떠났다고, 몸이 아팠다고 확인해 주었다.

코번티나. 그 바보 같은 녀석.

버니는 커비에게 자식 셋이 있다고 말해 준다. 자식이 **셋**이라고? 사설탐정은 자식이 둘이라고 했는데. 어쨌든 버니는 린에게 그들이 린을 만나고 싶어 한다고 말해 주고, 커비에게 일어난 일을 생각해 볼 때 그 말은 린을 놀라게 한다. 하지만 지금 린은 여기, 자기 집 일광욕실에 앉아 그들이 도착하기를 기다리고 있다.

린은 오랫동안 뉴스에서가 아니면 버니를 본 적이 없었다. 버니는 이제 자신이 해온 그 모든 수영으로 유명해졌다. 프링글 집안의 그 여자애는 언제나 **희한했지만**, 마음 착한 아이였고 린의 딸에게는 충성스러운 친구이기도 했다. 버니는 언제나 커비 편이 되어 주었다. 린 자신이 딸의 결백을 의심했을 때조차 버니는 단 한 번도 그 애를 의심한 적이 없었다.

마침내 그 일을 해주는 건, 커비가 사라진 날을 둘러싸고 린의 머릿속에 남아 있던 혼란을 거둬 주는 건 아마도 이 마지막 생각인 듯하다. 눈부신 드레스를 입고 뺨을 맞대고 있던, 쌍둥이처럼 친하던 버니와 커비에 대한 생각. 그 일이 일어났을 때, 리틀 맨이 그 앞에 죽어 쓰러졌을 때, 린은 이미 상당히 취해 있었다. 그럼에도 그는 무언가가 눈에 들어올 만큼은 가까운 거리에 있었다. 그게 지금 린이 깨닫는 바다. 그날, 그는 정말로 그렇게 술에 취해 잊어버렸던 것일까? 아니면 삶을 살아가다 치명적인 순간들에 맞닥뜨린 사내들 대부분처럼 린도 그저 무언가를 받아들이고 싶지 않았고, 그래서 받아들이기를 거부했던 것일까?

초인종이 울린다. 커비의 아이들이 마침내 린의 집으로 걸어 들어오자, 딸을 쏙 빼닮은 그 여자를 직접 보는 충격이 다른 모든 생각을 지워 버린다. 나중에 버니가 커피 테이블에 발이 걸려 넘어질 때가 돼서야 ── **저 녀석은 아직도 칠칠치가 못하구먼** ── 린은 자기 딸의 절친한 친구를 오랫동안 자세히 들여다보고 1965년의 그날을 다시 한번 떠올릴 것이다.

린과의 만남

그들은 노란색과 오렌지색 크로톤[36]잎들로 터질 듯하고 베란다는 방충망으로 둘러싸여 있는 어느 집을 지나 길모퉁이를 도는 중이다. 진입로에 차를 대고 가장 가까이에 있는 집 문으로 걸어가는 동안 베란다 밑의 작은 수영장이 바이런의 눈에 들어온다. 수영장 가장자리에는 돌고래 문양을 넣은 타일이 깔려 있다. 집으로 들어가는 문에는 돌고래 모양을 한 풍경(風磬)과 **환영합니다**라고 적힌 돌고래 모양의 표지판이 걸려 있다. **너무나 플로리다답군**, 바이런은 그렇게 생각하며 양쪽 관자놀이에서 땀을 닦아 내고 축축해진 몸통에서 셔츠를 떼어 낸다. 태평양 연안의 서늘한 아침 공기를 그리워하면서.

자그맣고 살집 있는 몸을 한 여자가 문을 열어 준다. 치약 광고에 나올 것 같은 치아와 쿠바 억양을 지닌 여자다.

「들어오세요, 린 씨는 안쪽 방에 계십니다.」여자가 말하고는 그들을 이끌고 크림빛 바닥재가 깔린 넓은 공간을 가

36 대극과에 속하는 관엽 식물로 화려한 빛깔과 생김새의 잎이 특징이다.

로질러 간다.

바이런은 걸어가며 고개를 젓는다. **여긴 왜 온 거지?** 정말이 남자를 만나야 하나? 호텔에서 차를 타고 건너오는 내내 느껴지던 초조함은 이제 일종의 짜증으로 변하고 있었고, 마블과 같이 있어 그 감정은 두 배가 되고 있었다. 물론 조니 린쿡은 마블에게도 조부가 되는 사람이지만, 마블은 경우가 좀 다르다. 마블이 어머니와, 이 가족과 맺고 있는 관계 전체가 그들과는 다르다.

다음 방에 도착할 무렵 바이런은 이 남자와 결판을 지어야겠다고 마음먹은 뒤다. 그의 조부라는 이 남자와. 이 남자의 무책임한 행동과 배신 때문에 바이런의 어머니는 멀리 떠나야 했고, 죽을 뻔했고, 알고 지내던 모든 사람과 모든 것을 잃었다. 그런 뒤에는 어떤 젊은 여자도 처해서는 안 되는 상황에 처하게 되었다.

석탄처럼 검은 머리칼을 하고 고리버들로 짠 긴 의자에 앉은 나이 든 중국인 남자가 바이런의 눈에 들어온다. 남자 옆에는 사진 액자들이 가득 놓인 유리 덮인 탁자와 지팡이 하나가 놓여 있다. 남자는 지팡이를 써서 자리에서 몸을 일으키며 고개를 숙인다. 키가 큰 사내다, 이 조니 린쿡이라는 자는. 하지만 한 가지 빛깔을 하고 있는 데다 뻣뻣해서 가발 같아 보이는 저 머리칼을 빼고는 연약해 보이는 사람이다. 협탁에는 아이들의 사진이 놓여 있다. 이 남자에겐 아마도 다른 손주들이 있는 모양이다. **할아버지**라고 불릴 자격이 없는 이 남자에게는 말이다.

항상 노인들을 존경하라고 바이런의 어머니는 말하곤 했

다. 엄마가 정말로 말하고자 했던 건 언제나 예의 바르고 사려 깊은 사람이 되라는 것이었다. 하지만 그건 아니지, 바이런은 생각한다. 우리가 어른이 된 사람들을 정말로 존경할 생각이라면 그들을 〈오랜 역사를 지니고 있고 완전히 완성된 사람들〉로 인정할 수 있어야 한다. 그들을 있는 그대로 바라볼 준비가 되어 있어야 하고, 그들이 나이가 적든 많든 잘못된 건 잘못됐다고 인정할 수 있어야 한다. 어머니의 삶을 망쳐 놓은 이 남자처럼 말이다. 이 남자는 바이런의 공손함을 받을 자격이 없다.

조니 린쿡은 인사말을 하지도, 악수를 하지도, 그들에게 앉으라는 말을 하지도 않는다. 그저 입을 딱 벌리고 마블을 빤히 쳐다볼 뿐이다. 그러더니 베니의 팔을 쿡 찌르고는, 베니와 바이런 사이에서 손가락을 왔다 갔다 한다.

「너희 둘. 너희 아버지를 꼭 닮았구나.」 조니 린쿡이 고개를 끄덕이며 말한다. 「길버트 그랜트랑 똑같아.」 이제 그는 다시 마블을 빤히 쳐다보고 있다. 그는 사진 액자가 가득한 협탁으로 몸을 돌리고, 몸을 기울여 액자 하나를 집어 들더니 그것을 마블의 두 손에 밀어 넣는다. 그것이 흰색 셔츠 위에 체크무늬 교복 상의를 입은 한 10대 소녀의 흑백 사진이라는 게 바이런의 눈에 들어온다. 그 소녀가 누군지 알아보지 못할 수는 없다. 소녀는 피부색이 훨씬 더 어두울 뿐 꼭 마블처럼 생겼다. 베니는 마블에게서 그 액자를 받아 든다.

「우리 엄마네요!」 베니가 말한다. 바이런은 목구멍이 죄어드는 걸 느낀다.

바이런은 이 나이 든 남자를 바라본다. 엄마의 사진을 거실에 두다니 이자는 자신이 대체 누구라고 생각하는 거지? 바이런은 이 남자와 자신이 어떤 연관이 있다는 생각조차 들지 않는다. 하지만 그 순간, 조니 린쿡이 입꼬리 한쪽이 처지게 씩 웃는다. 그건 엄마의 미소다. **젠장**, 그리고 바이런 자신의 미소이기도 하다. 그렇게 생각하자 이 남자의 멱살을 잡고 흔들어 바닥에 쓰러뜨리고 싶어진다.

조니 린쿡은 다시 긴 의자로 몸을 돌려 자리에 편안히 앉는다. 그들 사이에 있던 커피 테이블 근처로 걸어오던 에타 프링글이 무언가에 발이 걸려 넘어진다.

「버니 프링글.」 바이런으로서는 해독할 수 없는 목소리 톤으로 조니 린쿡이 말한다. 거의 어린애를 혼내려는 어른 같다. 아니, 그것도 아니다. 무언가 더 날카로운 말투다. 에타가 진실을 알고 있었기 때문일 것이다, 아닌가? 그토록 오래전, 에타는 바다로 뛰어든 커비가 살아남았다는 걸 알았지만 조니 린쿡에게는 말하지 않았던 것이다.

「린 씨.」 에타가 조니 린쿡은 쳐다보지 않은 채 긴 의자의 반대쪽 끝에 앉으면서 말한다.

바이런, 베니, 마블은 에타가 이끄는 대로 따라간다. 그들은 각자 긴 의자를 마주 보고 있는 의자에 하나씩 앉는다.

「마리솔!」 조니 린쿡이 부른다. 아까 현관문을 열어 주었던 여자가 음료수와 땅콩을 실은 바퀴 달린 카트를 밀고 거실로 들어온다. 「라임수.」 조니 린쿡이 카트 쪽으로 손짓하며 말한다. 각각의 음료에는 라임 조각들과 마라스키노체리가 떠 있다. 마리솔이 그들 각자의 앞에 잔 하나씩을 놓는다.

「라임수 기억나지, 안 그러니, 버니?」 조니 린쿡이 에타에게 말한다. 「너랑 커비가 이걸 아주 좋아했잖아. 너희는 죄 똑같은 것들을 좋아했어, 그렇지? 언니 동생처럼 항상 뭐든 지 같이 했지.」

에타가 자리에서 고쳐 앉는다. 「네, 마셔 볼게요.」 에타는 조니 린쿡을 올려다보지 않은 채 말하고는 음료수에 손을 뻗는다. 바이런은 유리잔 가장자리 너머로 에타를 지켜본다. 바이런을 처음 본 날 그를 두 팔로 끌어안았던 카리스마 넘 치던 여자가 바로 그의 눈앞에서 말 없고 차가운 무언가로 변하고 있다. 평생 동안 비밀을 지킬 수 있는 여자. 분노로 가득 찬 우물을 품고 있는 여자. 에타는 조니 린쿡에 대한 적 대감에서 아직 벗어나지 못했다, 아닌가? 그렇다면 바이런 과 같은 처지인 셈이다.

에타 프링글은 그들의 어머니가 그들을 조부에게 데려가 만나게 해달라고 부탁했기 때문에 여기 있다. 그래서 그들 은 여기 있게 되었다. 하지만 에타는 입을 꾹 다물고 있고, 바이런은 속이 좋지 않아지기 시작한다. 반면 베니와 마블 은 어머니의 아버지 되는 이 사람과의 만남에 매혹된 것처 럼 보인다. 그들은 조니 린쿡이 다른 사진들 속의 사람들이 누구인지 설명하는 동안 몸을 앞으로 기울이고 있다.

마치 마음을 쓰기라도 해야 한다는 듯이.

그리고 이제 조니 린쿡은 옛 나날들에 대해 무슨 말인가 를 하고 있지만, 바이런은 그 말에 집중하고 있지 않다. 바이 런은 마음을 정했다. 자리에서 일어나 이 방에서 나갈 것이 다. 아흔 살 먹은 늙은이를 때려서는 안 된다는 걸 알지만, 이 방에 계속 있다간 바로 그렇게 하고야 말 것 같다.

「화장실 가려고?」 바이런이 일어서자 린쿡이 말한다. 「마리솔, 바이런한테 화장실 어딘지 좀 알려줘.」 바이런이 고개를 끄덕인다. 떠나기 전에 화장실에 들러 두는 게 나을 것 같다. 마리솔을 따라 대리석이 깔린 넓은 바닥 위를 걸어가는 그의 귀에 이렇게 말하는 린쿡의 목소리가 들려온다. 「내가 도박에 엄청 빠져 있었단다, 그거 아니?」

걸음을 멈춘 바이런이 돌아본다. 어머니의 아버지라는 자는 지팡이에 기댄 몸을 앞으로, 베니와 마블 쪽으로 기울이고 있다.

「도박도 좋아했고 술 먹는 것도 좋아했어. 그것 때문에 내 딸을 잃었지.」

바이런이 몸을 돌린다. 「딸을 잃었어요?」 그는 바닥 위를 가로질러 걸어가는 동안 자신의 목소리가 높아지고 있다는 걸 깨닫는다. 「딸을 잃으셨다고요?」 그는 이제 린쿡을 내려다보고 서 있다. 「딸을 잃은 게 아니라 저버린 거겠죠. 딸을 범죄자한테 팔았잖아요.」

「그렇지 않아. 그렇게 간단한 일이 아니었어.」 조니 린쿡이 말한다. 「나한텐 선택의 여지가 없었어.」

「선택의 여지가 없었다고!」

바이런은 노인의 손에서 지팡이를 잡아채 바닥에 던지고 만다.

「바이런!」 베니가 말한다.

「당신이 딸한테 어떤 일을 겪게 만들었는지 알기나 해요?」 바이런이 말한다. 「우리 어머니가 살아남기 위해 어떤 고생을 해야 했는지 아느냐고요?」 그는 몸을 돌려 마블을 가리킨다. 「이 여자는,」 바이런이 말한다. 「당신 딸이 처음으로 낳은 아이였어요. 당신 딸이 결국 어떻게 임신하게 됐는지 알아요?」

「그만해, 바이런.」 베니가 말한다.

「딸한테 무슨 일이 일어났는지 알아요?」

「바이-런!」 베니가 목소리를 높이며 소리친다. 오빠에게는 한 번도 사용한 적 없는 목소리 톤이다. 이제 바이런은 베니를, 그러고는 마블을 쳐다보는데, 마블은 두 눈썹을 찡그리고 일그러진 입술을 벌린 채 바이런을 보고 있다. 바이런은 콧잔등에 배어난 땀을 닦아 낸다. 그런 말은 하지 말았어야 했다. 그런 식으로는 말이다. 마블 앞에서는 그러지 말았어야 했다. 바이런은 자신이 한 말을 취소하고 싶다. 그날 하루를 통째로 취소하고 싶지만 그럴 수가 없고, 그래서 그는 방에서 걸어 나가 곧바로 현관문을 향해 간다.

15분 뒤, 다리를 절반쯤 건너간 바이런의 머릿속에 에타, 베니, 마블에게는 차가 없고 그들의 짐은 그의 차에 전부 실려 있다는 생각이 떠오른다.

젠장.

바이런은 다리를 다 건너간 다음 차를 돌린다. 그가 조니 린쿡의 집으로 돌아왔을 때, 세 여자는 부두 끝에서 연락선을 기다리는 여행자들처럼 진입로 끝에 서 있다. 베니와 에타는 각각 팔 한쪽씩을 마블의 허리에 두르고 있다. 차에 탄 그들이 문을 꽝 닫을 때까지 마리솔은 문간에 서서 지켜보고 있다.

상상조차 할 수 없는 일

어떤 일들은 상상조차 할 수 없기에, 린의 뇌는 자신의 의무를 수행할 것이다. 뇌는 산소의 흐름을 차단해 상상조차 할 수 없는 생각들을 실어 나르지 말라는 신호를 보낼 것이다. 뇌는 자기 뒤뜰에 피가 폭주하게 만들고, 린의 대뇌 피질로 밀고 나아가려 애쓰고 있는 생각에 합선을 일으킬 것이다. 뇌는 린에게 오직 한 가지, 이것만을 남겨 놓을 것이다. 열 살 때 커비의 기억. 버니와 이웃 아이들과 함께 린의 스테이션왜건 뒷좌석에서 재빨리 뛰어나와 폭포를 향해 꺅꺅거리며 달려가던, 장막 같은 물줄기에 몸을 부딪치며 와 하고 함성을 지르던 그 애의 기억. 그 애의 웃음소리와 **나 좀 봐요, 아빠!** 하는 소리와 폭포의 요란한 소리와 그 애의 뒤에 있던 작은 동굴에서 울려 나오던 메아리의 뒤섞임.

나 좀 봐요, 아빠!

자신이 10년 동안 고용되어 일해 온 집으로 다시 걸어 들어갔을 때, 마리솔은 린의 머리가 45도 각도로 기울어진 채 얼굴 한쪽이 처진 상태로 고리버들로 된 긴 의자의 히비스커스 무늬 쿠션 위에 놓여 있는 걸 발견하게 될 것이다. 마리솔은 린의 맥박을 확인하고 전화기를 집어 들고 911을 누를 것이고, 전화선 너머의 구급차 배치 담당자와 통화하면서 린 곁에 앉아 그의 팔을 문지를 것이다.

「버티셔야 해요, 린 씨.」 마리솔은 말할 것이다. 「지금 사람들이 오고 있어요.」 그런 다음 마리솔은 두 손을 린의 머리로 들어 올려 그의 부분 가발을 제자리에 정돈하고 귀 뒤로 차분하게 빗어 넘길 것이다.

훔쳐 갈 만한 것

린은 사설탐정에게 비용을 지불한 뒤였다. 그는 오랜 세월에 걸쳐 딸의 삶에 일어난 거의 대부분의 일을 알게 되었다. 하지만 거실에서 바이런이 감정을 폭발시킬 때까지, 린은 영국에 있던 커비에게 무슨 일이 일어났던 것인지는 알지 못했다. 정확히 말하자면 여전히 알지 못했지만, 그는 제법 그럴싸한 추측을 할 수 있었다.

아름다운 것은 훔쳐 갈 만도 하다고들 했다.

그리고 두려움 없는 소녀만큼 아름다운 것은 세상에 없었다.

바이런

사람들은 이런 종류의 분노를 어떻게 다스려야 하는지 알려 주지 않는다. 피부 밑에서 따끔거리는 이 느낌을. 당신의 인생을 궁극적으로 규정해 버리는 가짜 서사에 문제가 있다면 그것이다. 가장 신뢰하던 사람들에게 오랫동안 속아 왔다는 걸 마침내 알게 되면, 그들이 왜 그랬을지 알게 되었을 때조차 그 앎은 당신이 맺고 있는 다른 모든 관계를 오염시킨다.

당신은 당신이 완전히 이해하지는 못했던 그 모든 말과 행동을, 사람들이 한 번도 말하지 않았던 것들을, 누군가가 한 특정한 행동에 특정한 이유가 있었다는 확신이 들지만 그저 증명할 수 없을 뿐이었던 그 순간들을 다시 떠올리기 시작한다. 그러고는 오랫동안 당신이 스스로에게 들려줘 왔던 그 모든 거짓말들에 대해 생각하게 된다. 그동안 모든 게 얼마나 괜찮았는지, 그동안 당신이 얼마나 많이 인정받았고 사람들이 얼마나 당신에게 마음을 써주었는지 하는. 친구가 된다는 것에 대해, 하나의 커다란 팀이 된다는 것에 대해, 그냥 일이잖아, 바이런, 개인적인 감정은 전혀 없어라는 말을 들었던 어떤 일들에 대해.

그러고 나면 모든 것은 변해 버린다.

그리고 당신은 그 변화에 맞서 싸울 수도 없다.

어느 날, 당신은 잠에서 깨어 널찍하고 황량한 어딘가의 입구에 서 있는 자신을 발견한다. 마치 비행기의 열린 문처럼, 그것은 당신이 낙하산을 메고 재미 삼아 뛰어내릴 법한 그런 종류의 구멍이다. 그저 거기에는 아무런 재미가 없고, 바닥도 보이지 않으며, 당신은 자신이 뭘 하고 있는지는 알 수 없지만 저 바깥으로 몸을 던져야 하리라는 것만 알고, **저 바깥**이 정확히 어딘지는 몰라도 이제부터 당신의 삶은 그곳에서 펼쳐지리라는 사실만 알 뿐이다.

바이런은 청바지 주머니에서 휴대폰을 꺼내 몇 번째로 누르는 건지 알 수 없는 리넷의 전화번호를 누른다. 이번에는, 리넷은 전화를 받는다.

상담

바이런은 변호사가 한 명 필요하다고 미치 씨에게 말한다. 직장에서의 차별 문제를 이해하는 실력 있는 변호사여야 한다. 인종이나 젠더, 혹은 다른 것을 이유로 끊임없이 지속되는, 뿌리 깊은, 관행적인 장벽들에 대한 문제를 이해하는 사람이어야 한다. 이상적으로 생각하면 그런 문제들은 열린 대화를 통해 해결되어야 한다고 믿지만, 꼭 필요한 경우에는 엉덩이를 정확히 겨냥해 합법적으로 걷어차 줄 수 있는 사람. 바이런에게는 그런 사람이 필요하다.

「미치 씨 같은 분이 필요해요.」 바이런은 미치 씨에게 말한다. 「저희 아버지 같은 사람이요.」

그는 미치 씨에게 얼마 전 자신이 연구소장 자리로의 승진에서 어떻게 두 번째로 제외되었는지 들려준다. 그 자리를 차지한 동료 마크조차 바이런이 의심의 여지 없이 더 적격인 사람이라고 말했다는 것도. 미치 씨는 한참 동안 아무말도 하지 않고 듣는다. 바이런은 미치 씨가 그러는 데 재능이 있다는 걸 알아챈다.

「저는 적절한 사람은 아니고요, 떠오르는 사람이 한 명 있긴 합니다.」마침내 미치 씨가 말한다. 「이 건은 이길 수 있을 것 같기도 해요. 하지만 바이런, 그 자리를 정말로 원해요?」

바이런이 고개를 기울인다. 「전 그 자리를 차지할 자격이 있어요.」

미치 씨가 고개를 끄덕인다. 「알겠지만, 동료들이 못살게 굴 겁니다.」

「아뇨, 그러지 않을 거예요.」바이런이 말한다. 「우린 의견이 다른 부분들도 있지만 한 팀인걸요. 우린 과학자들이에요. 대개는 같은 걸 좋아하죠. 그리고 과학자라면 누구나 알아요. 어쩌다 한 번씩 실험이나 계산에서 나와야 하는 결과가 나오지 않으면 기꺼이 과정을 바로잡아야 하고, 기꺼이 한 걸음 물러서서 실수를 교정해야 한다는 걸요.」바이런은 TV 카메라를 향해 짓는 최고의 미소를, 자신감으로 넘치면서 살짝 수줍은 기색도 있는 그 미소를 지어 보인다. 그는 어깨를 똑바로 펴고 미치 씨의 사무실을 나선다. 나중에, 그는 확신을 갖기 위해 거울 앞에 서서 그 자세를 연습할 것이다.

파도

　이번 폭풍은 좀 크겠다고 여자 기상 캐스터가 말한다. **가능하면 길에 나가지 마시기 바랍니다.** 바이런은 창밖으로 진입로를 내다본다. 나무들이 바람에 휘어지고 있다. 무거운 비가 억수같이 퍼붓고 있다. 그는 창문을 향해 고개를 끄덕인다.

　완벽해.

　바이런은 쇼트보드와 헬멧을 집어 들어 지프 뒷좌석에 털썩 내려놓은 다음 블랙 아이드 피스의 앨범을 틀고 케이블의 집으로 향한다. 그들은 케이블네 집 진입로 끝에 앉아 찬반양론을 주고받는다. 그래, 고약한 폭풍이긴 하지만, 그들은 더 나쁜 폭풍도 본 적이 있다. 그들은 어쨌거나 남부 캘리포니아 남자들이니까. 바이런은 차의 기어를 주행으로 놓고, 그들은 해안으로 향한다.

　길게 갈라진 야자나무잎 하나가 떨어져 나와 앞유리로 날아들자 바이런은 휙 방향을 튼다.

　「와우, 바이런, 나이스 세이브!」 케이블이 말한다.

　바이런이 해안에 도착하자 단골들 모두가 거기 있다. 웨트슈트를 입은 몸을 빛내며, 한배에서 나온 바다사자들처럼 소리를 질러 대면서. 중년의 사내 한 명이 엄지손가락과 새끼손가락을 허공에 펴 들고 바이런과 케이블에게 손 인사를 건넨다. 그들이 어렸을 때는 피부색이 다른 사람들과 어울리는 게 이만큼 쉽지 않았다. 그들은 무시당하곤 했다. 위협을 받기도 했다. 물론 바이런의 매력 넘치는 어머니가 곁에 있을 때는 예외여서, 그럴 때 남자들은 대체로 어머니에게 집중하지 않는 척 집중하고 있었지만 말이다. 하지만 시간은 지나간다. 그리고 그건 좋은 일일 수도 있다.

「아, 안 돼, 바이런.」 케이블이 말한다. 「헬멧은 안 돼.」

「죽느니 한번 재미있게 놀아 보자고, 친구.」 바이런이 말하며 헬멧 끈을 제자리로 잡아당긴다. 그는 몸을 쭉 펴고 심호흡을 두어 번 하고는 달려 나가 물결에 부딪친다. 그와 케이블은 달려가며 웃고 있지만, 바이런의 속은 타들어 가고 있다. 그는 이 모든 분노를 가지고 다른 무엇을 해야 할지 알지 못한다. 마치 오랫동안 그를 괴롭혀 오던 모든 것이 인화성 물질처럼 내면에 쌓이고 있었는데 어머니의 죽음이, 그리고 지난 몇 달간 일어난 다른 모든 일들이 막 성냥불을 당긴 것만 같다.

여기 나와 있는 건 조금 위험하지만 바이런은 자신이 좀 더 지난날의 자신처럼 느껴질 때까지 파도를 탈 것이다. 왜냐하면 이게 바이런이니까. 그는 파도를 타려고 태어났다. 대양의 소리에 귀를 기울이려고 태어났다. 다른 무엇보다 이것이, 본능적으로 바다와 이어져 있는 이 느낌이, 그가 어머니로부터 물려받은 것이다.

저기 파도가 온다. 바이런은 파워 존에 들어가 있다. 파도 꼭대기까지 다시 올라갔다가 내려온다. 또다시 올라갔다가 내려온다. 바이런은 머릿속에서 길고 조용한 한 순간 속으로 미끄러져 들어간다. 평생에 걸쳐 다른 누구였든, 어떤 이름과 주소를 지니고 있었든, 언제나 이 세계의 일부였고 앞으로도 언제나 일부일 어머니가 보이는 순간 속으로. 그리고 바이런이 언제든 찾아와 어머니를 발견할 수 있다는 걸 아는 단 하나의 장소가 있다면 바로 여기다.

연구소장

바이런은 신임 연구소장 사무실의 열려 있는 문을 두드린다. 그들 두 사람은 이제 동료로 지낸 지 15년이다. 둘 가운데 지금까지는 바이런이 더 높은 자격 요건을 갖춰 왔고, 실적도 더 괜찮았고 대인 관계 기술도 뛰어났지만, 마크는 정치적 술수에 매우 능하고, 그건 바이런도 이 자리에 필요하다고 인정하는 기술이다.

「너한테 공개적으로 알려 줘야 할 게 있어서.」 바이런이 입을 연다.

「승진 못 한 걸 항의하려고 여기 온 거라면.」 마크가 말한다. 「네가 변호사 만나러 다녀왔다는 건 이미 알고 있어.」 그는 바이런에게 삿대질을 한다. 「대체 뭔 놈의 생각으로 이러는 거야, 바이런?」

「이봐, 마크, 난 개인적인 감정은 전혀 없어.」

「개인적인 감정이 없어?」 마크가 책상 뒤에서 걸어 나와 바이런에게 다가온다. 「개인적인 감정이 없어? 내가 임명된 자리를 차지하려고 하면서 개인적인 감정이 없단 말이지.」

「네가 그렇게 느낀다면 유감이야, 마커스. 사실 난 너를 일에 있어서는 존중하기 때문에, 우리가 같이 일한 세월을 알기 때문에, 지금 일어나고 있는 일을 알리고 싶었어. 우리 그냥 평소처럼 일을 계속하면서 관료적인 절차가 알아서 하게 놔둬 보면 어떨까. 그런 다음에 어떻게 되는지 한번 보자고.」

「엿 먹어, 바이런.」 마크가 말한다.

「와우! 가만 좀 있어 봐.」

마크가 바이런에게 달려들려는데 누군가가 문을 두드린다. 마크는 몸을 똑바로 펴고 문을 잡아당겨 연다. 바이런의 조교가 한 손에 바이런의 휴대폰을 들고 서 있다. 바이런이 책상에 두고 온 게 틀림없다.

「죄송해요, 바이런, 근데 어떤 분이 자꾸만 전화를 하셔서요.」 조교가 말한다.

전화한 사람은 리넷의 언니, 잭슨의 어머니다.

「빨리 와요, 바이런.」 리넷의 언니가 말한다. 「리넷이. 우리 지금 병원이에요.」

아기

아기 울음소리가 병실 사람들의 중얼거리는 목소리를 뚫고 들어온다. 간호사가 바퀴 달린 카트에 젖먹이를 싣고 방 안으로 들어온다.

리넷이 두 팔을 뻗는다. 「여깄네, 우리 쪼꼬미.」 리넷이 말한다.

아기는 아직 약간 짜증을 내고 있는데, 입꼬리가 아래로 처진 그 모양새를 보니 바이런은 베니가 갓 태어났을 때가 떠오른다. 바이런이 처음으로 꼬마 여동생을 안아 보았을 때, 베니는 몸을 확 뒤채고 코를 훌쩍이더니 바이런의 손가락 관절을 입으로 덥석 물었다. 그러더니 바이런의 목소리를 듣고는 한쪽 입꼬리가 처졌는데, 그건 베니와 바이런 둘 다 어머니에게서 물려받은 것이었다.

지금 바이런은 리넷의 윗옷 자락에 얼굴을 반쯤 숨긴 채 젖을 먹는 남자 아기를 지켜보고 있다.

「우리 쪼꼬미가 누구지요?」 얼굴을 아기의 머리에 비벼 대며 리넷이 말한다. 「우리 아가 바이런이 누구지요?」 리넷

538

은 아기 이름을 바이런의 이름을 따서 붙이기로 결정했다고 말한다. 바이런은 리넷과 자신 사이의 일들이 어떻게 풀려 나갈지 알 수 없지만, 리넷으로부터 아기의 이름 이야기를 듣는 순간 마음속에서 조그만 무언가가 찰칵 하고 열리는 게 느껴진다. 문 하나가 활짝 열리는 것 같다.

그는 리넷을 지켜보며 엄마를, 어머니의 녹음 파일에 담겨 있던 마지막 말들을 떠올린다.

내가 누구냐면, 너희의 엄마야. 이게 나한테서 가장 진실한 부분이란다.

바이런과 리넷은 조금 더 이야기를 나눠 봐야 할 것이다. 그러고 나면 알게 될 것이다. 리넷은 바이런을 불러 아기를 안겨 준다. 바이런의 삶에 있었던 어떤 일도 이런 종류의 감정에 그를 대비시켜 주지는 않았다. 그가 아홉 살 때 아기 베니를 품에 안고 있었던 일조차도.

「안녕, 아가야.」 바이런이 말한다. 그는 얼굴 가까이로 아기를 들어 올리고는 아기의 이마에 입술을 가져다 댄다. 그의 아들이 젖을 가득 머금은 딸꾹질 비슷한 소리를 낸다. **그의 아들이라니!** 그러자 아가 바이런은 두 눈을 질끈 감고 한쪽 입꼬리가 처진 조그만 입을 한 채 바이런의 목소리를 따라 머리를 움직이고, 그 광경을 보던 바이런은 자신도 모르게 숨을 죽인다.

베니

나쁜 소식이 있다면 베니가 또다시 은행 대출 심사에서 떨어졌다는 것이다. 베니는 융자 없이 카페를 여는 위험을 무릅쓰지는 않을 것이다. 하지만 포기하지 않을 생각이고, 또 다른 은행 문도 두드려 볼 것이다. 좋은 소식이 있다면 베니에게 계속 미술 작업 주문이 들어오고 있다는 것이고, 베니가 에타 프링글을 위해 그려 준 그림은 온라인에서 유명해졌다. 그 그림 속에서 에타는 플라스틱 파편들이 여기저기 떠 있는, 끓어오르는 바닷속을 헤엄치고 있다. 보기에 아주 쾌활한 작품은 아니지만 에타는 그런 그림을 원했다. 그리고 에타의 온라인 팔로워들도 그 작품을 좋아한다. 글쎄, 사실 어떤 팔로워들은 그 그림을 싫어하지만, 에타는 그것 역시 좋은 일이라고 말한다. 베니는 소셜 미디어를 그다지 활발하게 사용하지는 않는데, 그런 점은 개선해야 할 거라는 게 에타의 조언이다.

베니는 자기 삶에 일어난 이런 국면 전환이 당혹스럽다. 어떤 것도 그의 예상과는 별로 비슷한 데가 없다.

하지만 베니는 그렇게 신경이 쓰이지는 않는다.

마블

조는 대학에 가기 전 마지막 여름을 마블과 함께 보내고 싶어 한다.

「우리 캘리포니아에 가요.」 마블의 아들은 말한다. 「절 데려가서 비밀 이모랑 외삼촌을 만나게 해주겠다고 약속하셨잖아요?」 마블이 조를 앉혀 놓고 자신의 생모와 전혀 몰랐던 형제자매에 대해 말해 주었을 때부터 조는 바이런과 베니를 그렇게 불러 왔다.

정말이지 무슨 영화 속의 한 장면 같다. 마블과 조가 런던에서 날아온 비행기에서 내리기도 전에 마블의 휴대폰이 울려 댄다. 바이런과 베니는 그들을 보려고 그만큼이나 몸이 달아 있는 것이다. 그리고 저기 그들이, 입국장 출구 바깥에 서 있다. 베니는 **환영해, 조반니!**라고 적힌 마분지 조각을 든 채 여학생처럼 위아래로 폴짝폴짝 뛰고 있다.

마블은 이미 알고 있다. 그해 여름 조금 더 있다가 조와 함께 이탈리아에 돌아간 뒤에, 마블은 개를 바깥에 풀어 놓고 녀석을 따라 이웃집의 giardinetto(작은 정원)까지 갈 것이다. 그러고는 자신을 위해 개를 봐주는 소년이 사는 집 문을 두드릴 것이다. 그러면 마블은 마침내 자기 아들의 이름과 똑같은 소년의 이름을 말할 수 있게 될 것이다. 그리고 소년은 마블의 아들의 양쪽 뺨에 입을 맞추고 〈ciao(안녕), 조〉라고 말할 것이고, 아들은 〈ehi(어이)〉라고 말할 것이다. 그리고 그들은 그다지 아무 말도 하지 않은 채, 대화하지 않으면서 함께 있는 10대들의 그런 근사한 방식으로 거기 서 있을 것이다.

대답들

찰스 미치가 보고서 파일을 열어 그것을 읽는다. 펄이 제공해 준 새로운 정보 덕분에 찰스는 엘리너의 어머니인 머틸다 브라운의 행방을 조사할 수 있게 되었다.

커비의 엄마다.

펄은 머틸다가 언제나 자기 딸에게 돌아오고 싶어 했다고 주장한다. 무언가가 잘못됐던 게 틀림없다는 것이다. 그리고 이제 찰스는 그때 무슨 일이 일어났던 건지 제법 확신하고 있다.

머틸다, 1961년

그것은 아름다웠다. 머틸다가 본 적 있는 그 무엇보다도 깊고 넓었다. 머틸다는 우레처럼 쏟아지는 폭포 가장자리에 서서 시원한 공기를 들이마시고, 피부에 와 닿는 가벼운 물보라를 느끼고, 이 장소에서 나오는 힘으로부터 용기를 끌어모았다. 이 폭포가 세계의 경이로운 자연 경관 중 하나라는 이야기를 읽은 적이 있었다. 하지만 머틸다에게 이곳에 있을 준비를 시켜 준 건 아무것도 없었다. 어떤 것도 북아메리카의 이렇게 탁 트이고 넓은 공간에 머틸다를 대비시켜주지 않았다. 이 모든 것의 거대함이라니.

머틸다는 난간 위로 몸을 기울이고 촉촉한 숲 내음을, 가는 모래 같은 흙의 냄새를, 피부에 와 닿는 햇빛의 냄새를 맡았다. 이만큼 멀리 왔다. 린에게 맞설 것이고, 딸 커비를 그에게서 이곳으로 데려와 살게 할 방법을 찾아낼 것이다. 머틸다는 남의 집 일을 하는 하인으로 이곳에 건너왔는데, 그것이 유일한 방법이었고, 임금은 낮았다. 하지만 그건 하나의 시작이었다.

펄에게 전언을 보내 일이 잘 풀리고 있다고 알리고, 커비가 어떻게 지내는지 알아내야 했다. 두 사람이 서로 연락하고 있다는 걸 커비에게 알릴 수는 없었다. 커비는 너무 어려서 그런 비밀을 혼자서만 간직할 수 없을 것 같았다. **커비를 날마다 안아 줘요, 날 위해서.** 떠나기 전날 펄에게 그렇게 말해 둔 터였다.

머틸다는 오랜 시간이 지나서야, 그가 발이 미끄러져 떨어진 뒤로 여러 해가 지난 다음에야 발견될 것이었다. 그때쯤이면 쏟아지는 폭포 아래 물결이 머틸다의 핸드백에서 지갑을 끄집어낸 뒤일 것이었다. 그때쯤이면 머틸다가 어디 있는지 알아내지 못한 고용주가 다른 사람에게 일자리를 주었을 것이었다. 그때쯤이면 경찰은 사건을 서류철에 보관해 둔 뒤일 것이었다. 실종된 유색 인종 여자? 경찰에겐 처리해야 하는 더 중요한 일들이 많았다.

그 옛날에는, 세상은 달랐다. 조직 검사는 지금처럼 정밀하지 않았다. 컴퓨터로 하는 검색이라는 것도 없었다. 강굽이 근처 진흙 속에서 신원 미상 여성의 두개골이 발견된 사건이라면 미해결 상태로 있기도 쉬웠다. 수십 년 뒤 캘리포니아의 한 변호사가 〈제도에서 온 젊은 이민자로 1961년 봄에 캐나다 국경 근처에 있는 미국의 어느 도시에서 목격된 머틸다 브라운이라는 사람〉에 대한 수색을 재개할 때까지는.

에타 프링글

에타가 신발을 벗어 던지고 무대를 성큼성큼 가로질러 가자 청중이 박수를 보낸다. 사실 에타의 트레이드마크인 이 동작은 인터넷에서 하나의 밈이 되었다. 자신의 두 발이 신발을 벗어 던지는 모습이 몇 번이고 반복되는 동영상의 그 부분을 처음 보았을 때 에타는 웃음을 터뜨렸다.

사람들이 생각하는 것들이라니. 오늘 행사는 자금 마련을 위해 내일 하는 수영 전에 에타가 마지막으로 대중 앞에 모습을 드러내는 자리다. 이번 수영은 해류 상태에 달려 있지만 16킬로미터나 그쯤 될 예정인데, 나이에도 불구하고 에타에게 그리 먼 거리는 아니다. 그의 몸속에 남아 있는 그 모든 약물들에도 불구하고. 하지만 이번 수영은 다른 이유들 때문에 어려운 횡단 수영이기는 하다. 우선 독이 있는 해파리들이 있다.

언론과 소셜 미디어에서는 해파리 이야기가 나올 것이고, 에타의 나이가 언급될 것이고, 성인 여성이 지구력이 필요한 운동 종목에서 갖는 이점들도 이야기될 것이다. 에타의 피부색 이야기도 나올 것이다. 이렇게 많은 세월이 지났는데도, 2019년에도 그들은 여전히 그 이야기를 하지만 에타는 그건 괜찮다. 나를 보라고 해라. **그 사람들이 나를 보라고 해라!** 에타의 병에 대해 이야기하는 사람은 없을 것이다. 그것에 대해서는 아직 아무도 모르니까. 운이 따라 준다면, 사람들은 끝까지 모를 것이다.

에타는 좀 더 큰 관심사들에 초점을 맞추는 작업을 해야 할 것이다. 그것이, 환경에 대해 이야기하는 것이 오늘 밤 그가 이 자리에 나온 이유다. 에타는 광물 및 다른 자원 들에 대한 소비자의 수요가 환경 악화로 직결된다는 사실을 인식시키지 않고 오직 민간 기업에만 책임을 지우는 쉬운 서사를 경계한다. 에타는 지속 가능성에 대해 이야기할 것이다. 자연에서 모종의 균형을 유지해야 할 필요성에 대해서도. 그는 사람들에게 순환 경제에 조금 더 가까운 경제를 고수하자고 설득할 것이다.

바이런 베넷이 이미 무대에 올라와 있다. 바이런은 새로운 컨설팅 회사의 대표로 해저 매핑의 중요성에 대해 이야기할 것이다. 그는 여러 국가와 기업, 국제 조직 들이 정보 공유를 위해 어떻게 협업하는지 설명할 것이다. 바다에 대한 바이런 자신의 애정과 캘리포니아 해안에서 보낸 어린 시절에 대해서도 이야기할 것이다. 바이런은 지식은 곧 힘이라고 말할 것이고, 에타는 이렇게 말할 것이다. 「제 말이 바로 그거예요. 하지만 어떤 종류의 힘이죠?」

그들은 무대에서 논쟁할 것이고, 그러는 일은, 어린 시절 친구의 우수한 아들과 함께 대중 앞에 모습을 드러내는 일은 에타를 엄청나게 기쁘게 해줄 것이다. 에타는 마치 이 모든 세월 내내 바이런이 자라는 모습을 지켜보기라도 한 것처럼 자랑스러움을 느낄 것이다. 사실 에타는 바이런의 존재도, 그의 어머니가 여전히 살아서 에타의 일거수일투족을 지켜보고 있었다는 것도 몰랐지만 말이다. 나중에, 바이런은 일하던 연구소를 왜 떠났는지, 재판까지 가지 않고 한 합의가 바이런 자신의 새로운 벤처 기업을 세우고 장학 기금의 토대를 만드는 데 어떻게 도움이 되었는지 에타에게 설명해 줄 것이다. 그러면 에타는 이렇게 생각할 것이다. **훌륭하구나, 커비, 네 아들을 좀 봐.**

그들은 에타에게 처음으로 야외에서 하는 수영을 소개해 주고 그를 오늘날의 챔피언이 되게 도와 주었던 바이런의 어머니는 언급하지 않을 것이다. 바이런과 그의 여자 형제들은 자신들에 관한 공적인 서사가 절대 코번티나 린쿡과 연결되어서는 안 된다는 데 의견을 같이했다. 어쩌면 언젠가 자신들이 나이를 더 먹으면, 그리고 아이들이 어른이 되면 그때는 또 모르겠다고 그들은 말한다. 하지만 에타는 기브스나 커비를 알았던 누군가가 커비의 아이들 얼굴에서 그들의 흔적을 알아보는 건 시간문제가 아닐까 생각하고 있다. 바이런과 마블의 얼굴은 이제 인터넷에 온통 나오고 있고, 인터넷은 옛날에 섬에 있던 길거리 시장과 비슷한 공간이다. 들어가 있으면 조만간 모든 사람과 마주치게 되는 곳.

에타는 무대 바깥, 바이런의 여자 친구가 아기 띠에 포근하게 감싸인 아들을 가슴에 안고 서 있는 곳을 바라본다. 그러고는 그들이 이렇게 민감한 시기의 아기를 캘리포니아에서 폴리네시아까지 내내 데리고 왔다는 사실에 놀라워한다. 현대의 비행기 여행은 사고 능력을 온통 오염시킨다. 에타 는 운동선수로서는 조심성 있는 사람의 이미지였던 적이 한 번도 없지만, 젊은 어머니로서는 아이들에 대해 상당히 조 심하는 편이었고, 아이들이 일정한 나이가 될 때까지는 집 가까이에 머물게 하겠다고 항상 고집했었다. 에타의 이런 태도는 패치에게는 그냥저냥 잘 맞았다.

이제 에타는 기록을 세우기 위해서가 아니라 자신의 아이 들을 위해, 그리고 그 애들의 아이들을 위해 수영을 하고 있 다. 그는 기회란 기회는 다 이용해 대양의 위생 상태에 대해 이야기한다. 해저면 손상, 강우 유출수에 의한 오염, 플라스 틱, 수온 상승, 어류 남획에 대해서도 이야기한다. 보호 구역 을 추가로 지정할 것을 요청한다. 하지만 그러면서도 에타 는 시간을 내 수영 모자를 쓴 소녀였던 자신을 찍은 옛날 사 진들을 청중에게 보여 준다. 자신이 제일 좋아하는 스냅 사 진들도 보여 준다. 에타의 아들과 패치의 동생이 어렸을 때 패치와 함께 찍은 사진이다. 사진 속에서 그 애들은 젖은 모 래를 신발에 잔뜩 묻힌 채 웨일스에 있는 조수 웅덩이를 뒤 지고 다니고 있다. 에타는 즐거움을, 사랑을 보여 주는 일을 절대 잊지 않는다. 왜냐하면, 그것들이 없다면 무엇을 하든 무슨 의미가 있겠는가?

살아남는 것만으로는 충분치 않다. 살아남는 것만으로 충 분했던 적은 한 번도 없었다.

60년도 넘게 장거리 수영을 해온 에타가 여전히 바닷속에 무엇이 숨어 있을지 조금은 불안해하고, 저 아래에서 들려오는 생명의 교향곡을 극도로 예민하게 느끼고 있다고 생각하면 재미있다. 하지만 에타는 바로 그것을 위해 싸우고 있다. 맥박 치는, 독을 품은, 이빨을 드러낸 그 모든 신비한 생명들을 보전하기 위해.

에타의 의사는 잔소리를 늘어놓는다. 의사는 현재 에타의 면역 체계가 너무 좋지 못하니 무언가에 쏘이거나 베이면 안 된다는 말을 한다. 하지만 에타는 상처를 입는 것을 목표로 하고 있지는 않다. 그는, 당연하지만 물에 들어가지 않는 것만 빼놓고, 상처를 입지 않기 위해 무엇이든 하겠다고 약속한다. 에타는 이런 사람이다. 이렇게 살아가는 사람이다.

자신은 친절하고 유능한 두 명의 아이를 키워 냈다고, 한 사람이 할 수 있는 가장 중요한 일을 이미 해냈다고, 에타는 스스로에게 말할 수도 있었다. 하지만 그는 자신에게 그것만으로는 충분하지 않다는 걸 안다. 에타는 그저 한 여자아이에 불과했을 때도 자신은 다가오는 모든 좋은 것들을 누릴 자격이 있는 사람이라고 여기곤 했다. 그는 단지 자신이 제도에서 온 여자아이라는 이유만으로 왜 다른 사람들보다 작은 꿈을 가져야 하는지 알 수 없었다. 그 생각은 변하지 않았다. 하지만 한 해 한 해 지나갈 때마다 에타는 그저 자신이 그동안 얼마나 운이 좋았는지를 깨닫는다. 에타 프링글에게는 그것과는 상당히 다른 일들이 생길 수도 있었기에, 그는 여전히 세상에 갚아야 할 빛이 있다.

린

마리솔이 린에게 아이스티 한 잔을 가져다준다. 가장 최근의 발작이 지나가고 나서 린은 다시 혼자 먹고 마실 수 있게 됐고, 지팡이만 써서 걸어 다닐 수도 있게 됐다. 그는 긴 의자에 몸을 뒤로 기대고 텔레비전 뉴스에 나오는 에타 프링글을 지켜본다. 버니 프링글. 저 여자는 지금 일흔이 넘었을 텐데 여전히 저렇게 무모한 수영을 하고 있다.

린은 이렇게 되리라는 걸 알았어야 했다. 1963년, 그 열대 폭풍 한복판에서 헤엄치고 있는 버니와 커비를 보았던 날 알았어야 했다. 그런 바다에서 그렇게 멀리까지 갈 수 있다면, 그런 종류의 위험을 감당할 의지가 있다면, 그 사람은 아마도 남들과는 다른 사람일 거라고 깨달았어야 했다. 아마 그 사람은 자신이 원하는 것을 얻기 위해 기꺼이 많은 일을 하려 할 것이다. 다른 사람들은 감히 시도할 엄두조차 내지 못하는 일들을.

그때

어느 여름날 밤

  1965년 어느 여름날 밤, 버니는 누군가가 방 창문을 두드리는 소리를 들었다. 부모님은 이미 잠들어 있었다. 버니는 꼭 바깥이 내다보일 만큼만 비늘살을 열었고, 입을 크게 벌린 채 소리 없이 울면서 어둠 속에 서 있는 커비를 보았다. 버니는 밖으로 달려 나갔다.

  「뭐야?」 버니가 속삭였다. 「무슨 일인데?」

  커비는 말하지 않으려 했다. 떨고 있었다. 버니는 친구의 이런 모습을 한 번도 본 적이 없었다. 이 아이는 어쨌거나 코번티나 린쿡이었다. 사람들이 돌고래라는 별명을 붙인 아이. 커비는 돌풍을 뚫고 헤엄쳤고, 독사들을 보면 휙 뛰어넘었고, 자기 부모님에 관한 소문 따위는 무시했다. 버니는 커비가 무엇에든 맞설 수 있다는 걸 알았다. 다만 커비는 아직 버니에게 리틀 맨 이야기는 하지 않았었다.

  버니가 커비를 끌어안았을 때, 커비가 울면서 이야기를 시작했을 때, 버니는 자신들이 여자라는 무거운 사실이 온통 머리 위로 무너져 내리는 걸 느꼈다. 버니와 커비는 불가능한 건 없다고, 심지어 자기들 같은 아이들에게도 그렇다고 믿으며 자라났다. 하지만 당신이 여자라면, 사람들은 당신에게 당신 대신 말해 주기도 했다. 어떻게 걷고, 어떻게 앉고, 어떻게 말하고, 무엇을 하고, 어디에 가고, 어떻게 생각하고, 누구를 사랑해야 하는지를.

그리고 누구에게 복종해야 하는지를.

펄, 1965년

자기 딸의 결혼식 날, 린 씨는 평소보다 훨씬 빨리 취했다.

「아직 주방에 있나, 펄?」 그가 말했다. 그는 펄이 앉아 있다가 자리를 비웠다 하느라 의무적으로 맛이라도 봐야 하는 음식 말고는 입에도 대보지 못하고 있던 피로연장 테이블을 향해 멍하니 손짓을 했다. 「이리 와, 우리랑 같이 앉아서 케이크 좀 먹어. 자네가 만든 케이크잖아.」

「잠시만요, 린 씨, 곧 가겠습니다.」 펄은 말하고 주방으로 몸을 돌렸다. 「먼저 좀 챙겨야 하는 일이 있어서요.」 펄은 찾아야 하는 게 있었다.

펄은 이쪽저쪽으로 호텔 직원들을 흘끔거리면서 급히 조리대로 다가갔는데, 거기에는 피로연장으로 운반될 케이크가 놓여 있었다. 없다. 펄은 아래쪽 선반으로, 거기 놓인 자기 앞치마 밑으로 손을 뻗었고 아래쪽을 확인하려고 들어 올렸다. 없다. 더 자세히 보려고 쪼그려 앉았지만 여전히 펄이 찾던 것은, 그날 일찌감치 믹싱 볼 뒤쪽에 밀어 넣어 두었던 작은 병은 보이지 않았다. 그 병은 음식물에서 먼 곳에 두어야 했다. 여긴 펄의 부엌도 린 씨네 집 부엌도 아니었고, 이곳에서 펄은 단지 손님에 지나지 않았다. 어떤 사람들이든 나타나서 물건들을 옮겨 놓았을 가능성이 있었다.

포크가 유리잔에 **칭-칭-칭** 부딪치는 소리와 함께 마이크에 대고 목을 고르는 소리가 나서 펄은 도로 일어섰다. 원피스 주름을 펴고, 자신의 태도가 자신감 넘치는 걸음걸이처럼 보이기를 바라면서 피로연장 쪽으로 걸어갔다. 누군가가 그 병을 발견해서 찬장이나 사물함에, 그런 물건들을 보관하는 어떤 곳에든 넣어 둔 게 틀림없었다. 빨랫비누, 표백제, 쥐약 같은 것들을 보관하는 곳에 말이다. 그 병에는 확실하게 표시가 되어 있었다. 펄은 걱정 말라고 스스로에게 되뇌었다.

하지만 시간이 지난 뒤에, 펄은 실은 걱정하고 있는 자신을 발견하게 될 것이었다. 그는 독약이 담긴 그 병에 무슨 일이 일어났던 건지 수년간 스스로에게 물을 것이었다. 틀림없이 거기 있던 누군가가 그걸 보았고, 옮겨 놓은 것이었다. 그리고 아마도 누군가는 그걸 사용했을 것이다. 하지만 그게 누굴까? 경찰은 리틀 맨의 샴페인 잔에서 무언가를 찾아냈었다. 너무나 다행하게도, 그들은 케이크에서는 아무것도 찾아내지 못했다. 그렇지 않았더라면 펄은 결국 자신이 활용기조차 없었던 어떤 일을 했다는 혐의로 감옥에 갇히고 말았을 것이다.

펄은 리틀 맨을 해치는 일에 대해 너무도 오랫동안 골똘히 생각했던 나머지, 남은 평생 동안 그의 죽음에 대해 일정량의 죄책감을 느낄 것이었다.

슬픔은 절대 아니지만.

그 순간

　우리의 삶에서 가장 중요한 순간들은 종종 단지 몇 초 동안에 일어난다. 그동안 무언가가 변하고, 우리가 반응하고, 모든 것이 달라져 버리는 것이다. 커비는 일종의 멍한 상태 속에서 결혼 피로연을 치러 내고 있었지만, 자신이 결혼하게 되었던 그날 리틀 맨이 피로연장 바닥에 쓰러지는 것을 보았을 때 커비의 머리는 맑아지기 시작했다. 커비는 네 방향을 살펴보았고, 이것이 커비에게는 결정적인 순간이 되었다.

　커비는 우선 자기 아버지를 찾았다. 아버지는 커비의 바로 뒤에, 입을 딱 벌리고 있었다. 그런 다음 커비는 펄을 찾았는데, 펄은 피로연장 저쪽에 있었고, 소란이 벌어진 곳을 향해 황급히 움직이고 있었다. 이제 커비는 버니를 보았는데, 버니는 겨우 몇 걸음밖에 떨어지지 않은 곳에 있었다. 이 세 사람 가운데 리틀 맨이 마지막으로 숨을 쉴 때 커비를 마주 보고 있던 사람은 단 한 명이었다. 다른 모든 사람이 죽어 가는 남자에게 집중하고 있을 때, 그들 가운데 오직 한 명만

이 커비와 시선을 맞추고 있었다. 커비가 상황을 알아차린 건 그때였다. 커비는 무슨 일이 일어나는지 봤었다. 그 일이 얼마나 중요한 일인지 깨닫지 못했을 뿐이었다. 이제 커비는 네 번째 방향으로, 호텔 뒤쪽 잔디밭으로 통하게 열려 있는 유리 미닫이문 쪽으로 몸을 돌렸다.

몇 미터만 가면 바로 문이었다. 잔디밭은 작은 길로 빠졌고, 그 길은 내려가며 해안까지 이어졌는데, 어느 지점에서는 연달아 놓인 몇 개의 널찍한 댓돌 옆으로 나 있었다. 그 돌들에는 물웅덩이가 여럿 고여 있었고, 그 안에서는 알에서 깨어난 올챙이들이 자라나고 있었다. 커비의 엄마는 이 댓돌들이 있는 곳에서 발을 멈추고 커비에게 올챙이들을 보여 주곤 했다. 올챙이들은 제각기 다른 속도로 성장해서, 어떤 녀석들은 여전히 조그만 물고기들처럼 꿈틀거리고 있었던 반면, 다른 녀석들은 벌써 자그만 개구리 다리의 첫 부분들이 생겨나고 몸도 각진 형태가 되어가고 있었는데, 그러다 곧 덤불 속으로 뛰어들고 남은 삶을 향해 돌진할 준비가 될 것이었다.

문을 빠져나가 달려가면서, 잔디밭에서 발이 걸려 넘어지고 구두를 잃어버리면서, 웨딩드레스를 벗어 모래사장 위에 남겨 놓으면서, 커비는 자신이 보았던 것을 아무에게도 털어놓지 않고 무덤까지 가져가겠다고 맹세했다. 커비는 어린 시절에 옳고 그름을 분별하는 법을 배웠지만, 심지어 그때도 언제나 그 두 가지를 명확히 구분할 수 있는 건 아니라는 걸 이해하고 있었다.

커비는 한 번도 진실을 말하지 않았다. 삶의 마지막에 아이들에게 남겨 놓은 편지들과 녹음 파일들 속에서도, 자기 변호사이자 연인이었던 사람과 대화하면서도, 부부 침대의 후텁지근한 위안 속에서도. 아이들에게 엄마가 자라난 곳을 보여 주기 위해 섬으로 돌아가는 일을 꿈꿨을 때조차 커비는 자신이 절대 돌아갈 수 없다는 걸 마음속으로는 알았다. 자신의 오명을 절대 씻을 수 없을 것이기 때문이었다.

커비가 사랑했고, 커비에게 아이 두 명을 선사해 주기도 했던 남자와 40년 동안 함께했던 결혼 생활은 어마어마한 선물이었다. 복을 받아 그런 삶을 살았다면, 다른 누군가가 당신을 돕기 위해 그토록 커다란 위험을 무릅써 주었다면, 당신이 기꺼이 하려 하는 일은 무엇이었겠는가?

50년도 더 지난 뒤, 커비의 아이들은 감히 대놓고 그 질문을 던질 것이다. 그들은 어머니의 가장 오랜 친구에게 1965년에 커비 린쿡이 리틀 맨 헨리를 죽였다고 생각하는지 물을 것이다. 그들은 천천히, 그리고 단호하게 고개를 젓는 버니 프링글을 보고 안도감을 느낄 것이다. 리틀 맨이 죽는 광경을 보게 되기를 바랐던 사람들은 아주 많다는 버니의 말을 듣고 안도감을 느낄 것이다. 그들은 또한 버니의 대답을 들었다고 해서 자신들이 그날 있었던 일의 진실에 조금이라도 가까워진 것은 아니라는 사실도 깨닫게 될 것이다.

그 옛날에는

그 옛날에는 감시 비디오카메라라는 게 없었다. 결혼식 사진가는 필름을 갈아 끼우느라 구석으로 가 있었다. 악단은 음악을 연주하느라 바빴다. 종업원들은 여전히 케이크 접시를 테이블로 나르고 있었다. 신부의 아버지는 술 한 잔을 더 마시고 있었고, 아직 다 마시기 전이었다. 신부는 울지 않으려고 애쓰면서 포크로 자기 케이크를 찌르고 있었다. 하객 중 한 명이 핸드백에서 작은 병을 꺼냈을 때는 모든 사람이 다른 어딘가를 보고 있느라 바빴다.

그 옛날에는 신부의 가장 친한 친구에게 샴페인이 주어지기도 한다는 걸 다들 알고 있었다. 그 친구가 한 손에 샴페인잔을 든 채 이 테이블에서 저 테이블로 돌아다니다가 막 결혼한 신랑 신부 사이로 몸을 기울이며 신부의 뺨에 입을 맞출 수도, 테이블 위에 자기 잔을 내려놓을 수도, 케이크 접시를 쳐서 신부의 무릎으로 떨어뜨리고는 실수로 자기 잔 대신 신랑의 잔을 집어 들 수도 있다는 것을. 하지만 그 광경을 보고 무언가를 떠올릴 사람은 아무도 없었는데, 그건 버니 프링글은 물 밖으로 나오면 언제나 칠칠치 못한 여자애였기 때문이었다.

처음에는 누구도 리틀 맨의 삶을 끝장내 버린 것이 한 잔의 샴페인이었음을 깨닫지조차 못할 것이었다. 경찰관 한 명이 마침내 깨진 샴페인 잔에 코를 대고 킁킁거리다가 **독약**이라는 말을 내뱉었을 때, 결혼식 하객 일부는 자신들의 비밀스러운 소망을, 죽은 남자를 향한 자신들의 깊은 원한을 떠올릴 것이었다. 타인을 힘으로 억압하는 일에서 만족을 끌어내던 부류의 남자를 향한 원한을. 그들은 이 일을 저지른 사람이 절대 붙잡히지 않기를 바랄 것이었다. 그날 주방에는 너무도 많은 사람들이 드나들었으므로, 그들 중 누구라도 그 사람일 수 있었다.

그 옛날에는 살인을 저지르기가 지금보다 쉬웠다. 그저 정신을 집중하고, 자신의 신의가 누구를 향해 있는지를 알고, 뒤에 일어날 일들은 생각하지 않기만 하면 됐다.

지금

편히 잠들기를

「시신을 파내는 걸 금지하는 종류의 법이 있지 않아?」
「하지만 우리 아버지 시신인걸.」
「유골이 된 뒤니까 좀 다르려나?」
「찰스한테 물어보자. 찰스는 알 거야.」

얼마간 시간이 걸렸지만 바이런과 베니는 마침내 미치 씨를 이름으로 부르는 데 익숙해졌다. 찰스는, 따지고 보면, 그들의 어머니가 깊이 아꼈던 사람이었다. 그리고 그는 그들의 삶에 대해 사람들 대부분이 조금이라도 알게 될 것보다 더 많은 것을 알았다. 게다가, 베니가 처음으로 그를 찰스라고 불렀을 때 그의 코는 분홍빛으로 변했다. 그것만으로도 호칭을 바꿀 만한 가치는 있었다고 바이런은 그날 웃으며 말했다.

네, 허가가 필요할 거예요, 하지만 도움이 되는 서비스들이 있어요, 찰스는 그렇게 말해 준다. 이런 종류의 결정을 한 사람들이 그들이 처음은 아니었다. 결국 바이런과 베니는 아버지의 유해를 파내도 된다는 허가를 받는다.

엘리너 베넷이 죽고 1년 뒤, 마블과 에타는 런던에서 함께 날아온다. 다음 날, 베니와 마블은 파와 마늘을 썰고 강낭콩 밥이 든 냄비에 코코넛밀크를 넣어 휘젓는다. 바이런은 바비큐 그릴을 켜고, 에타는 좀 심할 만큼 목으로 술술 넘어가는 럼주를 넣은 달콤한 펀치를 만들고, 그동안 리넷은 해변에 있는 그들의 집 마루에서 아기와 함께 춤을 춘다. 그 점심 식사 자리는 시간이 갈수록 사람들이 모이는 종류의 자리여서, 찰스와 그의 딸들 중 한 명, 케이블과 그의 아내와 아이들, 거기다 길 건너 사는 이웃들도 찾아온다.

바이런과 베니가 자라난 오래된 방갈로형 주택은 이제 다른 가족의 것이 되었다. 어린 아이들이 있는 그 젊은 부부는 배관 시설을 새로 들여놓았다. 새로운 가족을 키워 내는 건 베넷 가족의 옛집에 잘 어울리는 역할처럼 보이고, 그 생각은 바이런을 미소 짓게 만든다. 그럼에도 그는 그 거리로 운전해 가지는 않으려고 한다. 그리움을 감당할 수 없을 때가 아니라면 말이다.

에타가 술에 충분히 취하자 엘리너의 자식들은 그에게서 약속 하나를 끌어낸다. 알겠다고, 언젠가 그들 모두를 그 섬으로 데려가겠다고 에타는 말한다. 그들은 계획을 세워 볼 수도 있다. 그들과 그들의 반려자들과 아이들이, 그리고 원한다면 찰스도 함께 갈 것이다. 그들 중 누구도 확신은 하지 않지만 분명 **그때**와 **지금** 사이에는 충분한 시간이 흘렀다고 그들은 말한다.

하지만 우선, 이것부터.

지금, 엘리너의 자식들은 바이런과 베니의 아버지의 유골과 뒤섞인 엘리너의 유골을 바다로 가지고 나가는 중이다. 보트 앞에서 에타가 먼저 헤엄쳐 간다. 에타의 형광색 수영 모자는 그의 몸에 끈으로 묶인 공기 주입식 구명대와 똑같은 오렌지색이다. 해안에서 5킬로미터 가까이 나가자, 그들은 사다리를 내려 에타를 물 밖으로 끌어올리고, 수건으로 에타의 몸을 감싸 준다. 그들은 잠깐 동안 거기 서서 보트가 파도에 부딪쳐 삐걱대는 소리에 귀를 기울이다가, 서로를 향해 고갯짓을 하고 배 밖으로 유골을 흩뿌린다. 그런 다음 마블, 바이런, 그리고 베니는 어머니의 블랙케이크에서 남은 조각들을 집어 들고 잘게 부숴 바닷물 속으로 떨어뜨린다.

작가 노트

모든 사람이 자리에 앉아 책을 쓰는 건 아니지만, 각자 형태만 다를 뿐 모든 사람은 스토리텔러다. 이 장편소설을 쓰는 동안, 다문화 가족인 내 가족 가운데 카리브해 출신의 구성원들이 들려준 평생 분량의 일화들과 단상들은 소설 속 1950년대부터 1960년대까지 등장하는 몇몇 인물들과 그 시기의 줄거리를 만들어 내는 데 도움을 주었다.

카리브해에 있는 이름이 밝혀지지 않는 섬에서 펼쳐지는 장면들에는 우리 부모님과 다른 친척들이 영국과 미국으로 이민을 오기 전에 살았던 자메이카의 지리와 역사가 일부 반영되어 있다. 이 책에 나오는 나이 든 세대 구성원들이 자라난 가상의 소도시는 그 섬의 북동쪽 해안 지역에서 영감을 받았고, 실재하는 장소들과 내가 만들어 낸 장소들을 뒤섞어 사용했다.

『블랙케이크』에 나오는 인물 대부분은 타인들이 그들을 위해 만들어 놓은 상자들에는 그다지 들어맞지 않는 사람들이다. 그들은 고정 관념에 맞서 싸운다. 그리고 타인들이 젠

더, 문화, 혹은 계급에 기반해 자신에게 살기를 기대하는 삶과 자신의 관심사 및 야망 사이에 벌어져 있는 간극에도 맞서 싸운다. 그들이 겪는 어려움들은 보편적인 것인 동시에 그들이 살아가는 시대와 장소의 특수한 산물이기도 하다.

소설을 쓰는 과정에서 나는 저널리스트들과 학자들이 쓴, 그리고 자메이카 국립 도서관, 영국 국립 공문서관, 영국 도서관 같은 온라인 기록 보관소에 보관되어 있는 기사들과 역사적 기록들을 읽었다. 카리브해와 영국의 문화에 동질감을 지닌 사람들이 온라인에 쓴 흥미로운 글들, 그리고 로스앤젤레스에 있는 중국계 미국인 박물관 같은 시설들에서 이루어진 중국인 디아스포라에 관한 논의들을 발견하기도 했다. 수없이 많은 사진과 동영상, 지도, 그리고 조리법 들을 나는 찬찬히 살펴보았다.

이야기에 나오는 나이 든 세대들의 배경은 1960년대 자메이카에 살던 중국계 이민자들과 그들의 가족들을 둘러싸고 발생했던 여러 번의 인종 간 긴장 상태를 참조했다. 또한 같은 시기에 영국에서 흑인으로, 혹은 〈유색인〉으로 인식되던 카리브계 이민자들이 직면하고 있던 어려움들의 일부도 고려했다. 내게 이 조사 과정은 깜짝 놀랄 만한 것으로 느껴졌다.

예를 들자면, 나는 1800년대 중반부터 1900년대 초반까지 기한을 정해 놓고 일하는 계약 노동자로 카리브해 지역에 온 많은 중국인 이민자들이 가혹한 노동 조건과 심각한 가난에 직면해 있었고, 그 뒤에는 자신들의 경제적 상황을 크게 향상시켰다는 것은 알고 있었다. 그러나 나는 중국인

이거나 중국계 자메이카인이었던 사업가들이 1960년대 중
반 자메이카 인구의 아주 작은 부분밖에 차지하지 못했음에
도 그 나라에 있던 상점들과 다른 업체들의 대다수를 소유
하게 되었다는 것은 깨닫지 못하고 있었다. 이런 상대적 번
영은 대부분 아프리카인의 혈통이었고 많은 경우 자신들이
살던 후기 식민 사회에서 일자리 부족과 계급적 차별, 피부
색에 따른 차별 같은 압박감을 느끼고 있던 다른 자메이카
인들 사이에 환멸이 늘어 가고 있던 시기에 급격하게 이루
어졌다. 이 소설에 등장하는 중국인 소유의 업체들을 겨냥
한 폭력과 폭동 묘사는 허구지만, 그 시기에 실제로 일어났
던 갈등으로부터 영감을 받은 것이다.

또한, 나는 카리브해 지역과 영연방의 다른 국가들 출신
의 이민자들이 제2차 세계 대전 이후 수년간 영국에서 간호
사 일을 배우도록, 그리고 다른 부문에서 일하도록 활발하
게 채용되었다는 사실은 알고 있었다. 하지만 카리브해 출
신 훈련생들과 직원들 일부가 어느 정도로까지 괴롭힘과 차
별을 겪었고 자신의 전문 분야 안에서 일할 기회도 제한되
어 있었는지는 이민자들이 직접 기록한 이야기들을 읽고 난
뒤에야 알게 되었다.

먼 길을 돌아 나를 이 책에 이르게 해준 것은 카리브해의
독특한 음식인 블랙케이크에 대해 내가 개인적으로 느끼는
친숙함이었다. 그 친숙함으로 인해 나는 한 세대에서 다음
세대로 전해져 내려오는 조리법과 가족의 여타 표지들에 담
겨 있는 감정적 무게에 대해 생각하게 되었다. 그러고는 자
신의 삶이 의심스러운 서사 위에 세워져 있음을 알게 되었

을 때 자신의 자아 정체감을 굳게 지켜내야만 하는 인물들에 대해 쓰게 되었다.

과거와 현재의 몇몇 맥락을 사용하기는 했지만, 이 이야기는 주로 가상의 인물들의 감정적인 삶에 초점을 맞추고 있으며, 몇몇 주요 사건들을 이야기하는 데 있어서는 우화처럼 보이려고 의도했다. 카리브해 지역 여러 국가에서의 다문화적인 삶, 그리고 20세기 중반부터 후반까지의 카리브인 디아스포라에 관한 정치 사회적 담론에 좀 더 깊이 뿌리를 둔 가상의 이야기들을 읽고 싶다면, 에드위지 당티카, 말런 제임스, 그리고 저메이카 킨케이드 같은 많은 훌륭한 작가들이 있으니 그리로 눈을 돌려 보라고 독자들에게 알려주고 싶다.

또한 이 책을 마무리하는 과정에서 발견한 몇 권의 책을 추천하고 싶다. 케리 영의 장편소설『파오 *Pao*』, 그리고 폴라 윌리엄스 매디슨의 논픽션『새뮤얼 로 찾아내기: 중국, 자메이카 그리고 할렘 *Finding Samuel Lowe: China, Jamaica, Harlem*』은 중국계 카리브인들의 경험에 대한 서로 다르지만 매혹적인 통찰들을 제공한다. 이와 관련해 나는 윌리엄스 매디슨의 책, 그리고 카리브해에서의 삶의 이런 면모에 관한 다른 다큐멘터리들에 기반해 한 편의 영화를 제작한 자메이카 태생의 제작자 겸 감독 저넷 콩 역시 언급하고 싶다.

샘 셀번의『외로운 런던 사람들 *The Lonely Londoners*』과 좀 더 최근에 나온 앤드리아 레비의『작은 섬 *Small Island*』은 자메이카에서의 민족 관계와 관련된 몇몇 미묘한 면모들과 제2차 세계 대전 이후 수년간 카리브해에서 영국으로 건너

온 이민자들의 경험을 되살리는 매혹적인 작업을 해내고 있다. 또한 영국의 저널리스트인 어밀리아 젠틀먼이 쓴 『윈드러시의 배신*The Windrush Betrayal*』도 언급하고 싶다. 이 책은 영연방 구성원들이었던 많은 카리브인들이 영국에서 새로운 삶에 정착하며 느꼈던 이중적인 정체감을 훌륭하게 포착해 냈다. 내가 언급한 책들이 하나도 빠진 것 없이 완벽한 목록인가 하면 전혀 그렇지 않다. 이런 주제들에 관한 자신만의 탐구를 계속하라고 독자 여러분께도 격려를 보내고 싶다.

이야기들은 허구로부터 만들어지지만, 그럴 때에도 대체로 감정적 진실들을 포함하고 있다. 이 이야기 속에 흐르는 감정적 선율들이 가정과 가족, 갈망, 상실, 두 번째 기회, 그리고 물론 사랑이라는 변화하는 개념들에 대해 생각해 본 적이 있는 사람들, 다양한 배경을 지닌 사람들의 마음에 울림을 만들어 낼 수 있었으면 하는 것이 나의 소망이다.

감사의 말

한 아이를 키워 내는 데 온 마을이 필요하다면, 똑같은 말을 이 책에 대해서도 할 수 있을 것이다. 문학 에이전트들과 보조원들로 이루어진 자신의 재능 있는 팀과 함께 궁극적으로 출판까지 이어지는 일련의 문들을 열어 준 매들린 밀번에게 기쁜 마음으로 감사를 보낸다. 열린 마음과 질문을 던지는 지성, 그리고 밝은 눈으로 이 소설을 포용해 준 편집자 제시카 리크와 힐러리 루빈 티먼에게, 그리고 이 프로젝트를 보살펴 세상으로 밀어내 준 펭귄 마이클 조지프 출판사와 발런타인 출판사의 모든 이들에게 커다란 감사의 마음을 전한다. 책을 쓰는 과정에서 나를 격려해 준 사람들에게, 나의 가족, GR, 그리고 시간을 내 이 소설의 초고를 꼼꼼히 읽어 준 나의 몇몇 책벌레 친구들에게 특히 감사한다. 마지막으로, 이야기와 삶에 대한 사랑, 그리고 우리가 살아가는 세상에 대한 염려로 나에게 날마다 영감을 주는 뛰어난 작가들인 〈아마딜허스Armadill-Hers〉를 비롯해 나의 동료 작가들에게 감사의 인사를 전한다.

571

옮긴이의 말

이만큼 매력적인 책을 만나면 몇 마디 말로 소개하기가 쉽지 않다. 여기까지 읽어 온 당신이라면 알게 되었을 것이다. 이 소설이 종이로 만들어진 책의 외형을 하고 있지만 사실은 거대한 하나의 블랙케이크에 가깝다는 것을.

초콜릿빛 문장들에서 묻어나는 첫 느낌은 짙고, 진하고, 강렬하고, 꾸덕꾸덕했다. 번역을 시작하고 나서는 여러 가지에 놀랐다. 이 케이크는 3단이었고, 단마다 식감과 맛이 달랐고, 무엇보다 만듦새가 호방하고 풍성했다. 3대에 걸쳐 내려오는 동시에 중국과 카리브해를 거쳐 런던과 캘리포니아와 이탈리아까지 넓어지는 서사의 규모와 에너지도 놀라웠지만, 이렇게 방대한 지리적·역사적 현실을 다루면서도 각 세대에 속한 개인들의 고유한 진실을 충실히 담아내는 작가의 시선 또한 놀라웠다.

럼주와 포트와인에 오랫동안 절여 둔 과일들처럼 케이크 속에서 제각기 다른 맛을 내며 섞이는 인물들의 다채로운 이야기와 감정선은 또 어떤가. 커비와 기브스의 서로를 향한 신의와 사랑이 달콤 쌉싸름했고, 두려움 없는 수영 챔피언 버니의 거침없는 행보가 새콤한 청량감으로 다가왔다면, 몇 번이고 자신의 모든 것을 걸며 운명에 맞서는 선택을 해야 했던 엘리너의 고백은 독한 술처럼 여러 날 동안 나를 사로잡고 놓아주지 않았다. 과거를 그토록 철저히 부정하고자 했던 엘리너는 왜 마지막 순간에 마음을 바꾸고 자신의 진실을 누군가에게 전해 주기로 했을까. 서로를 잃어버린다는 것은 무엇이고, 우리는 서로를 잃어버리지 않기 위해 왜 끝끝내 한 번 더 용기를 내 허무를 잊기로 하는 걸까.

그런가 하면 바이런과 베니, 그리고 마블의 이야기는 젠더와 인종, 문화적 정체성, 세대 간 갈등, 사회와 노동의 불안정성 같은 문제들로 점철된 동시대의 삶들을 마치 케이크 꼭대기에 얹힌 아이싱처럼 선명하고 현란하게 그려 내고 있다. 어딘가에 속하기 위해서는 닫힌 문을 수없이 두드려야 하는, 이쪽에도 저쪽에도 속할 수 없다는 불안으로 흔들리는, 그러나 자신이 발을 딛고 선 곳을 최대한 긍정하고 사랑하려 애쓰는 젊음들. 분노와 투지로만 가득해 보이던 바이런이 처음으로 다정함을 배우기 위해 마음을 열던 순간이, 연약하고 불안정해 보이지만 실은 누구보다 강인하던 베니의 곱슬머리가, 마블이 소개하는 음식들 속에 어쩔 수 없이 담겨 있던 갈망이, 작업을 끝낸 지금도 눈앞에 선하다. 대체로 평생 동안 비슷한 곳에 살며 각자의 힘겨운 일상으로부터 눈을 돌리기 어려운, 그리고 단일 민족이기까지 해서 다른 삶을 상상할 기회를 좀처럼 얻기 힘든 우리에게,『블랙케이크』는 우리와는 많이 다른 시공간에서 이어지는 삶들과 그럼에도 낯설지 않은 마음들을 경험하는 각별한 시간을 선사해 줄 것이다. 멋진 작품을 알려 주시고 꼼꼼하게 원고를 봐주신 편집부에 감사드린다.

2023년 11월
서제인

옮긴이 **서제인** 기자, 편집자, 작가 등 글을 다루는 다양한 일을 하다가 번역을 시작했다. 거대하고 유기체적인 악기를 조율하는 일을 닮은 번역 작업에 매력을 느낀다. 옮긴 책으로『목구멍 속의 유령』,『사람들은 죽은 유대인을 사랑한다』,『300개의 단상』, 토베 디틀레우센 〈코펜하겐 3부작〉,『아무도 지켜보지 않지만 모두가 공연을 한다』,『아파트먼트』,『노마드랜드』,『잃어버린 단어들의 사전』 등이 있고, 함께 옮긴 책으로 〈로버트 A. 하인라인 중단편 전집〉이 있다.

블랙케이크

발행일 **2023년 11월 20일 초판 1쇄**

지은이 샤메인 윌커슨
옮긴이 서제인
발행인 홍예빈·홍유진
발행처 주식회사 열린책들

경기도 파주시 문발로 253 파주출판도시
전화 031-955-4000 팩스 031-955-4004
www.openbooks.co.kr